清・李光地等 編纂

# 音韻闡微

臺灣學生書局印行

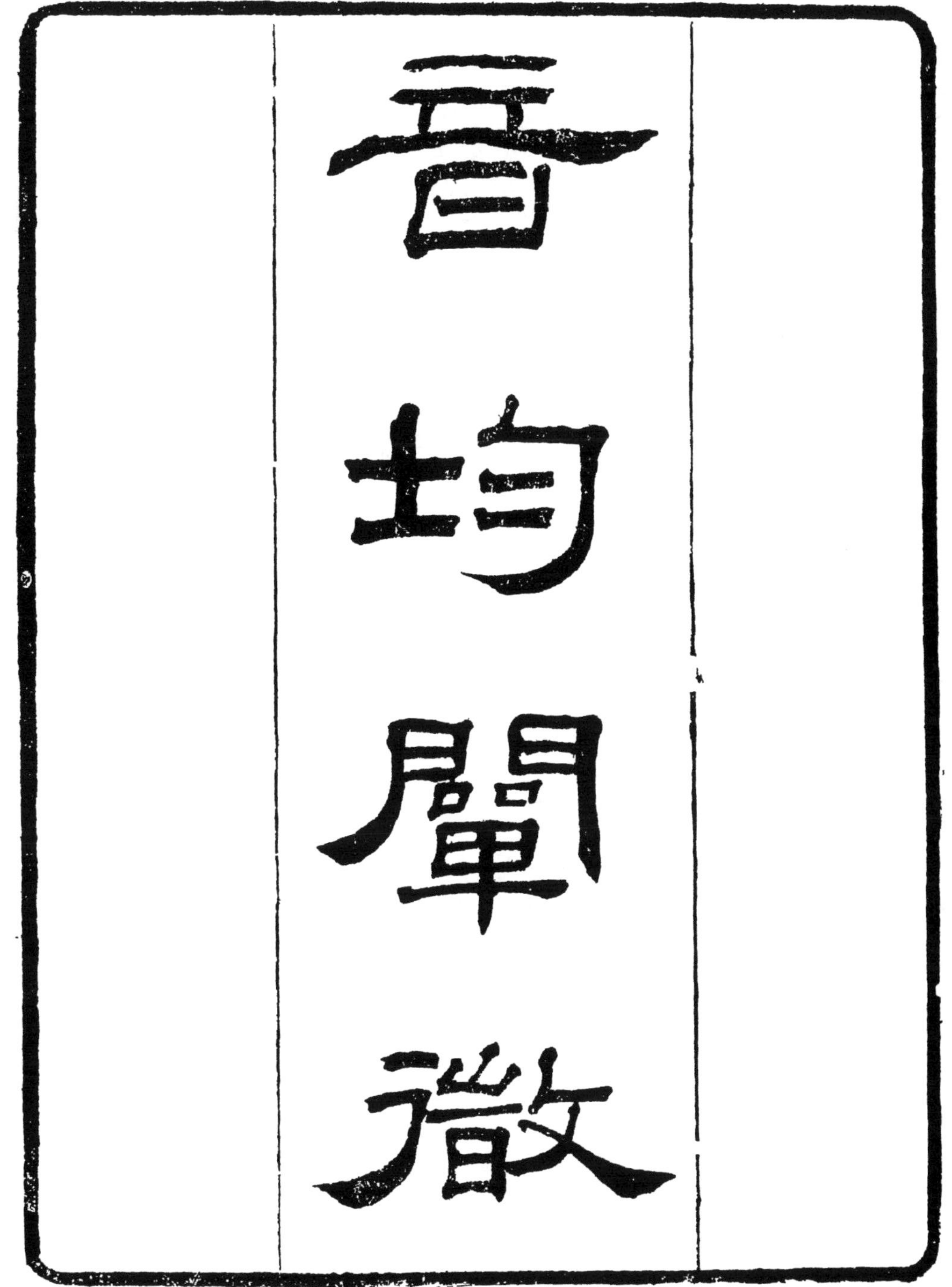

# 音均闡微

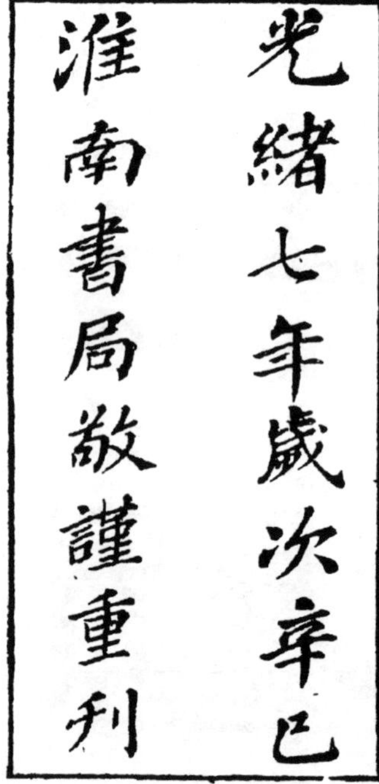
光緒七年歲次辛巳
淮南書局敬謹重刊

御製音韻闡微序

聲音之道微矣天地有自然之數人聲有自然之節古之聖人得其節之自然者而爲之依永和聲至於八音諧而神人和胥是道也文字之作無不講求音韻然南北異其風土古今殊其轉變喉舌唇齒清濁輕



重之分辨在毫釐動多訛舛樊然淆混不可究極自西域梵僧定字母爲三十六分五音以總天下之聲而翻切之學興儒者若司馬光鄭樵皆宗之其法有音和類隔互用借聲類例不一後人苦其委曲繁重難以驟曉往往以類隔互用

之切既從音和而終莫能得其原也哉

聖祖仁皇帝亶聰首出天地萬物之奧律歷象數之秘靡弗心解神會洞徹



本原以國書合聲之法出於自然足以盡括漢文翻切之要妙也於是指授大學士李光地撰定條例節目俾諸生王蘭生纂輯之後復以尚書徐元夢董其成始自康熙五十四年迄今十載奏竣命之曰音韻闡微蓋其爲法也緩讀則



成二字急讀則成一音在音和中尤極其和總出於人聲之自然而無所勉强洵爲簡明易曉從來翻切家所莫及而

講求音韻者習之良甚便也雖然此特就切韻言之耳嘗觀皇極經世書律感呂而聲生呂應律而音生律呂倡和相



生不窮以聲音統攝萬物之變說者謂其以聲起數以數合卦而萬物之理備焉我

聖祖仁皇帝獨見音韻之本原即用以審音定律作樂崇德其道舉無不貫蓋睿智淵通更有極乎至微者夫豈群下所能仰窺萬一哉



雍正四年五月十八日

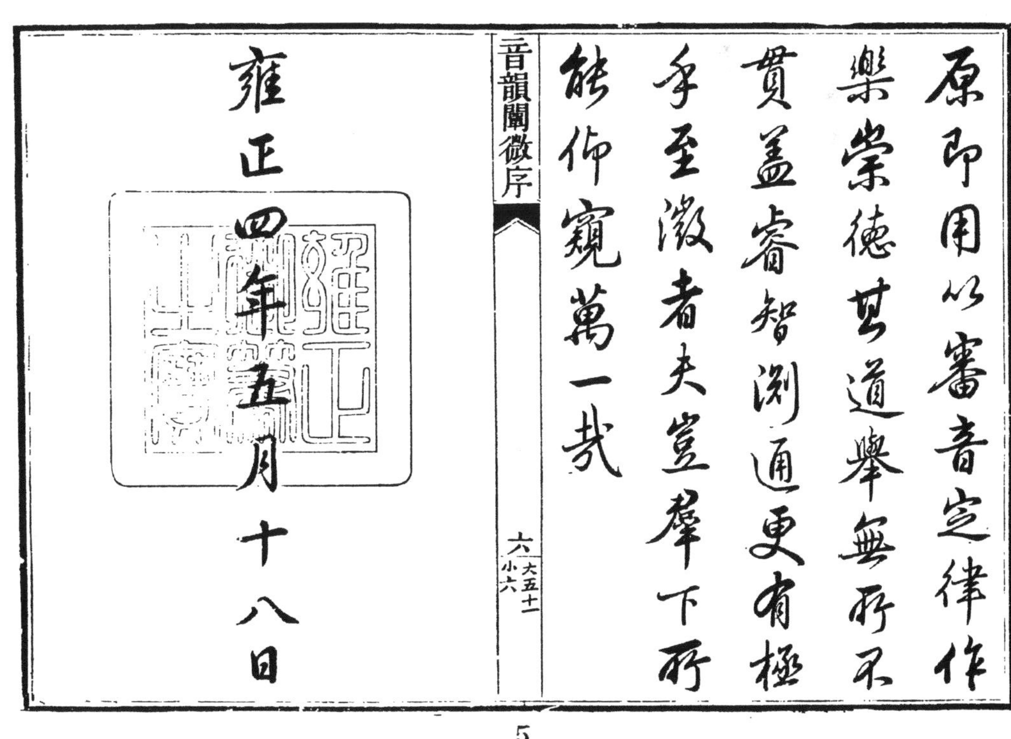

凡例

從來考文之典不外形聲二端形象存乎點畫聲音在於翻切世傳切韻之書其用法繁而取音難今依

本朝字書合聲切法則用法簡而取音易如公字舊用古紅切今擬姑翁切巾字舊用居銀切今擬基因切牽字舊用苦堅切今擬欺煙切蕭字舊用蘇彫切今擬西腰切蓋翻切之上一字定



母下一字定韻今於上一字擇其能生本音者下一字擇其能收本韻者緩讀之爲二字急讀之卽成一音此法啓自

國書十二字頭括音韻之源流握翻切之竅妙簡明易曉乃前古所未有也

凡字之同母者其韻部雖異而呼法開合相同則翻切但換下一字而上一字不換如姑翁切公字姑威切歸字姑彎切關字姑汪切光字此四字皆見母合口呼俱生聲於姑字又如基因切巾字基煙切堅字基腰切驕字基優切鳩字此四字皆見母齊齒呼俱生聲於基字由此以推凡翻切之上一字皆取支微魚虞歌麻數韻中字辨其等母呼法其音自合以此數韻能生諸部之音在

國書十二字頭與支微魚虞歌麻數韻對音者原爲第一部也



凡字之同韻者其字母雖異而平仄清濁相同則翻切但換上一字而下一字不換如基煙切堅字欺煙切牽字梯煙切天字卑煙切邊字此四字皆先韻之清聲俱收聲於煙字如奇延切虔字池延切纏字彌延切綿字齊延切錢字此四字乃先韻之濁聲俱收聲於延字由此以推凡各韻清聲之字皆收聲於本韻之影母各韻濁聲之字皆收聲於本韻之喻母蓋影喻二母聲

有清濁乃本韻之喉音天下之聲皆出於喉而收於喉故翻切之下一字用影喻二母中字收歸喉音其聲自合也

每韻中同音之字彙於一處每音第一字下註明其音今將舊翻切列於前係以廣韻集韻舊名有不備者缺之他書可參證者併存之將所擬合聲切列於後係以合聲二字其有係以今用二字者因本母本呼於支微魚虞數韻中無字



者則借仄聲或別部之字以代之但開齊合撮之類不使相淆遇本韻影喻二母無字者則借本韻旁近之字以代之其清母濁母之分不使或紊其取音比舊稍近也有再係以協用二字者再借鄰韻影喻二母中字以協其聲也或係以借用二字者乃雖借鄰韻併非影喻二母中字其聲為近而亦不甚協者也蓋漢文有音無字者多又支微魚虞數韻併各韻影喻二母皆

單音之字不能合聲欲得正音必婉轉以求其相近若遇本字之切音易明者則不多註遇舊韻書翻切用字已合者則仍其舊也

平聲諸韻清濁之辨甚顯故收聲之字必分清濁至上去入聲其字較少而清濁之辨甚微但據出切之字以定其母而收聲之字或不拘清濁

又凡翻切用字須擇其常見常用者若遇險僻之字或讀法差訛南北古今互異者其音雖近



不如借用也

按韻分音在於字母每音上所標見溪等字乃字母也其法出自梵僧詳析於宋鄭樵七音略而審定於元劉鑑切韻指南凡三十六母內有一十三母重列者故縱分二十三行橫分四等平上去入以聲相附脣喉齒舌以類相從凡經史韻書中有音有字者皆足以包之各省風土之殊古今音韻之變亦有以界之乃漢文審音之

樞要也他如高麗同同諸字書亦分韻分母而與中土之音多不對邵子皇極經世書及近代言韻者其字母各有多寡然或字母多而母中不能有字或字母少而字音多無所歸惟三十六母之譜與漢文合今仍其舊

排列字母各有等第見溪諸母下係一二三四字乃其等也歷代韻譜多分四等故俗呼等韻邵子皇極經世書分開發收閉四音即四等之意今仍其舊



依韻辨音各有呼法舊分開合二呼每呼四等近來審音者於開口呼內又分齊齒呼於合口呼內又分撮口呼每呼二等以別輕重二呼同居一幅共分四等名目加詳其實無二今於每韻內分註開口呼齊齒呼合口呼撮口呼各若干音以為按母分音之據乃呼法也

韻書原為詩賦之用律詩律賦莫盛於唐則律韻宜依唐韻部分在三代以前有韻語無韻書秦漢魏晉以來與古漸異至齊梁間始有四聲切韻之說而周顒沈約之書亦已不傳今之廣韻蓋創自隋陸法言劉臻諸人增修於唐孫愐而更定於宋陳彭年共分二百有六韻乃韻書之最舊者景祐初宋祁丁度等撰修集韻收字取音務從該廣復刪其繁為禮部韻略頒之學官以為科舉詩賦之用紹興末衢州進士毛晃取



禮部韻略增修之為增修互註韻略淳祐開平水劉淵有壬子新刻韻略乃併禮部韻之同用者為一百七韻金韓道昭有五音集韻就同用中併其呼法等第之相同者為一百六十韻嗣後惟元黃公紹古今韻會其韻目尚仍劉淵之舊他如陰時夫之韻府羣玉明之洪武正韻章黼之韻學集成等書部分愈少與廣韻集韻愈異今按音編次略倣五音集韻與韻會之式而

二百六韻之名附存廣韻集韻之舊焉至韻目下獨用同用之註皆爲律韻設也廣韻集韻諸書亦互有異同詳見各韻按語中

唐虞三代以及秦漢所傳旣無韻書故古韻部分言者各殊究無定論今按其收聲以別之平聲分爲六部上去二聲與平聲同入聲分爲三部皆與



國書十二字頭之部分相對歌麻支微齊魚虞爲一部皆直收本字之喉音凡諸韻之聲皆從此出與十二字頭阿厄衣一部之音相對佳灰與支微齊爲一部同收聲於衣字與十二字頭艾厄矣一部之音相對蕭肴豪尤與魚虞爲一部同收聲於烏字與十二字頭傲毆優一部之音相對東冬江陽庚青蒸爲一部收鼻音與十二字頭昂罌英一部之音相對眞文元寒刪先爲一部收舌齒音與十二字頭按恩因一部之音相對侵覃鹽咸爲一部收脣音與十二字頭收聲於母字者相對至入聲屋沃覺藥陌錫職爲一部乃東冬江陽庚青蒸之入聲其音宜與十二字頭之收聲於克字者相對以皆收聲於鼻音也質物月曷黠屑爲一部乃眞文元寒刪先之入聲其音宜與十二字頭之收聲於忒字者相對以皆收聲於舌齒也緝合葉洽爲一部乃侵覃鹽咸之入聲其音宜與十二字頭之收聲



於卜字者相對以皆收聲於脣音也至十二字頭之收聲於勒收聲於思收聲於爾者其音爲漢文之所無不能對音者也夫分六部收聲而三部有入此古韻唐韻之要訣講究樂府者言之而考之秦漢以前之經書多依此爲韻卽證之高麗囘囘各國字書部分亦大致相符而求其該括整齊則未有如十二字頭者也

韻部爲經字母爲緯等第呼法以別其音今於能

別者悉爲剖析註釋其不能辨者則仍舊以示存古之意又如江韻之字古音與東冬韻近今音與陽韻近殷韻之字唐人多與眞同用宋以後乃與文同用此聲音部分之隨韻而異者皆詳於各韻按語中若疑微喻三母南音各異北音相同知徹澄三母古音與端透定相近今音與照穿牀相近又泥母與孃母牀母與敷母古音異讀今音同讀此聲音部分之隨母而異者皆按舊譜列之而古今南北之別庶按母可辨不敢意爲離合也

韻書以審音爲要故註釋之文不能多引或但採諸韻書之註以解其義或援經史子集以證其說取字以適用爲宜故隱僻之文重複之音不能悉載仍以宋禮部韻略爲本而復取諸家之韻書以增修之其詳則有字書類書可參考也

雍正六年九月二十一日奉

旨開列

御定音韻闡微監修承修編纂校看校對監造諸臣職名

武英殿監修

和碩莊親王臣允祿

和碩果親王臣允禮

承修

原任文淵閣大學士兼吏部尚書太子太傅加三級臣李光地



編纂

提督浙江學政翰林院侍講加一級臣王蘭生

校看

內閣學士行走臣徐元夢

武英殿校對

原進士臣方苞

翰林院編修革職留任臣俞鴻圖

翰林院編修加一級臣周學健

翰林院編修臣李淸植

巡視西城署掌河南道事浙江道監察御史加一級臣唐繼祖

內閣中書舍人臣戴臨

監造

稽察內務府事務監察御史兼護軍參領佐領加二級臣三保

監造臣雅爾岱

監造臣李之綱

東董送屋

音韻闡微　韻譜　一　六百七十七　周 吳

| 字母 | 一等平 | 上 | 去 | 入 | 二等平 | 上 | 去 | 入 | 三等平 | 上 | 去 | 入 | 四等平 | 上 | 去 | 入 |
|---|---|---|---|---|---|---|---|---|---|---|---|---|---|---|---|---|
| 見 | 公 | | 貢 | 穀 | | | | | 弓 | | | 菊 | | | | |
| 溪 | 空 | 孔 | 控 | 哭 | | | | | 穹 | | 焪 | 麴 | | | | |
| 羣 | | | | | | | | | 窮 | | | 鞠 | | | | |
| 疑 | [illegible] | | | | | | | | | | | 砡 | | | | |
| 端 / 知 | 東 | 董 | 凍 | 轂 | | | | | 中 | | 中 | 竹 | | | | |
| 透 / 徹 | 通 | 桶 | 痛 | 禿 | | | | | 忡 | | 矗 | 蓄 | | | | |
| 定 / 澄 | 同 | 動 | 洞 | 獨 | | | | | 蟲 | | 仲 | 逐 | | | | |
| 泥 / 孃 | | | 齈 | | | | | | | | | 朒 | | | | |
| 幫 / 非 | | 琫 | | 卜 | | | | | 風 | | 諷 | 福 | | | | |
| 滂 / 敷 | | | | 扑 | | | | | 豐 | | 賵 | 覆 | | | | |
| 並 / 奉 | 蓬 | 埲 | 槰 | 僕 | | | | | 馮 | | 鳳 | 伏 | | | | |
| 明 / 微 | 蒙 | 蠓 | 幪 | 木 | | | | | | | | | | | | |
| 精 / 照 | 嵏 | 總 | 糉 | 鏃 | | | | 縅 | 終 | | 衆 | 祝 | | | | 蹙 |
| 清 / 穿 | 悤 | | 謥 | 蔟 | | | | 矗 | 充 | | 銃 | 俶 | | | 趥 | 蹴 |
| 從 / 牀 | 叢 | 嵸 | 𢿱 | 族 | 崇 | | 剿 | 族 | | | | 塾 | | | | 摵 |
| 心 / 審 | 檧 | 敵 | 送 | 速 | | | | 縮 | | | | 叔 | 嵩 | | | 肅 |
| 邪 / 禪 | | | | | | | | | | | | | | | | |
| 曉 | 烘 | 嗊 | 烘 | 熇 | | | | | | | 趜 | 畜 | | | | |
| 匣 | 洪 | 澒 | 哄 | 斛 | | | | | 雄 | | | | | | | |
| 影 | 翁 | 蓊 | 甕 | 屋 | | | | | | | | 郁 | | | | |
| 喻 | | | | | | | | | | | | 囿 | 融 | | | 育 |
| 來 | 籠 | 攏 | 弄 | 祿 | | | | | 隆 | | | 六 | | | | |
| 日 | | | | | | | | | 戎 | | | 肉 | | | | |

東董送屋

冬腫宋沃

音韻闡微　韻譜　二　七百六十五　周 吳

| 字母 | 一等平 | 上 | 去 | 入 | 二等平 | 上 | 去 | 入 | 三等平 | 上 | 去 | 入 | 四等平 | 上 | 去 | 入 |
|---|---|---|---|---|---|---|---|---|---|---|---|---|---|---|---|---|
| 見 | 攻 | | | 梏 | | | | | 恭 | 拱 | 供 | 輂 | | | | |
| 溪 | | | | 酷 | | | | | 銎 | 恐 | 恐 | 曲 | | | | |
| 羣 | | | | | | | | | 蛩 | 梁 | 共 | 局 | | | | |
| 疑 | | | | [illegible] | | | | | 顒 | | | 玉 | | | | |
| 端 / 知 | 冬 | 湩 | 湩 | 篤 | | | | | | 冢 | 湩 | 瘃 | | | | |
| 透 / 徹 | 炵 | | 統 | | | | | | 蹱 | 寵 | 惷 | 楝 | | | | |
| 定 / 澄 | 彤 | | | 毒 | | | | | 重 | 重 | 重 | 躅 | | | | |
| 泥 / 孃 | 農 | 襛 | 癑 | 媷 | | | | | 醲 | | | 傉 | | | | |
| 幫 / 非 | | | | 樸 | | | | | 封 | 覂 | 葑 | 轐 | | | | |
| 滂 / 敷 | | | | 蒪 | | | | | 丰 | 捧 | | | | | | |
| 並 / 奉 | | | | 僕 | | | | | 逢 | 奉 | 俸 | 幞 | | | | |
| 明 / 微 | | 鴾 | 雺 | 瑁 | | | | | | | | | | | | |
| 精 / 照 | 宗 | | 綜 | 傶 | | | | | 鍾 | 腫 | 種 | 燭 | 蹤 | 縱 | 縱 | 足 |
| 清 / 穿 | | | | | | | | 娖 | 衝 | 䡴 | 揰 | 觸 | 樅 | 憁 | | 促 |
| 從 / 牀 | 賨 | | | 宋 | | | | [illegible] | | | | 贖 | 從 | | 從 | |
| 心 / 審 | 鬆 | | 宋 | 洬 | | | | 數 | 舂 | | | 束 | 淞 | 竦 | | 粟 |
| 邪 / 禪 | | | | | | | | | 鱅 | 偅 | | 蜀 | 松 | | 頌 | 續 |
| 曉 | | | | 熇 | | | | | 胷 | 洶 | | 旭 | | | | |
| 匣 | 硡 | | 硡 | 鵠 | | | | | | | | | | | | |
| 影 | | | | 沃 | | | | | 邕 | 擁 | 雍 | | | | | |
| 喻 | | | | | | | | | | | | | 容 | 勇 | 用 | 欲 |
| 來 | 礱 | | 礱 | 濼 | | | | | 龍 | 隴 | 贚 | 錄 | | | | |
| 日 | | | | | | | | | 茸 | 宂 | [illegible] | 辱 | | | | |

冬腫宋沃　鍾腫用燭

音韻闡微 韻譜 三 六一百七 丁 王

| | 見 | 溪 | 羣 | 疑 | 端 | 透 | 定 | 泥 | 幫 | 滂 | 並 | 明 | 精 | 清 | 從 | 心 | 邪 | 曉 | 匣 | 影 | 喻 | 來 | 日 | |
|---|---|---|---|---|---|---|---|---|---|---|---|---|---|---|---|---|---|---|---|---|---|---|---|---|
| | | | | | 知 | 徹 | 澄 | 孃 | | | | | 照 | 穿 | 牀 | 審 | 禪 | | | | | | | |
| 江 | 江 | 腔 | | 峴 | 樁 | 惷 | 幢 | 噥 | 邦 | 胮 | 龐 | 尨 | | 牕 | 淙 | 雙 | | 肛 | 降 | | | 瀧 | | 江 |
| 講 | 講 | 控 | | | | | | 擃 | 綁 | 㩧 | 棒 | [illegible] | | 傯 | | 愯 | | 傋 | 項 | 㦎 | | | | 講 |
| 絳 | 絳 | | | | 戇 | 替 | 撞 | 鬞 | | 胖 | | [illegible] | | 䉶 | 漴 | 淙 | | 巷 | 巷 | | | | | 絳 |
| 覺 | 覺 | 確 | | 嶽 | 斲 | 逴 | 濁 | 搦 | 剝 | 璞 | 雹 | 邈 | 捉 | 娖 | 浞 | 朔 | | 謞 | 學 | 渥 | | 犖 | | 覺 |

音韻闡微 韻譜 四 六二百十五 丁 王

| | 見 | 溪 | 羣 | 疑 | 端 | 透 | 定 | 泥 | 幫 | 滂 | 並 | 明 | 精 | 清 | 從 | 心 | 邪 | 曉 | 匣 | 影 | 喻 | 來 | 日 | |
|---|---|---|---|---|---|---|---|---|---|---|---|---|---|---|---|---|---|---|---|---|---|---|---|---|
| | | | | | | | | | | | | | 照 | 穿 | 牀 | 審 | 禪 | | | | | | | |
| 支 | | | | | | | | | | | | | 菑 | 差 | 茬 | 師 | | | | | | | | 支 |
| 紙 | | | | | | | | | | | | | 滓 | 剩 | 俟 | 史 | | | | | | | | 紙 |
| 寘 | | | | | | | | | | | | | 胾 | 廁 | 事 | 駛 | | | | | | | | 寘 |
| | | | | | 知 | 徹 | 澄 | 孃 | | | | | | | | | | | | | | | | |
| 支 | 基 | 欺 | 奇 | 宜 | 知 | 絺 | 馳 | 尼 | 碑 | 披 | 皮 | 糜 | 支 | 蚩 | | 施 | 時 | 犧 | | 醫 | | 離 | 兒 | 支 |
| 紙 | 紀 | 起 | 技 | 擬 | 徵 | 恥 | 雉 | 柅 | 彼 | 嚭 | 被 | 美 | 紙 | 齒 | 舓 | 始 | 市 | 喜 | | 倚 | 矣 | 里 | 耳 | 紙 |
| 寘 | 記 | 器 | 忌 | 義 | 智 | 屎 | 稺 | 膩 | 賁 | 帔 | 備 | 糜 | 至 | 熾 | 示 | 試 | 侍 | 戲 | | 意 | | 吏 | 二 | 寘 |
| | | | | | 端 | 透 | 定 | 泥 | | | | | 精 | 清 | 從 | 心 | 邪 | | | | | | | |
| 支 | | | 祇 | | | | | | 卑 | 紕 | 琵 | 彌 | 咨 | 雌 | 慈 | 斯 | 詞 | 咦 | | 伊 | 移 | | | |
| 紙 | 枳 | 企 | | | | | | | 比 | 諀 | 婢 | 弭 | 紫 | 此 | | 枲 | 似 | | | | 以 | | | |
| 寘 | 馶 | 棄 | | | | | 地 | | 臂 | 譬 | 避 | 寐 | 恣 | 次 | 自 | 四 | 寺 | 呬 | 系 | 縊 | 異 | | | |

支紙寘 脂旨至 之止志

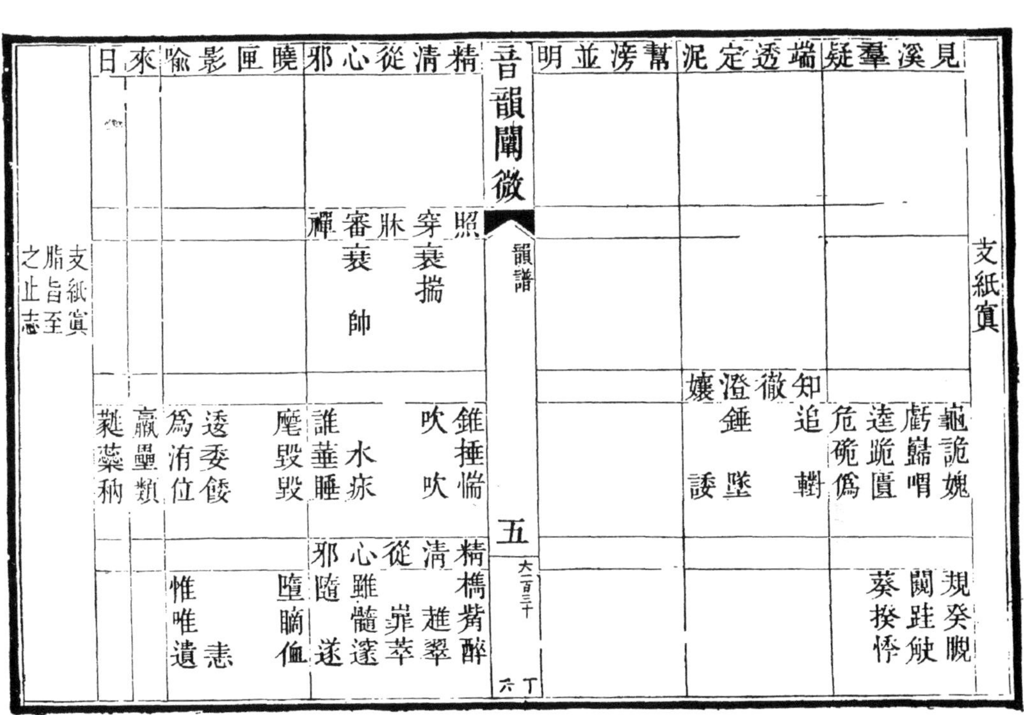

音韻闡微 韻譜 五

支紙寘（支紙寘 脂旨至 之止志）

| 等 | 聲 | 見 | 溪 | 羣 | 疑 | 端 | 透 | 定 | 泥 | 幫 | 滂 | 並 | 明 | 精 | 清 | 從 | 心 | 邪 | 曉 | 匣 | 影 | 喻 | 來 | 日 |
|---|---|---|---|---|---|---|---|---|---|---|---|---|---|---|---|---|---|---|---|---|---|---|---|---|
| 一 | 平 | | | | | | | | | | | | | | | | | | | | | | | |
| 一 | 上 | | | | | | | | | | | | | | | | | | | | | | | |
| 一 | 去 | | | | | | | | | | | | | | | | | | | | | | | |
| 二 | | | | | | | | | | | | | | 照 | 穿 | 牀 | 審 | 禪 | | | | | | |
| 二 | 平 | | | | | | | | | | | | | | 衰 | | 衰 | | | | | | | |
| 二 | 上 | | | | | | | | | | | | | | 揣 | | | | | | | | | |
| 二 | 去 | | | | | | | | | | | | | | | | 帥 | | | | | | | |
| 三 | | | | | | 知 | 徹 | 澄 | 孃 | | | | | | | | | | | | | | | |
| 三 | 平 | 龜 | 虧 | 逵 | 危 | 追 | | 鎚 | | | | | | 錐 | 吹 | | | 誰 | 麾 | | 逶 | 爲 | 羸 | 蕤 |
| 三 | 上 | 詭 | 巋 | 跪 | 硊 | | | | | | | | | 捶 | | | 水 | 菙 | 毀 | | 委 | 洧 | 壘 | 蘂 |
| 三 | 去 | 媿 | 喟 | 匱 | 僞 | 轛 | | 墜 | 諉 | | | | | 惴 | 吹 | | [illegible] | 睡 | 毀 | | 餧 | 位 | 類 | 枘 |
| 四 | | | | | | | | | | | | | | 精 | 清 | 從 | 心 | 邪 | | | | | | |
| 四 | 平 | 規 | 闚 | 葵 | | | | | | | | | | 檇 | | | 雖 | 隨 | 隓 | | | 惟 | | |
| 四 | 上 | 癸 | 跬 | 揆 | | | | | | | | | | 觜 | 趡 | [illegible] | 髓 | | [illegible] | | | 唯 | | |
| 四 | 去 | 睽 | 觖 | 悸 | | | | | | | | | | 醉 | 翠 | 萃 | 邃 | 遂 | 侐 | | 恚 | 遺 | | |

音韻闡微 韻譜 六

微尾未（微尾未）

| 等 | 聲 | 見 | 溪 | 羣 | 疑 | 端 | 透 | 定 | 泥 | 幫 | 滂 | 並 | 明 | 精 | 清 | 從 | 心 | 邪 | 曉 | 匣 | 影 | 喻 | 來 | 日 |
|---|---|---|---|---|---|---|---|---|---|---|---|---|---|---|---|---|---|---|---|---|---|---|---|---|
| 一 | 平上去 | | | | | | | | | | | | | | | | | | | | | | | |
| 二 | 平上去 | | | | | | | | | | | | | | | | | | | | | | | |
| 三 | 平 | 機 | | 旂 | 沂 | | | | | | | | | | | | | | 希 | | 衣 | | | |
| 三 | 上 | 蟣 | 豈 | | 顗 | | | | | | | | | | | | | | 豨 | | 扆 | | | |
| 三 | 去 | 旣 | 氣 | [illegible] | 毅 | | | | | | | | | | | | | | 欷 | | 衣 | | | |
| 四 | 平上去 | | | | | | | | | | | | | | | | | | | | | | | |

微尾未

| 等 | 見 | 溪 | 羣 | 疑 | 端 | 透 | 定 | 泥 | 幫 | 滂 | 並 | 明 | 精 | 清 | 從 | 心 | 邪 | 曉 | 匣 | 影 | 喻 | 來 | 日 |
|---|---|---|---|---|---|---|---|---|---|---|---|---|---|---|---|---|---|---|---|---|---|---|---|
| 一 | | | | | | | | | | | | | | | | | | | | | | | |
| 二 | | | | | | | | | | | | | | | | | | | | | | | |
| 三 | 歸鬼貴 | 蘬　毀 | | 巍僞魏 | | | | | 非：非匪沸 | 敷：霏斐費 | 奉：肥陫屝 | 微：微尾未 | | | | | | 暉虺諱 | | 威扆畏 | 韋偉胃 | | |
| 四 | | | | | | | | | | | | | | | | | | | | | | | |

微尾未





魚語御

| 等 | 見 | 溪 | 羣 | 疑 | 端 | 透 | 定 | 泥 | 幫 | 滂 | 並 | 明 | 精 | 清 | 從 | 心 | 邪 | 曉 | 匣 | 影 | 喻 | 來 | 日 |
|---|---|---|---|---|---|---|---|---|---|---|---|---|---|---|---|---|---|---|---|---|---|---|---|
| 一 | | | | | | | | | | | | | | | | | | | | | | | |
| 二 | | | | | | | | | | | | | 照：菹阻詛 | 穿：初楚楚 | 牀：鉏齟助 | 審：蔬所疏 | 禪： | | | | | | |
| 三 | 居舉據 | 墟去去 | 渠巨遽 | 魚語御 | 知：豬貯著 | 徹：攄楮絮 | 澄：除宁箸 | 孃：袽女女 | | | | | 諸煑翥 | 　杵處 | | 書暑恕 | 蜍墅署 | 虛許噓 | | 於淤飫 | | 閭呂慮 | 如汝洳 |
| 四 | | | | | | | | | | | | | 精：苴苴怚 | 清：疽跛覷 | 從：　咀 | 心：胥諝絮 | 邪：徐敘 | | | | 余與豫 | | |

魚語御

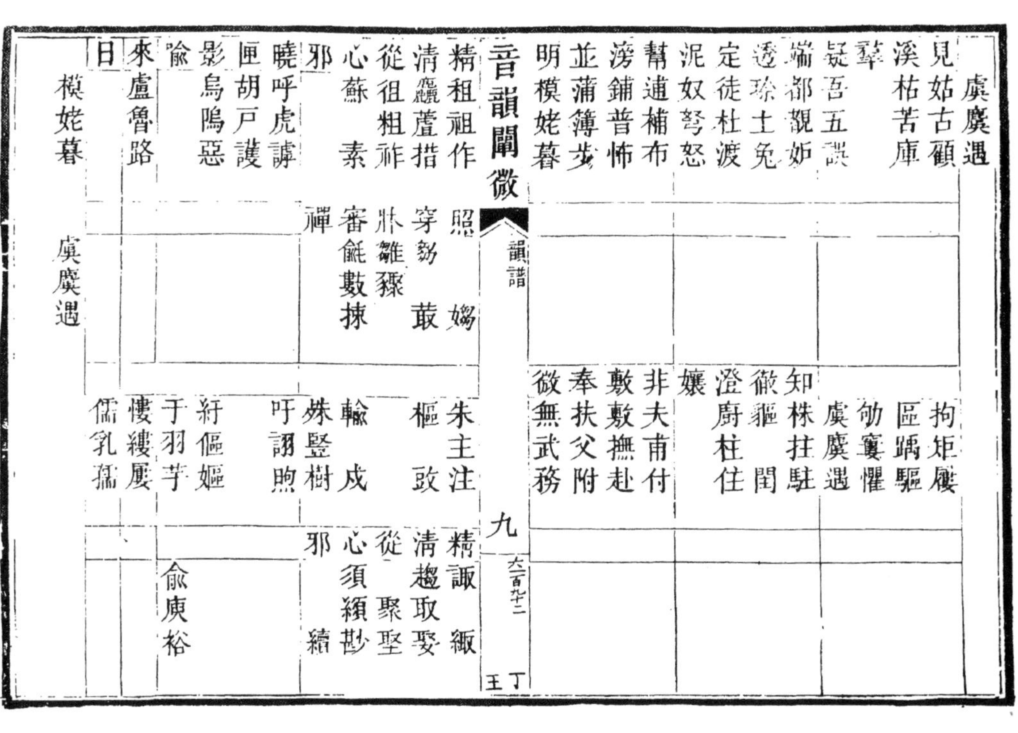

音韻闡微 韻譜 九 六百九十二 丁王

虞麌遇
見 姑古顧 | 拘矩屨
溪 枯苦庫 | 區踽驅
羣 | 劬窶懼
疑 吾五誤 | 虞麌遇
端 都覩妒 | 知 株拄駐
透 稌土兔 | 徹 貙 閏
定 徒杜渡 | 澄 廚柱住
泥 奴弩怒 | 孃
幫 逋補布 | 非 夫甫付
滂 鋪普怖 | 敷 敷撫赴
並 蒲簿步 | 奉 扶父附
明 模姥暮 | 微 無武務
精 租祖作 | 照 㛤 | 朱主注 | 精 諏 緅
清 麤蔖措 | 穿 芻 菆 | 樞 豉 | 清 趨取娶
從 徂粗祚 | 牀 雛𪍑 | | 從 聚埾
心 蘇 素 | 審 毹數捒 | 輸 戍 | 心 須䇓𢾞
邪 | 禪 | 殊豎樹 | 邪 續
曉 呼虎謼 | | 吁詡煦
匣 胡戶護
影 烏鳴惡 | | 紆傴嫗
喻 | | 于羽芋 | 俞庾裕
來 盧魯路 | | 僂縷屨
日 | | 儒乳孺
模姥暮 虞麌遇

音韻闡微 韻譜 十 六百廿六 丁王

灰賄隊 | 佳蟹卦 | 霽 | 齊薺霽
見 該改槩 | 佳解戒 | 罽 | 雞 計
溪 開愷慨 | 揩楷烗 | 憩 | 谿啓契
羣 隑 | 齸 | 偈
疑 皚騃礙 | 厓騃睚 | 劓 | 倪堄詣
端 等戴 | 知 媞 | [illegible] | 端 低邸帝
透 胎嚏態 | 徹 蠆 | 跇 | 透 梯體替
定 臺待代 | 澄 廌䮾 | 滯 | 定 題弟第
泥 能乃耐 | 孃 嬭㮏 | | 泥 泥禰泥
幫 㤥 | 擺捭 | | 篦鞞閉
滂 啡怖 | | | 批頩媲
並 倍僃 | 排罷 | | 鼙陛弊
明 穤穤 | 埋買賣 | | 迷米袂
精 哉宰再 | 照 齋跐債 | 制 | 精 齎濟霽
清 猜采菜 | 穿 釵茝差 | 掣 | 清 妻泚砌
從 裁在載 | 牀 柴寨 | | 從 齊薺劑
心 鰓諰賽 | 審 簁灑曬 | 世 | 心 西洗細
邪 | 禪 | 誓 | 邪
曉 咍海儗 | 謑 | 㰦 | 醯 盻
匣 孩亥瀣 | 諧蟹械 | | 兮傒系
影 哀欸愛 | 挨矮隘 | 餲 | 鷖吟翳
喻 佁 | | | 曳
來 來來䲚賚 | 攋 | 例 | 黎禮麗
日
咍海代 | 佳蟹卦 皆駭怪 | 祭 | 齊薺霽 祭

音韻闡微 韻譜 十二

| 字母 | 灰賄隊 | 佳蟹卦 | 祭 | 齊薺霽 |
|---|---|---|---|---|
| 見 | 傀頒憒 | 乖枴怪 | 劌 | 圭　桂 |
| 溪 | 恢魁塊 | [illegible]胯快 | | 睽　楑 |
| 羣 | | | | |
| 疑 | 嵬隗磑 | 聵 | 刵 | |
| 端（知） | 堆埻對 | | 綴 | |
| 透（徹） | 推腿退 | 顡 | 惙 | |
| 定（澄） | 隤錞隊 | 膪　聉 | 錣 | |
| 泥（孃） | 捼餒內 | | | |
| 幫 | 杯　背 | 拜 | | |
| 滂 | 肧琣配 | 派 | | |
| 並 | 培琲佩 | 敗 | | |
| 明 | 枚每妹 | 邁 | | |
| 精（照／精） | 嗺摧晬 | 嘬 | 贅 | 蕝 |
| 清（穿／清） | 崔璀倅 | | 毳 | 脃 |
| 從（牀／從） | 摧罪啐 | | | |
| 心（審／心） | 䜋　碎 | 鎩 | 稅 | 歲 |
| 邪（禪／邪） | | | 啜 | 篲 |
| 曉 | 灰賄誨 | 虺　諣 | | 嘒 |
| 匣 | 回匯潰 | 懷夥壞 | | 攜　慧 |
| 影 | 隈猥隈 | 崴崴黯 | | 烓 |
| 喻 | 侑 | | 衞 | 銳 |
| 來 | 雷磊纇 | | | |
| 日 | | | 芮 | |

大二百七十四

音韻闡微 韻譜 十三

| 字母 | 泰 |
|---|---|
| 見 | 蓋 |
| 溪 | 磕 |
| 羣 | |
| 疑 | 艾 |
| 端 | 帶 |
| 透 | 泰 |
| 定 | 大 |
| 泥 | 柰 |
| 幫 | 貝 |
| 滂 | 霈 |
| 並 | 旆 |
| 明 | 眛 |
| 精 | |
| 清 | 蔡 |
| 從 | |
| 心 | |
| 邪 | |
| 曉 | 餀 |
| 匣 | 害 |
| 影 | 藹 |
| 喻 | |
| 來 | 賴 |
| 日 | |

大四十九

音韻闡微 韻譜 十三 大六十三 下丁

| 韻 | 見 | 溪 | 羣 | 疑 | 端 | 透 | 定 | 泥 | 幫 | 滂 | 並 | 明 | 精 | 清 | 從 | 心 | 邪 | 曉 | 匣 | 影 | 喻 | 來 | 日 | 韻 |
|---|---|---|---|---|---|---|---|---|---|---|---|---|---|---|---|---|---|---|---|---|---|---|---|---|
| 泰 | 儈 | 檜 |  | 外 | 祋 | 蛻 | 兌 |  |  |  |  |  | 最 | 樶 | 蕞 | 䃗 |  | 翽 | 會 | 薈 | [illegible] | 酹 |  | 泰 |
|  |  |  |  |  |  |  |  |  |  |  |  |  |  |  |  |  |  |  |  |  |  |  |  |  |
|  |  |  |  |  |  |  |  |  | 非 | 敷 | 奉 | 微 |  |  |  |  |  |  |  |  |  |  |  |  |
| 隊 |  | [illegible] | [illegible] | 刈 |  |  |  |  | 廢 | 肺 | 吠 |  |  |  |  |  |  | 喙 |  | 穢 |  | 䙙 |  | 廢 |
|  |  |  |  |  |  |  |  |  |  |  |  |  |  |  |  |  |  |  |  |  |  |  |  |  |

音韻闡微 韻譜 十四 大二百九十八 下丁

| 韻 | 見 | 溪 | 羣 | 疑 | 端 | 透 | 定 | 泥 | 幫 | 滂 | 並 | 明 | 精 | 清 | 從 | 心 | 邪 | 曉 | 匣 | 影 | 喻 | 來 | 日 | 韻 |
|---|---|---|---|---|---|---|---|---|---|---|---|---|---|---|---|---|---|---|---|---|---|---|---|---|
| 元 | 根 |  |  | 垠 |  | 吞 |  |  |  |  |  |  |  |  |  |  |  |  | 痕 | 恩 |  |  |  | 痕 |
| 阮 | 頣 | 墾 |  |  |  |  |  |  |  |  |  |  |  |  |  |  |  |  | 很 |  |  |  |  | 很 |
| 願 | 艮 | 硍 |  | [illegible] |  |  |  |  |  |  |  |  |  |  |  |  |  |  | 恨 | 饐 |  |  |  | 恨 |
| 月 | 扢 |  |  | 磑 |  |  |  |  |  |  |  |  |  |  |  |  |  |  | 齕 |  |  |  |  | 沒 |
|  |  |  |  |  |  |  |  |  |  |  |  |  | 照 | 穿 | 牀 | 審 | 禪 |  |  |  |  |  |  |  |
| 眞 |  |  |  |  |  |  |  |  |  |  |  |  | 臻 |  | 榛 | 莘 |  |  |  |  |  |  |  | 臻 |
| 軫 |  |  |  |  |  |  |  |  |  |  |  |  | [illegible] | 齔 |  |  |  |  |  |  |  |  |  | 準 |
| 震 |  |  |  |  |  |  |  |  |  |  |  |  |  | 櫬 | 酳 | 阠 |  |  |  |  |  |  |  | 稕 |
| 質 |  |  |  |  |  |  |  |  |  |  |  |  | 櫛 | 刹 | 齜 | 瑟 |  |  |  |  |  |  |  | 櫛 質 |
|  |  |  |  |  | 知 | 徹 | 澄 | 孃 |  |  |  |  |  |  |  |  |  |  |  |  |  |  |  |  |
|  | 巾 |  | 墐 | 銀 | 珍 | [illegible] | 陳 | 紉 | 彬 |  | 貧 | 珉 | 眞 | 瞋 | 神 | 申 | 辰 |  |  |  |  | 鄰 | 人 | 眞 |
|  | 巹 |  |  | 釿 | 駗 | 辴 | 紖 |  |  |  |  | 敏 | 軫 |  |  | 矧 | 腎 | 脪 |  |  |  | 嶙 | 忍 | 軫 |
|  | 抻 | 攱 | 覲 | 憖 | 鎮 | 疢 | 陣 |  |  |  |  |  | 震 |  |  | 胂 | 愼 | 舋 |  | 隱 |  | 吝 | 刃 | 震 |
|  | 暨 |  | 姞 | 耴 | 窒 | 抶 | 秩 | 暱 | 筆 |  | 弼 | 蜜 | 質 | 叱 | 實 | 失 |  | 肸 |  | 乙 | [illegible] | 栗 | 日 | 質 |
|  |  |  |  |  |  |  |  |  |  |  |  |  | 精 | 清 | 從 | 心 | 邪 |  |  |  |  |  |  |  |
|  |  |  |  |  |  |  |  |  | 賓 | 繽 | 頻 | 民 | 津 | 親 | 秦 | 辛 |  |  | 礥 | 因 | 寅 |  |  |  |
|  | 緊 | 螼 |  |  |  |  |  |  |  |  | 牝 | 泯 | [illegible] |  | 盡 |  |  |  |  |  | 引 |  |  |  |
|  |  | 螼 |  |  |  |  |  |  | 儐 | [illegible] |  | 愍 | 晉 | 親 |  | 信 | 賮 |  |  | 印 | 酳 |  |  |  |
|  | 吉 | 詰 | 佶 |  |  |  |  |  | 必 | 匹 | 苾 | 密 | 堲 | 七 | 疾 | 悉 |  | 欯 |  | 一 | 逸 |  |  |  |

音韻闡微 韻譜 十五

元阮願月 眞軫震質

魂混慁沒 諄準稕術

見 昆衮論骨 麇 均 昀 橘
溪 坤閫困窟 囷稛 麏壼
羣 窘屈 輑 繘
疑 僤顐兀
端 敦頓咄 知 屯 飩 㤕
透 啍畽突 徹 椿 𤞑 黜
定 豚囤鈍揬 澄 𧿹 朮
泥 磨炳嫩訥 孃 䎌
幫 奔本奔
滂 噴栩噴哱
並 盆笨坌勃
明 門懣悶沒
精 尊撙焌卒 照 谻 諄準稕 頓 遵 俊 卒
清 村忖寸猝 穿 齜 春蠢 出 逡 焌
從 存鱒鐏捽 牀 從
心 孫損巽窣 審 率 脣 術 心 荀 筍 濬 卹 崒
邪 禪 純 盾 順 舜 邪 旬 徇
曉 昏惛惛忽 獝
匣 魂混慁滑 穴
影 溫穩搵頞 贇
喻 筠 隕 韻 勻 允 聿
來 論惣論硉 倫 輪 論 律
日 犉 蝡 閏

大百六九 十 丁

音韻闡微 韻譜 十六

殷隱焮迄

見 斤 謹 靳 訖
溪 赾 掀 乞
羣 勤 近 近 趌
疑 垠 听 垽 仡
端 䂙
透 眣
定
泥
幫
滂
並
明
精 齜
清
從
心
邪
曉 欣 蠢 焮 迄
匣
影 殷 隱 億 乙
喻
來
日

殷隱焮迄

大六十五 十 千

| | 見 | 溪 | 羣 | 疑 | 端 | 透 | 定 | 泥 | 幫 | 滂 | 並 | 明 | 精 | 清 | 從 | 心 | 邪 | 曉 | 匣 | 影 | 喻 | 來 | 日 | |
|---|---|---|---|---|---|---|---|---|---|---|---|---|---|---|---|---|---|---|---|---|---|---|---|---|
| | | | | | 知 | 徹 | 澄 | 孃 | 非 | 敷 | 奉 | 微 | 照 | 穿 | 牀 | 審 | 禪 | | | | | | | |
| 文 | 君 | | 羣 | | | | | | 分 | 芬 | 汾 | 文 | | | | | | 熏 | | 氳 | 雲 | | | 文 |
| 吻 | 攟 | 趣 | | 齳 | | | | | 粉 | 忿 | 憤 | 吻 | | | | | | | | 蘊 | 抎 | | | 吻 |
| 問 | 攈 | 趨 | 郡 | | | | | | 糞 | 湓 | 分 | 問 | | | | | | 訓 | | 醞 | 運 | | | 問 |
| 物 | 厥 | 屈 | 掘 | 崛 | | | | | 弗 | 拂 | 佛 | 物 | | | | | | 欻 | | 鬱 | 颮 | | | 物 |





| | 見 | 溪 | 羣 | 疑 | 端 | 透 | 定 | 泥 | 幫 | 滂 | 並 | 明 | 精 | 清 | 從 | 心 | 邪 | 曉 | 匣 | 影 | 喻 | 來 | 日 | |
|---|---|---|---|---|---|---|---|---|---|---|---|---|---|---|---|---|---|---|---|---|---|---|---|---|
| 寒 | 干 | 看 | | 豻 | 單 | 灘 | 壇 | 難 | | | | | | 餐 | 殘 | 珊 | | 頇 | 寒 | 安 | | 闌 | | 寒 |
| 旱 | 笴 | 侃 | | | 亶 | 坦 | 但 | 攤 | | | | | 鬢 | | 瓚 | 散 | | 罕 | 旱 | | | 嬾 | | 旱 |
| 翰 | 幹 | 看 | | 岸 | 旦 | 炭 | 憚 | 難 | | | | | 贊 | 粲 | 巑 | 散 | | 漢 | 翰 | 按 | | 爛 | | 翰 |
| 曷 | 葛 | 渴 | | 嶭 | 怛 | 闥 | 達 | 捺 | | | | | 拶 | 攃 | 巀 | 薩 | | 喝 | 曷 | 遏 | | 刺 | | 曷 |
| | | | | | 知 | 徹 | 澄 | 孃 | | | | | 照 | 穿 | 牀 | 審 | 禪 | | | | | | | |
| 刪 | 艱 | 慳 | | 顏 | | | | | | | | | | | 孱 | 山 | | 羴 | 閑 | 黫 | | 斕 | | 山 |
| 潸 | 簡 | 齴 | | 眼 | | | | 赧 | | | | | 醆 | 剗 | 棧 | 產 | | | 限 | | | | | 産 |
| 諫 | 諫 | | | 鴈 | | | 綻 | | 扮 | 盼 | 瓣 | 蔄 | | 鏟 | 輚 | 訕 | | | 莧 | 晏 | | | | 襉 |
| 黠 | 戛 | 劼 | | 齾 | 哳 | 獺 | 噠 | 痆 | 捌 | | | 帓 | 札 | 察 | 鐁 | 殺 | | 鎋 | 黠 | 揠 | | | 髾 | 鎋 |
| 元 | 犍 | 攑 | [illegible] | 言 | | | | | | | | | | | | | | 掀 | | 焉 | | | | 元 |
| 阮 | 蹇 | | 鍵 | 巘 | | | | | | | | | | | | | | 幰 | | 偃 | | | | 阮 |
| 願 | 建 | 騫 | 健 | 甗 | | | | | | | | | | | | | | 獻 | | 堰 | | 僆 | | 願 |
| 月 | 訐 | 揭 | 竭 | 钀 | | | | | | | | | | | | | | 歇 | 紇 | 謁 | | | | 月 |

| | 寒旱翰曷 | | 刪潸諫黠 | | 元阮願月 | |
|---|---|---|---|---|---|---|
| 見 | 官管貫括 | | 關　慣刮 | | 　鞶攣厥 | |
| 溪 | 寬款欵闊 | | 　　　劀 | | 　綣勸闕 | |
| 羣 | | | | | 　卷圈掘 | |
| 疑 | 岏輐玩枂 | | 頑　薍刖 | | 元阮願月 | |
| 端 | 端短鍛掇 | 知 | 　　　窡 | | | |
| 透 | 湍疃彖脫 | 徹 | 　　　頞 | | | |
| 定 | 團斷段奪 | 澄 | | | | |
| 泥 | 渜煖偄 | 孃 | 　　　妠 | | | |
| 幫 | 般粄半撥 | | 班版　八 | 非 | 藩反販髮 | |
| 滂 | 潘坢判鏺 | | 攀眅襻汃 | 敷 | 翻疲娩怖 | |
| 並 | 盤伴畔跋 | | 　阪　拔 | 奉 | 煩飯飯伐 | |
| 明 | 瞞滿縵末 | | 蠻矕慢傛 | 微 | 樠晚萬韈 | |
| 精 | 鑽纂鑽繓 | 照 | 跧貑　茁 | | | |
| 清 | 爨䆘竄撮 | 穿 | 　　篹籑 | | 　　䉵 | |
| 從 | 欑　攢蕞 | 牀 | 　撰 | | | |
| 心 | 酸算筭劕 | 審 | 櫼　韗刷 | | | |
| 邪 | | 禪 | | | | |
| 曉 | 歡　喚豁 | | 豩　　傄 | | 暄諼楥颭 | |
| 匣 | 桓緩換活 | | 還莞患滑 | | | |
| 影 | 剜盌腕斡 | | 彎綰綰婠 | | 鴛婉怨噦 | |
| 喻 | | | | | 袁遠遠越 | |
| 來 | 鸞卵亂捋 | | | | | |
| 日 | | | | | | |
| | 桓緩換末 | | 刪潸諫黠 | | 元阮願月 | 山產襉鎋 |



| | | | 先銑霰屑 | | | | |
|---|---|---|---|---|---|---|---|
| 見 | | | | | 　蹇　揭 | | 堅繭見結 |
| 溪 | | | | | 愆　　朅 | | 牽遣譴挈 |
| 羣 | | | | | 虔件　傑 | | |
| 疑 | | | | | 　讞彥孽 | | 妍齞硯齧 |
| 端 | | | | 知 | 邅展驏哲 | 端 | 顛典殿咥 |
| 透 | | | | 徹 | 梴搌　徹 | 透 | 天腆瑱鐵 |
| 定 | | | | 澄 | 纏邅邅轍 | 定 | 田殄電垤 |
| 泥 | | | | 孃 | 　趁輾 | 泥 | 年撚晛涅 |
| 幫 | | | | | 　辡　莂 | | 邊編徧鷩 |
| 滂 | | | | | 　鴘 | | 篇扁片撆 |
| 並 | | | | | 　辯卞別 | | 胼辮便蹩 |
| 明 | | | | | 　免 | | 眠緬面滅 |
| 精 | | 照 | | | 旃聸戰浙 | 精 | 箋翦箭節 |
| 清 | | 穿 | | | 燀闡硟掣 | 清 | 千淺蒨切 |
| 從 | | 牀 | 潺棧　閦 | | 　　　舌 | 從 | 前踐賤截 |
| 心 | | 審 | 　　　樧 | | 羶燃扇設 | 心 | 先銑線屑 |
| 邪 | | 禪 | | | 蟬善繕折 | 邪 | 涎縒羨 |
| 曉 | | | | | 嘕　　娎 | | 祆顯韅擷 |
| 匣 | | | | | | | 賢峴現纈 |
| 影 | | | | | 焉嫣堰焆 | | 煙蝘宴噎 |
| 喻 | | | | | 漹 | | 延演衍抴 |
| 來 | | | | | 連輦摙列 | | 蓮　練捩 |
| 日 | | | | | 然橪軔熱 | | 　　繎 |
| | | | 仙獮線薛 | | 仙獮線薛 | | 先銑霰屑　仙獮線薛 |

音韻闡微

韻譜

見溪羣疑端透定泥幫滂並明

精清從心邪曉匣影喻來日

照穿牀審禪

先銑霰屑

照：跧　茁

牀：撰饌

審：栓　篡刷

知徹澄孃

見：卷眷蹶

溪：棬桊

羣：權圈倦瘚

知：轉轉輟

徹：猭猭皴

澄：椽篆傳

孃：吶

幫：變

照：專剸剸拙

穿：穿舛釧歠

牀：船

審：說

禪：遄腨捙

匣：昱

影：嬽噦

喻：員院

來：攣臠戀劣

日：嗄輭嗄爇

仙獮線薛

精清從心邪

見：涓畎絹決

溪：犬駽缺

羣：蜎

精：鐫臇蕝

清：詮縓臎

從：全雋絕

心：宣選選雪

邪：旋漩踅

曉：儇蠉絢血

匣：懸泫眩穴

影：淵蜎餇抉

喻：緣兖掾悅

先銑霰屑

仙獮線薛

三十

六百八十

丁太

音韻闡微

韻譜

見溪羣疑端透定泥幫滂並明

精清從心邪曉匣影喻來日

豪皓號

見：高杲誥

溪：尻考犒

疑：敖積傲

端：刀倒到

透：滔討套

定：桃道導

泥：猱腦腝

幫：褒寶報

滂：橐皫犥

並：袍抱暴

明：毛蓩帽

精：遭早竈

清：操草操

從：曹皁漕

心：騷嫂噪

曉：蒿好秏

匣：豪皓號

影：鏖襖奧

來：勞老勞

豪皓號

照穿牀審禪

知徹澄孃

肴巧效

見：交絞教

溪：敲巧敲

疑：聱齩樂

知：嘲獠罩

徹：颲趠

澄：櫂

孃：鐃撓鬧

幫：包飽豹

滂：胞炮

並：庖鮑鉋

明：茅卯貌

照：抓爪笊

穿：鈔煼鈔

牀：巢㑿巢

審：梢稍稍

曉：哮嗃孝

匣：肴槕效

影：坳拗靿

來：顟

肴巧效

蕭篠嘯

見：驕矯撟

溪：鷮趫

羣：喬嶠轎

疑：僥䖀

知：朝

徹：超朓

澄：鼂肇召

幫：鑣表裱

滂：藨

並：麃

明：苗廟

照：昭沼照

穿：怊麵覞

審：燒少少

禪：韶紹邵

曉：囂魑

影：妖夭

喻：鴞

來：燎繚燎

日：饒擾饒

宵小笑

端透定泥

精清從心邪

見：澆皎叫

溪：蹺磽竅

羣：翹翹翹

疑：堯磽顤

端：貂鳥弔

透：挑朓糶

定：條窕調

泥：嬈褭尿

幫：標褾標

滂：漂縹剽

並：瓢摽驃

明：蜱眇妙

精：焦勦醮

清：鍫悄陗

從：樵噍

心：蕭小嘯

曉：嘵曉嬈

匣：皛顥

影：幺杳要

喻：遙鷕耀

來：聊了料

蕭篠嘯

宵小笑

三十一

六百八十九

丁太

| 母 | 一 | 二 | 三 | 四 |
|---|---|---|---|---|
| 見 | 歌哿箇 | | 迦 | |
| 溪 | 珂可坷 | | 呿 | |
| 羣 | | | 茄 | |
| 疑 | 莪我餓 | | | |
| 端 | 多嚲跢 | | | |
| 透 | 佗袉拖 | | | |
| 定 | 駝柁馱 | | | |
| 泥 | 儺娜奈 | | | |
| 幫 | | | | |
| 滂 | | | | |
| 並 | | | | |
| 明 | | | | |
| 精 | 左佐 | | | |
| 清 | 蹉瑳磋 | | | |
| 從 | 醝鹾 | | | |
| 心 | 娑縒些 | | | |
| 邪 | | | | |
| 曉 | 呵歌呵 | | | |
| 匣 | 何荷賀 | | | |
| 影 | 阿娿侉 | | | |
| 喻 | | | | |
| 來 | 羅砢邏 | | | |
| 日 | | | | |

歌哿箇 歌哿箇 戈

音韻闡微 韻譜 三三 大八十五 丁 正

| 母 | 一 | 二 | 三 | 四 |
|---|---|---|---|---|
| 見 | 戈果過 | | | |
| 溪 | 科顆課 | | 骲 | |
| 羣 | | | 瘸 | |
| 疑 | 訛婐臥 | | | |
| 端 | 除朵桗 | | | |
| 透 | 詑妥唾 | | | |
| 定 | 堶墮惰 | | | |
| 泥 | 捼捓愞 | | | |
| 幫 | 波跛播 | | | |
| 滂 | 頗叵破 | | | |
| 並 | 婆爸縛 | | | |
| 明 | 摩麼磨 | | | |
| 精 | 侳硰挫 | | | |
| 清 | 蓙脞剉 | | | |
| 從 | 矬坐座 | | | |
| 心 | 蓑鎖脧 | | | |
| 邪 | | | | |
| 曉 | 火貨 | | 鞾 | |
| 匣 | 禾夥和 | | | |
| 影 | 倭婐涴 | | 肥 | |
| 喻 | | | | |
| 來 | 臝裸臝 | | 䯁 | |
| 日 | | | | |

歌哿箇 戈果過

音韻闡微 韻譜 三四 大九十九 丁 正

音韻闡微　韻譜

| 見 | 溪 | 羣 | 疑 | 端 | 透 | 定 | 泥 | 幫 | 滂 | 並 | 明 | 精 | 清 | 從 | 心 | 邪 | 曉 | 匣 | 影 | 喻 | 來 | 日 |
|---|---|---|---|---|---|---|---|---|---|---|---|---|---|---|---|---|---|---|---|---|---|---|
| | | | | | | | | | | | | | | | | | | | | | | |
| | | | | 知 | 徹 | 澄 | 孃 | | | | | 照 | 穿 | 牀 | 審 | 禪 | | | | | | |
| 嘉<br>檟<br>駕 | 齣<br>跒<br>髂 | | 牙<br>雅<br>迓 | 奓<br>䋾<br>咤 | 侘<br>妊<br>詫 | 茶<br>跺<br>蛇 | 拏<br>綤<br>絮 | 巴<br>把<br>霸 | 葩<br><br>怕 | 琶<br>跁<br>杷 | 麻<br>馬<br>禡 | 樝<br>鮓<br>詐 | 叉<br>笅<br>杈 | 楂<br>槎<br>乍 | 沙<br>灑<br>嗄 | | 煆<br>閜<br>罅 | 遐<br>下<br>夏 | 鴉<br>啞<br>亞 | | <br>藞<br> | |
| | | | | | | | | | | | | 遮<br>者<br>柘 | 車<br>奲<br>䞣 | <br><br>射 | 奢<br>捨<br>舍 | 蛇<br>社<br> | | | | | | 婼<br>惹<br>渃 |
| | | | | 端 | 透 | 定 | 泥 | | | | | 精 | 清 | 從 | 心 | 邪 | | | | | | |
| | | | | 爹<br>哆<br> | | | | | | | 哶<br>乜<br> | 嗟<br>姐<br>借 | <br>且<br>笡 | <br>担<br>藉 | 些<br>寫<br>瀉 | 衺<br>灺<br>謝 | | | | 邪<br>野<br>夜 | | |

麻馬禡

三十五　大音四五

存

音韻闡微　韻譜

| 見 | 溪 | 羣 | 疑 | 端 | 透 | 定 | 泥 | 幫 | 滂 | 並 | 明 | 精 | 清 | 從 | 心 | 邪 | 曉 | 匣 | 影 | 喻 | 來 | 日 |
|---|---|---|---|---|---|---|---|---|---|---|---|---|---|---|---|---|---|---|---|---|---|---|
| | | | | | | | | | | | | | | | | | | | | | | |
| | | | | 知 | 徹 | 澄 | 孃 | | | | | 照 | 穿 | 牀 | 審 | 禪 | | | | | | |
| 瓜<br>寡<br>誸 | 誇<br>髁<br>跨 | | <br>瓦<br>瓦 | 檛<br><br> | <br>槳<br> | | | | | | | 髽<br><br> | <br>䂳<br> | | <br>葰<br>設 | | 花<br><br>化 | 華<br>踝<br>華 | 窊<br>搲<br>窊 | | | |
| | | | | | | | | | | | | | | | | | | | | | | |
| | | | | | | | | | | | | | | | | | | | | | | |

麻馬禡

三十六　大六十九

存

陽養漾藥

見岡䴚鋼各
溪康慷抗恪
羣
疑昂䭹枊咢
端當黨擋祏
透湯矘儻託
定唐蕩宕鐸
泥囊曩儾諾
幫幫榜謗博
滂滂髈 粕
並旁 傍泊
明茫莽漭莫

薑繈彊腳
羌磋唴卻
彊勥弶噱
 仰仰虐
知張長帳芍
徹倀昶暢逴
澄長丈仗著
孃孃 釀逽
非方昉放轉
敷芳仿訪霉
奉房 防縛
微亡罔妄

音韻闡微



精臧駔葬作 照莊 壯斮
清倉蒼 錯 穿瘡磢剏
從藏奘藏昨 牀牀 狀
心桑顙喪索 審霜爽霜
邪 禪
曉炕汻 郝
匣航沆吭鶴
影秧坱盎惡
喻
來郎朗浪落
日

唐蕩宕鐸

陽養漾藥

章掌障酌
昌敞唱綽
商賞餉鑠
常上尚杓
香響向謔
央鞅怏約
良兩諒略
穰壤讓弱

精將獎醬爵
清鏘搶蹡鵲
從牆 匠嚼
心襄想相削
邪詳像
陽養漾藥





陽養漾藥

見光廣桄郭
溪骯懭曠廓
羣
疑 瓁
端
透
定
泥
幫
滂
並
明
音韻闡微
精 喿
清
從
心
邪
曉荒慌荒霍
匣黃晃潢穫
影汪枉汪臒
喻
來 硦
日

唐蕩宕鐸



獷誑玃
匡恇 躩
狂俇狂戄
怳貺矆
枉 嬳
王往旺籰

陽養漾藥

音韻闡微　韻譜　廿九

庚梗敬陌

左：庚梗映陌　耕耿諍麥　／　庚梗映陌　清靜勁昔　／　清靜勁昔

| 見 | 溪 | 羣 | 疑 | 端 | 透 | 定 | 泥 | 幫 | 滂 | 並 | 明 | 精 | 清 | 從 | 心 | 邪 | 曉 | 匣 | 影 | 喻 | 來 | 日 |
|---|---|---|---|---|---|---|---|---|---|---|---|---|---|---|---|---|---|---|---|---|---|---|
| | | | | | | | | | | | | | | | | | | | | | | |
| | | | | 打 | | | | | | | | | | | | | | | | | | |
| | | | | | | | | | | | | | | | | | | | | | | |
| | | | | | | | | | | | | | | | | | | | | | | |
| | | | | 知 | 徹 | 澄 | 孃 | | | | | 照 | 穿 | 牀 | 審 | 禪 | | | | | | |
| 庚 | 阬 | | 娙 | 丁 | 瞠 | 橙 | 儜 | 繃 | 烹 | 彭 | 甍 | 爭 | 琤 | 崢 | 生 | | 亨 | 衡 | 甖 | | 輘 | |
| 梗 | 伉 | | | 盯 | | 瑒 | 檸 | 絣 | 餅 | 倂 | 猛 | 睜 | 瀞 | | 省 | | | 杏 | 㽓 | | 冷 | |
| 更 | | | 硬 | 倀 | 牚 | 鋥 | | 迸 | 砰 | 膨 | 孟 | 諍 | 瀞 | | 生 | | 諱 | 行 | 瀴 | | | |
| 格 | 客 | | 額 | 摘 | 坼 | 宅 | 搦 | 伯 | 拍 | 白 | 陌 | 責 | 策 | 賾 | 索 | | 赫 | 核 | 尼 | | 礏 | |
| 京 | 卿 | 擎 | 迎 | 貞 | 檉 | 呈 | | 兵 | | 平 | 明 | 征 | | | 聲 | 成 | | | 英 | | | |
| 警 | | | | | 逞 | 裎 | | 丙 | | | 皿 | 整 | | | | | | | 影 | | | [illegible] |
| 敬 | 慶 | 競 | 迎 | | 偵 | 鄭 | [illegible] | 柄 | 㾘 | 病 | 命 | 政 | | | 聖 | 盛 | | | 映 | | 令 | |
| 戟 | 隙 | 劇 | 逆 | 黐 | 彳 | 擲 | | 碧 | 鉍 | 欂 | | 隻 | 尺 | 麝 | 釋 | 石 | 虩 | | | | [illegible] | |
| | | | | 端 | 透 | 定 | 泥 | | | | | 精 | 清 | 從 | 心 | 邪 | | | | | | |
| | 輕 | | | | | | | 幷 | | | 名 | 精 | 清 | 情 | | 餳 | | | 嬰 | 盈 | 令 | |
| 頸 | | 痙 | | | | | | 餅 | | | 眳 | 井 | 請 | 靜 | 省 | | | | 癭 | 郢 | 領 | |
| 勁 | 輕 | | | | | | | 併 | 聘 | 偋 | 詺 | 精 | 倩 | 淨 | 性 | | 㰢 | | 纓 | | | |
| | 悠 | | | | 剔 | | 鑈 | 辟 | 僻 | 擗 | | 積 | 磧 | 籍 | 昔 | 席 | | | 益 | 繹 | | |

丁　王

音韻闡微　韻譜　三十　大二百二

庚梗敬陌

左：庚梗映陌　耕耿諍麥　／　庚梗映陌　／　清靜勁昔

| 見 | 溪 | 羣 | 疑 | 端 | 透 | 定 | 泥 | 幫 | 滂 | 並 | 明 | 精 | 清 | 從 | 心 | 邪 | 曉 | 匣 | 影 | 喻 | 來 | 日 |
|---|---|---|---|---|---|---|---|---|---|---|---|---|---|---|---|---|---|---|---|---|---|---|
| | | | | | | | | | | | | | | | | | | | | | | |
| | | | | | | | | | | | | | | | | | | | | | | |
| | | | | | | | | | | | | | | | | | | | | | | |
| | | | | | | | | | | | | | | | | | | | | | | |
| | | | | | | | | | | | | 照 | 穿 | 牀 | 審 | 禪 | | | | | | |
| 觥 | | | | | | | | | | | | | | | | | 轟 | 宏 | 泓 | | | |
| 礦 | 臩 | | | | | | | | | | | | | | | | 潒 | | | | | |
| | | | | | | | | | | | | | | | | | 輷 | 橫 | 宖 | | | |
| 虢 | 劐 | | | | | | | | | | | [illegible] | | | 摵 | | 砉 | 獲 | 擭 | | | |
| | | | | | | | | | | | | | | | | | 兄 | | | 榮 | | |
| 憬 | | | | | | | | | | | | | | | | | 克 | 卝 | 眚 | 永 | | |
| | | | | | | | | | | | | | | | | | | | | 詠 | | |
| | | | | | | | | | | | | | | | | | | | | | | |
| | | | | | | | | | | | | 精 | 清 | 從 | 心 | 邪 | | | | | | |
| 泂 | 傾 | 瓊 | | | | | | | | | | | | | 騂 | | 眴 | | 縈 | 營 | | |
| | 頃 | | | | | | | | | | | | | | 頴 | | | | | 潁 | | |
| | | | | | | | | | | | | | | | | | 敻 | | | | | |
| 鶪 | 闃 | | | | | | | | | | | | 旻 | | | | 瞁 | | | 役 | | |

朱　正

| 韻 | 見 | 溪 | 羣 | 疑 | 端 | 透 | 定 | 泥 | 幫 | 滂 | 並 | 明 | 精 | 清 | 從 | 心 | 邪 | 曉 | 匣 | 影 | 喻 | 來 | 日 |
|---|---|---|---|---|---|---|---|---|---|---|---|---|---|---|---|---|---|---|---|---|---|---|---|
| 青 | 經 | | | | 丁 | 廳 | 庭 | 寧 | | 俜 | 瓶 | 冥 | 菁 | 青 | | 星 | | 馨 | 形 | | | 靈 | |
| 迴 | 剄 | 謦 | | 脛 | 頂 | 珽 | 挺 | 顬 | 鞞 | 頩 | 竝 | 茗 | 婧 | | 汫 | 醒 | | 鸚 | 悻 | 嚶 | | 笭 | |
| 徑 | 徑 | 罄 | | | 訂 | 聽 | 定 | 甯 | | | 屏 | 暝 | | 靘 | | 腥 | | | 脛 | | | 零 | |
| 錫 | 激 | 喫 | | 鷁 | 的 | 惕 | 荻 | 溺 | 壁 | 劈 | 甓 | 覓 | 績 | 戚 | 寂 | 錫 | | 闃 | 檄 | | | 歷 | |

大百二 陳元

音韻闡微 韻譜 圭

| 韻 | 見 | 溪 | 羣 | 疑 | 端 | 透 | 定 | 泥 | 幫 | 滂 | 並 | 明 | 精 | 清 | 從 | 心 | 邪 | 曉 | 匣 | 影 | 喻 | 來 | 日 |
|---|---|---|---|---|---|---|---|---|---|---|---|---|---|---|---|---|---|---|---|---|---|---|---|
| 青 | 扃 | | | | | | | | | | | | | | | | | | 熒 | 嫈 | | | |
| 迴 | 熲 | 褧 | | | | | | | | | | | | | | | | 詗 | 迥 | 濙 | | | |
| 徑 | 扃 | 絅 | | | | | | | | | | | | | | | | | 濙 | 瑩 | | | |
| 錫 | 狊 | 闃 | | | | | | | | | | | | | | | | 殈 | | | 棫 | | |

大五十六 陳元

音韻闡微 韻譜

蒸拯證職

| 字母 | 一等 | 二等 | 三等 | 四等 |
|---|---|---|---|---|
| 見 | 搄 緪 亙 裓 | | 兢 亟 | |
| 溪 | 奟 肯 堩 刻 | | 硱 殛 | |
| 羣 | | | 殑 殑 殑 極 | |
| 疑 | | | 凝 凝 嶷 | |
| 端 | 登 等 嶝 德 | | 知 徵 陟 | |
| 透 | 鼟 鼟 磴 忒 | | 徹 僜 庱 覴 敕 | |
| 定 | 騰 䠬 鄧 特 | | 澄 澄 澄 瞪 直 | |
| 泥 | 能 能 䏌 | | 孃 匿 | |
| 幫 | 崩 堋 北 | | 冰 冰 逼 | |
| 滂 | 漰 倗 覆 | | 砯 堛 | |
| 並 | 朋 䣙 倗 菔 | | 凭 凴 凭 愎 | |
| 明 | 瞢 瞢 懵 墨 | | 䁇 | |
| 精 | 增 噌 增 則 | 照 側 | 蒸 拯 證 職 | 甑 即 |
| 清 | 彰 蹭 墄 | 穿 測 | 稱 偁 稱 瀷 | 彰 |
| 從 | 層 贈 賊 | 牀 磳 崱 | 乘 乘 食 | 繒 堲 |
| 心 | 僧 塞 | 審 殅 殅 色 | 升 勝 識 | 息 |
| 邪 | | 禪 | 承 丞 寔 | |
| 曉 | 黑 | | 興 興 衋 | |
| 匣 | 恆 劾 | | | |
| 影 | 鞥 餕 | | 膺 應 億 | |
| 喻 | | | | 蠅 孕 弋 |
| 來 | 棱 倰 踜 勒 | | 陵 倰 力 | |
| 日 | | | 仍 扔 日 | |

登等嶝德　蒸拯證職

精 清 從 心 邪 曉 匣 影 喻 來 日（三等）：蒸拯證職精 稱偁稱瀷清 乘食從 升勝識心 承丞寔邪

三十三　六百九十三　朱云

音韻闡微 韻譜

蒸拯證職

| 字母 | 一等 | 二等 | 三等 | 四等 |
|---|---|---|---|---|
| 見 | 肱 國 | | | |
| 溪 | 䩑 | | | |
| 曉 | 薨 惑 | | | 洫 |
| 匣 | 弘 或 | | | |
| 影 | 泓 | | | |
| 喻 | | | | 域 |

登等嶝德　蒸拯證職

三十四　六五十四　朱云

尤有宥

| 字母 | 見 | 溪 | 羣 | 疑 | 端 | 透 | 定 | 泥 | 幫 | 滂 | 並 | 明 |
|---|---|---|---|---|---|---|---|---|---|---|---|---|
| 侯厚候 | 鉤苟遘 | 摳口寇 | | 齵藕偶 | 兜斗鬬 | 偸黈透 | 頭蔴豆 | 羺穀耨 | 掊 | 剖仆 | 抔部䏬 | 謀母茂 |

| 字母 | 精 | 清 | 從 | 心 | 邪 | 曉 | 匣 | 影 | 喻 | 來 | 日 |
|---|---|---|---|---|---|---|---|---|---|---|---|
| 侯厚候 | 諏走奏 | 誰趣輳 | 剩鯫剩 | 涑叟嗽 | | 齁吼蔻 | 侯厚候 | 謳毆漚 | | 婁塿陋 | |

| 字母 | 照 | 穿 | 牀 | 審 | 禪 |
|---|---|---|---|---|---|
| 尤有宥 | 鄒掫縐 | 搊皺簉 | 愁穊驟 | 搜溲瘦 | |

| 字母 | 見 | 溪 | 羣 | 疑 | 知 | 徹 | 澄 | 孃 | 非 | 敷 | 奉 | 微 |
|---|---|---|---|---|---|---|---|---|---|---|---|---|
| 尤有宥 | 鳩九救 | 邱糗鼽 | 求臼舊 | 牛[illegible]鼿 | 輈肘晝 | 抽丑畜 | 儔紂胄 | 狃糅 | 不缶富 | 秠紑副 | 浮婦復 | |

| 字母 | 照 | 穿 | 牀 | 審 | 禪 | 曉 | 匣 | 影 | 喻 | 來 | 日 |
|---|---|---|---|---|---|---|---|---|---|---|---|
| 尤有宥 | 周帚呪 | 犨醜臭 | | 收首狩 | 讎受授 | 休朽齅 | | 優颵 | 尤有宥 | 留柳溜 | 柔蹂輮 |

| 字母 | 見 | 溪 | 羣 | 幫 | 滂 | 並 | 明 | 精 | 清 | 從 | 心 | 邪 | 曉 | 影 | 喻 |
|---|---|---|---|---|---|---|---|---|---|---|---|---|---|---|---|
| 尤有宥 / 幽黝幼 | 樛糾赳 | 蹞 | 虯蟉𨁂 | 彪 | | 滮 | 繆謬 | 啾酒僦 | 秋趥 | 酋湫就 | 脩滫秀 | 囚岫 | 飍螑 | 幽黝幼 | 由酉柚 |

韻譜 大二頁廿八 丁



侵寑沁緝

| 字母 | 照 | 穿 | 牀 | 審 | 禪 |
|---|---|---|---|---|---|
| 侵寑沁緝 | 簪顲譖戢 | 參墋讖[illegible] | 岑頎稽霵 | 森瘁滲澀 | |

| 字母 | 見 | 溪 | 羣 | 疑 | 知 | 徹 | 澄 | 孃 | 幫 | 滂 | 並 |
|---|---|---|---|---|---|---|---|---|---|---|---|
| 侵寑沁緝 | 今錦禁急 | 欽坅泣 | 琴噤玪及 | 吟僸吟岌 | 碪戡揕縶 | 琛踸闖湁 | 沈朕鴆蟄 | 紝拰賃孨 | 稟鵖 | 品 | 鴔 |

| 字母 | 照 | 穿 | 牀 | 審 | 禪 | 曉 | 影 | 喻 | 來 | 日 |
|---|---|---|---|---|---|---|---|---|---|---|
| 侵寑沁緝 | 斟枕枕執 | 覘瀋瀋斟 | 甚 | 深審深溼 | 諶甚甚十 | 歆廞愖吸 | 音飲蔭邑 | 䫴熤 | 林廩臨立 | 壬荏妊入 |

| 字母 | 精 | 清 | 從 | 心 | 邪 | 影 | 喻 |
|---|---|---|---|---|---|---|---|
| 侵寑沁緝 | 祲醋浸葺 | 侵寑沁緝 | 鮗蕈集 | 心罧[illegible] | 尋鐔習 | 愔揖 | 淫潭熠 |

大二頁六十二 云 辛

| 韻 | 見 | 溪 | 羣 | 疑 | 端 | 透 | 定 | 泥 | 幫 | 滂 | 並 | 明 | 精 | 清 | 從 | 心 | 邪 | 曉 | 匣 | 影 | 喻 | 來 | 日 | 韻 |
|---|---|---|---|---|---|---|---|---|---|---|---|---|---|---|---|---|---|---|---|---|---|---|---|---|
| 覃 | 甘 | 堪 |  | 諳 | 耽 | 貪 | 覃 | 南 |  |  |  | 姏 | 簪 | 參 | 蠶 | 三 |  | 蚶 | 含 | 庵 |  | 藍 |  | 談 |
| 感 | 感 | 坎 |  | 頷 | 䏙 | 菼 | 噉 | 腩 |  |  |  | 媣 | 昝 | 慘 | 槧 | 糂 |  | 喊 | 頷 | 晻 |  | 覽 |  | 敢 |
| 勘 | 紺 | 勘 |  | 儑 | 擔 | 撢 | 淡 | 妠 |  |  |  |  | 篸 | 謲 | 暫 | 三 |  | 顑 | 憾 | 暗 |  | 濫 |  | 闞 |
| 合 | 閤 | 磕 |  | 儑 | 答 | 榻 | 蹋 | 納 |  |  |  |  | 帀 | 趿 | 雜 | 颯 |  | 欱 | 合 | 姶 |  | 臘 |  | 盍 |
|  |  |  |  |  | 知 | 徹 | 澄 | 孃 |  |  |  |  | 照 | 穿 | 牀 | 審 | 禪 |  |  |  |  |  |  |  |
| 咸 | 監 | 鵮 |  | 巖 | 詀 |  |  | 諵 |  |  |  |  |  | 攙 | 讒 | 杉 |  | 蝛 | 咸 | 猎 |  |  |  | 銜 |
| 豏 | 減 | 歉 |  | 顩 | 䱹 | 僴 | 湛 | 囝 |  |  |  |  | 斬 | 䑶 | 瀺 | 摻 |  | 喊 | 檻 | 黯 |  | 臉 |  | 檻 |
| 陷 | 鑑 | 歉 |  | 顩 | 站 |  | 賺 | 諵 |  |  |  |  | 蘸 | 懺 | 鑱 | 釤 |  | 譀 | 陷 | 韽 |  |  |  | 鑑 |
| 洽 | 夾 | 恰 |  | 𧭞 | 劄 |  | 霅 | 図 |  |  |  |  | 眨 | 插 | 牐 | 翜 |  | 呷 | 洽 | 押 |  | 拉 |  | 狎 |
| 鹽 |  | 㦌 | 箝 | 嚴 | 霑 | 覘 | 誗 | 黏 | 砭 |  |  |  | 詹 | 襜 |  | 苫 | 蟾 | 杴 |  | 淹 | 炎 | 廉 | 䫇 | 嚴 |
| 琰 | 檢 | 嗛 | 儉 | 儼 |  | 諂 |  |  | 貶 |  |  |  | 颭 |  |  | 陝 | 剡 | 險 |  | 掩 |  | 斂 | 冉 | 儼 |
| 豔 | 劒 | 欠 |  | 驗 |  | 覘 |  |  | 窆 |  |  |  | 占 | 韂 |  | 閃 | 贍 | 脅 |  | 㤿 |  | 殮 | 染 | 釅 |
| 葉 | 劫 | 怯 | 跲 | 業 | 輒 | 鍤 | 牒 | 聶 | 鴔 | 姂 |  |  | 摺 | 謵 |  | 攝 | 涉 | 脅 |  | 腌 | 饁 | 獵 | 讘 | 業 |
|  |  |  |  |  | 端 | 透 | 定 | 泥 |  |  |  |  | 精 | 清 | 從 | 心 | 邪 |  |  |  |  |  |  |  |
| 鹽 | 兼 | 謙 |  |  | 詀 | 添 | 甜 | 鮎 |  |  |  |  | 尖 | 籤 | 潛 | 銛 | 燂 | 馦 | 嫌 | 猒 | 鹽 |  |  | 添 |
| 琰 | 孂 | 嗛 |  |  | 點 | 忝 | 簟 | 淰 |  |  |  |  | [illegible] | 憸 | 漸 | 䌨 | 餤 |  | 鼸 | 黶 | 琰 | 溓 |  | 忝 |
| 豔 | 兼 | 傔 |  |  | 店 | 㮇 | 磹 | 念 |  |  |  |  | 僭 | 塹 | 潛 | 礹 |  |  |  | 厭 | 豔 | 稴 |  | 㮇 |
| 葉 | 頰 | 愜 |  |  | 喋 | 帖 | 牒 | 捻 |  |  |  |  | 接 | 妾 | 捷 | 燮 |  | 㛍 | 協 | 魘 | 葉 | 甉 |  | 帖 |



| 韻 | 見 | 溪 | 羣 | 疑 | 端 | 透 | 定 | 泥 | 幫 | 滂 | 並 | 明 | 精 | 清 | 從 | 心 | 邪 | 曉 | 匣 | 影 | 喻 | 來 | 日 | 韻 |
|---|---|---|---|---|---|---|---|---|---|---|---|---|---|---|---|---|---|---|---|---|---|---|---|---|
|  |  |  |  |  | 知 | 徹 | 澄 | 孃 | 非 | 敷 | 奉 | 微 |  |  |  |  |  |  |  |  |  |  |  |  |
| 咸 |  | 劒 |  |  |  |  |  |  |  | 芝 | 凡 |  |  |  |  |  |  |  |  |  |  |  |  | 凡 |
| 豏 |  | 凵 | 拑 | 门 |  | 僴 |  |  | 股 | 釩 | 范 | 錽 |  |  |  |  |  |  | 㭁 |  |  |  |  | 范 |
| 陷 | 劒 | 欠 |  |  |  |  |  |  |  | 汎 | 梵 | 萎 |  |  |  |  |  |  |  | 俺 |  |  |  | 梵 |
| 洽 |  | 猲 |  |  |  | 猵 |  | 狐 | 法 |  | 乏 |  |  |  |  |  |  |  |  |  |  |  |  | 乏 |

# 音韻闡微 卷一

## 一東

見一公廣韻古紅切集韻沽紅切合聲姑翁切○說文平分也廣韻通也父也正也官也無私也亦姓工
廣韻官也又工巧也功說文以勞定國也廣韻功績也韻會大功小功謂治布有精麤之分或作紅攻正韻
治也擊也作也伐也釭說文車轂中鐵也漢書趙后傳黃金釭蚣集韻蟲名廣雅蝍蛆蜈蚣也玐
博雅鉦謂之玐玒說文玉也杠集韻杠里地名見漢書曹參傳
溪一空廣韻苦紅切集韻枯公切合聲枯翁切○說文竅也正韻虛也悾正韻愨也又無能貌論語悾悾
而不信倥正韻無知也揚子倥侗顓蒙箜正韻箜篌樂器也見劉熙釋名崆韻會崆峒山名又崆


大卅九 小四百十二 朱奎 太高

巃山高貌硿廣韻稻稈也博雅秆硿稭稾也涳說文直流也集韻涳濛細雨椌正韻器物朴也
疑一岲廣韻五東切集韻五公切今用吳洪切○集韻崆岲山高貌
端一東廣韻德紅切集韻都籠切合聲都翁切○說文動也廣韻春方也又姓涷爾雅暴雨謂之涷廣
韻瀧涷沾漬又水名說文水出發鳩山入於河正韻箋謂水經注發鳩山有漳無涷疑涷漳字相近而訛蝀爾雅螮蝀
虹也䍶廣韻獸名見山海經凍廣韻凍凌
透一通廣韻他紅切集韻他東切今用禿翁切○說文達也廣韻州名又姓侗說文大貌正韻未成器之
人論語侗而不愿恫說文痛也書恫瘝乃身或作痌俑說文痛也正韻偶人也狪廣韻獸名似豕
出泰山見山海經桐韻會輕脫貌漢武五子傳母桐好逸又與通同漢樂府郊祀歌桐生茂豫顏師古曰桐讀爲通

言草木皆通達而生也
定一同廣韻徒紅切集韻徒東切今從廣韻○正韻齊也共也合也通也亦作仝童正韻奴也又目瞳子
又十五以下謂之童子又山無草木曰童僮說文未冠也正韻頑也癡也僮僕也又竦敬貌詩被之僮僮侗說文
集韻倥侗童蒙也曈正韻曈曨日欲明貌朣正韻朣朧月欲明貌瞳集韻目瞳子銅說文
赤金也峒正韻崆峒山名亦作空同爾雅作空桐橦廣韻木名花可爲布絧正韻布名桐
集韻木名又姓罿正韻鳥網也見爾雅⿰舟同博雅舟也或作艟筒正韻竹名左思吳都賦其竹則桂箭
射筒筩說文斷竹也穜正韻禾先種後熟說文作種豳風作重穋洞集韻洪洞縣名在晉州一曰洚
洞水無匡貌潼正韻水名出廣漢梓潼北界南入墊江又關名衕廣韻通街也鮦集韻魚名見爾


大四十四 小四百八十五 朱奎 太高

雅⿰童鳥廣韻鸏⿰童鳥水鳥黃喙長尺餘南人以爲酒器出劉欣期交州記犝說文無角牛也通作童易童牛之牿
⿰羊童集韻無角羊通作童詩俾出童羖酮廣韻馬酪挏正韻引也漢有挏馬官作酒氃正韻
氋氃毛散貌詷說文共也一曰譀也⿰舟弋正韻船杙也
並一蓬廣韻薄紅切集韻蒲蒙切今用蒲紅切○正韻草名山名又盛貌詩其葉蓬蓬芃說文草盛也詩
芃芃黍苗篷正韻編竹覆舟車韸正韻韸韸鼓聲見埤倉逢義同上詩鼉鼓逢逢髼廣韻
鬔鬆髮亂貌漨集韻漨浡煩鬱也見左思吳都賦菶集韻茂也詩菶菶萋萋塳集韻塵也正韻
塵隨風起
明一蒙廣韻莫紅切集韻謨蓬切今用模紅切○正韻覆也冒也承也欺也又草名卦名山名又姓冡

說文覆也通作蒙 幪 正韻覆也蓋衣也說文作幏 髳 正韻草木叢茸貌爾雅覭髳茀離也郭璞謂草木之

叢茸翳薈也 濛 說文微雨也詩零雨其濛 雺 爾雅天氣下地不應曰雺亦作霿 朦 集韻朦朧月將

入 曚 集韻曚曨日未明 朦 正韻大也揚雄方言自關而西凡大貌謂之朦字從肉 艨 博雅艨艟

舟也 矇 正韻日有童子而無見禮記昭然若發矇矣 饛 說文盛器滿貌詩有饛簋飧 醿 說文鞠生

衣也或作䴌 鸏 說文水鳥也 罞 爾雅麋罟謂之罞 蠓 廣韻蠛蠓似蚊 ⿰馬蒙 廣韻驢子曰⿰馬蒙

說文作䝉 懵 正韻懵懵無知貌 ⿱艹夢 集韻草名說文灌渝也 氋 集韻氋氃毛貌 鄸 正韻鄸地

名春秋曹公孫會自鄸出奔宋 夢 說文不明也爾雅亂也正韻雲夢澤名周禮作雺瞢○按夢瞢懜字五音集韻屬微

母今依正韻入明母 瞢 說文目不明也 懜 正韻懜也惛也





精一 㚇 廣韻子紅切集韻祖叢切合聲租翁切○正韻鳥飛斂足也 翪 正韻同上又鳥飛竦翼也見爾

雅 騣 正韻馬鬣也 鬉 正韻髮亂也 豵 說文生六月豚也爾雅豕生三曰豵又周禮注豕一歲爲

豵 猣 爾雅犬生三曰猣 蝬 廣韻三蝬蛤屬出臨海異物志 蜙 說文蜙蝑也集韻似蟒 葼

說文青齊沇冀謂木細枝曰葼 椶 集韻椶櫚木名葉似車輪 稯 說文布八十縷爲稯廣韻禾束也 緵

爾雅緵罟謂之九罭郭璞曰今百囊罟 總 集韻緫數也詩素絲五總 嵏 正韻九嵏山名又峯聚之山曰嵏揚

雄校獵賦虎路三嵏顏師古曰三嵏三峯聚之山也 嵸 正韻巃嵸山貌 ⿰車㚇 正韻車輪也 堫 說文種也

一曰內其中也集韻不耕而種或作稯 鬷 正韻釜屬又數也詩越以鬷邁又姓左傳鄭大夫鬷明 艐 說文

船著不行也爾雅至也又三艐國名見書序隸作艐 鯼 廣韻石首魚名 傯 集韻囪傯刻賊不通也一曰氣衝逆

也見莊子

清一 悤 廣韻倉紅切集韻麤叢切合聲麤翁切○說文多遽悤悤也俗作怱忽 聰 說文察也正韻耳徹

也 蔥 說文菜也爾雅茖山蔥又漢書氣佳哉鬱鬱蔥蔥 ⿰車悤 正韻載四車 ⿸广悤 說文屋階中會也

璁 說文石之似玉者 驄 說文馬青白雜毛也 蟌 集韻蟲名淮南子水蠆爲蟌一曰蜻蜓 囪

廣韻竈突集韻通孔也卽古牕字 ⿰弓從 山海經大荒之南有⿰弓從淵或作從

從一 叢 廣韻徂紅切集韻徂聰切今從廣韻○說文聚也或作藂漢書東方朔傳藂珍怪俗作樷 䕺 說文

草叢生貌或作藂菆 ⿱⺮聚 正韻取魚器 潨 正韻水會也詩鳧鷖在潨或作灇潀

心一 檧 廣韻蘇公切集韻蘇叢切合聲蘇翁切○集韻俗呼小籠爲桶檧見揚雄方言





牀二 崇 廣韻鋤弓切集韻鉏弓切今用鋤洪切○正韻高也聚也充也就也又國名 漴 正韻水聲

曉一 烘 廣韻呼東切集韻呼公切合聲呼翁切○說文尞也詩卬烘于煁 魟 廣韻河魚似鼈 谾

集韻谾䆫澗谷空貌

匣一 洪 廣韻戶工切集韻胡公切今用胡籠切○說文洚水也正韻大也亦姓 洚 說文水不遵道集韻

大水一曰下也 紅 正韻淺赤色又姓 ⿰阝虫 廣韻從⿰阝虫山名在雲南見漢書地理志 葒 正韻水草馬蓼

也或作葓爾雅作紅 篊 集韻引水也一曰竹木爲束正韻箋取魚具也陸龜蒙詩到來江畔尋漁事織作中流萬尺篊

谼 正韻大壑也莊子孔子觀呂梁縣水三十仞流沫四十里今謂呂梁谼 鴻 說文鴻鵠也正韻大曰鴻小曰

雁又大也 ⿱工羽 說文飛聲也 虹 說文螮蝀也禮月令虹始見漢書天文志作蝱 訌 正韻潰也亂也詩蟊

賊內訌通作虹 鉷正韻弩牙 渱正韻潰渱水沸湧也見左思吳都賦

影一 翁廣韻烏紅切集韻烏公切今從集韻○正韻老稱也父也又鳥頸毛又姓或作頌 蓊正韻蓊鬱草木盛貌又草名博雅蓊薹也 螉說文蟲在牛馬皮者正韻蠮螉細腰蜂也

來一 籠廣韻盧紅切集韻盧東切今從廣韻○說文舉土器正韻養鳥籠 蘢廣韻蘢古草名見爾雅 櫳說文檻也集韻所以養獸 龒說文房室之疏也通作櫳 䆍博雅䆍積也集韻禾病也 聾說文無聞也 嚨說文喉也 𩟍正韻𩟍餅 曨正韻曈曨日欲明貌 朧正韻朣朧月欲明貌 龓說文兼有也 𨏉集韻馬被具通作𦇴 襱正韻袴也集韻褰也 巃集韻巃嵸山高貌 𧮯說文大長谷也 瓏正韻玲瓏玉聲一曰明貌 礱說文礦也 瀧說文雨瀧瀧貌正韻瀧涷沾漬 蠪說文丁螘也見爾雅又蠪蛭獸名見山海經 龐正韻充實也詩四牡龐龐 攏集韻理也

按以上十七音合口呼。



見三 弓廣韻居戎切集韻居雄切今用居充切協用居邕切菊平聲○釋名弓穹也張之穹穹然也集韻角曰弓木曰弧又姓 躳廣韻身也親也又姓或作躬 宮說文室也集韻五聲之始也亦姓 涫廣韻縣名在酒泉

溪三 穹廣韻去宮切集韻丘弓切今用區充切協用區邕切麴平聲○爾雅穹蒼蒼天也說文窮也廣韻高也 芎廣韻芎藭香草也說文作营或作鞠左傳有山鞠窮乎

羣三 窮廣韻集韻渠弓切合聲渠融切○正韻極也竟也究也塞也說文作竆 藭集韻藭草說文营藭也 匔集韻謹敬貌史記魯世家匔匔如畏 竆說文夏后時諸侯夷羿國通作窮

知三 中廣韻陟弓切集韻陟隆切今用豬弓切協用豬邕切○說文和也正韻成也宜也堪也半也滿也又中央四方之中也 忠說文敬也正韻內盡其心而不欺也 衷說文裏褻衣集韻善也中也正韻方寸所蘊也

徹三 忡廣韻集韻敕中切今用黜中切協用黜邕切○說文憂也詩憂心忡忡楚辭作𢥞 浺廣韻浺瀜水平遠貌見木華海賦

澄三 蟲廣韻直弓切集韻持中切合聲除融切○說文有足謂之蟲集韻祼毛羽鱗介之總稱亦姓俗作虫非虫音虺 爞集韻旱灼也 盅說文器虛也老子道盅而用之通作沖 翀正韻直上飛通作沖 沖廣韻和也深也正韻虛也或作冲 种正韻稚也又姓通作沖○按种字廣韻音蟲。集韻忡蟲二音。沖种字。廣韻集韻俱音蟲。正韻忡蟲二音。



非三 風廣韻方戎切集韻方馮切合聲夫翁切○說文八風也正韻大塊噫氣又姓或作飌周禮飌師 楓木名說文厚葉弱枝善搖一名欇欇見爾雅 猦獸名廣韻猦母狀如猿逢人則叩頭小打便死得風還活見異物志 諷集韻誦也一曰告也

敷三 豐廣韻敷空切集韻敷馮切合聲敷翁切○說文豆之豐滿者也集韻大也亦姓 酆說文周文王所都在京兆杜陵西南又姓左傳有酆舒 灃廣韻水名在咸陽書灃水攸同 麷說文煮麥也周禮朝事之籩其實麷蕡 靊集韻靊䨴雷師或作豐隆 寷說文大屋也 蘴揚雄方言蘴蕘蕪菁也

奉三 馮廣韻房戎切集韻符風切今用扶洪切○說文馬行疾也正韻箋馮翊漢三輔地名又姓 渢集韻

入聲左傳季札曰美哉渢渢乎大而婉正韻水聲也 汎 廣韻浮也司馬相如上林賦汎淫泛濫 梵 正韻木得風貌 鄷 說文姬姓之國

心四 嵩 廣韻息弓切集韻思融切今用背充切協用背邕切○說文中嶽嵩高山又姓 崧 爾雅山大而高崧郭璞曰今中嶽嵩高山盖依此名 娀 正韻國名有娀氏高辛妃生契詩有娀方將 菘 正韻菜名 駥 正韻似鷹而小

照三 終 廣韻職戎切集韻之戎切今用朱弓切協用朱邕切○說文絿絲也集韻盡也又姓 螽 說文蝗也詩螽斯羽說文本作螽或作螺見公羊傳 鼨 說文豹文鼠也爾雅鼨鼠郭註云未詳 蔠 集韻草名爾雅蔠葵蘩露 霥 說文小雨也 ⿱竹終 集韻戎人呼篋曰⿱竹終 眾 集韻草名爾雅濼貫眾又姓春秋傳有眾父



穿三 充 廣韻昌終切集韻昌嵩切今用出弓切協用出邕切○說文長也高也正韻美也滿也 茺 集韻茺蔚草名益母也 忼 正韻心動也 珫 集韻珥玉名通作充詩充耳琇瑩 ⿰木充 集韻襌衣也揚雄方言襜褕布而無緣關西謂之⿰木充裗

匣三 雄 廣韻羽弓切集韻胡弓切今用穴融切○說文鳥父也集韻壯也一曰武稱亦姓 熊 說文獸似豕山居冬蟄亦姓

喻三 融 廣韻以成切集韻余中切今用余雄切○說文炊氣上出也集韻和也長也又姓 瀜 集韻沖瀜水深廣貌 肜 集韻商又祭名書高宗肜日字從肉

來三 隆 廣韻力中切集韻良中切合聲閭融切○說文豐大也集韻物之中高也 癃 說文罷病也或作㾺

窿 正韻穹窿天勢本作隆 霳 正韻霻霳雷師通作豐隆見淮南子天文訓 ⿱隆鼓 正韻鼓聲

日三 戎 廣韻如融切集韻而融切今從廣韻○正韻兵也助也大也汝也又西夷名又姓說文作戎 駥 爾雅馬八尺為駥 狨 集韻獸名禺屬其毛柔長可藉通作戎 絨 集韻布細者曰絨 ⿰扌戎 正韻相助也通作戎 茙 集韻茙葵草名一曰茙茙厚貌通作戎

按以上十六音。撮口呼。惟輕脣數音。宜屬合口呼。明鄭世子載堉謂。凡非敷奉微四母之字。當居第二等。又謂二等之字。皆屬一等之輕音是也。後倣此。

二冬 舊二冬三鍾

按廣韻集韻。皆分二冬三鍾爲二韻。而律同用。宋劉淵併爲二冬。今詳冬鍾二韻。律雖同用。而呼法與等第不同。其字宜分列之。

見一 攻 廣韻古冬切集韻古宗切今用姑冬切協用姑翁切○集韻治也擊也正韻習也韻會義與東韻攻同宋禮部韻略云字同義同許與上韻通用

釭 集韻轂鐵廣韻鐙也韻會音義與東韻釭同

端一 冬 廣韻集韻都宗切今從之協用都翁切○說文四時盡也廣韻終也又姓

苳 說文草也正韻箋葱苳草今名左纏藤本草作忍冬

透一 炵 廣韻集韻他冬切今用禿冬切協用禿翁切○集韻火盛貌



定一 彤 廣韻集韻徒冬切今用徒農切○說文丹飾也正韻赤也又姓

爞 爾雅爞爞薰也郭註謂旱熱薰炙人或作蟲

⿰忄蟲 博雅⿰忄蟲憂也

⿰忄冬 正韻怔⿰忄冬惶懼也

疼 博雅痛也

鼕 正韻鼓聲也說文作鼞

䳉 䳉渠鳥名見山海經

佟 廣韻姓也又人名後漢書逸民傳臺佟

浵 正韻汪浵水深也

泥一 農 廣韻集韻奴冬切今用奴形切○說文耕也集韻厚也又姓

儂 集韻我也吳語

膿 說文腫血也本作盥

蕽 集韻蓬蕽蘆華

精一 宗 廣韻作冬切集韻祖賨切今用祖冬切協用祖翁切○說文尊祖廟也集韻尊也本也亦姓

從一 賨 廣韻藏宗切集韻徂宗切韻會音叢今用徂農切○說文南蠻賦也見漢書南蠻傳或作悰

悰 說文樂也集韻謀也

慒 說文慮也通作悰

琮 說文瑞玉大八寸似車釭

淙 說文水聲也

潨 韻會水會也音義與東韻潨同

心一 鬆 廣韻私宗切集韻蘇宗切今從集韻協用蘇翁切○廣韻鬆鬆髮亂貌

匣一 ⿰石宮 廣韻戶冬切集韻乎攻切韻會音洪今用胡農切○韻會⿰石宮礐石隕聲

⿰風宮 廣韻大風

來一 ⿱隆石 廣韻力冬切集韻盧冬切韻會音籠今用盧農切○韻會⿰石宮⿱隆石石隕聲韓愈詩投奅閙⿰石宮⿱隆石

按以上冬韻十音合口呼。

見三 恭 廣韻九容切集韻居容切合聲居邕切○說文肅也本作恭或作共龔

供 說文設也一曰供給通作共

共 韻會地名詩侵阮徂共又共工官名又姓

䢼 韻會䢼亭地名見晉書郭璞傳

龔 說文給也集韻州名又姓

珙 廣韻璧也



溪三 銎 廣韻曲恭切集韻邱恭切合聲區邕切曲平聲○說文斤斧穿也六韜大柯釜銎長八寸

⿱⺮銎 正韻車弓也見博雅

羣三 蛩 廣韻集韻渠容切今從之○說文蛩蛩獸也一日秦謂蟬蛻日蛩或作蛩通作邛見爾雅

蛬 蟲名爾雅蟋蟀蛬

邛 說文地名在濟陰集韻水名在蜀一曰病也詩維王之邛亦姓

筇 廣韻竹名可爲杖張騫至大宛得之

茾 廣韻莫莢實也

⿱巩木 揚雄方言南楚江湖凡船小而深者謂之⿱巩木或作⿰舟邛

輁 集韻輁軸士喪遷柩者見儀禮

⿱巩木 正韻揚雄方言猾也

⿰亻⿱巩木 ⿰亻⿱巩木傱罵也

⿰木邛 說文欅椐木也廣韻柜柳也

疑三 顒 廣韻集韻魚容切今從之○說文顒大頭也詩其大有顒集韻顒顒溫貌

喁 正韻噞喁魚口上見司馬相如傳喁喁然鄉風慕義又相應和聲莊子後者唱喁

鰅 說文魚名皮有文出樂浪東暆神爵四年初捕收輸

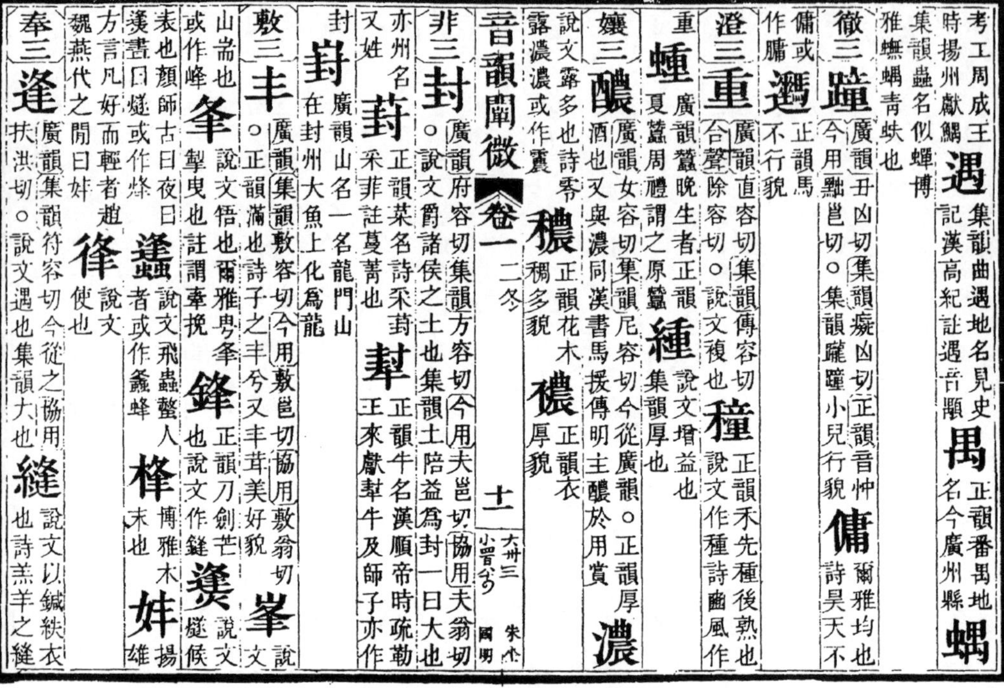

考工周成王時揚州獻鰅遇集韻曲遇地名見史記漢高紀註遇音顒禺正韻番禺地名今廣州縣蝺集韻蟲名似蟬傳雅蟱蝺青蚨也

徹三 蹱廣韻丑凶切集韻癡凶切正韻音忡今用黜邕切。集韻蹱蹱小兒行貌傭爾雅均也詩昊天不傭或作慵邇正韻馬不行貌

澄三 重廣韻直容切集韻傳容切合聲除容切。說文複也穜正韻禾先種後熟也說文作種詩豳風作重蝩廣韻蠶晚生者正韻夏蠶周禮謂之原蠶緟說文增益也集韻厚也

孃三 醲廣韻女容切集韻尼容切今從廣韻。正韻厚酒也又與濃同漢書馬援傳明主醲於用賞濃說文露多也詩零露濃濃或作䨶穠正韻花木穠多貌襛正韻衣厚貌



非三 封廣韻府容切集韻方容切今用夫邕切協用夫翁切。說文爵諸侯之土也集韻土陪益為封一曰大也亦州名又姓葑正韻菜名詩采葑采菲註蔓菁也犎正韻牛名漢順帝時疏勒王來獻犎牛及師子亦作封崶廣韻山名一名龍門山在封州大魚上化為龍

敷三 丰廣韻集韻敷容切今用敷邕切協用敷翁切。正韻滿也詩子之丰兮又丰茸美好貌峯說文山耑也或作峰夆說文啎也爾雅甹夆掣曳也註謂牽挽鋒正韻刀劍芒也說文作鏠𤇾說文燧候表也顏師古曰夜曰𤇾晝曰燧或作烽蠭說文飛蟲螫人者或作蠡蜂桻博雅木末也妦揚雄方言凡好而輕者趙魏燕代之閒曰妦𢓜說文使也

奉三 逢廣韻集韻符容切今從之協用扶洪切。說文遇也集韻大也縫說文以鍼紩衣也詩羔羊之縫或作摓莊子摓衣淺帶漨集韻水名山海經單狐山漨水出焉䅨集韻矛有二橫曰䅨䅨或作䅨

精四 蹤。廣韻卽容切集韻將容切今用足邕切正韻迹也揚雄賦日躡三皇之高蹤縱韻會直也縱橫之對亦作從詩衡從其畝

清四 樅廣韻集韻七恭切合聲趨邕切。正韻木名爾雅樅松葉柏身又簴上牙也詩簴業維樅鏦說文矛也集韻稍小者揚雄方言矛謂之鏦瑽集韻瑽瑢佩玉聲瞛韻會目光張協七命怒目電瞛摐博雅撞也從集韻從容休燕也韻會和緩貌書從容以和蓯集韻蓯蓉藥名蠑集韻蟲名蝑蝑也見爾雅蜙蝑註鼨集韻鼨鼩小鼠也見爾雅鼩鼠註

從四 從廣韻疾容切集韻牆容切今用徂容切。正韻就也順也說文作从鬆揚雄方言桂林之中謂雞曰鬆或作鬆



心四 淞廣韻息恭切集韻思恭切韻會音嵩合聲胥邕切。韻會江名在吳郡凇字林凍洛也正韻霿凇霄松豐兆也蜙說文蜙蝑以股鳴者見爾雅或作蚣倯揚雄方言傑倯罵也郭璞曰羸小可憎之名又嬾也

邪四 松廣韻集韻祥容切合聲徐容切。說文木也亦州名

照三 鍾廣韻職容切集韻諸容切合聲朱邕切。說文酒器也正韻當也聚也又量名又姓鐘說文樂鐘也通作鍾橦集韻木一截也唐式柴方三尺五寸為一橦籦廣韻籠籦竹名可為笛伀集韻征伀怖遽貌妐集韻夫之兄為兄妐一曰關中呼夫之父曰妐爾雅作公忪廣韻心動貌憁說文憚也一曰伀也蝩集韻蝗也或作蝩童集韻夫童郍地通作鐘

穿三 衝 廣韻尺容切集韻昌容切今用出邕切○集韻通道也春秋傳及衝以戈擊之一曰突也正韻與䡴同詩與爾臨衝說文作衝
憧 說文意不定也易憧憧往來
䡴 說文陷敶車也或作幢通作衝
艟 集韻艨艟戰船所以突敵
褈 博雅褈褣襜褕也或作褈
𠝤 廣韻刺也
穜 廣韻短矛也
罿 說文罬也集韻用以捕鳥

審三 舂 廣韻集韻書容切合聲書邕切○說文擣粟也集韻山名日所入也
惷 韻會愚也禮記其民之敝惷而愚
摏 正韻撞也通作舂
踳 博雅踳踊也
蝽 廣韻蚣蝑俗呼蝽蟓通作舂
鶞 集韻鸀鶞鳥名布穀也通作舂

禪三 鱅 廣韻蜀庸切集韻常容切今從廣韻○說文魚名正韻似鰱而頭大
慵 正韻懶也
⿱穴庸 正韻窳⿱穴庸器病



曉三 胷 廣韻集韻許容切合聲虛邕切○正韻膺也說文作匈
凶 說文惡也正韻不吉也
兇 說文擾恐也左傳曹人兇懼
訩 詩傳訟也亂也詩降此鞠訩集韻盈也一曰衆言
跫 正韻人行聲莊子足音跫然
洶 韻會洶洶水勢又水聲楚詞聽波聲之洶洶

影三 邕 廣韻集韻於容切今用紆胷切○說文四方有水自邕成池正韻和也
廱 爾雅廱廱和也正韻辟廱學名通作雝雍
雝 正韻和也詩雝雝在宮又澤也又雝渠鳥名
雍 集韻和也書於變時雍又姓通作邕雝
噰 爾雅肅噰聲也通作邕雍詩作雝
饔 集韻熟食也一曰割烹煎和之稱
灉 說文河灉水在宋爾雅水自河出爲灉或作澭正韻亦作雝周禮職方氏兗州其浸盧維
壅 正韻塞也
罋 廣韻汲器或作甕



癰 說文腫也韻會癰疽也或作臃癕

喻四 容 廣韻集韻餘封切今用余龍切○正韻容儀又盛受也包函也
頌 說文皃也正韻按漢書惠帝紀注云古者頌與容同取其形容盛德因借爲歌頌字
傛 集韻漢制傛華婦官名一曰傛傛便習意一曰不安
褣 揚雄方言南楚謂襜褕曰褈褣
庸 說文用也集韻常也愚也又姓
鄘 說文南夷國集韻紂畿內地名
鎔 說文治器法也董仲舒策猶金之在鎔
鏞 說文大鐘謂之鏞書笙鏞以閒
𢧵 廣韻𢧵戣兵器
槦 集韻槦木名材中箭笴一曰兵架謂之槦
榕 集韻木名
蓉 集韻芙蓉荷華
溶 說文水盛也集韻安流也揚雄甘泉賦溶方皇于西淸又水名
滽 水名山海經宜蘇之山滽水出焉
墉 說文城垣易乘其墉
嵱 廣韻山名在容州山下有鬼市
⿰車容 集韻車行皃或作⿰車容
瑢 正韻瑽瑢珮玉行聲
⿰豸庸 說文猛獸也或作⿰犭庸見司馬相如上林賦



鷛 說文鳥也集韻庸渠卽今水雞
鱅 山海經倏鱅狀如黃蛇魚翼出入有光
傭 說文均直也集韻雇作謂之傭
鰫 說文魚也集韻似鰱而黑

來三 龍 廣韻集韻力鐘切合聲閭容切○說文鱗蟲之長集韻寵也又姓
瓏 說文禱旱玉龍文廣韻圭爲龍文也本作瓏
龐 都龐縣在九眞郡見漢書地理志應劭曰龐音龍
鸗 集韻鳧屬
蘢 集韻蘢古草名通作龍
艫 廣韻小船上安蓋者
躘 集韻躘蹱行皃
籠 博雅簦籠䉂也集韻籠鐘竹名
驡 廣韻野馬

日三 茸 廣韻而容切集韻如容切今從集韻○說文草茸茸皃集韻尨茸亂皃
髶 廣韻髮多亂皃說文作髶
氄 博雅毴氄厲也
穁 廣韻穁穁矛也

按以上鍾韻二十四音撮口呼。又按一東韻自分合口撮口二呼。二冬爲合口。三鍾爲撮口。亦分二呼。唐律將東與冬鍾別爲二而不相通。鄭氏樵謂東重而冬鍾輕。古今韻會謂兩韻同母同等之字皆同音。洪武正韻則合爲一韻。



# 三江 舊四江

按廣韻集韻皆四江。宋劉淵改爲三江。○又按江韻中字古多與東冬韻同用。其字旁从工。从空。从舂。从童。从農。从丰。从悤。从𤇾。从從。从宗。从龍。皆東冬韻中字。而說文即以之取聲。故聲與東冬相近也。後人讀江如姜。詞曲家遂爲江陽韻。而洪武正韻因之。乃時音非古也。今於協用翻切。如按時音須用央陽汪王等字作切脚。其聲方協。然恐與古韻相悖。故寧缺之也。

見二 **江** 廣韻集韻古雙切今用基腔切。○正韻水出岷山集韻州名又姓 **玒** 正韻玉名 **豇** 集韻豆名廣韻豇豆蔓生白色 **茳** 集韻茳蘺香草通作江 **扛** 說文橫關對舉也 **杠** 說文牀前橫木正韻旗干又蓋柄又橋也孟子歲十一月徒杠成 **矼** 正韻聚石渡水通作杠爾雅石杠謂之徛 **瓨** 說文似罌長頸受十升 **釭** 正韻燈也唐人用銀釭字集韻轂鐵。○按江字古音類工。則與東冬韻相近。今音類姜。則與陽韻相近。又南方或讀如岡。則爲開口呼。北方讀如姜。則爲齊齒呼。然考唐宋諸韻書。江扛等字本同音。正韻以江玒字附姜。以扛杠釭矼瓨字附岡。分爲二音。○按說文江从水工聲。吳棫韻補江沽紅切。此江古音工之證也。凡江韻之字。可以類推。

溪二 **腔** 廣韻苦江切集韻枯江切今用欺江切○說文肉空也集韻骨體曰腔或作羫 **控** 正韻打也莊子儒以金椎控其頤 **椌** 說文柷樂也禮記鞉鼓椌楬 **悾** 集韻信愨貌 **硿** 集韻堅實貌莊子德厚信矼 **跫** 廣韻蹋地聲 **崆** 廣韻崆㟅山貌

疑二 **㟅** 廣韻五江切集韻吾江切今用宜厖切。○韻會崆㟅山峻貌韓愈詩詎敢陵崆㟅

知二 **樁** 廣韻都江切集韻株江切今從集韻○韻橛也韓愈詩斬拔栟與樁

徹二 惷 廣韻集韻丑江切今用蠢江切○說文愚也

澄二 幢 廣韻宅江切集韻傳江切今用除厖切○說文旌旗之屬 撞 正韻擣也擊也 橦 說文帳極也廣韻木名

孃二 噥 廣韻女江切集韻濃江切今用女厖切○廣韻嗅語集韻語不明也

幫二 邦 廣韻博江切集韻悲江切今用逋江切○說文國也集韻大曰邦小曰國亦姓 梆 廣韻木名也 垹 廣韻土精如手在地中食之無病

滂二 胮 廣韻匹江切集韻披江切今用鋪江切○說文胮肛脹也 韸 廣韻鼓聲

並二 龐 廣韻薄江切集韻皮江切今用蒲厖切○說文高屋也又姓 逄 集韻塞也一曰姓也左傳逄丑父孟子逄蒙學射於羿亦作蠭逄 舽 集韻舽艭船也



明二 尨 廣韻集韻莫江切今用模龐切○說文犬之多毛者詩無使尨也吠集韻雜也 厖 爾雅厖大也又有也 駹 說文馬面顙皆白 牻 說文牛白黑雜毛 蛖 集韻蟲名爾雅蛖螻 䵨 揚雄方言黲䵨私也 娏 廣韻女神名 𥇢 廣韻目不明 哤 說文哤異之言集韻雜語也 龍 正韻雜色也與尨同考工記上公用龍

穿二 憁 廣韻楚江切集韻初江切今從集韻○正韻通孔也說文作囪或作窗俗作窓 䆦 廣韻種也 摐 正韻撞也司馬相如子虛賦摐金鼓或作𡐦 鏦 揚雄方言矛吳楚之間謂之鏦或作鍯鏓

牀二 淙 廣韻士江切集韻鉏江切今用鋤厖切○集韻水聲 鬃 集韻鬃高也或作從禮記爾毋從從爾

漴 正韻水聲杜甫太清宮賦中漴漴以迴復

審二 雙 廣韻所江切集韻疎江切今從集韻○廣韻偶也又姓說文隹二枚也又持之字從又 艭 廣韻舽艭船名 鑁 廣韻帆也集韻酒篘也 𧯋 集韻𧯊𧯋豆名 𢤱 正韻懼也 𨇨 正韻跭𨇨竦立也

曉二 肛 廣韻許江切集韻虛江切今用希江切○博雅胮肛腫也 舡 正韻舽舡吳船名又舽舡船貌俗以為船字誤 谾 廣韻空谷貌

匣二 降 廣韻下江切集韻湖江切今用奚厖切○正韻服也下也或作夅 𧯊 博雅胡豆𧯊𧯋亦作夅 洚 說文水不遵道集韻下也 跭 集韻跭𨇨竦立也一曰行不進 栙 說文栙雙也集韻味張帆 缸 說文瓨也○按缸字說文廣韻集韻韻會俱音降正韻音岡



來二 瀧 廣韻呂江切集韻閭江切今用盧厖切○集韻奔湍也廣韻州名在嶺南

按以上十七音韻譜列於第二等側屬開口呼或為合口呼今音於江腔等字多讀作齊齒呼切韻指南於牙脣喉音註開口餘註合口似亦不誤韻會與韻鑰俱從之

# 四支 舊五支六脂七之

按廣韻集韻皆分五支六脂七之爲三韻而律同用宋劉淵併爲四支五音集韻韻會韻鑰等書遂按母以併其音今詳三韻之譜其呼法無異等第又同鄭樵與明鄭世子載堉雖細爲區別然終不能指其分韻之確據故今亦將三韻併列之以便按母檢字而韻名與音切仍分註於各音首字之下以存其舊

見三 **基** 廣韻集韻居之切今用吉醫切之韻○說文牆始也集韻本也 **其** 韻會語辭詩夜如何其又不其邑名在琅邪又祝其地名郎夾谷也 **箕** 說文簸也集韻星名亦姓 **居** 韻會語助也禮記何居 **諆** 集韻謀也一日欺也或作謀 **萁** 正韻梁曰薌萁見禮記又菜似蕨又草如荻而細 **錤** 正韻鎡錤鉏也孟子作鎡基 **棋** 正韻本也史記律書萬物根棋 **踑** 集韻迹也正韻踞也通作箕 **朞** 正韻周年又復時也亦作期說文作棋 **姬** 韻會周姓又婦人美稱又妾稱也 **羈** 廣韻集韻居宜切今用吉漪切支韻○正韻馬絡頭也或作䩭說文作羇 **羇** 韻會旅寓也左傳羇旅之臣 **奇** 韻會不偶也又數之零又異也隻也或作倚踦觭 **畸** 說文殘田又異也莊子敢問畸人 **掎** 廣韻掎角正韻冒其首曰角掎其足曰掎掎偏引也 **觭** 韻會得也周禮觭夢 **剞** 韻會剞劂刀也 **飢** 廣韻居夷切集韻居狋切今用吉伊切脂韻○說文餓也韻會穀不熟也又國名亦姓或作飢饑 **肌** 說文肉也或作骪列子骪骨不碼 **机** 集韻木名似榆見山海經 **虮** 廣韻密虮蟲名爾雅作密飢○按基羈飢字廣韻集韻原分三音五音集韻韻會正韻韻鑰等書俱合爲一音以其同呼同母同等故也後倣此

溪三 **欺** 廣韻去其切集韻邱其切今用乞醫切之韻○正韻謾也詐也陵也 **娸** 說文人姓正韻醜也枚臯賦詆娸東方朔 **魌** 正韻醜也漢逐疫有魌頭亦作倛荀子面如蒙倛註云倛方相也說文作䫏或作魌 **僛** 說文醉舞貌詩屢舞僛僛 **鵸** 集韻鳥名今江東呼鵂鶹爲鵋鵸或作鵸 **崎** 廣韻去奇切集韻邱奇切今用乞漪切支韻○集韻崎嶇山險也 **攲** 廣韻不正也 **敧** 說文持去也廣韻宗廟宥坐之器韻會正韻俱作攲註云不正也與欹字不同欹於宜切歎辭也 **觭** 說文角一俛一仰也 **踦** 說文一足也廣韻腳跛也 **徛** 正韻石杠橋也爾雅石杠謂之徛或作碕 **[虫奇]** 集韻蜘蛛長足者 **㱦** 說文棄也 **犄** 說文虎牙也 **榿** 韻會木名

羣三 **奇** 廣韻集韻渠羈切今用勤移切支韻○廣韻異也又姓 **騎** 說文跨馬也 **錡** 正韻三足釜也左傳筐筥錡釜又鑿屬詩又缺我錡 **琦** 韻會玉名一日玩也漢書西域傳博雅琦珍又大貌 **碕** 韻會曲岸也漢書揚雄傳探巖排碕或作埼隑 **鵸** 集韻鵸鵌鳥名見山海經 **其** 廣韻集韻渠之切今用勤怡切之韻○集韻辭也豈也亦姓古作丌亓 **期** 說文會也集韻限也要也 **棊** 說文博棊也或作棋左傳不如奕棋亦作碁 **旗** 正韻旂常之總名廣韻旌旗又姓 **琪** 集韻玉屬爾雅東方之美者有醫無閭之珣玗琪焉 **璂** 韻會弁飾或作璂周禮玉璂象邸 **綦** 正韻青黑文又履下飾又極也荀子君綦貴又蒼白色詩縞衣綦巾又姓說文作綥 **萁** 說文豆莖也曹植詩煮豆然豆萁 **藄** 集韻草名爾雅藄月爾郭璞曰似蕨可食 **蘄** 正韻草名地名又求也荀子跨天下而無蘄又馬銜也三都賦結駟方蘄集韻木名亦姓 **淇** 正韻水出河內 **祺** 說文吉也詩受天之祺 **麒** 正韻仁獸似鹿牡曰麒牝曰麟 **騏** 正韻馬青驪色詩有騂有騏 **鶀** 正韻小鷹史記好射鶀鴈廣韻作鵋 **蜝** 集韻彭蜝蟲名似蟹而小 **濝** 集韻水名見山海經 **鯕** 說文魚名

羣四 **祇**

廣韻巨支切集韻翹移切今用勤移切支韻○說文地祇提出萬物者也正韻安也大也古作示祁正韻大也又舒
遲也詩祓之祁祁又太原縣名又姓郝廣韻邑名在扶風岐正韻山名又路岐也跂說文足多指也
或作枝歧伎集韻舒貌詩維足伎伎忯爾雅忯忯愛也疧說文病也蚑說文行也正韻蟲行
貌又長蚑蟰蛸別名軝正韻車長轂詩約軝錯衡芪正韻芪母藥草衹廣韻衹衼尼法衣耆
廣韻渠脂切集韻渠依切今用勤夷切脂韻○正韻長也老也强也至也說文作耆愭韻會畏也敬也鰭韻會
魚脊上骨也禮記羞魚夏右鰭鬐正韻馬鬣也鮨廣韻鮓也爾雅魚謂之鮨帆集韻伊帆古天子號
亦地名通作耆

疑三宜廣韻集韻魚羈切今用逆奇切支韻○廣韻所安也集韻州名又姓儀集韻容也度也亦姓又州



名檥說文幹也漢書注整船向岸曰檥或作艤轙說文車衡載轡者漢郊祀歌靈𩆘𩆘象輿轙䮊
說文駿䮊也秦漢之初侍中冠駿䮊冠涯正韻水際亦作厓崖集韻岸上也[illegible]集韻魚子也
狋○廣韻集韻牛肌切今用逆棃切脂韻說文犬怒貌見漢書東方朔傳疑廣韻語其切集韻魚其切今用
逆其切之韻○說文惑也或作儗嶷正韻九嶷山名亦作疑觺集韻角利貌楚辭其角觺觺
知三知廣韻陟離切集韻珍離切今用陟漪切支韻○說文詞也正韻覺也喻也蜘正韻蜘蛛也說文作
鼅或作䵹胝廣韻丁尼切集韻張尼切今用陟伊切脂韻○正韻皮厚也集韻繭也氐廣韻氐池縣名
徹三絺廣韻丑飢切集韻抽遲切今用敕伊切脂韻○說文細葛也論語當暑袗絺綌郗廣韻邑名又姓
說文周邑也在河內瓻集韻盛酒器古以借書屎博雅墨屎歎也摛廣韻丑知切集韻抽知切今用

敕伊切支韻○說文舒也左思蜀都賦摛藻掞天庭揚雄太元作攡螭說文若龍而黃北方謂之地螻一說無角螭
彲義同上史記齊世家非龍非彲魑正韻鬼魅左傳作螭曬集韻舒也漢書白日曬光誺廣韻
不知也見揚雄方言癡廣韻丑之切集韻超之切今用敕醫切之韻○說文不慧也笞說文擊也齝
說文吐而噍也爾雅牛曰齝或作齝呞

澄三馳廣韻直離切集韻陳知切今用除移切支韻○廣韻疾驅也又姓趍韻會奔也踟韻會
踟躕也詩搔首踟躕說文作峙跢博雅蹢躅跢跦也簃集韻宮室相連謂之簃見爾雅謻韻會別也
又門名劉曜傳謻門旦空又臺名周赧王所居廣韻作誃篪正韻樂器說文作龥禮記月令作竾褫說文奪衣
也正韻褫衣又曰褫褫池廣韻停水曰池又姓亦作沱蛇集韻甌蛇地名春秋傳盟於甌蛇墀



廣韻直尼切集韻陳尼切今用呈夷切脂韻○說文涂地也徐曰階上地也坻說文小渚也詩宛在水中坻韻會水
中高地也左傳有肉如坻泜廣韻水名在常山遲說文徐行也或作迟遟菭廣韻水衣謘
說文語諄謘也荀子眾積謘謘乎荎說文荎藸草也見爾雅蚳說文螘子也見爾雅又姓也孟子蚳鼃
貾正韻餘貾貝之黃質白點者見爾雅亦作蚳[illegible]集韻蟲名蛭也逸詩佇人如[illegible]持廣韻直之切集
韻澄之切今用呈怡切之韻○說文握也治正韻攻理說文水出東萊曲城陽邱山南入海秲集韻秲秲除草
[illegible]說文菹也

孃三尼廣韻集韻女夷切今用匿夷切脂韻○韻會昵也和也又女僧屔集韻山名顏氏禱於屔邱生孔
子通作尼怩韻會忸怩心慙也書顏厚有忸怩呢集韻呢喃小聲多言也正韻箋呢喃燕語跜正韻

躨跜蚪龍動貌 梶 廣韻木名又止車之物易繫於金梶 旎 韻會旖旎柔弱貌
幫三 碑 廣韻彼為切集韻班縻切正韻音卑今用筆漪切支韻○說文豎石徐鍇曰紀功德也 陂 說文
阪也集韻池也一曰澤障或作波 羆 說文如熊黃白文或省作羆 犤 爾雅犤牛郭註云今之犤牛也廣韻
作犤 蘢 正韻草名又荀蓨飾爾雅旎謂之蘢或作蘢 詖 集韻辨僻之辭 悲 廣韻府眉切集韻逋眉切
正韻音卑今用筆伊切脂韻○說文痛也 幫四 卑 廣韻府移切集韻賓彌切今用筆漪切支韻○說文賤也執事
也 庳 集韻下也一曰鶉牝名 裨 說文接益也 鞞 正韻牛鞞縣在蜀 俾 集韻安俾縣名
在安定郡 錍 說文鎣錍也博雅錍謂之鈷正韻篦金錍以抉眼膜 椑 正韻木名實似柹而青色見文選閒居賦
萆 集韻萆薢藥草一曰蒿類一曰蓑衣 箄 正韻取魚竹器也 綼 集韻飾裳在幅曰綼在下曰緆鄭康





成說
滂三 披 廣韻敷羈切集韻攀縻切今用劈漪切支韻○說文從旁持曰披集韻開也分也 鈹 說文大鈹
也集韻劍如刀裝者春秋傳執鈹者夾承之 翍 集韻張羽貌 㱟 集韻剖肉也 被 韻會荷衣曰被
左傳被苫蓋 旇 說文旌旗旇靡也韻會靡謂之旇 秛 正韻幷也 狓 集韻狓猖飛揚也 丕
廣韻敷悲切集韻攀悲切今用劈伊切脂韻○廣韻大也亦姓或作丕 伾 說文有力也詩以車伾伾 怌 集韻
恐懼也正韻慢也揚子柔則怌 秠 說文一稃二米也詩維秬維秠 駓 說文黃馬白毛也 豾 集韻狸子
曰豾見爾雅註 狉 正韻羣走貌柳宗元文鹿豕狉狉 魾 集韻魚名說文大鱯也 鉟 正韻靈姑鉟旗
名亦作鉟 髬 集韻髬髵猛獸奮鬣貌一曰被髮走 滂四 紕 廣韻匹夷切集韻篇夷切今用劈伊切脂韻○

廣韻繒欲壞也 𧦧 廣韻謬也
並三 皮 廣韻符羈切集韻蒲縻切今用貧宜切支韻○說文剝取獸革者謂之皮 疲 說文勞也或作罷
郫 正韻地名一在蜀一在晉 邳 廣韻符悲切集韻貧悲切今用貧夷切脂韻○正韻下邳地名亦姓 岯
正韻大岯山名亦作伾書至于大伾 䲹 集韻鳥名見山海經 並四 琵 廣韻房脂切集韻頻脂切今用貧夷
切脂韻○正韻琵琶樂名 毗 正韻厚也輔也又夸毗柔詩無為夸毗說文人臍也本作𣬈 比 集韻和也一曰
相次也 枇 正韻枇杷果名 榌 說文梠也正韻箋連檐木在椽之端者班固西都賦鏤檻文榌 芘 草名
說文蒿也 仳 集韻仳催醜也淮南子嫫母仳催 貔 說文豹屬出貉國詩獻其貔皮或作豼 膍 說文
牛百葉也正韻厚也詩福祿膍之韻會烏膍胵徐曰烏之腸胃也 魮 正韻文魮魚名見山海經 蚍 正韻蚍蜉





大蟻也韓愈詩蚍蜉撼大樹說文作蠶 沘 廣韻水名在楚 阰 集韻山名楚詞朝搴阰之木蘭 鈚 集韻
犂錧也一曰箭名或作鎞錍 陴 廣韻符支切集韻頻彌切今用貧移切支韻○說文城上女牆俾倪也春秋傳授兵
登陴 埤 正韻增也厚也附也 裨 集韻將之偏副一曰冕名亦姓 脾 說文土藏也 蜱 爾雅蟷蠰
其子蜱蛸 椑 博雅木下支謂之椑櫥 紕 集韻飾緣邊也禮記縞冠素紕或作繴 崥 集韻崥崥山貌
一曰山足
明三 糜 廣韻靡為切集韻忙皮切今用密宜切支韻○正韻粥也又爛也 穈 說文穄也 醿 集韻
酴醿酒名或作醿 爢 說文爛也集韻熟貌一曰壞也 縻 說文牛轡也正韻繫也 劘 集韻分也本作
靡亦作劘 蘼 集韻草名爾雅薔蘼虋冬 蘪 說文蘪蕪也見爾雅 䴢 集韻金飾馬耳謂之䴢 麊

集韻潰米也又菴泠縣名漢書地里志作菴
**擵** 集韻鍾擊處
**康** 集韻康穰地名在今秦州
**眉** 廣韻武悲切集韻旻悲切今用密夷切脂韻○廣韻目上毛也說文作𥇒
**嵋** 正韻山名在蜀
**湄** 說文水草交爲湄
**瀓** 集韻谷與瀆通者也爾雅谷者瀓
**楣** 說文秦名屋櫋聯也
**[木麋]** 集韻水中茭也見爾雅
**黴** 廣韻說文物中久雨青黑也
**麋** 廣韻鹿屬又姓
**郿** 說文右扶風縣詩王餞于郿
明四 **彌** 廣韻武移切集韻民卑切正韻音迷今用密移切支韻○說文弛弓也集韻益也終也亦姓或作弥
**罙** 正韻深也冒也周行也詩罙入其阻說文作冞字从米與罙不同
**瓕** 集韻齊人呼母曰瓕
**獼** 廣韻獼猴
**瀰** 正韻瀰瀰大水貌○

按邦滂並明四母之字七音略與切韻指南皆屬開口呼洪武正韻以不眉二音入灰韻同文鐸以陂悲糜眉入合口然終以屬開口者爲是。



六四十一 小五百六十四 蔡淦 國明

精四 **咨** 廣韻即夷切集韻津私切今用則私切脂韻○說文謀事曰咨集韻嗟也或作諮
**資** 說文貨也集韻助也取也亦姓
**齎** 集韻持也戰國策齎盜糧又歎辭易齎咨涕洟
**姿** 正韻態也亦作㚷
**粢** 正韻稷也說文作齋或作粢秶
**齍** 說文黍稷在器以祀者周禮奉玉齍
**齌** 正韻裳下緝也通作齊
**濟** 說文久雨涔資也正韻水名在常山
**積** 說文積禾也
**貲** 廣韻即移切集韻將支切今用則斯切支韻○正韻財也亦作訾
**訾** 集韻思也毀也又地名又姓
**髭** 正韻口上須也說文作頾
**觜** 集韻星名
**鄑** 正韻城名古屬青州周屬紀後入齊
**鄨** 集韻谷名在西海亦縣名前漢作鄨
**𧊒** 廣韻蟲似蟬又蚩鼠鳥名見山海經
**𪓰** 集韻蠅蟷鼅屬或作蟕蠵
**孜** 廣韻子之切集韻津之切今用則思切之韻○說文汲汲也
**玆** 說文黑也春秋傳何故使吾水玆集韻蓐也此也亦姓
**茲** 說文草木多益也从艸
**仔** 說文克也集韻仔肩任也詩佛時仔肩
**孳** 說文汲汲生也
**滋** 說文益也正韻水名又旨也多也液也
**嵫** 集韻崦嵫山名日所入處
**鼒** 說文鼎之圜掩上者詩鼐鼎及鼒
**鎡** 韻會鎡錤鉏也孟子雖有鎡基通作兹
**鰦** 廣韻魚名爾雅鮂黑鰦
**秄** 正韻壅禾根也或作芓
清四 **雌** 廣韻此移切集韻七支切今用此斯切支韻○說文鳥母也集韻牝也
**郪** 廣韻取私切集韻千咨切今用此私切脂韻○集韻縣名在廣漢
**趀** 說文趀趄行不進也或作次易其行次且
**𨋾** 廣韻連車也一日卻車抵堂或作𨏈
從四 **慈** 廣韻疾之切集韻牆之切今用層時切之韻○廣韻愛也亦州名
**磁** 正韻石可引鐵或作礠慈
**鶿** 正韻鸕鶿水鳥
**兹** 集韻龜茲西域國名
**濨** 集韻水名在定州
**疵** 廣韻疾移切集韻才支切借用齊時切支韻○說文病也漢書吹毛求疵



大の十一 小五百十 蔡 陳

**玼** 集韻玉中石也一曰玉病
**胔** 廣韻人子腸名
**骴** 集韻鳥獸殘骨或作髊
**茈** 草名爾雅鳧茈
**呰** 集韻毀也
**茨** 廣韻疾資切集韻才資切借用層時切脂韻○說文以茅葦蓋屋也爾雅茨蒺藜廣韻茅茨又姓
**薋** 說文草多貌楚辭薋菉葹以盈室
**蠀** 蟲名廣韻蠀螬也
**餈** 說文稻餅也周禮糗餌粉餈
**瓷** 韻會陶器緻堅者潘岳笙賦傾縹瓷以酌酃
**薺** 集韻草名說文蒺藜也通作茨
**𩅿** 廣韻涔𩅿久雨集韻雨聲
心四 **斯** 廣韻息移切集韻相支切今用塞貲切支韻○說文析也詩斧以斯之正韻此也則也即也又語已辭
**廝** 集韻析薪養馬者或作㒋
**鐁** 廣韻平木器名
**澌** 說文水索也
**凘** 說文流冰也
**𩆵** 說文小雨財霽也
**㴲** 廣韻泜也又水名出趙國
**虒** 說文委虒虎之有角者集韻虒祁晉宮名見春秋傳又虒

上地名在常安鷉正韻鸒鷉鳥名爾雅作鸒斯䗐集韻蟲名爾雅䗐螽蜙蝑蟖郭璞曰青州人呼螽
爲蛅蟖見爾雅菥廣韻葴菥草似燕麥榹說文槃也爾雅榹桃山桃禠說文福也㯕博雅木下
支謂之椑㯕磃集韻漢有上林磃氏館鼶說文鼠也見爾雅螔廣韻守宮別名私廣韻
息夷切集韻相咨切今用塞咨切脂韻。說文禾也爾雅女子謂姊妹之夫曰私正韻不公也思廣韻息茲切集韻新
茲切今用塞茲切之韻。正韻念也慮也又語巳辭偲正韻相切責也論語切切偲偲颸正韻風貌罳
正韻罘罳屏也緦說文十五升布也絲說文蠶所吐也伺集韻候也察也司說文臣司事於
外者廣韻主也亦姓覗正韻視也覷也𥳒廣韻竹名有毒鷥集韻鷺鷥鳥名禗集韻神不安欲
去意見漢郊祀歌


大の十三 小五百八

邪四 詞 廣韻似茲切集韻祥茲切今用習慈切之韻。說文意內而言外也正韻請也告也通作辭辭
說文訟也正韻同上又卻不受也通作辤辤說文不受也正韻此爲辤受字後人借爲言辤字楊修傳絕妙好辤俗作
辞非祠說文春祭曰祠柌正韻鎌柄也
照二 菑 廣韻側持切集韻莊持切今用仄醫切之韻。說文不耕田也爾雅田一歲曰菑淄正韻水名
書灉淄旣道緇說文帛黑也論語涅而不緇或作純禮記以共純服亦作紂禮記爵弁紂衣輜集韻載衣
物車前後皆蔽錙說文六銖也集韻八兩曰錙椔爾雅木立死曰椔鯔廣韻魚名鶅爾雅
雉東方曰鶅甾說文東楚名缶曰甾
照三 支 廣韻集韻章移切今用職漪切支韻。說文去竹之枝也正韻度也持也集韻分也亦姓枝說文

木別生條也肢正韻肢體說文作胑通作支易暘於四支衹正韻適以之辭榰正韻柱砥爾雅
榰柱也或作搘梔集韻黃木子可以染巵說文器也觶集韻鄉飲酒器受三升也或作觗觳只
廣韻專辭也氏正韻月氏西域國名鳷廣韻鳥名漢武帝造鳷鵲觀或作雉𢻃廣韻多也見張衡西
京賦衼廣韻衹衼尼法衣也跂集韻踶跂用心力貌脂廣韻旨夷切集韻蒸夷切今用職伊切脂韻。
廣韻脂膏也說文戴角者脂無角者膏又姓祗說文敬也砥正韻石細於礪亦作底衹集韻衹裯
單衣也之廣韻止而切集韻眞而切今用職醫切之韻。正韻語助也廣韻往也亦姓說文作㞢芝說文
神草也


大三十六 小五百十三

穿二 差 廣韻楚宜切集韻叉宜切今用測漪切支韻。集韻參差不齊也齹說文齒參差或作齹蒫
嵳廣韻嵾嵳山不齊縒說文參縒也集韻亂絲貌
穿三 蚩 廣韻赤之切集韻充之切今用尺醫切之韻。說文蟲也韻會蚩蚩敦厚貌詩氓之蚩蚩
侮也癡也䣢也亦作妛蚩嗤韻會笑也鴟廣韻處脂切集韻稱脂切今用尺伊切脂韻。廣韻鳶也爾雅鴟鴞媸韻會
說文作睢胵說文鳥胃集韻胵五藏總名眵廣韻叱支切集韻侈支切今用尺漪切支韻。說文目傷眥也
廣韻目汁凝也韓愈詩兩目眵昬頭雪白亦作瞝
牀二 茌 廣韻士之切集韻仕之切今用岑怡切之韻。說文草貌濟北有茌平縣或作荏漦廣韻集韻
俟甾切今用岑怡切之韻。說文順流也一曰水名集韻盠也又次流出貌
審二 師 廣韻疏夷切集韻霜夷切今用色伊切脂韻。正韻衆也範也法也效也又姓篩集韻竹名正韻

竹器也蒒集韻草名博物志生東海洲上實如大麥一日自然穀螄集韻蟲名螺也獅韻會狻猊

也又犬生二子曰獅釃廣韻所宜切集韻山宜切今用色漪切支韻○集韻以筐盝酒也詩釃酒有萸籭說文

竹器也可以取粗去細或作簛簁欐韻會襹襹毛羽衣貌見張衡西京賦或作襹蓰集韻物數也五倍曰

蓰孟子或相倍蓰

審三施廣韻式支切集韻商支切今用式漪切支韻○說文旗貌正韻用也加也集韻設也亦姓覤廣韻

規覤面柔也亦作戚施說文司人也司與伺同葹集韻卷葹草名韓僉詩不辨蒼莫葹絁集韻粗緒也一日繒

屬說文作䌫鍦正韻短矛也亦作鍦鉈鷀集韻鳥名爾雅鷀沈鳧鼉集韻蟲名說文䵷鼉詹諸

蟴說文姑蟴強芊也集韻米穀中蠹小黑蟲翅集韻翼也正韻不翅猶言不止也尸廣韻式之切集

音韻闡微 卷一 四支 五十九 大三十七 小五百十五

韻升脂切今用式伊切脂韻○正韻主也陳也亦姓屍說文終主也通作尸蓍正韻蓍屬用之以筮鳲

集韻鳲鳩鳥名布穀也詩廣韻書之切集韻申之切今用式醫切之韻○說文志也正韻志發於言邿說文

附庸國春秋傳襄公取邿

禪三時廣韻集韻市之切今用石怡切之韻○說文四時也集韻是也亦姓古作旹塒說文雞棲垣也

詩雞棲于塒榯集韻木立貌見宋玉高唐賦又落榯持門樞也蒔集韻草名正韻植立也更種也鰣

廣韻魚名似魴肥美江東四月有之鼭廣韻鼠名見爾雅匙廣韻是支切集韻常支切今用石移切支韻○

說文匕也鍉集韻鑰也提集韻提提羣飛貌詩歸飛提提或作翄又朱提縣名在犍爲郡見漢志禔

說文安福也姼揚雄方言南楚謂婦妣曰母姼婦父曰父姼

曉三犧廣韻許羈切集韻虛宜切今用肸漪切支韻○說文宗廟之牲也羲說文氣也集韻羲和官名

又姓戲集韻嗚戲歎辭或作𡁑羛集韻後漢有羛陽聚見光武記或作戲曦集韻赫曦日光也見

西京賦或作爔㰕正韻蠡也杓也桸集韻勺也巇正韻山險又罅隙也揚子巇可抵乎熙廣韻

許其切集韻虛其切今用肸醫切之韻○說文燥也集韻廣也和也嬉正韻戲也又美也游也娭集韻婦人

賤稱又戲也漢安世房中歌神來宴娭嘻廣韻噫嘻歎也譆廣韻痛聲誒說文可惡之詞又倦怠失

魂貌莊子誒詒爲病禧說文禮吉也集韻福也或作釐僖正韻樂也謚法小心畏忌曰僖亦姓熹說文

炙也集韻熾也曉四咦廣韻喜夷切集韻馨夷切今用肸伊切脂韻○廣韻笑貌集韻呼也又南陽謂失笑爲咦

吚說文唸吚呻也屎集韻吚或作屎詩民之方殿屎廣韻本作㕧呻吟聲也

音韻闡微 卷一 四支 六十 大四十三 小五百二十九

影三醫廣韻集韻於其切今用乙熙切之韻○說文治病工也或作毉譩廣韻忿也集韻傷也噫

正韻恨聲或作意懿漪廣韻於離切集韻於宜切今用乙犧切支韻○集韻水波爾雅河水淸且瀾漪猗說文

犗犬也正韻美盛貌又長也美也倚也加也欹集韻歎美辭通作猗禕爾雅美也旖廣韻旖旎旗舒

貌椅說文梓也廣韻木名梓實桐皮陭說文上黨陭氏阪影四伊廣韻於脂切集韻於夷切

今用乙飢切脂韻○正韻因也惟也彼也水名又姓洢集韻水名在河南陸渾山入河通作伊咿正韻强笑

語貌楚辭喔咿嚅唲蛜集韻蟲名爾雅蛜威黍說文作蛜黟集韻縣名在丹陽一日黑木或作黝

喩四移廣韻弋支切集韻余支切今用遙離切支韻○正韻易也徙也又遺也延也說文禾相倚移也施

正韻施施自得貌又邪行日施孟子施從良人之所之迻迻說文遷徙也柂集韻木名見爾雅禮記作杝

鉹集韻涼州呼甑爲鉹見爾雅 栘說文棠棣也見爾雅 匜集韻盥器左傳奉匜沃盥 椸正韻榻前几一曰衣架曲禮男女不同椸枷爾雅作箷 簃說文閣邊小屋也 𧳅正韻冰室也 扅集韻門關謂之扅扅 𦺇說文草萎𦺇也 詑正韻拒人貌孟子詑詑之聲音顏色或作訑訑 酏集韻酏飲粥稀之淸也或作隨 袲集韻地名在宋春秋會于袲 暆說文日行暆暆也又樂浪有東暆縣 㹭廣韻獸名見山海經 蛇正韻委蛇自得詩委蛇委蛇亦作虵佗陀 迤正韻箋邐迤逶迤或作迆 貤集韻移也漢書無所流馳 夷〔廣韻〕以脂切〔集韻〕延知切〔今用〕逸尼切〔脂韻〕○說文平也東方之人也正韻傷也等也易也芟也或作尸尼 峓廣韻嵎峓山名書作嵎夷集韻作銕 侇集韻尸也又移也 寅集韻東方之辰 夤集韻恭也 陝博雅賊陝險也 徥說文行平易也 䠓正韻蹲踞亦作夷論語原壤夷俟 姨爾雅妻之





姊妹同出爲姨 恞爾雅悅也 胰廣韻夾脊肉也 洟正韻鼻液易齎咨涕洟 桋正韻木名詩隰有杞桋 痍說文傷也 彝說文宗廟常器也集韻法也 荑集韻草名爾雅荎荑薞蘠 蛦集韻蜒蛦蟲名 鮧集韻鯅鮧魚名一曰鹽藏魚腸 怡〔廣韻〕與之切〔集韻〕盈之切〔今用〕逸其切〔之韻〕○廣韻和也悅也又姓 飴說文米蘖煎也 頤正韻頷也養也又卦名說文作𦣞 台說文悅也集韻我也書以輔台德 宧說文養也室之東北隅食所居 眙正韻舉目貌又盱眙楚州縣 貽正韻遺也貺也詩貽我來牟集韻黑貝也 遺正韻失也加也餘也陳迹也 詒說文相欺詒也正韻贈言也遺也詩詒厥孫謀 圯說文東楚謂橋爲圯漢張良受書圯上 瓵爾雅甌瓿謂之瓵 异廣韻已也集韻發歎又舉也

〔來三〕離〔廣韻〕呂支切〔集韻〕鄰知切〔今用〕力移切〔支韻〕○集韻別也麗也大琴也亦姓 鸝廣韻鸝黃也說文作離黃 离說文山神獸也 蠡集韻瓠勺也一曰谷蠡北藩君長號一曰蟲齧木中 麗正韻高麗東方夷國又附著也 縭說文絲介履也詩親結其縭 樆爾雅婦人之褘也通作縭 纚正韻緌也詩紼纚維之通作縭 䍦正韻接䍦曰帽也或作籬攡亦作羅䍦摛 罹集韻憂也遭也詩逢此百罹 蘼說文草木相附麗土而生也通作麗 蘺集韻草名說文江蘺蘼蕪也 籬集韻藩也或作樆蘺 穲集韻長沙人謂禾二把爲穲 樆爾雅梨山樆 黐集韻黏也 醨說文薄酒也 漓正韻水滲入地又淋漓也或作灕離 璃正韻瑠璃似玉者或作流離 驪說文馬深黑色 孋集韻孋姬晉獻公伐孋戎所獲女又姓通作麗 矖正韻視也 攡集韻張也 劙博雅解也 穲正韻苗也又穲穲黍稷行列 棃〔廣韻〕力脂切〔集韻〕良脂切〔今用〕力夷切〔脂韻〕○廣韻果名或作梨正韻棃老也 蔾集韻蒺蔾草名 秜說文稻今





年落來年自生謂之秜 犂集韻牛駁文一曰耕也 黧集韻黑而黃 剓集韻直破也 蜊說文集韻蛤蜊蟲名海蚌 釐〔廣韻〕里之切〔集韻〕陵之切〔今用〕力怡切〔之韻〕○說文家福也正韻理也又毫釐 氂說文犛牛尾也集韻十毫曰氂 鬒集韻髦鬒髮起貌 嫠說文無夫也春秋傳嫠也何害 犛正韻牛名黑色亦作氂犛 剺說文剝也 斄集韻鄉名莊子斄牛大若垂天之雲 梩集韻臿也孟子蘽梩 貍正韻狐貍亦作狸霾

〔日三〕兒〔廣韻〕汝移切〔集韻〕如支切〔今用〕日移切〔支韻〕○說文孺子也集韻男曰兒女曰嬰亦姓 唲正韻曲從貌又强笑語楚辭喔咿嚅唲 而〔廣韻〕如之切〔集韻〕人之切〔今用〕日怡切〔之韻〕○說文頰毛也周禮作其鱗之而集韻語辭又汝也如也 髵集韻髮髵獸作鬣貌見西京賦 耏集韻罪不至髡也又姓或作耐 洏正

漣而涕流 胹 正韻爛也又煮也左傳宰夫胹熊蹯不熟內則皆作濡 陑 集韻地名在河曲南 栭 說文屋枅上標爾雅栭謂之桼 輀 說文喪車也 鴯 集韻鳥名燕也莊子鳥莫智於鷾鴯 鮞 說文魚子也一日魚之美者東海之鮞

按以上三十一音。共分三等。其居第二等者。爲開口呼。居第三等第四等者。爲齊齒呼。今於第四等齒頭數音。皆讀作開口呼。○又按第二等與第三等。其呼法不同。故雖同母而分二音。若第三等與第四等。同爲一呼。故凡同母者止爲一音也。

見三 龜 廣韻居追切集韻居逵切今用姑追切協用姑威切脂韻○正韻甲蟲之長 騩 廣韻馬淺黑色 嬀 廣韻居爲切集韻俱爲切合聲姑逶切支韻○說文虞舜居嬀汭因以爲氏書釐降二女于嬀汭 潙 廣韻水名 佹 集韻幾似貌列子佹佹成者



見四 規 廣韻居隋切集韻均窺切今用谷透切支韻○說文有法度也集韻正圓之器 ⿰夫隹 集韻子⿰夫隹鳥名或作鳺巂通作規 摫 正韻振摫裁製也揚雄方言梁益謂裂帛爲衣曰摫 槻 廣韻木名堪作弓材集韻槻槻木皮水漬和墨書色不脫 瞡 正韻小見貌荀子云學者之鬼瞡瞡然 嫢 集韻細腰也一日婦人審諦貌

溪三 虧 廣韻去爲切集韻驅爲切合聲枯透切支韻○說文氣損也正韻缺也或作虧 ⿸虍卑 韻會柔革不均也考工記函人註革無⿸虍卑 巋 廣韻集韻丘追切今用枯巋切協用枯威切脂韻○爾雅山小而眾曰巋 蘬 集韻草名爾雅紅蘢古其大者蘬

溪四 闚 廣韻去隨切集韻缺規切今用枯規切支韻○說文閃也集韻謂傾頭門中視也 窺 說文小視也通作闚

羣三 逵 廣韻渠追切集韻渠龜切今用渠帷切脂韻○正韻通道爾雅九達謂之逵又隱也 馗 說文九達道也爾雅中馗菌也正韻鍾馗鬼名 夔 正韻舜典樂之官又獸似牛一足無角集韻夔夔悚懼貌 騤 說文馬行威儀也詩四牡騤騤 犪 集韻牛名山海經岷山多犪牛 戣 正韻戟屬周制侍臣執戣 頯 正韻面顴也莊子其顙頯然 頄 義同上易壯于頄 躨 集韻躨跜動貌

羣四 葵 廣韻渠追切集韻渠惟切今從集韻脂韻○說文菜也 楑 集韻柊楑椎也一日度也通作揆 鄈 正韻地名有三一在汾陰漢祭后土處一鄈邱在河南又在陳留通作葵

疑三 危 廣韻魚爲切集韻虞爲切今用吳羸切支韻○說文在高而懼也正韻宿名又山名 峗 集韻三峗山名在鳥鼠西或書作峞通作危 㕒 爾雅崒者厜㕒郭璞註謂峯頭巉巗也



知三 追 廣韻陟隹切集韻中葵切今用豬龜切協用豬威切脂韻○說文逐也又國名詩其追其貊 䨨 廣韻雷也 腄 廣韻竹垂切集韻株垂切合聲豬逶切支韻○說文瘢胝也集韻馬及鳥脛上結骨也 箠 集韻竹節也

澄三 錘 廣韻直垂切集韻重垂切合聲除爲切支韻○說文八銖也正韻權也 甀 廣韻甖也 椎 廣韻直追切集韻傳追切今用除帷切脂韻○說文擊也廣韻椎鈍不曲橈亦棒椎也又椎髻 ⿱髟肯 說文髮墮也或作鬌 槌 集韻蠶曲植正韻擲也擊也 鎚 集韻金椎一日權也 魋 韻會椎頭髻也漢書尉佗魋結箕踞或作椎 腄 正韻東萊縣名見漢書主父偃傳

精四 檇 廣韻醉綏切集韻遵綏切今用租雖切協用租威切脂韻○廣韻以木有所擣又地名左傳越敗吳於檇

李**崔**廣韻高貌正韻箋撮口也又嗟也集韻崔本作崔**厜**廣韻姊宜切集韻津垂切今用祖逶切支韻○說文厜㕒山巔也**鮻**集韻赤子陰也或作朘屡**劑**爾雅劑翦齊也周禮司市以質劑結信而止訟○按劑字廣韻集韻別作遵爲切。今附此。

心四**雖**廣韻息遺切集韻宣隹切今用蘇雖切協用蘇威切脂韻○蟲名說文似蜥蜴而大集韻不定也一曰兄辭**綏**說文車中把也廣韻州名**荽**正韻胡荽香荽說文作葰廣韻本作荾亦作芟**睢**集韻水名在梁郡受汴入泗或作濉**奞**說文鳥張毛羽自奮也**浽**廣韻浽溦小雨也**眭**集韻姓也**夊**廣韻行遲貌

邪四**隨**廣韻集韻旬爲切今用徐爲切支韻○說文从也集韻國名又姓**隋**集韻順裂肉也隋文帝省隨之辵以爲代號

音韻闡微　卷一　四支　壹　大三十 小四百七十四　唐 李

照三**錐**廣韻或追切集韻朱惟切今用朱𪓝切協用朱威切脂韻○說文銳也正韻器如鑽也左傳錐刀之末**隹**說文鳥之短尾總名也**鵻**集韻鳥名小鳩也詩翩翩者鵻通作隹**騅**說文馬蒼黑雜毛廣韻馬蒼白雜毛又姓**萑**說文草多貌集韻草名茺蔚也

穿二**衰**廣韻楚危切集韻初危切合聲初逶切支韻○集韻減也

穿三**吹**廣韻昌垂切集韻姝爲切今用出逶切支韻○說文噓也周禮作歈**炊**說文爨也**推**廣韻叉隹切集韻川隹切今用出追切協用出威切脂韻○集韻順遷也一曰窮詰**蓷**集韻草名茺蔚也

審二**衰**廣韻所追切集韻雙隹切今用疏錐切協用疏威切脂韻○集韻浸微也**榱**說文秦名爲屋椽周謂之榱齊魯謂之桷**⿸疒衰**集韻病減也**⿰革巂**集韻馬垂鞘

禪三**誰**廣韻集韻視隹切今用蜀帷切脂韻○說文何也正韻孰也誰何詰問也賈誼過秦論陳利兵而誰何**脽**說文尻也正韻汾脽巨靈所處漢武帝立后土祠于汾陰脽上**垂**廣韻集韻是爲切今用蜀爲切支韻○說文遠邊也集韻幾也**陲**說文危也廣韻邊也**倕**韻會重也又黃帝時巧人名**圌**廣韻山名在吳郡○按垂字廣韻集韻諸書屬禪母。音如誰。正韻屬澄母。音如鎚

曉三**麾**廣韻許爲切集韻吁爲切合聲呼逶切支韻○集韻旗屬周禮建大麾以田漢書作戲**摩**說文旌旗所以指麾也通作麾撝**撝**說文裂也正韻手指麾也易撝謙**噅**集韻醜也一曰誚謂之噅**⿰犭爲**集韻獏⿰犭爲獸名

曉四**隳**廣韻許規切集韻翾規切今用呼規切支韻○韻會壞也說文作䧜俗作隳**隋**集韻祭食也一曰𧷤薦血周禮大祝隋釁或作挼禮記不挼祭**睢**說文仰目也韓愈文眼張睢盱集韻睢盱小人喜貌**觿**說文銳端可以解結**鑴**正韻鼎屬一曰日旁氣周禮眡祲十煇三曰鑴**倠**廣韻許維切集韻呼維切今用呼𪓝切協用呼威切脂韻○說文仳倠醜面也淮南子嫫母仳倠**眭**說文深目也亦人姓

音韻闡微　卷一　四支　美　大三十四 小五百五十七　朱奎 大安

影三**逶**廣韻於爲切集韻邕危切今用烏麾切支韻○說文逶迤衺去貌**委**集韻委委行委曲也爾雅委委佗佗美也**蜲**正韻蜲蛇澤鬼也集韻水精也形如蛇通作蟡**倭**說文順貌詩周道倭遲**萎**正韻草木枯**⿸鹿委**韻會㽹鹿鄭康成曰今益州有鹿⿸鹿委一曰鹿之美者

喻三**爲**廣韻薳支切集韻于嬀切今用余羸切支韻○說文母猴也正韻作造也亦姓**⿰阝爲**集韻阪名在鄭或作鄬**帷**廣韻洧悲切集韻于𪓝切今用余逵切脂韻○說文在旁曰帷韻會幔也一曰圍也

喻四**惟**

廣韻以追切集韻夷佳切今用余葵切脂韻○集韻語辭正韻謀也思也又專辭隅也 唯 正韻專辭 遺 說文亡也集韻贈也餘也亦姓 濰 說文水出琅邪箕屋山東入海書濰淄其道 維 說文車蓋維也集韻網也繫也

壝 廣韻埒也壝也 蟦 集韻蜸蟦蛇名見山海經 蠵 廣韻悅吹切集韻勻規切今用欲贏切支韻○廣韻觜蠵大龜一曰靈蠵見揚雄羽獵賦

來三 羸 廣韻力爲切集韻倫爲切合聲盧爲切支韻○說文瘦也 纍 廣韻力追切集韻倫追切合聲盧帷切脂韻○說文綴得理也集韻大索或作縲論語縲絏之中 絫 集韻十黍爲絫一曰十絲正韻作累 虆 集韻蔓也又土籠也孟子虆梩 蘲 集韻盛土籠或作蔂 欙 說文山行所乘者或作樏 灅 廣韻水名在鴈門 嫘 廣韻嫘祖黃帝妃亦作嫘 儽 集韻求子牛或作傫累



日三 蕤 廣韻集韻儒佳切合聲如帷切脂韻○說文草木花垂貌集韻蕤賓律名 甤 說文草木實甤甤也 緌 說文系冠纓也集韻垂也一曰注髦於干首或作綏 桵 集韻木名說文白桵棫或作[木委] [禾妥] 集韻長沙謂禾四把曰[禾妥]或作䅗 痿 說文痺也集韻兩足不相及也

按以上十九音共分三等。其居第二等者。爲合口呼。居第三等第四等者。按韻譜宜作撮口呼。今皆讀作合口呼。

# 五微 舊八微

按廣韻集韻皆八微。宋劉淵改爲五微。○又按微與支脂之。唐律分爲二而不相通。毛居正等力言其音之相同。切韻指南合爲一譜。洪武正韻合於一韻。

見三 機 廣韻居依切集韻居希切今用吉衣切○說文主發謂之機集韻織具也會也 鐖 正韻鉤逆鋩也淮南子無鐖之鉤不可以得魚 刉 集韻斷也刲也見周禮 禨 正韻祥也祟也 幾 說文微也殆也爾雅庶幾尚也 譏 正韻誹也諫也譴也又訶察曰譏孟子關市譏而不征 嘰 說文小食也見相如大人賦集韻唏也 饑 說文穀不熟爲饑 璣 說文珠不圓也 磯 正韻磧也又石激水也孟子是不可磯也 鞿 集韻馬絡頭一曰韁在口 耭 正韻耕也



羣三 旂 廣韻集韻渠希切今用勤沂切○說文旗有衆鈴以令衆也周禮交龍爲旂 頎 正韻長貌詩碩人其頎 祈 說文求福也 畿 正韻天子寰內地亦作圻 埼 集韻曲岸也亦作碕崎隑 [山幾] 爾雅[山幾]汔也郭璞註謂相摩近 幾 正韻近也又漆飾圻堮之器曰幾 俟 正韻万俟覆姓 蚚 集韻蟲名說文强也蠅類見爾雅 玂 爾雅犬生一子玂 蟣 集韻蟲名水蛭也見爾雅 肵 集韻敬也鄭康成曰盛心舌之俎 蘄 集韻縣名 [幾血] 說文以血有所刉涂祭也 鬿 集韻鬿雀鳥名見山海經又星名 [幾鬼] 說文鬼俗也淮南傳吳人鬼越人[幾鬼]

疑三 沂 廣韻集韻魚衣切今用逆旂切○正韻水出泰山論語浴乎沂 溰 集韻溰溰霜雪也或作澧皚

曉三 希 廣韻香衣切集韻香依切今用肸衣切○集韻寡也望也施也又姓 稀 正韻疏也少也通作希

俙集韻依俙猶言髣髴也一曰訟也 睎說文望也 欷說文歔也集韻欷歔懼皃或作唏 悕集韻願也悲也春秋傳在招邱悕矣 晞說文乾也集韻明之始升 莃集韻草名爾雅莃菟葵郭璞註似葵而小 桸廣韻木名汁可食集韻勺也 鵗爾雅雉北方曰鵗 豨正韻豕也

影三 衣廣韻集韻於希切今用乙希切○說文依也廣韻上曰衣下曰裳又姓 依正韻憑也據也附也 ⿰阝衣說文酒泉天⿰阝衣阪也集韻溴有大⿰阝衣縣 譩廣韻痛聲 禕爾雅美也 郼廣韻殷國名也見呂氏春秋

按以上五音齊齒呼。

見三 歸廣韻舉韋切集韻居韋切合聲姑威切○說文女嫁也集韻還也又州名亦姓 騩正韻馬黑色又大騩山名見山海經

溪三 蘬廣韻邱韋切集韻區韋切合聲枯威切○說文薺實也集韻蘢古之大者 巋集韻山貌

疑三 巍廣韻集韻語韋切今用吳肥切○說文高也或作嵬 犩正韻如牛而大肉數千斤郭璞曰即犪牛也 魏集韻獨立貌莊子魏然而已

非三 非廣韻甫微切集韻匪微切合聲夫威切○廣韻不是也責也違也又姓 扉正韻戶扇也爾雅閤謂之扉 誹集韻謗言也 緋集韻絳色也一曰赤練 餥爾雅餥餱食也揚雄方言陳楚之間相謂而食麥饘謂之餥 飛正韻飛翔也亦作蜚 騛說文馬逸足也 奜集韻姓也春秋傳晉有奜豹或作斐 ⿱非毛集韻細毛爲⿱非毛



敷三 霏廣韻芳非切集韻芳微切合聲敷威切○集韻雰也詩雨雪霏霏 菲正韻芳菲芿皃司馬相如賦郁郁菲菲又蒠菜 馡集韻馡馡香也通作菲 妃說文匹也正韻嬪御之貴者次於后 婓說文往來婓婓皃集韻醜皃列仙傳江婓二女或作婔 裶正韻曳衣皃司馬相如賦衯衯裶裶 騑說文驂旁馬正韻馬行皃詩四牡騑騑

奉三 肥廣韻集韻符非切合聲扶幃切○正韻肥腯多肉也爾雅歸異出同曰肥詩我思肥泉又國名水名又姓 腓正韻脛腨也易咸其腓又倚也詩小人所腓又病也詩百卉具腓又芘也詩牛羊腓字之 萉集韻避也幽通賦安慆慆而不萉通作腓 淝集韻水名出九江山入淮 蜰集韻蟲名說文盧蜰也見爾雅 ⿱非巴集韻橐⿱非巴鳥名見山海經 痱韻會風病賈誼策且病痱 厞正韻隱也

微三 微廣韻集韻無非切今用無肥切○正韻細也少也衰也賤也隱也又無也論語微管仲 薇說文菜也 溦說文小雨也廣韻作溦

曉三 暉廣韻許歸切集韻吁韋切合聲呼威切○正韻日光易其暉吉也 煇正韻光也說文火光或作輝 揮正韻奮也振也散也指揮也 楎集韻橛也爾雅杙在牆者謂之楎 徽說文褻幅也集韻三糾繩也又美也詩太姒嗣徽音 幑說文幟也春秋傳揚徽者公徒 褘說文蔽厀也廣韻后祭服也周禮王后之服褘衣 翬廣韻飛皃又雉五色備也詩如翬斯飛 ⿰犭軍廣韻山⿰犭軍獸名見山海經 徽爾雅魚有力者徽 ⿰馬軍集韻獸名見山海經

影三 威廣韻集韻於非切今用烏揮切○說文姑也漢律婦告威姑集韻有威可畏謂之威亦姓 葳集韻

葳蕤草木盛貌**椷**說文椷篋藏器集韻通陂竇**蝛**廣韻蛜蝛蟲也一曰鼠負爾雅作威**隇**廣韻隇陜險也

喩三**韋**廣韻雨非切集韻于非切今用余肥切○廣韻柔皮也又姓**違**說文離也廣韻背也**幃**集韻囊也一曰單帳**闈**說文宮中之門**圍**說文守也正韻環繞也範也圈也**湋**說文回也正韻水名出韋谷見漢書溝洫志**椲**集韻木名

按以上十音。韻譜例屬撮口呼。今皆讀作合口呼。

音韻闡微 卷二

六魚 舊九魚

按廣韻集韻皆九魚。宋劉淵改為六魚。

見三 居 廣韻九魚切集韻斤於切今用菊於切。說文蹲也廣韻當也處也安也 据 廣韻手病詩予手拮据 崌 正韻貯也 椐 廣韻木名韻會木腫節可為杖詩其檉其椐 琚 說文瓊琚也詩報之以瓊琚 裾 說文衣袌也集韻衣後裾 車 集韻輿輪總稱 鶋 集韻鶢鶋鳥名見爾雅通作居 崌 集韻山名北江所出見山海經 蜛 集韻蜛蠩蟲名見郭璞江賦

溪三 墟 廣韻去魚切集韻邱於切今用曲於切。正韻大邱也說文作虛 嘘 集韻崎嘘山峻 袪 說文衣袂也詩羔裘豹袪 阹 說文依山谷為牛馬之圈揚雄羽獵賦泰山為阹 胠 正韻腋下脇又發也開也莊子胠篋探囊又軍右翼曰胠左傳狠蘧疏為右胠 袪 集韻䘜卻也又彊健貌詩以車袪袪 呿 韻會口開也莊子口呿而不合 抾 韻會摸去也一日捧也揚雄傳抾靈蠵 魼 說文魚也廣韻比目魚

羣三 渠 廣韻強魚切集韻求於切今用羣余切。說文水所居也集韻渠渠勤也一日州名亦姓正韻大也又俗語謂他人曰渠 鸈 韻會鶅鸈脊令也通作渠 腒 正韻鳥腊禮記夏宜腒鱐註腒乾雉也 蕖 集韻芙蕖荷總名通作渠 蘧 說文蘧麥也韻會蘧蘧自得貌莊子蘧蘧然周也又姓 籧 說文籧篨粗竹席也集韻籧篨疾不能俯詩籧篨不鮮 鐻 集韻金銀器名正韻戎夷貫耳左思魏都賦鐻耳之傑 璩 廣韻玉也正韻環屬又姓 磲 正韻硨磲石次玉亦作車渠 醵 正韻合錢飲酒 蚷 正韻蟲名莊子商蚷馳河 [艹豦] 說文



菜也似蘇

疑三 魚 廣韻語居切集韻牛居切今用玉渠切。說文水蟲也韻會獸名又姓 漁 廣韻捕魚也又水名在漁陽說文作𩼤周禮作[魚攴] 齬 集韻齒一前一卻 鋙 廣韻鉏鋙集韻機具也一日釜屬本作鋤 [目魚] 集韻馬二目白曰[目魚]或作[目魚]䁻爾雅作魚 衙 集韻衙衙行貌

知三 豬 廣韻陟魚切集韻張如切今用竹於切。爾雅豕子豬集韻亦作猪[月者] 瀦 韻會水所停日瀦通作豬 櫫 韻會楬櫫杙也有所表識也見周禮註

徹三 攄 廣韻丑居切集韻抽居切今用敕於切。廣韻舒也 摴 集韻摴蒲戲也亦姓 樗 正韻惡木也似椿而疏詩采荼薪樗說文作樗 㻬 韻會玉名山海經小華山其陽多㻬琈

澄三 除 廣韻直魚切集韻陳如切今用蟲余切。說文殿陛也集韻去也 儲 正韻副也亦貯也又姓 躇 正韻蹢躇猶豫又住足也說文作躇 滁 集韻水名一曰州名 涂 廣韻水名在堂邑 篨 正韻籧篨竹席又口柔也 蒢 廣韻草名可染說文黃蒢職也見爾雅 藸 集韻草名說文荎藸也見爾雅 屠 正韻休屠北藩王號

孃三 袽 廣韻女余切集韻女居切今從廣韻。正韻絮縕也易繻有衣袽說文作絮 帤 說文巾帤也集韻幣也 拏 集韻牽也煩也持也 [如黍] 集韻黏著也史記[如黍]漆其間

精四 苴 廣韻子魚切集韻子余切今用足於切。說文履中草集韻包也亦姓 且 說文薦也集韻此也語辭也 蛆 集韻蝍蛆蟲名見爾雅 葅 說文芽藉也 郰 說文右扶風鄠鄉 沮 說文水出

漢中房陵東入江。罝說文兎罟也

清四 疽 廣韻七余切集韻千余切今用促於切。說文癰也 睢 集韻鳥名王睢也其爲鳥摯而有別說文作鵙 狙 集韻猨屬 趄 說文趑趄也或作且易其行次且 砠 爾雅土戴石爲砠詩陟彼砠矣說文作岨

胆 說文蠅乳肉中也或作蛆 苴 集韻麻之有子者。按疽睢等字。廣韻集韻韻會韻鑰等書。俱屬清母。惟正韻屬精母。

心四 胥 廣韻相居切集韻新於切今用粟於切。說文蟹醢也鄭康成曰青州之蟹胥集韻助也皆也待也廣韻相也又姓 諝 廣韻有才智稱或作慉通作胥 湑 廣韻露貌 糈 集韻糧也 蝑 集韻蟲名說文蚣蝑也見爾雅 揟 說文取水沮也武威有揟次縣 楈 說文木也似栟櫚皮可以索集韻犂也



邪四 徐 廣韻似余切集韻詳余切今用習余切。說文安行也集韻州名又姓 邪 詩其虛其邪說文作徐通作徐 伹 說文拙也淮南子使伹吹竽

照二 葅 廣韻側魚切集韻臻魚切今用捉於切協用捉烏切。說文酢菜也正韻淹菜爲葅周禮七葅又澤生草者曰葅亦作菹

照三 諸 廣韻章魚切集韻專於切今用燭於切。說文辯也集韻衆也之也亦姓 藷 集韻草名說文藷蔗也 櫧 集韻木名似柃葉冬不落 䃴 集韻礛䃴礪也可以攻玉 蠩 集韻蜛蠩蟲名一曰蝦蟆 瀦 廣韻水名在北嶽

穿二 初 廣韻集韻楚居切今用楚於切協用楚烏切。說文始也从刀衣裁衣之始

牀二 鉏 廣韻士魚切集韻牀魚切今用祟余切協用崇吾切。說文立薅所用廣韻誅也又姓或作鋤 耡 韻會起民令相佐助也周禮以興耡利甿

審二 蔬 廣韻所葅切集韻山於切今用朔於切協用朔烏切。集韻凡草菜可食者皆曰蔬通作疏 梳 說文理髮也 疋 說文足也弟子職問疋何止集韻記也 疏 韻會通也遠也分也稀也麤也又姓說文作[illegible]或作疎[illegible] 綀 韻會綌屬後漢禰衡著綀巾

審三 書 廣韻傷魚切集韻商居切今用東於切。說文著也集韻如也庶也紀庶物也 舒 說文伸也集韻敘也散也又姓亦州名 紓 說文緩也集韻解也或作忬 瑹 正韻美玉一曰笏也亦作荼禮記玉藻諸侯荼 鵌 韻會鳥似鳧



禪三 蜍 廣韻署余切集韻常如切今用蜀余切。集韻蟾蜍蟲名或作蠩

曉三 虛 廣韻朽居切集韻休居切今用旭於切。集韻空也亦姓 歔 說文欷也 噓 說文吹也集韻出氣急曰吹緩曰噓 驉 韻會駏驉獸名通作虛 魖 說文耗鬼也見揚雄甘泉賦

影三 於 廣韻央居切集韻衣虛切今用郁虛切。集韻于也居也往也一曰語辭亦姓 箊 集韻箖箊竹名葉薄而廣見左思吳都賦 菸 集韻草名說文鬱也一曰矮也見宋玉九辨 淤 集韻泥澱 唹 博雅笑也 瘀 集韻積血

喻四 余 廣韻以諸切集韻羊諸切今用欲渠切。廣韻我也又姓 予 廣韻我也 歟 說文安氣也正韻疑辭又歎辭 與 集韻語辭通作歟 譽 集韻稱美也 好 正韻婕好婦官亦作倢伃 懙 集韻

輿輿行步安舒也見漢書敘傳 **舁** 說文共舉也 **輿** 說文車輿也集韻始也眾也亦姓 **旟** 正韻鳥隼爲旟爾雅錯革鳥曰旟 **餘** 說文饒也集韻皆也亦姓 **畬** 說文三歲治田也易不菑畬 **蕻** 集韻香草爾雅藕車芞蕻 **璵** 集韻璠璵魯之寶玉 **狳** 集韻犰狳獸名見山海經 **鵨** 集韻鶬鵨鳥名也見山海經 **雓** 集韻雓雓也見爾雅 **蜍** 廣韻蜘蛛 **艅** 集韻艅艎吳舟名通作餘

來三 **閭** 廣韻力居切集韻淩如切今用律余切○說文里門也集韻侶也居也一曰獸名亦姓 **臚** 說文皮也正韻腹前曰臚又陳也傳也 **廬** 說文寄也秋冬去春夏居集韻粗屋總名又姓亦州名 **櫚** 廣韻栟櫚木名 **蕳** 集韻菴蕳草名狀如艾蒿見唐書地理志 **藘** 正韻茹藘蒨草詩茹藘在阪 **驢** 廣韻畜也說文似馬長耳 **[illegible]** 廣韻傳馬名見唐會要

曰三 **如** 廣韻人諸切集韻人余切今用孺余切○說文从隨也集韻而也若也往也然也亦姓 **蒘** 集韻蘮蒘草名見爾雅 **茹** 正韻相牽引貌又姓又茅根易拔茅茹 **洳** 正韻沮洳漸溼之地韓愈詩春陽浮沮洳集韻水名在南郡 **鴽** 正韻鴾也月令田鼠化爲鴽說文作雃 **絮** 韻會姓也漢張敞傳絮舜

按以上二十四音共分三等。其居第二等者。爲合口呼。居第三等第四等者。爲撮口呼。



# 七虞 舊十虞十一模

按廣韻集韻。皆分十虞十一模。宋劉淵併爲七虞。又按魚與虞唐律分爲二而不相通。鄭樵謂魚重而虞輕。五音集韻與洪武正韻。俱合爲一韻。又虞與模律雖同用。而呼法與等第不同。其字宜分列之。洪武正韻以魚虞併爲一韻。而模自爲一韻。又將魚虞內第二等正齒數音。與第三等輕脣數音歸於模韻。爲得呼法之正。

見三 **拘** 廣韻舉朱切集韻恭于切今用菊紆切○說文止也廣韻執也 **捄** 正韻盛土虆中詩捄之陾陾 **斞** 廣韻挹也酌也或作鄭 **跔** 韻會跿跔跳躍也一曰偏舉一足曰跿跔見史記張儀傳 **俱** 說文偕也韻會具也又姓 **駒** 說文馬二歲曰駒 **痀** 正韻曲脊莊子痀僂承蜩 **岣** 廣韻岣嶁衡山別名

溪三 **區** 廣韻豈俱切集韻虧于切今用曲紆切○說文踦區藏匿也集韻處也屈也亦姓 **嶇** 廣韻崎嶇說文作傴 **驅** 正韻馬馳又逐也亦作敺毆敺 **軀** 說文體也 **鮬** 集韻魚名似鮒子而黑俗呼爲婢江東謂之妾魚 **嘔** 集韻嘔夷水名在并州 **鰸** 說文魚名狀如鰕足長寸大如叉股出遼東 **摳** 廣韻褰裳 **[illegible]** 集韻跛也

羣三 **劬** 廣韻其俱切集韻權俱切今用權于切○廣韻勞也集韻勤也 **臞** 說文少肉也或作癯 **朐** 說文脯挺也曲禮左朐右末集韻地名亦姓字从肉 **躣** 廣韻行貌楚詞右蒼龍之躣躣 **絇** 正韻屨頭繩屨飾也禮記童子不屨絇 **衢** 說文四達謂之衢 **瞿** 廣韻鷹隼視也又姓 **戵** 韻會戟屬也或作鑺通作瞿 **軥** 韻會車軛兩邊又馬頸者左傳射兩軥而還 **句** 韻會須句地名左傳任宿須句又寃句縣名見漢書地理志 **鸜** 韻會鸜鵒鳥名考工記鸜鵒不踰濟說文作鴝 **狗** 廣韻與鴝同爾雅馬後足皆白狗 **翑** 說文

羽曲也颮廣韻䶄颮小鼠見爾雅枸韻會立木也莊子若槼株枸斪說文斫也集韻鉏名見爾
雅姁集韻姁姁和好貌蒟集韻草名見爾雅蘧廣韻蘧麥見爾雅氍廣韻氍毹毛席
也欋集韻齊魯謂四齒杷曰欋
疑三虞〔廣韻〕遇俱切〔集韻〕元俱切〔今用〕元劬切○廣韻騶虞仁獸集韻安也度也助也亦姓鸆集韻鸅鸆
鳥名常在澤中象主守之官通作虞鷡集韻鳥名見山海經禺說文母猴屬韻會日在巳曰禺中又番禺地名
又姓愚說文戇也娛說文樂也澞爾雅陵夾水曰澞嵎說文封嵎之山在吳楚之間汪芒之
國隅說文陬也韻會方也角也髃集韻膊前骨謂之髃或作腢齵韻會齱齵齒重生一曰齒偏又
齒相偎也見考工記鍝韻會鏵鋸也一曰鏤鍝鑿夷穿耳物蝺廣韻蟼蝺似蟬而長一名青蚨鰅集韻



四十二 四百四十七 奎 奉

魚名出樂浪喁韻會噞喁魚口出入[illegible]集韻獸名
知三株〔廣韻〕陟輸切〔集韻〕追輸切〔今用〕竹紆切○說文木根也邾說文江夏縣又國名春秋邾子來朝
誅說文討也集韻責也跦廣韻行貌博雅蹢躅跢跦也蛛韻會蜘蛛也說文作鼄鴸廣韻
鳥名見山海經祩正韻爲牲祭求肥充也袾集韻衣好也一曰衣身
徹三貙〔廣韻〕敕俱切〔集韻〕椿俱切〔今用〕黜紆切○廣韻獸名似貍
澄三廚〔廣韻〕直誅切〔集韻〕重株切〔今用〕蟲于切○說文庖屋也集韻䦆室又斯條國有廚木躕韻會踟躕
行不進也趎廣韻人名莊子南榮趎裯廣韻襌衣也集韻牀帳或作𧜻幬韻會幔轂之革也見周禮
考工記

非三夫〔廣韻〕甫無切〔集韻〕風無切〔今用〕福紆切〔協用〕福烏切○說文丈夫也膚正韻皮也大也美也傳也
枹說文擊鼓杖集韻枹罕羌縣名跗廣韻足趾也或作趺玞廣韻碔玞美石似玉鈇說文莝斫
刀中庸鈇鉞扶集韻側手曰扶見公羊傳註柎集韻草木房爲柎一曰華下萼[illegible]集韻[illegible]鳥名
見山海經魼說文魼魚也出東萊[illegible]集韻再生稻簠廣韻簠簋祭器邞說文琅邪縣一名純
德鳺集韻鳺鴀鳥名見爾雅
敷三敷〔廣韻〕〔集韻〕芳無切〔今用〕拂紆切〔協用〕拂烏切○說文施也集韻陳也散也尃說文布也荂
爾雅華荂也莩說文草也集韻葭中白皮麩說文小麥屑皮也稃廣韻穀皮爾雅秠一稃二米
桴爾雅棟謂之桴正韻編竹木又擊鼓杖泭說文編木以渡集韻庶人乘泭通作桴艀集韻舟也



五十一 四百八十 奎 奉

一曰艇短而深者孚正韻信也又卵化也俘說文軍所獲也春秋傳以爲俘馘集韻取也怤說文
思也集韻悅也罦爾雅罦覆車也廣韻車上網以捕鳥[illegible]集韻蘆[illegible]魚名郛說文郭也鄜韻會
左馮翊縣說文作鄜懯集韻懯懯急速貌列子嘽咺懯懯紨廣韻布也又細紬也枹集韻草名爾雅
楊枹薊鴀集韻鴀鳩鳥名痡廣韻病也
奉三扶〔廣韻〕防無切〔集韻〕馮無切今從集韻○說文左也集韻相也亦姓符說文信也漢制以竹長六
寸而相合韻會輔也所以輔信亦姓苻集韻草名見爾雅又姓芙集韻芙蕖荷也夫正韻發語辭又
語已辭颫韻會大風也通作扶鳧廣韻野鴨[illegible]集韻小罌蚨說文青蚨水蟲[illegible]集韻
鼓聲枎說文枎疏四布集韻木盛貌洑集韻水名出桂陽

徵三 無 廣韻武夫切集韻微夫切今用物扶切。說文亡也正韻有無之對亦作无亡武 毋 廣韻止之
辭亦姓 蕪 正韻荒也又草名 莁 集韻木名見爾雅 巫 說文祝也女能事無形以舞降神者廣韻
山名又姓 誣 說文加也正韻詐也謗也罔也 憮 廣韻空也 膴 廣韻無骨腊 廡 集韻蕃廡草木
盛貌 ⿱罒無 廣韻雉網也 璑 說文三采玉見周禮弁師註
精四 諏 廣韻子于切集韻遵須切今用足紆切。說文聚謀也集韻諮事爲諏 娵 廣韻娵觜星名見爾
雅 掫 廣韻擊也 陬 集韻隅也
清四 趨 廣韻七逾切集韻逡須切今用取紆切。說文走也 騶 韻會車馬馳也禮記車驅而騶 趣
集韻養馬者周禮趣馬一曰嚮也 鯫 廣韻淺鯫小人不耐事貌 取 集韻取慮縣名在臨淮見漢書地理志



心四 須 廣韻相俞切集韻詢趨切今用粟紆切。說文面毛也廣韻意所欲也又姓 鬚 集韻須或作鬚
俗作鬚 䇓 說文待也 需 說文須也遇雨不進止也 繻 說文繒采色廣韻傳符帛 嬃 說文女字
也楚辭女嬃之嬋媛 ⿸鹿需 廣韻鹿子 ⿰巾須 集韻帞⿰巾須繒頭也
照三 朱 廣韻章俱切集韻鍾輸切今用燭紆切。說文赤心木松柏屬集韻丹也亦姓 珠 說文蚌之陰精
侏 集韻侏儒短人一曰侏侏古樂人名 咮 說文鳥口也集韻噣咮多言 硃 集韻丹沙
穿二 芻 廣韻測隅切集韻窗兪切今用楚紆切協用楚烏切。說文刈草也廣韻芻豢亦姓俗作蒭
穿三 樞 廣韻昌朱切集韻春朱切今用出紆切。正韻戶樞又刺榆木 姝 韻會美色又好也詩靜女其姝
說文作袾

牀二 雛 廣韻仕于切集韻崇芻切今用崇于切協用崇吾切。說文雞子也正韻鳥子生而啄者曰雛見爾雅或
作鶵 ⿰禾芻 廣韻稷穰梅堯臣詩有水不滋⿰禾芻 媰 韻會嫠婦也
審二 毹 廣韻山芻切集韻雙雛切今用朔紆切協用朔烏切。正韻氍毹毛席古樂府坐客氈氍毹 ⿺毛麗
集韻毛⿺毛麗起貌八荒中有毛人如猴毛長毹⿺毛麗東方朔說 愉 說文繒端裂也
審三 輸 廣韻式朱切集韻春朱切今用束紆切。說文委輸也正韻輸送俗謂勝負爲輸贏 隃 集韻陵名
鄃 說文清河縣
禪三 殊 廣韻市朱切集韻慵朱切今用蜀于切樹平聲。正韻別也異也斷也 銖 說文權十分黍之重
也集韻十絫爲銖 殳 正韻擊也廣韻兵器詩伯也執殳又姓 杸 說文軍中士所持殳也 洙 正韻



水名在魯 茱 說文茱萸茱屬 ⿰朱瓦 正韻罌也見揚雄方言
曉三 吁 廣韻況于切集韻匈于切今用旭紆切。正韻歎也亦作于詩于嗟麟兮 訏 說文詭譌也正韻大
也 盱 說文張目也詩云何其盱 昫 說文日出溫也 欨 說文吹也集韻笑意或作喣 姁 韻會
姁媮美也 ⿰忄于 說文憂也正韻痛也 冔 韻會商冠名禮記殷冔字从曰 旴 廣韻日始出貌 嘔 韻會
悅言也史記項羽言語嘔嘔或作呴 謳 集韻煦也莊子於謳欲化貌 芋 正韻大也詩君子攸芋 蓲
集韻煦也揚雄太元陽蓲萬物 煦 集韻煦煆熱也見揚雄方言
影三 紆 廣韻憶俱切集韻邕俱切今用郁吁切。說文詘也集韻縈也亦姓 迂 正韻遠也廣也大也避也
迴曲也說文作迃 陓 正韻楊陓秦藪名 盓 正韻盤盓旋流

喩三 于 廣韻羽俱切集韻雲俱切今用雲劬切○廣韻曰也於也集韻往也由也亦姓說文作亐 盂 說文飯器也集韻陣名亦姓 釪 韻會錞釪樂器形如鐘以和鼓亦作淳于 竽 說文管三十六簧也 雩 說文夏祭樂于赤帝以祈甘雨 玗 說文石之似玉者爾雅東方之美者有醫無閭之珣玗琪焉 杅 集韻器也禮記玉藻出杅註浴盤也一曰因杅地名 邘 正韻國名左傳邘晉應韓 汙 韻會水名在鄭西南項羽擊秦軍汙水上 謣 說文妄言也揚雄法言謣言敗俗 骬 廣韻髑骬缺盆骨也見靈樞經

喩四 俞 廣韻羊朱切集韻容朱切今用欲劬切○說文空中木爲舟也集韻然也亦姓 逾 正韻越進也亦作踰踰 渝 廣韻變也亦州名 渝 集韻汙也曾鞏政要策漢文翁穿煎渝 愉 說文薄也集韻樂也和也論語愉愉如也 㥚 廣韻變也 睮 集韻睮睮媚貌見漢書韋賢傳 覦 正韻覬覦欲得也 閮 集韻閮閮私視也見左思魏都賦

窬 說文穿木戶也正韻門邊小竇 牏 正韻築牆短版 堬 集韻冢也見揚雄方言 瑜 說文瑜瑾美玉也 榆 廣韻木名說文白枌也 楰 廣韻木名詩北山有楰 萸 集韻茱萸藥草 蕍 集韻藥草澤瀉也 蕍 集韻蘬蕍花貌 臾 廣韻善也亦須臾又姓 腴 說文腹下肥也 瘉 韻會病也或作瘐 揄 說文引也集韻動也一曰邪揄手相弄或作擨 歈 說文歌也 諛 說文諂也 褕 說文翟羽飾衣集韻衣美也 羭 說文夏羊牡曰羭集韻美也 螸 集韻蟲名見爾雅 艅 集韻艅艅舟名 ⿰俞瓦 廣韻瓶也 ⿰牛俞 集韻黑牛也 喩 集韻嘔喩和悅貌一曰嗙喩歌也 騟 廣韻紫馬 蝓 廣韻螔蝓蝸牛

來三 僂 廣韻力朱切集韻龍珠切今用律于切○廣韻悅也集韻僂僂謹敬貌 膢 廣韻飲食祭也冀州





八月楚俗二月 婁 集韻牽也一曰愚也亦姓 氀 廣韻毛布 鷜 廣韻鵱鷜野鵝見爾雅 蔞 說文草也可以烹魚集韻草中之翹翹者 鏤 廣韻屬鏤劍名 漊 集韻漊漊雨貌一曰飲酒不醉 瘻 廣韻瘻痀曲瘠 嶁 廣韻山頂 ⿰婁阝 說文南陽穰鄉 慮 集韻取慮縣名見漢志

日三 儒 廣韻人朱切集韻汝朱切今用孺于切○說文柔也正韻有道術曰儒又侏儒短人 濡 廣韻水名出涿郡正韻沾濡又滯也 襦 說文短衣也 懦 說文駑弱者也 嚅 廣韻囁嚅多言韓愈文口欲言而囁嚅 臑 廣韻嫩耎貌 醹 廣韻厚酒 獳 廣韻朱獳獸名見山海經 鱬 廣韻赤鱬魚名見山海經 薷 集韻木耳正韻簍香草也又香薷清暑之藥 孺 集韻幼弱也屬也 蠕 集韻蟲行貌 嬬 集韻妻謂之嬬一曰婦人弱也 繻 集韻帛邊也一曰細密網

按以上虞韻二十六音。共分三等。其居第二等者爲合口呼。居第三等第四等者。爲撮口呼。

見一 姑 廣韻古胡切集韻攻乎切今用谷烏切○說文夫母也爾雅父之姊妹爲姑集韻且也 孤 說文無父也集韻侯王謙稱一曰負也 辜 說文辠也爾雅十一月爲辜 酤 說文一宿酒也集韻買酒通作沽 沽 廣韻水名在高密正韻賣也 觚 說文鄉飲酒之爵也正韻方也棱也 柧 說文棱也集韻柧棱殿堂高處通作觚 ⿱竹觚 集韻竹簡小兒所書一曰方也 箛 說文吹鞭也急就章箛篍起居課後先 箍 廣韻以篾束物 苽 廣韻雕苽一名蔣或作菰 軱 韻會軱戾大骨一曰盤結骨貌莊子而況大軱乎 呱 說文小兒嘷聲詩后稷呱矣 ⿰金辜 正韻鏷⿰金辜魯矢名左傳作僕姑 ⿰木辜 韻會牡⿰木辜山榆也 罛 說文魚罟也詩施罛濊濊 鴣 集韻鶻鴣鳥名出南越 蛄 說文螻蛄也 盬 廣韻陳楚人謂鹽池爲盬 嫴 說文

保任也 泒 廣韻水在鴈門
溪一 枯 廣韻苦胡切集韻空胡切今用酷烏切○說文槀也廣韻朽也 刳 說文判也韻會剖也虛其中也
易刳木爲舟 侉 正韻怯也 軲 集韻依軲山名見山海經一曰輆軲車也亦姓 挎 集韻持也儀禮挎越
內弦 郀 集韻郀首地名
疑一 吾 廣韻五乎切集韻訛胡切今用兀胡切○說文我自稱也集韻御也一曰棒名亦姓 吳 說文姓也
亦郡也一曰吳大言也 齬 集韻齒不齊 鋘 韻會錕鋘山名出金可作刀以切玉或作鋙 珸 廣韻
琨珸美石或作珸 梧 廣韻梧桐木名又姓 郚 說文東海縣故紀侯之邑也左傳遷紀郱鄑郚 鼯 正韻
飛生鼠一曰五技鼠 蜈 集韻蜈蚣蟲名 菩 廣韻草名似艾 浯 廣韻水名說文水出琅邪靈門壺山東北



入濰 峿 集韻峿嵎山貌 淏 集韻戎人名唐鐵利秣鞨淏地蒙
端一 都 廣韻當孤切集韻東徒切今用篤烏切○說文有先君之舊宗廟曰都集韻憁也大也歎也美也亦姓
闍 正韻闍闍城上重門詩出其闍闍
透一 瑹 廣韻他胡切集韻通都切今用禿烏切○集韻美玉或作琭 悇 集韻憛悇禍福未定也一曰憂
也見楚詞
定一 徒 廣韻集韻同都切今用同吾切○說文步行集韻空也眾也隷也亦姓說文作辻 途 正韻路也
亦作塗涂 塗 廣韻泥也路也亦姓 嵞 廣韻嵞山古國名禹所娶也亦作峹書作塗 涂 廣韻水名在益
州 荼 廣韻苦菜詩誰謂荼苦 蒤 集韻草名見爾雅 稌 廣韻穗也 筡 爾雅簢筡中郭璞註

言其中空竹類 圖 爾雅謀也 屠 廣韻裂也刳也亦姓 瘏 說文病也詩我馬瘏矣 駼 廣韻騊駼
馬見爾雅又獸名見山海經 鵌 廣韻鳥名與鼠同穴見爾雅 鷵 集韻鵌鷵鳥名見爾雅 菟 集韻
楚人謂虎於菟一曰菟裘魯邑或作䖘檡兔 捈 正韻引也揚雄法言捈中心之所欲 梌 廣韻木名集韻楸也
酴 說文酒母也 跿 集韻跿跔跣也或作跦 𨛬 說文邾下邑地魯東有𨛬城 鄜 說文馮翊
郃陽亭 廜 集韻廜廝庵也或作唐
泥一 奴 廣韻乃都切集韻農都切今用訥吾切○廣韻人之下也 駑 正韻駑駘下乘 孥 集韻子也
通作帑詩樂爾妻帑 帑 說文金幣所藏也 砮 正韻石可爲矢鏃又礪也 笯 正韻鳥籠屈原賦鳳凰在
笯兮雞雉翔舞



幫一 逋 廣韻博孤切集韻奔模切今用波烏切○說文亡也 晡 集韻日加申時 餔 說文申時食集
韻歠也孟子徒餔歠也 誧 說文大也集韻人相助也朿也
滂一 鋪 廣韻普胡切集韻滂模切今用頗烏切○說文著門鋪首也集韻陳也 痡 說文病也詩我僕痡
矣 鯆 廣韻魚名又江豚別名或作鱄 抪 說文捫持也集韻舒也擊也持也漢書王莽傳抪徧九州 𨂀
正韻馬蹀迹也 䅮 正韻大豆也亦作秿
並一 蒲 廣韻薄胡切集韻蓬逋切今用婆吾切○說文水草可以作席韻會州名亦姓或作莆 蒱 廣韻
摴蒱戲也 酺 說文王德布大飲酒也 匍 說文手行也 艀 集韻艇短而深者 苻 集韻氏姓
本作蒲

明二模廣韻莫胡切集韻蒙晡切今用摩吾切○廣韻法也形也規也或作橅摹說文規也謂有所規倣或作撫摸謨說文議謀也膜正韻膜拜長跪拜也穆天子傳膜拜而受嫫韻會嫫母都醜也楚辭嫫毋姣而自好或作㑄說文作𡝪母韻會嫯餌也淳母八珍之一見禮記內則

精一租廣韻則吾切集韻宗蘇切今用尊烏切○說文田賦集韻畜也蒩正韻茅藉封諸侯用之亦作租柤集韻柤中地名在淮南春秋會吳于柤

清一麤廣韻倉胡切集韻聰徂切今用村烏切○說文行超遠也韻會大也疏也物不精也又略也或作麤粗犓俗作麄麁怚集韻心不精也史記怚而不信人通作粗

從一徂廣韻昨胡切集韻叢租切今用叢吾切○韻會往也詩我徂東山說文作退且韻會語辭詩匪我思且又與徂通詩士曰既且



心一蘇廣韻素姑切集韻孫租切今用速烏切○廣韻紫蘇草也蘇木也滿也訣也又姓穌廣韻息也舒悅也集韻死而更生日穌通作蘇俗作甦𢊍正韻廜𢊍草菴酥正韻酪屬也又酴酥酒名藥名或作𢊍通作蘇

曉一呼廣韻荒烏切集韻荒胡切今用忽烏切○說文外息也廣韻喚也集韻於呼歎辭亦姓或作戲乎戲通作虖嘑虖韻會嘑也又虎吼也或作謼嘑通作呼膴說文無骨腊也周禮有膴胖集韻大也幠說文覆也禮記幠用斂衾集韻大也有也滹正韻滹沱水名周禮作虖池軤廣韻姓也

匣一胡廣韻戶吳切集韻洪孤切今用滑吾切○[illegible]何也領須也集韻壽也亦姓乎說文語之餘也

集韻疑辭舒辭古作虖壺廣韻酒器也亦姓瓠集韻器也爾雅康瓠謂之甈正韻瓢也葫集韻蒜名一曰彫葫菰米也瑚正韻瑚璉宗廟器又珊瑚餬說文寄食也左傳餬其口於四方正韻饘也糜也糊正韻粘也又模糊漫貌說文作黏醐集韻醍醐酥之精液弧說文木弓也箶正韻箶簏箭室集韻竹名湖說文大陂也魱廣韻當魱魚名見爾雅狐廣韻妖獸也又姓鶘正韻鵜鶘水鳥一名洿澤一名淘河鴽集韻鴽鴽鳥名見爾雅蝴集韻蟬屬猢廣韻獸名似猿⿰口胡集韻⿰口函⿰口胡聲也見王褒洞簫賦

影一烏廣韻哀都切集韻汪胡切今用屋呼切○說文孝烏也正韻黑也何也廣韻安也語辭也又姓於正韻於呼歎聲廣韻古作於戲今作嗚呼惡正韻安也論語惡乎成名洿說文濁水不流也集韻窊下或作汙



杇說文所以塗也廣韻泥鏝或作圬釫瑦集韻石似玉者鴮廣韻鴮鸅鵜鶘別名見爾雅歍說文心有所惡若吐也或作嗚鄔集韻縣名在太原盓廣韻盤盓旋流也窏集韻窏洿卑下也見馬融長笛賦

來一盧廣韻落胡切集韻龍都切今用祿吾切○說文飯器也集韻賣酒區亦姓鑪說文方鑪也集韻火函或作爐壚說文黑剛土也玈正韻黑也左傳玈弓矢千書作盧黸說文齊謂黑為黸顱說文頭顱首骨或作髗矑正韻目瞳子櫨廣韻欂櫨柱也韓愈文欂櫨侏儒又木名纑說文布縷也孟子妾辟纑瓐韻會碧玉也瀘集韻水名出牂柯一曰州名艫韻會船頭曰艫漢書武帝紀舳艫千里又舟名轤集韻轒轤井上汲水木籚正韻矛戟柄集韻筐也或作廬蘆廣韻葦之未秀者又

蘆菔菜名亦姓 獹正韻韓獹犬也通作盧 鱸正韻魚名 鸕說文鸕鷀也 瓳集韻瓳瓳瓟而圜者 鑪正韻罌也說文作盧

按以上模韻十九音合口呼。



九 五十七 杏 安

# 八齊 舊十二齊

按廣韻集韻皆十二齊。宋劉淵改為八齊。○又按齊韻與佳灰韻相比則其音亦宜相近依今音讀之齊韻與支微韻相同惟齊齒呼中齒頭數音有異。

見四 雞廣韻古奚切集韻堅奚切今用吉鷖切○說文知時畜也或作鷄 木說文木之曲頭止不能上

稽說文留止也廣韻考也又山名亦姓 卟說文卜以問疑也集韻考也或作乩通作稽 枅說文屋櫨也徐曰柱上橫木承棟者莊子似枅似圈 笄說文簪也禮記女子十有五年而笄

溪四 谿廣韻苦奚切集韻牽奚切今用乞鷖切○說文山瀆無所通也集韻水注川曰谿或作溪磎嵠 鸂廣韻鸂鷘水鳥 螇廣韻土蠶似蝗



廿の 四百八十二 文 章

疑四 倪廣韻五稽切集韻研奚切今用逆題切○說文俾也正韻端倪又弱小又姓 齯說文老人齒韻會齒落更生而細通作兒 ⿰衤兒爾雅衣梳謂之⿰衤兒郭璞註衣縷也集韻女上服 輗說文大車轅端持衡者論語大車無輗 鯢說文刺魚也韻會雄鯨雌鯢左傳取其鯨鯢 霓韻會雄曰虹雌曰霓孟子若大旱之望雲霓也通作蜺 蜺說文寒蜩也廣韻似蟬而小 麑說文狻麑獸也見爾雅集韻麑鹿子或作猊貎 觬集韻角曲曰觬一曰觬是縣名在西河郡 郳廣韻郳城在東海 兒廣韻姓也漢御史大夫兒寬 掜集韻擩掜閑羊 涀集韻水際也

端四 低廣韻都奚切集韻都黎切今用的鷖切○集韻俛也下也 氐廣韻氐羌集韻宿名 祗集韻祗回疑不前進 隄廣韻防也或作堤 磾韻會黑石可染繒出琅邪又人名漢金日磾 鞮說文革履

也周禮鞮鞻氏**羝**說文牡羊也易羝羊觸藩**衹**說文衹裯短衣也見漢書羊續傳**柢**廣韻木根也

**詆**正韻訶也

透四**梯**廣韻土雞切集韻天黎切今用惕鷖切○說文木階也**鷉**說文鷉鷉也似鳧而小見爾雅文選註作鷉鵜

**⿰足弟**廣韻蹋也**銻**集韻灼龜木見史記龜策傳**睇**廣韻視也

定四**題**廣韻杜奚切集韻田黎切今用田倪切○說文頟也集韻署也**𥇩**集韻迎視也或作睇**啼**正韻號也泣也說文作嗁或作謕謕**提**說文挈也**媞**爾雅媞媞安也集韻美好或作姼**褆**廣韻福也

**褆**說文衣厚褆褆廣韻衣服好貌**緹**集韻赤色韻會帛丹黃色周禮赤緹用羊**⿰巾虒**正韻⿰巾虒赤紙一日帷也**綈**說文厚繒也**締**集韻結不解也**蹏**說文足也集韻蹋也或作蹄踶**罤**集韻兔網通作



蹄**醍**集韻醍醐也或作酟**⿰食弟**集韻餌也兖豫謂之餹⿰食弟**⿱雨弟**集韻霽雲謂之⿱雨弟一日雨止**桋**

韻會女桑也樹小而條長詩隰有杞桋**稊**正韻似稗布地生亦作苐說文作蕛孟子作荑**荑**正韻卉木初生

貌又初生茅詩手如柔荑**銻**珠名說文鎕銻謂火齊也**瑅**集韻瑅瑭玉名或作珶**鵜**正韻鵜鶘水鳥

見爾雅說文作鷈**鶗**廣韻鷤鶗山雞名見左思蜀都賦**騠**正韻駃騠駿馬見史記**蝭**廣韻螗蝭

小蟬**蝭**集韻蝭蟧蟲名蟪蛄也**鯑**集韻魚名見山海經**鮧**廣韻鮎也南史齊明帝嗜鱁鮧或作鯷說

文作鮷**鍉**集韻歃血器見漢書隗囂傳**⿺是鳥**廣韻鶗鴂鳥春三月鳴也見離騷揚雄傳作鷤鴂**折**

韻會折折安舒貌禮記吉事欲其折折爾**遆**集韻姓也**磃**集韻磃氏館名一曰磄磃怪石

泥四**泥**廣韻奴低切集韻年題切今用溺倪切○正韻水和土也易需于泥又水名韻會邑名又姓**臡**

正韻肉醬雜骨曰臡周禮鹿臡麋臡說文本作腝**埿**韻會塗也朽也通作泥

幫四**篦**廣韻邊兮切集韻邊迷切今用筆鷖切○韻會竹器也或作笓箄**鎞**集韻釵也正韻掠器杜甫

詩金鎞刮眼膜**陛**廣韻牢也或作狴易林如幽狴牢又狴犴獸也**螕**說文齧牛蝨也**梐**說文梐枑也見

周禮天官**⿰忄坒**廣韻誤也**⿰巾皃**廣韻車帷**蓖**廣韻蓖麻或作蓖說文作蓖**豍**廣韻豆名

滂四**批**廣韻匹迷切集韻篇迷切今用劈鷖切○廣韻擊也推也轉也示也說文作搥**錍**韻會箭鏃廣長

者見揚雄方言**磇**廣韻磇霜藥石集韻作砒**⿰皃刂**正韻削也

並四**鼙**廣韻部迷切集韻駢迷切今用貧倪切○廣韻騎上鼓或作鞞**膍**集韻牛百葉也廣韻膍胵一曰

鳥膍胵也亦作肶**椑**說文圜榼也漢書美酒一椑集韻齊人謂斧柯為椑**笓**廣韻取蝦竹器**⿰比瓦**說文



甖謂之⿰比瓦見揚雄方言

明四**迷**廣韻莫兮切集韻緜批切今用密倪切○說文惑也**麛**說文鹿子也禮記毋麛毋卵**嫛**

正韻齊人呼母為阿嫛廣韻作㜷**⿱髟黽**廣韻⿱髟黽鼊似龜見郭璞江賦

精四**齎**廣韻祖稽切集韻牋西切今用即鷖切○說文持遺也韻會歎聲或作賫**躋**正韻登也升也亦作

隮齊**懠**正韻疑也又怒也詩天之方懠廣韻作懫**擠**正韻排也推也**齏**韻會凡醯醬所和細切為齏一

日擣辛物為之說文作䪢**櫅**說文木也可以為大車軸集韻白棗見爾雅**嚌**集韻鳥聲

清四**妻**廣韻七稽切集韻千西切今用七鷖切○說文婦與夫齊者也**淒**說文雲雨起也詩有渰淒淒

**萋**說文草盛貌詩萋萋萋萋**凄**廣韻寒也**悽**說文痛也爾雅悽悽懷報德也**霋**說文霽謂之霋

縷說文白文貌廣韻縷斐文章相錯貌郪集韻地名
從四齊廣韻徂奚切集韻前西切今用前倪切○集韻等也中也疾也水旋而深入也又國名亦姓說文作亝禾
麥吐穗上平也臍正韻肚臍說文作齎遯作齊左傳後君噬齊鱭集韻魚名出漢水似鯉而小蠐
正韻蠐螬蟲詩領如蝤蠐說文作齎麡集韻獸名如麋見左思吳都賦
心四西廣韻先稽切集韻先齊切今用息鷖切○說文鳥在巢上象形日在西方而鳥棲故因以爲東西之西廣
韻州名亦姓棲正韻棲遲息也詩可以棲遲粞廣韻碎米陸游詩斷粞作飯終年作栖正韻禽鳥
所宿皆謂之栖又栖栖猶皇皇也通作棲撕韻會提撕也嘶正韻馬鳴又聲破曰嘶犀廣韻犀牛
似豕角生鼻上集韻瓠中一曰兵器堅也亦姓澌正韻聲破也與嘶同說文作𤺺郪集韻郪邱地名在齊春秋



盟于郪邱屖說文屖遲也韻會不進也或作遲㯕說文櫪㯕也凘韻會流冰也
曉四醯廣韻呼雞切集韻馨奚切今用肹鷖切○說文酸也一曰醋也論語或乞醯焉橀廣韻木名見爾
雅郭璞曰細葉似檀
匣四兮廣韻胡雞切集韻弦雞切今用檄倪切○廣韻語助說文語所稽也奚說文大腹也集韻何也亦
姓㜎正韻女隸也通作奚傒集韻人名左傳齊有高傒徯集韻待也蹊集韻徑也孟子山徑
之蹊間騱說文驒騱馬也爾雅馬前足皆白曰騱鼷說文小鼠也春秋鼷鼠食郊牛角蒵廣韻
草名見爾雅榽廣韻榽蘇木名似檀嵇集韻山名亦姓晉有嵇康徯集韻反戾也莊子婦姑勃徯
謑韻會謑髁不正貌莊子謑髁無任豯韻會豯養澤名見周禮䵤說文水蟲也

影四鷖廣韻烏奚切集韻煙奚切今用乙雞切○說文鳧屬詩鳧鷖在涇繄說文戟衣也正韻青黑繒
又語助也惟也是也𡏳說文塵埃也黳說文小黑子集韻黑也䃜正韻美石黑色瑿正韻
黑玉翳廣韻蔽也集韻蔭也黟說文黑木也丹陽有黟縣
來四黎廣韻郎奚切集韻憐題切今用力倪切○正韻眾也黑也又國名亦作莉犂正韻牛駁文又耕具
又耕也亦作犁說文作𤚩瓈正韻玻瓈寶玉亦作頗黎𨙻正韻國名詩書作黎黧廣韻黑而黃色也
藜說文草也蔾集韻蒺蔾草名𩨒廣韻馬屬亦作驪蠡集韻瓠也一曰蟲嚙木中一曰谷蠡
北藩王號廣韻作蠡鵹韻會鵹黃楚雀爾雅作鵹棃集韻果名或作梨邌說文徐也莉集韻
草名一曰芘莉織荆障驪韻會馬深黑色



按以上十九音齊齒呼。
見四圭廣韻古攜切集韻涓畦切今用姑睽切協用姑威切○說文瑞玉也上圜下方以封諸侯集韻六十四黍
爲圭古作珪閨說文特立之戶上圜下方有似圭窐廣韻甑下孔楚詞珪璋雜於甑窐邽廣韻
下邽縣在馮翊上邽縣在隴西茥集韻草名見爾雅袿廣韻婦人上服曰袿見王褒九懷藈集韻
草名見爾雅鮭廣韻魚名見山海經蠲韻會蟲名又潔也明也洗也
溪四睽廣韻苦圭切集韻傾畦切今用枯圭切協用枯威切○說文目不相視也廣韻異也乖也外也奎
說文兩髀之閒廣韻星名刲正韻刺也割也易士刲羊聧揚雄方言聾之甚者秦晉之閒謂之聧蝰
集韻蟲名蠶蛹也

匣四 攜 廣韻戶圭切集韻玄圭切今用胡睽切協用胡惟切慧平聲○說文提也集韻離也亦姓 巂 正韻子巂鳥出蜀中又規也車輪一周為巂一周禮記立視五巂 蠵 說文大龜也以胃鳴見楚辭 鑴 韻會日旁氣周禮眂祲十煇三曰鑴又鼎屬 觿 集韻角錐可用解結通作鑴 畦 說文田五十畝曰畦韻會區也大畦眕 鄐 說文東海之邑春秋紀季以鄐入于齊集韻阪險名 眭 廣韻曰深惡視 轞 韻會車輪一周為轞通作巂 驨 韻會似馬一角見爾雅 纗 說文維綱中繩又系也見張衡思元賦 蜀 集韻姓也一曰蜀闕梁四公之名或作嵐毒 䵷 說文鮮明黃也○按攜字說文廣韻集韻韻會韻鑰等書俱屬合口呼。音如同。正韻屬開口呼。音同兮。

影四 烓 廣韻烏攜切集韻淵畦切今用烏圭切○說文行竈也集韻明也或作䨥



按以上四音。韻譜例作撮口呼。今皆讀作合口呼。

# 九佳 舊十三佳十四皆

按廣韻集韻俱分十三佳十四皆為二韻而律同用。宋劉淵併為九佳。今詳佳與皆舊雖分為二韻。而呼法與等第併同。五音集韻。洪武正韻。與韻會韻鑰諸書。俱合為一韻。故今亦將二韻字合列之。而韻名與翻切。仍分註於各音首字之下。如支韻之例。

見二 佳 廣韻古膎切集韻居膎切今用基釵切協用基挨切佳韻○說文善也廣韻大也好也 街 說文四通道也史記昴畢間為天街 皆 廣韻古諧切集韻居諧切今用基挨切皆韻○說文俱詞也 偕 說文彊也詩偕偕士子廣韻俱也 階 說文陛也正韻級也梯也砌也或作堦 荄 正韻草根亦作核 楷 集韻木也孔子冢蓋樹之者 䕸 集韻禾稾去皮穎王安石詩雪逕不敢撚薪黖或作稭 湝 廣韻水流貌集韻湝湝寒也 痎 說文二日一發瘧 喈 說文鳥鳴聲詩其鳴喈喈 薢 集韻草名見爾雅 颽 韻會疾風通作喈詩北風其喈 鶛 集韻鳥名爾雅鶛鶪其雄鶛 蝔 集韻蟲名猥狗也知雨則翳葉 祴 韻會甎道也見周禮考工記堂涂註



溪二 揩 廣韻口皆切集韻丘皆切今用渴挨切皆韻○正韻摩也擦也見張衡西京賦 䋜 說文大絲也 𢓊 韻會徘𢓊行惡也

疑二 厓 廣韻五佳切集韻宜佳切今用宜鞋切佳韻○說文山邊也或作崖崕 涯 集韻水畔也或作漄 啀 集韻犬欲齧又噬啀笑貌元稹詩盤頭止罰啀或作嘊 睚 會韻目際又睚眦忤目相視貌

並二 排 廣韻步皆切集韻蒲皆切今用蒲諧切協用蒲崖切皆韻○說文擠也集韻推也孟子排淮泗 俳

說文戲也漢書詼笑類俳倡

牌 廣韻薄佳切集韻蒲街切今用蒲崖切佳韻○正韻標牌也俗呼盾爲牌　簰 正韻大桴　⿸虍麗 集韻蚌狹而長者或作[illegible]　陴 集韻城上牆

明二　埋 廣韻莫皆切集韻謨皆切今用模諧切協用模崖切皆韻○廣韻瘞也藏也說文作薶　霾 說文風雨土也詩終風且霾

照二　齋 廣韻側皆切集韻莊皆切今用菑揩切皆韻○廣韻潔也莊也敬也或作齊說文作齋　嚌 集韻嚌唲笑貌

穿二　釵 廣韻楚佳切集韻初佳切今從集韻協用尺揩切佳韻○廣韻岐笄也　靫 廣韻鞴靫盛箭室李白詩留此虎紋金鞴靫　叉 集韻手指相錯　扠 韻會打也　艖 集韻舟名　差 說文貳也不相值也集韻擇也亦姓

牀二　柴 廣韻士佳切集韻鉏佳切今用岑崖切佳韻○廣韻薪也又姓　輦 說文連車集韻卻車抵堂爲輦張衡東京賦輦於東階　祡 說文燒柴焚燎以祭天詩書作柴　喍 集韻喍唲犬鬬貌　豺 廣韻士皆切集韻牀皆切今用岑諧切協用岑崖切皆韻○說文狼屬狗聲詩投彼豺虎　儕 說文等輩也　麡 集韻獸名似鹿而小角長五尺

審二　簁 廣韻集韻山皆切合聲師揩切皆韻○集韻竹器廣韻作簁

匣二　諧 廣韻戶皆切集韻雄皆切今用奚埋切協用奚崖切皆韻○廣韻和也合也調也偶也　骸 廣韻骸骨禮記胻骸之東　鞋 廣韻集韻戶佳切今用奚崖切佳韻○廣韻履也說文作鞵　鮭 集韻吳人謂魚菜總稱

膎 說文脯也

影二　挨 廣韻乙諧切集韻英皆切今用衣皆切皆韻○集韻推也擊也廣韻作捱　娃 廣韻集韻於佳切今用衣街切佳韻○說文圜深目貌集韻吳楚之閒謂好曰娃　哇 說文諂聲也　洼 說文深池也廣韻水名　唲 廣韻嘔唲小兒言也　唉 集韻應聲

按以上十一音韻譜例屬
開口平今多讀作齊齒呼

見二　乖 廣韻古懷切集韻公懷切今用姑歪切皆韻○廣韻睽也離也戾也背也周禮以樂教和則民不乖○歪係俗字借用　⿸疒乖 廣韻惡瘡　媧 廣韻古蛙切集韻公蛙切韻會音乖今用姑歪切佳韻○說文古之神聖女化萬物者也　緺 說文綬紫青也　騧 廣韻馬淺黃色　蝸 廣韻蝸牛小螺

溪二　⿵門咼 廣韻苦緺切集韻空媧切今用枯歪切佳韻○廣韻斜開門　⿰丿瓜 韻會不正也王安石詩驢土安得無離⿰丿瓜　絓 廣韻惡絲　跬 集韻半步曰跬　咼 說文口戾不正也

澄二　隤 廣韻杜懷切集韻幢乖切今用除懷切皆韻○集韻虺隤馬病

曉二　虺 廣韻呼懷切集韻呼乖切今從集韻協用呼歪切皆韻○廣韻虺隤馬病　僓 集韻順也　竵 廣韻火媧切集韻火[illegible]切今用呼歪切佳韻○說文不正也　[illegible] 廣韻[illegible]雜之貌

匣二　懷 廣韻戶乖切集韻乎乖切今從集韻皆韻○說文念思也集韻人情也一曰來也又州名亦姓　褱 說文俠也一曰藏也　櫰 爾雅槐葉大而黑曰櫰　槐 說文木也　淮 廣韻水名出桐柏又姓也　瀤 說文北方水也　⿱山褱 廣韻崴⿱山褱不平貌見左思吳都賦　蘹 集韻草名見大戴禮　⿰石褱 集韻石不平也見司

馬相如大人賦

影二 崴 廣韻乙皆切集韻烏乖切今從集韻皆韻○集韻崴𡾏不平也一曰山形 碨 廣韻碨硂不平也

瀤 集韻淮瀤水不平皃見郭璞江賦 蛙 廣韻集韻烏蝸切借用烏乖切佳韻○集韻蟲名蝦蟇也說文作䵷

鮭 集韻鮭蠪神名見莊子達生篇

按以上六音。合口呼。



# 十灰 舊十五灰十六咍

按廣韻集韻皆分十五灰十六咍爲二韻而律同用。朱劉淵併爲十灰。今詳灰咍二韻律雖同用。而呼法不同其字宜分列之

見一 該 廣韻古哀切集韻柯開切今用歌哀切○說文軍中約也韻會備也載也 晐 說文兼晐也徐曰日之光兼覆也 胲 說文足大指毛也 祴 正韻祴夏古樂章名周禮笙師奏祴樂通作陔 侅 說文奇侅非常也 賅 集韻貨也正韻贍也具也莊子賅而存焉 垓 說文兼垓八極也韻會垓下地名又數也風俗通十兆曰經十經曰垓或作晐國語王者舉九晐之田 陔 說文階次也集韻隴也詩有南陔 峐 爾雅山無草木曰峐 荄 正韻草根亦作核 絯 韻會繆絯束也莊子方且爲物絯又掛也 剴 正韻切也近也廣韻大鐮一曰摩也 豥 爾雅豕四蹢皆白豥



溪一 開 廣韻苦哀切集韻丘哀切今用渴哀切○說文張也集韻姓也亦州名 闓 集韻明也

疑一 皚 廣韻五來切集韻魚開切今用我孩切○說文霜雪之皃也楚詞作溰 敳 說文有所治也集韻隤敳高陽氏子名見左傳 獃 廣韻獃癡象犬小時未有分別

透一 胎 廣韻土來切集韻湯來切今用他哀切○說文婦孕三月也正韻凡孕而未生皆曰胎莊子九竅者胎生廣韻始也或作孡 台 正韻三台星史記作能 邰 正韻國名詩有邰家室漢書郊祀志作斄 駘 集韻狐駘邰地又臺駘汾神並見左傳

定一 臺 廣韻徒哀切集韻堂來切今用駝孩切○廣韻上高四方曰臺亦姓 儓 正韻陪儓臣也揚雄方言

耐笑凡罵耐賤者 **駘** 說文馬銜脫也集韻駑馬也又駘蕩曠遠也 **擡** 廣韻擡舉 **鮐** 說文海魚也見史記貨殖傳 **跆** 韻會聯手而歌曰跆跆又蹋也漢書天文志兵相跆藉史記作駘 **苔** 韻會水衣也說文作菭周禮作箈 **薹** 集韻草名夫須也一曰芸薹菜名 **箈** 說文竹萌也 **炱** 說文灰炱煤也王安石詩無復風埃坌煤炱 **籉** 集韻笠也可以禦雨

泥一 **能** 廣韻奴來切集韻囊來切今用儺孩切乃平聲○爾雅鼈三足曰能集韻獸名亦姓

精一 **哉** 廣韻祖才切集韻將來切合聲咨哀切○說文言之閒也集韻始也 **災** 正韻禍害說文作烖詩大雅作菑廣韻亦作灾 **栽** 廣韻種也韻會生殖也 **渽** 廣韻水名出蜀

清一 **猜** 廣韻倉才切集韻倉來切合聲雌哀切○說文恨賊也廣韻疑也 **偲** 說文彊力也



從一 **裁** 廣韻昨哉切集韻牆來切今用慈孩切○說文制衣也 **纔** 集韻緇色一八一曰暫也 **才** 說文草木之初生也集韻能也質也通作材 **材** 說文木挺也 **財** 說文人所寶也 **鼒** 韻會鼎圜弇上也爾雅註鼎斂上而小口

心一 **鰓** 廣韻蘇來切集韻桑才切合聲思哀切○集韻魚頰中骨 **䰄** 韻會髿䰄多鬚貌或作思左傳于思于思棄甲復來 **顋** 韻會頷也俗作腮 **毢** 集韻毰毢鳥羽張貌或作毸通作鰓 **䚡** 說文角中骨

曉一 **咍** 廣韻集韻呼來切今用黑哀切○說文蚩笑也左思吳都賦囅然而咍

匣一 **孩** 廣韻戶來切集韻何開切今用何來切○廣韻始生小兒孟子孩提之童 **咳** 說文小兒笑也禮記咳而名之集韻咳古作孩 **頦** 說文醜也韻會頤頷也韓愈詩我手承頦肘拄座

影一 **哀** 廣韻烏開切集韻於開切今用阿該切○說文閔也廣韻悲哀也又姓 **唉** 說文譍也韻會恕聲見史記項羽紀通作欸 **欸** 說文訾也韻會然也又歎聲楚詞欸秋冬之緒風 **埃** 說文塵也 **㶣** 廣韻熱甚 **誒** 集韻可惡詞

來一 **來** 廣韻落哀切集韻郎才切今用勒孩切○廣韻至也及也還也又姓 **倈** 韻會古文來字又徂倈山名詩作徂來 **䅘** 說文齊謂麥曰䅘通作來詩貽我來牟劉向封事作釐 **萊** 說文蔓華也孟子闢草萊集韻姓也亦州名 **郲** 集韻城名在滎陽縣東齊滅之見左傳一日蜀地名亦姓 **淶** 廣韻水名出涿郡周禮井州其浸淶易 **崍** 集韻山名中江所出見山海經 **騋** 說文馬七尺爲騋詩騋牝三千 **鶆** 集韻鳥名鶆鳩鷹也見爾雅左傳作鶆鳩 **鯠** 集韻鯬鯠魚名鮏也見爾雅 **𤥂** 說文𤥂瓄玉也



按以上咍韻十四音開口呼。

見一 **傀** 廣韻公回切集韻姑回切今用姑灰切合聲姑隈切○說文偉也廣韻美也盛也亦怪異見周禮大司樂 **瑰** 說文玫瑰廣韻瓌瑰石次玉詩瓊瑰玉佩或作瓌○按姑隈雖合聲切而隈字不常用且有平去二聲故列於今用之後。

溪一 **恢** 廣韻苦回切集韻枯回切今用枯灰切合聲枯隈切○說文大也謂志大也史記天道恢恢 **詼** 韻會詼戲也又謔也調也嘲也漢書枚皋詼笑類俳倡 **悝** 正韻病也憂也悲也大也又人名春秋衛孔悝 **魁** 說文羹斗也集韻北斗首星又帥也書殲厥渠魁 **盔** 韻會盔盂器也正韻籢盔本酒器今借爲盔甲之盔

疑一 **嵬** 廣韻五灰切集韻吾回切今從集韻○爾雅石戴土謂之崔嵬詩陟彼崔嵬正韻高峻貌 **隗** 正韻

隹隗高也又人名李白詩昔時燕家重郭隗 **桅** 韻會舟上帆干 **鮠** 廣韻魚名似鮎

端一 **塠** 廣韻集韻都回切今用都灰切合聲都隈切○韻會聚土也楚詞陵魁堆以蔽視 **頧** 韻會母頧夏冠名禮記王制作追 **鎚** 韻會鍛也 **追** 韻會治玉也詩追琢其章 **敦** 說文怒也詆也集韻誰何也 **磓** 韻會以石投下也廣韻落也又激也見木華海賦 **搥** 廣韻擿也 **䭔** 廣韻餅也 **隹** 集韻隹隗原阜高貌 **鐓** 說文下垂也一曰千金椎

透一 **推** 廣韻他回切集韻通回切今用禿灰切合聲禿隈切○說文排也集韻進也 **蓷** 廣韻草名說文萑也詩中谷有蓷 **蘈** 廣韻牛蘈草也見爾雅 **焞** 韻會焞焞盛貌詩嘽嘽焞焞 **⿰火追** 廣韻⿰火追燖毛集韻以湯除毛



定一 **隤** 廣韻杜回切集韻徒回切今從集韻協用徒帷切○說文下墜也漢書隤其家聲 **穨** 說文禿貌韻會暴風或作頹詩維風及頹 **⿰彳貴** 韻會虺⿰彳貴馬病通作隤詩我馬虺隤爾雅作虺頹 **僓** 韻會順也莊子僓然而道盡 **魋** 說文神獸也正韻似熊而小又人名宋桓魋 **蘈** 集韻牛蘈草名見爾雅 **蹪** 集韻楚人謂躓仆為蹪見淮南子原道訓

泥一 **捼** 廣韻乃回切集韻奴回切今從集韻協用奴帷切○韻會擊也又手摩也韓愈詩紛紛碎若捼或作挼

幫一 **杯** 廣韻布回切集韻晡枚切今用卜灰切合聲卜隈切○正韻柸盃又酒器亦作盃說文作桮

滂一 **肧** 廣韻芳杯切集韻鋪枚切今用鋪灰切合聲鋪隈切○說文婦孕一月也韓愈文肧胎前光 **衃** 說文凝血也徐曰衃猶肧也 **坏** 說文邱再成者一曰瓦未燒 **醅** 說文醉飽也廣韻酒未漉也 **阫** 集韻牆也莊子曰中穴阫通作坏 **⿱髟不** 集韻⿱髟不⿱髟思多須貌 **抔** 集韻手掬也禮記汙尊抔飲

並一 **培** 廣韻薄回切集韻蒲枚切今用蒲回切協用蒲帷切○廣韻益也隄也助也治也隨也重也 **裴** 廣韻衣長貌又姓 **陪** 說文重土也廣韻廁也集韻滿也臣也 **徘** 韻會徘徊便旋也史記作裵回漢書作俳佪 **倍** 韻會倍尾山名見漢書地里志 **郶** 說文右扶風鄠鄉又沛城父有郶鄉 **⿱咅邑** 廣韻鄉名在聞喜 **棓** 廣韻姓也前漢爰盎之棓生所問占見爰盎傳 **掊** 集韻克也孟子掊克在位 **毰** 集韻毰毸毛羽貌韓愈詩輿與酒毰毸

明一 **枚** 廣韻莫杯切集韻謨杯切今用模回切協用模帷切○說文幹也可為杖詩施于條枚集韻箇凡也亦姓 **梅** 廣韻果名亦姓 **莓** 集韻草名見爾雅 **媒** 說文謀也謀合二姓 **禖** 說文祭也集韻古者求子



祠高禖見禮記月令亦姓 **脢** 說文背肉也易咸其脢楚詞作胨 **玫** 說文火齊玫瑰集韻石美者 **鋂** 說文大瑣也一鐶貫二者詩盧重鋂 **⿱罒每** 說文罔也集韻雉網 **煤** 集韻炱灰集屋者家語炱煤入甑中 **塺** 廣韻塵也見王褒九懷 **酶** 韻會酒本曰酶或作⿰米每通作媒 **⿱屮每** 集韻草盛上出也隸作每

精一 **嗺** 廣韻臧回切集韻祖回切今用祖灰切合聲租隈切○集韻嗟也一曰嗺頦口動貌 **朘** 廣韻赤子陰也或作峻屡

清一 **崔** 廣韻集韻倉回切今用麤灰切合聲麤隈切○集韻齊邑名因封為姓 **催** 說文相擣也廣韻迫也 **縗** 正韻喪衣左傳晏嬰麤縗斬亦作衰 **⿰阝崔** 集韻⿰阝崔隤崩也或作⿰山崔

從一 **摧** 廣韻集韻昨回切今用叢回切協用徂帷切○說文擠也爾雅至也廣韻折也阻也 **漼** 韻會漼漼

雲霧積聚貌或作崔　**崔** 說文山高也廣韻崔嵬也或作崒見張衡南都賦

心一 **⿰革巂** [廣韻]素回切[集韻]蘇回切[今用]蘇灰切[合聲]蘇隈切○廣韻鞍邊帶也　**⿰崔毛** 韻會毰毸鳳舞本作毸　**萑** 韻會草桒垂貌本作蓑見張衡南都賦

曉一 **灰** [廣韻]呼恢切[集韻]呼回切[合聲]呼隈切○正韻火過爲灰禮記和灰請漱　**豗** 韻會相擊也又喧聲韓愈文風濤相豗　**虺** 韻會虺隤馬病詩作虺隤

匣一 **回** [廣韻]戶恢切[集韻]胡隈切[今用]胡雷切[協用]胡帷切○說文轉也集韻邪也亦姓　**徊** 韻會徘徊不進貌史記作裵回漢書作俳佪　**洄** 爾雅逆流而上曰泝洄詩遡洄從之　**茴** 韻會藥草防風葉也一曰茴香　**槐** 廣韻木名又姓　**瘣** 韻會病也一曰腫旁出　**蚘** 廣韻人腹中長蟲說文作蛕



影一 **隈** [廣韻]烏恢切[集韻]烏回切[今用]烏灰切○說文水曲隩也爾雅厓內爲隩外爲隈　**椳** 說文門樞謂之椳見爾雅　**煨** 說文盆中火也韻會煻火曰煨又煨燼也　**⿰糸畏** 廣韻五色絲飾正韻女容服也　**偎** 韻會愛也列子不偎不愛又倚也一曰北海之隅有國曰偎人　**畏** 韻會弓淵也周禮考工記當弓之畏　**颹** 廣韻風低貌見郭璞江賦

來一 **雷** [廣韻]魯回切[集韻]盧回切今從集韻[協用]盧帷切○韻會陰陽薄動生物者也又州名又姓說文作靁　**罍** 正韻酒器詩我姑酌彼金罍又盟器說文作櫑　**瓃** 說文玉器也　**礧** 集韻擊也石轉突也通作轠　**轠** 集韻轠轤不絕貌見揚雄羽獵賦　**⿰畾鳥** 集韻飛生鳥名

按以上灰韻十九音合口呼。

音韻闡微　卷三

## 十一眞 舊十七眞十八諄十九臻

按廣韻集韻皆分眞諄臻爲三韻而律同用宋劉淵併爲十一眞今詳眞諄二韻分齊齒撮口二呼而臻韻數音爲開口呼但廣韻集韻眞諄二韻所收之字互有出入今於齊齒呼多按廣韻而撮口呼則按集韻盖各就其與韻譜相合者取之也

見三 **巾** 廣韻集韻居銀切合聲基因切眞韻○說文佩巾也韻會首飾又冪也

羣三 **墐** 廣韻巨斤切集韻渠斤切合聲奇寅切眞韻○正韻黏土也廣韻作堇 **⿰禾堇** 廣韻矛柄也又鉏耰也說文作矜

疑三 **銀** 廣韻語巾切集韻魚巾切今用宜鄰切眞韻○說文白金也 **誾** 說文和悅而諍論語誾誾如也集韻語也或作訔見揚雄法言 **嚚** 說文語聲也左傳口不道忠信之言爲嚚 **狺** 韻會犬吠聲楚辭猛犬狺狺或作⿰犭斤 **垠** 集韻地埒也岸也或作圻墍通作泿沂 **釿** 集韻器之釿鍔或作沂 **齗** 集韻大齦也爾雅作沂 **鄞** 說文會稽縣 **珢** 說文石之似玉者 **泿** 集韻水名見山海經 **圁** 廣韻圁陽縣名在西河見水經註 **訢** 韻會恭謹貌漢書石奮傳僮僕訢訢 **麐** 廣韻獸名出山海經 **慭** 集韻地名春秋會于厥慭 **沂** 集韻沂淪水回旋貌見郭璞江賦 **𧇾** 說文兩虎爭聲

知三 **珍** 廣韻陟鄰切集韻知鄰切合聲知因切眞韻○說文寶也韻會貴也重也州名或作鉁俗作珎 **塡** 說文塞也廣韻壓也集韻定也



徹三 **獜** 廣韻丑人切集韻癡鄰切合聲絺因切眞韻○廣韻犬走草肰集韻獜猣猿犾緣木貌

澄三 **陳** 廣韻直珍切集韻地鄰切合聲池寅切眞韻○廣韻列也張也衆也布也故也亦州名集韻堂下徑又姓或作瞮見楚詞 **塵** 廣韻鹿行揚土也說文作𪋻 **螴** 集韻螴蜳不安定貌見莊子外物篇

孃三 **紉** 廣韻女鄰切集韻尼鄰切合聲尼寅切眞韻○正韻索之也又以線貫針爲紉禮記紉箴請補綴

幫三 **彬** 廣韻府巾切集韻悲巾切合聲卑因切眞韻○正韻文質備貌論語文質彬彬說文作份廣韻亦作斌 **豳** 廣韻地名公劉所邑因以名州又姓說文作邠 **虨** 廣韻虎文 **霦** 廣韻璘霦玉光色亦作㻞 **攽** 說文分也 **玢** 廣韻文彩狀也 **汃** 說文西極之水也

幫四 **賓** 廣韻必鄰切集韻卑民切今用筆因切眞韻○說文所敬也集韻導也服也又姓 **濱** 廣韻水際 **鑌** 廣韻鑌鐵爲刀甚利 **檳** 集韻檳椰木名無枝實從心生 **獱** 集韻獱獺似狐青色居水中食魚見揚雄羽獵賦 **儐** 集韻敬也



滂四 **繽** 廣韻匹賓切集韻紕民切合聲披因切眞韻○集韻繽紛亂也一曰盛貌 **闠** 說文闠也 **驞** 集韻驞駍衆聲見揚雄羽獵賦 **翸** 集韻翸翁飛貌

並三 **貧** 廣韻符巾切集韻皮巾切今用皮銀切眞韻○說文財分少也

並四 **頻** 廣韻符眞切集韻毗賓切合聲皮寅切眞韻○正韻厓也又頻顣集韻頻數也亦姓 **瀕** 正韻水厓通作頻 **嬪** 說文服也爾雅婦也 **顰** 廣韻眉蹙也 **嚬** 廣韻笑也 **蠙** 正韻珠母說文作玭 **蘋** 廣韻大萍也詩于以采蘋說文作薲 **矉** 說文恨張目也見莊子天運篇

明三 **珉** 廣韻武巾切集韻眉貧切合聲迷寅切眞韻○廣韻美石次玉亦作玟瑉碈 **岷** 廣韻山名江水

所出亦州名 閩 正韻東南越周禮七閩 旻 說文秋天也廣韻仁覆愍下謂之旻天 旼 集韻旼旼
和也見司馬相如封禪文 忞 說文彊也韻會忞忞心所不了也見揚雄法言 緡 廣韻錢貫亦絲緒釣魚綸也詩
維絲伊緡又姓說文作緍 罠 說文釣也正韻兔罟見張協七命 痻 集韻病也詩多我覯痻亦作㾞 暋
韻會悶也莊子慜瞀沈屯 笢 廣韻竹膚 鴖 說文鳥也廣韻鳥似翠而赤喙 苠 集韻衆多貌揚雄太元人
苠苠而處乎中

明四 民 廣韻集韻彌鄰切(今用)密寅切眞韻○說文衆萌也 泯 廣韻沒也韻會滅也又澤
名見山海經

精四 津 廣韻將鄰切集韻資辛切(今用)卽因切眞韻○說文渡也 璡 說文石之似玉者

清四 親 廣韻七人切集韻雌人切(合聲)妻因切眞韻○說文至也廣韻愛也近也



從四 秦 廣韻匠鄰切集韻慈鄰切(合聲)齊寅切(眞韻)○說文伯益之後所封國也廣韻州名又姓 螓 集韻
蟲名似蟬而小詩螓首蛾眉 ⿰牛秦 廣韻牛名

心四 辛 廣韻息鄰切集韻斯人切(合聲)西因切(眞韻)○廣韻薑味也正韻日名又苦辛又姓 新 說文取木
也集韻初也亦姓 薪 說文蕘也集韻大木可析曰薪 莘 集韻細莘藥草

照二 臻 廣韻側詵切集韻緇詵切(今用)仄莘切(借用)仄因切臻韻○說文至也韻會及也通作轃見漢書禮樂志
亦作溱見王褒傳 榛 說文木也詩樹之榛栗或作樼 溱 說文水出桂陽臨武入匯詩溱與洧方渙渙兮韻會
溱溱衆也詩室家溱溱 蓁 說文草盛詩其葉蓁蓁 轃 說文大車簣也 亲 說文果實如小栗集韻或
作樼見左思蜀都賦亦作榟通作榛 潧 說文水出鄭國 瀙 廣韻水名在豫州

照三 眞 廣韻側鄰切集韻之人切(合聲)支因切(眞韻)○說文仙人變形而登天也集韻實也又姓 畛 廣韻
田界 禛 說文以眞受福 唇 說文驚也集韻或作振 甄 正韻陶也又姓 桭 集韻屋梠也兩楹間
謂之桭 帳 韻會飲馬橐見揚雄方言 侲 集韻養馬者一曰侲子童男女稱見後漢禮儀志 振 集韻
振振盛也奮也厚也詩振振公子 ⿰足辰 說文動也 縝 集韻密緻也 ⿰石㐱 集韻石不平貌見揚雄太元一
曰礪也 ⿱艹甄 廣韻菿⿱艹甄豕首草也見爾雅 磌 廣韻柱下石也集韻磌然聲也公羊傳聞其磌然 稹
集韻草木根相迫迮也見周禮考工記或作槙 袗 集韻衣同色儀禮兄弟畢袗元 滇 集韻滇陽縣名在汝南漢
永平五年矢印更刻遂以滇爲愼 籈 集韻樂器爾雅所以鼓敔謂之籈

穿三 瞋 廣韻昌眞切集韻稱人切(合聲)蚩因切(眞韻)○正韻怒而張目也 嗔 正韻恚也叱也說文作謓



䐜 說文起也廣韻肉脹起也見揚雄太元

牀二 榛 廣韻士臻切集韻鋤臻切(借用)柴寅切臻韻○集韻本叢生曰榛廣韻作蓁

牀三 神 廣韻食鄰切集韻乘人切(今用)舌寅切(眞韻)○說文天神引出萬物者也廣韻靈也亦姓 䰠 說文
神也

審二 莘 廣韻所臻切集韻疏臻切(今用)師臻切(借用)師因切臻韻○廣韻地名在虢又姓 姺 韻會國名
左傳商有姺邳 侁 說文行貌楚詞往來侁侁 駪 說文馬衆多貌詩駪駪征夫 詵 正韻致言也亦衆也
詩螽斯羽詵詵兮 ⿱山辛 韻會神名莊子邱有⿱山辛 甡 說文衆生並立之貌詩甡甡其鹿 ⿰魚辛 正韻魚尾
長也通作莘詩有莘其尾 籸 韻會粉滓也一曰粥凝 兟 說文進也李商隱詩絳節何兟兟 䢕 廣韻

有娶國名
痒 說文寒病也
審三 申 廣韻失人切正韻升人切合聲詩因切眞韻○廣韻身也伸也重也容也又辰名州名又姓 身 說文躬也爾雅我也 娠 說文女妊身動也春秋傳后緡方娠 伸 正韻舒也直也理也亦作信申 呻 說文吟也禮記呻其佔畢 紳 說文大帶也論語子張書諸紳 神 爾雅木自斃神
禪三 辰 廣韻植鄰切集韻丞眞切今用匙寅切眞韻○說文震也正韻時也又日月所會謂辰 晨 廣韻早也明也說文作曟亦作晨通作辰 宸 說文屋宇也集韻室之奧者後人指帝居曰宸 臣 正韻事人也又服之也 麎 說文牝麋也見爾雅 振 集韻枎振屋端也見揚雄甘泉賦
匣四 礥 廣韻集韻下珍切合聲奚寅切眞韻○韻會難也見揚雄太元



影四 因 廣韻於眞切集韻伊眞切今用衣巾切眞韻○廣韻託也仍也緣也就也亦姓 姻 說文婿家也女之所因故曰姻周禮作婣 歅 韻會人名莊子九方歅善相馬 禋 說文潔祀也書禋于六宗 絪 集韻絪縕天地合氣也易天地絪縕或作烟氳 茵 說文車重席也或作鞇 闉 說文城內重門也詩出其闉闍 湮 說文没也爾雅落也 駰 說文馬陰白雜毛黑詩我馬維駰 陻 韻會塞也書鯀陻洪水說文作垔 堙 廣韻同上又土山也公羊傳乘堙而出見之 諲 廣韻敬也又人名唐有呂諲 ⿰石垔 集韻山名見山海經
喻四 寅 廣韻翼眞切集韻夷眞切今用移鄰切眞韻○廣韻辰名正韻恭也 夤 說文敬惕也正韻緣連也淮南子九州之外有八夤 ⿰月寅 集韻夾脊肉也通作夤易列其夤 螾 正韻寒蜩又螼螾見漢書賈誼傳
來三 鄰 廣韻力珍切集韻離珍切合聲離寅切眞韻○說文五家爲鄰集韻近也或作隣 嶙 集韻嶙峋山厓重深貌又崏嶙山相連貌見張衡南都賦 粼 廣韻水在石閒詩白石粼粼亦作磷 潾 廣韻水名集韻水清貌 璘 廣韻璘瑞文貌正韻玉文 瞵 說文目精也韻會視貌左思吳都賦鷹瞵鶚視 轔 韻會衆車聲杜甫詩車轔轔 驎 廣韻騏驎白馬黑脊杜甫詩驚代得騏驎 ⿰豸粦 集韻閵⿰豸粦獸名見山海經 鱗 廣韻魚甲又姓 燐 正韻野火列子馬血爲轉燐本作粦 麟 說文大牝鹿也廣韻仁獸亦作麐 疄 廣韻田壟集韻蔬畦本作疄 獜 說文健也廣韻獜獜犬健也 蹸 集韻蹸蹸行貌 甐 韻會敝也見周禮考工記
日三 人 廣韻如鄰切集韻而鄰切今用日寅切眞韻○說文天地之性最貴者也 仁 說文親也廣韻仁賢亦姓正韻果中實

按以上二十八音。共分三等。其居第二等者爲開口呼。居第三等第四等者爲齊齒呼。



見三 麇 廣韻居筠切集韻俱倫切今用居諄切協用居氳切諄韻○說文麞也韻會縳也又國名左傳楚伐麇詩召南作麕或作麏 頵 韻會頭大也又楚成王名 龜 集韻手凍坼也莊子不龜手之藥 莙 集韻草名見爾雅
見四 均 廣韻居勻切集韻規倫切今用居遵切協用菊氳切諄韻○說文平徧也 鈞 說文三十斤也集韻陶旃輪亦姓 ⿱勻田 韻會墾田也或作畇 枃 正韻黑衣戎服又純也裳削幅也見漢書王莽傳通作均左傳均服振振
溪三 囷 廣韻去倫切集韻區倫切今用區春切協用區氳切諄韻○說文廩之圜者正韻輪囷屈曲盤戾貌見左思吳都賦 箘 集韻竹名或作箟 蜠 廣韻大貝 峮 集韻峮嶙山相連貌見張衡南都賦 輑 韻會車軸相連曰輑又連也見張衡南都賦 硱 集韻硱磳石危貌見楚辭 菌 集韻菌桂出交趾員如竹

知三 屯 廣韻陟倫切集韻株倫切今用豬春切協用猪氳切諄韻○廣韻難也厚也 迍 韻會迍邅難行不進之貌通作屯 窀 韻略厚也謂葬埋也左傳窀穸之事

徹三 椿 廣韻丑倫切集韻敕倫切今用黜諄切協用黜氳切諄韻○正韻木名莊子大椿 杶 說文木也書杶榦栝柏山海經作櫄左傳作楯 鶞 集韻鳥名見爾雅 輴 正韻載柩車見禮記說文作輴

精四 遵 廣韻將倫切集韻蹤倫切今用足均切協用足氳切諄韻○說文循也 僎 韻會鄉飲酒禮輔主人者僎謂降席而遵法也見禮記儀禮作遵 踆 韻會蹴也又卑也 鷷 廣韻西方雉名

清四 逡 廣韻集韻七倫切今用趨均切協用趨氳切諄韻○說文復也爾雅退也集韻逡巡行不進亦作遁後 竣 集韻止也伏也國語已於事而竣 踆 廣韻退也正韻行走貌張衡西京賦大雀踆踆 蹲 正韻舞貌



詩蹲蹲舞我亦作壿 鵔 集韻兔狡者鵔見韓愈毛穎傳 捘 廣韻推也左傳捘衛侯之手 皴 說文細皮起也杜甫詩手腳凍皴皮肉死 悛 韻會改也左傳長惡不悛又止也 嶟 集韻嶟嶟竦峭貌見揚雄甘泉賦

心四 荀 廣韻相倫切集韻須倫切今用胥遵切協用胥氳切諄韻○廣韻草名又姓 詢 韻會咨也詩周爰咨詢 恂 正韻信也樂也嚴謹貌又溫恭貌論語恂恂如也亦作洵 洵 說文渦水中也集韻水名又信也揮涕也 郇 正韻國名周文王所封詩郇伯勞之又姓 峋 正韻嶙峋山貌見揚雄甘泉賦 珣 廣韻玉名見爾雅 栒 集韻邑名在扶風一曰木名 眴 集韻目眩也又眴眴孺子貌見管子

邪四 旬 廣韻詳遵切集韻松倫切合聲徐勻切諄韻○說文徧也十日為旬 巡 說文視行貌韻會逡巡卻退貌亦作遁循 循 說文行順也 馴 說文馬順也 畇 集韻墾田貌爾雅畇畇田也 紃 說文圜采也禮記紃以五采儀禮作絢約 徇 韻會使也一曰徧示也 殉 集韻貪也 ⿰氵盾 集韻流貌史記汗出⿰氵盾⿰氵盾 揗 廣韻手相安慰 迿 集韻先也公羊傳朋友相衛而不相迿

照三 諄 廣韻章倫切集韻朱倫切今用朱春切協用朱氳切諄韻○說文告曉之熟也正韻懇誠貌或作啍訰 肫 說文面須也廣韻鳥藏正韻懇誠貌中庸肫肫其仁 淳 正韻沃也盥也禮記淳熬淳母 惇 廣韻心實也集韻厚也

穿三 春 廣韻昌脣切集韻樞倫切今用出諄切協用出氳切諄韻○韻會推也蠢也興也歲之始也又州名又姓

牀三 脣 廣韻食倫切集韻船倫切今用船勻切諄韻○說文口端也周禮厚脣弇口 漘 說文水厓也詩在河之漘



禪三 純 廣韻常倫切集韻殊倫切合聲殊勻切諄韻○說文絲也廣韻篤也至也好也文也大也 醇 說文不澆酒也韻會醲也或作醕通作淳 淳 說文淥也集韻質也亦姓 錞 集韻金器錞于也圜如碓頭大上小下所以和鼓見周禮 鶉 廣韻鵪鶉也莊子田鼠化為鶉說文作䧼 焞 廣韻明也集韻灼龜炬 蓴 說文蓴叢也集韻蒲中秀楚辭膾苴蓴只 蒓 集韻水葵通作蓴

影三 贇 廣韻於倫切集韻紆倫切今用紆均切諄韻○廣韻美好也 奫 集韻奫潫水深廣貌見左思吳都賦 涒 集韻涒鄰水流曲折貌見郭璞江賦 蝹 廣韻蝹蝹龍貌見張衡西京賦

喻三 筠 廣韻為贇切集韻于倫切今從集韻諄韻○廣韻竹皮之美質也見禮記 荺 廣韻藕根小者見爾雅 縜 說文持綱紐也見周禮考工記

喻四 勻 廣韻羊倫切集韻俞倫切今從集韻諄韻○說文少也廣

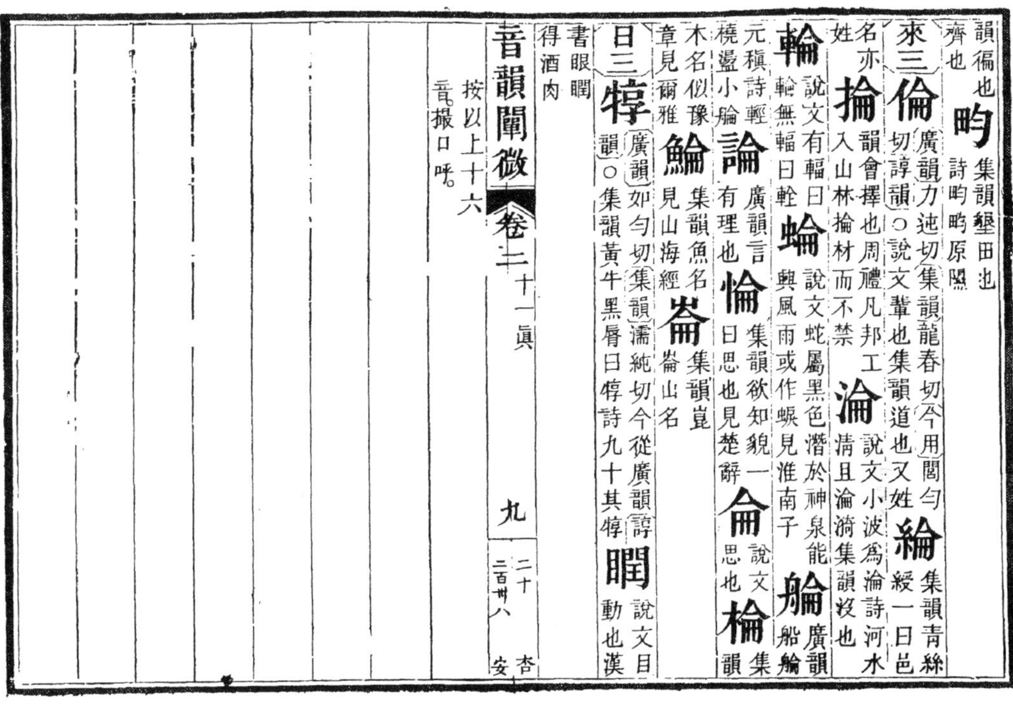

韻偏也齊也 眒 集韻墾田也詩眒眒原隰

來三 倫 廣韻力迍切集韻龍春切今用閭勻切諄韻○說文輩也集韻道也又姓 綸 集韻青絲綬一曰邑名亦姓 掄 韻會擇也周禮凡邦工入山林掄材而不禁 淪 說文小波爲淪詩河水清且淪漪集韻沒也 輪 說文有輻曰輪無輻曰輇 蜦 說文蛇屬黑色潛於神泉能興風雨或作蜧見淮南子 𦨧 廣韻船𦨧元稹詩輕橈盪小𦨧 論 廣韻言有理也 惀 集韻欲知貌一曰思也見楚辭 侖 說文思也 棆 集韻木名似豫章見爾雅 鯩 集韻魚名見山海經 崙 集韻崑崙山名

日三 犉 廣韻如勻切集韻濡純切今從廣韻諄韻○集韻黃牛黑脣曰犉詩九十其犉 瞤 說文目動也漢書眼瞤得酒肉

按以上十六音。撮口呼。





# 十二文 舊二十文

按廣韻集韻皆分二十文二十一欣而律同用。宋劉淵併爲十二文。舊本廣韻作二十文二十一殷。而律皆獨用。詳見後註。○又按文韻之音。與眞韻撮口呼之音同。故切韻指南合爲一譜。洪武正韻合於一韻。

見三 君 廣韻舉云切集韻拘云切合聲居氳切○說文尊也集韻羣也下之所歸也 軍 說文圜圍也四千人爲軍周禮萬二千五百人爲軍 皸 韻會凍裂也漢書手足皸瘃 桾 集韻桾櫏木名出交阯 莙 集韻草名牛藻也 麏 集韻麏也或作麕麢

羣三 羣 廣韻渠云切集韻衢云切今從廣韻○說文輩也廣韻隊也或作群 裠 正韻下裳也說文作帬 麇 韻會羣也左傳求諸侯而麇至 宭 說文羣居也





非三 分 廣韻府文切集韻方文切今用夫氳切協用夫溫切○說文別也韻會判也裂也與也 饙 廣韻一蒸飯也或作餴詩可以餴饎 𣯶 廣韻𣯶毲罽也

敷三 芬 廣韻府文切集韻敷文切今用敷氳切協用敷溫切○韻會香也詩苾苾芬芬廣韻芬芳又姓說文作𡴞 紛 說文馬尾韜也集韻眾也亂也史記郁郁紛紛 翂 正韻翂翂飛貌亦作翐莊子翂翂翐翐 雰 正韻雪貌詩雨雪雰雰廣韻霧氣也 氛 集韻祥氣也左傳楚氛甚惡通作雰 𣭲 韻會𣭲𣭲毛落也 帉 正韻大巾也說文作帉通作紛 棻 韻會香木也又人名漢劉歆子棻說文作梤 衯 說文長衣貌司馬相如子虛賦衯衯裶裶 鳻 集韻鳥名見爾雅 砏 集韻大聲也 玢 集韻玢豳玉文理貌 份 集韻文質備也

奉三 汾 廣韻集韻符分切今用扶文切○廣韻水名在太原詩彼汾沮洳 焚 集韻火灼物也詩如惔如

焚 **枌** 說文楡也詩東門之枌 **魵** 集韻魚名見爾雅 **妢** 韻會妢胡子國在楚出美笴者周禮考工記妢胡之笴 **棼** 說文複屋棟集韻亂也左傳治絲而棼之 **賁** 集韻大也廣韻三足龜 **蕡** 說文雜香廣韻草木多實詩有蕡其實 **濆** 說文水厓也爾雅汝爲濆 **轒** 說文淮陽名車隆穹爲轒又轒轀兵車也見揚雄長楊賦 **鼖** 正韻大鼓八面周禮以鼖鼓鼓軍事亦作賁詩賁鼓維鏞 **墳** 說文墓也正韻水厓曰墳詩遵彼汝墳 **幩** 說文馬纏鑣扇汗也詩朱幩鑣鑣 **羒** 廣韻白羝羊也又牡羊也見爾雅 **豶** 說文羠豕也易豶豕之牙或作豮 **⿰賁鳥** 集韻鳥名見山海經 **頒** 韻會大首貌詩有頒其首一曰衆多貌通作墳詩牂羊墳首 **黂** 集韻枲實也列子宋有田父衣縕黂以過冬亦作萉通作蕡 **蚠** 集韻人名春秋傳劉獻公之子白蚠亦作蚡漢有田蚡 **弅** 集韻邱高起貌莊子隱弅之邱 **羵** 廣韻土中怪羊蘇軾詩山妖竄羵 **鼢** 廣韻田中鼠 **秎** 集韻稱也謂禾束也見管子

〔微三〕**文** 〔廣韻〕〔集韻〕無分切〔今用〕無𢗗切○廣韻文章也又美也善也亦州名又姓 **聞** 說文知聞也正韻耳受聲 **紋** 廣韻綾也正韻凡錦綺黼繡之文皆曰紋 **鳼** 集韻鳥名爾雅鶉子鳼 **閺** 說文低目視也弘農湖縣有閺郡汝南西平有閺亭 **蟁** 說文齧人飛蟲或作蟁亦作蚊蚉 **雯** 韻會雲成章曰雯 **鴍** 集韻鳥名見山海經

〔曉三〕**熏** 〔廣韻〕〔集韻〕許云切〔今用〕虛氳切○廣韻火氣盛貌詩憂心如熏說文作𤋱 **薰** 廣韻香草左傳一薰一蕕亦姓 **纁** 說文淺絳也周禮考工記三入爲纁 **曛** 集韻日入餘光元稹詩蟬鳴日已曛 **獯** 廣韻北方國名夏曰獯鬻孟子太王事獯鬻 **醺** 正韻醉也亦作熏詩公尸來止熏熏 **臐** 韻會臛也羊曰臐牛曰膮皆香

美之名見儀禮 **勳** 說文能成王功也古作勛 **葷** 說文臭菜也禮記膳於君有葷桃茢 **焄** 韻會香臭之氣也禮記焄蒿悽愴 **壎** 集韻樂器 **煇** 集韻灼也

〔影三〕**氳** 〔廣韻〕〔集韻〕於云切〔今用〕紆薰切○正韻氤氳氣貌易作絪縕 **縕** 說文紼也集韻亂麻 **熅** 說文鬱烟也班固東都賦降烟熅 **蒕** 廣韻芬蒕盛貌謝朓詩重樹日芬蒕 **馧** 韻會香也 **蝹** 集韻蝹蝹龍貌見張衡西京賦 **轀** 韻會轒轀車名見揚雄長楊賦 **⿰車宛** 說文犬車後壓也

〔喻三〕**雲** 〔廣韻〕〔集韻〕王分切〔今用〕余羣切○說文山川氣也韻會州名又姓 **云** 集韻言也語辭也亦姓通作員 **芸** 說文草也似苜蓿正韻物多貌老子夫物芸芸 **耘** 正韻除苗間穢詩或耘或耔說文作⿰耒員亦作芸孟子芸人之田 **熉** 正韻黃貌見漢書郊祀歌 **紜** 韻會物數紛亂也說文作⿰貝云 **妘** 廣韻女字又姓 **鄖** 廣韻國名左傳我以銳師宵加于鄖亦作䢵 **溳** 說文水出南陽蔡陽東入夏水 **澐** 說文江水大波謂之澐獨孤及文大江澐澐 **沄** 說文轉流也杜甫詩沄沄逆素浪 **蕓** 韻會蕓薹菜名 **橒** 廣韻木名 **員** 正韻物數又伍員人名又益也 **縜** 正韻持綱紐見周禮考工記 **篔** 廣韻篔簹竹名 **耺** 廣韻耳中聲又鐘鼓聲也見揚雄法言

按以上九音。撮口呼。惟輕脣數音。宜屬合口呼。

殷

按舊本廣韻原名二十一殷。註曰獨用。宋因避諱。改殷爲欣。且於文韻下註曰欣同用。此宋韻。非唐韻也。按唐詩殷多與眞同用。如杜甫崔氏東山草堂詩用芹字。贈王侍御詩用勤字與筋字。獨孤及送韋明府答李滁州二詩用勤字。陸龜蒙和襲美懷潤卿博士詩用斤字。奉和寄懷南陽潤卿詩用芹字。他如此類。不可盡數。總之眞殷之通。隨舉而有。文之通殷。乃不槩見。如依唐人舊法。則殷宜與眞同用。而文宜自爲一韻也。○又按殷韻之音。與眞韻齊齒呼之音同。故切韻指南合爲一譜。洪武正韻合於一韻。

見三 **斤** 廣韻集韻舉欣切合聲基殷切○廣韻十六兩也正韻斧斤孟子斧斤伐之亦作釿見莊子 **筋** 說文肉之力也禮記張弓尚筋韻會骨絡也又姓俗作觔 **筀** 集韻竹名

羣三 **勤** 廣韻巨斤切集韻渠巾切今用奇闇切協用奇寅切○說文勞也韻會盡也通作廑瘽 **懃** 集韻慇懃委曲意 **慬** 集韻憂也公羊傳慬然後得免正韻勇、見列子 **瘽** 說文病也 **芹** 說文楚葵也詩言采其芹 **蘄** 集韻藥草見爾雅 **槿** 集韻矛柄也或作矜 **堇** 說文黏土也 **廑** 說文少劣之居

疑三 **垠** 廣韻語斤切集韻魚斤切今用宜勤切○說文地垠也集韻岸也或作圻埜 **齦** 韻會齒本也說文作齗 **听** 韻會笑貌司馬相如上林賦听然而笑 **齗** 集韻大麓爾雅作沂 **狺** 集韻犬吠聲見楚詞說文作狾 **鄞** 廣韻縣名在會稽郡 **沂** 韻會水名 **誾** 集韻和悅而諍論語誾誾如也 **虒** 說文虎聲也 **麐** 廣韻獸似貉也見山海經 **犾** 說文兩犬相齧也 **圁** 集韻縣名在西河見水經註 **沂** 集韻沂淪水旋流貌見郭璞江賦。

按本韻疑母之字大槩與眞韻同。




曉三 **欣** 廣韻集韻許斤切合聲希殷切○說文笑喜也詩旨酒欣欣 **忻** 說文闓也集韻州名 **炘** 韻會熱也又光盛貌見揚雄甘泉賦 **昕** 說文旦明日將出也禮記大昕鼓徵 **訢** 說文喜也孟子終身訢然

影三 **殷** 廣韻集韻於斤切今用衣斤切○說文作樂之盛稱殷易殷薦之上帝集韻中也大也衆也亦商別號因以爲姓 **慇** 說文痛也廣韻慇懃 **濦** 正韻水出少室山亦作溵溵柳宗元文溵溵于淮 **蒑** 韻會菜名一曰草青色也 **磤** 韻會砏磤雷聲也通作殷 **㥯** 集韻憂也正韻謹也

按以上五音齊齒呼。

# 十三元 舊二十二元二十三魂二十四痕

按廣韻集韻皆分元魂痕爲三韻而律同用。宋劉淵併爲十三元。今詳元韻自分齊齒撮口二呼。其音與寒刪先爲一類。而痕爲開口呼。魂爲合口呼。其音與眞文爲一類。律詩乃合而用之者。以元與魂痕三韻之字。皆收聲於舌抵腭。音原有可以同用之理。故自唐以前。凡古詩詞賦用韻。多將眞文元寒刪先合爲一韻。則唐律用韻雖嚴。猶存古韻之遺意。由此推之。凡古韻中歌之通麻。支微之通齊佳灰。虞魚之通蕭肴豪尤。東冬江之通陽庚靑蒸。侵之通覃鹽咸。皆因其收聲之同。有可通之理。悉宜以元與魂痕同用之律求之也。

見三 **犍** 廣韻集韻居言切合聲基焉切○廣韻犗牛名又犍爲郡 **鞬** 說文所以戢弓矢也左傳右屬櫜鞬 **軒** 集韻乾革也一曰驪軒縣名在張掖郡 **㨜** 廣韻㨜子搹蒲采名或作㮖 **健** 正韻鬻也亦作飦



**腱** 廣韻筋也一曰筋頭見宋玉招魂

溪三 **攑** 廣韻集韻邱言切合聲欺焉切○廣韻擧也集韻作㜸 **𧽊** 廣韻走貌韻會作蹇

群三 **鰎** 廣韻巨言切集韻渠言切今用奇言切○廣韻筋鳴也 **揵** 正韻擧也司馬相如賦揵鰭掉尾

**𢯊** 說文相援也

疑三 **言** 廣韻語軒切集韻魚軒切今用宜掀切協用宜賢切○說文直言曰言廣韻宣也亦姓 **䇄** 韻會大簫也爾雅作言 **甗** 韻會無底甑也周禮考工記陶人爲甗又齊地名春秋宋師及齊師戰于甗 **巘** 韻會山形似甗通作甗

曉三 **掀** 廣韻集韻虛言切合聲希焉切○說文舉出也左傳掀公以出於淖 **軒** 說文曲輈藩車也詩如輊如軒集韻檐宇之末曰軒取車象又姓 **鶱** 說文飛貌韓愈詩挾勢欲騰鶱

影三 **焉** 廣韻謁言切集韻依言切今用衣掀切○廣韻安也集韻鳥黃色出江淮

按以上元韻六音齊齒呼。

疑三 **元** 廣韻集韻愚袁切今從之○廣韻大也始也長也氣也又姓 **原** 韻會高平曰原一曰再也又推原也亦州名又姓周禮作邍 **源** 廣韻水原曰源又姓說文作厵 **沅** 說文水出牂牁韻會州名 **邧** 韻會邑名左傳秦人伐晉圍邧 **阮** 韻會五阮關名在代又史記五阮郡 **嫄** 說文台國之女周棄母字也詩時維姜嫄 **騵** 廣韻亦馬白腹詩駟騵彭彭 **羱** 集韻獸名爾雅羱如羊 **芫** 廣韻草名有毒可爲藥也見山海經 **杬** 廣韻木名出豫章煎汁藏果及卵不壞見爾雅 **榞** 集韻木名實如甘蕉皮核皆可食杜甫詩石榞徧天下



**黿** 廣韻似鼈而大中庸黿鼉蛟龍 **螈** 廣韻晚蠶也或作原周禮禁原蠶 **蚖** 說文榮蚖蛇醫以注鳴者見揚雄法言爾雅作螈

非三 **藩** 廣韻甫煩切集韻方煩切今用夫鴛切協用夫彎切○說文屏也韻會籬也亦作蕃 **籓** 說文大箕也集韻蔽也 **鱕** 廣韻魚有橫骨在鼻前如斤斧見左思吳都賦

敷三 **翻** 廣韻集韻孚袁切今用敷鴛切協用敷彎切○正韻反也覆也飛也廣韻作飜亦作拚詩拚飛維鳥通作幡孟子幡然改曰 **旛** 廣韻旐總名 **幡** 說文書兒拭觚布也集韻幟也 **繙** 韻會繽繙風吹旗也一曰亂絲又繹也莊子孔子繙十二經 **番** 廣韻數也遞也 **轓** 韻會車之蔽也漢書車朱兩轓 **潘** 韻會米闌也禮記內則註淅米汁廣韻作潘 **反** 集韻覆也 **犿** 韻會連犿犬宛轉貌見莊子 **瀿** 說文大波也元

結詩潘潘
在長空

奉三 煩 廣韻附袁切集韻符袁切今從集韻協用扶頑切○說文熱頭悶也集韻勞也 繁 集韻多也槃也

袢 集韻袢延衣熱詩是紲袢也 璠 廣韻璠璵魯之寶玉見左傳 礬 集韻礬石也有白青黃黑絳五種

墦 廣韻塚也孟子東郭墦閒 蹯 正韻獸足也左傳熊蹯不熟說文作番 膰 廣韻祭餘熟肉左傳祀有執膰說文作燔孟子作燔

燔 廣韻炙也詩炮之燔之 蠜 說文阜蠜也正韻阜螽一名阜蠜 蟠 集韻蟲名說文鼠婦也

笲 集韻竹器婦贄棗修者禮記婦執笲 䪤 說文小蒜也見張衡南都賦 蕃 集韻茂也息也

薠 說文青薠似莎者見淮南子 蘩 正韻白蒿也詩于以采蘩說文作蘇 樊 說文鷙不行集韻山邊也亦國名亦姓

橎 說文木也集韻剛木不華而實 羳 說文黃腹羊見爾雅





微三 樠 廣韻武元切集韻模元切今用無煩切○集韻木名一曰木脂出樠樠然

曉三 暄 廣韻況袁切集韻許元切今用虛鴛切○廣韻溫也說文作煖 喧 廣韻大語也亦作諠 諼 說文詐也爾雅忘也亦作諠 萱 廣韻忘憂草說文作藼詩作諼 暖 集韻大目也韓愈詩電光𥋘磹頳目暖亦作暄

壎 說文樂器也詩伯氏吹壎或作塤 狟 集韻貉類詩胡瞻爾庭有縣狟兮或作貆 咺 集韻懼也列子嘽咺憋憨 暖 韻會柔貌莊子暖暖姝姝 晅 韻會日氣也易日以晅之或作烜

影三 鴛 廣韻集韻於袁切今用紆暄切○說文鴛鴦也 鵷 韻會鵷雛鳳屬見莊子 蜿 集韻蜿蜿龍貌

冤 說文屈也廣韻冤句縣在曹州 怨 集韻𢘴也恚也 宛 集韻縣名在南陽又屈草自覆 眢 韻會目無明也又廢井

帵 說文幡也韓愈詩丹𧜫緣蓋緋幡帵 輐 韻會兵車後壓

喻三 袁 廣韻雨元切集韻于元切今從集韻借用余懸切○說文長衣貌韻會州名又姓 爰 說文引也謂引詞也集韻于也又姓

援 說文引也 園 說文所以樹果也韻會苑有垣曰園又姓 垣 廣韻墉也又姓

洹 說文水在齊魯間左傳濟洹之水 轅 說文輈也韻會軒轅黃帝名又姓 猨 韻會禺屬善援說文作蝯或作猿

湲 集韻潺湲水流 媛 集韻嬋媛牽引貌一曰美也見楚詞 楥 集韻木名見爾雅一曰欄也

榬 集韻榬籰所以絡絲者見揚雄方言又姓漢有榬絡古 趄 說文趄田易居也左傳作爰田國語作轅田

萲 爾雅萲忘也

按以上元韻八音。撮口呼。惟輕脣數音。宜屬合口呼。

見一 昆 廣韻古渾切集韻公渾切合聲姑溫切○說文同也集韻明也後也又姓 晜 韻會兄也見爾雅說





文作罤通作昆 崐 集韻崑崙山名或作崑 琨 說文石之美者書瑤琨篠簜 鯤 爾雅鯤魚子韻會大魚名見莊子

鵾 爾雅雞三尺爲鵾廣韻作鶤 褌 正韻褻衣也史記司馬相如著犢皮褌 錕 廣韻錕鋙鐵赤色可爲劍

蜫 正韻蟲之總名通作昆說文作䖵 騉 集韻野馬屬見爾雅 混 韻會混夷西戎名詩混夷駾矣孟子作昆夷

溪一 坤 廣韻苦昆切集韻枯昆切合聲枯溫切○說文地也易之卦也 髡 說文鬄髮也周禮髡者使守積又人名戰國淳于髡

疑一 倱 廣韻牛昆切集韻吾昆切今用吳魂切○說文人姓 梱 集韻木名見爾雅

端一 敦 廣韻集韻都昆切合聲都溫切○說文怒也詆也集韻大也勉也誰何也廣韻迫也厚也又姓 惇

說文厚也書勅我五典五惇哉 墩 正韻平地有堆者通作敦 驐 廣韻去畜勢也 蜳 集韻蟚蜳氣不安定也見莊子 弴 說文畫弓也

透一 啍 廣韻集韻他昆切今用禿溫切○說文口氣也正韻遲重貌詩大車啍啍 暾 集韻日始出貌見楚詞九歌 焞 說文明也左傳天策焞焞 蕡 韻會黃色又人名禮記孺子蕡 涒 說文食已而復吐之爾雅太歲在中曰涒灘 ⿱敦虫 集韻⿱敦虫螭蟲名似蟬而長

定一 豚 廣韻集韻徒渾切今用徒魂切○韻會小豕也或作㹠見莊子 屯 集韻聚也又姓 軘 說文兵車也左傳使軘車逆之 純 集韻包束也詩白茅純束 庉 集韻居也廣韻風與火為庉 臀 正韻底也又腿䏢也易臀無膚亦作臋周禮考工記其臋一寸 燉 集韻火色白居易詩溫燉凍肌活 敦 集韻大也一曰敦煌郡名廣韻作燉煌 忳 韻會悶也亂也憂也見楚詞 飩 廣韻餛飩 芚 韻會木始生貌一曰菜名似莧可食一曰愚芚無知貌

泥一 麐 廣韻集韻奴昆切今用奴魂切○廣韻香也又人名晉書藝術傳有郭麐

幫一 奔 廣韻博昆切集韻逋昆切合聲逋溫切○說文走也古作𢌿 賁 集韻勇而疾走曰虎賁孟子虎賁三千人亦姓 ⿰賁鳥 集韻鳥名見山海經

滂一 噴 廣韻普魂切集韻鋪魂切合聲鋪溫切○說文吒也集韻鼓鼻 歕 說文吹氣也

並一 盆 廣韻蒲奔切集韻步奔切今用蒲魂切○廣韻瓦器禮記繅三盆手又姓 湓 廣韻水名在潯陽一曰水涌也 葐 集韻葐蒕草名見爾雅

音韻闡微 卷三 十三元 十九 大廿 小四百卌 廣順 同明

明一 門 廣韻莫奔切集韻謨奔切今用模魂切○正韻合兩戶謂之門 璊 廣韻玉色赤也詩毳衣如璊 捫 說文撫持也詩莫捫朕舌 虋 說文赤苗嘉穀也或作穈詩維穈維芑 亹 集韻山絕水也詩鳧鷖在亹一曰浩亹縣名在金城郡 樠 說文松心木左傳樠木之下 𣰰 廣韻赤色罽名 顢 廣韻頭多殟顢說文作顢

精一 尊 廣韻祖昆切集韻租昆切合聲租溫切○韻會高稱也又重也敬也君父之稱也又姓說文作尊酒器也 罇 韻會酒器也本作尊 鷷 集韻西方雉名見爾雅 嶟 集韻山高貌見揚雄甘泉賦 繜 說文繜衣狀如襜褕見急就章 樽 集韻林木盛貌廣韻與罇同

清一 村 廣韻此尊切集韻麤尊切合聲麤溫切○韻會聚落也通作邨 邨 說文地名

從一 存 廣韻徂尊切集韻徂昆切今用徂魂切○說文恤問也集韻在也 蹲 說文踞也詩蹲蹲舞我 踆 集韻以足逆蹋曰踆 郁 廣韻郁鄢縣在戎州集韻在犍為郡

心一 孫 廣韻思渾切集韻蘇昆切合聲蘇溫切○說文子之子曰孫韻會遜也又姓 蓀 說文香草見楚辭或作荃 飧 說文餔也謂晡時食孟子饔飧而治 蕵 廣韻烏蕵草又蕵蕪酸可食也見爾雅 ⿰虫孫 韻會蜻蛚南楚謂之蚟⿰虫孫見揚雄方言

曉一 昏 廣韻集韻呼昆切合聲呼溫切○說文日冥也正韻闇也或作昬 婚 說文婦家也禮娶婦以昏時 惛 正韻心不明也說文作怋 殙 正韻矜也又與惛同莊子以黃金注者殙說文作殙 閽 說文常以昏閉門隸也 棔 集韻合棔木名 㖧 集韻㖧昏日所不見也見揚子法言 睯 集韻悶也莊子慰睯沈屯

音韻闡微 卷三 十三元 二十 大廿七 小四百九十二 廣順 同明

㿥集韻病也

匣一 䰟 廣韻戶昆切集韻胡昆切今用胡論切○說文陽氣也韻會身之精隨神出入也亦作魂 渾 說文混流聲也集韻洿下又姓 沄 說文轉流也 緷 韻會十羽謂之緷一日百羽 䡣 說文鼠出丁零胡皮可作裘見漢書鮮卑傳 涃 集韻燉涃戀熱貌 餛 廣韻餛飩或作餫 昆 集韻人名漢有屬國公孫昆邪正韻昆侖天形 緄 韻會縫也

影一 溫 廣韻烏渾切集韻烏昆切今用烏昏切○廣韻水名出犍爲又和也善也柔也暖也又姓 轀 說文臥車也韻會轒轀戰車 緼 韻會赤黃間色禮記一命緼韍 薀 集韻薀藻水草見左傳 膃 韻會日出而溫見史記封禪書 瑥 集韻人名晉有翟瑥 㺵 廣韻豕名見爾雅 瘟 集韻疫也 𨛦 集韻鄉名在廣陵縣名在蜀



來一 論 廣韻集韻盧昆切今用魯魂切○說文議也 崘 集韻崑崘山名或作崙 掄 說文擇也 䑳 集韻舟名 惀 說文欲知之貌見楚辭 侖 韻會昆侖天形 綸 集韻經綸也○按來母之字俱見眞韻。

按以上魂韻十九音合口呼。

見一 根 廣韻集韻古痕切今用歌恩切○說文木株也廣韻根柢也亦姓 跟 說文足踵也

疑一 垠 廣韻五根切集韻五斤切今用吳痕切○集韻厓也正韻垠堮亦作圻

透一 吞 廣韻吐根切集韻他痕切今用他恩切○說文咽也

匣一 痕 廣韻戶恩切集韻胡恩切今用何垠切○說文胝瘢也 拫 廣韻急引也 鞎 說文車革前曰鞎見爾雅

影一 恩 廣韻集韻烏痕切今用阿根切○說文惠也廣韻愛也隱也亦姓

按以上痕韻五音開口呼。惟疑母字集韻編入魂韻。

十四寒 舊二十五寒二十六桓

按廣韻集韻皆分寒與桓爲二韻。而律同用。宋劉淵併爲十四寒。今詳寒桓二韻律雖同用而呼法不同。則其字宜分列之

見一 干〔廣韻〕古寒切〔集韻〕居寒切〔今用〕歌安切○說文犯也廣韻求也集韻澗也水涯也扞也亦姓 肝 說文木藏也 竿 說文竹挺也詩籊籊竹竿 玕 說文琅玕也書球琳琅玕 奸 說文犯也韻會犯非禮也 忓 說文極也正韻求也預也 乾 集韻燥也詩暵其乾矣 虷 韻會蟲名又蟲侵物也見漢書鮑宣傳 杆 集韻僵木也正韻杆謂盾耳見漢書尹賞傳 𢧀 集韻盾也通作干 雗 集韻雗鵲也廣韻作鳱 迀 說文進也一曰遮也

音韻闡微 卷三 十四寒 三十三 大卅三 小四百十三 張杏 洪章

溪一 看〔廣韻〕苦寒切〔集韻〕邱寒切〔今用〕渴安切○說文睎也 刊 正韻削也斫也書隨山刊木漢書地里志作栞 靬 集韻弓衣也乾革也

疑一 豻〔廣韻〕俄寒切〔集韻〕俄干切今從廣韻○集韻胡地野犬或作犴見司馬相如子虛賦 雃 集韻鳥名[illegible][illegible]也

端一 單〔廣韻〕都寒切〔集韻〕多寒切〔今用〕德安切○說文大也韻會隻也薄也又姓 襌 說文衣不重也通作單 殫 說文殛盡也 丹 說文巴越之赤石也集韻州名亦姓 匰 說文宗廟盛主器也周禮祭祀共匰主 簞 廣韻簞笥小筐論語一簞食 癉 集韻勞病也國語陽癉憤盈 鄲 說文邯鄲縣 勯 集韻方竭也見呂氏春秋

透一 灘〔廣韻〕〔集韻〕他干切〔今用〕他安切○韻會水濡而乾也爾雅太歲在申曰涒灘說文作𤅩 攤 韻會手布也廣韻開也亦緩也 歎 集韻太息也或作嘆 嘽 說文喘息也一曰喜也詩嘽嘽駱馬 癱 廣韻力極也皮日休詩肥畇地力癱 幝 正韻敝貌詩檀車幝幝 [illegible] 韻會攣[illegible]婉轉也

定一 壇〔廣韻〕徒干切〔集韻〕唐干切〔今用〕駝寒切○說文祭場也禮記燔柴於泰壇 檀 說文木也詩爰有樹檀集韻州名又姓 彈 韻會丸射也又鼓爪曰彈家語舜彈五弦之琴 撣 集韻觸也揚雄太元撣擊其名一曰西南夷國名 驙 廣韻白馬黑脊 驒 集韻驒驒青驪馬正韻連錢驄 儃 說文何也廣韻態也 聅 廣韻軍法以矢貫耳曰聅 鷤 韻會雉子 胆 集韻口脂澤也

泥一 難〔廣韻〕那干切〔集韻〕那肝切〔今用〕儺寒切○韻會鳥也集韻艱也又姓說文作鷬

音韻闡微 卷三 十四寒 三十四 大卅七 小五百廿七 張杏 洪章

清一 餐〔廣韻〕七安切〔集韻〕千安切〔合聲〕雌安切○說文吞也詩不素餐兮

從一 殘〔廣韻〕昨干切〔集韻〕財干切〔今用〕慈寒切○廣韻餘也正韻賊也又害也 戔 說文賊也正韻委積貌 帴 廣韻帴也集韻帬也婦人脇衣也又狹少之意見周禮考工記 [illegible] 集韻驚擾急疾貌揚子鷹隼[illegible][illegible] 俴 集韻枝也

心一 珊〔廣韻〕蘇干切〔集韻〕相干切〔合聲〕思安切○說文珊瑚色赤生於海或生於山 姍 集韻好也一曰誹謗也 跚 集韻蹣跚行不進貌或作散 䏨 韻會羊豬脂也見周禮註 [illegible] 韻會竹器

曉一 頇〔廣韻〕許干切〔集韻〕虛干切〔今用〕呵安切○廣韻顢頇大面貌 鼾 廣韻臥氣激聲

匣一 寒〔廣韻〕胡安切〔集韻〕河干切〔今用〕何闌切○說文凍也正韻國名又姓 韓 廣韻井垣也集韻國名亦

姓說文作韓或作榦幹　邯說文趙邯鄲縣　邗韻會國名春秋傳吳通邗溝　汗廣韻可汗蕃王稱

翰廣韻天雞羽有五色爾雅作鶾　鶾韻會駿鶾蕃大馬名集韻馬毛長也　馯集韻東夷別種名亦姓史記有馯臂子弓

影一　安廣韻烏寒切集韻於寒切今用阿干切○說文靜也集韻州名亦姓　鞌說文馬鞍具韻會地名春秋鞌之戰或作鞍

來一　闌廣韻落干切集韻郎干切今用勒寒切○說文門遮也集韻晚也希也失也　瀾說文大波爲瀾孟子必觀其瀾　蘭說文香草也易其臭如蘭集韻州名又姓　讕說文詆讕也漢書谷永傳滿讕誣天　欄集韻閑也通作闌　籣說文所以盛弩矢人所負也漢書韓延壽傳抱弩負籣或作韊見史記信陵君傳　䦨說文妄入宮掖也通作闌　襴集韻衣與裳連日襴或作欄韻會作襽

按以上寒韻十四詁開口呼

見一　官廣韻集韻古丸切合聲姑剜切○說文吏事君也韻會職也公也又姓　倌正韻主駕者詩命彼倌人　冠廣韻弁冕之總名也亦姓　觀廣韻視也　棺說文關也廣韻棺櫬　涫韻會涫涫沸貌見莊子又酒泉郡有樂涫縣　莞集韻草名一日東莞地名又姓

溪一　寬廣韻苦官切集韻枯官切合聲枯剜切○說文屋寬大也集韻緩也　髖說文髀上廣韻兩股間也見賈誼治安疏

疑一　岏廣韻五丸切集韻吾官切今用吳桓切○集韻巑岏山銳貌　刓說文剸也一日齊也　园



大卅二　小四百〇十二　蔡淦　春洪

集韻圓削也或作抏　羱正韻野羊　蚖韻會毒蛇　忨正韻貪也

端一　端廣韻集韻多官切合聲都剜切○說文直也集韻正也始也布帛六丈曰端又姓通作耑　剬廣韻齊也韻會整飭貌揚雄法言蔺相如剬而不傷　耑說文物初生之題也　褍說文衣正幅廣韻衣長也　䚠說文角䚠獸也狀似豕角善爲弓出胡休多國

透一　湍廣韻他端切集韻他官切今用禿剜切○說文疾瀨也孟子性猶湍水也　貒說文獸也似豕而肥見爾雅　煓正韻赫也韻會火盛貌　䵎說文黃黑色也集韻[illegible]䵎梁四公之名

定一　團廣韻度官切集韻徒官切今用徒完切○說文圜也廣韻聚也　敦韻會聚貌詩敦彼行葦或作揣賈誼服賦何足控揣　慱正韻憂勞詩勞心慱慱兮　摶說文圜也謂以手圜之禮記毋摶飯　漙正韻漙漙露多貌詩零露漙兮

鷒正韻鸛鷒鳥名見爾雅　篿說文圜竹器也　剸廣韻截也　鷻集韻鳥名說文雕也廣韻作鷲　鱄集韻魚名見山海經廣韻作䱣　槫集韻柩車也　蓴集韻草叢生

泥一　渜廣韻乃官切集韻奴官切今用奴完切○集韻水名在遼西肥如南入海陽廣韻作濡

幫一　般廣韻北潘切集韻逋潘切合聲逋剜切○集韻移也正韻旋也多也群也　播正韻輩也部也黨也　䈲韻會䈲箋竹名一日捕魚笱入不可出

滂一　潘廣韻普官切集韻鋪官切合聲鋪剜切○說文淅米汁也禮記燂潘請靧集韻水名在河南滎陽又姓　拌廣韻棄也俗作拚　番集韻番禺縣名在南海

並一　盤廣韻薄官切集韻蒲官切今用蒲完切○廣韻器名說文作槃或作柈鎜　般正韻樂也孟子般樂



大卅七　小五百二　蔡淦　春洪

怠敌通作盤亦作弁詩有小弁篇漢書杜欽傳作小卞 胖集韻大也大學心廣體胖 瘢說文痍也正韻瘡痕
鞶說文大帶也易或錫之鞶帶 繁集韻馬鬣上飾春秋傳繁纓以朝禮記作樊纓 磐集韻大石一曰
山石之安者易鴻漸於磐 磻廣韻磻溪太公釣處 蟠集韻大也曲也委也一曰龍未升天謂之蟠 鬆
說文臥結也廣韻鬆頭曲髮爲之 搫說文搫攃不正也集韻除也見潘岳射雉賦 蹣集韻蹣跚跛行貌亦
作蹣跘 媻廣韻奢也一曰小妻又媻娑來往貌 幋說文覆衣大巾或以爲首鞶 縏集韻小囊禮記
內則施縏袠 𨇨集韻屈足也 鵿廣韻鵿鶥異鳥見山海經 瀊集韻水洄也 番集韻番和
縣名在張掖郡
明一 瞞廣韻母官切集韻謨官切今用模完切○說文平目也集韻目不明亦姓又鄭瞞國名見左傳 漫



韻會水廣大貌 謾說文欺也楚辭九章或訑謾而不疑 鬗說文髮長也見漢書禮樂志 曼廣韻路遠
也集韻曼曼長也 樠廣韻木名松心 饅韻會饅頭餅也見東皙賦 鏝說文鐵杇也見韓愈圬者王承
福傳或作槾荀子以象槾茨亦作墁孟子毁瓦畫墁 𩃵集韻雨露濃貌 鰻說文魚名 鄤韻會鄭邑名左
傳使東鄤覆諸鄤 鞔說文履空也集韻覆也 悗廣韻惑也 懣說文忘也集韻懣兜也 顢
廣韻顢頇大面貌 鬘集韻髮美貌 𧜁廣韻𧜁欲亭名在上艾欲音求 蔓正韻蔓菁菜名 縵
韻會無文也又夏縵車名見周禮 蹣集韻踰也
精一 鑽廣韻借官切集韻祖官切合聲祖剜切○說文所以穿也論語鑽之彌堅 攢集韻治擇也禮記相
棃曰攢之通作鑽 劗集韻吳人謂髡髮爲劗見淮南子 𢿨集韻姓也漢𢿨授漁陽人見海西先賢傳

清一 爨集韻七丸切合聲𪄗剜切○集韻炊也周禮以火爨鼎水也 攛集韻擲也
從一 欑廣韻在丸切集韻徂完切今從集韻○說文積竹杖也韻會穿也一曰叢木也又地名左傳欑茅之田
穳集韻禾聚也 菆韻會積木以殯也 巑廣韻巑岏小山貌 酇集韻聚居也百家爲酇
攢韻會族聚也
心一 酸廣韻素官切集韻蘇官切合聲蘇剜切○說文酢也廣韻酷也書曲直作酸 狻說文狻麑如虥
貓食虎豹者見爾雅
曉一 歡廣韻集韻呼官切合聲呼剜切○說文喜樂也或作懽 讙說文譁也 嚾正韻喧囂貌
驩正韻馬名又與歡同孟子驩虞如也 貛說文野豕也廣韻牡狼見爾雅 臛集韻臛疏獸名見山海經



鸛廣韻鸛鶉鳥名見爾雅
匣一 桓廣韻集韻胡官切今用胡鑾切協用胡頑切○說文亭郵表也正韻木名似柳又水名又桓桓威也又姓
完說文全也 丸說文圜傾側而轉者 峘爾雅小山岌大山峘郭璞註岌謂高過 洹集韻洹洹
流也一曰水名在齊魯閒左傳聲伯夢涉洹而歌 汍集韻汍瀾泣貌 莞說文草也 紈說文素也古詩
被服紈與素 綄韻會船上候風羽楚謂之五兩 芄說文芄蘭莞也詩芄蘭之支 萑韻會薍也詩八
月萑葦說文作萑 雈說文鴟屬見爾雅字从卝 貆說文貉之類 豲說文逸也正韻豕屬一曰邑名
在天水 梡廣韻木名出蒼梧子可食 瓛說文瓛圭公所執通作桓又人名齊書有劉瓛傳 捖集韻
捖摩工治玉也 垸集韻補也以桼和灰而髹也韻會稱量之名周禮考工記垂三垸 荁廣韻草名似堇葉大

見禮記內則 **垣** 集韻墉也

影一 **剜** 廣韻一丸切集韻烏丸切今用烏官切○廣韻刻削也韓愈詩有洞若神剜 **眢** 說文目無明也集韻廢井左傳目于眢井 **豌** 廣韻豆也說文作豋 **蜿** 廣韻蟠蛇龍貌 **惋** 廣韻惋子裁餘 **婠** 說文體德好也

來一 **鸞** 廣韻落官切集韻盧丸切今從集韻○集韻鳥名說文赤色五彩雞形鳴中五音 **鑾** 廣韻鑾鈴也通作鸞詩八鸞瑲瑲 **巒** 說文山小而銳屈原九章登石巒以遠望 **灤** 正韻平灤木名 **欒** 廣韻木名正韻欒欒瘠貌集韻鐘兩角爲欒亦姓 **羉** 集韻彘網也見張協七命 **圞** 廣韻團圞圓也 **臠** 集韻臠臠臞也或作癵通作欒

按以上桓韻十九音。合口呼。惟泥母濡字。廣韻編入寒韻。



# 十五刪 舊二十七刪二十八山

按廣韻集韻皆分刪與山爲二韻而律同用。宋劉淵倂爲十五刪。今詳刪山二韻。其呼法無異。等第又同。五音集韻洪武正韻與韻會韻鑰諸書。俱合爲一韻。故今亦將二韻字合列之。而韻名與音切。俱分註於各音之下。

見二 **艱** 廣韻古閑切集韻居閑切今用皆山切山韻○說文土難治也周禮作囏 **閒** 說文隙也集韻近也中也亦姓 **蕑** 廣韻蘭也詩方秉蕑兮韻會蓮也又姓 **姦** 廣韻古顏切集韻居顏切今用皆刪切協用基烟切刪韻○說文私也韻會僞也左傳在外爲姦在內爲宄或作姧奸 **⿱艹姦** 說文草出吳林山見山海經 **菅** 說文茅也廣韻草名詩可以漚菅亦姓

溪二 **慳** 廣韻苦閑切集韻邱閑切今用欺艱切山韻○廣韻恡也韓愈詩辭慳義卓闊 **顅** 韻會長脰貌周禮考工記數目顅脰 **鬜** 說文鬢禿也韓愈詩或赤若禿鬜 **蕒** 集韻草名韻會莝餘草 **掔** 說文固也爾雅厚也 **豻** 廣韻可顏切集韻邱顏切今用欺姦切刪韻○廣韻胡地野犬似狐而小黑喙 **馯** 集韻馬青黑色亦姓

疑二 **顏** 廣韻五姦切集韻牛姦切協用宜閑切刪韻○說文眉目之閒也廣韻容也又姓 **⿰口顏** 集韻⿰口顏⿰口顏爭貌柳宗元詩騰口任⿰口顏⿰口顏 **詽** 廣韻五閑切集韻牛閑切今用宜閑切山韻○集韻諍語也 **虤** 說文虎怒也

牀二 **孱** 廣韻士山切集韻鉏山切今用鋤閑切山韻○集韻弱也見史記張耳傳 **潺** 韻會潺湲流水貌 **虥** 爾雅虎竊毛謂之虥貓郭璞註竊淺也

審二山廣韻所閒切集韻師閒切今從集韻協用師安切山韻○說文宣也宣氣散生萬物韻會產也能產萬物又州名又姓訕韻會謗也疝集韻腹痛也删廣韻所姦切集韻師姦切今從集韻協用師安切刪韻○說文剟也廣韻除削也又定也潸說文涕流貌詩潸焉出涕狦集韻狠也一曰惡健犬姍集韻毀也漢書姍笑三代

曉二羴廣韻許閒切集韻虛閒切今用希艱切山韻○廣韻羊臭也

匣二閑廣韻戶閒切集韻何閒切今用何斕切協用何顏切山韻○說文闌也集韻止也以木距門一曰法也省也閒集韻安也隙也通作閑憪說文愉也集韻靜也柳宗元詩安排祗自憪嫺說文雅也漢書司馬相如傳雍容嫺雅瞯集韻江淮之閒謂眄曰瞯又姓廣韻作瞷鷳廣韻鷳似雉而尾長說文作鷴

音韻闡微 卷三 十五刪 圭 大卅一 廣順 小五百八 廣玉

癇說文病也廣韻小兒癇驏說文馬一目白曰驏爾雅作瞯蛝廣韻蟲名見爾雅

影二黫廣韻烏閑切集韻於閑切今用衣艱切山韻○韻會黑也或作黰黫殷廣韻赤黑色也左傳左輪朱殷⿰羊垔說文羣羊相羵也一曰黑羊

來二斕廣韻力閑切集韻離閑切今從集韻協用勒寒切山韻○集韻斒斕色不純

按以上九音韻譜例屬開口呼。今多讀作齊齒呼。

見二關廣韻古還切集韻姑還切合聲姑彎切刪韻○說文以木橫持門戶也集韻通也亦姓擐廣韻貫也⿰口官集韻⿰口官⿰口官和鳴也通作關詩關關雎鳩鰥廣韻古頑切集韻姑頑切協用姑彎切山韻○說文魚也孟子老而無妻曰鰥或作矜詩至于矜寡綸說文青絲綬也又姓瘝集韻病也書恫瘝乃身韻會作瘝亦作矜見漢書和帝紀

疑二頑廣韻五還切集韻五鰥切今用吾還切刪韻○廣韻頑愚書庶頑讒說⿸疒頑集韻瘝也柳宗元詩殘肌觸瘴瘝

幫二班廣韻布還切集韻逋還切合聲逋彎切刪韻○說文分瑞玉集韻次也別也亦姓斑韻會駁文也說文作辬頒說文大頭也廣韻布也賜也般集韻還也通作班朌廣韻大首韻會賦也又賜也禮記名山大澤不以朌⿱髟般廣韻髮半白柳宗元詩虞童髮未⿱髟般扳韻會引也援也鳻廣韻大鳩也見揚雄方言攽說文分也盤說文盤蝥毒蟲也斒廣韻方閑切集韻逋閑切今用逋艱切協用逋彎切山韻○集韻斒斕色不純也虨說文虎文彪也

音韻闡微 卷三 十五刪 圭 大卅 廣順 小四百卅八 廣玉

滂二攀廣韻普班切集韻披班切合聲鋪彎切刪韻○廣韻引也或作扳眅說文多白眼也

明二蠻廣韻莫還切集韻謨還切合聲模頑切刪韻○廣韻南夷名亦姓獌廣韻狼屬柳宗元詩榛莽關豻獌⿰䜌鳥正韻比翼鳥見山海經廣韻作[illegible]⿺走曼說文行遲也鬘集韻髮美貌皮日休詩[illegible]花鬘

照二跧廣韻集韻阻頑切合聲菑彎切刪韻○集韻伏也

審二檈廣韻集韻數還切合聲疏彎切刪韻○廣韻關門機

曉二豩說文集韻呼關切合聲呼彎切刪韻○說文二豕也備考豩亂聲也劉禹錫詩孟前膽不豩

匣二還廣韻戶關切集韻胡關切今用胡頑切刪韻○說文復也環正韻圜成無端者又璧也見爾雅廣

韻玉環又姓　**鐶**廣韻指鐶集韻金鐶也　**鍰**廣韻六兩曰鍰書其罰百鍰　**寰**集韻寰內天子畿內也穀梁傳寰內諸侯　**闤**集韻市垣也見張衡西京賦　**轘**集韻轘轅關名在緱氏縣通作環　**澴**廣韻水名正韻漩澴波貌　**鬟**集韻屈髮爲髻　**圜**集韻繞也　**𠜭**廣韻樸𠜭縣名在武威　**⿰睘飛**韻會翕繞飛也或作䴉揚子朱鳥䴉䴉　**⿰羊患**廣韻獸名見山海經　**懁**集韻拚急也　**湲**廣韻獲頑切集韻胡鰥切今用胡頑切山韻○集韻潺湲水流貌

影二**彎**廣韻集韻烏關切今從之刪韻○說文持弓關矢也孟子作關史記作貫　**⿰虫彎**廣韻⿰虫彎⿰虫彎蟲名集韻⿰虫彎⿰虫彎蟲曲息貌　**灣**韻會水曲也　**潫**集韻奫潫水深廣見左思吳都賦　**嬛**廣韻委鰥切集韻逶鰥切今用烏鰥切山韻○集韻容媚也

按以上十音合口呼。

# 音韻闡微　卷四

## 一先　舊一先二仙

按廣韻集韻皆分先與仙爲二韻而律同用。宋劉淵併爲一先。今詳先仙二韻中字。凡呼法等第之同者。五音集韻洪武正韻諸書。俱合爲一音。故今亦將二韻字合列之。而韻名與音切。俱分註於各音首字之下。○又按舊韻平聲有上下之分。蓋因平聲字繁。故釐爲二卷。無他義也。○又按二仙。集韻作二僊從說文也。字形雖異而音則同。後多倣此。

見四 **堅** 廣韻古賢切集韻經天切合聲基烟○說文剛也集韻固也又姓 **肩** 正韻膊上又任也集韻克也詩佛時仔肩又姓說文作肩 **鈃** 韻會器名似鍾而頸長又人名六國時有宋鈃 **豣** 說文三歲豕肩相及者詩獻豣于公 **枅** 韻會屋櫨也 **鳽** 韻會鵁鳽鳥名鵁也一曰鳽子又征鳥禮記註作題肩 **鰹** 集韻魚名見爾雅 **麉** 說文鹿之絕有力者爾雅作麉 **菺** 集韻草名莪葵也見爾雅 **幵** 說文平也象二干對構上平也一曰羌名 **趼** 集韻久行傷足謂之趼 **甄** 廣韻居延切集韻稽延切合聲基焉切仙韻○說文匋也集韻察也免也亦姓 **鵳** 集韻鵳鳥山名見穆天子傳

溪三 **愆** 廣韻去乾切集韻邱虔切合聲欺焉切仙韻○說文過也亦作僁禮記引詩不僁于儀 **褰** 說文絝也左傳公在乾侯徵褰與襦 **騫** 說文馬腹縶也集韻虧也詩不騫不崩又邑名亦姓 **搴** 韻會取也離騷朝搴阰之木蘭或作攓通作騫 **攓** 說文摳衣也通作褰詩褰裳涉溱

溪四 **牽** 廣韻苦堅切集韻輕烟切合聲欺烟切先韻○說文引前也廣韻挽也連也亦姓 **岍** 集韻山名在雍州見禹貢 **汧** 說文水出扶風汧縣西北入渭集韻水決入澤中者見爾雅 **雃** 說文石鳥一名雝鰈一曰精列又人名左傳秦有士雃或作鳽 **顝** 集韻長脰貌見周禮考工記 **掔** 廣韻固也厚也持也正韻牽去也莊子掔好惡 **蚈** 集韻蟲名螢火也見淮南子 **开** 集韻羌謂之开一曰平也

羣三 **虔** 廣韻集韻渠焉切合聲奇延切仙韻○說文虎行貌集韻恭也固也殺也 **乾** 說文上出也集韻易卦名健也亦姓 **犍** 集韻犍爲郡名屬益州 **騝** 廣韻騝馬黃脊見爾雅 **鍵** 廣韻鑰也淮南子五寸之鍵集韻車轄 **揵** 廣韻舉也 **鰬** 集韻魚名似鱓 **榩** 廣韻虡也構木爲之爾雅椹謂之榩 **⿰虔阝** 說文河東聞喜聚

疑四 **妍** 廣韻五堅切集韻倪堅切今用宜賢切先韻○說文技也廣韻淨也美也好也 **研** 說文䃺也韻會窮究也易能研諸慮

端四 **顛** 廣韻都年切集韻多年切合聲低煙切先韻○廣韻頂也又姓正韻仆也 **巔** 廣韻山頂也詩首陽之巔 **瘨** 說文病也一曰腹脹集韻狂也或作癲 **蹎** 廣韻蹎仆說文跋也 **⿰馬真** 集韻馬顙戴星謂之⿰馬真通作顛詩有馬白顛 **滇** 說文益州池名 **⿰亻顛** 韻會倒也或作傎見穀梁傳通作顛 **槙** 說文木頂一曰仆木 **齻** 集韻牙兩畔長者儀禮左右齻也 **驒** 集韻驒騱馬屬見司馬相如上林賦

透四 **天** 廣韻他前切集韻他年切合聲梯煙切先韻○說文顛也至高無上 **吞** 廣韻姓也漢有吞景雲集韻咽也 **硟** 廣韻硟譂語不正也皮日休詩於我如硟譂

定四 **田** 廣韻徒年切集韻亭年切今用迺妍切先韻○廣韻土已耕者曰田又姓 **佃** 集韻治土也古者一

天一婦佃田百畝一曰古卿車 畋 說文平田也廣韻取禽獸也 塡 廣韻塞也加也滿也說文作窴 闐

說文盛貌詩振旅闐闐韻會滿也又于闐國名 磌 廣韻柱礎集韻石落聲 嗔 說文盛氣也 鈿 廣韻

金花集韻金華飾 沺 廣韻沺沺水勢廣大無際之貌見郭璞江賦 譂 廣韻誕譂語不正也見皮日休詩

鷏 集韻鳥名蚊母也見爾雅 顛 正韻盛氣貌又憂思貌俱見禮記玉藻 搷 廣韻擊也見宋玉招魂集

韻引也揚也 ⿰車身 集韻⿰車身⿰車身喜動貌見呂氏春秋 䡩 韻會䡩䡩鼓聲通作塡孟子塡然鼓之 滇 廣韻

滇汚大水貌見漢書郊祀歌 眴 集韻目貌見大戴禮

泥四 年 廣韻奴顛切集韻寧顛切今用泥妍切先韻○正韻穀熟曰年爾雅夏曰歲商曰祀周曰年說文作秊

知三 邅 廣韻集韻張連切合聲知焉切仙韻○正韻迍邅難行不進貌易屯如邅如亦作亶 鱣 集韻魚名



說文鯉也詩鱣鮪發發 驙 韻會馬載重曰驙 ⿺走亶 廣韻同行難也說文䞓也

徹三 梴 廣韻丑延切集韻抽延切今用敕焉切仙韻○說文長木也詩松桷有梴 挻 集韻長也一曰逆取

物 ⿰犭聯 集韻⿰犭聯猭獸走貌 脠 說文生肉醬也 烻 集韻光也

澄三 纏 廣韻直連切集韻澄延切合聲池延切仙韻○說文繞也集韻束也又姓 廛 說文一畝半一家之

居也集韻廛市物邸舍 瀍 集韻水名出河南北山入于河見禹貢 躔 說文踐也見漢書律歷志 ⿰虫廛

廣韻守宮別名見揚雄方言

幫四 邊 廣韻布懸切集韻卑眠切合聲卑煙切先韻○說文行垂崖也集韻近也方也又姓 籩 說文竹豆

也 編 說文次簡也集韻以繩次物曰編 鯿 集韻魚名似魴見宋玉釣賦 蝙 廣韻蝙蝠仙鼠又名

伏翼見爾雅 ⿰禾邊 廣韻籠上豆也 扁 集韻扁諸劍名 猵 說文獺屬見淮南子或作獱 鞭 廣韻

集韻卑連切今用卑焉切仙韻○說文驅也集韻扑也亦曰馬撾 箯 廣韻竹輿見史記張耳傳 鯾 集韻魚名

似魴而大

滂四 篇 廣韻芳連切集韻紕延切合聲披焉切仙韻○說文書也廣韻篇什也又姓 偏 說文頗也廣韻

鄙也衺也又姓 翩 說文疾飛也易翩翩不富以其鄰 扁 正韻小也小舟曰扁舟 猵 集韻猵狙猨類

一曰非類為牝牡也見莊子 甂 說文似小瓿大口而卑用食見東方朔七諫 ⿸疒扁 說文半枯也 鶣

說文輕貌 萹 集韻草名見爾雅

並四 胼 廣韻部田切集韻蒲眠切今用皮妍切先韻○廣韻胼胝皮上堅也或作骿 騈 說文駕二馬也



緶 說文交枲也集韻緶衣也 骿 說文幷脅也通作駢左傳晉文公駢脅 軿

集韻婦人車四面屏蔽者見漢書張敞傳 蹁 說文足不正也集韻拖後足馬一曰蹁躚旋行見晉書石崇傳 蠙

韻會珠名見禹貢或作玭珵 楄 說文楄部方木也集韻木名食之不噎見山海經 栟 集韻栟櫚也木名

諞 說文便巧言也 便 廣韻房連切集韻毗連切合聲皮延切仙韻○說文安也人有不便更之集韻便便辯也

亦姓 楩 集韻木名似豫樟 ⿰虫便 集韻⿰虫便蠸蟲名沙蝨也 箯 說文竹輿也 平 廣韻平平辨治

也書王道平平

明四 眠 廣韻莫賢切集韻民堅切今用迷妍切先韻○說文翕目也廣韻寐也或作瞑 櫋 說文屋櫋聯也

見屈原九歌 矏 說文目旁薄緻矏矏也集韻密也 緜 廣韻武延切集韻彌延切今從集韻仙韻○廣韻精

曰緜蠻曰絮集韻纊之別名亦州名又姓或作綿 **棉** 集韻木名出交阯可爲布 **蝒** 集韻蟲名說文馬蜩也廣韻馬蜩蟬中最大或作蝒 **矊** 廣韻瞳子黑又矊眇遠視見宋玉招寬集韻作𥈽 **緡** 集韻緡蠻小鳥貌或作𦃃通作緜

精四 **箋** 廣韻則前切集韻將先切今用卽烟切先韻○說文表識書也集韻編也或作牋 **韉** 正韻馬鞁具也 **籛** 正韻彭祖姓 **濺** 廣韻疾流貌 **諓** 集韻巧言也一曰淺薄貌 **戔** 韻會戔戔委積貌又淺小之意易束帛戔戔 **帴** 廣韻小兒藉也韻會與韉同 **棧** 廣韻小栗名趙魏間語也 **檨** 集韻香木名或作檨 **煎** 廣韻集韻子仙切今用卽焉切仙韻○說文熬也莊子膏火自煎 **湔** 廣韻洗也一曰水名出玉壘山見蜀志後主傳 **鬋** 廣韻女鬢垂貌見楚辭



大卅六 小四百十 朱奎 太高

清四 **千** 廣韻蒼先切集韻倉先切今用七煙切先韻○說文十百也 **仟** 廣韻千人長也又仟眠廣遠也 **阡** 韻會路南北曰阡東西曰陌通作仟 **芊** 集韻芊芊茂也 **谸** 廣韻望山谷之谸青也 **遷** 廣韻七然切集韻親然切今用七焉切仙韻○廣韻去下之高也 **韆** 廣韻鞦韆繩戲 **櫏** 廣韻椐櫏木名 **䢦** 說文地名

從四 **前** 廣韻昨先切集韻才先切今用齊妍切先韻○[illegible]也韻會進也說文作歬 **媊** 韻會女媊星名甘氏星經曰太白上公妻居南斗食厲天下祭之曰明星 **錢** 廣韻昨仙切集韻財仙切合聲齊延切仙韻○集韻貨泉也一曰田器亦姓

心四 **先** 廣韻蘇前切集韻蕭前切今用息煙切先韻○說文前進也集韻始也又姓 **𥐖** 集韻石次玉也

或作跣 **跣** 集韻蹁跣旋行貌一曰舞容 **姍** 集韻姍姍行貌一曰便姍衣婆娑貌或作姺 **仙** 廣韻集韻相然切合聲息焉切仙韻○正韻老而不死曰仙集韻木名出祁連 **僊** 廣韻上同又僊僊舞貌詩屢舞僊僊說文作僊 **鮮** 說文魚名出貉國廣韻潔也善也亦姓 **鱻** 說文新魚精也見周禮 **躚** 正韻蹁躚旋行貌廣韻作蹮莊子作躚 **廯** 廣韻倉廩 **秈** 廣韻秈稻見揚雄方言 **𧝑** 正韻褊𧝑衣貌 **䉳** 韻會戶版謂之簡䉳廣韻竹名 **苮** 廣韻草名似莞

邪四 **涎** 廣韻夕連切集韻徐連切今用習延切仙韻○韻會慕欲口液也說文作㳄或作漾 **唌** 說文語唌歎也

照三 **旃** 廣韻集韻諸延切合聲支焉切仙韻○說文旗曲柄也周禮通帛爲旃廣韻之也又姓或作旜 **鸇** 韻會鷂也孟子爲叢驅爵者鸇也 **饘** 正韻糜也見爾雅亦作飦餰饜饜酏 **氈** 說文撚毛也周禮供其毳皮爲氈 **栴** 正韻栴檀香木



大卅二 小四百〇七 朱奎 太高

穿三 **燀** 廣韻尺延切集韻稱延切合聲蚩焉切仙韻○廣韻火起貌國語火無炎燀集韻炊也 **嘽** 正韻紓緩貌見列子

牀二 **潺** 廣韻士連切集韻鋤連切今用岑連切協用岑寒切仙韻○集韻水流貌一曰水聲 **孱** 正韻弱也困也集韻呻吟也

審三 **羶** 廣韻式連切集韻尸連切合聲詩焉切仙韻○廣韻羊臭也禮記羊泠毛而毳羶說文作羴亦作膻見列子 **扇** 集韻搖翣也 **挻** 說文長也集韻揉也正韻引也取也見淮南子 **煽** 韻會火盛也 **顫**

集韻鼻徹為顫謂審於氣臭也見莊子
埏廣韻打瓦也韻會和土也老子埏埴以為器
綖說文車温也集韻巾也一日帶綖牛領衣

禪三
蟬廣韻市連切集韻時連切今用時延切仙韻○說文以旁鳴者禮記月令蟬始鳴
禪廣韻靜也杜甫詩虛空不離禪
單爾雅太歲在卯曰單閼韻會單于廣大貌
澶韻會澶淵地名在頓丘縣南又州名漢屬東郡唐置澶州
嬋廣韻嬋娟好貌集韻美容亦作嫸
儃韻會態也又儃佪不進貌見楚辭
鋋說文小矛也史記短兵則刀鋋
撣廣韻撣援牽引

曉三
嘕廣韻許延切集韻虛延切合聲希焉切仙韻○廣韻笑貌見楚辭大招

曉四
祆廣韻呼烟切集韻馨烟切合聲希烟切先韻○說文胡神也唐官有祆正漢書天文志迅雷風祆
屳說文人在山上
訮說文諍語訮訮也廣韻詞也怒也




匣四
賢廣韻胡田切集韻胡千切今用奚妍切先韻○說文多才也集韻善也大也又姓
弦說文弓弦也韻會國名又姓
絃集韻八音之絲也通作弦
蚿廣韻馬蚿蟲一名百足見莊子
誸韻會言急也莊子謀稽乎誸一日堅正也
礥集韻難也揚雄太元有礥首一日地險也或作䃸
痃集韻癖病也
舷韻會船邊也
胘說文牛百葉也集韻胃之厚肉為胘
慈說文急也河南密縣有慈亭
[illegible]說文布出東萊
[illegible]說文草也

影三
焉廣韻於乾切集韻於虔切今用衣旃切仙韻○說文焉鳥黃色出江淮廣韻何也
鄢正韻邑名集韻鄢陵縣名在潁川亦姓
蔫說文菸也廣韻物不鮮也
閼廣韻閼氏
嫣廣韻長貌
[illegible]集韻[illegible]蟲曲息也

影四
煙廣韻烏前切集韻因蓮切今用衣堅切先韻○說文火氣也或作烟
燕正韻國名說文作鄢
咽說文嗌也廣韻咽喉
胭集韻同上正韻胭脂
歅集韻人名莊子有九方歅
湮集韻塞也
[illegible]集韻[illegible]爾雅落也
狜集韻獸名見山海經
[illegible]集韻[illegible]婦人面飾
禋集韻祀天也
珚集韻玉名見山海經

喻三
漹廣韻有乾切集韻尤虔切今用移虔切仙韻○廣韻水名出西河
焉廣韻語助也

喻四
延廣韻以然切集韻夷然切今用移蓮切仙韻○說文長行也集韻陳也及也亦州名又姓
筵說文竹席也周禮堂上度以筵
埏廣韻際也地也又墓道亦地有八極八埏見淮南子
綖集韻冠上覆左傳衡紞紘綖通作延
郔說文鄭地左傳楚子北師次于郔
狿廣韻獌狿大獸名見揚雄羽獵賦
蜒廣韻蚰蜒集韻蝘蜓獸名一日蜿蜒龍貌




[illegible]廣韻相顧視也或作遁
莚廣韻草名集韻莚蔓相連屬貌

來三
連廣韻力延切集韻陵延切今用離延切仙韻○廣韻合也續也還也又姓
聯說文連也廣韻聯綿不絕
漣集韻風行水成文曰漣詩河水清且漣漪
謰說文謰謱也見王逸九思
[illegible]廣韻水名出王屋山見山海經
鰱說文魚名
[illegible]廣韻[illegible]翩飛相及貌
槤廣韻䅶也又橫關柱又木名
[illegible]廣韻[illegible]猭獸走貌
[illegible]集韻壠也

來四
蓮廣韻落賢切集韻靈年切今用離妍切先韻○說文芙蕖實也
憐說文哀也廣韻愛也
零韻會先零西羌名
[illegible]廣韻[illegible]餅也集韻[illegible]寒具
苓集韻草名正韻苓古蓮字

日三
然廣韻集韻如延切今用日延切仙韻○說文燒也集韻如也又姓或作𤑈俗作燃
繎說文絲勞

集韻紅色見急就章

按以上三十一音。共分三等。其居第二等者為開口呼。居第三等第四等者為齊齒呼。

見四 **涓** 廣韻古懸切集韻圭懸切合聲居淵切先韻○說文小流也韻會中涓官名又姓 **蠲** 集韻蟲名說文馬蠲也廣韻除也潔也明也 **鵑** 廣韻杜鵑鳥見博物志 **焆** 廣韻明也見郭璞江賦 **䅌** 說文麥莖也 **睊** 集韻睊睊側目相視貌 **䩐** 廣韻馬尾也集韻馬勒 **狷** 集韻有所不為也 **蜎** 集韻蜎蜵巧蟲

溪三 **棬** 廣韻邱圓切集韻驅圓切今用區穿切協用區淵切仙韻○廣韻器似升集韻屈木盂也孟子以杞柳為桮棬 **圈** 正韻屈木所為巵匜之屬也見禮記 **弮** 正韻弩弓見漢書李陵傳亦作絭 **卷** 集韻縣名在河南一日冠武



羣三 **權** 廣韻巨員切正韻逵員切合聲渠員切仙韻○說文黃華木也集韻稱錘又國名亦姓 **拳** 說文手也集韻拳拳憂也一日愛也亦姓 **顴** 韻會輔骨曰顴通作權 **鬈** 說文髮好也詩其人美且鬈集韻髮曲 **踡** 集韻踡跼不伸也見管子或作躍 **蜷** 廣韻蟲形詰屈也見楚辭 **卷** 廣韻曲也集韻縣名 **惓** 正韻韻會惓惓謹也見漢書劉向傳通作卷 **狋** 廣韻狋氏縣在代郡 **觠** 說文曲角也見爾雅 **婘** 正韻美貌韓詩揖我謂我婘兮 **犈** 爾雅牛黑腳犈 **蠸** 說文蟲也見爾雅 **埢** 集韻埢垣曲牆也見揚雄甘泉賦 **虇** 集韻萑葦之類初生者皆曰虇 **捲** 說文氣勢也集韻收也治也 **巏** 集韻巏務山名在柏人城東北見顏氏家訓 **彏** 廣韻弓曲

徹三 **猭** 廣韻丑緣切集韻椿全切今用黜專切協用黜淵切仙韻○廣韻獮猭兔走貌見左思吳都賦

澄三 **椽** 廣韻直攣切集韻重緣切合聲除員切仙韻○說文榱也左傳以大宮之椽 **傳** 說文遽也廣韻轉也

精四 **鐫** 廣韻子泉切集韻遵全切今用足宣切協用足淵切仙韻○說文穿木鐫也集韻琢石也或作鋑俗作鎸 **朘** 韻會縮也

清四 **詮** 廣韻此緣切集韻逡緣切今用趨宣切協用趨淵切仙韻○說文具也集韻擇言一日解喻也 **痊** 集韻病除也 **佺** 說文偓佺仙人也見搜神記 **悛** 說文止也廣韻改也 **絟** 說文細布也 **駩** 爾雅白馬黑脣駩 **筌** 廣韻取魚竹器 **荃** 廣韻香草說文芥肥也 **竣** 集韻退也一日改也 **銓** 說文銜也集韻度也 **譔** 說文專教也廣韻善言集韻殊也 **輇** 集韻車下卑輪謂之輇 **恮** 說文謹也



**鐉** 說文所以鉤門戶樞也廣韻治門戶器也 **跧** 正韻伏也

從四 **全** 廣韻疾緣切集韻從緣切今從集韻協用從員切仙韻○廣韻完也具也又姓說文作仝 **泉** 說文水原也 **牷** 說文牛純色左傳牲牷肥腯 **純** 集韻投壺禮二算為純

心四 **宣** 廣韻須緣切集韻荀緣切今用胥專切協用胥淵切仙韻○廣韻布也明也徧也緩也散也 **瑄** 集韻璧大六寸也通作宣 **朘** 集韻縮也漢書董仲舒傳日朘月朘 **揎** 廣韻手發衣也

邪四 **旋** 廣韻似宣切集韻旬宣切今用徐員切仙韻○說文周旋旌旗之指麾也廣韻還也疾也 **還** 集韻復返也通作旋 **璿** 說文美玉也書在璿璣玉衡 **琁** 廣韻美石次玉或作璇 **漩** 說文回泉也韻會作

漩

圓說文規也 蜁廣韻蝡蜁沙蝨

照二 跧廣韻集韻莊緣切今用菹穿切協用菹彎切仙韻○說文蹴也廣韻屈也伏也 蟤廣韻蜿蟤蛇名集韻蜿蟤龍屈貌

照三 專廣韻職緣切集韻朱遄切今用朱穿切協用朱淵切仙韻○廣韻擅也誠也獨也自是也亦姓 顓說文頭顓顓謹貌韻會顓頊黃帝孫又姓 甎韻會甓也或作甎塼甎 篿集韻楚人謂折竹卜曰篿見離騷一曰竹器 鱄集韻魚之美者正韻鱄成鱄晉大夫又姓 剸韻會擅也正韻截也斷也 鄟集韻邑名春秋成六年取鄟

穿三 穿廣韻集韻昌緣切今用出專切協用出淵切仙韻○說文通也公羊傳古者杼不穿 川說文貫穿通流水也



牀三 船廣韻集韻食川切今用贖員切仙韻○說文舟也史記水行乘船韻會衣領曰船又姓俗作舡誤

審二 栓廣韻山員切集韻所員切今用疏專切協用疏彎切仙韻○廣韻木丁也

禪三 遄廣韻市緣切集韻淳沿切合聲殊員切仙韻○說文往來數也易已事遄往 篅說文判竹圜以盛穀也見急就章集韻竹器或作圌 膞集韻陶人作器具周禮考工記器中膞 輇說文蕃車下庳輪也廣韻無輪車名或作輲 歂廣韻口氣引也又姓

曉四 儇廣韻許緣切集韻隳緣切今用虛宣切協用虛淵切仙韻○說文慧也集韻利也詩揖我謂我儇兮一曰舞貌 翾說文小飛也荀子喜則輕而翾亦作䴉揚子朱鳥䴉䴉 嬛廣韻便嬛輕麗貌見司馬相如上林賦

蠉集韻蟲行貌一曰井中小赤蟲或作蜎 譞說文譞慧也廣韻智也 懁集韻辨急也 獧正韻疾也輕也 澴集韻漩澴波涌起貌 鋗廣韻集韻火懸切今用虛淵切先韻○說文小盆也韻會無足鐺又人名漢有梅鋗 駽說文青驪馬見爾雅

匣四 懸廣韻集韻胡涓切今用穴員切先韻○集韻繫也孟子猶解倒懸說文作縣 玄說文幽遠也廣韻黑也寂也又姓 眩集韻惑也一曰視不明 泫集韻囦泫水深廣貌一曰水名 玹廣韻石次玉集韻玉色

影三 嬽廣韻於權切集韻紆權切今用紆專切仙韻○說文好也廣韻娥眉貌 潫廣韻水深貌集韻奫潫大水見左思吳都賦

影四 淵廣韻烏懸切集韻縈懸切今用紆涓切先韻○說文回水也廣韻深也又姓或



作𠝏囦 㾓廣韻骨節疼也陸龜蒙詩好問如除㾓 蜎集韻蜎蠉井中小蟲也周禮考工記刺兵欲無蜎又動貌詩蜎蜎者蠋又姓 鼘說文鼓聲也亦作咽詩鼓咽咽 𢐧韻會弓隈也 弲說文角弓也洛陽名弩曰弲 蜵集韻蜎蜵巧蟲名 娟廣韻於緣切集韻縈緣切今用紆宣切仙韻○廣韻便娟舞貌嬋娟好姿態貌 悁說文忿也集韻憂也詩中心悁悁

喻三 員廣韻王權切集韻于權切今從集韻仙韻○說文物數也正韻周也 圓說文天體也集韻全也或作圓 湲集韻潺湲水流貌 隕韻會均也詩幅隕旣長 篔集韻篔簹竹名

喻四 緣廣韻與專切集韻余專切今用余全切仙韻○集韻因也一曰衣飾 沿說文緣水而下也左傳沿漢泝江 鉛說文青金也廣韻錫之類也 鳶韻會鷙鳥也詩鳶飛戾天或作鳶說文作鳶 蝝集韻蟲名說文復陶也一曰蚍

蜉子一曰蝗子春秋宣十五年蝝生 **捐** 說文棄也 **橡** 集韻果名似橘出交阯

來三 **攣** 廣韻呂員切集韻閭員切今從集韻仙韻○說文係也易有孚攣如也 **癵** 廣韻病也集韻病體拘曲 **䜌** 說文亂也廣韻南䜌縣在鉅鹿

日三 **㽭** 廣韻而緣切集韻而宣切合聲如員切仙韻○說文城下田也集韻游地或作堧壖𤳅 **瓀** 韻會珉也石似玉或作瑌 **撋** 集韻煩撋猶挼莎也韓愈文曰撋耳染或作擩㨎挼 **蠕** 韻會蟲行貌

按以上二十二音。共分三等。其居第二等者爲合口呼。居第三等第四等者爲撮口呼。



# 二蕭 舊三蕭四宵

按廣韻集韻。皆分蕭與宵爲二韻而律同用。宋劉淵併爲二蕭。今詳蕭宵二韻。其呼法無異。而等第亦有相同者。故五音集韻洪武正韻諸書多所合併今亦將二韻內同母同等之字併之如先韻之例。而韻名音切。仍分註於各音首字之下

見三 **驕** 廣韻舉喬切集韻居妖切合聲基妖切宵韻○說文馬高六尺爲驕正韻逸也恣也傲也 **嬌** 正韻態也集韻女字禹娶塗山之女謂之女嬌 **鷮** 集韻雉名長尾走且鳴詩有集維鷮 **穚** 集韻禾秀也一曰莠草長茂貌通作驕詩維莠驕驕 **憍** 集韻逸也矜也通作驕 **簥** 廣韻大管名也見爾雅

見四 **澆** 廣韻古堯切集韻堅堯切合聲基幺切蕭韻○說文渶也集韻薄也或作澆 **驍** 說文良馬也廣韻武也 **梟** 說文不孝鳥也 **憿** 說文幸也廣韻或作儌僥 **徼** 說文循也廣韻求也抄也 **蟂** 廣韻水蟲似蛇四足能害人也



見漢書賈誼傳 **嘄** 說文聲嘄嘄也又嘄陽獸名見揚雄羽獵賦 **鷔** 集韻鳥名鷔鷔也似烏蒼白色

溪四 **蹺** 廣韻去遙切集韻邱祆切合聲欺腰切宵韻○集韻舉趾謂之蹺或作蹻趫蹻 **橇** 集韻泥行所乘或作轎橋 **趫** 說文善緣木走之才 **驕** 韻會馬壯貌詩四牡有驕 **屩** 集韻屐也 **鄡** 廣韻苦幺切集韻牽幺切合聲欺幺切蕭韻○說文鉅鹿縣集韻鄡陽縣名亦姓 **墽** 廣韻地名集韻磽也

羣三 **喬** 廣韻巨嬌切集韻渠嬌切今用奇遙切宵韻○說文高而曲也廣韻高也又姓 **僑** 說文高也廣韻寄也客也又人名鄭子產名僑 **嶠** 廣韻山銳而高亦作嶠見爾雅 **橋** 廣韻水梁也又姓 **蕎** 集韻藥草大戟也見爾雅一曰麥屬 **鷮** 說文走鳴長尾雉也 **蟜** 韻會蟲蟜螳名一曰有蟜古諸侯見國語 **轎** 廣韻

小車韻會竹輿見漢書嚴助傳音如橋 鐈說文似鼎而長足 蟜廣韻飛貌 蹻廣韻驕也慢也韻會
皋足行高也 鱎集韻角曲 羣四 翹廣韻渠遙切集韻祁堯切合聲奇遙切宵韻○說文尾長毛也廣韻
皋也懸也危也集韻企也一曰翹翹高貌 荍廣韻草名今荊葵也詩視爾如荍 劭正韻精異之意又勸勉也
招集韻皋也正韻揭也

疑四 堯廣韻五聊切集韻倪幺切今用宜聊切蕭韻○說文高也韻會陶唐氏號 嶢說文嶕嶢山高貌正
韻闕名或作嶤 僥說文南方有僬僥人長三尺短之極見國語史記 垚說文土高也 顤廣韻頭高
長貌

端四 貂廣韻都聊切集韻丁聊切合聲低幺切蕭韻○廣韻鼠屬出東北夷又姓集韻或作鼦見史記貨殖傳



雕廣韻鵰屬又姓或作鵰 鳭廣韻鳭鷯剖葦求蟲食似雀青班色爾雅作鳭 刁集韻古者軍有刁斗
以銅作鐎受一斗晝炊飲食夕擊行夜亦姓俗作刀非 琱說文治玉也韻會通作彫敦 彫說文琢文也韻
會亦作錭通作雕敦 凋說文半傷也韻會通作彫雕 ⿰舟召正韻吳船亦作⿰舟周 敦集韻畫弓也詩敦弓
旣堅廣韻作弴 ⿱竹周集韻祑⿱竹周山名見山海經 蛁說文蟲也廣韻蛁蟟茆中小蟲

透四 挑廣韻吐彫切集韻他彫切合聲梯幺切蕭韻○正韻撥也取也杖荷也又往來貌 祧說文遷廟
也 恌正韻偸薄也詩視民不恌說文作佻亦作𠲖 朓正韻晦而月見西方 ⿰兆斤韻會田器或作銚
覜韻會見也又眾聘也周禮殷見曰覜 ⿰兆斗說文斛旁有⿰兆斗集韻利也 庣正韻不滿之處漢志斛外旁有
庣 駣集韻馬三歲曰駣 蓧集韻草名見爾雅 蓨說文苗也見爾雅

定四 條廣韻徒聊切集韻田聊切今用題堯切蕭韻○說文小枝也集韻木名 迢說文迢遰也集韻迢
迢高貌 跳說文蹶也集韻躍也 佻正韻獨行貌詩佻佻公子 髫韻會髫髦童子垂髮 調說文
和也 蜩說文蟬也詩五月鳴蜩 鞗集韻轡也詩鞗革冲冲 苕說文草名詩苕之華 芀說文
葦華也見爾雅 鰷集韻魚名見詩周頌或作鯈鰷 齠正韻始毀齒也 岧廣韻岧嶢山高貌 螩
廣韻螩蟰狀如黃蛇魚翼出入有光見山海經 銚集韻長矛也呂氏春秋長銚利兵 嬥廣韻細腰貌集韻好
也一曰嬥嬥往來貌

泥四 嬈集韻裏聊切今用泥堯切蕭韻○集韻煩也一日心不欲也

知三 朝廣韻集韻陟遙切合聲知妖切宵韻○廣韻早也又朝鮮國名亦姓



徹三 超廣韻敕宵切集韻癡宵切今用敕妖切宵韻○廣韻跳也又姓 怊廣韻悵恨莊子怊乎若嬰兒之
失其母

澄三 鼂廣韻直遙切集韻馳遙切今從集韻宵韻○正韻蟲名又姓或作晁 朝集韻覲君之總稱又姓
潮正韻海濤噓吸隨月消長早日潮晚日汐說文作淖

幫三 鑣廣韻甫嬌切集韻悲嬌切合聲卑妖切宵韻○說文馬銜也韻會鑣鑣盛貌詩朱幩鑣鑣 儦說文
行貌詩行人儦儦韻會眾貌詩儦儦俟俟 瀌廣韻雪貌詩雨雪瀌瀌 穮說文耕禾閒也詩是穮是蓘廣韻作
穮韻會通作藨藨 臕廣韻脂臕肥貌 麃韻會武貌詩駟介麃麃 藨集韻草名子似覆盆一曰蒛藨
苕茶別名俱見爾雅 幫四 標廣韻甫遙切集韻卑遙切合聲卑腰切宵韻○廣韻舉也又木杪也 杓說文

料柄也 飆說文扶搖風也爾雅作猋集韻或作颷颮飄 猋說文犬走貌 幖說文幟也 熛說文火飛也 髟說文長髮猋猋也 贆廣韻貝居陸也見爾雅 摽韻會擊也又麾也孟子摽使者出諸大門之外 蔈集韻陵苕之黃華者見爾雅

滂四 漂廣韻撫招切集韻紕招切合聲披腰切宵韻○說文浮也 飄說文回風也 彯廣韻彯彯長組貌集韻影搖輕便也 翲集韻翲翲飛也 慓廣韻急也 剽韻會末也莊子有長大而無本剽者宙也 僄韻會輕也說文作嫖 嘌韻會無節度也詩匪車嘌兮說文作嘌 螵集韻蟲名說文螵蛸也或作螵 鏢說文刀削末銅也 㶾廣韻火飛也

並四 瓢廣韻符霄切集韻毗霄切合聲皮遙切宵韻○說文蠡也廣韻瓠也 薸廣韻江東謂浮萍為薸見揚雄方言 剽廣韻小輕也爾雅鍾其中者謂之剽 橐說文囊張大貌

明三 苗廣韻武瀌切集韻眉鑣切今用迷遙切宵韻○說文草生於田者集韻夏獵曰苗又姓 貓爾雅虎竊毛謂之虦貓集韻食鼠貍或作猫 描廣韻畫也 緢說文旄絲也

明四 ⿰虫少廣韻集韻彌遙切今從之宵韻廣韻蠶初生也 篻廣韻竹名見元結詩

精四 焦廣韻即消切集韻茲消切今用即腰切宵韻○廣韻傷火也又姓說文作爂 椒廣韻木名見爾雅又山巔亦姓說文作茮 蕉廣韻芭蕉說文生枲也 燋說文所以然持火也周禮以明火爇燋 噍韻會啁噍鳥聲又聲啾急也禮記其聲噍以殺 鐎廣韻刁斗也溫器三足而有柄 膲韻會三膲無形之府通作焦 鷦韻會鷦鷯南方神鳥似鳳又鷦鷯小鳥通作焦 ⿸龜焦說文灼龜不兆也 僬韻會僬僥明察貌見荀子又僬僥短人





嶕韻會山名又嶕嶢山高貌又山顛曰山嶕 ⿵門焦集韻木名皮堅黑若鐵生水中 蟭廣韻蟷蟭螳蜋卵也

清四 鍫廣韻七遙切集韻千遙切今用七腰切宵韻○廣韻臿也亦作鍬爾雅作斛莊子作銚韻會作鍬亦作斯駠 篍廣韻吹竹筩見急就章 幧廣韻斂髮謂之幧頭亦作幓帞 繰集韻帛如紺色

從四 樵廣韻昨焦切集韻慈焦切合聲齊遙切宵韻○說文散木也韻會樵取薪者也 譙韻會國名一曰樓之別稱又姓通作樵 憔集韻憔悴憂患也或作顦嫶癄醮 潐集韻水名見山海經 燋韻會灼龜木 鄡廣韻縣名

心四 蕭廣韻蘇彫切集韻先彫切合聲西幺切蕭韻○說文艾蒿也集韻肅也亦國名又姓 簫說文參差管樂象鳳之翼韻會或作箾 瀟集韻瀟瀟風雨暴疾貌詩風雨瀟瀟一曰水名或作潚 彇韻會弓弭頭也通作簫禮記右手執簫或作彇 蠨集韻蟲名說文蠨蛸長股者或作蟰詩蠨蛸在戶 橚集韻橚槮草木盛貌見宋玉九辯廣韻作樇 騷韻會愁也又蒲騷地名見左傳 颾正韻涼風 艘正韻船總名 宵廣韻相邀切集韻思邀切合聲西腰切宵韻○說文夜也 消說文盡也正韻滅也 霄爾雅雲霄近天氣說文雨霓為霄 逍說文逍遙猶翱翔也通作消禮記消搖於門 痟說文酸痟頭痛韻會渴疾漢司馬相如痟渴疾 綃說文生絲也韻會綺屬或作縿綃通作宵通作消 銷說文鑠金也 硝韻會硭硝藥石詳見本草 蛸集韻蟲名說文蟲蛸堂蜋子見爾雅亦姓 哨韻會口不正曰哨揚子法言禮義哨哨 翛韻會翛翛羽敝也詩予尾翛翛或作脩翛 捎正韻指除也周禮考工記以其圍之阞捎其藪又搖捎動貌 揱韻會長臂

貌一曰纖殺也周禮考工記欲其擊爾而纖 梢 集韻梢溝謂水漱齧之溝見周禮考工記 魈 集韻山鬼
照三 昭 廣韻止遙切集韻之遙切合聲支妖切宵韻○說文日明也韻會州名又姓或作炤 招 說文手呼
也廣韻來也又姓 釗 說文刓也周康王名集韻勉也一曰弩機 鉊 說文大鐮也
穿三 弨 廣韻尺招切集韻蚩招切合聲蚩妖切宵韻○說文弓反也詩彤弓弨兮 怊 集韻奢也一曰怊悵
失意 袑 集韻人名莊子有巫咸袑
審三 燒 廣韻式招切集韻尸昭切合聲詩妖切宵韻○正韻火然也焚也
禪三 韶 廣韻市昭切集韻時饒切今用時遙切宵韻○說文虞舜樂也集韻美也或作磬招 佋 廣韻廟佋
穆也或作昭父昭子穆 玿 廣韻美玉 苕 韻會草名



曉三 嚻 廣韻許嬌切集韻虛嬌切合聲希妖切宵韻○說文聲也韻會嚻嚻無欲自得之貌亦作嘐 枵
說文木根也正韻元枵十二次名又虛也 歊 說文歊歊氣出貌正韻熱氣亦作歒 獢 說文猲獢也韻會犬短喙
曰猲獢或作驕詩載獫歇驕 藃 廣韻白芷別名見張協七命 熇 韻會炎氣或作熇 嗃 韻會嗃然
虛大貌莊子非不嗃然大也 毊 爾雅大磬謂之毊 曉四 嘵 廣韻許幺切集韻馨幺切合聲希幺切蕭
韻○說文懼也詩予維音嘵嘵 膮 說文豕肉羹也集韻香也儀禮膷臐膮牛炙 獟 集韻獟也 驍 正韻良馬
武猛也又健也 鴞 正韻鳥名亦作梟○按驍梟二字說文廣韻集韻韻會諸書俱屬見母正韻復入曉母鴞字諸韻書
俱屬喻母正韻入曉母○
影三 妖 廣韻集韻於喬切今用衣驕切宵韻○韻會巧也一曰女子笑貌說文作媄 夭 正韻夭夭和舒

貌又盛貌又少好貌 祅 韻會地反物爲祅說文作䄏通作妖 枖 說文木少盛貌 訞 廣韻巧言貌韻會訞
祅祥也通作妖 影四 幺 廣韻於堯切集韻伊堯切今用衣曉切蕭韻○說文小也象子初成之形爾雅豕幺幼
怮 韻會憂也 紗 說文急戾也集韻小意 宎 韻會深窔聲 腰 廣韻於霄切集韻伊消切今從
集韻宵韻○正韻身中亦作署說文作要 要 正韻同上又勒也求也韻會約也 喓 韻會喓喓蟲聲詩喓喓草
蟲 邀 集韻遮也或作徼 葽 說文草也詩四月秀葽 褸 韻會衣襻也通作要 䳃 廣韻鳥名
似山雞而長尾見山海經
喻三 鴞 廣韻集韻于嬌切今用移喬切宵韻○集韻鳥名說文鴟鴞寧鴂也 喻四 遙 廣韻餘昭切集
韻餘招切今用移樵切宵韻○集韻遠也或作遥踰踰 傜 廣韻使也役也喜也說文作傜 繇 說文隨從也集



韻憂也由也或作繇 窯 說文燒瓦竈也廣韻亦作窰 鰩 廣韻文鰩魚鳥翼能飛見山海經 蘨 韻會
草盛貌說文作蘨通作繇書厥草惟繇 銚 說文溫器也集韻田器又姓 姚 說文虞舜居姚虛因以爲姓集
韻嬈也易也 搖 說文動也廣韻作也又姓 謠 韻會徒歌也詩我歌且謠說文作䚻集韻或作猶 軺
說文小車也集韻或作輻 愮 爾雅愮愮憂無告也廣韻悸也邪也惑也或作恌 陶 廣韻皋陶舜臣集韻陶陶
和樂也 鷂 集韻雉名見爾雅 瑤 說文玉之美者詩報之以瓊瑤 褕 集韻褕翟王后之服刻畫鷂羽
以爲飾或作揄禮記玉藻夫人揄狄 猺 廣韻獸名又獏猺狗種也 珧 說文蜃甲也所以飾物爾雅蜃小者珧
嗂 說文喜也 䍃 韻會瓶也 媱 說文曲肩行貌集韻戲也 颻 廣韻飄颻集韻上行風也 洮
集韻湖名在陽羨西 榣 說文樹動也廣韻木名見山海經 䔄 廣韻蒲葉也又草也見山海經 佻 正韻

緩也荀子佻其期日

來三 **燎** 廣韻力昭切集韻離昭切今用離遙切宵韻○廣韻庭火也詩庭燎之光 來四 **聊** 廣韻落蕭切集韻憐蕭切今用離堯切蕭韻說文耳鳴也韻會且也賴也又姓 **僚** 韻會賤稱左傳隸臣僚又姓 **寮** 集韻同官爲寮通作僚 **遼** 說文遠也韻會水名又國名 **撩** 說文理也廣韻取物 **鷯** 廣韻鷦鷯 **簝** 說文宗廟盛肉竹器 **橑** 集韻椽也 **料** 廣韻理也量也穀梁傳臣料虞君 **憀** 說文憀然也廣韻無憀賴也 **寥** 廣韻空也又寂寥也寥廓也說文作廫 **獠** 廣韻夜獵也爾雅宵田爲獠 **飉** 集韻飉戾風聲 **敹** 說文擇也書善敹乃甲胄 **鐐** 說文曰金也爾雅白金之美者鐐 **嘹** 集韻嘹亮鳴也一曰噭夜也 **膋** 韻會腸閒脂也詩取其血膋說文作膫 **瞭** 韻會目明也 **嶚** 集韻嶚巢高也或作嵺亦作嶛嵺



大四丁 小四百七十八 廣順 安予

**轑** 韻會轉也一曰軸也又轑陽邑名見左傳 **漻** 說文清深也 **爒** 說文火貌 **廖** 集韻人名左傳有召伯廖亦姓 **璙** 說文玉也 **繚** 韻會纏也 **墽** 韻會周垣也 **豂** 說文空谷也集韻空豂深也 **嫽** 說文女字也廣韻戲也 **潦** 集韻水名見山海經 **翏** 韻會高飛貌 **蟟** 集韻蟲名廣韻蛁蟟 **⿰口聊** 集韻山名

日三 **饒** 廣韻集韻如招切今用日遙切宵韻○說文飽也集韻益也多也又州名亦姓 **橈** 廣韻楫也正韻櫂之短者吳越呼爲橈 **蕘** 說文薪也正韻蕪菁又刈草曰芻采薪曰蕘 **襓** 正韻夫襓劍衣禮記加夫襓與劍焉 **蟯** 說文腹中短蟲也見淮南子 **犪** 廣韻牛訓服 **嬈** 韻會姸媚貌杜甫詩佳人屢出董嬌嬈○

按嬈字。廣韻集韻諸書入泥母。正韻韻會入日母。

按以上二十八音。齊齒呼。

音韻闡微 卷四 二蕭 

大四丁 小十七 廣順 安予

三肴 舊五肴一作五爻
按廣韻作五肴集韻作
五爻。宋劉淵改爲三肴
見二 交 廣韻古肴切集韻居肴切今用皆 膠 正韻黏膏集
骹切○廣韻共也合也領也戾也 韻欺也糾也
又水名 郊 說文距國 蛟 說文龍 鮫 說文海魚 咬 集韻
亦姓 百里爲郊 之屬也 皮可飾刀 鳥聲
駮 集韻鳥名說 芃 廣韻秦芃藥名集 轇 韻會轇轕長遠
文駮鵲也 韻作芃俗作朮 貌一日雜亂貌
通作 茭 說文乾芻集韻 佼 集韻友也 詨 廣韻誇 教 廣
膠 牛蘄見爾雅 通作交 語也 韻
效也集 鉸 廣韻鉸刀集 鮫 集韻樂 漻 廣韻漻 嘐 說文
韻令也 韻削刀也 器埴類 漻水貌 誇語
也 洨 集韻邑名 嵺 韻會山 摎 廣韻東
漢有洨侯 聳貌 也撓也
音韻闡微 卷四 三肴 卅三 大卅八 小四百四十九 文根 保山
溪二 敲 廣韻口交切集韻丘交切今用欺交 骹 說文脛也
切○說文橫撾也集韻或作攷搞 爾雅四骹
皆白驓廣 磽 說文磬石也 鄗 正韻山名左傳晉 墝 正韻
韻作跤 爾雅作磝 師在敖鄗之間 土堅
荀子註薄田曰墝通
作磽孟子地有肥磽
疑二 聱 廣韻五交切集韻牛交切今用義肴切借用義豪切
○正韻語不入也又言辭不平易貌韓愈文詰屈聱
牙 謷 廣韻不 嶅 正韻山多小
肖也 石亦作磝
知二 嘲 廣韻集韻陟交切今用知交切協用知鏖 啁 正韻
切○說文謔也正韻言相調也亦作謿 啁嘐
聲也又與謿同東 鵃 集韻鶻鵃鳥名似
方朔傳詼啁而已 山鵲而小見爾雅
徹二 颮 廣韻敕交切集韻丑交切今從
廣韻協用敕鏖切○廣韻熱風

孃二 鐃 廣韻女交切集韻尼交切今用尼肴切協用 呶 說
尼敖切○廣韻似鈴無舌周禮以金鐃止鼓 文
讙聲也詩 譊 說文恚呼也韻會譊譊語 硇 集韻硇沙藥石
載號載呶 也揚雄法言譊譊之學 本作匈廣韻作
洶亦 撓 集韻抓也 橈 集韻 獶 廣韻犬 怓 說文亂也詩
作磽 正韻搔也 曲也 多毛 以謹惽怓
獿 說文獿獶
也謂犬吠
幫二 包 廣韻布交切集韻班交切今用逋交切協 胞 集韻
用逋鏖切○正韻裹也集韻本也亦姓 生兒
裹 苞 正韻叢生也豊也 枹 正韻木叢生又 勹 說文裹也
也 茂也詩如竹苞矣 木名見爾雅 廣韻包也
象曲身貌 笣 集韻竹名出筹
見元包經 浦其筍冬生
滂二 胞 廣韻匹交切集韻披交切今用鋪交 脬 說文膀光
切協用鋪鏖切○說文兒生裹也 也集韻通
音韻闡微 卷四 三肴 卅四 大卅九 小四百七十六 文根 保山
作胞 抛 集韻棄也韻會擲 [罒包] 廣韻覆 泡 說文水出山陽
泡 也或作摽抱㱿 車網也 平樂東北入泗
韻會木上
浮漚也
並二 庖 廣韻薄交切集韻蒲交切今用蒲肴切 炮 廣韻合
協用蒲敖切○說文廚也孟子遠庖廚 毛炙物
也詩炮之燔之或 咆 廣韻咆烋熊虎聲 鉋 集韻平 跑 廣
作炰詩炰鱉膾鯉 易林虎豹怒咆 木器 韻
足跑地也 鞄 韻會柔 颮 廣韻 匏 說文 麃 廣韻獸名似
集韻蹴也 革工 風聲 瓠也 麀見爾雅集
韻或 爮 廣韻似瓠 掊 廣韻手掊集韻 狍 集韻獸名目在
作麅 可爲飲器 引取也或作抔 腋見山海經
胞 正韻肉吏也
見禮記祭統
明三 茅 廣韻莫交切集韻謨交切今用模肴切協 媌 說文
用模敖切○說文菅也廣韻草名又姓 裏

好也揚雄方言凡好而輕者河濟之閒謂之媌 罞 廣韻麋罟也見爾雅 犛 廣韻牛名說文西南夷有長髦牛也

貓 集韻食鼠貍也或作猫 蝥 廣韻螌蝥蟲名

照二 抓 廣韻側交切集韻莊交切今從廣韻協用葘鏖切 ○ 廣韻抓掐集韻搔也 罺 正韻撩罟也見爾雅

⿱竹巢 韻會大笙也通作巢 ⿰耳巢 廣韻耳中聲

穿二 鈔 廣韻楚交切集韻初交切今用差交切協用差鏖切 ○ 說文叉取也正韻略也又謄寫也亦作抄通作勦

韻會或作摷廣韻作⿱艹巢 ⿰言巢 廣韻代人說也 勦 說文勞也正韻取他人之說以為己說也禮記曲禮毋勦說

訬 說文訬擾也集韻訬獪一曰書也 ⿰鬼巢 集韻疾貌楚俗謂鬼剽輕為害者

牀二 巢 廣韻鉏交切集韻鋤交切今用岑肴切協用岑敖切 ○ 說文鳥在木上曰巢在穴曰窠集韻大笙又國名

音韻闡微 卷四 三肴 三十五 大の四十丨 小の乃五六 陳順 廣裕

亦姓 樔 說文澤中守草樓 轈 說文兵高車加巢以望敵也 ⿱山巢 廣韻山高貌 漅 正韻湖名

在合肥通作巢 鄛 說文南陽棗陽鄉 勦 廣韻輕捷也韓愈詩稟生肖勦剛集韻勞也 ⿰土巢 集韻巢陽

地名在聊城 ⿰魚巢 集韻魚子

審二 梢 廣韻所交切集韻師交切今從集韻協用師鏖切 ○ 說文木也廣韻船舵尾也又枝梢也集韻或作⿱竹梢

捎 說文自關而西凡取物之上者為撟捎 髾 韻會髮末也 鞘 正韻鞭也 弰 韻會弓末也

旓 廣韻旌旗旒也 筲 正韻竹器容斗二升 䈰 廣韻飯帚韻會飯器 蛸 集韻蠨蛸蟲名詩蠨蛸在

戶 䘯 廣韻衣䘯 娋 廣韻小娋偷也集韻娋孟姊也或作嫂 颵 廣韻風聲 莦 說文惡草貌見

淮南子 鮹 廣韻海魚形如鞭鞘

曉二 嘐 廣韻許交切集韻虛交切今用希交切 ○ 集韻大也孟子其志嘐嘐一曰駭貌一曰啁嘐夸語 虓

說文虎鳴也詩闞如虓虎集韻或作唬虠 哮 說文豕驚聲也 詨 集韻吳人謂叫呼為詨或作謼呼謞嗃誖嘮

嗃 正韻叫呼聲 烋 韻會炰烋氣健自矜貌詩炰烋于中國或作咻 庨 韻會庨豁宮室高貌柳宗元詩

反宇臨呼庨 髇 集韻鳴鏑也或作骹髆通作嚆髐 ⿰風高 集韻颾颮熱風 鵁 集韻鳥名見爾雅廣韻作

鴞 涍 廣韻水名在南郡 窙 廣韻高氣集韻氣上烝 髐 集韻髑髐貌 獿 說文犬獿獿咳

吠也集韻或作猇犒

匣二 肴 廣韻胡茅切集韻何交切今用奚巢切 ○ 廣韻骨體也又葅也凡非穀而食曰肴或作餚 爻 說

文交也象易六爻頭交也 殽 說文相雜錯也禮記禮本於天殽於地 崤 韻會崤函山名在弘農通作殽肴

音韻闡微 卷四 三肴 三十六 大の四十、小の乃五九 陳順 廣裕

筊 說文竹索也爾雅小簫謂之筊 淆 韻會混淆濁水通作殽 洨 廣韻水名出常山又縣名在沛郡

姣 說文好也正韻婬也 倄 說文刺也廣韻痛聲 絞 集韻蒼黃色見禮記玉藻 猇 廣韻虎聲又縣

名在濟南 ⿱艹殽 廣韻茅根集韻黃茅也根可治渴

影二 坳 廣韻集韻於交切今用衣交切 ○ 正韻坳下不平也見莊子 ⿰凹頁 廣韻頭凹也韻會大首深目貌

窅 韻會深目貌又窅窊曲貌 咬 韻會哇咬淫聲又哀切聲 凹 集韻窊也 鴢 集韻鴢鴞鳥名曲喙

眑 廣韻面目不平

來二 顟 廣韻力嘲切集韻力交切今用力肴切 ○ 集韻大首深目 窌 廣韻深空之貌 ⿱穴翏 集韻窒⿱穴翏

深遠貌 僇 廣韻慘也見揚雄方言

按以上十八音。韻譜列於第二等。例屬開口呼。宜與豪韻之音相近。今於喉腭之音。多讀作齊齒呼。則與蕭韻之音相近。惟重脣數音與豪韻同。

凡列於第二等者多倣此。





# 四豪 舊六豪

按廣韻集韻皆六豪。宋劉淵改爲四豪。

見一 **高** 廣韻古勞切集韻居勞切今用歌鏖切○說文崇也集韻州名又姓 **皋** 廣韻高也局也澤也又姓

**咎** 集韻姓也通作皋廣韻皋陶舜臣古作咎繇 **羔** 說文羊子也 **膏** 說文肥也廣韻脂也又澤也

**餻** 韻會餌謂之餻或作糕餹 **櫜** 廣韻韜也一曰車上櫜詩載櫜弓矢 **篙** 廣韻進船竿韻會本作檔或作笿

**鼛** 說文大鼓也詩鼛鼓不勝 **槔** 正韻桔槔以機汲水 **⿱艹皋** 說文葛屬白華 **獋** 集韻人名晉靈公夷獋見公羊傳 **⿱艹咎** 廣韻白⿱艹咎草食之不饑見山海經

溪一 **尻** 廣韻苦刀切集韻丘刀切今用渴鏖切○說文脽也正韻脊梁盡處禮記兔去尻





疑一 **敖** 廣韻五勞切集韻牛刀切今用莪勞切○廣韻游也亦姓說文作敖或作遨 **翱** 說文翱翔也

**嗷** 說文眾口愁也亦作嗸詩哀鳴嗸嗸 **熬** 說文乾煎也禮記八珍有淳熬 **鼇** 韻會海中大鼈 **螯** 韻會蟹大足在首上如鉞者本作贅或作⿱敖足通作敖 **獒** 說文犬如人心可使者書有旅獒 **驁** 廣韻駿馬正韻樂章名周禮公出入奏驁夏 **璈** 韻會樂器見漢武帝內傳 **蔜** 集韻草名見爾雅 **獓** 集韻獓猽獸名見山海經

**嚻** 集韻愃也詩選徒嚻嚻一曰地名 **摮** 韻會擊也 **謷** 說文不肖人也一曰哭不止悲聲謷謷正韻大貌莊子謷乎大哉 **聱** 集韻不聽也 **嶅** 集韻山多小石或作嶅嶅 **滶** 說文水出南陽魯陽入城父見水經註

**鏊** 集韻釜屬 **鰲** 廣韻魚名 **蠘** 集韻蠘蜂謂之蠘或作蛓 **鷔** 集韻不祥鳥也見郭璞江賦 **䫨** 廣韻高頭也

端一刀廣韻都牢切集韻都勞切今用德鏖切○說文兵也忉韻會忉忉憂勞也詩勞心忉忉魛說文韻會魚名飲而不食柳宗元詩漁澤從鰽魛舠韻會小船也形如刀或作䑲通作刀詩曾不容刀裯說文衣袂祇裯見揚雄方言

透一滔廣韻土刀切集韻他刀切今用他鏖切○說文水漫漫大貌饕說文貪也叨正韻同上又忝也濫也慆說文說也集韻慢也一日慆慆久也詩慆慆不歸縧韻會編絲繩也或作縚幍韻會巾帙也巾帽如弁缺四角魏武帝製弢說文弓衣也左傳中項伏弢槄集韻木名見爾雅韜說文劍衣也韻會寬也藏也又六韜書名綢韻會纏也韜也一日縵束爾雅素錦綢杠夲說文進趣也从大十猶兼十人也洮說文水出隴西臨洮東北入河挑正韻挑達往來相見貌詩挑兮達兮說文作达謟廣韻疑也見爾雅搯說文搯也又叩也國語無搯膺艞集韻艞舠舟也或作䑿瑫廣韻玉名集韻玉飾劍

定一桃廣韻集韻徒刀切今用駝敖切○廣韻果木名又姓陶廣韻陶甄又陶正官名又喜也正也化也亦姓淘韻會淘淘水流貌又澄汰也杜甫詩淘米少汲水濤說文大波也䬞廣韻大風逃說文亡也廣韻去也避也翿韻會舞者所執詩左執翿或作纛翢咷說文楚謂兒泣不正曰噭咷易同人先號咷而後笑鼗廣韻小鼓著柄者說文作鞀亦作鞉萄說文草名廣韻蒲萄檮韻會斷木也又檮杌楚史名見孟子又惡木也綯集韻絞也詩宵爾索綯騊說文騊駼北野之良馬見爾雅蜪廣韻蝗子見爾雅醄正韻酕醄醉貌匋說文瓦器也燾集韻溥覆照也啕廣韻多言說文作詾鞠韻會皋鞠鼓木也通作陶裪韻會裪衣袖也通作陶駣韻會馬四歲謂之駣幬韻會幔轂革周禮考工記欲其幬之廉洮韻會盥也集韻淅也掏集韻抒也擇也



泥一猱廣韻集韻奴刀切今用儺敖切○正韻猴屬詩毋教猱升木韻會亦作蝚見漢書司馬相如賦夒正韻同上又古之善塗壁者見漢書揚雄傳韻會亦作獿樂記獶雜子女說文作夒猺韻會山名在齊詩遭我乎猺之間兮漢書地里志作嶩師古註作巎臑韻會羊豕臂也一日臂節獿廣韻長毛犬說文作獿

幫一褒廣韻集韻博毛切合聲逋鏖切○說文衣博裾也韻會獎飾也又國名又姓或作褎亦作襃

滂一橐廣韻普袍切集韻普刀切合聲鋪鏖切○廣韻橐張大貌

並一袍廣韻薄褒切集韻蒲褒切今用蒲敖切○說文襺也廣韻長襦也謈正韻自痛冤之聲漢書舍人不勝痛呼謈

明一毛廣韻莫袍切集韻謨袍切今用模敖切○廣韻眉髮及獸毛也亦姓髦說文髮也正韻鬣也俊也旄說文幢也集韻獸名氂集韻犛牛尾也或作犛斄駹韻會車翇以御風塵一日馬長毛芼正韻草覆蔓又菜也軞韻會公車也通作旄耗韻會獨貌又無也盡也漢書靡有孑遺耗矣枆韻會木名冬桃也或作楙通作旄旄廣韻水名出諸與山前高後下邱名酕廣韻酕醄醉也牦集韻牛名秏廣韻

精一遭廣韻作曹切集韻臧曹切合聲咨鏖切○說文遇也集韻邐行糟說文酒滓也韻會或作蒩醩慒集韻慮也熷說文焦也

清一操廣韻七刀切集韻倉刀切合聲雌鏖切○說文把持也懆廣韻所以裹髻

從一曹廣韻昨勞切集韻財勞切今用慈敖切○廣韻局也又輩也眾也羣也亦州名又姓說文作𣍘槽說文畜之食器漕廣韻衛邑名又水運曰漕螬廣韻蠐螬蟲說文作𧖄艚集韻舟也柳宗元詩欸歌叩鳴艚嶆韻會嶆嶗深空貌見張協七命嘈韻會聲也韓愈詩鼓笛鬧嘈嘈

心一騷廣韻集韻蘇遭切合聲思鏖切○說文擾也廣韻愁也搔說文括也正韻手爬繅廣韻繹繭為絲或作繰臊說文豕膏臭也溞正韻溞溞淅米聲見爾雅颾廣韻風聲艘正韻船總名說文作梭慅說文動也廣韻恐懼槮韻會橚槮木長貌或作橾鰠廣韻魚名見山海經鱢正韻魚腥說文鮏臭也



曉一蒿廣韻呼毛切集韻呼高切合聲呵鏖切○廣韻蓬蒿又姓薅說文拔去田草也詩以薅荼蓼正韻亦作茠捄撓廣韻攪也集韻擾也𥗼廣韻𥗼䃕深谷貌

匣一豪廣韻胡刀切集韻乎刀切今用何敖切○正韻豕名鬣如筆管者又狹也英也說文作𧰽毫韻會長銳毛又十絲曰毫通作豪號說文呼也韻會亦作譹見莊子又作嘷見周禮嘷說文咆也正韻熊虎狐狸之聲也濠韻會水名在鍾離又州名漢鍾離縣唐改濠州嚎韻會山名在弘農或作崤壕韻會城下池通作濠号集韻風聲莊子萬竅怒号蠔韻會蚌屬韓愈詩蠔相黏為山又蠔石地名見五代史鄂說文南陽淯陽鄉

影一鏖廣韻集韻於刀切今用阿高切○正韻擊打之甚者曰鏖見漢書霍去病傳鏕說文溫器也集韻金器通作鏖爊廣韻埋物灰中令熟集韻作熝

來一勞廣韻魯刀切集韻郎刀切今用勒敖切○說文劇也韻會功也又姓牢說文閑養牛馬圈也廣韻堅也固也又姓澇說文水出扶風鄠北入渭韻會大波也見木華海賦或作潦簩韻會簩竹名皮利可為刀一曰一枝百葉左思吳都賦簩有叢醪說文汁滓酒也撈韻會取也集韻沈取曰撈蟧集韻蟲名小蟬也見揚雄方言一曰螺屬轑韻會撓也漢書楚元王傳陽為羹盡轑釜註以勺轑釜令為聲簝韻會太廟盛肉竹器𧯷廣韻野豆或作䝤𧬨集韻聲也見尚書大傳嘮廣韻嘮嘈聲也䃕廣韻𥗼䃕深谷貌浶集韻浶浪驚擾貌見張衡西京賦嶗集韻嶗嶆山險

按以上十九音開口呼

# 五歌 舊七歌八戈

按廣韻集韻皆分歌與戈爲二韻而律同用宋劉淵併爲五歌今詳歌戈二韻律雖同用而歌爲開口戈爲合口其呼法不同則其字宜分列之○又按廣韻集韻於歌戈二韻所收之字互有出入宜以合於韻譜者爲正

見一 歌 廣韻古俄切集韻居何切今用各阿切○說文詠也正韻人聲也亦作謌 哥 說文聲也廣韻古作歌字今呼爲兄也 柯 說文斧柄也廣韻枝柯又姓 戨 正韻弋也所以繫舟集韻或作[illegible]通作柯 牁 正韻同上又牂牁郡名韻會通作柯 菏 廣韻澤水在山陽湖陵縣見書禹貢集韻或作荷蕳 舸 韻會船大謂之舸見揚雄方言集韻作䑸 鴚 集韻鳥名說文鴚鵝也 䓣 集韻䓣母草名出嶺南 滒 說文多汁也集韻河滒淖也淮南子原道訓甚淖而滒



溪一 珂 廣韻苦何切集韻邱何切今用渴阿切○正韻石次玉亦碼碯潔白如雪者一云螺屬生海中 軻 韻會車接軸又孟子名又姓

疑一 莪 廣韻五何切集韻牛何切今用額何切○說文蘿莪蒿屬詩菁菁者莪 哦 韻會吟也 娥 說文帝堯之女舜妻娥皇字也廣韻美好也又姓 峨 說文嵯峨也廣韻作峩 鵝 集韻鳥名韻會長脰善鳴義首似傲故曰鵝或作䳘鵞 俄 廣韻俄頃速也正韻傾貌詩側弁之俄 涐 廣韻水名在汶江 蛾 廣韻蠶蛾又姓說文作䖸 睋 韻會視也見班固西都賦 硪 說文石巖也

端一 多 廣韻得何切集韻當何切今用德阿切○說文重也廣韻衆也 姼 集韻南楚謂婦妣曰母姼婦考曰父姼見揚雄方言 跢 集韻搊幼行也

透一 佗 廣韻託何切集韻湯何切今用託阿切○集韻彼之稱或作他通作它 蛇 正韻蟲也說文作它 拕 正韻引也曳也亦作拖 詑 韻會欺也或作訑又自足貌

定一 駝 廣韻徒何切集韻唐何切今用徒莪切○集韻橐駝北方奇畜或作驝亦作它 佗 說文負荷也集韻美也詩委委佗佗亦姓 馱 集韻馬負物 驒 說文驒騱野馬也正韻青驪白鱗文詩有驒有駱 鮀 正韻魚名又人名衞有祝鮀 鼉 說文水蟲似蜥蜴長大中庸黿鼉蛟龍史記作䱿 沱 說文江別流也見書禹貢集韻滂沱大雨或作沲 陀 正韻陂陀不平貌亦作陁陁岮 跎 說文蹉跎也韻會蹉跎言不遂其意或作跪 迱 集韻透迱行貌或作迤通作佗他 酡 集韻飲而赭色著面或作䣰 紽 廣韻絲數詩素絲五紽 池 正韻呼池水在并州通作沱沲 羠 集韻羠䍨獸名如羊四耳而九尾 鼉 集韻獸名見山海經



㐌 集韻人名後魏桓帝猗㐌 馳 集韻走也 鼧 廣韻鼠名

泥一 儺 廣韻諾何切集韻囊何切今用諾莪切○說文行有節也詩佩玉之儺廣韻驅疫論語鄉人儺周禮作難 那 廣韻何也都也於也盡也多也亦朝那縣名又姓 難 廣韻獸名似鼠班頭見山海經 橠 集韻檬橠枝弱或作㔮

清一 蹉 廣韻七何切集韻倉何切今用雌阿切○說文蹉跎失時也廣韻跌也 瑳 說文玉色鮮白韻會笑貌詩巧笑之瑳 磋 廣韻治象牙曰磋詩如切如磋 嵯 韻會嵾嵯山石貌見東方朔七諫 搓 廣韻手搓碎也 傞 廣韻舞不止貌 溠 廣韻水名在義陽 差 韻會淅也禮記御者差沐

從一 醝 廣韻昨何切集韻才何切今用慈莪切○廣韻白酒也 嵯 說文山貌 瘥 廣韻病也見爾

猗集韻或作嵯 **鹺** 韻會鹹也禮記曲禮鹽曰鹹鹺說文作䶢 **差** 廣韻蕣實見爾雅 **齹** 韻會齒差跌貌說文殘薉

又人名鄭獮子蕭說文作䶢 **䣜** 正韻國邑名亦作鄼 **艖** 韻會舶艖舟也或作䑘 **䁟** 殘薉

川也 **䇇** 韻會竹屬 **䁟** 廣韻擣也

心一 **娑** 廣韻素何切集韻桑何切〔合聲〕思阿切○說文無也詩市也婆娑 **傞** 說文醉舞貌詩屢舞傞傞

**抄** 集韻摩抄也或作抄牛沙亦作㲚 **髿** 韻會鬖髿髮垂貌又毛羽婆娑貌或作㲚 **桫** 集韻桫欏木名

**犧** 韻會酒尊名飾以翡翠見禮記明堂位或作獻見漢書王莽傳 **些** 集韻減也正韻挽歌聲 **鈔** 韻會鈔鑼銅器或作鉖

曉一 **呵** 廣韻〔集韻〕虎何切〔今用黑阿切○正韻噓氣又笑聲 **訶** 說文大言而怒也韻會責也或作苛何通作呵



匣一 **何** 廣韻胡歌切〔集韻〕寒歌切〔今用核莪切○說文儋也韻會誰也辭也曷也又姓 **河** 說文水出焞煌塞外昆崙山發原注海 **荷** 說文荷芙蕖葉 **苛** 說文小草也廣韻政煩也怒也 **鲄** 集韻魚名博雅鲄鮔

**蚵** 集韻蟲名博雅蚵蠪蜥蜴也

影一 **阿** 廣韻烏何切集韻於河切〔今用厄歌切○說文大陵也集韻曲阜一曰比也一曰慢應亦姓 **娿** 說文娿婐也集韻婀娿不決見韓愈石鼓歌 **痾** 正韻病也見漢書五行志說文作疴 **𦂰** 廣韻繒之細者正韻綺綠通作阿 **榱** 集韻榱榱樹枝長弱貌 **妸** 說文女字也集韻或作婀

來一 **羅** 廣韻魯何切〔集韻〕良何切〔今用勒莪切○說文以絲罟鳥也集韻帛之美者亦姓 **蘿** 正韻莪也

又女蘿見爾雅 **籮** 正韻竹器廣韻篩籮集韻江南謂筐底方上圓曰籮 **鑼** 韻會鈔鑼銅器 **囉** 廣韻歌詞又嘍囉也亦小兒語也 **欏** 廣韻桫欏木名 **饠** 韻會餅也正韻饆饠食名 **邏** 集韻遮也 **儸** 集韻遵也 **蘆** 集韻草名爾雅莠蘆葩

按以上歌韻十四音開口呼

見一 **戈** 廣韻〔集韻〕古禾切〔合聲〕姑倭切○說文平頭戟也韻會戟偏距爲戈又地名又姓 **鍋** 廣韻溫器

**過** 說文度也廣韻經也亦姓 **渦** 廣韻水名又姓說文作濄 **輠** 集韻車盛膏器亦作楇 **䰛** 說文秦名土釜曰䰛廣韻亦作鍋 **緺** 韻會綬文 **瘑** 廣韻瘡也或作𤵸 **堝** 集韻甘堝液金器又杏堝地名見遼史地里志 **蝸** 集韻蝸牛蟲名



溪一 **科** 廣韻〔集韻〕苦禾切〔合聲〕枯倭切○說文程也韻會條也本也又坎也等也 **窠** 說文空也穴中曰窠樹上曰巢 **薖** 廣韻草名又寬大貌詩碩人之薖 **簻** 集韻同上又馬策也見馬融長笛賦 **蝌** 廣韻蝌蚪蟲名蝦蟆子也爾雅作科斗 **犐** 集韻郭犐牛屬見博雅 **髁** 廣韻膝骨 **稞** 集韻青州謂麥曰稞或作楇

**萪** 集韻草名海葱也一曰藤類

疑一 **訛** 廣韻五禾切〔集韻〕吾禾切〔今從集韻○正韻謬也外也化也動也說文作譌亦作偽 **吪** 說文動也

**囮** 說文譯也率鳥者繫生鳥以來之名曰囮 **鈋** 說文鈋圜也正韻刓方爲圜

端一 **陊** 廣韻丁戈切〔集韻〕都戈切〔合聲〕都倭切○集韻小堆本作垛廣韻作陊

透一 **詑** 廣韻土禾切集韻土和切〔今用禿倭切○廣韻欺也 **涶** 說文河津也在西河西 **隋** 集韻

中高四 下也
定一 墥 廣韻徒和切集韻徒禾切今用徒訛切○廣韻飛甎戲也梅堯臣詩輕浮賭勝各飛墥 牠 廣韻
牛無角也 橢 集韻圜而長也
泥一 挼 廣韻集韻奴禾切今用奴訛切○說文推也集韻兩手相切摩也或作捼搙
幫一 波 廣韻博禾切集韻逋禾切合聲逋倭切○說文水涌流也正韻浪也 嶓 集韻嶓冢山名見書禹貢
磻 正韻石爲弋繳見史記楚世家亦作磻 番 正韻番番勇貌書番番良士亦作皤 菠 集韻菠薐菜名
潘 集韻潘於縣名在臨淮 播 集韻水名在豫州域
滂一 頗 廣韻集韻滂禾切合聲鋪倭切○說文頭偏也集韻或作頭古作詖 坡 說文阪也集韻或作岥岻



玻 韻會玻瓈玉名 陂 韻會陂陁不平也或作陁
並一 婆 廣韻薄波切集韻蒲波切今用蒲訛切○韻會奢也一曰老女稱又婆娑舞貌說文作媻 鄱 說文
鄱陽豫章縣韻會今饒州有鄱水或作番 皤 正韻白也易賁如皤如又皤白亦作顰 搫 廣韻除也又披散也
集韻斂聚也
明一 摩 廣韻莫婆切集韻眉波切今用模訛切○說文研也韻會滅也撫也又揩也 磨 正韻治石亦作
磃 劘 廣韻削也正韻剴也切也 麼 正韻幺麼小也通作麿 魔 韻會鬼也 麼 廣韻麼尼集韻
女美稱 麿 韻會偏病也謂身支半枯說文作䯓
精一 侳 廣韻子能切集韻臧戈切合聲租倭切○廣韻安也 鮻 集韻赤子陰也或作朘屡

清一 遳 廣韻七戈切集韻村戈切合聲麤倭切○廣韻脆也 脞 集韻䐩脞細碎也
從一 矬 廣韻昨禾切集韻徂禾切今用徂訛切○廣韻短也 痤 說文小腫也韻會族累病又人名史記魏
將公叔痤 睉 說文目小也 銼 說文鍑也廣韻銼鑹小釜 㛗 說文訬疾也集韻女字見穆天子傳
心一 蓑 廣韻集韻蘇禾切合聲蘇倭切○廣韻草名可爲雨衣說文作衰 莎 集韻草名說文鎬侯也
梭 韻會織具所以行緯者亦作椶篗 莏 集韻挼莎手相切摩也通作莎沙 唆 廣韻唆小兒相應
鯊 集韻魚名見山海經廣韻作魦 沙 集韻亭名在元城 𢙯 集韻𢙯題縣名在清河郡
匣一 禾 廣韻戶戈切集韻胡戈切今用胡訛切○說文嘉穀也廣韻粟苗 和 廣韻順也諧也亦州名又
姓 龢 說文調也集韻小笙十三簧也韻會通作和 鉌 集韻鉌鑾鈴也通作和 喎 廣韻小兒相應



盉 說文調味也集韻通作和
影一 倭 廣韻集韻烏禾切今用烏戈切○廣韻東海中國 過 廣韻水名見爾雅 渦 廣韻水回集韻
集韻同上 廣韻水坳 踒 廣韻蹈也韻會足跌也 萵 集韻萵苣菜名 㹻 集韻小犬或作猧 涹
廣韻濁也集韻漚也亦山名 窩 韻會穴居也正韻藏也窟也集韻作窫
來一 驘 廣韻落戈切集韻盧戈切今用盧訛切○說文驢父馬母或作騾廣韻作騾 蠃 集韻蚌屬大者
如斗或作螺蠡蝸 蘽 集韻盛土籠或作蔂樏 覶 說文好視也集韻覶縷委曲也俗作覼非 鑹 集韻
溫器說文銼鑹也或作蠃鏍 蠃 集韻須蠃鳥名鸗鷉也似鳧而小見爾雅 蠃 廣韻積穀也或作稞 腡
廣韻手指文也

按以上戈韻十八音。合口呼

見三 迦 〔廣韻〕〔集韻〕居伽切〔借用〕基遮切。正韻身毒國賢人瞿曇號曰釋迦集韻本作迦迦互令不得行也

溪三 呿 〔廣韻〕邱伽切〔集韻〕去伽切〔今用〕欺迦切〔借用〕欺遮切。韻會啓口謂之呿 佉 集韻人姓一曰神名

羣三 茄 〔廣韻〕〔集韻〕求迦切〔借用〕奇耶切。韻會菜名子可食 伽 廣韻伽藍集韻伽倍國名 枷 廣韻刑具集韻拂也

按以上戈韻三音。齊齒呼。切韻指南與遮車等字合譜。故借遮耶二字切之。

溪三 𩨷 〔廣韻〕去靴切〔集韻〕邱靴切〔今用〕區靴切。集韻足病貌廣韻本作𩨷

羣三 瘸 〔廣韻〕巨靴切〔集韻〕衢鞾切今從集韻。廣集脚手病



曉三 鞾 〔廣韻〕許肥切〔集韻〕呼肥切〔合聲〕虛肥切。說文鞮屬廣韻亦作靴

影三 肥 〔廣韻〕〔集韻〕於靴切今從之。廣韻肥𩨷手足曲病

來三 𩪘 〔廣韻〕縷𩨷切〔集韻〕驢鞾切〔今用〕閭瘸切。廣韻驢腸胃也

按以上戈韻五音。撮口呼。又按正字通謂𩨷肥等字乃俗書。因本呼字少。姑存之以備音切。

## 六麻 舊九麻

按廣韻集韻皆九麻

宋劉淵改爲六麻

見二 **嘉** 廣韻古牙切集韻居牙切今用基鴉切○說文美也韻會褒也又州名又姓或作佳 **加** 說文語相增加也廣韻增也上也陵也 **家** 廣韻居也爾雅扆內謂之家又姓 **笳** 廣韻笳簫卷蘆葉吹之也 **珈** 說文婦人首飾詩副笄六珈 **葭** 說文葦之未秀者 **茄** 說文芙蕖莖集韻地名 **豭** 說文牡豕也左傳盍歸我艾豭集韻或作猳 **犌** 廣韻牛絕有力見爾雅 **麚** 廣韻牡鹿見爾雅或作䴥 **⿱髟加** 集韻毛衣謂之⿱髟加裟或作毠袈 **幏** 集韻蠻夷稅布 **跏** 韻會跏趺屈足坐也 **痂** 說文疥也韻會瘡生肉所蛻乾爲痂





**瘕** 廣韻病也 **耞** 正韻連耞打穀具 **枷** 正韻同上又項械 **迦** 廣韻漢復姓有迦葉氏韻會身毒國賢人瞿曇號曰釋迦說文作迦 **貑** 集韻獸如熊黃白文關西呼曰貑熊 **𧊅** 廣韻米中黑蟲 **鴐** 韻會鴐鵞正韻鴈屬集韻或作鴚鵝

溪二 **⿰齒可** 廣韻苦加切集韻邱加切今用欺鴉切○廣韻大齧也 **妿** 廣韻空妿女作姿態 **伢** 廣韻恐怖伏態之貌 **跒** 集韻跁跒躓也

疑二 **牙** 廣韻五加切集韻牛加切今用宜遐切○說文牡齒也韻會旗名又姓 **芽** 說文萌芽 **枒** 說文木也韻會車輞會也通作牙 **⿰扌牙** 韻會杈枒不正也通作枒 **衙** 集韻彭衙地名一曰古者軍行有牙尊者所在後人因以所治爲衙又姓 **齖** 廣韻齴齖齒不平正 **涯** 韻會水際也或作厓 **吾** 集韻允吾縣名在金城郡 **犽** 集韻獸名似貛而長 **庌** 集韻庌庌不齊 **⿱罒牙** 集韻兔罟 **崖** 正韻山高崖也

知二 **奓** 廣韻集韻陟加切合聲知鴉切○韻會張也開也見舊唐書陸贄傳 **觰** 說文觰拏獸也一曰下大者也集韻角上張亦作觰⿰角多 **咤** 廣韻達利咤出釋典集韻噴也怒也或作吒[illegible] **秺** 集韻縣名在濟陰或作[illegible] **⿰月乇** 集韻胍⿰月乇腹大今謂杖頭大者曰胍⿰月乇

徹二 **侘** 廣韻敕加切集韻抽加切今用敕鴉切○集韻侘傺失志貌 **哆** 廣韻張口也 **⿰忄宅** 集韻侘傺未定也

澄二 **茶** 廣韻宅加切集韻直加切今用池牙切○集韻茗也或作[illegible]茶 **秅** 集韻數也說文二秭爲秅正韻禾四百秉 **⿸广乇** 說文開張屋也濟陰有⿸广乇縣 **塗** 集韻沮洳也一曰飾也或作涂 **⿰涂阝** 集韻亭名在馮翊





**⿸疒茶** 廣韻⿸疒茶⿸疒茶瘡痕 **⿱穴茶** 廣韻⿱穴茶⿱穴茶深貌 **垞** 集韻邱名

孃二 **拏** 廣韻集韻女加切今用尼牙切○說文牽引也正韻攫也 **挐** 正韻同上又絲絮相牽 **笯** 韻會籠也 **摣** 廣韻取也

幫二 **巴** 廣韻伯加切集韻邦加切今用逋鴉切○說文蟲也或曰食象蛇集韻州名亦姓 **豝** 說文牡豕也詩一發五豝 **芭** 韻會芭蕉草名 **笆** 韻會竹之有刺者又竹籬通作芭 **鈀** 說文兵車也一曰鐵也 **羓** 韻會腊屬通作豝 **蚆** 集韻螺屬兩首銳者見爾雅

滂二 **葩** 廣韻普巴切集韻披巴切今用鋪鴉切○說文華也 **芭** 韻會人名漢有侯芭 **舥** 集韻浮梁謂之舥

並二琶廣韻集韻蒲巴切今用蒲牙切○韻會琵琶樂器　爬集韻搔也又姓或作把　杷說文收麥器集韻枇杷果名　跁集韻跁踦蹄也

明二麻廣韻莫霞切集韻謨加切今用模牙切○廣韻麻紵亦姓　蟆正韻蝦蟆亦作蟇蟆　⿸麻黽集韻鼃麻似鼃生海邊沙中見郭璞江賦　犘集韻牛名出巴中重千斤見爾雅　⿸麻阝集韻收靡縣名在益州見漢書地理志

照二樝廣韻側加切集韻莊加切今用菑鴉切○說文果似棃而酢韻會或作楂樝通作柤　柤說文木閑　皻集韻鼻上皰見柳宗元詩　溠廣韻水名出義陽　齇說文齇齒也　担說文挹也集韻取物泥中　⿰虘又說文又取也集韻或作摣見張衡西京賦　查集韻查下地名亦姓　⿰虘攴廣韻以指按也　⿰氵虘說文水出北地直路西東入洛　渣集韻水名　蔖集韻草名楚葵也或作蒩　⿰禾虘廣韻赤䅉稻名　⿰米乍集韻滓也通作渣



穿二叉廣韻初牙切集韻初加切今用測鴉切○說文手指相錯也　杈說文枝也廣韻杈杷田器也　差說文貳也集韻擇也一曰差不相值也　⿰車叉廣韻⿰車叉韊弓箭室也　艖韻會舟名或作⿰舟叉　扠集韻打也正韻挾取也通作叉　⿰月差廣韻服䐤脯也

牀二楂廣韻鉏加切集韻鋤加切今用岑牙切○廣韻水中浮木又姓或作查通作槎　槎韻會邪斫木也古作䅊見漢書貨殖傳　苴韻會水中浮草　⿸广虘廣韻壞也集韻屋隤貌　厏集韻厏厏不齊

審二沙廣韻所加切集韻師加切今用師鴉切○說文水散石也韻會汰也又嘶也又水名州名又姓或作沚砂

紗集韻絹屬一曰紡纑通作沙　裟集韻毛衣謂之袈裟或作毟　鯊韻會魚名說文作魦　髿韻會髿髿髮垂貌　硰集韻硰石地名在樓煩西　⿰革沙廣韻鞜⿰革沙素鞵履也　⿱沙牛集韻牛名

曉二煆廣韻許加切集韻虛加切今用希鴉切○廣韻火氣猛也　呀說文張口貌　谺集韻谺谺谷中大空貌或作呀亦作㗇㗇嗃嗃　颬廣韻吐氣又風貌　蝦集韻蟲名　鰕韻會魚名　瘕集韻喉病或作疨　⿰口叚集韻咽也　⿵門叚集韻門閉也

匣二遐廣韻胡加切集韻何加切今用奚牙切○正韻遠也亦作假徦　蝦集韻蟲名說文蝦蟆也一曰蝦蟲與水母游　鍜說文錏鍜頸鎧也　霞集韻雲日氣相薄通作瑕赮　赮韻會赤色　瑕說文玉小赤也廣韻玉病也過也又姓　騢說文馬赤白雜毛謂色似鰕魚　鰕集韻魚名說文鮐也廣韻大鯢也



碬說文礪石也　蕸正韻芙蕖葉見爾雅亦作葭　⿰革叚說文履也集韻履根後帖或作鞎縀

影二鴉廣韻集韻於加切今用衣加切○廣韻烏別名或作鵶說文作雅　啞韻會啞嘔小兒學語又聲也通作亞　錏說文錏鍜頸鎧也　丫韻會物之岐頭者　亞集韻伊優亞者辭未定也見漢書東方朔傳　⿰亞刂廣韻自刎集韻剄也　椏集韻江東謂樹岐爲杈椏見揚雄方言　⿰石亞廣韻碨⿰石亞地形不平也　烏集韻烏秅西域國名

按以上十八音列於第二等韻譜例屬開口呼今多讀作齊齒呼

見二瓜廣韻古華切集韻姑華切合聲姑窊切○正韻蔓生蓏也廣韻州名　媧韻會女媧古之神聖女又姓　騧正韻黃馬黑喙或作⿰馬瓜　緺集韻綬青紫色文　蝸集韻蟲名說文蝸蠃也　抓廣韻

引也擊也胍集韻胍肶腹大

溪二誇廣韻苦瓜切集韻枯瓜切合聲枯窊切○正韻大言亦作侉夸正韻奢也又與侉同荂韻會榮也華也姱廣韻奢貌韻會好也胯廣韻兩股間也韻會胥胯侉韻會心自大也跨韻會吳人謂大坐曰跨瓜廣韻瓜邪離絕之貌韻會作華

知二檛廣韻陟瓜切集韻張瓜切今用豬窊切○韻會箠也鞭也說文作築或作簻撾韻會擊也又摻撾擊鼓也

照二髽廣韻集韻莊華切合聲菹窊切○正韻髽髻廣韻婦人喪髻

曉二花廣韻集韻呼瓜切合聲呼窊切○韻會榮也集韻本作華或作蘤譁說文讙也



大三十九 小四百四十二 文 章

匣二華廣韻戶花切集韻胡瓜切今用胡窊切○說文榮也廣韻草盛也色也崋廣韻西嶽名也集韻山名通作華驊韻會驊騮駿馬名周穆八駿之一或作騧通作華譁集韻讙也或作嘩鷨集韻山雉名或作雗鋘韻會兩刃臿也說文作茉或作釫鏵樺廣韻木名划廣韻划撥進船也集韻舟進竿謂之划或作找⿰虫華廣韻蟲名似蛇集韻大蛇名善噉小蛇摦集韻寬也

影二窊廣韻集韻烏瓜切今從之○正韻污下也集韻亦作窳溛窪說文清水也集韻窊也洼說文深池集韻曲也或作溛蛙韻會蝦蟆也說文作鼃或作䵷汙韻會鑿地也禮記汙尊抔飲哇正韻淫聲又小兒啼又吐也窐說文甑空也呱廣韻呱酉地名在絳州呱集韻兒啼搲集韻手捉物⿱雨圭集韻蹄涔也娃正韻美女又館娃宮名

按以上七音合口呼。

端四爹廣韻集韻陟邪切今用低些切○廣韻羌人呼父也

明四哶集韻迷嗟切合聲迷耶切○集韻苴哶城名在雲南見唐書地里志

精四嗟廣韻子邪切集韻咨邪切今用卽些切○韻會咨也又痛惜也說文作⿱差言爾雅作⿰足差罝說文兔罔也瘥集韻病也亦作⿰歹差通作嗟蒫廣韻薺實

心四些廣韻寫邪切集韻思嗟切今用西遮切○廣韻少也

邪四衺廣韻似嗟切集韻徐嗟切今用習耶切○廣韻不正也通作斜邪廣韻鬼病亦不正也斜說文抒也䔑正韻茅穗又䔑蒿通作斜苴集韻苴哶城在雲南



大二十九 小四百四 文 章

照三遮廣韻正奢切集韻之奢切今從集韻○說文遏也奓廣韻吳人呼父諸廣韻姓也漢有洛陽令諸於何

穿三車廣韻尺遮切集韻昌遮切今用蚩遮切○說文輿輪之總名正韻車舍也又姓硨集韻硨磲石之次玉者見博雅

審三奢廣韻式車切集韻詩車切今從集韻○說文張也韻會侈也賒說文貰買也韻會遠也又謂遲緩爲賒畬廣韻燒榛種田

禪三蛇廣韻食遮切集韻時遮切今用時耶切○韻會毒蟲虺屬又姓本作它或作虵鉈廣韻短矛或作鉇鍦闍爾雅闍謂之臺韻會闍闍城上重門也或作堵佘正韻姓也虵集韻虵狟獸名見山海經○按

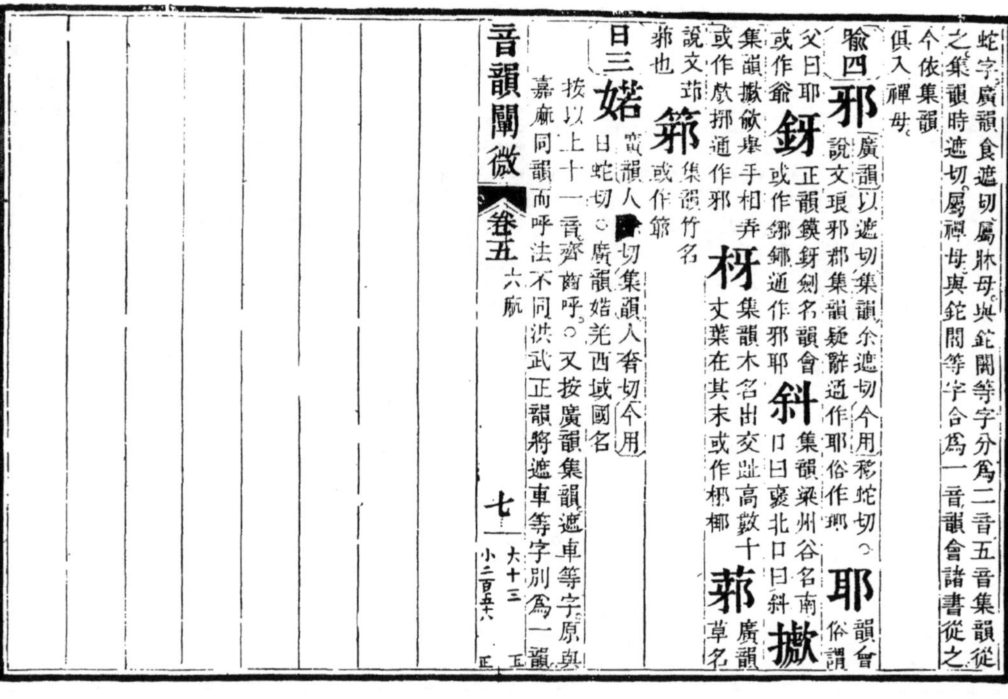

蛇字廣韻食遮切屬牀母與鉈闍等字分爲二音五音集韻從之集韻時遮切屬禪母與鉈闍等字合爲一音韻會諸書從之今依集韻倶入禪母

喻四 **邪** 廣韻以遮切集韻余遮切今用移蛇切○說文琅邪郡集韻疑辭通作耶俗作耶 **耶** 韻會俗謂父曰耶 **釾** 正韻鏌釾劍名韻會或作鋣鋣通作邪耶 **斜** 集韻梁州谷名南口曰褒北口曰斜 **擨** 廣韻集韻擨歈舉手相弄或作歋揶通作邪 **枒** 集韻木名出交趾高數十丈葉在其末或作枒椰 **葕** 廣韻草名說文茚邪也 **篛** 集韻竹名或作篛

日三 **婼** 廣韻人■切集韻人奢切今用日蛇切○廣韻婼羌西域國名

按以上十一音齊齒呼。○又按廣韻集韻遮車等字原與嘉麻同韻而呼法不同洪武正韻將遮車等字別爲一韻



# 七陽 舊十陽十一唐

按廣韻集韻皆分陽與唐爲二韻而律同用。宋劉淵併爲七陽今詳陽唐二韻雖同用而呼法不同則其字宜分列之

見一 **岡** 廣韻古郎切集韻居郎切今用歌康切○說文山脊也集韻或作㟠通作阬俗作崗堽 **剛** 說文彊斷也韻會堅也勁也或作犅 **鋼** 韻會堅鐵也 **綱** 說文維紘繩也 **堈** 韻會壠也又人名莊子弇堈弔 **亢** 廣韻星名說文人頸也 **肮** 韻會頸也說文作亢或作吭頏 **芫** 集韻草名也葉似蒲叢生見爾雅 **迒** 廣韻獸迹爾雅兔其迹迒 **魧** 說文大貝也集韻魚膏或作蚢 **蔵** 集韻草名見山海經 **伉** 韻會剛正貌又儷也 **瓬** 韻會餅也一曰大瓮爲瓬或作瓶甌 **吭** 說文境也集韻陌也趙魏謂陌爲吭 **掆** 廣韻舉也集韻或作抗扛 **犅** 說文特牛也集韻或作犺通作剛 **邟** 集韻縣名在潁川 **笐** 說文竹列也集韻弦加竹謂之笐 **阬** 集韻地名



溪一 **康** 廣韻苦岡切集韻丘岡切今用渴岡切○廣韻和也樂也爾雅道五達謂之康集韻州名亦姓 **穅** 說文穀皮也韻會作糠 **㱂** 說文飢虛也廣韻穀不升謂之㱂集韻通作康 **㼘** 集韻㼘瓠陶器或作甋通作康 **慷** 集韻慷慨歎也或作忼 **漮** 爾雅虛也說文水虛也集韻水名在伊闕廣韻作陳 **槺** 廣韻槺梁虛梁 **閌** 集韻門高貌也見司馬相如長門賦 **㝩** 說文屋康宦也集韻謂屋閌或作㝩 **蝀** 集韻蝀蟲名蜻蛉也

疑一 **昂** 廣韻五剛切集韻魚剛切今用莪航切○廣韻舉也集韻日升也一曰明也 **卬** 說文望欲有所

庶及也廣韻高也我也又姓柳廣韻繫馬柱也駠集韻駠駠馬怒貌一曰馬白腹謂之駠椙韻會
斜椙謂之飛椙
端一當廣韻集韻都郎切今用德岡切。說文田相值也韻會敵也直也主也承也又州名又姓襠韻會
裲襠衣名又袴屬簹韻會篔簹竹名璫韻會充耳珠也鐺說文鋃鐺也韻會長鎖若今禁繫人者
艡韻會艑艡船名蟷廣韻蟷蠰螗蜋別名見爾雅說文作蟷
透一湯廣韻吐郎切集韻他郎切今用他岡切。說文熱水也韻會蕩也又州名又姓鏜說文鏜鼓之聲
詩擊鼓其鏜廣韻以鐵貫物說文作䡾韻會作鐺亦作闛蕩韻會水名東至內黃澤西山漢書地里志河內郡蕩陰
瞠集韻直視也蝪集韻王蛈蝪蟲名見爾雅薚集韻草名爾雅蓫薚馬尾一曰蔏陸或作募



定一唐廣韻集韻徒郎切今用駝昂切。說文大言也集韻國名亦姓餹正韻飴也亦作餳集韻或作糖
糛堂說文殿也韻會正寢也又堂堂盛也又楚邑名又姓塘韻會偃豬也又池之堤岸通作隚唐磄
廣韻岸石也集韻磄礣怪石溏韻會溏溏淖也一曰池也棠集韻木名說文牡曰棠牝曰杜榶集韻
木名棣也通作唐搪廣韻搪揬集韻張也見揚雄方言鎕珠名說文鎕銻火齊瑭韻會瑭瓀玉也
見博雅螳韻會螳蜋蟲名見莊子碭韻會石之有文者一曰山名見漢書地里志踼說文跌踼
也廣韻踼跌頓伏貌韻會行失正貌一曰搶也逿韻會過也又盪也見史記倉公傳煻集韻熱灰謂之煻煨
闛說文闛闛盛貌鶶廣韻鶶鷞鳥名似鳥蒼白色見爾雅摚集韻距也見博雅𤛓集韻牛名
或作樘見廣志嵣集韻岾嵣山名篖廣韻符篖竹笪集韻符篖竹席直文而粗者螗韻會蜩螗蟲名

蟬也詩如蜩如螗傏廣韻傏㣼不遜集韻揬也通作唐搪
泥一囊廣韻集韻奴當切今用儺昂切。韻會橐也一曰有底曰囊無底曰橐又姓蠰廣韻蟷蠰即螗
蜋也
幫一幫廣韻博旁切集韻逋旁切今用逋岡切。集韻治履邊也或作鞤綁幫彭韻會多貌詩行人彭
彭搒集韻掠也正韻笞打漢書張耳傳搒笞數十亦作榜
滂一滂廣韻普郎切集韻鋪郎切今用鋪岡切。說文沛也韻會亦作霶雱滂雱集韻同上廣韻雨雪
盛貌詩雨雪其雱磅韻會隕石聲
並一旁廣韻步光切集韻蒲光切今用蒲昂切。正韻側也爾雅二達謂之岐旁說文作㫄傍說文近也



廣韻側也彷韻會彷徉徘徊也又彷徨猶怔營也或作仿傍方正韻亦作傍房韻會阿房秦宮名膀
說文脅也廣韻膀胱或作髈蒡集韻草名似蘇有毛可爲菹見爾雅彭韻會壯也近也易匪其彭一曰彭亨
騯貌螃集韻螃蜞蟹屬廣韻螃蟹本名蟹俗加螃字
明一茫廣韻莫郎切集韻謨郎切今用模昂切。韻會茫茫廣大貌本作芒詩宅殷土芒芒汒韻會谷名
漢屬京兆又汒洋莊子汒若於夫子之言邙廣韻北邙山名杗廣韻大梁韓愈文大木爲杗蘉韻會
勉也書汝乃是不蘉恾韻會憂貌又失據貌列子恾然無以應通作芒㡆韻會㡆氏掌練絲帛見周禮考工記
忙集韻心迫也韻會怖也亢也硭廣韻硭碭山名史記作芒
精一臧廣韻則郎切集韻茲郎切今用咨岡切。說文善也廣韻厚也又姓贓韻會吏受賕曰贓史記漢

書通作臧 戕韻會戕也又戕柯郡名通作牂 牂說文牝羊也詩牂羊墳首韻會牂牂盛貌詩其葉牂牂

〈清一〉倉廣韻七剛切集韻千剛切今用雌岡切○說文穀藏也韻會蒼黃穀熟色又倉卒怱遽貌又姓 蒼說文草色也正韻深青色又姓 滄說文寒也集韻水名亦州名 凔廣韻寒貌 鶬廣韻鶬鶊鳥名或作雒 傖集韻傖囊亂貌

〈從一〉藏廣韻昨郎切集韻慈郎切今用慈昂切○說文匿也正韻蓄也亦作臧

〈心一〉桑廣韻息郎切集韻蘇郎切今用思岡切○說文蠶所食葉木也廣韻木名又姓 喪韻會亡也又姓說文作器 顙韻會領也

〈曉一〉炕廣韻呼郎切集韻虛郎切今用黑岡切○集韻張也爾雅守宮槐葉晝聶宵炕疏云聶合也炕張也



〈匣一〉航廣韻胡郎切集韻寒剛切今用何昂切○廣韻船也說文作斻集韻亦作䘕通作杭桁 杭廣韻州名韻會餘杭邑名本作邟 行集韻列也 桁集韻木在足曰械大械曰桁 頏韻會鳥飛貌詩頡之頏之集韻本作翃或作䴚鴧 吭集韻咽也或作亢通作頏肮 迒說文獸迹也或作䟘 魧廣韻魚名又大貝見爾雅 蚢集韻紫蚢海貝一曰蟲名食蒿者見爾雅 苀廣韻東蠡草名見爾雅 沆廣韻渡也集韻水流貌 胻廣韻脛也 肮集韻大脈謂之肮 筕集韻筕篖織竹也 笐集韻樂器有絃一曰竹名見爾雅

〈影一〉𧳜廣韻烏郎切集韻於郎切今用阿岡切○廣韻貉屬集韻江東呼貉為𧳜貏見爾雅貁子貆註或作㹧 姎廣韻女人自稱 坱集韻塵埃也 咉廣韻應聲又咉咽流不通也左思魏都賦泉流迸集而咉咽

〈來一〉郎廣韻魯當切集韻盧當切今用勒昂切○廣韻官名又魯邑又姓 廊廣韻廡也殿下外屋也 浪集韻滄浪水名南入江一曰浪浪流貌 琅說文琅玕似珠者廣韻琅邪郡名又姓俗作瑯 鋃說文鋃鐺鎖也廣韻鐺聲 稂正韻禾粟生不成又草名似莠說文作蓈 桹說文高木也廣韻桄桹木名 榔韻會檳榔木名 狼正韻獸名廣韻豺狼又姓 蜋集韻蟲名說文螳蜋也 㝗廣韻㝗宮室空貌集韻或作食 閬韻會高門也 硠說文石聲集韻硠硠堅也 莨說文草也見史記司馬相如傳 䕞集韻䕞毒藥草或作蒗 筤廣韻車籃韻會笏竹也易為蒼筤竹 駺廣韻馬尾白見爾雅 艆廣韻海中大船

按以上唐韻十九音開口呼



〈見三〉薑廣韻集韻居良切今合聲基央切○正韻菜名辛而不葷說文作薑 疆韻會界也說文作畺亦作壃疅彊 韁廣韻礓石集韻礫也 姜說文神農居姜水以為姓 僵說文僨也正韻仆也莊子推而僵之亦作僵見荀子 礓 橿說文枋也正韻𠟃柄一名萬年木 殭廣韻死不朽也 𧒂集韻蠶白死 韁正韻馬紲說文作繮

〈溪三〉羌廣韻去羊切集韻墟羊切今合聲欺央切○說文西戎牧羊人也廣韻章也强也發語端也又姓 蜣韻會蜣蜋蟲名一名蛣蜣見莊子 慶韻會福也正韻發語辭

〈羣三〉彊廣韻巨良切集韻渠良切今合聲奇陽切○說文弓有力也集韻勝也亦姓 强正韻同上又米中蠹蟲說文蚚也

知三張廣韻陟良切集韻中良切合聲知央切○說文施弓弦也集韻開也亦姓粻韻會糧也詩以峙其
粻漲廣韻水大貌餦廣韻餦餭餳也集韻餅也
徹三倀廣韻褚羊切集韻抽良切今用敕央切○說文狂也集韻仆也一曰倀倀無見貌禮記倀倀乎何之韻會
倀鬼虎所食人也其鬼常導虎行遇機則發之𦸈廣韻草名說文草枝枝相值葉葉相當爾雅作蕩鼚廣韻
鼓聲古詩帝載歌鼚乎鼓之軒乎舞之
澄三長廣韻直良切集韻仲良切合聲池陽切○說文久遠也腸正韻腹腸水穀二道場說文
祭神道也正韻收禾圃亦作塲萇廣韻萇楚蔓生如桃又姓⿰虫長集韻蟲名博雅⿰虫長⿰虫畏蚰蜒也
孃三孃廣韻女良切集韻尼良切合聲尼陽切○說文煩擾也一曰肥大也廣韻母稱娘廣韻少女之號



韻會母稱曰娘通作孃
非三方廣韻府良切集韻分房切今用夫央切協用夫汪切○說文併船也或作汸集韻方矩也道也類也且也
亦姓坊說文邑里之名韻會坊方也又州名肪說文肥也正韻脂也祊韻會祭四方之名周禮致禽以
祀祊枋說文木可作車韻會蜀人以木偃魚爲枋又枋頭地名見晉史蚄集韻蚄蟲名食苗者見唐書五行
志鈁說文方鐘也博雅甖謂之鈁廣韻鍑屬邡說文什邡廣漢縣閍集韻巷門
敷三芳廣韻集韻敷方切今用敷央切協用敷汪切○說文香草也韻會州名又姓妨說文害也韻會
礙也淓廣韻水名見山海經
奉三房廣韻集韻符方切今用扶亡切○說文室在旁也廣韻州名又姓防說文隄也廣韻防禦也亦

作坊魴說文赤尾魚詩魴魚赬尾汸集韻水名
微三亡廣韻集韻武方切今用無房切○說文逃也集韻無也或作亾忘說文不識也正韻忽也遺也
望韻會瞻望也朢韻會月滿與日相望也通作望芒說文草端正韻木正曰句芒莣集韻
草名說文杜榮也似茅可爲繩見爾雅一曰莣蘉萱也鋩廣韻刃端硭集韻硭硝藥石通作芒
精四將廣韻即良切集韻資良切今用即央切○集韻有漸之詞一曰且也大也領也送也槳正韻所以
隱櫂縱曰櫓橫曰槳集韻作⿰木將漿韻會酢也用禮酒正四飲之物三曰漿說文作⿱將米蔣集韻草名說文苽蔣
也螿廣韻寒螿蟬屬見爾雅蜺寒蜩註
清四蹌廣韻七羊切集韻千羊切今用七央切○說文動也集韻舞貌書鳥獸蹌蹌瑲說文玉聲也詩



有瑲蔥珩鏘廣韻鏗鏘詩八鸞鏘鏘集韻瑲或作鏘亦作鎗創槍說文距也集韻刻木傷盜曰槍或作鎗
蹡廣韻行貌韓愈詩踉蹡越門限說文作蹩將集韻請也詩將仲子兮斨說文方銎斧也詩又缺我
斨嶈廣韻山高貌韻會山激聲見張衡西京賦搶正韻拒也集也突也飛掠也莊子飛搶榆枋鶬
韻會鶬鶬鳥名
從四牆廣韻在良切集韻慈良切合聲齊陽切○正韻垣墉亦作墻通作廧說文作𤖨廧集韻廧咎如赤
狄別種見左傳檣廣韻船檣韻會颿柱也或作艢檣戕說文槍也春秋邾人戕鄫子嬙廣韻嬪嬙
婦人官名蘠集韻草名說文蘠靡虋冬也薔集韻蘠或作薔正韻薔薇花名又薔莪似蕉而小
心四襄廣韻息良切集韻思將切合聲西央切○廣韻除也上也駕也返也亦州名又姓驤說文馬之

低卬也爾雅馬後右足白曰驤 瓖 韻會玉名一曰馬帶玦張衡東京賦鉤膺玉瓖 纕 集韻佩帶離騷解佩纕以
結言兮一曰馬腹帶 相 說文省視也韻會共也質也又姓 廂 韻會廡也通作箱 箱 說文大車牝服
詩不以服箱韻會大車兩較之內謂之箱是車內容物處又箱篋也 湘 說文水出零陵陽海山北入江韻會亨也詩于
以湘之 鑲 廣韻兵器管子鐘鑲 緗 正韻淺黃如桑初生色 儴 爾雅因也 忀 集韻忀徉逍遙
也一曰行貌見楚詞 欀 廣韻欀木皮中有如白米屑擣之可為麪 葙 廣韻青葙子 蠰 集韻蟷蠰蟲名
蟷蜋也見爾雅

邪四 詳 廣韻似羊切集韻徐羊切今用習陽切。說文審議也 祥 說文福也集韻善也 庠 正韻
有虞氏之學養老之宮也孟子周曰庠 翔 說文回飛也集韻或作鶈見漢書郊祀歌 洋 說文水出齊臨朐高



山東北入鉅定集韻洋洋水盛貌 痒 說文瘍也

照二 莊 廣韻集韻側羊切今用菑央切協用菑汪切。集韻恭也爾雅六達之道謂之莊亦姓 妝 說文
飾也集韻或作娤糚糚韻會通作莊裝俗作粧 裝 說文裹也韻會齎也

照三 章 廣韻集韻諸良切合聲支央切。說文樂竟為一章集韻采也亦姓 彰 說文文彰也韻會飾也明
也通作章 嫜 韻會夫之兄曰兄嫜杜甫詩何以拜姑嫜通作章 慞 集韻慞惶懼也 徫 集韻徫徫行不
正楚辭九思作徫遑 璋 說文剡上為圭半圭為璋 障 廣韻隔也集韻壅也本作墇或作㢓通作鄣 鄣
說文紀邑也春秋齊人降鄣 漳 廣韻水名見山海經 樟 韻會豫樟木名通作章 麞 說文麋屬韻會
麞如小鹿而美或作獐

穿二 瘡 廣韻集韻初良切今用差央切協用初汪切。集韻痏也韻會瘍也痍也通作創 創 正韻傷也
痍也說文作办 愴 集韻悲也

穿三 昌 廣韻尺良切集韻蚩良切合聲蚩央切。說文美言也一曰日光也集韻州名亦姓 倡 集韻樂也
韻會倡優女樂或作娼 閶 說文天門也韻會楚人名門曰閶闔見楚辭或作閶見漢書揚雄傳 猖 集韻猖狂
也正韻披猖縱裂貌 菖 集韻菖蒲草名蒜也通作昌 鯧 廣韻鯧鯸魚名

牀二 牀 廣韻士莊切集韻仕莊切今用岑陽切協用鋤王切。說文安身之坐者集韻或作床

審二 霜 廣韻色莊切集韻師莊切今用師央切協用疏汪切。廣韻凝露也又姓 孀 廣韻寡婦 鷞
說文鷫鷞也集韻西方神鳥或作鸘 驦 集韻驌驦良馬名或作騻通作爽



審三 商 廣韻式羊切集韻尸羊切合聲詩央切。說文從外知內也正韻行賈也集韻徵音之所生一曰刻也一
曰契所封地名亦姓 傷 說文創也正韻悼也痛也感也戕也 殤 正韻未成人喪 觴 正韻酒巵之總名實
曰觴虛曰觶亦作觴 湯 韻會湯湯水流貌又水盛貌詩其流湯湯或作傷 禓 集韻強鬼也禮記郊特牲鄉人
禓註時儺索室毆疫逐強鬼也一曰祭名或作𥛱 鬺 韻會煮也漢書郊祀志鬺亨上帝說文作鬺 螪 集韻
蟲名爾雅蛶螪何一曰蜥蜴類 愓 韻會愓愓直疾貌禮記玉藻行容愓愓 蔏 廣韻蔏陸草也集韻蔏蔞蒿也
煬 集韻謚也春秋魯立煬宮 滳 集韻水名 謪 正韻度也荀子謪德而定位、

禪三 常 廣韻市羊切集韻辰羊切合聲匙陽切。說文下帬也集韻天子旗名一曰久也又州名亦姓 裳 說文
正韻下衣曰裳說文本作常 嘗 說文口之味也集韻試也一曰秋祭名亦姓或作甞 償 說文還也 鱨

正韻魚名詩鯈鱨鰋鯉 **尙** 韻會主也漢官儀尙書主大計 **徜** 廣韻徜徉猶徘徊也

曉三 **香** 廣韻許良切集韻虛良切合聲希央切○韻會芳也集韻穀氣也亦作薌說文作香 **鄉** 廣韻萬二千五百家為鄉又姓 **膷** 正韻牛羹禮記內則膷臐膮

影三 **央** 廣韻集韻於良切今用衣香切○說文中央也廣韻久也 **殃** 說文久也廣韻或作袂 **鴦** 說文鴛鴦也 **泱** 廣韻水流貌詩維水泱泱 **秧** 正韻禾苗杜甫詩插秧適云已 **胦** 集韻胦脖臍也見靈樞經

喻四 **陽** 廣韻與章切集韻余章切今用移彊切○說文高明也廣韻陰陽又姓 **暘** 說文日出也書宅嵎夷曰暘谷 **煬** 韻會爍金也又融也老子抱德煬和或作烊 **揚** 說文飛舉也集韻州名古作敭 **徉** 韻會彷徉徙倚貌通作佯 **佯** 集韻弱也韻會詐也本作詳通作陽 **洋** 集韻洋洋盛大也 **鍚** 廣韻兵名又馬額飾詩鉤膺鏤鍚說文作錫 **颺** 說文風所飛揚也 **楊** 說文木也廣韻赤莖柳又姓 **羊** 說文祥也正韻柔毛畜又姓 **昜** 說文開也廣韻飛也又曲昜縣在交阯 **崵** 說文崵山在遼西 **瘍** 說文頭創也正韻瘡痍禮記曲禮身有瘍則浴 **痒** 正韻病也詩癙憂以痒 **瑒** 韻會玉名又人名唐有申屠瑒 **蛘** 廣韻蟲名 **鰑** 廣韻赤鱺 **禓** 說文道上祭廣韻道神 **𢧵** 韻會戈也又鉞也通作揚 **婸** 集韻婬婸游也見揚雄方言

來三 **良** 廣韻集韻呂張切合聲離陽切○韻會善也集韻甚也亦姓 **量** 說文稱輕重也 **糧** 說文穀也集韻或作粮 **粱** 說文米名韻會粟類米之善者 **梁** 說文水橋也集韻梁棟又國名亦姓 **涼** 說文薄也廣韻寒涼也又州名又姓





**涼** 集韻薄寒曰涼 **踉** 廣韻跳踉也莊子跳踉乎井垣之上 **䣼** 韻會漿也見周禮膳夫註通作涼 **椋** 廣韻木名說文即來也 **輬** 說文臥車也韻會轀輬本安車以臥息後因載喪飾以柳翣遂為喪車 **俍** 韻會良工也莊子工乎天而俍乎人 **颹** 說文北風謂之颹韻會或作颹通作涼

日三 **穰** 廣韻汝陽切集韻如陽切今用日陽切○廣韻禾莖也韻會眾也一曰豐也又姓 **禳** 廣韻除殃祭也 **攘** 說文推也廣韻竊也除也逐也止也又揎袂出臂曰攘 **𢿯** 廣韻盜也韻會作𢿯 **瓤** 廣韻瓜實也 **瀼** 正韻瀼瀼露多貌詩零露瀼瀼 **鄊** 說文今南陽穰縣是 **勷** 韻會劻勷急遽貌楚辭九辨逢此世之恇勷一作俇攘一作趪攘 **儴** 集韻因也見爾雅 **鬤** 廣韻鬤鬤亂毛楚辭大招被髮鬤只 **蘘** 集韻草名說文蘘荷也潘岳閑居賦蘘荷依陰 **蠰** 集韻蟲名說文蟷蠰也 **䉴** 集韻漉米竹器 **懹** 集韻恇懹怯遽也 **鑲** 說文作型中腸也廣韻鉤鑲兵器

按以上陽韻二十九音。共分三等。居第二等者。按諧宜作開口呼。今多讀作合口呼。其居第三等第四等者。為齊齒呼。惟輕脣數音宜屬合口呼。

見一 **光** 廣韻古黃切集韻姑黃切合聲姑汪切○說文明也集韻州名亦姓 **洸** 說文水涌光也正韻水名又武貌詩武夫洸洸 **胱** 廣韻膀胱水府 **桄** 廣韻桄榔木名集韻舟前木也 **茪** 集韻草名爾雅蘚茪英茪 **𩧯** 集韻馬回毛在背曰闋驞爾雅作闋廣 **珖** 韻會玉名又人名後漢馮魴傳孫珖官至城門校尉 **侊** 廣韻盛貌

溪一 **𩩲** 廣韻苦光切集韻枯光切合聲枯汪切○集韻骯䯁骯也見博雅

曉一 荒 廣韻集韻呼光切合聲呼汪切○說文蕪也集韻草掩地也一日遠也亦姓 肓 說文心上鬲下也左傳居肓之上膏之下 衁 說文血也左傳士封羊亦無衁也 䀮 廣韻目不明也見靈樞經又狠䀮南夷國名人能夜市金 㡃 說文設色之工治絲練者一日㡃隔集韻或作幌帾 謊 說文夢言也 𥠻 說文虛無食也廣韻果蓏不熟 巟 說文水廣也 㤺 集韻忘也見博雅或作慌

匣一 黃 廣韻集韻胡光切今從之協用胡王切○說文地之色集韻州名又姓 皇 廣韻君也美也天也大也又姓說文作皇 遑 說文急也集韻暇也或作偟 偟 正韻彷徨猶徘徊也亦作徬徨彷偟 惶 說文恐也 喤 說文小兒聲詩其泣喤喤 璜 說文半璧也周禮以元璜禮北方 簧 說文笙中簧也詩吹笙鼓簧 煌 說文煌煇也詩明星煌煌 隍 說文城池也有水日池無水日隍易城復于隍 潢 說文積水也左傳潢汙行潦之水 湟 說文水出金城臨羌塞外東入河 艎 集韻艅艎吳大舟名或作䑟通作皇 凰 正韻雄日鳳雌日凰集韻或作鷬通作皇 騜 廣韻馬黃白色見爾雅 蝗 集韻蟲名說文螽也 蟥 集韻蟲名說文蟥蟥也廣韻蚑蟥蛢甲蟲也見爾雅 趪 廣韻趪趪武貌又張設貌張衡西京賦猛虡趪趪 鍠 說文鐘聲也集韻兵器廣韻作韹 篁 說文竹田也史記樂毅傳植於汶篁廣韻竹名 餭 集韻餦餭餌也見楚辭招魂 𨞙 集韻縣名在會稽 崲 集韻地名南史始寧郡有休崲湖 葟 廣韻葟葟茂也爾雅蕍芛葟華榮 鱑 廣韻魚名集韻或作鰉

影一 汪 廣韻集韻烏光切今用烏荒切○廣韻水深廣又姓說文作𣴬 尪 正韻曲脛也僂也弱也短小也禮記檀弓吾欲暴尪而奚若註尪者面向天說文本作尢象曲脛之形或作尩尫俱見荀子

按以上唐韻五音合口呼。

溪三 匡 廣韻去王切集韻曲王切今從集韻協用枯汪切○正韻正也又地名又姓 筐 韻會飯器也筥也說文作匩隸省作匡 洭 廣韻水名出桂陽含洭縣見漢書地里志說文作滙 劻 集韻劻勷遽也或作狅亦作距趄 眶 正韻目涯張衡東京賦隅目高眶或作䀮通作匡 恇 韻會怯也說文作㤮通作匡

群三 狂 廣韻巨王切集韻渠王切今從集韻○韻會躁也病也說文作狴古作性 俇 集韻俇儴惶遽也

喻三 王 廣韻集韻雨方切今用余狂切○說文天下所歸往也廣韻君也大也又姓 蚟 集韻促織南楚謂之蚟蟱見揚雄方言

按以上陽韻三音列於三等例屬撮口呼。今皆讀作合口呼。

# 八庚 舊十二庚十三耕十四清

按廣韻集韻。皆分庚耕清爲三韻而律同用。宋劉淵併爲八庚。今詳庚耕二韻。其呼法無異。等第俱同。清與庚耕。等第雖異。而呼法亦有相同者。故古今韻會洪武正韻諸書。多所合併。今亦將三韻之字併列之。而韻名與音切。分註於各音首字之下。

見二 庚 廣韻古行切集韻居行切今用歌亨切庚韻○廣韻更也償也集韻道也十日名也亦姓 賡 集韻續也 更 說文改也集韻歷也償也 秔 說文稻屬韻會稻不黏者或作稉俗作粳 羹 正韻五味和羹說文作鬻亦作羹 鶊 韻會鶬鶊鳥名禮記月令作倉庚 浭 廣韻水名出北平見漢書地里志 耕 廣韻集韻古莖切今用歌鏗切耕韻○說文犂也

溪二 阬 廣韻客庚切集韻邱庚切今用渴亨切庚韻○正韻墟也壍溝也陷也亦作坑 鏗 廣韻口莖切集韻邱耕切今用渴耕切耕韻○廣韻鏗鏘金石聲也或作鎗 硜 正韻硜硜小人貌硜硜猶硜硜也蓋堅確之意或作硜見韓愈詩 牼 正韻朱牼人名見孟子 誙 正韻言確莊子誙誙如也 摼 說文擣頭也揚雄羽獵賦摼象犀集韻或作挳 䁁 集韻䁁瞜視不明或作睈 ⿰山巠 廣韻谷名在麗山 羥 說文羊名 硯 集韻鍾病聲周禮高聲硯或作硍

疑二 娙 廣韻五莖切集韻魚莖切今用莪萌切耕韻○說文長好也韓愈孟郊聯句趙燕錫嫇娙 俓 廣韻急也集韻枝也

知二 丁 廣韻集韻中莖切今用知耕切耕韻○正韻伐木聲詩伐木丁丁廣韻本作朾 玎 韻會玎玲玉聲 ⿱穴登 集韻⿱穴登宏屋響 趟 廣韻竹盲切集韻中庚切今用知亨切庚韻○韻會趟趟跳躍也韓愈孟郊聯句相殘雀豹趟

徹二 瞠 廣韻丑庚切集韻抽庚切今用敕亨切庚韻○集韻直視也莊子瞠乎後矣或作矘盯憆瞜 橕 廣韻撥也又撐柱也說文作樘集韻或作牚橖 牚 說文距也周禮考工記弓人維角牚之註牚正也

澄二 橙 廣韻宅耕切集韻除耕切今用池萌切耕韻○說文橘屬 朾 說文橦也 窨 說文窨宖響也 棖 廣韻直庚切集韻除庚切今用池衡切庚韻○說文杖也集韻法也一曰棖謂之楔 掁 韻會揬也觸也韓愈孟郊聯句裂腦擒摚掁或作撜轂周禮作揨 瞪 韻會視貌集韻本作盯 摚 集韻距也或作牚瞠 憕 廣韻憕怳失志

孃二 儜 廣韻女耕切集韻尼耕切今用尼萌切耕韻○廣韻困也弱也韓愈孟郊聯句何用苦拘儜 ⿰言寧 集韻營⿰言寧小聲元稹詩拾栗苦譬⿰言寧 獰 韻會獰猙犬毛一曰惡也韓愈孟郊聯句穴狸闖䦧獰 薴 說文草亂也廣韻作薴 嬣 集韻姘嬣女劣貌 鬡 廣韻乃庚切集韻尼庚切今用尼衡切庚韻○集韻鬡鬤髮亂貌韓愈征蜀聯句怒鬡獰鬤鬡廣韻作鬤 ⿰寧毛 廣韻犬多毛貌

幫二 繃 廣韻北萌切集韻悲萌切今用逋耕切耕韻○說文束也韓愈孟郊聯句簪笏自懷繃 絣 說文氏人殊縷布也韻會以繩直物曰絣 伻 正韻使也書伻來以圖及獻卜爾雅作拼亦作抨 祊 廣韻甫盲切集韻晡橫切今用逋亨切庚韻○廣韻廟門傍祭也詩祝祭于祊說文作鬃 閍 廣韻宮中門也一曰巷門爾雅閍謂之門 嗙 說文訶聲嗙喻也廣韻喝聲 傍 韻會傍傍然不得已之貌 榜 說文所以輔弓弩 ⿰舟并 集韻

舟名

滂二 烹 廣韻撫庚切集韻披庚切今用鋪庚切庚韻○韻會煮也本作亨 磅 廣韻小石落聲韻會擊石聲或作磞 軯 韻會軯訇車馬聲 澎 韻會澎濞水貌或作滂 洴 集韻水聲或作泙滂 砰 廣韻普耕切集韻披耕切今用鋪耕切耕韻○韻會砰磅聲也列子砰然聞之如雷或作硑訇 怦 韻會心急也又忠直貌楚辭九辯心怦怦兮諒直 抨 說文彈也杜甫詩抨弓落狖鼯 軿 韻會車聲或作駍見揚雄羽獵賦 閛 集韻閛屏聲揚雄法言閛之閛然或作閛 硼 集韻石名或作磞 漰 集韻漰湃水聲 姘 說文除也廣韻男女私合曰姘

並二 彭 廣韻薄庚切集韻蒲庚切今用蒲衡切庚韻○說文鼓聲也集韻水名在衛地一曰國名廣韻行也道也盛也又姓 輣 說文兵車也漢書敘傳衝輣閑閑 蟚 集韻蟚蜞蟹屬或作蟛 搒 集韻笞擊也或作篣 騯 說文馬盛也 趽 說文曲脛馬也韻會凡曲脛皆曰趽 髼 廣韻髼鬆亂髮貌 膨 廣韻膨脝脹貌集韻大腹 憉 廣韻憉悙自強 澎 集韻縣名在東海一曰水貌 棚 廣韻薄萌切集韻蒲萌切今從集韻耕韻○廣韻棧也 㥊 廣韻㥊惝好嗔貌 弸 說文弓彊貌集韻滿也揚雄法言弸中彪外

明二 萌 廣韻莫耕切集韻謨耕切今用模棚切耕韻○說文草芽也 甍 說文屋棟也韻會所以承瓦左傳猶援廟桷動於甍或作䕬瓴 氓 說文民也集韻通作萌甿 甿 說文田民也 嫇 韻會嫈嫇幼婦一曰小人貌韓愈孟郊聯句彩伴颭嫈嫇 矒 廣韻矒矒視不分明 盟 集韻誓約也 盲 廣韻武庚切集韻眉耕切今用模衡切庚韻○廣韻目無童子集韻或作䀮 蝱 說文齧人飛蟲集韻或作虻 䁅 廣韻䁅盯直視



韓愈孟郊聯句眼剽強盯䁅 鄳 廣韻縣名在江夏 黽 集韻地名在秦 莔 集韻草名說文貝母也通作蝱詩言采其蝱 鼆 說文冥也又句鼆魯邑左傳一人門于句鼆 [illegible] 集韻鎗也或作[illegible]

照二 爭 廣韻側莖切集韻甾莖切今用菑耕切耕韻○廣韻競也引也 箏 廣韻樂器說文鼓弦竹身樂也 綪 正韻曲也禮記玉藻齊則綪結佩又縈也史記楚世家綪繳蘭臺 猙 廣韻獸名似豹一角五尾見山海經 ⿰糸爭 說文紆朱縈繩一曰急弦聲 ⿰魚爭 廣韻魚名見博雅 錚 說文金聲也 ⿱艹爭 說文草⿱艹爭蕘貌

穿二 琤 廣韻楚耕切集韻初耕切今用差耕切耕韻○說文玉聲也 錚 集韻金聲漢書劉盆子傳鐵中錚錚或作鎗 噌 廣韻噌吰鐘音 掙 集韻刺也見博雅 棦 集韻木束也 鎗 廣韻楚庚切集韻楚耕切今用差亨切庚韻○說文鐘聲也廣韻鼎類 淨 廣韻冷也 槍 廣韻欃槍祆星見爾雅 鏳 集韻釜屬通作鎗



牀二 崢 廣韻士耕切集韻鋤耕切今用岑萌切耕韻○正韻山峻貌說文作崝集韻或作嶒崢 鬇 廣韻鬇鬡毛髮亂貌 橧 說文北地高樓無屋者 傖 廣韻助庚切集韻鋤庚切今用岑衡切庚韻○廣韻楚人別種也劉禹錫詩兼楚語音傖

審二 生 廣韻所庚切集韻師庚切今用師亨切庚韻○說文進也廣韻長也又姓 甥 說文謂我甥者吾謂之甥廣韻外甥又姓 笙 廣韻樂器也說文十三簧象鳳之身 牲 說文牛完全 猩 集韻猩猩獸名能言者或作狌 鼪 集韻江東呼鼪鼠為鼪見爾雅鼪鼠註 姓 集韻人名春秋蔡公孫姓 湦 集韻人名曹伯公終湦見史記管蔡世家註 ⿰生毛 集韻⿰生毛毛起貌

曉二 亨 廣韻許庚切集韻虛庚切今用呵庚切庚韻○廣韻通也集韻嘉之會也 脝 韻會膨脝腹滿貌

悙 廣韻悙悙自強

匣二 衡 廣韻戶庚切集韻何庚切今用何彭切庚韻○說文牛觸橫大木著其角也集韻橫一木爲門也一曰平也亦州名又姓 行 說文人之步趨也 珩 說文佩上玉也所以節行止 桁 韻會屋橫木曰桁一曰葬具 蘅 韻會杜蘅香草通作衡 胻 說文脛端也 筕 廣韻筕篖竹笪 莖 廣韻戶耕切集韻何耕切今用何萌切耕韻○說文枝柱集韻草曰莖竹曰箇木曰枚 誙 集韻六誙顓項樂見博雅通作莖

影二 罌 廣韻烏莖切集韻於莖切今用阿耕切耕韻○說文缶也集韻或作甖甇 罃 說文備火長頸缾也 嚶 說文鳥鳴也 鸚 說文鸚鴞能言鳥也 櫻 集韻櫻桃果名 鶯 說文鳥也廣韻鳥羽文也詩有



鶯其羽集韻或作鸎 嫈 集韻嫈嫇下俾婦人貌 譻 說文聲也 ⿰罃刂 廣韻芟除林木也見齊民要術

來二 輘 集韻力耕切今用勒萌切耕韻○集韻輷輘車聲韓愈詩輷輘捍狂車 磷 韻會砰磷峻貌又石如雷聲 玲 集韻玲玎玉聲 駖 集韻馬眾聲

按以上十九音開口呼。

見三 京 廣韻舉卿切集韻居卿切合聲基英切庚韻○說文人所爲絕高丘也集韻大也又姓 荊 說文楚木也集韻州名又姓 驚 說文馬駭也 麠 說文大鹿也牛尾一角或作麖見山海經 鶁 集韻羌鶁鳥名南方有之左思吳都賦彈鸞鶁 頸 集韻吉成切今用基嬰切清韻○集韻項也

溪三 卿 廣韻丘京切集韻邱京切合聲欺英切庚韻○說文章也廣韻公卿又姓

溪四 輕 廣韻去盈切集韻牽盈切合聲欺嬰切清韻○說文輕車也正韻不重 ⿺走巠 廣韻一足跳行陘蒙詩夔猶一足⿺走巠 ⿱巠金 集韻金聲也一曰斷也

羣三 擎 廣韻集韻渠京切今用奇迎切庚韻○集韻舉也或作弊擏 黥 說文墨刑在面也韻會墨涅面也又姓或作剠古作⿰黑刂 勍 說文彊也左傳勍敵之人 檠 正韻輔正弓弩器又燈架韻會榜也說文作㯳或作⿱敬弓通作撽 鯨 韻會海大魚也說文作䲔 ⿰魚巠 廣韻巨成切集韻渠成切今用奇盈切清韻○說文魚名 葝 集韻草名爾雅葝山韲或作劃

疑三 迎 廣韻語京切集韻魚京切今用宜擎切庚韻○說文逢也

知三 貞 廣韻陟盈切集韻知盈切今用知嬰切清韻說文卜問也集韻正也或作偵見禮記緇衣 禎



說文祥也 楨 說文剛木也上郡有楨林縣集韻築牆具 湞 說文水出南海龍川西入溱

徹三 檉 廣韻丑貞切集韻癡貞切今用敕嬰切清韻○說文河柳也詩其檉其椐 偵 韻會偵質問也又邏伺也左傳註諜者曰游偵或作遉 赬 韻會赤色也詩魴魚赬尾說文作䞓集韻或作䞒緽通作竀左傳如魚竀尾 竀 說文正視也从穴中正見也集韻或作䚹 蟶 廣韻蚌屬 浾 說文浾棠棗之汁 𧿒 廣韻跉𧿒行不正 虰 廣韻蟶也

澄三 呈 廣韻直貞切集韻馳貞切今用池盈切清韻○說文平也廣韻示也見也 程 說文品也廣韻期也式也限也又姓 裎 廣韻佩帶正韻裸裎露體也孟子雖袒裼裸裎於我側 酲 說文病酒也詩憂心如酲集韻醉而覺也 珵 集韻佩玉也珩謂之珵一曰玉大六寸韓愈孟郊聯句闘草擷璣珵 脭 集韻肉之精者枚乘七發

脛膿肥厚

幫三**兵**廣韻甫明切集韻晡明切合聲卑英切庚韻○正韻戎器也後世呼士卒爲兵幫四**幷**廣韻

府盈切集韻卑盈切合聲卑嬰切清韻○說文相從也集韻州名又姓**栟**集韻木名說文栟櫚也**箳**集韻

箳篁車幡**屛**集韻屛營征伀也**絣**集韻雜也錯絣見揚雄太元

並三**平**廣韻符兵切集韻蒲兵切今用皮迎切庚韻○廣韻正也和也易也亦州名又姓**評**正韻品論

也量也訂也**苹**正韻萍也韻會藾蒿也詩食野之苹**萍**正韻薸也浮生水上又蘋也又青萍劍名亦作蓱

**枰**集韻枰仲木名一曰博局或作栟**坪**集韻坪平也又圍湖坪地名見宋史謝枋得傳或作垩**泙**

說文谷也廣韻水名

明三**明**廣韻武兵切集韻眉兵切今用迷迎切庚韻○廣韻光也昭也通也發也又姓說文作朙**盟**廣韻

盟約殺牲歃血也說文作盟**鳴**說文鳥聲也廣韻嘶鳴又姓**鶥**廣韻鶥鵯似鳳南方神鳥韓愈孟郊聯句

啄場翻祥鳴明四**名**廣韻武幷切集韻彌幷切合聲迷盈切清韻○廣韻成也大也功也号也又姓**洺**

廣韻水名在易陽亦州名

精四**精**廣韻子盈切集韻咨盈切今用卽嬰切清韻○說文擇也廣韻明也正也善也好也**晶**說文精光

也韻會水晶石也通作精**菁**說文韭華也韻會草木之英爲菁又蔓菁菜又茂貌**鶄**正韻鵁鶄似鳧而腳高有

毛冠亦作䴖鶄通作精**蜻**正韻蜻蛚蟋蟀類又蜻蜓**睛**韻會目精也通作精**旌**正韻析羽置旌首韻

會識別也又姓或作旍**鼱**廣韻鼱鼩小鼠**婧**集韻竦立也一曰有才**聙**廣韻聽聽也**箐**

廣韻笭箐小籠**氏**集韻狋氏縣名在代郡見漢書地里志

清四**清**廣韻七情切集韻親盈切今用七嬰切清韻○說文䏈也澂水之貌**圊**廣韻廁也韻會行圊卽糞

槽也言穢汙常當清除之**鯖**集韻魚名

從四**情**廣韻疾盈切集韻慈盈切合聲齊盈切清韻○說文人之陰氣有欲者正韻意思也**晴**正韻雨晴

雲收日出也說文作姓**䝼**韻會受賜也

邪四**餳**廣韻集韻徐盈切今用習盈切清韻○說文飴和饊者也

照三**征**廣韻集韻諸盈切今用支嬰切清韻○正韻上伐下也正也行也取也索也說文作延**正**正韻

歲之首月又射侯畫謂之正**鉦**正韻鐃似鈴詩鉦人伐鼓**脭**韻會煮魚煎肉曰脭或作鯖廣韻煮魚煎食曰

音韻闡微　卷五　八庚

五侯鯖**綎**說文乘輿馬飾也**佂**集韻征伀惶遽見揚雄方言或作怔**鴊**廣韻齊魯閒謂題肩爲鴊

鳥見揚雄方言禮記月令作征**眐**廣韻獨視貌

審三**聲**廣韻集韻書盈切合聲詩嬰切清韻○說文音也韻會單出曰聲又姓

禪三**成**廣韻是征切集韻時征切合聲是盈切清韻○說文就也集韻州名亦姓**郕**說文魯孟氏邑正韻

國名見春秋**城**說文以盛民也正韻五雉爲城**誠**說文信也**盛**說文黍稷在器中以祀者也正韻容

受也**宬**說文屋所容受也**筬**韻會筬筐織具**晟**集韻明也**珹**廣韻珠類

影三**英**廣韻集韻於驚切今用衣京切庚韻○說文草榮而不實者集韻智出萬人爲英亦州名又姓**瑛**

說文玉光也**韺**正韻五韺帝嚳樂古作英後加音字**霙**廣韻雨雪雜也正韻雲貌**楧**說文梅也集韻

江南種材其實謂之柍廣韻作柍 爕 集韻人名南史有張爕

影四 嬰 廣韻於盈切集韻伊盈切今用衣輕切清韻○說文頸飾也集韻或作賏一說女曰嬰男曰兒 瓔 廣韻瓔珞集韻石似玉 纓 說文冠系也韻會肇纓左傳註纓在馬膺前如索帬 攖 集韻拮也亂也韻會迫近也孟子虎負嵎莫之敢攖 櫻 集韻櫻桃果名 瀴 集韻瀴溟水絕遠貌 蘡 廣韻蘡薁藤也正韻蘡薁一名山葡萄見本草

喩四 盈 廣韻以成切集韻怡成切今用移名切清韻○說文滿器也集韻國名 楹 正韻柱也亦作桯 嬴 說文少昊氏之姓廣韻秦姓韻會黔嬴天上造化神名又解也 瀛 韻會海也又楚人名澤中曰瀛又瀛洲神山名又州名 贏 說文有餘賈利也 籯 說文笭也廣韻籠也 ⿰犭盈 集韻獸名黃狐也見謝靈運山居賦 ⿰女嬴 廣韻美好貌見揚雄方言 攍 廣韻擔也見揚雄方言 ⿱艹嬴 廣韻蕭花一名帝女花

來四 令 廣韻呂貞切集韻離貞切今用離盈切清韻○廣韻使也 跉 集韻跉跰偏行 伶 集韻建伶縣名韻會伶倫古樂師

按以上二十 音齊齒呼。

見二 觥 廣韻古橫切集韻姑橫切今用姑轟切協用姑翁切庚韻○正韻酒器以角爲之詩我姑酌彼兕觥說文作觵 侊 說文小貌

曉二 轟 廣韻集韻呼宏切合聲呼泓切借用呼翁切耕韻○說文羣車聲也正韻亦作輷 訇 正韻訇訇大聲韻會地名又姓 鍧 廣韻鏗鍧鐘鼓聲相雜也班固東都賦鐘鼓鏗鍧 渹 正韻水石聲又大也 ⿰忄訇 廣韻⿰忄訇⿰忄訇好嗔聲 ⿱艹訇 廣韻石落聲 ⿱訇羽 廣韻羣鳥奔翅也集韻⿱訇羽⿱訇羽飛也 揈 廣韻擊聲集韻揮也



諻 廣韻虎橫切集韻呼橫切今用呼觥切借用呼翁切庚韻○廣韻語聲 喤 集韻諻也 謍 廣韻謍謍小聲馬融長笛賦錚鐄謍嗃

匣二 宏 廣韻戶萌切集韻乎萌切今從集韻耕韻○說文屋深也正韻大也廣也通作閎集韻或作宖 閎 正韻巷門也見爾雅廣韻所以止扉謂之閎又姓 紘 說文冠卷也集韻纓從下而上者禮記冕而朱紘 紭 廣韻網紭韓愈孟郊聯句龍原帀罝紭 鈜 韻會鏗鈜鐘鼓聲 翃 韻會翃翃飛貌又人名唐書有王翃傳集韻或作⿰犭厷 吰 廣韻噌吰鐘音韓愈詩噌吰宮夜闢 嶸 廣韻崢嶸山峻集韻或作嶸嵤峵 谹 說文谷中響也正韻亦作硡 浤 廣韻浤浤汩汩水波之勢集韻作汯 ⿱罒厷 韻會網綱也 竑 集韻度也周禮考工記竑其輻廣或作⿰車厷 宖 說文屋響也 ⿰弓厷 集韻彍⿰弓厷弓聲廣韻作彋 耾 廣韻耳語集韻耳中聲一曰耾大聲或作⿰耳宏 硡 集韻硡礚聲也見博雅或作砿 黌 廣韻戶盲切集韻胡盲切今從集韻庚韻○集韻學舍通作橫 橫 說文闌木集韻東西曰縱南北曰橫或作衡 鍠 廣韻和也樂也又鐘聲 喤 廣韻泣聲集韻諠也怒也 鐄 廣韻大鐘集韻大鎌也 ⿵風黃 集韻暴風韓愈孟郊聯句龍駕聞鼓⿵風黃 揘 韻會揘畢謂擡掀也見張衡西京賦 瑝 廣韻玉聲 蝗 韻會螽也 ⿰忄厷 集韻⿰忄厷怳失志

影二 泓 廣韻集韻烏宏切今用烏轟切耕韻○說文下深貌韻會水貌又地名春秋戰于泓

按以上四 音合口呼。

見四 泂 集韻古營切今用居縈切協用居邕切清韻○集韻大澗地名

溪四 傾 廣韻去營切集韻窺營切今用區營切協用區邕切清韻○說文仄也集韻或作頃 頃 說文頭不

正也
羣四 瓊 廣韻渠營切集韻葵營切今從廣韻協用渠容切清韻○說文赤玉也集韻亦作璚瓗琁 焭 說文回疾也正韻飛疾一曰獨也無依也 惸 集韻惸惸憂也或作焭怐慇 嬛 集韻獨也詩嬛嬛在疚或作娉焭傥學通作勢 藑 廣韻茅草也韓愈孟郊聯句參差席香藑 睘 正韻目驚視也詩獨行睘睘說文作瞏 橩 集韻博子通作瓊
心四 騂 廣韻息營切集韻思營切今用胥縈切協用胥邑切清韻○正韻牲赤色論語騂且角又馬赤黃色集韻或作牸 觲 正韻角弓貌說文作觲 垶 說文赤剛土也廣韻作垶
曉三 兄 廣韻許榮切集韻呼榮切今用虛榮切協用虛邑切庚韻○說文長也
曉四 眴 廣韻火營切集韻翾營切今用虛縈切協用虛邑切清韻○廣韻貨也
影四 縈 廣韻於營切集韻娟營切今用紆傾切清韻○說文收韏也廣韻繞也詩葛藟縈之 嫈 廣韻小心態集韻繚嫈漢侯國名 褮 說文鬼衣又衣開孔也爾雅杭謂之褮 謍 廣韻聲也 蘔 說文草旋貌也
滎 集韻榮瀯波洄涌起貌
喻三 榮 廣韻永兵切集韻于平切今從集韻協用余瓊切庚韻○說文桐木也集韻屋梠之兩頭起者爲榮一曰草華謂之榮亦州名又姓 禜 廣韻祭名集韻祭水旱也見周禮秋官 蠑 廣韻蠑螈蜥蜴別名韓愈孟郊聯句蜿垣亂蛛蠑 嶸 集韻崢嶸山貌或作嵤 醟 廣韻會湛酒見漢書敘傳 螢 集韻火蟲名
喻四 營 廣韻余傾切集韻維傾切今用余瓊切清韻○說文市居也集韻度也亦姓 瑩 集韻石似玉詩充耳琇瑩



塋 說文墓也 濚 集韻濚瀯水回貌柳宗元文瀯濚之聲與耳謀或作濴瀯瀠 鎣 廣韻采鐵集韻器也
謍 說文小聲也 熒 集韻火光

按以上七音撮口呼。○又按庚韻古多與陽同用。以字傍求之。凡庚韻中字。从亢。从堂。从長。从方。从旁。从亡。从倉。从當。从畺。从卬。从央。从黃。从光者。皆陽韻中字。其聲必與陽韻近。惟从平。从生者。古多與耕清韻同押。其聲宜與耕清近也。耕清二韻中字。从巠。从丁。从寍。从冥。从青。从令者。皆青韻中字。其聲必與青相近。然亦有从登。从曾。从朋。从厷。从弘者。又蒸韻中字。則其聲亦宜與蒸韻相近也。是故論收聲之理。東冬江陽庚青蒸。皆收鼻音。則皆可以相通。若細分之。則東冬江爲一類。陽爲一類。耕清與青爲一類。蒸爲一類。而庚半入陽。半入青。論韻者或分爲四韻。與古詩賦所用亦多合焉。惟唐律以庚與耕清合爲一韻。而陽與青皆獨用。則與古韻不合耳。

# 九青 舊十五青

按廣韻集韻皆十五青。宋劉淵改爲九青。○又按青與淸呼法無異。等第亦同。故洪武正韻合爲一韻。今雖依唐律分列之。而其音實無以辨。

見四 **經** 廣韻古靈切集韻堅靈切今用基丁切協用基嬰切○說文織也集韻常也又國名亦姓 **涇** 正韻水出安定涇濁渭淸又水出蕪湖今宣城涇縣 **鵛** 集韻鳥名爾雅鶇鵛鶋或作雞 **巠** 說文水脈也廣韻直波爲巠 **剄** 說文刑也 **桱** 說文桱桯也東方謂之簜

端四 **丁** 廣韻集韻當經切今用低經切協用低嬰切○廣韻當也亦辰名又姓 **釘** 正韻鈴釘矛名又鐵釘 **玎** 說文玉聲也 **仃** 廣韻伶仃獨也集韻作𧿒亦作行 **叮** 集韻叮嚀囑辭通作丁 **虰** 集韻蟲名赤蚍蜉也或作虰 **甼** 集韻罟甼小罔 **疔** 集韻病瘡 **奵** 集韻女名一曰㛓奵面平



透四 **廳** 廣韻他丁切集韻湯丁切今用梯丁切協用梯嬰切○韻會屋也古者治官處謂之聽事後語省直曰聽加广爲廳通作聽 **聽** 廣韻聆也韻會從也 **汀** 說文平也韻會水際平地又州名 **䋼** 正韻綬也宋史樂志蒨佩垂綎說文作䋼 **綎** 說文系綬也王安石詩汝見亦搢綎 **鞓** 廣韻皮帶鞓也宋史輿服志並服紅鞓亦作鞓 **桯** 說文牀前几廣韻碓桯 **朾** 正韻門根又虛朾地名見春秋 **町** 說文田踐處曰町謝靈運山居賦畦町所藝 **訂** 廣韻平議也 **艼** 廣韻草名說文艼熒朐也見爾雅 **耵** 集韻耵聹耳垢韓愈詩如新去耵聹

定四 **庭** 廣韻特丁切集韻唐丁切今用題形切○說文宮中也韻會門屏之內又直也 **廷** 說文朝中也 **亭** 說文民所安定也正韻道路所舍 **停** 正韻止也古作亭 **渟** 韻會水止曰渟通作亭 **娗** 正韻娗娗容好貌 **婷** 正韻娉婷美好貌 **霆** 說文雷餘聲也 **葶** 集韻葶藶藥草白居易詩敘葶抽碧股 **莛** 說文莖也集韻屋梁見莊子或作王 **筳** 說文維絲筦集韻楚人結草折竹卜曰筳篿見離騷 **鼮** 集韻鼠名文如豹見爾雅 **蜓** 廣韻蜻蜓亦蟪蛄別名 **楟** 集韻木名棃也見左思蜀都賦 **㹶** 廣韻猱㹶猨屬 **梃** 韻會縣名在膠東 **鯙** 廣韻魚名集韻或作鮔 **蝏** 集韻蝏螏水蟲名 **聤** 廣韻耳出惡水

泥四 **寍** 廣韻奴丁切集韻囊丁切今用泥形切○說文願詞也廣韻安也亦州名韻會或作甯 **寍** 說文安也 **聹** 集韻耵聹耳垢也見韓愈詩集一曰耳聒 **嚀** 集韻叮嚀囑辭通作寍 **鸋** 集韻鳥名爾雅鴂子鴞或作雞 **𧓍** 說文蟲也廣韻𧓍蛄集韻或作𧐖



滂四 **俜** 廣韻普丁切集韻滂丁切今用披經切協用披嬰切○說文俠也正韻伶俜行不正貌亦作竛竮伶俜 **甹** 說文亟詞也爾雅甹夆掣曳也集韻甹俠也 **荓** 正韻使也詩莫予荓蜂 **頩** 韻會頩頩色也見博雅又斂容也見宋王神女賦 **艵** 說文縹色也 **娉** 韻會娉婷美好貌

並四 **瓶** 廣韻薄經切集韻旁經切今用皮形切協用皮盈切○廣韻汲水器也又姓說文作缾 **屏** 集韻所以蔽也 **萍** 廣韻水上浮萍說文作蓱 **軿** 說文輜車也廣韻輜軿兵車韻會婦人車以其有屏蔽故曰軿或作輧亦作苹見周禮 **郱** 說文地名在臨朐春秋齊人遷紀郱鄑郚 **洴** 正韻漂濯莊子洴澼絖 **荓** 集韻草名說文馬帚也 **蛢** 說文蟠蟥也廣韻以翼鳴蟲 **箳** 廣韻箳篁別駕車名集韻箳篁敝篖 **帡** 集韻

覆盖也揚子然後知夏屋之爲帲幪也

明四 冥 廣韻莫經切集韻忙經切今用迷形切協用迷盈切○說文幽也廣韻暗也又姓
瞑 集韻翕目也
暝 廣韻晦暝也
蓂 韻會蓂莢堯時瑞草隨月彫榮
溟 說文小雨溟溟也
銘 集韻志也廣韻銘名也記名其功也
螟 說文蟲食穀葉者廣韻螟蛉桑蟲
嫇 說文嬰嫇也廣韻好貌王逸九思蘅芷彫兮瑩嫇集韻嫇嫇小人貌一日嫇奵面平
覭 說文小見也引爾雅覭髳弗離
鄍 說文晉邑也左傳伐鄍三門
榠 廣韻榠樝果木

精四 菁 集韻子丁切今用卽丁切協用卽嬰切○集韻韭華也一日茅有毛刺曰菁茅
青 集韻青青茂盛也通作菁



清四 青 廣韻集韻倉經切今用七經切協用七嬰切○說文東方色也廣韻州名亦姓
鯖 韻會魚名出交趾合浦諸郡
蜻 廣韻蜻蜓集韻蜻蛉蟲名蝍蛉也六足四翼
鶄 廣韻鶄鶴鳥也出南海
菁 集韻華盛貌
綪 集韻淺碧色

心四 星 廣韻集韻桑經切今用西經切協用西嬰切○正韻五緯列宿之總名韻會萬物之精上爲列星又姓說文作曐
惺 廣韻惺憽了慧貌正韻悟也靜也
醒 韻會醉解也又夢覺
腥 集韻豕中肉息論語君賜腥
胜 說文犬膏臭也集韻不熟
鯹 韻會魚臭也說文作鮏通作腥
篂 廣韻箳篂別駕車轓白居易詩箳篂州乘送
猩 說文猩猩犬吠聲
狌 集韻獸名似人通作猩

曉四 馨 廣韻呼刑切集韻醯經切今用希經切協用希嬰切○說文香之遠聞者
蛵 集韻蟲名爾雅虰蛵負勞註卽蜻蛉也

匣四 形 廣韻戶經切集韻乎經切今用奚庭切協用奚盈切○正韻體也容也常也現也
刑 說文剄也廣韻法也
硎 韻會砥石莊子刀刃若新發于硎
型 韻會鑄器之法說文作型
鉶 說文器也正韻羹器儀禮聘禮有六鉶
鈃 說文似鐘而頸長集韻酒器或作瓶甄鈃
陘 說文山絕坎也韻會晉邑名今井陘縣又姓
邢 正韻周公子所封國韻會州名又姓
娙 韻會好也或作姍又女官
侀 韻會成也禮記王制刑者侀也侀者成也一成而不可變
蛵 集韻蟲名說文虰蛵負勞也
鋞 說文溫器也圜而直上
[illegible] 說文谷也



來四 靈 廣韻集韻郎丁切今用離形切協用離盈切○廣韻神也善也巫也寵也福也亦州名又姓說文作䨩
零 說文餘雨也廣韻落也又姓
泠 廣韻清泠水也又水名出丹陽又姓
聆 說文聽也
伶 韻會弄也廣韻樂人
鈴 廣韻似鐘而小
玲 說文玉聲
醽 集韻湘東美酒或作醽醁酃通作酃
酃 說文長沙縣廣韻地名在湘東
齡 集韻古者謂年齡齒亦齡也
令 集韻使也廣韻漢複姓有令狐氏
囹 說文獄名
瓴 說文甕似瓶廣韻似罌有耳
櫺 廣韻窗櫺又櫺檻階際欄
舲 廣韻舟上有窗淮南子越舲蜀艇集韻作艋亦作艋艀
軨 廣韻車闌禮記僕展軨效駕或作轔
苓 說文卷耳也集韻茯苓藥草或作蘦
麢 說文大羊而細角集韻或作䴫羻羚
翎 說文羽也
[illegible] 說文螟[illegible]桑蟲也集韻通作蛉
蛉 集韻蟲名說文蜻蛉也韻會桑根
鴒 韻會鶺鴒鳥名通作令
䰱 廣韻神名人面獸身見山海經
霝 說文雨零也廣韻落也隕也通作零
昤 韻會昤曨日光
朎 韻會朎朧月光
竛 集韻竛竮行貌或作伶跉

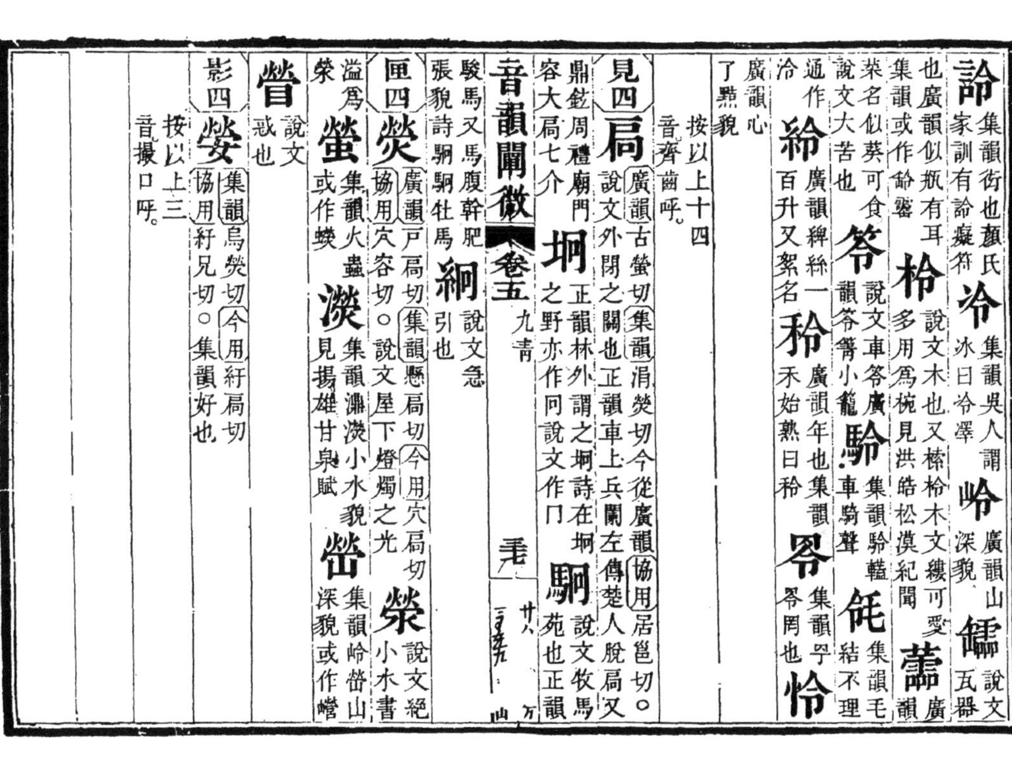

詅 集韻衒也顏氏家訓有詅癡符 冷 集韻吳人謂冰曰冷澤 岭 廣韻山深皃 鐳 說文瓦器也廣韻似瓶有耳集韻或作鈴䍃 柃 說文木也又㯏柃木文纓可愛多用爲椀見洪皓松漠紀聞 蘦 廣韻菜名似葜可食說文大苦也 笭 說文車笭廣韻笭篣小籠 騂 集韻騂轞車騂聲 毦 集韻毛結不理通作冷 紷 廣韻紲絲一百升又絮名 秢 廣韻年也集韻禾始熟曰秢 䍅 集韻䍅䍅罔也 怜 廣韻心了黠皃

按以上十四音齊齒呼。

見四 扃 廣韻古螢切集韻涓熒切今從廣韻協用居邑切○說文外閉之關也正韻車上兵闌左傳楚人脫扃又鼎鉉周禮廟門容大扃七个 坰 正韻林外謂之坰詩在坰之野亦作冋說文作冂 駉 說文牧馬苑也正韻駿馬又馬腹幹肥張皃詩駉駉牡馬 絅 說文急引也



匣四 熒 廣韻戶扃切集韻懸扃切今用穴扃切協用穴容切○說文屋下燈燭之光 滎 說文絕小水書溢爲滎 螢 集韻火蟲或作蠑 瀯 集韻瀯瀯小水皃見揚雄甘泉賦 嵤 集韻岭嵤山深皃或作巆

䁝 說文惑也

影四 嫈 集韻烏熒切今用紆扃切協用紆兄切○集韻好也

按以上三音撮口呼。

# 十蒸 舊十六蒸十七登

按廣韻集韻皆分蒸與登爲二韻而律同用宋劉淵併爲十蒸今詳蒸登二韻律雖同用而呼法與等第不同其字宜分列之。又按蒸與庚青諸韻書皆分用而不相通惟洪武正韻合爲一韻今不能辨。

見一 搄 廣韻古恆切集韻居曾切今用歌登切○說文引急也淮南子大弦搄則小弦絕集韻或作揯 緪 說文大索也陸龜蒙詩密處正垂緪集韻急也或作絚 䱴 集韻魚名說文魧也

溪一 奟 集韻肯登切今用渴登切○集韻倰奟彊大皃或作𠢥

端一 登 廣韻都滕切集韻都騰切今用德增切○說文上車也廣韻成也升也進也衆也亦州名又姓 豋 韻會禮器也詩于豆于登說文作弆集韻或作䥢通作鐙 燈 廣韻燈火說文作鐙 㲪 集韻毾㲪罽也見漢書西域傳 簦 說文笠蓋也史記虞卿傳躡蹻擔簦 䔲 廣韻金䔲草 䳾 廣韻䳾鶺鳥也集韻鶻鵃也



透一 鼟 廣韻集韻他登切今從之○廣韻鼟鼟鼓聲元微之詩夢聽鼓鼟鼟

定一 騰 廣韻集韻徒登切今用駝恆切○說文傳也廣韻馳也躍也 滕 說文水超涌也廣韻國名亦姓 謄 正韻移書傳鈔也 縢 說文緘也書金縢 幐 說文囊也廣韻囊可帶者 藤 韻會莖藤草名胡麻也一曰藟也今總呼草蔓莛如藟者爲藤又州名 䲢 廣韻魚名蒼身赤尾見山海經 螣 說文神蛇也荀子螣蛇無足而飛集韻蝗也或作蟘 𧇾 說文黑虎也集韻或作𧇾

泥一 能 廣韻集韻奴登切今用儺恆切○廣韻工善也又獸名熊屬足似鹿亦賢能也

幫一 崩 廣韻北滕切集韻悲朋切今用卜登切○正韻山壞也說文作㠟

滂一 漰 廣韻普朋切集韻披朋切今用鋪崩切○集韻水激有聲也 弸 集韻弸彋弓聲見揚雄甘泉賦 堋 廣韻振動貌

並一 朋 廣韻步崩切集韻蒲登切今用蒲恆切○集韻黨也說文作𠌻爲古鳳字鳳飛羣鳥從以萬數故以爲朋黨字 鵬 集韻鳥也莊子北溟之鯤化而爲鵬說文亦以爲古鳳字 堋 集韻射埒庾信詩橫弓先望堋 鬅 廣韻鬅鬙被髮集韻鬆亂 僩 集韻姓也前漢有南山盜僩宗 棚 集韻閣也見博雅 輣 集韻兵車也 倗 說文輔也

明一 瞢 廣韻武登切集韻彌登切今用模恆切○集韻目不明也或作瞢 儚 集韻儚儚惛也見爾雅或作儚惛僭顭 萌 集韻萌萌在也見爾雅或作慸俗作蕄 鯍 集韻魚名說文鮔鯍也或作鱛 鄸 集韻邑名在曹 夢 正韻亂也詩視天夢夢

音韻闡微 卷五 十蒸 羌 卅八 杜 四十七 之

精一 增 廣韻作滕切集韻咨騰切今用咨登切○說文益也 曾 廣韻則也亦姓 矰 廣韻弋射矢也戰國策治其矰繳集韻或作䋲 罾 說文魚罔也 憎 說文惡也 橧 廣韻會聚薪以居也禮記夏則居橧巢或作增 䎖 廣韻舉也又飛鳥貌 磳 廣韻磳磳石貌 潧 集韻水名 繒 集韻帛也 噌 韻噌泓噌吰譻意

清一 鬙 集韻七曾切今用雌增切○集韻毛張貌

從一 層 廣韻昨棱切集韻徂棱切今用慈恆切○說文重屋也正韻級也通作曾 曾 說文詞之舒也廣韻經也 嶒 集韻崚嶒山貌 竲 集韻窮高謂之增

心一 僧 廣韻蘇增切集韻思登切今用思增切○集韻浮屠道人 鬙 韻會鬅鬙髮亂貌

匣一 恆 廣韻集韻胡登切今用何朋切○說文常也廣韻久也亦州名又姓

影一 鞥 集韻一憎切今用阿登切○集韻馬轡也

來一 棱 廣韻魯登切集韻盧登切今用勒恆切○說文柧也正韻威也亦作稜楞 輘 廣韻車聲 崚 集韻崚嶒山貌 薐 集韻菠薐菜名 倰 集韻長也見博雅

按以上登韻十七音。開口呼。

見三 兢 廣韻集韻居陵切合聲基膺切○說文競也集韻敬也 矜 說文矛柄也正韻憍也矜持自飭也驕矜自負也

音韻闡微 卷五 十蒸 罕 廿九 杜 三十八 之

溪三 硱 廣韻綺兢切集韻欺矜切合聲欺膺切○集韻硱磳石貌廣韻作硱

羣三 殑 廣韻其矜切集韻巨興切合聲奇蠅切○廣韻殑殑欲死狀柳宗元文中道𡢃殑兮 䔲 廣韻草名根可緣竹器

疑三 凝 廣韻集韻魚陵切今用宜澄切○廣韻水結也又成也說文作冰

知三 徵 廣韻陟陵切集韻知陵切合聲知膺切○廣韻召也明也成也證也又姓 癥 廣韻腹病見史記扁鵲傳集韻足瘡

徹三 僜 廣韻集韻丑升切今用敕膺切○廣韻醉行貌元微之詩盡日醉僜僜集韻倰僜病行貌 庱 廣韻亭名在吳興孫權射虎處見吳志 睖 廣韻睖瞪直視

澄三 澄 廣韻直陵切集韻持陵切合聲池蠅切○韻會淸也說文作澂或作澂 懲 正韻戒也止也創也通作徵 憕 韻會心平曰憕又人名唐有李憕 瞪 廣韻直視也 橙 集韻橘屬 徵 集韻縣名在同州 承 韻會漢縣名在東海

幫三 冰 廣韻筆陵切集韻悲陵切合聲卑膺切○韻會凍也說文作仌廣韻作冫 掤 正韻箭房蓋又以手覆矢曰掤詩抑釋掤忌通作冰 弸 正韻弓強貌又滿也

滂三 砯 廣韻集韻披冰切合聲披膺切○韻會水激山也郭璞江賦砯巖鼓作集韻或作砰 淜 集韻淜滂水聲 堋 集韻削牆土唄聲

並三 凭 廣韻扶冰切集韻皮冰切合聲皮蠅切○說文依几也 憑 集韻依也厚也滿也或作倗通作馮 馮 說文馬行疾也集韻乘也 凴 集韻據也 㵗 集韻㵗濍水貌見郭璞江賦 淜 說文無舟渡河也集韻通作馮

從四 繒 廣韻疾陵切集韻慈陵切韻會音情合聲齊蠅切○說文帛也 鄫 說文姒姓國在東海春秋公會吳于鄫 驓 廣韻馬名四骹皆白見爾雅 橧 廣韻豕所寢也見爾雅 騬 韻會犗馬也 增 廣韻高貌 嶒 廣韻崚嶒山貌

照三 蒸 廣韻煮仍切集韻諸仍切合聲支膺切○說文折麻中榦也廣韻衆也進也君也又麄曰薪細曰蒸又冬祭曰蒸通作烝 烝 說文火氣上行也集韻君也進也衆也淫上也 脀 正韻升也以牲體實鼎見儀禮燕禮亦作胚 篜 集韻竹炬一曰竹名皮有文廣韻作蒸

音韻闡微 卷五 十蒸 四十二

穿三 稱 廣韻處陵切集韻蚩承切合聲蚩膺切○說文銓也廣韻知輕重也又姓 偁 說文揚也爾雅偁偁格格舉也

牀二 磳 廣韻仕兢切集韻士冰切今用岑蠅切協用岑恒切○集韻磳碀石貌

牀三 乘 廣韻食陵切集韻神陵切今用舌蠅切○說文覆也廣韻駕也勝也登也守也集韻四矢曰乘亦姓或作椉兖 繩 說文索也 憴 韻會憴憴戒也見爾雅 澠 廣韻水名在齊左傳有酒如澠 塍 說文稻中畦也集韻或作塍堘塖 鱦 廣韻小魚見爾雅 譝 集韻譽也通作繩 溗 廣韻波前後相淩也集韻水不流也一曰水名或作滕 嵊 集韻亭名在吳 騬 說文犗馬也

審二 殅 廣韻山矜切集韻色矜切今用師膺切○集韻殅殅欲死貌

音韻闡微 卷五 十蒸 四十三

審三 升 廣韻識蒸切集韻書蒸切今用詩膺切○說文十龠也集韻布以八十縷爲升一曰進也成也 昇 集韻日之升也又州名 陞 廣韻登也躋也 勝 說文任也廣韻舉也

禪三 承 廣韻署陵切集韻辰陵切合聲是蠅切○廣韻次也奉也受也又姓 丞 廣韻佐也翊也說文作丞

曉三 興 廣韻集韻虛陵切合聲希膺切○說文起也廣韻盛也舉也善也亦州名

影三 膺 廣韻集韻於陵切今用衣兢切○說文胷也廣韻親也正韻當也擊也又馬帶 應 廣韻當也又姓 鷹 正韻鷙鳥說文作雁 譍 集韻荅言也或作應 𧕴 集韻蟲名寒蜩也見揚雄方言

喻四 蠅 廣韻集韻余陵切今用移陵切協用移形切○廣韻蟲也詩營營青蠅

來三 陵 廣韻力膺切集韻閭承切合聲離蠅切○廣韻大阜曰陵又崇也犯也侮也侵也遲也 倰 韻會

䏲也怖也見揚雄方言　綾說文東齊謂布帛之細者曰綾　輘韻會車轢也漢書灌夫傳輘轢宗室通作陵淩

淩韻會水出臨淮郡又姓　凌廣韻冰凌說文作𠗲　菱說文芰也或作䔖廣韻亦作菱蔆　崚廣韻崚嶒山貌　鯪集韻鯪鯉魚名一曰獸名一曰石鯪藥名　夌說文越也　婈廣韻婈娩鬼出貌集韻病貌元微之詩羸馬步娩婈　倰集韻侵尙也或作㔖㔖

日三　仍〔廣韻〕如乘切〔集韻〕如蒸切〔今用〕日蠅切○說文因也廣韻就也重也頻也又姓　陾說文築牆聲詩捄之陾陾　礽集韻福也通作仍　艿說文草也集韻陳草相因見唐書裴延齡傳或作芿　扔說文因也廣韻引也

按以上蒸韻二十三音。共分三等。其居第二等者。為開口呼。居第三等第四等者。為齊齒呼。



見一　肱〔廣韻〕古弘切〔集韻〕姑弘切〔今用〕姑薨切〔協用〕姑翁切○廣韻臂也說文作厷古作𠃋

溪一　鞃〔集韻〕苦弘切〔今用〕枯薨切〔協用〕枯翁切○說文車軾也詩鞹鞃淺幭集韻或作⿰革厷⿰車弘⿰車厷　⿱穴弘集韻室三響

曉一　薨〔廣韻〕呼肱切〔集韻〕呼弘切〔今從廣韻〕〔協用〕呼翁切○說文公侯卒也集韻壞聲　⿳艹罒⿱冖羽集韻⿳艹罒⿱冖羽⿳艹罒⿱冖羽飛也見博雅或作⿰犭厷通作薨　⿰亻薨說文惛也集韻或作⿰薨頁

匣一　弘〔廣韻〕〔集韻〕胡肱切〔今從之〕〔借用〕胡籠切○說文弓聲也集韻大也　閎集韻門也　苰集韻苰藤草名胡麻也　⿰革厷集韻車軾中靶

影一　泓〔集韻〕乙肱切〔今用〕烏肱切讀若翁○集韻下深貌

按以上登韻五音。合口呼。

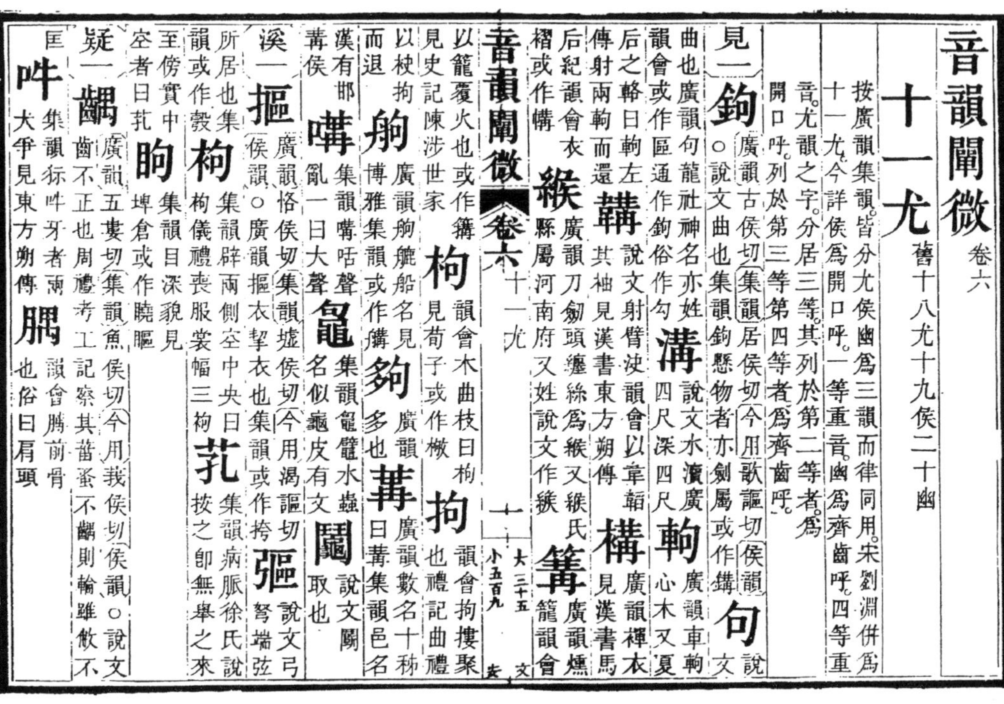



十一尤 舊十八尤十九侯二十幽

按廣韻集韻。皆分尤侯幽爲三韻而律同用。宋劉淵併爲十一尤。今詳侯爲開口呼。一等重音。幽爲齊齒呼。四等重音。尤韻之字。分居三等。其列於第二等者。爲開口呼。列於第三等第四等者。爲齊齒呼。

見一 **鉤** 廣韻古侯切集韻居侯切今用歌謳切侯韻○說文曲也集韻鉤懸物者亦劍屬或作鉤 **句** 說文曲也廣韻句龍社神名亦姓韻會或作區通作鉤俗作勾 **溝** 說文水瀆廣四尺深四尺 **軥** 廣韻車軥心木又夏后之輅曰軥左傳射兩軥而還 **韝** 說文射臂決韻會以韋韜其袖見漢書東方朔傳 **褠** 廣韻襌衣見漢書馬后紀韻會衣褠或作構 **緱** 廣韻刀劍頭纏絲爲緱又緱氏縣屬河南府又姓說文作緱 **篝** 廣韻燻籠韻會以籠覆火也或作篝見史記陳涉世家 **枸** 韻會木曲枝曰枸見荀子或作椒 **拘** 韻會拘摟聚也禮記曲禮以杖拘而退 **[舟句]** 廣韻[舟句]艫船名見博雅集韻或作[舟冓] **夠** 廣韻多也 **[艹冓]** 廣韻數名十秭曰[艹冓]集韻邑名漢有邯[艹冓]侯 **[口冓]** 集韻[口冓]咶聲亂一曰大聲 **[冓黽]** 集韻[冓黽]鼊水蟲名似龜皮有文 **鬮** 說文鬮取也

溪一 **摳** 廣韻恪侯切集韻墟侯切今用渴謳切侯韻○廣韻摳衣挈衣也集韻或作搆 **彄** 說文弓弩端弦所居也集韻或作彀 **枸** 集韻辟兩側空中央曰枸儀禮喪服裳幅三枸 **芤** 集韻病脈徐氏說按之卽無舉之來至傍實中空者曰芤 **眗** 集韻目深貌見埤倉或作瞘膒

疑一 **齵** 廣韻五婁切集韻魚侯切今用我侯切侯韻○說文齒不正也周禮考工記察其菑蚤不齵則輪雖敝不匡 **吽** 集韻狋吽牙者兩大爭見東方朔傳 **腢** 韻會腢前骨也俗曰肩頭





端一 **兜** 廣韻集韻當侯切今用德謳切侯韻○說文兜鍪首鎧也正韻驩兜人名 **吺** 說文讘吺多言也正韻古文尚書驩兜作鴅吺韓愈詩關弓射鴅吺 **篼** 說文飲馬器也見揚雄方言

透一 **偷** 廣韻託侯切集韻他侯切今用他謳切侯韻○集韻苟且也或作愉 **婾** 說文巧黠也廣韻薄也 **鍮** 廣韻鍮石似金陶之則分或作鋀

定一 **頭** 廣韻度侯切集韻徒侯切今用駝侯切侯韻○說文首也 **投** 說文適也集韻合也亦姓 **骰** 正韻骰子博陸采具 **牏** 說文築牆短版也 **揄** 廣韻引也 **窬** 廣韻穿也韻會竇也 **[广俞]** 韻會行圊受糞函也通作牏 **緰** 說文緰貲布也 **酘** 集韻酒再釀 **[酉俞]** 廣韻醬[酉俞]醬也 **歈** 集韻歈也見博雅 **褕** 集韻襜褕短袖襦一曰近身衣或作褕

泥一 **羺** 廣韻奴鉤切集韻奴侯切今用儺侯切侯韻○集韻胡羊謂之羺 **䨲** 韻會江東呼兔子爲䨲或作兔䨲 **獳** 韻會怒犬又人名晉侯獳見春秋或作獿

並一 **抔** 廣韻薄侯切集韻蒲侯切今從集韻侯韻○韻會引取也說文作捊或作抱掊 **裒** 廣韻聚也正韻取也易裒多益寡 **捊** 說文把也廣韻聚斂也詩曾是掊克 **棓** 韻會高下有絕加板曰棓公羊傳踊於棓而窺客一曰木名依樹生枝交如網 **錇** 說文小缶也集韻或作瓿 **箁** 說文竹箬也 **髻** 說文髮貌集韻或作頷 **鋢** 集韻錇鉔釘名

明一 **謀** 廣韻莫浮切集韻迷浮切今用模侯切侯韻○說文慮難曰謀廣韻謀計也又姓集韻或作惎呣𢘑母○按謀字音。廣韻原入尤韻。屬微母。今依集韻入侯韻。屬明母。 **眸** 廣韻目童子集韻通作牟 **牟** 說文牛鳴也集韻取也大也又姓 **佯** 說文齊等也 **麰** 廣韻大麥又粒麥或作䴹 **矛** 說文酋矛也建於兵車長二丈集韻或作戣舒 **鍪** 說文鍑屬廣韻兜鍪首鎧或作鞪 **蛑** 廣韻蝤蛑似蟹而大 **瞀** 韻會目不明又低目俯視也 **蟊** 正韻食苗根蟲亦作蟊蝥通作蛑牟 **雺** 正韻天氣下地不應 **髳** 韻會髮至眉也說文作髳亦作髦 **恈** 正韻愛欲貌荀子恈恈然唯利之見 **鷚** 集韻鳥名見爾雅 **鴾** 廣韻鶉之別名見爾雅 **繆** 廣韻絲千累集韻枲絮也 **堥** 廣韻堆堥小隴 **毋** 韻會毋追夏后氏冠名 **劺** 廣韻勉也 **瞀** 集韻瞀愉瞀也 **瞴** 說文瞴婁微視也 **蟱** 集韻蚰蟱蟲名蜘蛛也或作蟱

精一 **諏** 〔廣韻〕子侯切〔集韻〕將侯切〔合聲〕咨謳切〔侯韻〕○集韻咨事爲諏或作謏 **陬** 說文阪隅也廣韻聚居集韻或作隊 **緅** 廣韻青赤色也 **掫** 說文夜戒守有所擊左傳陪臣干掫 **鯫** 集韻小魚也 **䋘** 廣韻麻幹也集韻枲未漬也或作緅

音韻闡微 卷六 十一尤 主 大四十 小四百九 之 貫

清一 **⿰言崔** 〔廣韻〕〔集韻〕千侯切〔合聲〕雌謳切〔侯韻〕○廣韻就也見博雅

從一 **⿰取刂** 〔廣韻〕徂鉤切〔集韻〕徂侯切〔今用〕慈侯切〔侯韻〕○集韻細斷也見字林

心一 **涑** 〔廣韻〕速侯切〔集韻〕先侯切〔合聲〕思謳切〔侯韻〕○說文澣也集韻以手曰涑以足曰澣或作漱一曰涑水名在河東 **鎪** 韻會彫也廣韻作鍬 **擻** 集韻摟擻取也或作捒

曉一 **齁** 〔廣韻〕〔集韻〕呼侯切〔今用〕呵謳切〔侯韻〕○廣韻齁鼾鼻息也

匣一 **侯** 〔廣韻〕戶鉤切〔集韻〕胡溝切〔今用〕何樓切〔侯韻〕○正韻侯也何也辭也維也又射侯韻會美也又姓說文作矦 **猴** 廣韻獮猴也說文作猴 **鍭** 廣韻箭鍭說文作鏃 **喉** 說文咽也集韻或作𦛜 **餱** 說文

乾食也集韻或作糇 **篌** 韻會箜篌樂器 **郈** 集韻地名在晉見左傳廣韻作郈 **睺** 集韻半盲也一曰深目廣韻作睺 **翭** 說文羽本也集韻羽初生貌或作鴉廣韻作猴 **瘊** 廣韻疣瘻 **鯸** 廣韻鯸鮐魚名說文作鯸 **⿰虫侯** 集韻蟲名揚雄方言守宮東齊海岱之間謂之蠑蝂廣韻作蝂 **⿰衤侯** 集韻襆褕短衫廣韻作帿

影一 **謳** 〔廣韻〕〔集韻〕烏侯切〔今用〕阿鉤切〔侯韻〕○說文齊歌也 **嘔** 廣韻嘔唲小兒語也集韻嘔夷川名博雅嘔嘔喜也 **歐** 廣韻歐陽複姓集韻歐刀 **漚** 集韻水泡也 **區** 集韻量名四豆爲區又姓 **甌** 說文小盆也廣韻瓦器又姓 **鷗** 集韻鳥名說文水鴞也 **櫙** 集韻木名爾雅櫙荎今刺榆也或作樞蓲 **醧** 廣韻酒甘集韻私燕飲也 **樞** 廣韻小兒涎衣也見博雅 **剾** 集韻剾剜

來一 **婁** 〔廣韻〕落侯切〔集韻〕郎侯切〔今用〕羅侯切〔侯韻〕○說文空也集韻宿名又姓 **樓** 廣韻重屋也亦姓

音韻闡微 卷六 十一尤 卌 大四十五 小五百三十二 之 貫

**僂** 正韻傴僂身向前也又姓 **髏** 韻會髑髏首骨也莊子枕髑髏而臥或作顱 **慺** 廣韻慺慺謹敬之貌集韻勤也 **鞻** 集韻鞮鞻氏掌夷樂官名見周禮 **膢** 集韻漢以立秋祭獸因以出獵還祭宗廟名貙膢或作𥛱 **摟** 說文曳聚也廣韻探取 **蔞** 集韻蒿類 **簍** 說文竹籠也 **䝏** 集韻求子豕通作婁 **螻** 集韻蟲名說文螻蛄也爾雅螜天螻 **廔** 廣韻麗廔綺窻集韻種也 **謱** 說文謰謱也見王逸九思集韻謹也或作嘍 **褸** 廣韻衣襟集韻南楚凡人貧衣破謂之褸裂或作𧜗 **艛** 廣韻舟名 **耬** 廣韻種具見齊民要術 **塿** 廣韻土塿似羊四角見山海經 **鱫** 說文魚名 **寠** 韻會甌寠高地狹小之田也史記滑稽傳甌寠滿篝正韻作窶 **瞜** 廣韻視貌集韻瞜睺偏盲一曰細視或作覼 **⿰巾婁** 集韻飲馬橐自關而西謂之⿰巾婁篼見揚雄方言

按以上十七音開口呼。

見三鳩廣韻居求切集韻居尤切合聲基優切尤韻○廣韻鳥名又聚也勼說文聚也韻會或作九通作鳩捄韻會盛土虆中疛廣韻腹中急痛集韻疛瘤肉起見四樛廣韻集韻居虯切合聲基幽切幽韻○說文下曲曰樛詩南有樛木朻說文高木也摎韻會束也繞也求也又姓丩說文相糾繚也鬮集韻鬮取也繆韻會細也又紋也見漢書孝成趙皇后傳或作糾溪三邱廣韻去鳩切集韻祛尤切合聲欺優切尤韻○廣韻聚也空也大也又博雅小陵曰邱亦姓蚯廣韻蚯蚓蟲名禮記月令蚯蚓出蓲廣韻烏蓲草名龜集韻龜茲西域國名區韻會域也正韻分也又阜也

羣三求廣韻巨鳩切集韻渠尤切合聲奇尤切尤韻○廣韻索也又姓逑說文聚斂也廣韻匹也詩君子好逑裘廣韻皮衣又姓或作裘俅說文冠飾貌詩載弁俅俅絿說文急也詩不競不絿仇說文讎也集韻匹也亦姓叴說文高氣也韻會臨淮有叴猶縣一曰三隅矛或作厹詩厹矛鋈錞毬韻會丸踘正韻毛毬古謂之鞠脙廣韻瘠也見爾雅捄韻會長貌詩有捄棘匕觩集韻角貌詩兕觥其觩或作斛牀頄集韻面顴也易壯于頄或作頯鼽說文病寒鼻窒也禮記月令民多鼽嚏集韻或作敫銶廣韻鑿屬詩又缺我銶球說文玉磬也集韻美玉書天球河圖賕說文以財物枉法相謝也見史記滑稽傳馗韻會九交之道也又爾雅中馗菌也艽說文遠荒也詩至于艽野廣韻獸蓐也朹集韻木名爾雅朹繫梅梂說文櫟實也見爾雅集韻鑿首莍廣韻椒也見爾雅犰集韻犰狳獸名烏喙鴟目蛇尾見山海經蛷廣韻蛷螋蟲說文作蠽集韻或作蛪觓集韻䚘觓亭名在上黨見顏氏家訓逎說文迫也


〔大四十二〕〔小百三十三〕杜 山

集韻安也謀也或作訅羣四虯廣韻集韻渠幽切合聲奇由切幽韻○說文龍子有角者璆集韻美玉名出崐崘見書禹貢或作球蟉韻會蟉蟉龍貌韓愈詩蛟螭互蟠蟉疑三牛廣韻語求切集韻魚尤切今用宜求切尤韻○廣韻大牲也又姓知三輈廣韻集韻張流切合聲知優切尤韻○說文轅也詩五楘梁輈侜說文有廱蔽也詩誰侜予美調廣韻朝也詩惄如調飢鵃集韻鳥名說文鶻鵃也啁韻會啁噍鷩雀聲韓愈詩辭舌紛嘲啁盩說文引擊也集韻扶風有盩厔縣一說山曲曰盩水曲曰厔譸說文訓也廣韻譸張誑也書無或譸張爲幻咮廣韻曲喙徹三抽廣韻集韻丑鳩切今用敕優切尤韻○廣韻拔也引也或作紬搊說文作擂妯韻會動也悼也


〔大三十七〕〔小四頁九十四〕杜 山

詩憂心且妯瘳說文疾瘉也惆說文失意也澄三儔廣韻直由切集韻陳留切合聲池尤切尤韻○說文翳也廣韻侶也紬說文大絲繒也綢廣韻綢繆猶纏綿也疇廣韻誰也等也壟也田疇也又疇昔稠說文多也籌說文壺矢也鯈說文魚名韻會人名左傳晉有伯鯈集韻魚子或作鰍[魚壽]韻會魚名家語魚之大者名[魚壽]幬正韻單帳又幔轂革見周禮考工記裯韻會被也詩抱衾與裯懤廣韻愁毒貌見王褒九懷躊集韻躊躇猶豫也檮廣韻剛木也正韻檮戭人名見左傳[壽鳥]集韻南方雉名廣韻作鵃爾雅作翢[髟壽]說文髮多也集韻或作[髟周]幫四彪廣韻甫烋切集韻悲幽切合聲卑幽切幽韻○說文虎文也韻會小虎也髟韻會髮垂貌見馬融

廣成頌 驫 說文眾馬也見左思吳都賦

並四 滮 廣韻皮彪切集韻皮蚪切合聲皮由切幽韻○韻會水流貌詩滮池北流說文作淲

明四 繆 廣韻武彪切集韻亡幽切合聲迷由切幽韻○說文枲之十絜也集韻綢繆束也

非三 不 廣韻甫鳩切集韻方鳩切合聲夫優切尤韻○廣韻弗也又姓 鴀 廣韻鴀鳩鳥也 垺 集韻大也盛也

敷三 秠 廣韻匹尤切集韻披尤切合聲敷優切尤韻○集韻禾一稃二米 紑 說文白鮮衣貌詩絲衣其紑

奉三 浮 廣韻縛謀切集韻房尤切合聲扶尤切尤韻○集韻氾也亦姓 芣 說文華盛韻會芣苢草名詩采采芣苢



桴 說文棟名爾雅棟謂之桴 罦 正韻車上網卽翻車網詩雉罹于罦說文作罬 罘 韻會兔罟集韻罘罳闕前飾說文作罳 琈 廣韻玉名見山海經 蜉 廣韻蚍蜉大螘 稃 集韻稃粠皺也見博雅一曰鬻也 烰 說文烝也見爾雅 枹 廣韻鼓槌集韻草名爾雅楊枹薊 涪 說文水出廣漢剛邑道徼外南入漢 棓 廣韻杖也韻會天棓星名 蚽 集韻水蟲名見郭璞江賦 鴀 廣韻鴀鳩 鯚 廣韻魚名 衃 集韻草名爾雅荍蚍衃多華少葉通作蚽

精四 啾 廣韻即由切集韻將由切今用即優切尤韻○說文小兒聲也廣韻啾唧小聲 揫 廣韻束也聚也說文作揫韻會或作𥽈見漢書律歷志 湫 集韻水名在周地一曰安定朝那有湫泉或作漐 噍 韻會啁噍燕雀聲見禮記三年問 遒 集韻縣名在涿郡或作遒見漢書地里志 揂 說文聚也集韻或作愁

清四 秋 廣韻七由切集韻雌由切今用七優切尤韻○廣韻禾穀熟也又姓正韻金行之時又飛貌 鞦 韻略馬紂說文作緧集韻或作鞦緧鞧廣韻鞦韆繩戲 篍 韻會吹箫也 楸 集韻木名說文梓也 萩 集韻草名說文蕭也 鶖 韻會禿鶖也詩有鶖在梁說文作鵃 鰌 說文鰌也韻會泥鰌似鱓而短無鱗或作鰍 蠤 集韻蟲名爾雅炙蠤 鱃 集韻魚名見山海經 鼀 爾雅鼁鼀蟾諸郭璞云似蝦蟆居陸地廣韻或作鼀龝鼀或作鼇鼇 楢 集韻木名見山海經 趥 說文行貌集韻或作蹭

從四 酋 廣韻自秋切集韻字秋切合聲齊由切尤韻○說文繹酒也正韻酋長魁帥之稱 遒 正韻迫也急也健也固也斂也勁也逸也盡也說文作逎 蝤 正韻蟲名詩領如蝤蠐 崷 廣韻崷崒山峻貌 愀 集韻變色貌



心四 脩 廣韻息流切集韻思留切合聲西優切尤韻○說文脯也集韻長也又姓 修 說文飾也韻會理也通作脩 羞 說文進獻也廣韻恥也集韻致滋味爲羞或作饈饈膳 糔 說文久汁也集韻溲也或作滫

邪四 囚 廣韻似由切集韻徐由切今用習尤切尤韻○說文繫也廣韻拘也 泅 廣韻人浮水上列子習於水而勇於泅說文作汓集韻或作游潃 鮂 廣韻白鯈集韻魚名烏賊也 苬 廣韻苬芝瑞草一歲三華見爾雅 慒 廣韻慮也見爾雅

照二 鄒 廣韻側鳩切集韻菑尤切今用菑優切協用菑謳切尤韻○說文魯縣古邾國帝顓頊之後所封集韻魯穆公改邾作鄒又姓 鄹 集韻魯下邑孔子之鄉說文作郰 菆 韻會矢之善者左傳左射以菆一曰蓐也又餘也又草叢生也 騶 說文廄御也韻會騶虞仁獸也又姓 棸 韻會木名亦姓詩棸子內史通作掫 棷 說文

木薪也[麻叟]說文麻蒸也見莊忌哀時命韻會或作䕆通作菆掫齱說文齵也廣韻齱齵齒偏齺說文
齒搚也一曰齰也一曰馬口中橜也[舟芻]廣韻艘艘海船名掫集韻持也謅集韻小言私授謂之謅
媰說文婦人妊身也

照三周廣韻職流切集韻之由切合聲支優切尤韻○說文密也集韻地名亦姓賙韻會授贈也周禮大
司徒五黨為州使之相賙通作周州廣韻州郡又姓舟說文船也韻會帶也詩何以舟之又姓洲
集韻渚也爾雅水中可居曰洲說文通作州輖說文重也韻會低也見周禮考工記婤說文女字也左傳嬖
人婤姶椆說文木也又水名見莊子讓王篇喌廣韻呼雞聲鯛集韻魚名見山海經

穿二搊廣韻楚鳩切集韻初尤切今用差優切協用差謳切尤韻○集韻拘也韻會手搊也陸龜蒙詩佩荼箸後



大二十六 小五百二 王 正

帶頰搊篘集韻漉取酒也或作箒篗醙[米芻]集韻漉取粉也

穿三犨廣韻赤周切集韻蚩周切合聲蚩優切尤韻○說文牛息聲集韻牛名亦地名又姓或作犫

牀二愁廣韻士尤切集韻鋤尤切今用岑尤切尤韻○說文憂也[氵愁]說文腹中有水氣也又憂貌見賈誼
新書

審二搜廣韻所鳩切集韻疏鳩切今用師優切協用師謳切尤韻○韻會眾意也又求也聚也索也說文作挖廋正韻匿也亦作廋蒐集韻草名一曰春獵曰蒐鎪正韻馬耳飾又雕鏤亦作鎪颼韻會
颼颼風也見博雅或作颾颼溲集韻溺謂之溲或作溲鄋說文北方長狄國也集韻或作郰左傳鄋瞞侵
齊醙韻會白酒也一曰黍酒見儀禮聘禮䐹說文乾魚尾䐹䐹也禮記夏宜腒䐹集韻或作鱐叟

集韻叟叟淅米聲詩釋之叟叟古作叜或作溞通作溲獀說文南越名犬獿獀集韻春獵螋廣韻蛷螋蟲亦
名蠷螋傁集韻人名左傳齊有公孫傁鮻集韻人名韓將有鮻申差𣯧集韻氉毷毛織有文者
蓃集韻草名爾雅蒐蓃蕿貗集韻貗貗獸名餿廣韻飯壞集韻或作餿

審三收廣韻式周切集韻尸周切合聲詩優切尤韻○說文捕也廣韻斂也又夏冕名

禪三讎廣韻市流切集韻時流切合聲是尤切尤韻○廣韻匹也仇也酬廣韻周也報也以財貨曰酬又
酬酢醻廣韻主人進客也韻會主復酌賓曰醻詩酌言醻之詶正韻以言答之曰詶魗正韻惡也棄也
詩無我魗兮亦作斅𨟠說文蜀江原地售韻會賣物去手也韓愈詩貴者常難售雔說文雙鳥也又
雔由蟲名見爾雅𣪐廣韻懸擊也或作𣪠



大四十五 小四百四十 陳 玉

曉三休廣韻許尤切集韻虛尤切合聲希優切尤韻○廣韻美也善也慶也息也又木名庥正韻庇庥
廕也見爾雅亦作茈茠貅廣韻貔貅猛獸或作㺦咻廣韻口病聲也韻會痛念聲又讙也髹韻會
桼也一曰赤多黑少之色說文作䰍或作髤鵂集韻鳥名博雅怪鴟也廣韻鵂鶹鳥也烋集韻美也和也
善也通作休

曉四飍廣韻集韻香幽切合聲希幽切幽韻○廣韻驚風見左思吳都賦

影三優廣韻集韻於求切今用衣休切尤韻○說文饒也集韻倡也又姓憂韻會愁也說文作𢝊或作
憂優耰廣韻覆種韻會摩田器也說文作櫌嚘說文語未定貌見漢書東方朔傳鄾說文鄧國地也
見左傳纋集韻笄中央狹曰纋𣢾廣韻氣逆集韻欭𣢾慨也瀀說文澤多也

影四幽廣韻集韻於虯切今用衣𦅃切幽韻○說文隱也集韻州名亦姓呦說文鹿鳴聲集韻或作欲正韻亦作呦見韓愈

詩集怮說文憂貌韻會念怒不言蚴集韻蟲名說文蚴蟉也廣韻蚴蟉龍貌泑廣韻澤在崑崙山下
麀說文牝鹿也集韻或作𪊠䱂集韻魚名黝集韻黑色蚴集韻蠽之小者燕趙之間謂之蚴蜕
見揚雄方言
喻三尤廣韻羽求切集韻于求切今用移求切尤韻○說文異也集韻甚也過也又姓郵說文境上行書
舍集韻事之過者爲郵一日田間舍亦姓訧說文罪也詩俾無訧兮集韻通作尤肬說文贅也正韻瘤也亦作
疣蚘韻會蚩蚘古諸侯號通作尤沋廣韻水名在高密喻四由廣韻以周切集韻夷周切
今用移囚切尤韻○集韻因也用也又姓猷集韻道也謀也通作猶悠說文憂也集韻遠也油廣韻
水名出武陵集韻膏也一日油油和謹貌蕕說文水邊草也集韻臭草或作䓆蘨廣韻草盛也輶



說文輕車也詩輶車鸞鑣卣廣韻中樽樽有三品上曰彝中曰卣下曰罍游說文旌旗之旒也廣韻浮也放
也又姓集韻或作斿遊韻會遨遊行也繇韻會喜也爾雅道也滺集韻流貌詩淇水滺滺或作浟通作
悠攸說文行水也廣韻所也又姓莤集韻水草名見爾雅槱集韻燎柴也詩薪之槱之或作𣞤
庮韻會麿㧗謂之庮一曰久屋朽木臭也禮記牛夜鳴則庮鮋集韻小魚見郭璞江賦或作䲙蝣集韻
蟲名詩蜉蝣之羽或作蛌蚰集韻蚰蜒蟲名崷集韻崷崷獸名見山海經怞集韻憂貌見王褒九懷
逌說文氣行貌廣韻或作逌抌集韻抒臼也見周禮或作舀吮揄冘韻會冘豫不定也見漢書馬援
傳通作猶猶正韻獸名善登木多疑慮又隴西俗謂犬子爲猶子廣韻尚也似也䍃說文瓦器也秞
廣韻禾盛貌集韻物初生貌櫾說文崐崘山河隅之長木也楢說文柔木也廣韻積也圝集韻

捕鳥媒也或作囮
來三留廣韻集韻力求切合聲離尤切尤韻○說文止也集韻地名亦姓劉廣韻剋也陳也殺也又劉
子木名又姓鎦說文殺也流韻會水行也說文作𣴎集韻或作汖瘤說文腫也廣韻肉起疾也集韻
或作癅遛集韻豆遛不進通作留鏐說文弩眉也集韻黃金之美者或作鉚旒韻會垂玉也冕
飾說文作瑬集韻或作旈游𣄚㐬瑠集韻瑠璃珠也或作琉梳集韻桂衣之飾爾雅衣梳謂之梲郭璞註
衣褸也疁說文燒種也廣韻田不耕而火種榴廣韻石榴果名瀏集韻水清貌詩瀏其淸矣或作
漻飀說文高風也集韻或作飅颹騮說文赤馬黑毛尾也廣韻驊騮周穆王馬或作駵鶹說文
鳥少美長醜爲鶹離𧤵廣韻觩𧤵角貌見揚雄甘泉賦硫集韻硫磺藥石或作碯通作流懰韻會懰慄



憂貌一曰怨也見王褒九懷或作慅鼬說文竹鼠也如犬集韻或作鼬蟉集韻蟲名說文蚴蟉也勠
廣韻并力也韓愈孟郊聯句躬輦自相勠餾廣韻飯氣蒸也集韻飯饋熟爲餾𥻗廣韻粰𥻗饊也見博雅
日三柔廣韻耳由切集韻而由切今用如尤切尤韻○說文木曲直也廣韻順也集韻安也揉廣韻捻也
又順也詩揉此萬邦蹂韻會踐也詩或簸或蹂㽥說文和田也集韻鄭地名見國語鶔廣韻鶔䳱
鳥見爾雅鞣說文耎也廣韻熟皮騥集韻馬青驪繁鬣曰騥見爾雅鰇廣韻魚名蝚集韻蟲名
說文蛭蝚至掌也見爾雅猱集韻獿猱獼猴類

按以上三十一音共分三等其居第二等者爲開口呼居第三等第四等者爲齊齒呼

# 十一侵 舊二十一侵

按廣韻集韻。皆二十一侵。宋劉淵改爲十二侵。○又按侵韻之音。與眞文韻相近。但眞文韻收聲於舌齒侵韻收聲於閉口。

見三 今 廣韻集韻居吟切合聲基音切○說文是時也廣韻對古之稱 金 說文五色金也廣韻州名又姓 禁 集韻㱈也制也 襟 廣韻袍襦前袂韻會交衽也說文作裣 衿 廣韻衣小帶也詩青青子衿說文作紟 黅 廣韻黃色見黃帝素問

溪三 欽 廣韻去金切集韻袪音切合聲欺音切○說文欠貌廣韻敬也又姓 衾 說文大被也 嶔 集韻山高險也公羊傳殽之嶔巖或作㠜亦作崟 顉 韻會曲頤也漢書揚雄傳顉頤折頞或作頷

羣三 琴 廣韻巨金切集韻渠金切今用奇吟切○廣韻樂器又姓 禽 說文走獸總名廣韻二足而羽者曰禽又姓 芩 說文草也詩食野之芩 檎 廣韻林檎果名 黔 集韻黑色左傳邑中之黔又地名亦姓 擒 正韻捉也韻會急持衣衿也說文作捦或作搇扲通作禽 肣 韻會斂也史記灼龜首仰足肣 耹 集韻地名國語同祿信於耹隧 庈 集韻人名左傳曾有費庈父 琹 集韻草名生水中根可緣器 菳 集韻草名說文黃菳也通作芩

疑三 吟 廣韻魚金切集韻魚音切今用宜琴切○說文呻也正韻哦也詠也鳴也通作唫 唫 說文口急也 崟 說文山之岑崟也韻會或作崯見左思吳都賦 碞 韻會山石貌一曰僭也

知三 碪 廣韻集韻知林切合聲知音切○廣韻擣衣石也或作砧 椹 廣韻鈇椹斫木質見周禮考工記或作枮集韻亦作鍖 揕 集韻刺也一曰斫木聲

徹三 琛 廣韻丑林切集韻癡林切今用敕音切○正韻寶也詩來獻其琛亦作賝 郴 廣韻縣名在桂陽又姓 綝 說文止也廣韻善也又人名漢有丁綝見漢書丁鴻傳 棽 說文木枝條棽儷也 [舟彡] 說文船行 踸 集韻踸踔無常也

澄三 沈 廣韻直深切集韻持林切合聲池淫切○正韻沒也溺也亦作湛沉 莐 爾雅蕁莐藩郭璞註生山上葉如韭 霃 說文久陰也集韻通作沈

孃三 紝 廣韻女心切集韻尼心切合聲尼淫切○集韻織也或作䋻廣韻作絍 鵀 集韻鳥名博雅戴鵀戴勝也爾雅鵖鴔戴鵀 恁 集韻思也弱也信也

精四 祲 廣韻子心切集韻咨林切今用即音切○說文精氣感祥廣韻日傍氣也 綅 說文綫也詩貝胄朱綅 駸 說文馬行疾也 䨞 廣韻雞之別名集韻漢中呼雞爲䨞或作鷜 [illegible] 集韻小石 寖 集韻漸也亦水名 㚱 說文㚱㚱銳意

清四 侵 廣韻七林切集韻千尋切合聲七音切○說文漸進也韻會五穀不升曰大侵又姓 駸 廣韻馬行疾也詩載驟駸駸 鋟 韻會錐也廣韻作稄正韻鋟謂以爪刻板公羊傳鋟其板 梫 韻會木名爾雅梫木桂 祲 集韻祲祥地名春秋盟于祲祥 浸 集韻浸淫漸漬或作滲寖 綅 集韻絳綫也

從四 魿 廣韻昨淫切集韻才淫切合聲齊淫切○廣韻大魚曰魿小魚曰魿一曰北方曰魿南方曰魿或作魿 灊 廣韻水名出巴郡 鬵 說文大釜也廣韻出大上小下若甑曰鬵 梣 集韻青皮木名一曰江南樊雞

木也其皮入水綠色可解膠益墨或作櫕欑樼

心四 **心** 廣韻息林切集韻思林切(合聲)西音切○正韻火藏身之主神明之舍也

邪四 **尋** 廣韻徐林切集韻徐心切(今用)習淫切○正韻樺理也揆求也仍也繼也俄也用也長也又六尺曰尋又姓說文作彭

**潯** 說文旁深也韻會水厓也又州名

**鄩** 說文周邑也見左傳廣韻地名在鞏又姓

**燖** 韻會火熟物見論語溫故而知新註或作爓𤎩

**鐔** 說文劍鼻也韻會劍口旁橫出者又姓

**鱏** 廣韻魚名口在腹下

**襑** 廣韻衣博大也

**樳** 廣韻木名似槐

**鬵** 廣韻鼎大上小下詩溉之釜鬵

**灊** 廣韻水名出巴郡

**撏** 廣韻取也

**蕁** 集韻草名海藻也見爾雅

照二 **簪** 廣韻側吟切集韻緇岑切(今用)甾森切○韻會首笄也說文作兂或作鐕簪古作笄

**璠** 說文石之似玉者

**撍** 韻會疾也京房易勿疑朋盍撍今文作簪

照三 **斟** 廣韻職深切集韻諸深切(合聲)支音切○說文勺也廣韻斟酌也益也又姓

**鍼** 說文所以縫也廣韻作針集韻或作鍼通作箴

**箴** 說文綴衣箴集韻誡也一曰竹名又姓

**䳦** 集韻鳥名說文䳦鷀也韻會或作鰔通作箴

**葴** 集韻草名說文馬藍也見爾雅

**瑊** 正韻石次玉

**斟** 廣韻斟鄩古國名集韻在河南禹後也通作斟

穿二 **參** 廣韻楚簪切集韻初簪切(今)用差森切○韻會參差不齊

**攙** 韻會天攙星名

**嵾** 集韻參差山不齊貌或作嵾

**穇** 集韻禾短曰穇或作䅟

穿三 **覘** 廣韻集韻充針切(合聲)蚩音切○廣韻內視也



牀二 **岑** 廣韻鋤針切集韻鋤簪切(今用)鋤淫切○廣韻山小而高又姓

**涔** 說文漬也正韻涔涔雨多貌涔陽地名管涔山名又作馬迹中水曰涔

**梣** 廣韻青皮木名或作㰸集韻亦作棔

**嶜** 集韻嶜崟高銳貌或作𡺬見揚雄羽獵賦

**霂** 說文霂雨也南陽謂霖霂

**鱛** 說文魚名

審二 **森** 廣韻所今切集韻疏簪切(今)用師音切○說文木多貌

**參** 廣韻參星亦姓說文作曑

**槮** 說文木長貌集韻或作蔘

**蓡** 正韻人蓡藥名通作參說文作蓡廣韻作蔘

**襂** 韻會襂縿衣裳毛羽垂貌見木華海賦或作綝縿

**滲** 韻會漉也又流洗貌又淋滲毛羽始生貌見木華海賦

**罧** 說文積柴水中以取魚也

**篸** 說文差也集韻竹長貌



審三 **深** 廣韻集韻式鍼切(合聲)詩音切○廣韻遠也又水名出桂陽集韻邃也又州名

**葠** 說文蒲蒻之類韻會通作深周禮深蒲注

**罙** 說文深也集韻竈突

禪三 **諶** 廣韻氏任切集韻時任切(合聲)𣅀淫切○說文誠諦也爾雅信也正韻測也

**忱** 說文誠也韻恂也或作愖又卙愖遲疑也

**煁** 說文炷也廣韻煁炷行竈詩卬烘于煁

**瘎** 廣韻腹內故病見揚雄方言作疣

**湛** 集韻水名在襄城左傳戰于湛阪

**橬** 集韻積柴水中以取魚見小爾雅

曉三 **歆** 廣韻許金切集韻虛金切(合聲)希音切○說文神食氣也韻會好樂也詩無然歆羨

**廞** 說文陳輿服於庭也正韻興也周禮廞衣

**嶔** 集韻嶔嶬山險貌通作嵚

影三 **音** 廣韻集韻於金切(今用)衣金切○說文聲也生於心有節於外謂之音

**陰** 正韻陰陽之對又默也闇也又姓說文作陰

**瘖** 說文不能言也

**喑** 說文宋齊謂兒泣不止曰喑廣韻啼極無聲

**霒** 廣韻

寔叢日又姓韓愈詩霽猿夜啾啾集韻或作霒雺侌

影四 愔 廣韻挹淫切集韻伊淫切今用衣心切○集韻愔愔安和貌左傳祈招之愔愔

喩四 淫 廣韻餘針切集韻夷針切今用移琴切韻會說文侵淫隨理也韻會過也或作婬湄久雨爲霪或作湛通作淫 蟫 說文白魚也正韻衣書中白魚一名蛃俗呼蠹魚又呼壁魚 鷣 廣韻鷂之別名見爾雅 婬 說文私逸也正韻奸婬通作淫 鱏 說文魚名 醓 說文熟鬻也

來三 林 廣韻力尋切集韻犂針切合聲離淫切○說文平土有叢木曰林正韻林林叢生貌又野外曰林又君也 臨 說文臨監也集韻以尊適卑曰臨亦姓又姓 琳 說文美玉也 霖 說文雨三日以往 淋 說文以水沃也 箖 廣韻箖箊竹名



日三 壬 廣韻集韻如林切今用如吟切○說文位北方也廣韻佞也又辰名 任 說文保也廣韻堪也當也又姓 紝 集韻機縷也禮記內則織紝組紃或作絍紝 妊 集韻孕也或作姙姙 恁 廣韻信也博雅思也

鵀 廣韻戴勝鳥也

按以上二十六音。共分三等。其居第二等者。爲開口呼。居第三等第四等者。爲齊齒呼。

# 十三覃 舊二十二覃二十三談

按廣韻集韻皆分覃與談爲二韻而律同用。宋劉淵併爲十三覃。今詳覃與談。舊雖分爲二韻。而呼法等第併同。則其字宜合列之。而韻名與音切。俱分註於各音首字之下。○又按覃韻之。與寒韻相近。鹽韻之音。與先韻相近。咸韻之音。與刪韻相近。但寒刪先收聲於舌齒。覃鹽咸收聲於閉口。

見一 甘 廣韻古三切集韻沽三切今用歌擔切協用歌庵切談韻○說文美也韻會州名又姓 柑 韻會橘屬通作甘 泔 廣韻米汁說文周謂潘曰泔集韻或作柑 疳 集韻病也 苷 說文甘草也 弇 廣韻古南切集韻姑南切今用歌庵切覃韻○說文蓋也韻會人名漢有耿弇 淦 韻會水入舟隙謂之淦一曰水名漢書地里志豫章郡新淦淦水所出又南越地名漢書嚴助傳處之上淦集韻或作泠淦



溪一 堪 廣韻口含切集韻枯含切今用渴庵切覃韻○說文地突也集韻任也又姓 戡 說文刺也集韻勝也 龕 說文龍貌廣韻塔也又云塔下石 嵁 韻會嵁巖不平見莊子 戓 說文殺也正韻古堪字見漢書五行志 坩 廣韻苦甘切集韻枯甘切今用渴甘切協用渴庵切談韻○集韻土器也見晉書陶侃母湛氏傳或作甌

疑一 䛳 廣韻五含切集韻吾含切今用莪含切覃韻○集韻不慧也或作儑 啽 集韻寐聲列子眠中啽囈呻呼廣韻作諳

端一 耽 廣韻丁含切集韻都含切今用多庵切覃韻○說文耳大垂也廣韻耽樂也詩無與士耽 眈 說文視近而志遠易虎視眈眈 湛 韻會樂也詩和樂且湛說文作媅或作愖妉通作耽 酖 說文樂酒也 覘

說文內視也

擔 廣韻集韻都甘切今用德甘切協用德庵切談韻○廣韻擔負釋名擔任也任力所勝也

儋 廣韻荷也亦姓

甔 韻會甾也見揚雄方言通作儋擔

聃 正韻耳曼無輪也又姓又老子名

聸 說文垂耳也南方有聸耳國集韻通作儋

透一 貪 廣韻集韻他含切合聲他庵切覃韻○說文欲物也

探 說文遠取之也集韻或作撢

舑 廣韻他酣切集韻他甘切今從集韻協用他庵切談韻○集韻舚舑吐舌貌

耼 說文耳曼也廣韻耳漫無輪又老氏名又姓

㴔 集韻㴔㴔峻波貌見木華海賦

定一 覃 廣韻徒含切集韻徒南切今用駝含切覃韻○廣韻及也延也又姓

譚 廣韻大也又姓

潭 正韻水出武陵韻會深水曰潭又州名

⿰覃阝 說文國也廣韻⿰覃阝城縣名集韻通作譚

⿺走覃 廣韻趁⿺走覃走貌見左思吳都賦

驔 韻會馬豪骭曰驔

曇 韻會雲布謂之曇又瞿曇釋氏名

藫 集韻苔也爾雅藫石衣

壜 廣韻甀屬集韻或作甔罎壜

燂 說文火熱也

醰 韻會厚味也

橝 說文屋梠前也廣韻木名灰可染也集韻蠶槌

蟫 集韻衣書中白魚

鐔 集韻劍旁鼻曰鐔

蕁 廣韻草名見爾雅說文作蕁

瞫 集韻視也

談 廣韻集韻徒甘切今用駝藍切談韻○正韻語也言論也戲調也又姓亦作譚

郯 廣韻國名其後以國為姓

惔 說文憂也正韻燔也詩憂心如惔

倓 說文安也正韻恬也靜也

痰 韻會病液也

餤 韻會進也詩亂是用餤

錟 說文長矛也

澹 韻會水貌又姓論語澹臺滅明或作淡

[illegible] 廣韻刮馬篦也

泥一 南 廣韻集韻那含切今從之覃韻○廣韻火方亦果名又姓

男 說文丈夫也韻會男任也又五等封爵又姓

枏 集韻木名正韻梅枏子似杏而酸亦作楠俗作柟

諵 正韻詀諵語聲諵諵多言韻會本作⿰言冄見廣雅

喃 正韻呢喃語不了又燕語

明一 姏 廣韻武酣切集韻謨甘切今用模藍切談韻○廣韻老女稱

精一 簪 廣韻作含切集韻祖含切合聲咨庵切覃韻○韻會首笄也集韻或作鐕簪

鐕 說文可以綴著物者集韻釘也一曰綴衣通作撍

撍 廣韻蠹也集韻疾也

清一 參 廣韻集韻倉含切合聲差庵切覃韻○集韻謀度也間廁也或作三又姓

驂 說文駕三馬也詩兩驂如舞箋在車旁曰驂

⿺走參 集韻⿺走參趣走也

傪 說文好貌

從一 蠶 廣韻昨含切集韻徂含切今用慈含切覃韻○說文任絲也正韻吐絲蟲亦作蠺俗作蚕非蚕他典切寒蚓也



慙 廣韻昨甘切集韻財甘切今用慈藍切談韻○說文媿也集韻或作慚

鏨 廣韻小鑿

心一 三 廣韻集韻蘇甘切今用思甘切協用思庵切談韻○說文天地人之道也正韻數名亦作參

毿 廣韻集韻蘇含切合聲思庵切覃韻○廣韻長毛貌

鬖 韻會鬖鬖髮垂貌

曉一 嵅 廣韻火含切集韻呼含切合聲呵庵切覃韻○廣韻大谷也

谽 集韻谽呀谷空貌見司馬相如上林賦韻會作谽

唅 廣韻唅呀集韻唅也見博雅

[illegible] 廣韻不脫冠帶而寐也劉基詩荷戈忘[illegible]本作[illegible]

蚶 廣韻呼談切集韻呼甘切今用呵甘切協用呵庵切談韻○廣韻蚌屬見爾雅魁陸註

憨 廣韻癡也韻會愚也虞世南詩垂肩韓袖太憨生

匣一 含 廣韻胡男切集韻胡南切今從集韻覃韻○說文嗛也

函 集韻容也或作械說文作圅舌也

涵正韻水澤多又沈浸也又涵泳說文作涵 蝠集韻蠃之小者見爾雅 顄說文頤也韻會作䪿亦作唅通作函 領集韻面黃也 淦集韻沈也見揚雄方言 玪集韻飯玉 鍤韻會鍤甲介鎧也見博雅通作函 酣廣韻集韻胡甘切今用何藍切談韻○說文酒樂也集韻或作甘佄 邯韻會詌邯縣名又姓

甝集韻獸名爾雅甝白虎

影一 庵廣韻集韻烏含切今用阿堪切覃韻○韻會圜屋一日草舍或作菴通作菴 菴集韻菴蕳草名或作葊 諳說文悉也正韻記也憶也練歷也集韻諷也或作論諳 鵪正韻鶉屬說文作雒韻會或作鶕鴿鴳雒俗作鶕 韽說文下徹聲正韻鍾聲微 媕廣韻媕娿不決集韻女有心媕媕或作嬆 馣廣韻香也 盦集韻覆蓋也 痷韻會痷萎泛意見晉王沈釋時論 闇韻會治喪廬也論語作陰 唵韻會唵嘿不言見唐書楊瑒傳



來一 藍廣韻魯甘切集韻盧甘切今用羅談切談韻○正韻染青草又姓 籃說文大篝也 ⿱髟監說文髮長也廣韻鬖髮疏貌 襤正韻短衣無緣韻會或作襤通作藍左傳篳路藍縷 灆集韻邑名在郲春秋黑肱以濫來奔 厱說文厱諸治玉石集韻或作礛磏 ⿰監鳥廣韻⿰監鳥鶙鳥名今俗呼郭公也 婪廣韻集韻盧含切今用羅含切覃韻○說文貪也廣韻或作惏 嵐集韻山氣一日岢嵐山名在太原又州名 葻說文草得風貌

按以上十六音。開口呼。

十四鹽 舊二十四鹽二十五沾二十六嚴一作二十四鹽二十五添二十八嚴

按廣韻分鹽添嚴為三韻。而律以自添同用。嚴凡同用。集韻分鹽沾嚴為三韻。而律皆同用。宋劉淵併為十四鹽。今詳鹽添嚴舊雖分為三韻。而呼法併同。則其字宜合列之。而韻名與音切俱分註於各音首字之下。

見四 兼廣韻古甜切集韻堅嫌切今用基添切協用基淹切添韻○廣韻并也又姓 縑說文并絲繒也正韻絹也 蒹說文萑之未秀者正韻葦屬詩蒹葭蒼蒼 鶼集韻鳥名比翼也爾雅鶼鶼比翼 鰜說文魚也廣韻比目魚

溪三 ⿰忄咸廣韻集韻邱廉切合聲欺淹切鹽韻○廣韻⿰忄咸憸意不安也 欦說文集韻邱嚴切今用欺淹切嚴韻○說文含笑也集韻多智也 溪四 謙廣韻集韻苦兼切今用欺兼切協用欺淹切添韻○說文敬也正韻致恭也不自滿也遜也或作嗛



羣三 箝廣韻巨淹切集韻其淹切合聲奇炎切鹽韻○說文箝也廣韻鑕頭正韻通作鉗柑拑 黔說文黎也廣韻黑黃色 黚說文淺黃黑也廣韻古黚陽縣在武陵 鈐說文鈐鏞大犂也一日類耜廣韻兵鈐以閉房神府以備非常又鈎鈐星名 鉗說文以鐵有所劫束也集韻或作鉆 鍼集韻人名左傳秦有鍼虎或作葴 柑集韻以木銜馬口也左傳柑馬而秣之 雂說文鳥也又人名左傳有公子苦雂或作鴿 拑說文脅持也集韻或作鈙

疑三 嚴廣韻語𩏩切集韻魚杴切今用宜黔切嚴韻○說文教命急也廣韻嚴毅也威也敬也亦姓 巖說文雉射所蔽者也韻會射雉之翳所以自障也或作厂通作嚴見漢書元帝紀 鹻廣韻語廉切集韻牛廉切今用

宜廉切〔鹽韻〕集韻齒差也○噞集韻噞喁魚口動貌或作鹼
端四 詀〔廣韻〕〔集韻〕丁兼切〔今用〕低兼切〔協用〕低淹切〔添韻〕○廣韻轉語集韻詀諓巧言王安石詩舉世徒詀詀
佔廣韻佔佰輕薄也集韻佔佰下垂也一日疲劇 敁廣韻敁敠稱量集韻敁以手稱物或作㧳 聑
說文小垂耳也
透四 添〔廣韻〕〔集韻〕他兼切〔今用〕梯兼切〔協用〕梯淹切〔添韻〕○集韻益也通作沾酟 沾說文水出壺關東入
淇廣韻沾益也 酟韻會和也張協七命酟以春梅謂和羹也 䃎廣韻䃎研吐舌
定四 甜〔廣韻〕〔集韻〕徒兼切〔今用〕題嫌切〔協用〕題炎切〔添韻〕○說文美也廣韻甘也 恬說文安也廣韻靖也
湉集韻澶湉安流貌見左思吳都賦 菾廣韻菜名見本草

泥四 鮎〔廣韻〕〔集韻〕奴兼切〔今用〕泥嫌切〔協用〕泥炎切〔添韻〕○廣韻魚名說文鰋也 拈說文掫也廣韻指取
物也 餂說文相食麥也
知三 霑〔廣韻〕張廉切〔集韻〕知廉切〔合聲〕知淹切〔鹽韻〕○廣韻霑濕也又也漬也集韻通作沾 沾廣韻
水名在上黨韻會沾沾輕薄也漢書魏其傳沾沾自喜
徹三 覘〔廣韻〕丑廉切〔集韻〕癡廉切〔今用〕敕淹切〔鹽韻〕○廣韻闚視也集韻或作佔沾䀡 鉆說文鐵銸也一
曰膏車鐵鉆 [illegible]說文搔馬也
澄三 [illegible]〔廣韻〕直廉切〔集韻〕持廉切〔合聲〕池炎切〔鹽韻〕○廣韻言利美也又人名柳宗元文有卜者秦[illegible] [illegible]
說文小熱也

孃三 黏〔廣韻〕女廉切〔集韻〕尼占切〔合聲〕泥炎切〔鹽韻〕○說文相箸也集韻或作粘溓 䴴集韻青䴴藥草
地節也華佗說 秥集韻禾也
幫三 砭〔廣韻〕府廉切〔集韻〕悲廉切〔合聲〕卑淹切〔鹽韻〕○說文以石刺病也集韻或作砭
精四 尖〔廣韻〕子廉切〔集韻〕將廉切〔今用〕即淹切〔鹽韻〕○廣韻銳也 㦰說文微盡也廣韻滅也 漸
廣韻入也漬也 瀸廣韻漬也汲也洽也又泉水出微貌 熸韻會火滅也左傳楚師熸 蔪集韻蔪蔪麥秀
韻會或作漸 湛韻會漬也禮記月令湛熾必絜通作瀸漸 纖韻會刺也見禮記文王世子 鑯說文
鐵器也廣韻鑴也
清四 籤〔廣韻〕七廉切〔集韻〕千廉切〔今用〕七淹切〔鹽韻〕○說文驗也廣韻銳也貫也 幟廣韻幖幟記集韻摽

識也 僉說文皆也 槧韻會削牘也 孅集韻巧佞也史記日者傳孅趨而言 鋟集韻刻也公羊
傳鋟其板或作鑯 簽集韻簽籠也見博雅
從四 潛〔廣韻〕昨鹽切〔集韻〕慈鹽切〔合聲〕齊鹽切〔鹽韻〕○說文涉水也集韻藏也一曰漢水爲潛亦姓 灊
廣韻水名在巴郡又古縣名在廬江 鬵廣韻甑也
心四 銛〔廣韻〕息廉切〔集韻〕思廉切〔合聲〕西淹切〔鹽韻〕○說文鍤屬韻會利也又取魚具或作鋏 韱說文
山韭也集韻或作䪜 纖說文細也集韻通作鐵 暹韻會日光升也 綅正韻綫也詩貝胄朱綅又白經
黑緯曰綅韻會作綅 孅說文銳細也 櫼廣韻小檽韻會帶也 憸說文憸詖也憸利於上佞人也廣韻
利口 摻集韻摻摻女好手貌或作攕 枮說文木也元稹詩元闔廈引枮 瀸集韻草名百足也見爾雅

嬐說文敏疾也集韻莊敬貌䆱集韻䆱草不實

邪四爓廣韻徐鹽切集韻徐廉切今用習鹽切鹽韻○韻會於湯中瀹肉禮記禮器三獻爓內則作燂說文作燅

集韻或作燅䵶燂煔撏集韻摘也廣韻作攙䕭廣韻山菜

照三詹廣韻職廉切集韻之廉切合聲支淹切鹽韻○說文多言也集韻至也亦姓瞻說文臨視也

占廣韻視兆也亦姓蟾廣韻蟾蜍蝦蟆也見爾雅噡廣韻噡言語也集韻多言或作譫沾

集韻沾沾輕薄也鸇集韻鳥名見山海經薝集韻木名見山海經讝集韻疾而寱語也蛅

集韻蟲名說文蛅斯墨也

穿三襜廣韻集韻處占切合聲蚩淹切鹽韻○廣韻襜褕蔽膝詩不盈一襜集韻或作幨裧襝幨韻會

車幨謂之裧幃集韻或作裧幨幨惉正韻惉懘音敝不和樂記作怗或作沾䙊集韻衣動貌或作袩佔通

作檐緂說文白鮮衣貌

審三苫廣韻失廉切集韻詩廉切合聲詩淹切鹽韻○廣韻草覆屋又凶服者以為覆席也又姓痁說文

有熱瘧左傳齊侯疥遂痁笘說文折竹箠也潁川人名小兒所書寫為笘

禪三蟾廣韻視占切集韻時占切合聲匙鹽切鹽韻○廣韻蟾光月彩集韻蟾諸蟲名棎廣韻果名似柰

而酸撏廣韻取也

曉三杴廣韻集韻虛嚴切今用希淹切嚴韻○集韻鍪屬或作㮭欦本草豨薟一名火杴忺韻會青齊

呼意所好為忺見揚雄方言韋應物詩今日遇君忺曉四馦廣韻許兼切集韻馨兼切今用希兼切協用希淹切

添韻○集韻馦馦香也見博雅或作馦㾻廣韻瘌瘷病也集韻喉病

匣四嫌廣韻戶兼切集韻賢兼切今用奚甜切協用奚炎切添韻○說文不平於心也慊說文疑也集韻

通作嫌

影三淹廣韻央炎切集韻衣廉切今用衣詹切鹽韻○說文水出越巂徼外東入若水正韻漬也久留也滯也亦

作奄閹說文豎也宮中奄閽閉門者崦集韻山名山海經鳥鼠同穴山西南曰崦嵫或作崦嵫醃

韻會漬藏物也又菹也腌集韻漬肉也殗集韻沒也影四猒廣韻一鹽切集韻於鹽切今用

衣尖切鹽韻○說文飽也廣韻或作饜厭集韻安也詩厭厭良人說文作懕或作懨稖廣韻稖稖苗美也集

韻稖稖苗齊等也



喻三炎廣韻集韻于廉切今從之鹽韻○說文火光上也惔韻會憂也䳺集韻䳺離怪鳥屬見

廣雅喻四鹽廣韻集韻余廉切今從之鹽韻○說文鹹也韻會州名又姓俗作塩閻廣韻里中門又姓或

作壛檐廣韻屋檐韻會搭接屋前後集韻或作簷櫩櫩𤅋广阽說文壁危也餤韻會進也閻

說文閻謂之樀樀廟門也集韻通作檐

來三廉廣韻力鹽切集韻離鹽切今從集韻鹽韻○說文仄也集韻自檢也亦州名又姓帘集韻酒家

幟鐮廣韻刀鐮也釋名鐮廉也薄其所刈似廉也說文作鎌匳正韻鏡匳又盛香器亦作奩說文作籢集

韻或作匲奩𥱫磏廣韻赤礪石蘞韻會草名似栝樓一曰蔓也詩蘞蔓于野集韻作薟薟集韻白薟

藥草簾說文堂簾也廣韻簾箔蠊廣韻蛬蠊蟲名說文作螊海蟲也長寸而白可食薕說文蒹也

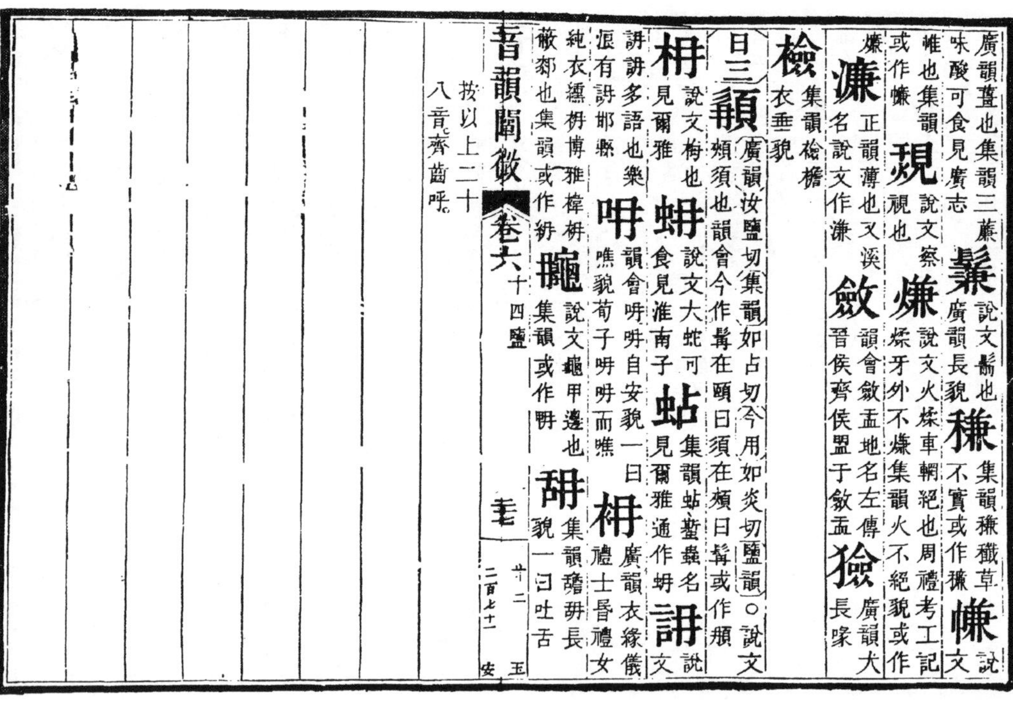

廣韻薹也集韻三蘼味酸可食見廣志 **鬑** 說文鬋也廣韻長貌 **稴** 集韻稴䅟草不實或作穛 **慊** 說文帷也集韻或作慊 **覝** 說文察視也 **熑** 說文火煣車網絕也周禮考工記煣牙外不熑集韻火不絕貌或作燫 **溓** 正韻薄也又溪名說文作溓 **斂** 韻會斂盂地名左傳晉侯齊侯盟于斂盂 **獫** 廣韻犬長喙

**檢** 集韻襝襜衣垂貌

日三 **顩** 廣韻汝鹽切集韻如占切今用如炎切鹽韻○說文頰須也韻會今作髯在頤曰須在頰曰髯或作䫇 **枏** 說文梅也見爾雅 **蚺** 說文大蛇可食見淮南子 **蛅** 集韻蛅蟴蟲名見爾雅通作蚺 **訮** 說文訮訮多語也樂浪有訮邯縣 **呥** 韻會呥呥自安貌一曰噍貌荀子呥呥而噍 **袡** 廣韻衣緣儀禮士昏禮女純衣纁袡博雅䘛袡蔽厀也集韻或作衻 **䶲** 說文龜甲邊也集韻或作䶲 **䎃** 集韻䎃毋長貌一曰吐舌

音韻闡微 卷六 十四鹽 卅七 廿二 二百七十一 玉 安

按以上二十八音齊齒呼。

# 十五咸

舊二十七咸二十八銜二十九凡一作二十六咸二十七銜二十九凡

按廣韻分咸銜凡爲三韻。而律以咸銜同用。凡嚴同用。集韻分咸銜凡爲三韻。而律皆同用。宋劉淵併爲十五咸。今詳咸銜二韻。其呼法等第併同。則其字宜合列之。而韻名與音切。俱分註於各音首字之下。凡韻之字。宜獨列之。

見二 **監** 廣韻古銜切集韻居銜切今用基衫切銜韻○說文臨下也廣韻領也察也 **鑑** 廣韻鑑諸以取月中水又明也韻會照也或作鑒 **礛** 廣韻礛磏青礪集韻或作厱 **緘** 廣韻古咸切集韻居咸切借用基衫切咸韻○說文束篋也正韻束篋縢也封也又索也 **瑊** 廣韻美石次玉說文作玪 **黬** 廣韻釜底黑也元稹詩衣漬度梅黬說文作黬

溪二 **鵮** 廣韻苦咸切集韻丘咸切今用欺緘切借用欺衫切咸韻○廣韻鳥鵮物元稹詩果重鳥先鵮或作皵

音韻闡微 卷六 十五咸 卅八 廿八 五百廿三 玉 安

**嵁** 廣韻嵁巖不平正貌 **㟏** 廣韻山崖空穴閒貌 **嵌** 廣韻口銜切集韻丘銜切今用欺監切銜韻○廣韻巖山也集韻嵌巖山嶮或作嵰

疑二 **巖** 廣韻五銜切集韻魚銜切今用宜銜切銜韻○說文岸也集韻險也或作嚴 **礹** 說文石山也 **壧** 韻會穴也漢郊祀歌壧處頃聽 **䶢** 說文齒差也 **嵒** 廣韻五咸切集韻魚咸切今用宜咸切咸韻○說文山巖也廣韻嶃喦山高貌亦地名 **喦** 說文曧喦也書顧畏于民喦孔安國曰僭也取參差不齊之意 **麙** 韻會鹿絕有力爾雅熊虎絕有力麙 **羬** 廣韻山羊爾雅羊六尺爲羬 **㺂** 廣韻羊有力也集韻羊牝謂之㺂 **䫡** 說文頭頰長也

知二 **詀** 廣韻竹咸切集韻知咸切今用知緘切協用知庵切咸韻○廣韻詀諵語聲韻會詀謔也

孃二 諵 廣韻女咸切集韻尼咸切今從集韻咸韻○韻會訥諵語聲諵諵多言貌 喃 韻會呢喃語不了又燕語

穿二 攙 廣韻楚銜切集韻初銜切今用差衫切協用差庵切銜韻○集韻刺也博雅銳也 欃 爾雅慧星為欃槍集韻通作攙

牀二 讒 廣韻士咸切集韻鋤咸切今用茬咸切咸韻○說文譖也 儳 說文儳互不齊也左傳鼓儳可也 饞 廣韻不廉韻會饕也通作儳 毚 韻會狡兔也詩躍躍毚兔或作獑 瀺 韻會瀺灂水聲見司馬相如上林賦 獑 集韻獑猢獸名似猿見張衡西京賦或作螹 嚵 說文小啐也一曰喙也 纔 說文帛雀頭色一曰微黑色如紺纔淺也 鄒 說文宋地也左傳宋皇麋奪其兄鄒般之邑 巉 廣韻集韻鋤銜切今用茬巖切銜韻○廣韻險也集韻巉巖高也或作嶄嶃嶄 鑱 說文銳也韻會犂鐵杜甫詩長鑱長鑱白木柄 劖 說文斷也廣韻刺也韓愈詩造化何以當鐫劖 嶄 說文礹石也集韻或作嶄

審二 衫 廣韻所銜切集韻師銜切今用師監切協用師庵切銜韻○韻會小襦也通作襂 縿 說文旌旗之游也韻會正幅為縿見周禮或作幓襳襂裓 芟 說文刈草也集韻或作薪 杉 韻會木也似松而材為良說文作檆爾雅作煔 髟 廣韻屋翼也又長髮貌 彡 說文毛飾畫文也廣韻毛長 穇 廣韻穇穇穗不實 犙 韻會犬容頭進也又賊也韓愈征蜀聯句中矢類妖犙 釤 韻會鏟屬見韓愈李大夫墓誌又人名晉書東夷傳有釤加 摻 廣韻所咸切集韻師咸切今用師緘切協用師庵切咸韻○集韻手好貌詩摻摻女手說文作攕 摲 韻會芟也禮記禮器有摲而播也

卌二 五百十三 貫 林



曉二 蝛 廣韻許咸切集韻虛咸切今用呵緘切借用呵衫切咸韻○廣韻似蛤出海中也皮日休詩僻人寄海蝛集韻或作蠊

匣二 咸 廣韻集韻胡讒切今用諧讒切協用諧巖切咸韻○說文皆也悉也廣韻同也亦姓 諴 說文和也韻會諴也書至諴感神 鹹 說文銜也北方味也韻會鹽味也俗作醎 函 集韻匱也杯也一曰木名亦姓或作掐鍿 崡 韻會山名在肴陵通作函 椷 廣韻杯也 麙 說文山羊而大者細角集韻或作𤞩 銜 廣韻戶監切集韻乎監切今用諧巖切銜韻○說文馬勒口中从金从行銜行馬者也正韻官吏階位曰銜 嗛 說文口有所銜也集韻或作咁

影二 猎 廣韻乙咸切集韻於咸切今用衣緘切借用衣衫切咸韻○說文竇中犬聲

按以上十一音列於第二等。按譜宜作開口呼。今多讀作齊齒呼。

溪三 顩 集韻丘凡切借用欺淹切凡韻○集韻顩頤醜貌

敷三 芝 廣韻匹凡切集韻甫凡切借用敷淹切協用敷庵切凡韻○說文草浮水中貌

奉三 凡 廣韻集韻符咸切今從之協用扶含切凡韻○廣韻常也皆也輕也非一也又姓 帆 集韻舟上幔所以汎風或作䑺通作颿 颿 說文馬疾步也集韻或作馺 汎 集韻水名一曰地名在鄭亦姓 渢 韻會渢渢中庸聲 柉 集韻木名皮可為索 𥁞 韻會杯也見博雅

按以上三音。齊齒呼。芝凡二音。今皆讀作合口呼。

貫 林

# 音韻闡微 卷七

## 一董 東上聲

按唐人有仄韻律詩。故廣韻集韻於上去入聲。俱有獨用同用之註。為律設也。今依劉淵韻合併之。故不載舊註而舊名與今有不同者。仍註於韻目之下。如後紙韻之例。

溪一 **孔** 廣韻康董切集韻苦動切今用苦桶切○說文通也廣韻穴也空也甚也亦姓 **空** 集韻窾也通作孔 **倥** 廣韻倥傯事多集韻苦也 **悾** 集韻悾傯傯不得志

端一 **董** 廣韻多動切集韻覩動切今用覩孔切○廣韻督也正也固也亦姓 **蕫** 廣韻蕫草似蒲而細又藕根 **懂** 廣韻懵懂心亂 **箽** 廣韻竹器也亦姓見前漢藝文志集韻作董



透一 **桶** 廣韻他孔切集韻吐孔切今從集韻○韻會木器受六升 **侗** 韻會直貌一曰長也 **曈** 廣韻曈曨欲曙 **捅** 韻會進前也引也

定一 **動** 廣韻徒總切集韻杜孔切今從集韻○說文作也集韻躁也 **硐** 集韻磨也廣韻䃔硐謂以刀通竹節為笛也見馬融長笛賦 **洞** 集韻洞洞孝敬心至也禮記洞洞屬屬 **挏** 廣韻推引也漢有挏馬官作酒 **胴** 集韻侗胴直貌見揚雄方言一曰食腸 **眮** 韻會瞋目顧視也 **詷** 集韻譀詷急也見後漢鄧皇后紀一曰共也 **酮** 韻會酒酢壞也見博雅

幫一 **琫** 廣韻邊孔切集韻補孔切今從集韻○韻會佩刀上飾詩鞞琫有珌或作鞛琣 **唪** 說文大笑也詩唪瓞唪唪傳唪唪然多實也 **菶** 說文草盛 **玤** 說文石之次玉者以為系璧 **[illegible]** 說文枲履也集韻小兒皮屨或作[illegible][illegible]

並一 **埲** 廣韻集韻蒲蠓切今用簿孔切○廣韻塕埲塵起 **䒠** 集韻䒠䒠草亂貌見潘岳射雉賦或作菶 **漨** 集韻漨滃水灒貌 **熢** 集韻熢焞火氣

明一 **蠓** 廣韻莫孔切集韻母總切今用姥孔切○集韻蟲名說文蠛蠓也 **幪** 集韻茂盛貌詩麻麥幪幪 **矇** 廣韻瞈矇日未明也 **懵** 集韻闇也一曰心亂或作懜懞 **濛** 韻會微雨一曰濛鴻大水一曰小溝

精一 **總** 廣韻作孔切集韻祖動切今用祖孔切○廣韻聚束也合也皆也眾也或作揔 **傯** 集韻倥傯苦也一曰事多 **縱** 韻會趨事貌禮記喪事欲其縱縱爾 **稯** 集韻禾聚束也或作稯 **鬷** 集韻草名爾雅素華軌鬷 **翪** 集韻鳥飛竦翼上下也 **蓯** 集韻草名爾雅須葑蓯廣韻菶蓯草貌 **睃** 集韻相睃視南楚謂之睃見揚雄方言



**愡** 集韻悾愡傯不得志 **熜** 說文然麻蒸也廣韻熅也 **䡯** 集韻車輪見揚雄方言或作轗

從一 **嵸** 集韻才總切今用祚孔切○集韻巃嵸山高峻貌

心一 **[illegible]** 廣韻先孔切集韻損動切今用蘇孔切○集韻擊也引也或作捅 **[illegible]** 廣韻箸桶見揚雄方言或作欉 **駷** 韻會捶馬銜走見公羊傳或作擻

曉一 **嗊** 廣韻呼孔切集韻虎孔切今從集韻○集韻囉嗊歌也見全唐詩話

匣一 **澒** 廣韻胡孔切集韻戶孔切今從集韻○廣韻丹沙所化為水銀也又濛澒大水 **汞** 集韻同上廣韻水銀滓 **鴻** 集韻濛鴻大水通作澒

影一 蓊 廣韻烏孔切集韻鄔孔切今從廣韻○集韻蓊鬱草木茂貌一曰草名可染黃 滃 說文雲氣起也廣韻大水貌 塕 廣韻塕埲塵起 暡 廣韻氣盛貌集韻暡矇日未明 㚅 廣韻㚅㚇多貌揚雄方言南楚凡大而多謂之㚅

來一 攏 廣韻力董切集韻魯孔切今從集韻○集韻持也掠也一曰拗攏籌也 籠 廣韻竹器 儱 廣韻儱侗未成器也 曨 韻會曈曨欲明也 竉 韻會孔竉穴也又竉州地名見晉書王澄傳 巃 集韻巃嵸山孤貌 驡 集韻乘馬也一曰牽也一曰兼有 蘢 集韻蘢茸聚貌 襱 廣韻袴也 鸗 韻會小鳥集韻鳥名小鵯也



按以上十三音合口呼。又按上聲濁母中字今多讀若去聲。如動讀如洞。杜讀如渡之類是也。今於翻切第二字多借清母中字用之。使人審切音而知其爲上聲。至所以辨其母之清濁者。專在翻切之上一字。仍不悖古人切法之舊也。

## 二腫 冬上聲

按廣韻集韻平聲有冬鍾。去聲有宋用。入聲有沃燭。皆分爲二韻而律同用。至宋劉淵始併之。惟上聲原止腫一韻

端一 湩 廣韻都䳆切集韻覩䳆切借用覩孔切○集韻乳汁一曰水濁 ⿱冬石 集韻石墜聲

泥一 㚇 集韻乃湩切韻會乃癑切借用弩孔切○集韻㚅㚇多也見博雅 癑 說文痛也 襛 集韻紛襛不善也見博雅

明一 䳆 廣韻莫湩切集韻母湩切借用姥孔切○集韻鳥名似鷹而白或作[illegible]

按以上三音合口呼。

見三 拱 廣韻居悚切集韻古勇切今從集韻○說文斂手也韻會竦手也又州名或作共 鞏 說文以韋



束也集韻固也亦縣名又姓 珙 集韻璧也或作巩通作拱 栱 集韻杙大者曰栱見爾雅 ⿰忄共 說文戰慄也 蛬 集韻蟲名韻會蟋蟀也本作蛩 鮇 集韻魚名廣韻鯤魚子也 輁 廣韻輁軸所以支棺 拲 說文兩手同械也見周禮 閧 集韻所以枝鬲者一曰舂器亦姓 䂬 說文水邊石也

溪三 恐 廣韻邱隴切集韻邱勇切今用苦勇切○說文懼也 跫 集韻行聲

羣三 ⿱巩木 廣韻渠隴切集韻巨勇切今從集韻○廣韻穫也

知三 冢 廣韻知隴切集韻展勇切今用拄勇切○說文高墳也韻會大也又山頂曰冢或作塚

徹三 寵 廣韻丑隴切集韻丑勇切今用楮勇切○說文尊居也集韻愛也

澄三 重 廣韻直隴切集韻杜勇切今從集韻○集韻厚也善也愼也 鮦 說文魚名集韻鱧也 憧

說文遲也

權說文絝踦也廣韻袴也

非三 覂廣韻集韻方勇切今用甫勇切○說文反覆也顏延之赭白馬賦馬無覂駕之軼集韻或作泛庈䟫

敷三 捧廣韻敷奉切集韻撫勇切今從集韻○集韻掬也或作拝奉▼

奉三 奉廣韻扶隴切集韻父勇切今從集韻○說文承也集韻或作捧又奉一曰祿也 唪廣韻口高貌集韻大笑也

精四 樅廣韻子冢切集韻足勇切今從集韻○集韻樅褋襌衣見博雅

清四 㦝廣韻職勇切集韻取勇切今從集韻○廣韻惲也集韻怢也本作松或作憁㥐㮤

心四 竦廣韻息拱切集韻筍勇切今用胥勇切○說文敬也韻會上也又竦動也或作捒、 悚韻會懼也



說文作愯或作⿰忄雙通作聳 聳廣韻高也說文生而聾曰聳 駷集韻搖馬銜走也 嵷韻會嵱嵷山峯貌或作⿰忄雙

慫說文驚也 蓯韻會衝蓯相入貌 樅韻會褌衣也 從韻會疾貌廣韻從從走意見揚雄甘泉賦集韻本作從

㩳廣韻執也集韻推也或作擭 ⿰糸頁集韻歛前紟謂之⿰糸頁見左思蜀都賦或作⿱從糸⿰糸頁

照三 腫廣韻之隴切集韻主勇切今從集韻○說文癰也 踵說文追也廣韻足後又繼也趾也頻也

種廣韻類也集韻本作穜 喠廣韻喠⿰口容欲吐集韻不能言也

穿三 ⿰重隹廣韻充隴切集韻蠢勇切今用杵勇切○廣韻小鳥飛也集韻雀也或作⿰重鳥 衝集韻衝蓯相入貌

喠廣韻氣急之貌集韻喠⿰口容欲吐

禪三 尰廣韻時冗切集韻竪勇切今從集韻○廣韻足腫病詩既微且尰說文作⿸疒童集韻或作瘇⿰彳重⿰骨重

曉三 洶廣韻許拱切集韻詡拱切今用許勇切○說文涌也集韻洶湧水聲 詾韻會衆言也又詾懗也

兇說文擾恐也廣韻恐懼集韻或作忷

影三 擁廣韻於隴切集韻委勇切今用紆鞏切○韻會抱也又持也衛也羣從也說文作擁 壅集韻堨塞也或作廱邕雍

臃集韻臃腫肉起 ⿱雍虫集韻蟲名廣雅蠽也一曰蛘也或作蝩

喻四 勇廣韻余隴切集韻尹竦切今從廣韻○韻會氣也一曰健也說文作勈 甬廣韻草花欲發貌亦甬道又鐘柄也

踊說文跳也集韻刖足者屨或作踴 俑說文痛也集韻偶人 涌說文滕也集韻水名在楚國或作湧

溶說文水盛也廣韻水貌 蛹說文繭蟲也 筩韻會箭室 桶韻會斛也通作甬



埇韻會地名在淮泗一曰道上加土通作甬 慂集韻勸也揚雄方言南楚凡己不欲喜怒而旁人說者謂之慫慂或作容臾

悀廣韻心喜也又出也 嵱集韻嵱嵷山峯貌 傛說文不安也 ⿰口容集韻喠⿰口容欲吐或作⿰口甬

來三 隴廣韻力踵切集韻魯勇切合聲呂勇切○韻會大坂也在天水者最大因以名州 壟韻會丘壟也一曰田埒也或作壠龍通作隴

日三 宂廣韻而隴切集韻乳勇切今從集韻○說文散也正韻雜也剩也忙也 氄韻會毛盛也正韻毛毳細密者鳥獸氄毛說文作𣮞集韻或作毧𣮭氄

媷集韻不肯也一曰偶媷劣也通作茸 軵說文反推車令有所付也一曰輕車漢書馮奉世傳再三發軵或作輯軌通作⿰扌戎

茸集韻草生貌 ⿰扌戎韻會拒也 ⿺毛甚

集韻毹毷猥雜貌一曰不肖 䩉 集韻誹䩉草亂貌 按以上二十音。撮口呼。惟輕脣數音。宜屬合口呼。



# 三講 江上聲

見二 講 廣韻集韻古項切今用皆䋵切○說文和解也集韻謀也習也 耩 集韻耕也見齊民要術或作構 港 韻會水分流也正韻水中行舟道 傋 廣韻傋傋不媚貌 顜 集韻明也和也直也史記曹相國世家顜若畫一或作覯通作講

溪二 控 集韻克講切今用楷講切○韻會打也

泥二 㶶 集韻匿講切今用你講切○集韻撞也刺也或作搑

幫二 䋽 廣韻巴講切集韻補講切今從集韻○集韻小兒皮屨一曰枲屨或作[illegible]

滂二 捧 集韻普講切今從之○集韻擊也



並二 棒 廣韻步項切集韻部項切今用簿講切○正韻杖也打也亦作棓集韻或作梆柈 蚌 說文蜃屬廣韻蛤也或作蜯 玤 說文石之次玉者以爲系璧 䎺 韻會耜屬 忭 廣韻忭惝很戾集韻作悻

明二 佬 廣韻武項切集韻母項切今用姥講切○集韻佬傋不媚 𪀚 集韻𪀚鳴鳥名似鷹而白或作雄

庬 韻會豐也厚也

穿二 傯 集韻初講切今用楚講切○集韻衆齊也

審二 𠐊 集韻雙講切韻會所項切今用所講切○韻會執也又獎也集韻作㩳

曉二 傋 廣韻虛慃切集韻虎項切今用喜講切○集韻佬傋不媚 慃 集韻慃很戾

匣二 項 廣韻胡講切集韻戶講切今用諧講切○說文頭後也廣韻硧也又姓 缿 說文受錢器也古以

瓦今以竹集韻缻如瓶可受投書

影二 慃 廣韻烏項切集韻鄔項切今用倚講切○集韻慃悑很戾或作傟翁

按以上十二音。韻譜列於第二等。例屬開口呼。或爲合口呼。今於講項等字。多讀作齊齒呼。切韻指南於牙脣喉音註開口。餘註合口。



# 四紙 支上聲○舊四紙五旨六止

按廣韻集韻。原分紙旨止爲三韻而律同用。紙爲支上聲。旨爲脂上聲。止爲之上聲。宋劉淵倂爲四紙。

見三 紀 廣韻居理切集韻苟起切今用基矣切止韻○說文絲別也集韻國名亦姓 己 說文中宮也韻會身也私也 邔 說文南陽縣見漢書地里志 几 廣韻居履切集韻舉履切今用基旨切協用基倚切旨韻○韻會案屬通作机 机 說文木也見山海經 麂 說文大麇也見爾雅或作麃 𪊨 集韻鹿二歲曰𪊨 掎 廣韻居綺切集韻舉綺切今用謹倚切紙韻○說文偏引也廣韻牽一腳 踦 韻會脛也又公羊傳相與踦閭而語何休說閉一扇開一扇一人在內一人在外曰踦閭 剞 廣韻剞劂曲刀 庋 集韻閣藏食物也或作庪擠攱 ⿺尢奇 韻會蹇也一曰一足行 婍 廣韻弃也 敧 集韻去也一曰不平



見四 枳 廣韻居帋切集韻頸爾切今用吉倚切紙韻○集韻枳椇木名白石李也一曰枳首蛇名

溪三 起 廣韻墟里切集韻口己切今用欺矣切止韻○說文能立也廣韻興也作也發也又姓 屺 說文山無草木也 杞 集韻木名說文枸杞也一曰國名亦姓 芑 說文白苗嘉穀韻會菜名 玘 說文玉也韻會佩玉 ⿰禾己 集韻禾名管子其種穋⿰禾己 ⿱艹配 集韻藥草可治金瘍 己 集韻姓也 綺 廣韻墟彼切集韻去倚切今用遣倚切紙韻○說文繒也廣韻文繒又姓 觭 集韻牛角謂之觭一曰角一俯一仰 碕 廣韻碕礒石貌 椅 集韻椑㯭謂之檐椅見博雅 攲 集韻攲攲多少不齊貌 崎 集韻山形一曰崎錡不安貌 ⿰忄奇 集韻⿰忄咸倚儉意

溪四 企 廣韻邱弭切集韻遣爾切今用乞倚切紙韻○廣韻企望也集韻舉踵也或作企跂

羣三 技 廣韻渠綺切集韻巨綺切今用極蟻切紙韻○說文巧也韻會藝也又方術也通作伎 妓 說文婦人小物也廣韻女樂 伎 說文與也廣韻侶也 錡 廣韻釜也 崎 韻會蟬也又長足蟲 跽 廣韻暨几切集韻巨几切今用件履切協用極矣切旨韻○說文長跪也

疑三 擬 廣韻魚紀切集韻偶起切今用疑里切止韻○說文度也集韻或作儗譺疑 儗 說文僭也集韻相疑 薿 說文茂也詩黍稷薿薿韻會或作𦺇通作儗 耆 說文盛貌 螘 廣韻魚倚切集韻語倚切今用疑倚切紙韻○集韻蟲名說文蚍蜉也或作蟻蟻蛾蟻 錡 廣韻三足釜一曰蘭錡兵器架又姓 艤 集韻南方謂整舟向岸曰艤通作檥 檥 集韻榦也一曰木名 㠖 集韻㟧嶬山高貌或作㠖嶬 礒 集韻石貌或作硪 齮 說文齧也集韻或作齸亦姓 轙 說文車衡載轡者 羛 廣韻羛陽鄉名在魏郡 敧



說文三足鍑也集韻漪米器或作錡 嬟 集韻婍嬟好貌

知三 徵 廣韻陟里切集韻展里切今用知矣切止韻○集韻宮音所生也亦姓 黹 廣韻豬几切集韻展几切今用知几切協用知倚切旨韻○說文箴縷所紩衣集韻或作絺希 鵗 集韻雉名通作希 夂 說文从後至也象人兩脛後有致之者 黹卩 集韻黹卩黹占草書勢 ⿰扌致 廣韻陟侈切集韻展豸切今用展倚切紙韻○集韻至也博推刺也

徹三 恥 廣韻敕里切集韻丑里切今用敕矣切止韻○說文辱也廣韻慙也 祉 說文福也 褫 廣韻敕豸切集韻丑豸切今用丑倚切紙韻○集韻奪衣也 ⿰角虒 韻會角傂也又人名莊子䚦䚦師曠聽之弗聞 搋 集韻析也或作扡拸 胣 集韻刳腸曰胣莊子萇弘胣或作肔 ⿱縣糸 廣韻集韻褚几切今用敕旨切協用敕倚切旨韻○集韻移鼓也或作𪔭

澄三 雉 廣韻集韻直几切今用直履切協用直矣切旨韻○韻會鳥名一曰陳也理也又姓 薙 韻會芟也 滍 廣韻水名在魯陽集韻或作泜 埃 集韻城三堵也揚雄太元閑黃埃或作垁通作雉 痔 廣韻直里切集韻丈里切今用直矣切止韻○說文後病也 峙 正韻峻峙山屹立也又供峙具也見爾雅 跱 集韻跱躇行不進也或作峙 庤 說文儲置屋下也集韻或作畤 畤 集韻祭處 洔 說文水暫益且止未減也廣韻水中高土 廌 廣韻池爾切集韻丈尒切今用直蟻切紙韻○集韻解廌獸名通作豸 豸 正韻蟲無足又解也止也 褫 集韻奪衣也 阤 說文小崩也韻會崖際也或作陁陊 杝 說文落也集韻析薪 傂 韻會仳傂參差貌通作虒 虒 集韻委虒獸名似虎而角出廣陽



孃三 柅 廣韻女氏切集韻乃倚切今用尼蟻切紙韻○說文木也實如梨集韻椅柅木弱貌 旎 集韻旖旎旌旗從風貌 狔 集韻猗狔弱貌 伲 集韻汝也或作儞你 抳 集韻止也 檷 集韻絡絲趺一曰所以制動或作鑈通作柅 ⿰衤尼 集韻旖柅衣好貌

幫三 彼 廣韻甫委切集韻補靡切今用卑倚切紙韻○說文往有所加也集韻對此之稱 柀 集韻木名說文檆也見爾雅一曰折也 佊 韻會邪也見埤倉 貏 集韻貏豸漸平貌見史記司馬相如傳 鄙 廣韻方美切集韻補美切今用卑旨切協用卑倚切旨韻○說文五酇爲鄙廣韻陋也又邊鄙也 啚 說文嗇也集韻通作鄙俗以爲圖字非 否 韻會惡也

幫四 比 廣韻卑履切集韻補履切今用筆旨切協用筆倚切旨韻○廣韻校也並也 匕 正韻匙也又匕首劒屬 妣 說文歿母也 秕 說文不成粟也集韻或作粃秕

疵說文瘍也集韻頭痛也
泚集韻水名在盧江灊縣見漢書地理志
枇集韻所以載牲體或作朼通作匕
祉說文以豚祠司命
帊說文幓裂也見急就章
紕說文氐人繝也
魮集韻魚名尾有毒
俾廣韻并弭切集韻補弭切今用筆倚切紙韻○說文益也韻會使也從也職也
俾集韻使也或作卑通作俾
髀說文股也禮記祭統殷人貴髀集韻或作踔脾
鞞韻會劍室也
箄廣韻竹器說文簁箄也
崥集韻山足也一日兩石間
蘑集韻草名爾雅蘑鼠莞可以爲席或作萆

滂三

嚭廣韻匹鄙切集韻普鄙切今用品鄙切協用劈倚切旨韻○說文大也韻會人名春秋傳吳太宰嚭或作噽
秠集韻黑黍也爾雅秠一稃二米或作秠
仳說文別也詩有女仳離
岥韻會南楚謂器破未離曰岥見揚雄方言或作歧攱
柀廣韻匹靡切集韻普靡切今用品倚切紙韻○韻會折也通作披
披集韻裂也

滂四

諀廣韻匹婢切集韻普弭切今用劈倚切紙韻○廣韻諀訾惡言集韻毀也或作呲
庀集韻治也具也或作庇比
疕說文頭瘍也集韻痂也

並三

被廣韻皮彼切集韻部靡切今用弼蟻切紙韻○集韻寢衣一日及也亦姓
骳韻會骫骳屈曲也見漢書枚乘傳
罷韻會弱也一日散也一日遣有罪也
否廣韻符鄙切集韻部鄙切今用並履切協用弼矣切旨韻○集韻塞也
痞說文痛也韻會氣隔不通又病結也
圮說文毀也韻會覆也
呸集韻山一成曰呸或作伾坯伾
豾集韻獸名貍也見揚雄方言
駓集韻駓駓獸行也

並四

婢廣韻便俾切集韻部弭切今用並徙切協用弼矣切紙韻○說文女之卑者也
庳說文中伏舍集韻屋庳通作埤
埤集韻田百畝謂之埤
踔集韻形下大也或作卑通作庳



明三

美廣韻無鄙切集韻母鄙切今用迷履切協用迷矣切旨韻○說文甘也廣韻好色
渼集韻水名在京兆一曰水波
媺集韻善也通作美
靡廣韻文彼切集韻母彼切今用敏蟻切紙韻○說文披靡也集韻靡曼美也一日無也
靡說文乘輿金飾馬耳也
蘼集韻草名爾雅蘼蘼虋冬通作蘼
孊集韻女字漢許皇后姊孊
㠧集韻山名又迤㠧山貌見王褒洞簫賦
灖集韻水流貌見淮南子原道訓
䊳說文集韻碎也

明四

弭廣韻綿婢切集韻母婢切今用密蟻切紙韻○廣韻弓末又息也亦無緣弓也
渳說文飲也韻會浴尸曰渳見周禮
濔廣韻水盛貌集韻或作瀰泮沔
葞集韻春草見爾雅
敉說文撫也集韻愛也安也或作侎侎
芈說文羊鳴也廣韻楚姓集韻或作哶
蝆集韻蟲名爾雅蛄蠪強蝆今米穀中小黑蟲一日蝆蝆蟷蜋也

精四

紫廣韻將此切集韻蔣氏切今用咨此切紙韻○說文帛青赤色廣韻間色也又姓
訾說文不思稱意也韻會毀也集韻或作啙訿
啙說文窳也集韻短也
呰說文苛也集韻此
跐廣韻行貌集韻足踐也
批說文捽也
魮集韻魚名見山海經
飺集韻惡食也管子飺食則不肥
胔集韻鳥骨一日骨有肉謂之胔或作骴
茈說文茈草也集韻藎類一日蔽屬
疵集韻毀也通作訾
姊廣韻將几切集韻將兒切借用咨此切旨韻○說文女兄也
秭說文五稷為秭廣韻千億也亦秭歸縣名
子廣韻即里切集韻祖似切借用咨此切止韻○廣韻子息一日子猶孳也孳恤下之稱也亦辰名又姓
仔集韻仔肩克也
耔廣韻擁苗本也說文作秄集韻或作芓
虸集韻虸蚄蟲名害稼
梓廣韻木名楸屬
杍韻會治木器又木工也通作梓
朿說文止也

清四 此 廣韻雌氏切集韻淺氏切今用此宋 佌 韻會小也詩佌佌彼有屋 紫切紙韻○說文止也韻會近也 泚 韻會水清也 玼 集韻玉色鮮潔詩玼兮玼兮 跐 集韻履也見列子天瑞篇或作[illegible] 鴜 集韻烏名或作鷰 ⿱此巾 集韻巾也一曰布名

心四 枲 廣韻胥里切集韻想止切今用思矣切止韻○說文麻也廣韻麻有子曰枲 葸 廣韻質慤貌又畏懼 諰 說文思之意也集韻直言也 徙 廣韻斯氏切集韻想氏切今用思倚切紙韻○廣韻移也說文作𨑢集韻或作征 璽 韻會王者印也說文作壐 蓰 集韻草名 死 廣韻息姊切集韻想姊切借用思紫切旨韻○說文澌也韻會歿也終也

邪四 似 廣韻詳里切集韻象齒切今用習齒切止韻○廣韻嗣也類也象也說文作佀 巳 廣韻辰名說文巳也 祀 廣韻年也又祭祀集韻或作祀禩祠 姒 集韻娣婦謂長婦爲姒婦亦姓或作妀 耜 集韻田器說文臿也一曰徙土輂說文作枱或作梩耟杞䄽 汜 說文水別復入水也集韻汜窮瀆也廣韻水名在河南成皋縣 鈶 集韻矛屬 苢 集韻薏苢草名或作苡 兕 廣韻徐姊切集韻序姊切今用習履切協用習矣切旨韻○集韻獸名如野牛而青一說雌犀也說文作[illegible]

照二 滓 廣韻阻史切集韻壯仕切今用菑史切止韻○廣韻澱也韻會濁也 笫 說文牀簀也 胏 廣韻脯有骨曰胏 批 廣韻側氏切集韻阻氏切今用仄倚切借用仄史切紙韻○說文捽也 柹 集韻側几切借用仄史切旨韻○集韻削木餘也 緇 集韻黑色

照三 紙 廣韻諸氏切集韻掌氏切今用軫倚切紙韻○說文絮一苫也釋名紙砥也平滑如砥集韻姓也或作帋



三十四 五百十三 蔡之

砥 集韻平石 坻 集韻阪也 只 說文語已詞 咫 集韻八寸曰咫 抵 廣韻抵掌說文側擊也集韻或作抵觝扺 枳 說文木似橘集韻枳首蛇名一曰縣名在巴 軹 說文車輪小穿也集韻地名通作枳 ⿰氵只 集韻水名見山海經 ⿰鳥只 集韻⿰鳥只鵌鳥名見山海經 疻 說文毆傷也見漢書薛宣傳 旨 廣韻職雉切集韻軫視切今用軫鄙切協用支倚切旨韻○說文美也 指 說文手指也 厎 說文柔石也集韻定也或作砥 氏 集韻氏道地名在廣漢 栺 集韻木名 止 廣韻諸市切集韻渚市切今用支矣切止韻○說文下基也集韻已也 趾 集韻足也 阯 說文基也韻會交阯郡名 址 廣韻基址 芷 集韻香草 沚 說文小渚曰沚集韻或作洔 畤 說文天地五帝所基址祭地也右扶風有五畤 祉 集韻福也 茝 集韻草名蘪蕪也 砋 集韻擣衣石見揚雄太元一曰礪石 訨 集韻訐也又人名見宋史宗室表



四十六 五百卄六 蔡之

穿二 刺 廣韻初紀切集韻測紀切今用測史切止韻○集韻割也見博雅

穿三 齒 廣韻昌里切集韻醜止切今用蚩矣切止韻○說文口斷骨也集韻年也列也 紕 集韻績苧一紕謂之紕 侈 廣韻尺氏切集韻敞爾切今用蚩倚切紙韻○說文掩脅也廣韻奢也泰也大也韻會或作奓 哆 韻會衆意穀梁傳於是哆然外齊侯也一曰張口又大貌 姼 說文美女也韻會姑姼輕薄貌或作⿰女氏 ⿸广多 說文廣也國語夾溝而⿸广多我集韻或作⿸广多 恀 廣韻恃也 鉹 說文曲鉹也集韻鬵鼎一曰小刀或作⿰金氏 誃 說文離別也集韻周景王作洛陽誃臺或作謻 灖 韻會沾灖音不和也 ⿰月多 集韻肉物肥美也 ⿰火多 說文盛火也 袳 說文衣張也廣韻衣長又宋地名集韻或作移䙞袲

牀二 俟 廣韻集韻牀史切今用事矣切止韻○說文大也廣韻待也又姓 竢 說文待也集韻或作[illegible]

俟庡廃逘庡通作俟 涘說文水厓也 騃韻會駤騃猒行貌 士廣韻鉏里切集韻上史切今用事矣切止韻○說文事也正韻學以居位曰士又未娶謂之士韻會士卒又姓 仕說文學也正韻仕宦也 柹說文赤實果俗作柹非 戺廣韻砌也闕也爾雅落時謂之戺或作卮○按集韻士字音宜入禪母今依廣韻入牀母

牀三 舓廣韻神帋切集韻甚爾切今用舌蟻切紙韻○說文以舌取食也集韻或作䑛舐䑜 狧集韻犬以舌取物漢書吳王濞傳狧糠及米

審二 史廣韻疏士切集韻爽士切今用色矣切止韻○說文記事者也正韻吏籍也府史也又姓 使說文令也廣韻役也 駛廣韻疾也 蓰廣韻集韻所綺切今用色倚切紙韻○集韻物數也五倍曰蓰 𩌦說文鞮屬謂革履也 躧說文舞履也集韻或作𩌦蹝 屣集韻屣不躡跟也 灑集韻汛也落也爾雅大瑟謂之灑



廿八 五百卒 杏 存

簁廣韻籭也說文簁箄竹器也集韻或作簏 纚說文冠織也廣韻韜髮者又颯纚長紳貌或作縰 矖集韻視也或作覼𥈊 釃說文下酒也集韻䤈也 漇集韻潤也韻會流貌劉安招隱士淒淒兮漇漇 欐集韻槮欐旌旗貌 攦集韻折也莊子攦工倕之指

審三 始廣韻詩止切集韻首止切今用式矣切止韻○廣韻初也說文女之初也 矢廣韻式視切集韻矧視切今用式旨切協用式倚切旨韻○說文弓弩矢也廣韻陳也誓也正也直也 屎韻會糞也說文作菡通作矢 豕廣韻施是切集韻賞是切今用陝倚切紙韻○說文彘也 弛說文弓解也集韻捨也或作𢐀號 阤廣韻壞也 施集韻捨也改易也通作弛 痑集韻衆貌一日自放縱見漢書司馬相如傳

禪三 市廣韻時止切集韻上止切今用石矣切止韻○說文買賣所之也 恃說文賴也 時集韻田際也一日平時地名 沶集韻縣名見左傳桓十三年註 洔集韻水中小渚也一日水暫益未減曰洔或作溡 笫集韻竹名出南方荒中長百丈圍三丈見神異經 是廣韻承紙切集韻上紙切今用石蟻切紙韻○說文直也廣韻是非也又姓 氏說文巴蜀山名集韻姓氏也 阺正韻岸旁欲落者說文作氏 諟說文理也集韻正也審也或作惿 褆集韻美衣服貌 媞說文諦也集韻姸黠也一曰江淮之間謂母曰媞 跃廣韻跂也謂立也積聚也 恀集韻恃事曰恀或作怟 狏集韻狠屬見山海經 視廣韻承矢切集韻善旨切今用石履切協用石矣切旨韻○集韻瞻也比也或作眎眂

曉三 喜廣韻虛里切集韻許已切今用希矣切止韻○說文樂也集韻或作歖憘 蟢集韻蟢子蟲名蟰蛸也 嬉集韻妹嬉夏桀妃字 𪖐集韻臥息 唏集韻笑聲揚雄方言痛也



廿九 五百十六 杏 存

影三 倚廣韻於綺切集韻隱綺切今用衣彼切紙韻○廣韻依倚也又姓 猗集韻犗犬一曰猗犯弱貌 椅集韻椅柅木弱貌一曰木名或作檹 旖集韻旖旎旌旗從風貌 輢說文車旁也 踦集韻立倚也 裿集韻裿柅衣貌 譩廣韻於擬切集韻隱己切今用衣起切止韻○廣韻恨也又噫也 醫韻會和醴酏爲飲也見周禮酒正或作醷臆

喻三 矣廣韻于紀切集韻羽已切今用移里切止韻○說文語已詞也

喻四 以廣韻羊已切集韻養里切今用逸里切止韻○廣韻用也與也爲也說文作㠯 已集韻止也 苡廣韻芣苡蓳實也又芣苡馬舃也又名車前亦名當道說文作苢 迤廣韻移爾切集韻演爾切今用逸爾切紙韻○說文衺行也韻會邐迤連接也或作迆施 酏說文黍酒也集韻甜也 匜集韻器也韻會盥手沃水器 崺集韻峛崺邱名韻會山卑長貌

謻集韻自得之語或作謻　袘集韻衣緣也廣韻衣中袖也　胣集韻刳腸也或作䏧　傂說文恀傂不憂事也

來三　里廣韻良士切集韻兩耳切今用離矣切止韻○說文居也周禮五家爲鄰五鄰爲里韻會路程以三百六十步爲一里又姓　理說文治玉也集韻正也文也　俚說文聊也集韻下俚或曰南夷種名　娌集韻妯娌娣姒婦也　裏說文衣內也　李廣韻果名亦行李又姓　鯉廣韻魚名　⿸疒里廣韻病也見爾雅　悝韻會憂也通作里詩云如何里　梩集韻臿也一曰鍪也　艃集韻艃艃舟名　履廣韻力几切集韻兩几切今從廣韻協用離矣切旨韻○說文足所依也韻會踐也又姓　邐廣韻力紙切集韻輦爾切今用離蟻切紙韻○集韻邐迤旁行連延也　⿸疒麗集韻病瘠黑也　欐集韻欐佹支柱也一曰重累　峛集韻峛崺邱名



日三　耳廣韻而止切集韻忍止切今用而矣切止韻○說文主聽也集韻語已詞　⿰糸耳韻會⿰糸耳⿰糸耳轡盛貌通作耳詩六轡耳耳　駬韻會騄駬周穆王馬名通作綠耳　珥韻會耳璫又樹於後曰珥　餌韻會米餅　洱集韻水名見山海經　⿰鼠耳集韻⿰鼠耳鼴鼠屬一說鼠形如獸　尒廣韻兒氏切集韻忍氏切今用而蟻切紙韻○說文詞之必然也韻會或作尒通作爾　爾廣韻汝也說文作尒　邇說文近也韻會或作迩通作爾尒

按以上三十音共分三等其居第二等者爲開口呼居第三等第四等者爲齊齒呼今於第四等齒頭數音或讀作開口呼

見三　詭廣韻過委切集韻古委切今從集韻紙韻○說文責也韻會詐也又異也　垝廣韻垝垣毀垣也或作陒

傀集韻怪異也　⿰危阝廣韻陒⿰危阝山名見山海經集韻通作陒　庪韻會閣藏食物也或作庋攱　佹韻會重累也一曰依也又戾也或作攱　姽說文閑體行姽姽也宋玉神女賦既姽嫿於幽靜　祪說文祔祪祖也見爾雅韻會毀廟之主　洈廣韻水名出南郡東洈山至華容縣入江也　觤說文羊角不齊也見爾雅　蛫說文蟹也集韻蟹六足者一曰鼠負一曰猿類一曰獸名見山海經　蟡集韻涸水之精曰蟡見管子　⿰金危說文臿屬集韻鎣鐵　晷說文日景也　軌廣韻居洧切集韻矩鮪切今用舉洧切協用古委切旨韻○說文車轍也　簋說文黍稷方器也　匭集韻匣也書包匭菁茅　宄說文姦也外爲盜內爲宄　氿韻會仄出泉也見爾雅或作瀸　厬韻會水醮盡也見爾雅一曰水厓枯土也

見四　癸廣韻居誄切集韻頸誄切今用古水切協用古委切旨韻○說文冬時水上平可揆度也廣韻辰名又姓　湀韻會湀辟流水處也



溪三　巋廣韻邱軌切集韻苦軌切今從集韻協用苦委切旨韻○集韻山小而衆曰巋一日高峻貌　蘬集韻草名爾雅紅蘢古其大者蘬　跪廣韻去危切集韻苦委切今從集韻紙韻○說文拜也　頯集韻面頯也一曰厚也爾雅貝𧵅博而頯

溪四　跬廣韻邱弭切集韻犬蘂切今用酷委切紙韻○韻會半步也說文作趌或作頃頭窺蹞　頍說文舉頭也詩有頍者弁　⿰足奎廣韻趌踽開足之貌見張衡西京賦

羣三　跪廣韻渠委切集韻巨委切今從集韻紙韻○正韻跽也又足也

羣四　揆廣韻求癸切集韻巨癸切合聲巨洧切旨韻○說文揆也集韻度也　⿰忄癸集韻⿰忄癸⿰忄癸竦悸也　楑說文木也集韻度也　湀說文湀辟深水處也見爾雅

疑三　硊廣韻魚毀切集韻五委切今用五詭切紙韻○集韻碨硊石也或作磈　姽集韻好也見博雅

頠說文頠閑也集韻靜也見爾雅 峗集韻峻峗山貌 洈集韻水名在南郡見山海經

精四 觜廣韻即委切集韻祖委切今從集韻紙韻○廣韻喙也韻會鴟奮頭上角觜一曰星名集韻或作㭰嘴觜 䜴說文識也集韻石鍼謂之䜴一曰藏也 濢廣韻遵誄切集韻祖誄切今用祖癸切協用祖委切旨韻○說文小溼也廣韻汁清也 嶉廣韻山狀集韻山曲也 嶊集韻山貌

清四 趡廣韻千水切集韻取水切今從集韻協用取委切旨韻○說文動也韻會走也又地名春秋傳盟于趡

從四 嶵廣韻徂累切集韻粗誄切今用族壘切旨韻○廣韻㠑嶵山貌 惢廣韻才棰切集韻聚縈切今用族委切紙韻○說文心疑也

心四 髓廣韻息委切集韻選委切今用蘇委切紙韻○集韻骨中脂也說文作䯝或作髓隨 瀡集韻齊人謂滑曰瀡禮記修瀡以滑之 嶲集韻越嶲郡名或作巂 靃集韻靃靡弱貌見楚詞招隱士一曰靃靃細貌 蘳韻會草木花數貌 猜集韻特豚或作獢 餚集韻豆屑和飴也

照三 捶廣韻之累切集韻主縈切今聲主委切紙韻○說文以杖擊也集韻或作棰 箠說文擊馬也集韻策也或作菙 諈集韻諈諉煩重貌 錘韻會鍛器

穿二 揣廣韻初委切集韻楚委切今從集韻紙韻○說文量也

審三 水廣韻式軌切集韻數軌切今用暑軌切協用暑委切旨韻○說文準也北方之行也

禪三 菙廣韻時髓切集韻是棰切今用豎委切紙韻○集韻木名周禮有華氏共荊菙以灼龜或作埀

曉三 毀廣韻許委切集韻虎委切今從集韻紙韻○說文缺也集韻壞也 燬韻會火也又焚也詩王室如燬或作焜燬 烜韻會司烜氏取火宮名見周禮 檓集韻木名爾雅檓大椒 諀集韻謗也又人名見宋史宗室表或作譭通作毀 䃣韻會敗也列子事有破䃣 毇說文米一斛舂為八斗也集韻饘也或作榖 䁐集韻虎癸切今從之協用虎委切旨韻○集韻恚視也

影三 委廣韻於詭切集韻鄔毀切今用烏詭切紙韻○說文委隨也集韻棄也任也安也 骫說文骨端骫臾也集韻骫骳屈曲也見漢書枚乘傳 蜲集韻蟲名黍負也通作委 萎集韻藥草見爾雅或作䔢 𡯁說文鷙鳥食已吐其皮毛如丸 崣集韻嶊崣山高貌見司馬相如子虛賦 𦍧集韻羊相積也 磈集韻磈硊石貌或作碨磈

喻三 洧廣韻榮美切集韻羽軌切今用羽壘切旨韻○說文水出潁川陽城山東南入潁 鮪廣韻魚名詩鱣鮪發發集韻水名 痏說文疻痏也廣韻瘡痏 闖廣韻韋委切集韻羽委切今用羽詭切紙韻○廣韻闢也又姓 蔿廣韻草也亦姓 薳廣韻草名又姓 蘤韻會華榮也 鄬廣韻地名 寪說文屋貌亦姓

喻四 唯廣韻以水切集韻愈水切今用喻壘切旨韻○說文諾也 孈集韻愚而多態 壝韻會埒也 踓集韻走貌或作趡 蓶說文菜也集韻似馬韭而黃 遺廣韻魚盛貌集韻遺遺魚行相隨貌一曰水流貌一曰脊液 鷕集韻雉鳴 沇集韻沇溶水流澗谷中見司馬相如上林賦 蒨廣韻羊捶切集韻尹捶切今用喻藥切紙韻○集韻草名說文藍蓼秀一曰帶也 芛說文草之皇榮也集韻草木華初生者為芛 䓈集韻草名揚雄方言芡北燕謂之䓈 𧳅說文獱也集韻俗呼小獱為猜子見爾雅或作猜貒 𤻅說文創裂也集韻疾𤻅或作䑊

來三 壘 廣韻力軌切集韻魯水切合聲魯洧切旨韻○說文軍壁也廣韻重壘亦姓 累 韻會增也說文作絫 礧 集韻礧礧山貌或作𡾋𡾋嵬絫通作壘 蘽 說文草也集韻秬鬯或作虆 欙 集韻山行所乘一日盤隔器名一日木實 誄 說文謚也廣韻銘誄 耒 廣韻田器 讄 說文禱也累功德以求福集韻或作讄讄誄通作誄 蘽 說文木名爾雅作櫐 灅 集韻漯灅水波通起貌見郭璞江賦 䍣 韻會鼠形飛走且乳之鳥一日鼺鼠一日飛生說文作鸓或作蠝猓鼬 蜼 韻會獸名似猴卬鼻長尾見爾雅或作雉 漯 集韻水名出鴈門或作灅漯 ⿱畾白 集韻⿱畾白空小穴一日小封也

日三 蘂 廣韻如累切集韻乳捶切今用汝委切紙韻○韻會草木華蘂廣韻花外日萼花內日蘂集韻或作蕋通作繠 繠 說文垂也集韻或作縈 蕊 集韻草木叢生貌一日香草根似茅蜀人所謂葅香 ⿰豕生 集韻草秀不實

音韻闡微 卷七 四紙 廿三 廿二 三百廿九 張 姚

按以上十七音共分三等其居第二等者爲合口呼居第三等第四等者按韻譜宜作撮口呼今皆讀作合口呼

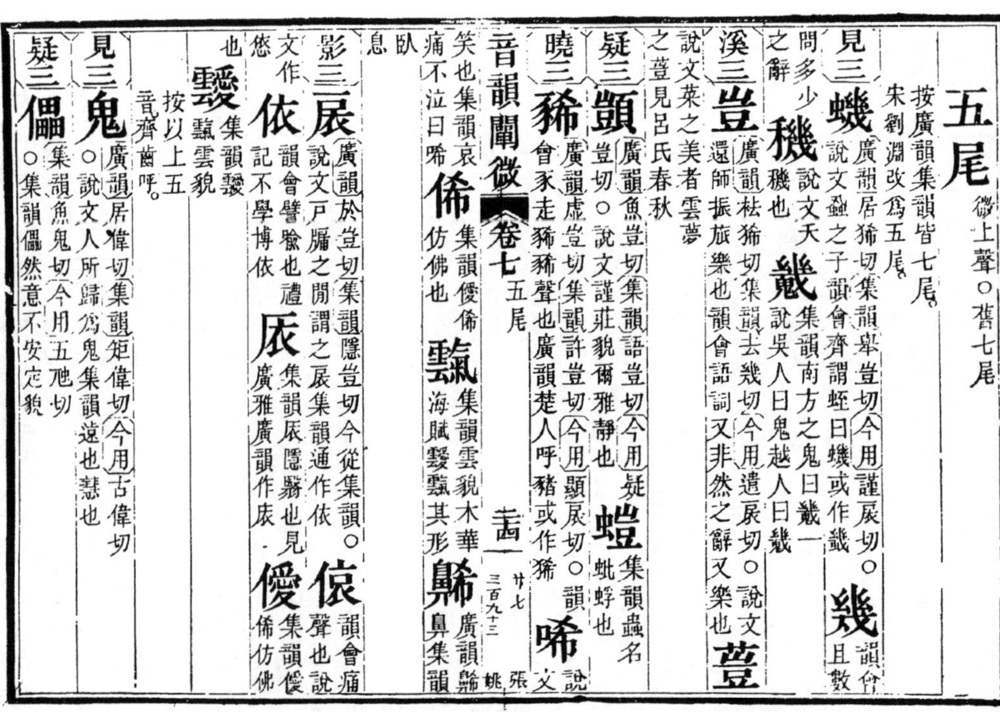

# 五尾

微上聲○舊七尾

按廣韻集韻皆七尾宋劉淵改爲五尾

見三 蟣 廣韻居狶切集韻舉豈切今用謹扆切○說文蝨之子韻會齊謂蛭曰蟣或作蟻 幾 韻會且數問多少之辭 機 說文天機也 魕 集韻南方之鬼曰魕一說吳人曰鬼越人曰魕

溪三 豈 廣韻祛狶切集韻去幾切今用遣扆切○說文還師振旅樂也韻會語詞又非然之辭又樂也 ⿱艹豈 說文菜之美者雲夢之⿱艹豈見呂氏春秋

疑三 顗 廣韻魚豈切集韻語豈切今用疑豈切○說文謹莊貌爾雅靜也 螘 集韻蟲名蚍蜉也

曉三 狶 廣韻虛豈切集韻許豈切今用顯扆切○韻會豕走狶狶聲也廣韻楚人呼豬或作豨 唏 說文笑也集韻哀痛不泣曰唏 俙 集韻僾俙仿佛也 ⿰雲氣 集韻雲貌木華海賦靉⿰雲氣其形 ⿰鼻希 廣韻⿰鼻希鼻集韻臥息

音韻闡微 卷七 五尾 廿四 廿七 三百九十三 張 姚

影三 扆 廣韻於豈切集韻隱豈切今從集韻○說文戶牖之間謂之扆集韻通作依 偯 韻會痛聲也說文作悠 依 韻會譬驗也禮記不學博依 㕈 集韻㕈隱翳也見廣雅廣韻作庡 僾 集韻僾俙仿佛也 靉 集韻靉⿰雲氣雲貌

按以上五音齊齒呼。

見三 鬼 廣韻居偉切集韻矩偉切今用古偉切○說文人所歸爲鬼集韻遠也慧也

疑三 儡 集韻魚鬼切今用五虺切○集韻儡然意不安定貌

非三匪廣韻集韻府尾切今從之○廣韻非也篚廣韻竹
說文器似竹篋集韻或作䊓通作篚器方曰
筐圓曰篚說棐說文輔也韻會榧集韻木名有實蜚集
文車笭也輔卽弓檠也出東陽諸郡韻
蟲名見蜚韻會蟲名負餥說文餱也
爾雅蠜也本作𧖥見爾雅
敷三斐廣韻敷尾切集韻妃尾切今從廣悱韻會心欲也
韻○廣韻文章貌說文分別文也又悱悱欲言
也論語不菲集韻草名說文誹說文謗也集朏說文月
悱不發芴也集韻薄也韻或作非未盛之
明廣韻月三𩇫說文別也集
日明生之名韻鳥名似梟
奉三陫廣韻浮鬼切集韻父尾切今錐集韻膹集韻腓
從集韻○韻會陋也或作陫小丁也廣韻
腓多蟦集韻蠐
汁螬也



微三尾廣韻無匪切集韻武斐切今從集梶集韻赤色廣
韻○韻會微也廣韻首尾也又姓韻人名鄭大
夫蔡娓說文順也亹集韻亹亹勉也浘說文水流貌又
娓也廣韻美也或作亹通作娓浘瀾海水洩處
莊子作
尾閭
曉三虺廣韻許偉切集韻羽鬼切今用虎虫廣韻鱗介總
偉切○集韻蟲名說文虺以注鳴名集韻蟲屬
通作卉說文草𤈦說文火也韻會吳楚之蘬韻會人名
虺之總名閒謂火曰𤈦或作燬荀子其在
中蘬之言也註與
仲虺同說文作䖒
影三嵔廣韻韻會於鬼切今用烏鬼切○韻會磈
嵔崔山高曲下貌集韻本作崴或作㟪磈石貌
集韻本嵬集韻山險渨集韻渨濁水波涌起貌○按嵔磈
作磈也或作嵬等字廣韻屬影母集韻併入喩母

今依
廣韻。
喩三偉廣韻于鬼切集韻羽鬼切今從韙說文煒說文
集韻○說文奇也集韻美也是也盛赤
也廣韻葦集韻草名說文大韡廣韻花盛貌詩鄂不韡韡
光煒葭也廣韻蘆葦說文作䔿集韻或作韡
暐韻會光瑋廣韻玉名廣雅颹韻會大風貌愇集韻
盛貌瑰瑋琦瓌也見郭璞江賦恨也
見班固�說文木也廣韻
幽通賦木名可屈爲盂
按以上九音。韻譜例屬撮
口呼。今皆讀作合口呼。

# 六語 魚上聲○舊八語

按廣韻集韻皆八語。宋劉淵改爲六語。

見三 舉 廣韻居許切集韻苟許切今用居語切○廣韻擧也立也言也動也又姓說文作擧
莒 廣韻草名亦國名又姓
筥 說文箱也廣韻筐筥
籧 說文飯牛筐也方曰筐圓曰籧
柜 集韻柜柳木名
櫸 廣韻木名杜甫詩櫸柳枝枝弱
弆 韻會藏也

溪三 去 廣韻羌舉切集韻口舉切今用區語切○廣韻除也集韻徹也或作弆
詓 集韻聲也白虎通古之民人臥之詓詓起之吁吁
胠 韻會腋下也
麮 廣韻麥粥汁
鼁 集韻蟲名爾雅鼁鼀蟾諸一曰夫父或作蛙



羣三 巨 廣韻其呂切集韻臼許切今用局語切○廣韻大也亦姓
拒 集韻捍也違也通作距
秬 廣韻黑黍也
柜 說文木也
距 說文雞距也集韻或作䑏艍
歫 說文止也廣韻至也集韻搶也超也
虡 韻會鐘鼓之柎也飾爲猛獸說文作虡集韻或作鐻鑢櫨簴
鉅 說文大剛也集韻弓名廣韻澤名又大也
詎 說文詎猶豈也集韻或作渠
駏 韻會駏驉獸名亦馬名或作狟通作距
苣 韻會苣藤草名廣韻胡麻也
炬 韻會束葦燒也說文作苣
蚷 集韻商蚷蟲名
粔 集韻蜜餌也吳謂之膂環見楚詞招魂或作䞨
怇 韻會慢也又恐也見漢書梁鴻傳
萬 集韻所以正輪者見周禮

疑三 語 廣韻魚巨切集韻偶舉切今用魚呂切○說文論也
齬 說文齒不相值
圄 說文守之也
圉 說文囹圉所以拘罪人集韻囹圉也一曰圉人掌馬者亦姓通作圄
禦 廣韻禁也止也應也當也說文祀也

敔 說文禁也集韻樂器椌楬也形如木虎或作梧
唔 韻會岨唔山貌又不安貌見陸機文賦
鋙 廣韻鉏鋙不相當也說文作鉏集韻或作鐻
衙 說文行貌集韻縣名在馮翊亦姓
籞 韻會禁苑也說文作篽集韻或作魰衙蔽
蘌 集韻翳也見張衡東京賦

知三 貯 廣韻丁呂切集韻展呂切今用豬語切○集韻積也或作豬著通作褚
褚 廣韻裝衣集韻囊也
眝 說文長眙也集韻張目

徹三 楮 廣韻集韻丑呂切今用黜語切○廣韻木名說文穀也集韻或作柠
褚 說文卒也集韻製衣韻會衣之橐也又姓

澄三 宁 廣韻直呂切集韻丈呂切今用逐語切○說文辨積物也廣韻門屏之間
佇 韻會久立也或作竚



苧 韻會草也可以爲繩說文作芧
紵 說文檾屬細者爲絟麤者爲紵
杼 說文機之持緯者集韻或作芧
羜 說文五月生羔也爾雅未成羊曰羜
泞 韻會澄也濘也見木華海賦
著 集韻門屏間也通作宁
抒 集韻挹也除也

孃三 女 廣韻尼呂切集韻碾與切今用你語切○說文婦人也韻會未嫁謂之女已嫁謂之婦
籹 集韻粔籹餌也或作𥹋

精四 苴 廣韻集韻子與切今用足語切○集韻履中草一曰草浮水中
疽 集韻瘧疽痒痾韻會癰疽

清四 皻 廣韻七與切集韻此與切今用促語切○廣韻皺皻皮裂集韻皻散也
且 集韻多貌一曰恭愼詩籩豆有且

從四 咀 廣韻慈呂切集韻在呂切今用絕語切○說文含味也 沮 集韻止也壞也一曰邱名水出其後

跙 韻會跙跙行不進貌見揚雄太元 怚 集韻驕也

心四 諝 廣韻私呂切集韻寫與切今用粟語切○廣韻才智之稱或作胥惰 稰 韻會熟穫曰稰 糈

說文糧也 醑 集韻釃酒也 湑 說文莤酒也集韻浚也一曰露貌

邪四 敘 廣韻徐呂切集韻象呂切今用徐語切○說文次第也集韻通作序 序 說文東西牆也韻會序別

內外也又商學名 緒 說文絲端也 嶼 韻會山在水中 鱮 說文魚名集韻或作魣 藇 集韻

美也廣韻姓也 [illegible] 廣韻酒之美也本亦作藇 漵 韻會水名辰州漵浦縣有漵溪或作潊 芧 集韻木名

栩也或作柔 抒 集韻挹也 坾 集韻反坫謂之坾見博雅

 

照二 阻 廣韻側呂切集韻壯所切今用捉楚切協用葅五切○說文險也集韻或作岨 俎 說文禮俎也廣

韻俎豆 詛 韻會呪也 齟 韻會齒不相值曰齟齬

照三 煮 廣韻章與切集韻掌與切今用朱語切○集韻亨也說文作鬻 陼 廣韻邱也爾雅小洲曰陼集韻

通作渚 渚 廣韻沚也又水名出常山

穿二 楚 廣韻創舉切集韻[illegible]所切今用初阻切協用初五切○說文叢木一名荊也集韻國名亦姓 濋

韻會水名見爾雅 礎 廣韻柱下石也 齼 集韻齒傷酢也說文作齭 䵰 說文合五采鮮色也引詩衣裳

䵰䵰韻會今詩作楚假借也

穿三 杵 廣韻昌與切集韻敞呂切今用出語切○說文舂杵也 處 廣韻居也止也亦姓說文作処

牀二 齟 廣韻牀呂切集韻牀所切今用助語切協用助五切○集韻齟齬齒不相值或作齼 鉏 廣韻鉏鋙

不相當也 岨 集韻岨峿山形

審二 所 廣韻疏舉切集韻爽阻切今用疏阻切協用疏五切○說文伐木聲也集韻處也亦姓 [illegible] 說文

齎財卜問為[illegible]集韻或作[illegible] 糈 廣韻祭神米也集韻鑯也見博雅

審三 暑 廣韻舒呂切集韻賞呂切今用書語切○說文熱也 鼠 說文穴蟲之總名 黍 說文禾屬

而黏者 癙 韻會憂病也詩癙憂以痒通作鼠 [illegible] 集韻蟲名博雅[illegible]一曰[illegible]或作[illegible]

禪三 墅 廣韻承與切集韻上與切今用蜀語切○韻會田廬也又圃墅也本作野 杼 韻會木名栩也又橡

也或作芧柔 紓 集韻緩也 抒 說文挹也集韻除也

 

曉三 許 廣韻虛呂切集韻喜與切今用虛語切○廣韻可也與也聽也亦州名又姓 鄦 廣韻地名也出

史記鄭世家集韻或作䣘通作許

影三 扵 廣韻於許切集韻歐許切今用紆舉切○廣韻擊也見博雅

喻四 與 廣韻余呂切集韻演女切今從廣韻○說文黨與也 与 說文賜予也集韻通作與 予

說文推與也 䢖 說文安行也 [illegible] 說文趣步[illegible]也集韻或作悆懙 穥 集韻苗盛也或作[illegible]

來三 呂 廣韻力舉切集韻兩舉切今用力語切○韻會陰律也又姓 膂 韻會脊骨也說文作呂通作旅

旅 說文軍之五百人為旅韻會俱也眾也陳也又姓 侶 集韻儷也 梠 說文楣也韻會梠端連綿木也

穭 集韻禾自生或作稆通作旅 [illegible] 韻會飯器也 祣 韻會祭名通作旅 [illegible] 集韻[illegible]不欲

爲栜廣韻木名可爲箭笴又栜松松也別種見南史孝義傳集韻作樜

日三 汝〔廣韻〕人渚切〔集韻〕忍與切〔今用〕如語切○廣韻尒也亦水名州名又姓 女集韻爾也通作汝

茹集韻飯也貪也一曰菜茹 籹韻會粔籹密餌江南謂之膏環或作絮 黏廣韻黏也

按以上二十六音。共分三等。其居第二等者。爲合口呼。居第三等第四等者。爲撮口呼





# 七麌 虞上聲○舊九麌十姥

按廣韻集韻。皆分麌與姥爲二韻而律同用。麌爲虞上聲。姥爲模上聲。宋劉淵併爲七麌。

見三 矩〔廣韻〕俱雨切〔集韻〕果雨切〔今用〕居羽切○集韻法也或作榘 踽集韻獨行也 枸說文木也廣韻木名出蜀子可食江南謂之木蜜其木近酒能薄酒味也 椇集韻枳椇木名一曰白石李一曰俎足曲而下 楀韻會木名又氏也詩楀維師氏 蒟說文果也集韻蒟蒻似芋可食 萬韻會草也又姓 鄅集韻國名在琅邪 拒集韻方陳也史記攻其前拒

溪三 踽〔廣韻〕驅雨切〔集韻〕顆羽切〔今用〕區羽切○說文疏行貌 齲韻會齒蠹也說文作𤘍 竘說文健也集韻匠也逸周書有竘匠





羣三 窶〔廣韻〕其矩切〔集韻〕郡羽切〔今用〕局羽切○廣韻貧無禮也集韻無禮居也說文作寠 貗集韻獸名爾雅貒子貗

疑三 麌〔廣韻〕虞矩切〔集韻〕五矩切〔今用〕魚窶切○廣韻牡鹿又麌麌羣聚貌說文作𪊨 俁說文大也詩碩人俁俁集韻或作個又個傷貌見揚雄太元

知三 拄〔廣韻〕知庾切〔集韻〕冢庾切〔今用〕猪羽切○集韻牚也通作柱 黈集韻有所絕止黈而識之也亦姓說文作丶

澄三 柱〔廣韻〕直主切〔集韻〕重主切〔今用〕逐羽切○說文楹也 跓廣韻停足

非三 甫〔廣韻〕方矩切〔集韻〕匪父切〔今用〕夫武切○說文男子美稱也集韻或作父又甫一曰大也始也亦國名

府 說文文書藏也集韻聚也亦姓 俯 韻會低頭也說文作頫集韻或作俛 腑 集韻人之六腑通作府
脯 說文乾肉也 黼 廣韻白黑文也爾雅斧謂之黼謂畫斧形因名云 斧 說文斫也集韻或作鈇
簠 說文黍稷圜器也 莆 廣韻蓮莆堯之瑞草 㾈 說文俛病也集韻短也 捬 集韻捍也正韻古撫字
敷三 撫 廣韻芳武切集韻斐父切今用數武切○說文安也集韻循也 拊 說文揗也廣韻拍也 弣 集韻弓把中也通作柎拊
柎 集韻樂器也實以穅一曰楄柎棺中方木 剖 廣韻判也 俌 說文輔也見爾雅
鼖 集韻軍鼓聲喧也 嘸 集韻不精明也見漢書韓信傳
奉三 父 廣韻扶雨切集韻奉甫切今用扶武切○說文矩也家長率教者韻會甫也始生已者 輔 說文人頰骨也廣韻助也弼也亦姓或作頋頫



鬴 說文鍑屬廣韻覆鬴九河之一名或作釜 滏 廣韻水名在鄴見山海經
腐 說文爛也廣韻朽也敗也 蚥 集韻蟲名爾雅不蜩王蚥一曰去蚥蟾諸通作父 釜 集韻瓜中小蟲也通作父
秿 廣韻不穦積也集韻或作䅑 㕮 廣韻㕮咀嚼也
微三 武 廣韻文甫切集韻罔甫切今用無輔切○廣韻止戈爲武又迹也又州名亦姓 舞 說文樂也廣韻歌舞又姓或作僢
侮 說文傷也韻會侵也輕也戲弄也或作㑄務侮 嫵 說文媚也集韻或作娬 憮 說文愛也廣韻憮然失意貌集韻不動一曰傲也
瞴 廣韻微視之貌 膴 集韻美也詩周原膴膴 廡 說文堂下周室
碔 集韻碔砆石似玉或作珷磩 鵡 廣韻鸚鵡鳥名能言說文作䳇 甒 廣韻甖甒禮記君尊瓦甒
䍢 廣韻雉網 𢝋 說文撫也爾雅愛也 橆 說文豐也集韻或作蕪通作廡 潕 說文水出南陽舞陰東入潁集韻或作潕

清四 取 廣韻七庾切集韻此主切今用促羽切○說文捕取也廣韻收也受也 娶 集韻取婦也
從四 聚 廣韻慈庾切集韻在庾切今用絕羽切○集韻會也
心四 𦅈 廣韻相庾切集韻聳取切今用胥羽切○說文絆前兩足也集韻或作纇縝
照三 主 廣韻之庾切集韻腫庾切今用朱羽切○廣韻君也掌也領也典也守也又姓 炷 韻會燈中火炷也說文作主
麈 說文麋屬廣韻鄣縣宜君山出麈尾 枓 說文勺也廣韻斟水器也 罜 說文罜麗魚罟也見張衡西京賦
牀二 𧱓 廣韻鶵禹切集韻撰禹切今用助羽切協用助五切○廣韻小母豬也或作豵



審二 數 廣韻所矩切集韻爽主切今用疏羽切協用疏五切○說文計也 籔 集韻聘禮十六斗曰籔韻會窶籔四足几或作窶通作藪
𡫸 韻會窶𡫸戴器也通作數集韻作盨
禪三 豎 廣韻臣庾切集韻上主切今用蜀羽切○廣韻立也又童僕之未冠者又姓俗作竪 樹 韻會扶樹植也
裋 廣韻徹布襦也韻會或作橙通作豎 尌 說文立也集韻或作侸
曉三 詡 廣韻況羽切集韻火羽切今用虛羽切○說文大言也集韻偏也和也 冔 集韻商冠名或作翑
呴 韻會吹也集韻本作欨或作响 煦 集韻烝也一曰溫潤 昫 集韻日出溫也 咻 廣韻噢咻病聲
姁 說文嫗也集韻佚樂謂之姁 栩 集韻木名說文柔也其實皁一曰樣韻會栩栩忻暢貌 珝 韻會玉名又人名晉藝術傳有卜珝
訏 韻會訏訏大也 膴 集韻膴也一曰腜肉大臠 蛡 集韻蜂房也見揚雄

方言一曰蟲飛

影三**傴** 廣韻於武切集韻委羽切今用紆主切○說文僂也廣韻不伸也尪也集韻或作痀瘻 **噢** 廣韻噢咻病聲 **嫗** 集韻以氣曰煦以體曰嫗

喻三**羽** 廣韻集韻王矩切今用余乳切○說文鳥長毛也集韻北方之音 **禹** 說文蟲也集韻夏王之號亦姓 **雨** 說文水從雲下也 **宇** 說文屋邊也廣韻大也亦姓或作寓 **瑀** 說文石之似玉者 **鄅** 說文妘姓之國廣韻鄅子國在琅耶其後以國爲姓 **祤** 集韻祋祤縣名在馮翊 **萬** 說文草也亦姓漢書游俠傳有萬章 **偊** 韻會偊偊行貌見漢書東方朔傳 **楀** 說文木也

喻四**庾** 廣韻以主切集韻勇主切今用欲乳切○說文水漕倉也集韻倉無屋者亦姓 **愈** 集韻勝也通作俞 **瘉** 說文病瘳也集韻或作癒通作愈 **窳** 說文污窬也韻會嬾也又窳渾朔方縣名 **楰** 集韻木名鼠梓也見爾雅 **貐** 集韻獸名說文猰貐似貙虎爪食人迅走 **斞** 說文量也見周禮韻會今作庾 **瘐** 韻會漢律囚以飢寒而死曰瘐或作瘉 **㥚** 廣韻懼也

來三**縷** 廣韻力主切集韻隴主切今用閭羽切○說文綫也 **僂** 說文尪也廣韻僂傴疾也 **嶁** 集韻岣嶁衡山也或作㟺 **簍** 廣韻小筐博雅篝也 **蔞** 集韻草名一曰萬蔞正輪者 **謱** 集韻謰謱委曲也 **褸** 說文衽也廣韻襤褸衣敝 **漊** 說文雨漊漊也集韻汝南謂飲酒習之不醉爲漊 **𨻰** 廣韻𨻰𨻰縣名在交阯 **䕱** 集韻草名爾雅蔎蔆䕱今之藙䕱一曰雞腸 **鷜** 集韻鷜鷜鳥名郭公也 **婁** 集韻卷婁猶拘攣也一曰窒也



日三**乳** 廣韻而主切集韻蘂主切今用如羽切○說文人及鳥生子曰乳獸曰產韻會柔也又湩也 **擩** 說文染也周禮六曰擩祭廣韻擩取物也 **醹** 說文厚酒也詩酒醴惟醹

按以上廣韻二十二音。共分三等。其居第二等者。爲合口呼。居第三等與第四等者。爲撮口呼。惟輕脣數音宜屬合口呼。

見一**古** 廣韻公戶切集韻果五切今用姑五切○廣韻故也又姓 **詁** 說文訓故言也 **鼓** 說文擊鼓也 **鼓** 說文郭也春分之音韻會量器也又國名 **瞽** 說文目但有眹也廣韻無目 **股** 說文髀也集韻或作胋骰 **賈** 說文賈市也韻會行賣囗商坐販曰賈 **盬** 廣韻鹽池又不固也 **蠱** 說文腹中蟲也廣韻疑也毒也事也又卦名 **罟** 說文网也 **牯** 韻會牛名 **羖** 說文夏羊牡曰羖集韻或作羖 **估** 韻會市稅又論價也 **沽** 廣韻屠沽韻會略也 **盬** 廣韻器也又人名見宋史宗室表說文作盬 **酤** 韻會一宿酒也又賣酒也通作沽 **鈷** 集韻鈷鏻溫器

溪一**苦** 廣韻康杜切集韻孔五切今用枯五切○集韻草名說文大苦苓也一曰急也

疑一**五** 廣韻疑古切集韻阮古切今用吳魯切○廣韻數也又姓 **伍** 說文相參伍也韻會五人爲伍又姓 **午** 廣韻交也又辰名 **仵** 集韻偶也亦姓 **迕** 韻會逆也相逢也本作遻通作午 **玝** 集韻人名後蜀有李玝 **旿** 廣韻明也

端一**覩** 廣韻當古切集韻董五切今用都五切○廣韻見也說文作睹 **肚** 集韻胃也 **堵** 說文垣也韻會五版爲堵又姓 **賭** 韻會博奕取財也或作賭 **睹** 集韻仉睹梁四公名 **楮** 廣韻木名 **睹** 說文

旦明也

幡 廣韻幡也標記物之處也見荀子

透一 土 廣韻他魯切集韻統五切今用禿五切○說文地之吐生物者也 吐 說文寫也韻會口吐也又出也舒也

定一 杜 廣韻徒古切集韻動五切今用獨五切○說文甘棠也廣韻塞也澀也亦姓 荰 韻會荰蘅香草 稌 說文稻也 芏 集韻草名夫王也見爾雅 土 集韻桑根也見揚雄方言通作杜

泥一 弩 廣韻奴古切集韻暖五切今用奴五切○說文弓有臂者 砮 韻會石可為矢鏃 努 集韻勉也見揚雄方言 怒 廣韻恚也

幫一 補 廣韻博古切集韻彼五切今用卜五切○說文完衣也集韻數也十歲曰補 譜 說文籍錄也



圃 說文種菜曰圃

滂一 普 廣韻滂古切集韻頗五切今從集韻○集韻日無色也廣韻博也大也徧也又姓說文作普 溥 說文大也 浦 廣韻濱也又姓 誧 集韻人相助也一曰謀也

並一 簿 廣韻裴古切集韻伴姥切今用泊五切○韻會籍也又笏也 部 集韻分也總也 蔀 韻會蔀蔀草名一曰蔀明物

明一 姥 廣韻莫補切集韻滿補切今用木五切○集韻女老稱亦姓 姆 韻會女師也本作娒 莽 韻會犬逐兎草中又宿草也又姓 䥈 集韻鈷䥈溫器 𧬸 集韻𧬸論言不足

精一 祖 廣韻則古切集韻總古切今用租五切○說文始廟也廣韻法也本也上也又姓 珇 說文琮玉之瑑集韻美也 組 說文綬屬其小者以為冕纓 靻 廣韻靻勒名集韻馬鞅也見淮南子氾論訓

清一 蔖 廣韻采古切今用麤五切○集韻草名可作履一曰草死曰蔖 皻 集韻皺皻皻也見博雅或作皵

從一 粗 廣韻徂古切集韻坐五切今用族五切○說文疏也韻會略也或作麤䴸通作觕 蔖 集韻草名可為履見爾雅 駔 集韻會也一曰駿馬名 觕 集韻牛角直貌

曉一 虎 廣韻呼古切集韻火五切今用呼五切○說文山獸之君廣韻獸名又姓 琥 說文發兵瑞玉為虎文韻會禮西方之玉又琥珀藥名 滸 韻會水厓也說文作汻或作滹

匣一 戶 廣韻侯古切集韻後五切今用胡五切○說文護也半門曰戶集韻止也 怙 說文恃也集韻或作悃見揚雄太元 祜 說文福也 扈 廣韻跋扈猶強梁也又有扈國名韻會止也尾也又姓 岵 說文山有草木也 楛 廣韻木名堪為矢幹荊州所貢 雇 正韻九雇農侯鳥名集韻或作鶚鳱鳸韻會通作扈 昈 正韻明也文也見漢書揚雄傳



酤 韻會一宿酒 滬 集韻元滬水名 鄠 說文右扶風縣名 𡾰 集韻山卑而大曰𡾰通作扈 𤃀 集韻杍木器或作㕞 苄 集韻草名說文地黃也見爾雅或作芐 簄 集韻取魚竹网或作槴通作滬

影一 隝 廣韻安古切集韻於五切今用屋虎切○說文小障也集韻庳城也或作塢䃖亦作垭 鄔 說文太原縣韻會周地名又姓 瑦 說文石之似玉者

來一 魯 廣韻郎古切集韻籠五切今用盧五切○說文鈍詞也集韻國名亦姓 虜 廣韻虜掠又獲也服也或作擄 鹵 說文西方鹹地也集韻或作滷塷澛 櫓 說文大盾也集韻或作樐㯭 艣 韻會所以進船

也通作櫨櫓**諭**韻會諭謗昔不定也通作鹵莽**䕡**說文草也可以束爾雅作蓾**鱸**說文魚名出樂浪潘國**嚕**集韻語也

按以上姥韻十八音合口呼。



八亇 五十九 奎之

八薺 薺上聲○舊十一薺

按廣韻集韻皆十一薺宋劉淵改爲八薺。

溪四 啓 廣韻康禮切集韻遣禮切今用乞體切○說文教也廣韻開也發也別也刻也或作啟 棨 說文傳信也集韻形如戟有幡書之吏執爲信或作戚 綮 說文撒繒也集韻徹幟信也有齒一日肉結處也 稽 韻會下首也說文作䭫 脊 廣韻肥腸又國名山海經無脊之國 启 說文開也爾雅明星謂之启明集韻通作啓 晵 廣韻雨而晝晴也又姓

疑四 堄 廣韻研啓切集韻吾禮切今用疑禮切○集韻埤堄城上垣 掜 集韻擬也見揚雄太元一日不從也 晲 集韻日昳一日明也見淮南子要略篇 觬 說文角觬曲也西河有觬氏縣 盻 集韻盻盻勤苦不休息貌一日恨視 婗 集韻媞婗無媚一日疑不決 𣪠 廣韻𣪠𣪠擊聲 倪 集韻俾倪視貌或作睨



端四 邸 廣韻都禮切集韻典禮切今用低體切○廣韻舍也又姓 底 廣韻下也止也 柢 說文木根也 抵 說文擠也廣韻擲也 牴 說文觸也集韻或作觝 詆 廣韻訾也訶也集韻或作呧 阺 說文秦謂陵阪曰阺集韻或作坻 氐 說文至也韻會星名 軧 說文大車後也 弤 正韻彫弓廣韻舜弓名 茋 集韻草名爾雅茋蒛茋 砥 集韻厲石之尤細者 堤 說文滯也 疷 集韻病也

透四 體 廣韻他禮切集韻土禮切今用梯啓切○廣韻身也又生也或作軆 涕 說文泣也 緹 說文帛丹黃色 醍 韻會酒赤色通作緹

定四 弟 廣韻徒禮切集韻待禮切今用迪禮切○集韻男子後生爲弟 娣 說文女弟也 悌 韻會易也愷悌也通作弟 遞 廣韻更代也 媞 廣韻好人安詳之容集韻媞婗無媚 題 廣韻小瓮見揚雄方言集韻甌也

泥四 禰 廣韻奴禮切集韻乃禮切今用泥禮切○說文親廟也廣韻祖禰亦姓或作祢 瀰 廣韻水流也 苨 集韻草名薺屬見爾雅 薾 廣韻華茂也 嬭 廣韻楚人呼母 檷 說文絡絲檷集韻或作鑈鈮通作柅 泥 韻會泥泥露貌集韻本作涩 濔 說文滿也韻會衆也 昵 集韻近也通作尼 柅 集韻木名實如黎

幫四 [illegible] 廣韻補米切集韻卜禮切今用筆啓切○集韻[illegible]𣪠擊聲 埤 集韻埤堄城上垣



滂四 頩 廣韻匹米切集韻普米切今用劈啓切○說文傾首也 俾 集韻俾倪邪視或作睥 [illegible] 說文毀也集韻或作捭

並四 陛 廣韻傍禮切集韻部禮切今用弼禮切○說文升高階也集韻或作坒 梐 集韻梐枑行馬也韻會枑者交互其木以爲遮闌也周禮設梐枑再重 髀 韻會股也或作𩨐䏶髀脾朏 蜌 集韻小蛤也見爾雅 狴 集韻狴犴獄名 坒 集韻相連也 䕯 集韻莞屬

明四 米 廣韻莫禮切集韻母禮切今用密禮切○說文粟實也 洣 廣韻水名在茶陵 眯 說文草入目中也集韻或作𥆧 蔝 集韻蔝蕿草名見爾雅 [illegible] 集韻魚名廣韻魚子 [illegible] 說文繡文如聚細米也韻會通作米 濔 集韻濔濔水流貌或作瀰

精四 濟 廣韻集韻子禮切今用卽啓切○廣韻水名集韻齊也一曰州名亦姓 泲 說文沇也東入于海

擠 集韻排也 批 韻會捽也見博雅

清四 泚 廣韻千禮切集韻此禮切今用七啓切○說文清也 玼 說文玉色鮮也 緀 韻會帛文貌

萋 韻會草生貌集韻恭順貌 批 集韻捽滅也

從四 薺 廣韻徂禮切集韻在禮切今用集禮切○集韻草名廣韻甘菜 鮆 說文飲而不食刀魚也集韻或作鱭

癠 廣韻病也又生而不長也見揚雄方言

心四 洗 廣韻先禮切集韻小禮切今用息啓切○正韻滌也說文作洒

匣四 徯 廣韻胡禮切集韻戶禮切今從集韻○廣韻待也說文作徯集韻或作蹊螇傒 謑 說文恥也韻會

音韻闡微 卷八 八薺 三 三十二 五百九 蔡 洪

謑詬小人怒也 蒵 集韻屐也見南史虞玩之傳

影四 吟 廣韻烏弟切集韻杳禮切今用乙啓切○廣韻可也尔也集韻然也

來四 禮 廣韻盧啓切集韻里弟切今用力米切○說文履也廣韻禮體也得其事體也又姓古作礼 醴 說文酒一宿孰 澧 廣韻水名在武陵又水名出衡山集韻州名亦姓 蠡 說文蟲齧木中也韻會彭蠡湖名

鱧 集韻魚名說文鱯也或作鱺 欐 韻會梁也又車名 劙 韻會刀刺也又直破也 盠 廣韻簞也集韻瓢也 䉜 廣韻竹名見竹譜 𣪠 說文數也廣韻布也 豊 說文行禮之器

按以上十七韻齊齒呼。

九蟹 佳上聲○舊十二蟹十三駭

按廣韻集韻皆分蟹與駭爲二韻而律同用。蟹爲佳上聲駭爲皆上聲宋劉淵併爲九蟹。

見二 解 廣韻佳買切集韻舉蟹切今用皆矮切蟹韻○說文判也以刀判牛角集韻解廌獸名 薢 集韻

薢若草名 檞 集韻松樠也

溪二 楷 廣韻苦駭切集韻口駭切今用可駭切協用可矮切駭韻○說文木也孔子冢蓋樹之者集韻模法也

鍇 說文九江謂鐵曰鍇 猎 廣韻犤猎短也集韻作犤亦作詗

疑二 騃 廣韻五駭切集韻語駭切今用我駭切駭韻○廣韻癡也 㾢 集韻病也癡也 娾 集韻喜也

覞 集韻視也見博雅

音韻闡微 卷八 九蟹 四 二十七 四百三十二 蔡 洪

澄二 廌 廣韻宅買切集韻丈蟹切今用直矮切蟹韻○說文解廌獸也似山牛一角古者決訟令觸不直韻會通

作豸 豸 韻會蟲無足

孃二 嬭 廣韻奴蟹切集韻女蟹切今用你矮切蟹韻○廣韻乳也集韻母也見博雅或作妳㚷

幫二 擺 廣韻北買切集韻補買切今用補矮切蟹韻○集韻開也 捭 說文兩手擊也見左思吳都賦

並二 罷 廣韻薄蟹切集韻部買切今用部矮切蟹韻○說文遣有辠也廣韻止也休也 犤 廣韻犤猎短也

集韻作猈 猈 說文短脛狗 䥯 廣韻大鐵杖

明二 買 廣韻莫蟹切集韻母蟹切今用姥矮切蟹韻○韻會售人之物曰買 藚 集韻藚蕒草名廣韻吳人

呼苦蕒

照二 **跐** 集韻仄蟹切韻會沮買切今用菑矮切蟹韻○韻會蹋也蹈也又行貌

審二 **灑** 廣韻集韻所蟹切今用史矮切蟹韻○韻會散水之名爾雅大瑟謂之灑或作洒 **躧** 韻會徐行也又履不躡根 **纚** 韻會韜髮也或作縰 **矖** 集韻視也 **䩖** 廣韻履屬集韻作𩏂或作鞋

匣二 **蟹** 廣韻胡買切集韻下買切今用下矮切蟹韻○集韻蟲名韻會有二敖八足旁行說文作蠏 **解** 集韻曉也散也亦姓 **獬** 韻會獬豸能別曲直之獸本作解或作觧獬廌 **澥** 說文勃澥海之別也集韻澥谷也 **嶰** 韻會山澗也又谷名通作解 **薢** 集韻菜名說文薢茩也 **駭** 廣韻侯楷切集韻下楷切今從集韻協用下矮切駭韻○說文驚也 **駴** 韻會疾雷擊鼓曰駴 **豥** 韻會豕四蹢皆白曰豥見爾雅 **絯** 廣韻大絲韻會掛也束也 **侅** 集韻奇侅非常也廣韻無侅人名

影二 **矮** 廣韻烏蟹切集韻倚蟹切今用倚解切蟹韻○廣韻短貌 **挨** 廣韻於駭切集韻倚駭切今用倚楷切駭韻○說文擊背也廣韻打也 **唉** 廣韻飽聲集韻應聲

來二 **攋** 集韻洛駭切今從之協用羅矮切駭韻○集韻把攋弃也

按以上十三音列於第二等例屬開口呼。今多讀作齊齒呼。

見二 **枴** 廣韻乖買切集韻古買切今從集韻蟹韻○廣韻老人柱杖也 **掛** 韻會別也又置而不用曰掛 **丫** 廣韻丫丫羊角開貌

溪二 **胯** 集韻枯買切今用苦枴切蟹韻○集韻腰肥貌

匣二 **夥** 廣韻懷丫切集韻戶買切今用戶枴切蟹韻○廣韻多也 **嶏** 集韻崴嶏山谷不平貌





影二 **崴** 集韻烏買切今用烏拐切蟹韻○集韻崴嵬山谷不平貌

按以上四音合口呼。

# 十賄　灰上聲○舊十四賄十五海

按廣韻集韻皆分賄與海爲二韻而律同用賄爲灰上聲海爲咍上聲宋劉淵併爲十賄

見一　改 廣韻古亥切集韻已亥切今用歌海切○說文更也　胲 韻會頰下曰胲本作頤　㱾 集韻毅㱾大剛卯以逐鬼鬽說文作攺从攴从辰巳之巳

溪一　愷 廣韻苦亥切集韻可亥切今用可海切○說文樂也廣韻康也或作凱集韻亦作豈　塏 說文高燥也　鎧 說文甲也廣韻甲之別名　闓 廣韻開也博雅欲也　嘅 集韻歎也　䁗 廣韻美也集韻明也見揚雄方言

疑一　騃 集韻五亥切今用我乃切○集韻童昏也

端一　等 廣韻多改切集韻打亥切今用朵海切○廣韻齊也

透一　⿰口臺 廣韻他亥切集韻坦亥切今用妥海切○集韻言舛也

定一　待 廣韻徒亥切集韻蕩亥切今用惰乃切○集韻俟也或作竢　殆 說文危也集韻近也　怠 說文慢也　詒 集韻江南呼欺曰詒通作紿　紿 說文絲勞即紿集韻纏也或作總　迨 集韻及也或作逮　駘 集韻疲也一曰駘蕩散也　⿱竹怠 集韻竹萌或作箈　靆 集韻靉靆雲盛貌

泥一　乃 廣韻奴亥切集韻曩亥切今用儞海切○廣韻語辭也汝也或作迺　鼐 集韻鼎大者　疓 集韻病也見博雅

幫一　⿰忄否 集韻布亥切今用補海切○集韻恃也



滂一　啡 廣韻匹愷切集韻普亥切今用普海切○廣韻出唾聲　朏 說文月未盛之明　俖 廣韻不肯也集韻不可也

並一　倍 廣韻薄亥切集韻簿亥切今用簿乃切○說文反也　蓓 廣韻黃蓓草集韻蓓蕾始華也　菩 說文草也見齊民要術集韻或作蒷　培 集韻重也莊子而後乃今培風

明一　䆀 廣韻莫亥切集韻母亥切今用姥乃切○廣韻禾傷雨也

精一　宰 廣韻作亥切集韻子亥切今用子海切○廣韻冢宰又制也亦姓　載 廣韻年也　縡 集韻事也漢書揚雄傳上天之縡通作載　⿰耳宰 說文益梁之州謂聾爲⿰耳宰秦晉聽而不聞聞而不達謂之⿰耳宰　崽 集韻湘沅呼子曰崽

清一　采 廣韻倉宰切集韻此宰切今用此海切○廣韻事也又取也亦姓或作採　彩 集韻文色也通作采　綵 韻會繪繒也　寀 廣韻寮寀官也韻會同地爲寀同官爲寮　棌 集韻木也漢書揚雄傳唐虞棌椽　⿱髟采 韻會髻謂之⿱髟采

從一　在 廣韻昨宰切集韻盡亥切今用宰乃切○集韻居也存也察也

心一　諰 集韻息改切今用思海切○集韻語也

穿二　茝 廣韻昌紿切集韻昌亥切今用差海切○說文虈也廣韻香草也

曉一　海 廣韻呼改切集韻許亥切今用黑改切○說文天池也以納百川者廣韻東海郡後魏改爲海州亦姓　醢 說文肉醬也

匣一 亥 廣韻胡改切集韻下改切今用荷乃切○廣韻辰名亦姓 侅 廣韻奇侅非常 頦 集韻頷也

毅 集韻毅殴大剛卯漢法以正月卯日作佩之除厲鬼或用金玉或桃銘曰正月剛卯 劾 韻會勒也按也法有罪也

荄 集韻豎荄神人也通作亥見山海經 閡 集韻藏塞也

影一 欸 廣韻於改切集韻倚亥切今用阿海切○廣韻相然譍也集韻或作唉韻會亦作欸欸乃棹船相應聲

娭 韻會戲也一曰卑賤者 毐 集韻人無行也廣韻嫪毐秦人名 靉 韻會雲盛貌 挨 廣韻擊也見博雅

疑一 佁 廣韻集韻夷在切今用矣乃切○說文癡貌

來一 錸 廣韻來改切集韻里亥切今用羅乃切○廣韻連絲釣曰錸集韻或作鑗 唻 廣韻囉唻歌聲





按以上海韻二十一音。開口呼。

見一 頌 集韻沽罪切今用古悔切○集韻頗高貌 ⿰月鬼 集韻腫大也

溪一 ⿰鬼頁 廣韻口猥切集韻苦猥切今用苦悔切○說文頭不正也廣韻大頭 磈 集韻磊磈山貌或作硊嵔

傀 集韻傀儡木偶戲

疑一 隗 廣韻五罪切集韻五賄切今用五餒切○韻會隗隗高也又大隗山名又姓 頠 韻會頭閑習也又人名晉有裴頠

嵬 韻會嵔嵬山貌或作嵔通作隗 ⿰石嵬 集韻衆石貌或作磈 ⿰鬼頁 韻會大貌一曰頭不正 廆 集韻人名晉有慕容廆

端一 𡎅 廣韻都罪切集韻覩猥切今用覩腿切○說文磊𡎅重聚也廣韻木實垂貌 陮 說文陮隗高也

頧 廣韻頭不正貌 ⿰月𠂤 集韻⿰月𠂤⿰月鬼大腫

透一 腿 廣韻集韻吐猥切今用土悔切○韻會股也本作骽 ⿰亻退 廣韻⿰亻退⿰亻退行病 僓 說文嫺也廣韻長好貌

㟪 廣韻㟪崔山高貌 腇 廣韻腲腇集韻腲腇肥也 ⿸疒退 集韻⿸疒退⿸疒退風病

定一 錞 廣韻徒猥切集韻杜罪切今用杜餒切○集韻矛戟平底或作鐓 憝 韻會恨也 隊 韻會墜也

潰 集韻潰沱水汎沙動貌見郭璞江賦或作潰

泥一 餒 廣韻奴罪切集韻弩罪切今用弩磊切○集韻飢也說文作餧 餧 韻會魚敗也或作餒腇通作餒

腇 韻會萎腇耎弱也見漢書馬援傳正韻亦作腇 浽 集韻濁也見博雅或作溾

滂一 琣 集韻普罪切今用普悔切○集韻人名唐有滕王循琣





並一 琲 廣韻蒲罪切集韻部浼切今用簿餒切○韻會珠五百枚也又珠十貫爲一琲或作蜚 痱 說文風病也集韻或作疿

明一 每 廣韻武罪切集韻母罪切今用姥餒切○韻會草盛上出也廣韻雖也辭也頻也說文作毐 浼 說文汙也廣韻水流平貌或作潣 痗 韻會病也 挴 廣韻貪也見楚辭天問 苺 集韻草名說文馬苺也

脢 韻會夾脊肉

精一 嶊 廣韻子罪切集韻祖猥切今用祖悔切○廣韻山林崇積貌集韻本作崔或作嶉

清一 璀 廣韻七罪切集韻取猥切今用取悔切○說文璀璨玉光 漼 說文深也 鏙 廣韻鏙錯鱗甲貌集韻文采貌見郭璞江賦 皠 韻會白也 洒 韻會高峻貌詩新臺有洒

從一 **罪** 廣韻徂賄切集韻粗賄切今用祚餒切○說文捕魚竹网正韻罰罪曰罪 **辠** 說文犯法也秦以辠似皇字改爲罪 **嶵** 廣韻嶵嵬山貌說文作辠

曉一 **賄** 廣韻呼罪切集韻虎猥切今用虎腿切○說文財也廣韻贈送也 **悔** 韻會恨也 **黊** 說文青黃色也

匣一 **匯** 廣韻胡罪切集韻戶賄切今用戶餒切○說文器也正韻水回合也 **瘣** 說文病也集韻腫旁出也 **廆** 集韻癖也 **螝** 集韻蟲名說文蛹也 **讃** 廣韻列也譯也集韻中止也 **𧄽** 集韻草名懷羊也見爾雅或作蒐

影一 **猥** 廣韻烏賄切集韻鄔賄切今用烏悔切○說文犬吠聲集韻犿雜 **䚈** 說文角曲中也 **偎** 廣韻偎偎行病 **椳** 韻會門樞 **萎** 集韻萎腇耎弱也正韻蓄縮貌 **腲** 集韻腲腇肥也 **鍡** 說文鍡鑸不平也 **嵔** 集韻嵔壘山名或作嵔畏 **碨** 集韻石貌或作䃶碱 **溾** 集韻濁也見博雅或作渨 **瘣** 集韻瘣㾯風病或作痿

喻一 **倄** 廣韻于罪切五音集韻余罪切今用羽餒切○廣韻痛而叫也

來一 **磊** 廣韻落猥切集韻魯猥切今用魯餒切○說文衆石也集韻或作磥礌 **櫑** 韻會櫑具劍上鹿盧飾 **礧** 集韻大石貌或作磥礧 **㠥** 廣韻㠥嶵山狀集韻或作蘽磈㠥礧 **癗** 集韻小腫 **蕾** 韻會蓓蕾始華也廣韻花綻貌 **壘** 韻會魁壘壯貌集韻嵔壘山名或作纍累 **儡** 集韻傀儡木偶戲或作儽儡 **礨** 韻會礨空小穴又陵阜貌 **䐶** 廣韻䐶腲腫貌 **灅** 廣韻水名在右北平集韻作漯 **瘰** 集韻癧病本作癗



按以上賄韻十八音。合口呼。

# 十一軫

眞上聲○舊十六軫十七準

按廣韻集韻皆分軫與準爲二韻而律同用。軫爲眞上聲。準爲諄臻上聲。宋劉淵併爲十一軫。

見三 巹 集韻羑愍切今用紀引切準韻○集韻蠡也或作卺

見四 緊 廣韻居忍切集韻頸忍切今用吉引切軫韻○說文纏絲急也

溪四 螼 廣韻弃忍切集韻遣忍切今用起引切準韻○說文螾也廣韻蚯蚓也見爾雅

疑三 釿 廣韻宜引切集韻擬引切今用擬忍切軫韻○說文劑斷也廣韻齊也 齗 廣韻犬爭貌集韻或作犴 听 廣韻口大貌 齤 廣韻齒齊博雅笑也

知三 駗 廣韻知忍切今用知引切準韻○集韻馬載重難行也 屒 說文伏貌集韻屋宇一曰重脣



三二九 四百の九 杏 安

徹三 辴 廣韻集韻丑忍切今用恥引切軫韻○集韻笑貌見莊子達生篇 疢 集韻病也

澄三 紖 廣韻直引切集韻丈忍切今從廣韻軫韻○說文牛系也韻會或作絼俱見周禮 眹 廣韻目童子也又吉凶形兆謂之兆眹 朕 韻會革制也周禮函人爲甲眡其朕 眒 廣韻瞋怒目貌集韻目睛見漢書盧植傳註

並四 牝 廣韻毗忍切集韻婢忍切今用陛引切軫韻○說文畜母也 臏 韻會膝端也正韻刖刑去膝蓋骨說文作髕

明三 敏 廣韻眉殞切集韻美隕切合聲米引切軫韻○說文疾也集韻足大指名 閔 廣韻傷也病也又姓 憫 韻會憂也或作愍通作閔 愍 說文痛也韻會恤也或作緍通作閔 簢 韻會草名爾雅簢筡中中空類竹

敯 說文冒也 敃 說文彊也集韻或作敯忞 潣 說文水流浼浼貌 湣 集韻諡也史記齊有湣主或作暋 𤛓 廣韻獸如牛也見山海經 慜 廣韻聰也

明四 泯 廣韻武盡切集韻弭盡切今用密引切軫韻○集韻水貌一曰盡也 黽 韻會勉也爾雅作勔或作僶 澠 韻會澠池水名通作黽 脗 集韻脗合无波際貌 笢 說文竹膚也 惽 集韻昏意莊子惽然若亡而存

精四 [木盡] 廣韻即忍切集韻子忍切今用即引切軫韻○廣韻盂也見埤蒼 盡 韻會極也又皆也一曰任也俗作儘

從四 盡 廣韻慈忍切集韻在忍切今用集引切軫韻○說文器中空也集韻悉也 濜 廣韻濜溳水流急貌見郭璞江賦



三十六 五百一 杏 安

照二 [角秦] 廣韻仄謹切集韻阻引切今用菑引切準韻○集韻角齊謂之[角秦]

照三 軫 廣韻章忍切集韻止忍切今用止引切軫韻○說文車後橫木韻會軫者車上之前後兩端橫木又動也又姓 診 說文視也韻會候脈曰診 眕 說文目有所恨而止集韻安重也 賑 說文富也集韻或作眕 袗 說文元服韻會重衣也盛服也又畫衣又單也或作裖通作振 紾 說文轉也韻會轉繩也又捩也 縝 韻會纑也結也絲縷也又密也 畛 說文井田間陌也 稹 說文種穊也廣韻緻也又聚物 疹 韻會脣瘍也又癮疹皮外小起說文作胗 抮 集韻了戾也見淮南子精神訓 鬒 韻會稠髮也說文作㐱或作黰 砛 韻會以石致川之廉也又砂砂難致之貌見揚雄太元 槇 集韻木理堅密也一曰木振相迫

穿二 齓 廣韻初謹切集韻楚引切今用差引切準韻○集韻毀齒謂之齓見博雅廣韻作齔

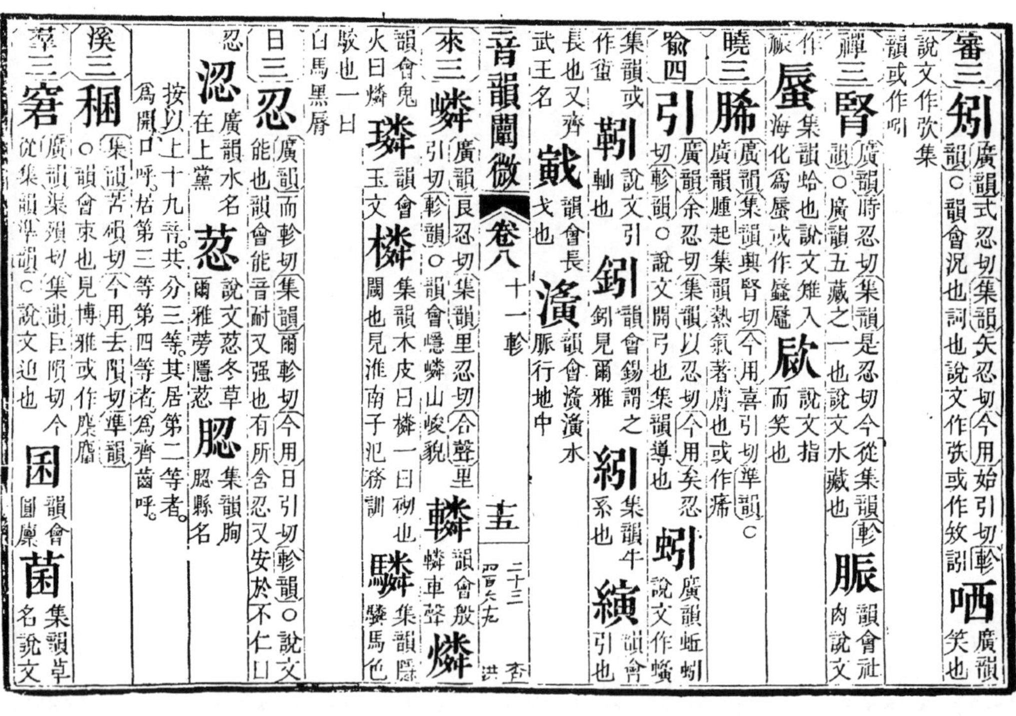

審三 矧 廣韻式忍切集韻矢忍切今用始引切軫韻○韻會況也詞也說文作矤或作敹訓 哂 廣韻笑也說文作弞集韻或作吲

禪三 腎 廣韻時忍切集韻是忍切今從集韻軫韻○廣韻五藏之一也說文水藏也 脤 韻會社肉說文作脤 蜃 集韻蛤也說文雉入海化爲蜃或作蠬蜃 㰢 說文指而笑也

曉三 脪 廣韻集韻興腎切今用喜引切準韻○廣韻腫起集韻熱氣著膚也或作㾙

喻四 引 廣韻余忍切集韻以忍切今用矣忍切軫韻○說文開弓也集韻導也 蚓 廣韻蚯蚓說文作螾集韻或作蚩 靷 說文引軸也 鈏 韻會錫謂之鈏見爾雅 紖 集韻牛系也 縯 韻會引也長也又齊武王名 戭 韻會長戈也 濥 韻會濥濥水脈行地中

音韻闡微 卷八 十一軫 十五 二十三 四百六十九 杏 洪

來三 嶙 廣韻良忍切集韻里忍切合聲里引切軫韻○韻會嶙嶙山峻貌 轔 韻會般轔車聲 燐 韻會鬼火曰燐 璘 玉文 橉 集韻木皮曰橉一曰砌也閾也見淮南子氾務訓 驎 集韻驎驎馬色駁也一曰白馬黑脣

日三 忍 廣韻而軫切集韻爾軫切今用日引切軫韻○說文能也韻會能音耐又强也有所含忍又安於不仁曰忍 涊 廣韻水名在上黨 荵 說文荵冬草爾雅蒡隱荵 䏰 集韻朐䏰縣名

按以上十九音。共分三等。其居第二等者。爲開口呼。居第三等第四等者。爲齊齒呼。

溪三 稛 集韻苦頑切今用去隕切準韻○韻會束也見博雅或作麇麕

羣三 窘 廣韻集韻渠殞切集韻巨隕切今從集韻準韻○說文迫也 囷 韻會圓廩 菌 集韻草名說文地蕈一曰菌桂一曰鹿藿亦姓或作菌 箘 說文箘簬也韻會博棊或作箬篔通作菌 蜠 集韻貝屬見爾雅 著 集韻草名說文牛藻也似藻葉大 僒 韻會傴也賈誼鵩賦僒若囚拘 䐃 集韻獸脂聚貌一曰腸中脂見素問 𤦲 集韻𤦲砡齊也見博雅一曰玉名

疑三 輑 集韻牛尹切今用語窘切準韻○說文車前橫木

徹三 𧑅 集韻勅準切今用楮隕切準韻○集韻𧑅蝽不安定意

澄三 蝽 集韻柱允切今從之準韻○集韻𧑅蝽不安定意

心四 筍 廣韻思尹切集韻聳尹切今用胥允切準韻○說文竹胎也集韻或作笋箰 簨 集韻所以懸鐘磬橫曰簨直曰簴或作筍椇栒 隼 廣韻鷙鳥也韻會祝鳩也說文作鵻或作鶽 䒖 集韻草木華初生者爲䒖

音韻闡微 卷八 十一軫 十六 三十二 四百七十二 古 洪

榫 集韻剡木相入

照三 準 廣韻之尹切集韻主尹切今用主隕切準韻○說文平也廣韻均也度也俗作准 埻 說文射臬也韻會射的通作準 純 廣韻緣也 淳 集韻布帛幅廣也或作敦綧通作純

穿三 蠢 廣韻集韻尺尹切今用杵隕切準韻○說文蟲動也廣韻出也 惷 說文亂也左傳王室實惷惷焉韻會厚也或作𢾕通作蠢 偆 說文富也集韻喜樂貌見春秋繁露 踳 廣韻踳駁相乖舛也集韻雜也 朐 集韻朐䏰縣名在漢中或作朐俗作朐 睶 集韻大目也又人名見元史世祖紀

禪三 盾 廣韻食尹切集韻豎尹切今用豎隕切準韻○集韻所以扞身蔽目者通作楯 楯 說文闌檻也 揗 廣韻摩也 吮 廣韻舐也

隃三 隕廣韻于敏切集韻羽敏切今用羽窘切準韻○說文從高下也集韻或作抎 殞韻會歿也通作隕 霣說文雨也齊人謂靁爲霣廣韻雲轉起也 涓廣韻濭涓波相次也 磒說文落也 愪韻會憂也 縜韻會持網繩也說文茇也謂茅根一曰藕梢

隃四 允廣韻集韻庾準切今用欲窘切準韻○說文信也 尹說文治也廣韻正也誠也進也又姓 狁集韻玁狁匈奴別號 鈗韻會兵器 玧廣韻充耳玉集韻瑱也 駀廣韻馬毛逆 蚢廣韻蟲名

來二 輪廣韻力準切集韻縷尹切合聲呂隕切準韻○廣韻束也集韻禾束本作稐或作稛

日三 蝡廣韻而允切集韻乳尹切合聲汝允切準韻○集韻蝡蠢蟲動貌或作蠕 㲝說文毛盛也廣韻毛聚也

按以上十二韻。撮口呼。

# 十二吻 文上聲○舊十八吻

按廣韻集韻。皆分十八吻十九隱爲二韻而律同用。舊本廣韻各註獨用。今依平聲例。將二韻字分列之。

見二 攟集韻舉蘊切今從之○集韻取也見博雅

溪三 趣廣韻集韻邱粉切今用去蘊切○說文走意 麇韻會羣也

疑三 齳廣韻魚吻切集韻牛吻切今用語粉切○說文無齒也見韓詩外傳集韻或作齫 会說文大也又高也見元包經傳 喗說文大口也見賈誼新書集韻或作㖧

非三 粉廣韻方吻切集韻府吻切今從集韻○說文傅面者也

敷三 忿廣韻敷粉切集韻撫吻切今從集韻○說文悁也廣韻怒也



奉三 憤廣韻房吻切集韻父吻切今從集韻○說文懣也 濆集韻涌也 弅集韻隱弅邱高起貌 坋說文塵也韻會大防或作坌 墳集韻土膏肥也韻會土膏脉起也或作賁 鼢說文地行鼠集韻偃鼠或作鼢蚡 獖集韻土獖之怪 魵集韻魚名爾雅魵鰕出穢邪頭國 膹說文臛也廣韻切熟肉也 忿集韻怒也或作賁 扮說文握也集韻動也并也 㿎廣韻病悶 轒廣韻轒輼車名

微三 吻廣韻集韻武粉切今從之○說文口邊也 抆廣韻拭也 刎集韻斷也或作刎 脗集韻脗合無波際貌 笏集韻笢笏手循笛貌見馬融長笛賦

影三 蘊廣韻於粉切集韻委隕切今從廣韻○韻會積也說文作薀或作蒀宛通作緼 惲說文重厚也廣韻謀也議也 韞集韻藏也 縕集韻枲也紼也 輼廣韻轒輼車名 醞韻會釀也 慍韻會

心所藴積也
喻三 抎 廣韻云粉切集韻羽粉切今用羽吻切○說文有所失也戰國策惟恐失抎之
按以上九音撮口呼。惟輕脣數音宜屬合口呼。



隱 殷上聲
見三 謹 廣韻居隱切集韻几隱切今從集韻○說文愼也 菫 廣韻菜也集韻草名見爾雅一曰黃土 卺 說文謹身有所承也 巹 韻會盦也集韻瓢也說文作蒸 槿 集韻木名蕣也見爾雅 瑾 集韻美玉見山海經 篁 集韻竹名 懂 廣韻慇也集韻慇也憂也
溪三 赾 廣韻丘謹切集韻口謹切合聲起隱切○說文行難也
羣三 近 廣韻其謹切集韻巨謹切今用技隱切○廣韻迫也幾也韻會不遠也 瘽 廣韻病也
疑三 听 廣韻牛謹切集韻語近切今用擬謹切○說文笑貌 齗 集韻口上肉 齤 集韻笑也
穿二 齓 廣韻初謹切集韻初菫切今用差隱切○說文毀齒也男八月生齒八歲而齓女七月生齒七歲而齓



曉三 蠵 廣韻休謹切集韻許謹切合聲喜隱切○集韻蟲名蚯蚓也吳楚呼為寒蠵
影三 隱 廣韻於謹切集韻倚謹切今從集韻○說文蔽也集韻安也亦姓 檼 集韻棟也 櫽 廣韻括也韻會櫽括揉曲者曰櫽正方者曰括 㠾 集韻㠾嶙山高貌或作嶾嵩 濦 說文水出潁川陽城少室山東入潁又洇濦水辭見司馬相如上林賦廣韻作濦 讔 集韻廋語見呂覽重言篇 癮 廣韻癮胗皮外小起集韻或作癮 慇 韻會痛也通作隱 縠 集韻緋也見博雅一曰縫衣相合 殷 韻會雷聲詩殷其雷又殷殷盛貌 轅 韻會車聲或作磤作輚通作殷 蘟 集韻蘟葱草名似蕨 蘟 集韻蘟菫草名 䔇 集韻憂病也哀也或作㥯
按以上七音。分居二等其在第二等者。為開口呼。在第三等者為齊齒呼。

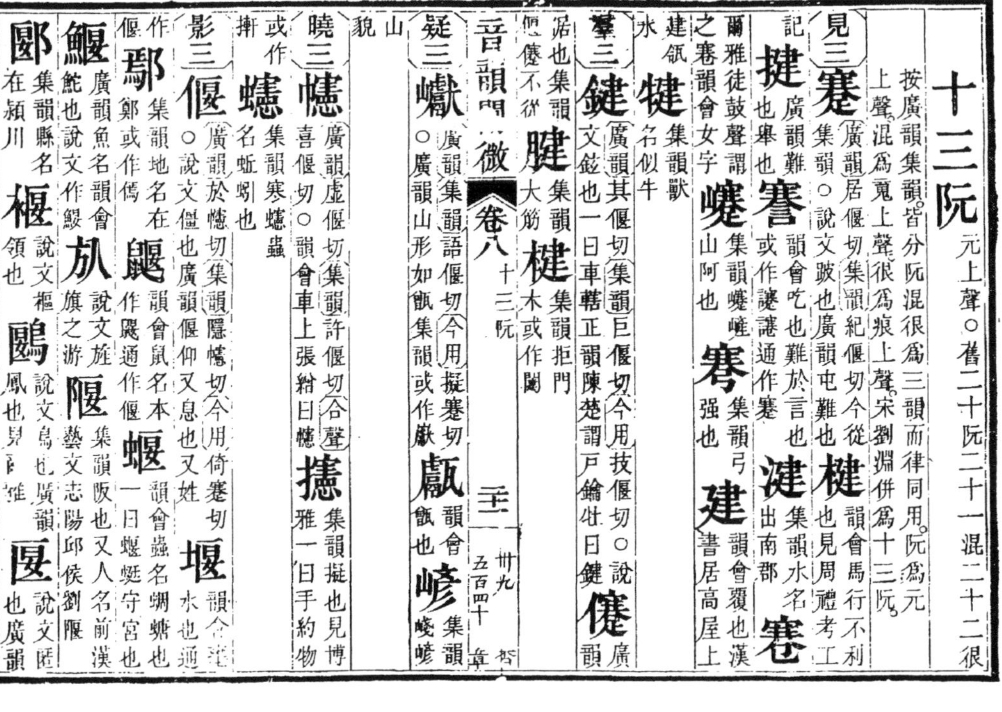

# 十三阮

元上聲○舊二十阮二十一混二十二很

按廣韻集韻。皆分阮混很爲三韻而律同用。阮爲元上聲。混爲魂上聲。很爲痕上聲。宋劉淵併爲十三阮。

見三 蹇 廣韻居偃切集韻紀偃切今從集韻○說文跛也廣韻屯難也 楗 韻會馬行不利也見周禮考工記 揵 廣韻難也舉也 謇 韻會吃也難於言也或作譾讓通作蹇 湕 集韻水名出南郡 寋 爾雅徒鼓聲謂之寋韻會女字 𡾊 集韻𡾊嵼山阿也 𢐍 集韻弓强也 建 韻會覆也漢書居高屋上建瓴水 犍 集韻獸名似牛

羣三 鍵 廣韻其偃切集韻巨偃切今用技偃切○說文鉉也一曰車轄正韻陳楚謂戶鑰牡曰鍵 僆 廣韻倨也集韻偃僆不從 腱 集韻大筋 楗 集韻拒門木或作闑



疑三 巘 廣韻集韻語偃切今用擬蹇切○廣韻山形如甑集韻或作㺕 甗 韻會甑也 嵃 集韻巘嵃山貌

曉三 幰 廣韻虛偃切集韻許偃切合聲喜偃切○韻會車上張絹曰幰 攇 集韻擬也見博雅一曰手約物 𧕫 集韻寒𧕫蟲名蚯蚓也或作蚈

影三 偃 廣韻於幰切集韻隱幰切今用倚蹇切○說文僵也廣韻偃仰又息也又姓 堰 韻會壅水也通作偃 鄢 集韻地名在鄭或作傿 鼴 韻會鼠名本作鼹通作偃 蝘 韻會蟲名蝴蝶也一曰蝘蜓守宮也 鰋 廣韻魚名韻會鮀也說文作鰋 㫉 說文旌旗之游 隁 集韻阪也又人名前漢藝文志陽邱侯劉隁 郾 集韻縣名在潁川 椻 說文椻領也 鶠 說文鳥也廣韻鳳也爾雅 匽 說文匿也廣韻隱也

按以上阮韻五音。齊齒呼。

見三 韏 集韻九遠切今用舉遠切○集韻屈也

溪三 綣 廣韻去阮切集韻苦遠切今用去遠切○韻會繾綣不相離散也 虇 韻會萑葦之類初生者皆名虇 棬 廣韻韉也見揚雄方言

羣三 卷 廣韻求晚切集韻窘遠切今用巨遠切○集韻斂也或作捲 圈 集韻畜閑也亦姓 菌 廣韻蕈也 蔨 集韻草名鹿豆也葉似大豆根黃而香 錈 集韻屈金也呂氏春秋柔則錈堅則折

疑三 阮 廣韻虞遠切集韻五遠切今用語卷切○說文代郡五阮關也廣韻姓出陳留 沅 韻會水名在牂牁 邧 說文鄭邑也 䀂 集韻視也見王延壽王孫賦



非三 反 廣韻府遠切集韻甫遠切今用甫晚切○說文覆也 返 韻會還也通作反 阪 說文坡者曰阪集韻澤障一曰山脅也或作坂岅 𨊻 說文車耳反出也

敷三 𤵸 集韻芳反切今用撫晚切○集韻惡也見揚雄方言

奉三 飯 廣韻扶晚切集韻父遠切今用父晚切○集韻食也或作餅飰 軬 集韻車上篷或作輽韻會作輽 笲 韻會竹器所以盛棗脩者

微三 晚 廣韻無遠切集韻武遠切今從集韻○說文暮也 輓 說文引之也韻會或作挽又挽歌執紼者相和聲 娩 韻會娩娩媚也 挽 集韻生子免娠也 脕 廣韻色肥澤集韻愉也 葂 集韻人名

莊子有蔣閭勉或作莬

曉三 諼 廣韻況晚切集韻火遠切今用許遠切○廣韻詐也集韻或作萲 咺 說文朝鮮謂兒泣不止曰咺韻會懼也痛也或作喛喧 烜 集韻光明也 煖 韻會溫也 晅 集韻日氣也或作暅晅 暖 說文大目也 愃 說文寬嫺心腹貌 諠 集韻忘也通作諼

影三 婉 廣韻於阮切集韻委遠切今用紆反切○說文順也廣韻美也 宛 說文屈草自覆也韻會宛然猶依然也又小貌又姓古作惌 踠 韻會屈也馬足跌也 琬 廣韻珪也說文圭有琬者 畹 說文田三十畝也廣韻十二畝也 苑 說文所以養禽獸也韻會院也蘊也又文貌通作菀 菀 廣韻紫菀藥名又菀茂木也又姓 蜿 韻會蜿蟮蚯蚓也又蜿蜿龍升貌或作⿱夗虫 晼 集韻景昳也見楚詞哀時命 妴 說文婉也又獸



名見山海經 睕 集韻目開貌一日嫵媚 涴 集韻涴演水貌見郭璞江賦

喻三 遠 廣韻雲阮切集韻雨阮切今用羽卷切○說文遼也

按以上阮韻十一音。撮口呼。惟輕脣數音。宜屬合口呼。

見一 袞 廣韻集韻古本切合聲古穩切○廣韻天子服也韻會或作卷裷 緄 說文織帶也詩竹閉緄縢 輥 說文轂齊等貌 蔉 韻會壅苗也左傳是穮是蔉 滾 集韻大水流貌或作混渾 ⿰石昆 韻會鐘病聲謂鐘形大上高則聲上藏袞然旋如裹周禮高聲⿰石昆 鯀 說文魚也 ⿰骨系 集韻人名禹父也或作鮌鯀通作鯀韻會又作鮌 錕 集韻車釭齊燕海岱之間謂之錕 睔 說文目大也又人名春秋傳有鄭伯睔 緷 集韻束也百羽爲緷見爾雅 掍 說文同也

溪一 閫 廣韻集韻苦本切合聲苦穩切○廣韻門限也說文作梱 悃 說文愊也廣韻至誠 稇 說文絭束也韻會縛衣也或作梱 壼 韻會宮中道也說文作壸 捆 韻會齊等也又叩椓也孟子捆屨織席通作梱 齫 韻會齒起貌見荀子一日齧也或作齳 硱 集韻碖硱石落貌見楚辭招隱士

透一 畽 廣韻他袞切集韻吐袞切合聲土穩切○廣韻畽怨行無廉隅 錪 集韻錪鉒重也見揚雄方言 黗 說文黃濁也廣韻黑狀

定一 囤 廣韻徒損切集韻杜本切今用杜穩切○廣韻小廩也韻會判竹圓以盛穀也說文作⿱竹屯集韻或作篅 沌 韻會水不通也一曰混沌元氣未判 遯 韻會遷也逃也或作遁踲遂 伅 集韻倱伅不慧或作敦 庉 說文樓牆也集韻室中藏 盾 韻會人名晉有趙盾 純 集韻束也 坉 集韻塞也 炖 集韻



火盛貌

泥二 炳 廣韻乃本切集韻弩本切今用弩穩切○廣韻熱也博雅燸炳煗也

幫一 本 廣韻布忖切集韻補袞切合聲補穩切○說文木下曰本 畚 說文𤱩屬蒲器也所以盛種韻會或作奋畚 笨 說文竹裏也 苯 廣韻苯䔿草叢生也見晉書衛恆傳

滂一 翉 廣韻集韻普本切合聲普穩切○廣韻飛起又走也

並一 笨 廣韻蒲本切集韻部本切今用簿穩切○廣韻竹裹集韻不精也 輽 韻會車篷也或作奔輽 ⿰方畚 韻會舟篷也 体 廣韻麤貌又劣也

明一 懣 廣韻模本切集韻母本切今用姥穩切○廣韻愁悶也韻會煩也 悗 集韻廢忘也莊子悗乎忘

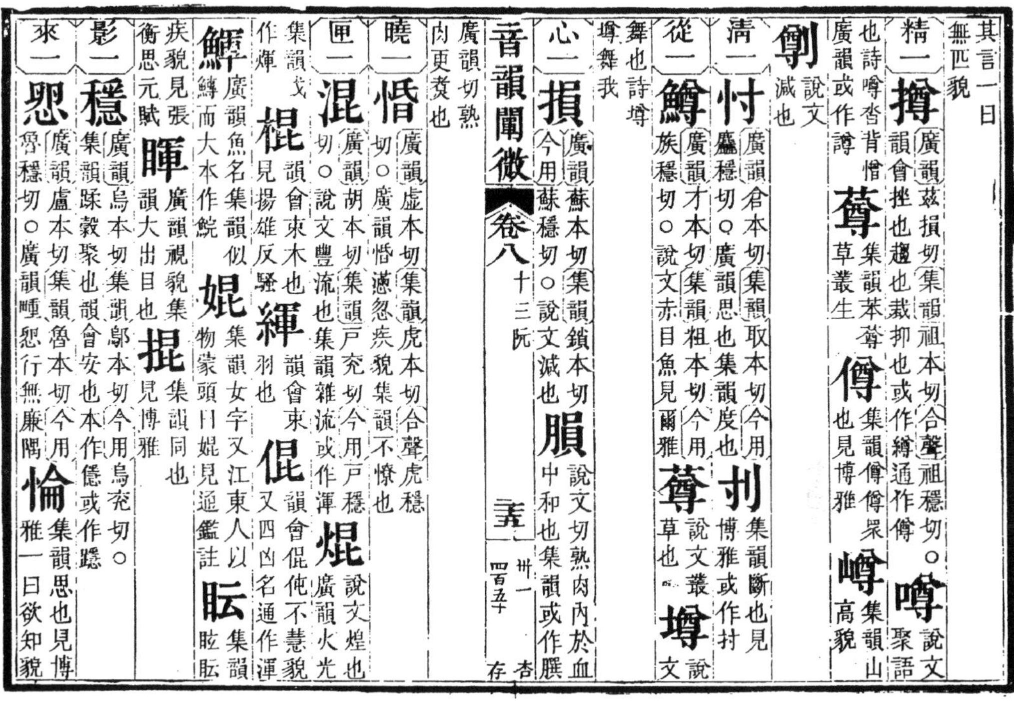
其言一曰無匹貌

精一 撙 廣韻茲損切集韻祖本切合聲祖穩切○韻會挫也趨也栽抑也或作繜通作僔 噂 說文聚語也詩噂沓背憎廣韻或作譐 蕁 集韻苯蕁草叢生 僔 集韻僔僔衆也見博雅 嶟 集韻山高貌 剸 說文減也

清一 忖 廣韻倉本切集韻取本切今用麤穩切○廣韻思也集韻度也 刌 集韻斷也見博雅或作扗

從一 鱒 廣韻才本切集韻粗本切今用族穩切○說文赤目魚見爾雅 蕁 說文叢草也 墫 說文舞也詩墫墫舞我

心一 損 廣韻蘇本切集韻鎖本切今用蘇穩切○說文減也 膞 說文切熟肉內於血中和也集韻或作䐽廣韻切熟肉更煑也



曉一 惛 廣韻虛本切集韻虎本切合聲虎穩切○廣韻惛憊怱疾貌集韻不憭也 焜 說文煌也廣韻火光集韻或作煇

匣一 混 廣韻胡本切集韻戶兖切今用戶穩切○說文豐流也集韻雜流或作渾 棍 韻會束木也見揚雄反騷 緷 韻會束羽也 倱 韻會倱伅不慧貌又四凶名通作渾 鯶 廣韻魚名集韻似鱒而大本作鯇 婫 集韻女字又江東人以物蒙頭曰婫見遁鑑註 眃 集韻眃眃疾貌見張衡思元賦 睴 廣韻視貌集韻大出目也 掍 集韻同也見博雅

影一 穩 廣韻烏本切集韻鄔本切今用烏袞切○集韻蹂穀聚也韻會安也本作㥏或作隱

來一 𢜶 廣韻盧本切集韻魯本切今用魯穩切○廣韻𢜶恕行無廉隅 惀 集韻思也見博雅一曰欲知貌

碖 廣韻碖碅石落貌

按以上混韻十七音合口呼。

見一 顐 廣韻古很切集韻舉很切今用歌墾切○說文頰後也

溪一 墾 廣韻康很切集韻口很切今用可很切○集韻耕也 懇 韻會誠也信也或作豤亦作頎 齦 說文齧也 豤 說文豕齧也集韻謂豕齧物或作狠

匣一 很 廣韻胡懇切集韻下懇切今用荷墾切○說文不聽從也集韻行難也廣韻戾也俗作狠 詪 說文很戾也

按以二很韻三音開口呼。

# 十四旱

寒上聲○舊二十三旱二十四緩

按廣韻集韻皆分旱與緩爲二韻而律同用。旱爲寒上聲緩爲桓上聲宋劉淵併爲十四旱。

見一 **笴** 廣韻集韻古旱切今用歌罕切○集韻箭笴也或作幹簳竿 **稈** 說文禾莖也左傳作秆集韻或作䕅蘚 **旰** 集韻目多白也一日張目也白虎通旰目陳兵 **皯** 說文面黑氣也列子黃帝篇焦然肌色皯黣集韻或作䵟皯

溪一 **侃** 廣韻空旱切集韻可旱切今用可罕切○說文剛直也韻會或作偘見唐書薛延陀傳 **衎** 說文行喜貌

端一 **亶** 廣韻多旱切集韻黨旱切今用朶罕切○說文多穀也集韻誠也厚也或作單 **癉** 廣韻病也見爾雅集韻或作㾶詩下民卒癉 **疸** 廣韻黃病



透一 **坦** 廣韻他但切集韻儻旱切今用妥罕切○集韻平也明也或作壇 **儃** 集韻儃儃舒閒貌莊子田子方儃儃然不趨 **嘽** 集韻嘽咺聲舒緩也見王襃洞簫賦

定一 **但** 廣韻徒旱切集韻蕩旱切今用惰嬾切○韻會徒也空也又語辭或作亶儃 **袒** 韻會裼也或作襢通作亶說文作但 **誕** 韻會妄爲大言也 **蜑** 韻會蠻屬見華陽國志或作蜑蜒 **潬** 廣韻水中沙爲潬見爾雅又地名今河陽縣南有中潬城 **憚** 韻會勞也詩哀我憚人 **撣** 說文提荷也揚雄太元提禍撣撣註撣撣敬也

泥一 **攤** 廣韻奴但切集韻乃坦切今用砮嬾切○集韻按也

精一 **⿱髟贊** 廣韻作旱切集韻子罕切今從集韻○集韻髮好也一日光澤貌

從一 **瓚** 廣韻藏旱切集韻在坦切今用字嬾切○韻會宗廟祼器形如槃詩瑟彼玉瓚 **趲** 廣韻散走集韻逼使走

心一 **散** 廣韻蘇旱切集韻顙旱切今用思罕切○韻會雜肉也又宂散閑散又姓說文作㪔 **繖** 說文蓋也韻會繖絲綾爲蓋又雨繖或作𢄼傘𠍮 **饊** 說文熬稻粻餭也集韻或作糤

曉一 **罕** 廣韻呼旱切集韻許旱切今用呵侃切○說文网也集韻希也亦姓 **暵** 韻會乾也詩暵其乾矣或作熯焊 **蔊** 集韻菜名味辛或作䓍

匣一 **旱** 廣韻胡笴切集韻下旱切今用荷嬾切○集韻不雨也 **悍** 集韻性急也通作旱 **草** 廣韻草名見食物本草



來一 **嬾** 廣韻落旱切集韻魯旱切今用羅罕切○說文懈也怠也韻會或作懶孏 **讕** 韻會詆讕誣言也 **灡** 集韻潘也韻會米汁也

按以上旱韻十二音。開口呼。惟泥母攤字。廣韻集韻俱編入緩韻。

見一 **管** 廣韻古滿切集韻古緩切合聲古椀切○廣韻樂器也主當也又姓通作筦 **琯** 廣韻玉琯又姓 **筦** 說文笿也 **館** 集韻客舍也俗作舘 **痯** 廣韻病也詩四牡痯痯 **悹** 韻會悹悹無依也一曰憂也或作悺 **盥** 廣韻洗也韻會澡手也 **輨** 說文轂端沓也韻會車轂端鐵通作錧集韻或作斡 **錧** 廣韻車具韻會田器 **脘** 說文胃府也集韻或作朊脘

溪一 **款** 廣韻苦管切集韻苦緩切合聲苦椀切○說文意有所欲也廣韻誠也叩也至也重也愛也或作欵俗作欵 **窾** 韻會空也莊子導大窾通作款 **梡** 韻會虞俎名有足如案見禮記明堂位

疑一 **輐** 集韻五管切今從之○集韻輐斷刑截所用也一日圓貌 **甈** 集韻甈斷無圭角貌見莊子天下篇

端一 **短** 廣韻都管切集韻覩緩切合聲覩椀切○廣韻促也不長也 **斷** 集韻截也

透一 **疃** 廣韻吐緩切集韻土緩切合聲土椀切○說文禽獸所踐處也韻會或作畽詩町畽鹿場 **讟** 集韻誘讟言惑又地名唐書西域傳波讟羅川春夏雨雪 **瘓** 集韻瘓瘓病貌

定一 **斷** 廣韻徒管切集韻杜管切今用杜椀切○廣韻絕也 **躖** 說文踐處也楚辭九思鹿蹊兮躖躖

泥一 **煖** 廣韻集韻乃管切今用努椀切○韻會溫也說文作煗或作暖暝 **餪** 廣韻女嫁三日送食曰餪博雅餪餫饋也 **渜** 說文湯也 **堧** 集韻垣外餘地



幫一 **粄** 廣韻博管切集韻補滿切合聲補椀切○廣韻屑米餅也或作料餅

滂一 **坢** 廣韻集韻普伴切合聲普椀切○廣韻平坦坢也集韻發地

並一 **伴** 廣韻蒲旱切集韻部滿切今用簿椀切○說文大貌廣韻侶也依也

明一 **滿** 廣韻莫旱切集韻母伴切今用姥椀切○廣韻盈也充也亦姓 **懣** 韻會煩也

精一 **纂** 廣韻作管切集韻祖管切合聲祖椀切○說文似組而赤韻會集也或作纂構 **纘** 說文繼也韻會通作纂 **酇** 說文百家爲酇酇聚也集韻縣名在南陽 **穳** 廣韻鋋也元史儀仗志穳制如戟鋒刃兩旁微起下有鐏 **欑** 韻會營欑禜祀之所集韻矛戟柄 **籫** 說文竹器也廣雅籫箸籠也急就章註籫盛匕箸之籠一名笄

清一 **⿱毳心** 集韻千短切今用爨椀切○說文精戇也

心一 **算** 廣韻蘇管切集韻損管切今用蘇椀切○說文數也 **匴** 說文淥米籔也廣韻冠箱也見儀禮士冠禮 **篹** 集韻籩屬一曰竹木素器俱見禮記

匣一 **緩** 廣韻胡管切集韻戶管切今用戶椀切○集韻舒也韻會遲也 **澣** 韻會濯衣垢也說文作瀚或作浣 **捖** 韻會擊也摩也見周禮考工記註 **晥** 廣韻明也又姓晉有西中郎將晥清 **睆** 韻會大目背也 **梡** 韻會斷木也一曰木名又薪蒸束 **輐** 集韻圓也刑截之所用 **綄** 集韻纏也見博雅一曰船上候風羽



影一 **盌** 廣韻烏管切集韻鄔管切今從廣韻○說文小盂也集韻或作㼝埦椀

來一 **卵** 廣韻盧管切集韻魯管切今用魯椀切○說文凡物無乳者卵生

按以上緩韻十七音。合口呼。

十五潸 删上聲○舊二十五潸二十六產

按廣韻集韻皆分潸與產爲二韻而律同用。潸爲删上聲。產爲山上聲。宋劉淵併爲十五潸。

見二 簡 廣韻古限切集韻賈限切今用紀限切產韻○說文牒也集韻略也閱也誠也亦姓 柬 廣韻分別也一曰縣名在新盌集韻通作揀簡 揀 廣韻揀擇 暕 廣韻陰旦日明 襴 韻會帬幅相襵也或作襴

溪二 齦 廣韻集韻起限切今用起眼切產韻○廣韻齒聲博雅齧也

疑二 眼 廣韻五限切集韻語限切今用擬簡切產韻○說文目也 齴 集韻棧齴高峻貌見張衡西京賦 嵃 集韻峨嵃山貌見潘岳西征賦 齗 廣韻五板切集韻雅版切今用擬赧切潸韻○說文一齒見貌

孃二 赧 廣韻奴板切集韻乃板切今用你板切協用你眼切潸韻○說文面慙赤也集韻或作赧慙 戁 說文敬也韻會悚懼也詩不戁不悚



照二 醆 廣韻集韻阻限切今用阻眼切產韻○廣韻酒濁微清禮記禮運醆醆在戶 琖 廣韻玉琖小杯或作盞醆 棧 集韻淺也爾雅鍾小者謂之棧

穿二 剗 廣韻初限切集韻楚限切今用楚眼切產韻○韻會平也剷也或作剷 鏟 韻會平木鐵器正韻損消也 丳 韻會燔肉器韓愈詩如以肉貫丳 羼 說文羊相厠也廣韻相出前也顏氏家訓典籍錯亂皆由後人所羼

牀二 棧 廣韻上限切集韻仕限切今用乍眼切產韻○說文棚也韻會閣也閣木爲路又姓 輚 集韻臥車也見班固西都賦一曰兵車左傳作轏通作棧 棧 說文尤高也元結樂府絕棧岌岌集韻或作巉嶘 僝 韻會具也見也尙書共工方鳩僝功廣韻作僝 虦 集韻虦貓獸名韻會虎竊毛謂之虦貓見爾雅 蝬 集韻馬蝬蟲名見爾雅 孱 集韻孱陵縣名在武陵博雅惡也

審二 產 廣韻集韻所簡切今用史簡切產韻○說文生也韻會產業又姓 嵼 韻會巉嵼山屈曲貌見東方朔七諫通作產 滻 說文水出京兆藍田谷入灞韻會出涕貌通作產 簅 集韻大籥爾雅作產 橏 集韻木名見徐表南州記 潸 廣韻集韻數版切今用史赧切潸韻○廣韻涙下貌詩潸焉出涕

匣二 限 廣韻胡簡切集韻下簡切今用諧眼切產韻○說文阻也廣韻度也齊也界也韻會閾也 僩 廣韻集韻下赧切今用諧赧切潸韻○說文武貌詩瑟兮僩兮集韻寬大貌 憪 韻會愉也又不安貌史記文帝紀憪然念外人之有非 撊 韻會忿貌左傳撊然授兵登陴通作僩



按以上九音。列於第二等。例屬開口呼。今多讀作齊齒呼。

幫二 版 廣韻布綰切集韻補綰切今從集韻協用補梡切潸韻○說文判也韻會木片又僻也反也或作板通作鈑 鈑 爾雅鉼金謂之鈑周禮秋官祭五帝供金鈑 蝂 韻會蝜蝂蟲名柳宗元有蝜蝂傳通作版 昄 說文大也詩爾土宇昄

滂二 眅 廣韻集韻普版切今從之潸韻○韻會多白眼又人名左傳鄭游眅如晉

並二 阪 廣韻扶板切集韻部版切今用簿莞切協用簿梡切潸韻○集韻坡也或作坂

明二 矕 廣韻武板切集韻母版切今從集韻協用姥梡切潸韻○廣韻視貌韓愈詩親戚相覷矕集韻目美貌

照二 [illegible] 廣韻側板切集韻阻板切今從集韻協用阻梡切潸韻○韻會迅飛貌揚雄法言鷹隼[illegible]

牀二 撰 廣韻雛鯇切集韻雛綰切今用助莞切協用助梡切潸韻○廣韻撰述集韻持也具也或作譔集韻會亦作譔通作籑 饌 韻會具食也或作䐣籑通作𩞄

匣二 莞 廣韻集韻戶板切今從之協用戶梡切潸韻○韻會小笑貌 睅 說文大目也廣韻目出貌左傳睅其目 睆 說文同上韻會明貌詩睆彼牽牛 鯇 說文魚名見爾雅 皖 韻會皖城地名見漢書馬援傳集韻明貌或作睆 撊 集韻木柵也史記賈誼服賦撊若囚拘 浣 集韻水名在江夏見水經註

影二 綰 廣韻烏板切集韻鄔版切今從廣韻潸韻○說文惡也絳也一日綃也廣韻繫也韓愈詩爵位不早綰

按以上八音合卩呼。

## 十六銑　先上聲○舊二十七銑二十八獮

按廣韻集韻皆分銑與獮爲二韻而律同用。銑爲先上聲。獮爲仙上聲。宋劉淵併爲十六銑。

見三　**蹇** 廣韻九輦切集韻九件切〔今用〕紀展切〔協用〕紀偃切獮韻○說文跛也廣韻屯難也又姓　**謇** 韻會吃也又謇諤忠也直言貌集韻難也本作謇或作譾　**搴** 正韻拔取也亦作攓說文作攐俗作搴　**寋** 爾雅徒鼓磬謂之寋　**⿰山蹇** 廣韻⿰山蹇嵼山屈曲也　**⿰木蹇** 集韻絝也或作褰　**藆** 集韻草名蘄也見爾雅或作搴　**⿺走蹇** 說文走貌　**囝** 集韻閩人呼兒曰囝

見四　**繭** 廣韻古典切集韻吉典切〔合聲〕紀偃切〔銑〕韻○說文蠶衣也韻會繭猶綿綿也聲吝微貌俗作蠒　**襺** 說文袍衣也以絮曰襺以緼曰袍　**趼** 集韻胝也一曰足指約中斷傷爲趼或作⿰足繭韻會通作繭



**豜** 集韻獸名爾雅麙豜有力者　**⿱艹柬** 說文小束也　**垷** 廣韻塗泥又大坂在隴西　**筧** 廣韻以竹通水

溪四　**遣** 廣韻〔集韻〕去演切〔今用〕起演切〔獮韻〕○說文縱也正韻袪也逐也發也送也　**繾** 集韻繾綣不相離也　**𩜁** 博雅𩜁綣搏也集韻粘也一曰乾餌或作䭈　**蜸** 廣韻牽繭切集韻牽典切〔合聲〕起偃切〔銑韻〕○廣韻蜸蚕蚯蚓見爾雅

羣三　**件** 廣韻其輦切集韻巨展切〔今用〕技演切獮韻○說文分也正韻名件　**鍵** 廣韻管籥集韻籥牡也或作鍵　**楗** 集韻拒門木或作闑

疑三　**讞** 廣韻魚蹇切集韻語蹇切〔今用〕擬免切獮韻○集韻評獄也　**甗** 集韻甑也　**巘** 集韻山形似甑　**嵃** 集韻巘嵃山峻貌　**齴** 廣韻齒露博雅笑也

疑四　**齞** 廣韻集韻研峴切〔今用〕擬顯切〔銑韻〕○說文口張齒見

端四　**典** 廣韻集韻多殄切〔合聲〕底偃切〔銑韻〕○說文五帝之書也集韻常也古作䈀　**蕇** 集韻草名說文亭歷也見爾雅　**琠** 說文玉也

透四　**腆** 廣韻集韻他典切〔合聲〕體偃切〔銑韻〕○正韻厚也多也至也善也　**淟** 正韻淟涊垢濁又汩沒也　**倎** 說文青徐謂慙曰倎集韻或作睓　**靦** 廣韻面慙說文面見也　**錪** 說文朝鮮謂釜曰錪集韻重也　**蚕** 集韻蟲名蚕蟺也見爾雅　**琠** 集韻玉也或作瑱瓔

定四　**殄** 廣韻集韻徒典切〔今用〕迪撚切〔協用〕弟演切銑韻○說文盡也集韻或作塡　**蜓** 廣韻蝘蜓一名守宮集韻或作蜒



**沴** 集韻陵亂也　**瘨** 韻會病也　**飻** 集韻貪食爲飻或作餮　**娗** 集韻眠娗不開通貌見列子　**紾** 集韻角理𢗪也周禮老牛之角紾而昔一曰垂絕貌

泥四　**撚** 廣韻集韻乃殄切〔今用〕泥殄切〔協用〕泥演切銑韻○說文執也集韻蹂也或作捵　**蹨** 集韻蹈也逐也或作跈趁　**涊** 集韻淟涊垢濁

知三　**展** 廣韻知演切集韻知輦切今從廣韻〔獮韻〕○說文轉也集韻誠也舒也省視也說文作㞡　**輾** 集韻臥而不周曰輾通作展　**皽** 廣韻皮寬也禮記濯手以摩之去其皽　**襢** 韻會袒也禮記設牀襢第註袒簀也　**蹍** 韻會蹪也

徹三　**搌** 廣韻丑善切集韻丑展切今用恥演切獮韻○集韻搌擂展極也　**蒇** 說文敕也左傳以蒇陳事

集韻去貨也

澄三**邅**廣韻除善切集韻丈善切今用直演切獮韻○集韻移行也一曰循也本作邅

孃三**趁**廣韻集韻尼展切今聲你演切獮韻○集韻踐也或作跈蹍跟**碾**集韻磨也或作硟**輾**正韻轢也說文作輾通作碾**赦**集韻寘赦笛聲緩也見馬融長笛賦**榐**集韻轢物器

幫三**辡**廣韻方免切集韻邦免切今用彼演切獮韻○說文辠人相與訟也集韻或作辯**鴘**集韻鷹隼二歲色赤亦姓**瞏**說文兒初生瞥者

幫四**褊**廣韻方緬切集韻俾緬切今用筆演切獮韻○說文衣小也**諞**韻會巧言也**扁**廣韻方典切集韻補典切合聲彼偃切銑韻○說文署也署門戶之文也集韻不圓貌亦姓**匾**韻會器之薄者曰匾又不圓貌通作扁**惼**韻會惼偏性狹也通作褊**碥**廣韻乘車石也集韻乘石貌通作扁**編**廣韻次第也集韻絞也**稨**集韻豆名或作藊稨豍**萹**集韻草名說文萹茿也或作遍



滂三**鴘**廣韻披免切集韻披免切今用披演切獮韻○集韻鷹隼二歲色赤

滂四**萹**集韻匹善切今用劈演切獮韻○集韻草名爾雅竹萹蓄**覑**集韻匹典切今用劈偃切銑韻○集韻覑貌又人名宋史宗室表武翼郎士覑

並三**辯**廣韻符蹇切集韻平免切今用陛演切獮韻○說文治也**辨**集韻別也

並四**辮**廣韻薄泫切集韻婢典切今用弼撚切協用弼演切銑韻○說文交也**艑**韻會艑艖舟名**扁**集韻姓也古有扁鵲或作鶣**楩**廣韻符善切集韻婢善切今用弼演切獮韻○集韻木名**諞**廣韻巧言**輻**集韻車也又中輻國名見山海經

明三**免**廣韻亡辨切集韻美辨切合聲米演切獮韻○集韻釋也止也亦姓**勉**說文強也**俛**集韻俯也**娩**集韻婉娩順也**挽**集韻生子免娠也**冕**說文大夫已上冠也集韻或作絻帨**葂**集韻人名莊子有蔣閭葂或作莬**浼**集韻浼浼水貌**鮸**說文魚名出薉邪頭國

明四**緬**廣韻集韻彌兗切合聲米演切獮韻○說文微絲也韻會遠也或作緬**沔**廣韻漢水別名亦州名集韻流滿貌**澠**集韻澠池縣名或作黽通作沔**勔**廣韻勉也見爾雅集韻或作偭通作黽**眠**集韻眠娗不開通貌**愐**說文勉也集韻想也或作洒**湎**說文沈於酒也集韻或作酾酠**偭**集韻向也一曰偭焉不顧貌**丏**廣韻彌殄切集韻彌殄切今用米撚切協用米演切銑韻○說文不見也**眄**集韻目偏合也一曰邪視



精四**翦**廣韻即淺切集韻子淺切今用即演切獮韻○說文羽生也廣韻截也齊也勤也俗作剪**戩**廣韻福祥也說文栽也**揃**說文搣也集韻擇也**鬋**說文女鬢垂貌**譾**韻會淺也或作俴**錢**說文銚也古田器**帴**集韻帬也䘸也狹也**煎**韻會滅也正韻煎鞏羌屬見漢書趙充國傳**籛**廣韻竹名又姓**劗**集韻剃髮

清四**淺**廣韻七演切集韻此演切今從廣韻獮韻○說文不深也

從四**踐**廣韻慈演切集韻在演切今用集演切獮韻○說文履也集韻列也**餞**集韻送去食也**諓**說文善言也集韻諓也一曰淺薄貌**俴**說文淺也**𢓜**說文迹也

心四**銑**廣韻蘇典切集韻穌典切今用西偃切銑韻○說文金之澤者集韻小鑿一曰鐘兩角謂之銑**洗**

說文麗足也集韻潔也通作灑 跣 說文足親地也 毨 廣韻理也毛更生整理集韻或作毴 姺 集韻國名或作邾 筅 集韻飯帚或作筅 洒 韻會肅恭貌禮記受一爵而色洒如也 鍌 集韻人名唐有竇維

鍌 獮 廣韻集韻息淺切今用息演切獮韻○廣韻秋獵曰獮說文作𤣗 鮮 廣韻少也說文作尟集韻或作

尠鱻 蘚 廣韻苔蘚集韻垣衣一曰白草名 燹 集韻野火或作㷩 廯 廣韻屋廯見爾雅 癬

說文乾瘍也集韻或作㾯

邪四 䌖 廣韻徐翦切集韻似淺切今用習演切獮韻○集韻䌖䌖緩也見博雅

照三 𦗨 廣韻集韻旨善切今用止演切獮韻○廣韻耳門也 樿 說文木也可以爲櫛杓 𦐄 廣韻

武也又鷙鳥擊勢也





穿三 闡 廣韻昌善切集韻齒善切今用齒演切獮韻○說文開也 幝 說文車弊貌 嘽 韻會緩聲

寬綽貌 燀 說文炊也左傳燀之以薪 僤 集韻地名在魯見公羊傳或作僤通作闡 譂 集韻妄言又人

名見宋史宗室表 灛 廣韻汝水爲灛見爾雅 繟 說文帶緩也 䌖 說文偏緩也

牀二 棧 廣韻集韻士免切今用乍演切獮韻○廣韻棚也

審三 㒄 廣韻式善切集韻矢善切今用始演切獮韻○集韻意膬也一曰意急而懼一曰戁也 㜣 廣韻

女恣態集韻恣也亦姓

禪三 善 廣韻常演切集韻上演切今用市演切獮韻○廣韻良也大也佳也吉也又姓說文作譱 膳 說文具食

也 單 集韻單父縣名亦姓 墠 說文野土也集韻除地祭處或作壇 鄯 廣韻州名集韻鄯善西胡

國名 鱓 說文魚名皮可爲鼓集韻蛇鱓黃質黑文或作鱣䱇 蟺 韻會蛩蟺蚯蚓也集韻或作蟮 潬 集韻

浣潬水相薄也見司馬相如上林賦 僤 韻會行動貌見司馬相如上林賦 樿 集韻木名見山海經 鱔

集韻魚名 墡 集韻白土也或作𥗂

曉四 顯 廣韻集韻呼典切合聲喜偃切銑韻○說文頭明飾也集韻著也光也亦姓古作㬎 韅 說文著腋

鞥也集韻在背曰韅或作𩏂 憲 集韻興盛貌詩憲憲令德 灝 集韻灝溔水貌見郭璞江賦

匣四 峴 廣韻集韻胡典切今用奚撚切協用奚演切銑韻○廣韻峻嶺集韻山名一曰山小而險一曰嶺上平本

作現 俔 集韻譬喻也一曰磬也 晛 集韻日氣一曰明貌 睍 說文出目也韻會好視又小視也又睍睆

鳥聲 蜆 集韻蟲名說文縊女也見爾雅 誢 集韻諍語又人名見宋史宗室表 鋧 集韻銑鋧小鑿也





垷 說文塗也

影三 嫣 廣韻集韻於蹇切今用倚蹇切獮韻○廣韻長貌 影四 蝘 廣韻集韻於殄切今用倚顯切

銑韻○集韻蟲名說文在壁曰蝘蜓在草曰蜥蜴或作𧍪 宴 廣韻安也 嬿 集韻嬿婉安順貌 𨟓 集韻

人名左傳有敬仲曾孫𨟓 偃 集韻仰也正韻息仆也

喻四 演 廣韻集韻以淺切今用矣遣切獮韻○說文長流也集韻水名 衍 說文水朝宗于海也集韻廣也

達也樂也散也通作演 戭 說文長槍也韻會檮戭人名見左傳 蔩 集韻草名爾雅蔩菟瓜 蜑 廣韻

蝡蜑蟲或作衍 綖 韻會冕上覆也前後垂也或作延 羨 集韻溢也韻會貽羨以起度 縯 韻會長也

來三 輦 廣韻集韻力展切合聲里演切獮韻○說文輓車也廣韻人步挽車又姓 璉 正韻瑚璉宗廟器說

文作撻
**撻**廣韻擔運物也南史何遠傳撻水還之 **健**廣韻畜雙生子 **連**韻會難也漢書揚雄傳孟軻雖連蹇 **鄻**說文周邑也見左傳
日三 **橪**廣韻人善切集韻忍善切今用日演切獮韻○集韻木名說文酸小棗一曰染也 **蹨**集韻踐也
**熯**說文乾貌 **戁**廣韻懼也 **㦓**說文意膬也集韻意急而懼或作㦓 **燃**集韻态也亦姓
按以上三十二音。共分三等。其居第二等者。爲開口呼。居第三等第四等者。爲齊齒呼。
見三 **卷**廣韻居轉切集韻古轉切今用舉轉切協用舉遠切獮韻○說文厀曲也 **菤**韻會卷耳草名見爾雅 **弮**集韻曲也一曰革中辨謂之弮 **帣**集韻斂衣袖也 **捲**集韻斂也通作卷
見四 **畎**廣韻姑泫切集韻古泫切今用舉犬切協用舉遠切銑韻○正韻田中溝或作甽亦作畖畖說文作く **汱**集韻水落貌見爾雅 **狷**集韻有所不爲也或作獧 **詃**集韻誘也詐也又人名見宋史宗室表 **罥**集韻挂也或作羂絹纙



溪四 **犬**廣韻集韻苦泫切今用去選切協用去遠切銑韻○正韻狗有懸蹏者亦通稱
羣三 **圈**廣韻渠篆切集韻巨卷切今用巨輭切協用巨遠切獮韻○說文養畜之閑 **䕋**集韻草名見爾雅
羣四 **蜎**廣韻狂兗切集韻葵兗切今用局選切協用巨遠切獮韻○集韻井中蟲名 **鞙**說文大車縳軶靼
知三 **轉**廣韻集韻陟兗切今用竹舛切協用竹遠切獮韻○廣韻動也運也
徹三 **腞**集韻敕轉切今從之協用楮遠切獮韻○集韻篆也莊子腞楯之上

澄三 **篆**廣韻持兗切集韻柱兗切今用杜輭切協用杜遠切獮韻○說文引書也 **瑑**廣韻璧上文也集韻或作瑑 **摶**集韻百羽爲摶見周禮 **縳**說文白鮮色也集韻或作緟 **墂**廣韻耕土卷也 **沌**廣韻水名在江夏見水經注
精四 **臇**廣韻集韻子兗切今用足選切協用足遠切獮韻○說文雁也廣韻臛少汁也 **僝**集韻具也
從四 **雋**廣韻徂兗切集韻粗兗切今用絕選切協用絕遠切獮韻○說文肥肉也廣韻鳥肥也又姓 **吮**說文欶也集韻或作𣢂
心四 **選**廣韻思兗切集韻須兗切今用胥犬切協用胥遠切獮韻○集韻擇也說文遣也集韻或作撰 **巽**韻會網也以縲獸足或作䍐罝



照三 **剸**廣韻旨兗切集韻主兗切今用主舛切協用主遠切獮韻○韻會截也說文作𣃔或作剬 **竱**說文等也國語竱本肇末 **膞**說文切肉也 **孨**說文謹也集韻孤煢可矜謂之孨 **鱄**說文魚也韻會魚名出洞庭湖
穿三 **舛**廣韻昌兗切集韻尺兗切今用杵轉切協用杵遠切獮韻○正韻差午錯也駮也相背也亦作僢集韻或作踳 **喘**說文疾息也集韻或作歂 **荈**集韻茶晚取者名荈 **蝡**集韻蠉蝡動蟲一曰無足蟲
牀二 **撰**廣韻士免切集韻雛免切今用助轉切協用助梚切獮韻○集韻持也 **譔**集韻述也或作𧭊通作撰 **僎**說文具也集韻通作撰
禪三 **腨**廣韻市兗切集韻豎兗切今用豎輭切協用豎遠切獮韻○說文腓腸也集韻或作䠀 **歂**集韻

口氣引也 踹 集韻足踵也淮南子踹足而怒 膞 集韻切肉或作腫 蕢 集韻草名無魚也凡水有此草則無魚 鄟 集韻地名屬魯或作傳

曉四 蠉 廣韻香兗切集韻馨兗切今用許選切協用許遠切獨韻○說文蟲行也

匣四 泫 廣韻胡畎切集韻胡犬切今用穴犬切協用穴遠切銑韻○說文湝流也上黨有泫氏縣 鉉 韻會舉鼎具 琄 韻會佩玉貌通作鞙 鞙 韻會大車縛軛靼又𩍐鞙刀鞘 繯 說文絡也 贙 說文分別也廣韻獸名似犬多力出西海一日對爭也 炫 說文爛燿也

影四 蜎 集韻於泫切今用紆犬切銑韻○集韻井中小蟲

喻四 兖 廣韻集韻以轉切今用羽犬切獨韻○廣韻州名又姓集韻通作沇 沇 韻會濟水別名又流行貌或作㳄古作沿 㕣 說文山間陷泥地 馻 集韻馬逆毛見爾雅 ⿰言㕣 集韻笑貌一日善言又人名見宋史宗室表

音韻闡微 卷九 十六銑 九

二十五 四百四十五 玉 港

來三 臠 廣韻力兗切集韻力轉切今用呂轉切協用呂遠切獨韻○說文臞也集韻切肉臠也或作脟 孌 正韻婉孌美好貌說文作嫋

日三 輭 廣韻而兗切集韻乳兗切今用汝臠切協用汝遠切獨韻○集韻柔也或作輀軟需濡 愞 集韻選愞劣弱也或作懦偄㥏 碝 說文石次玉者集韻或作礝瑌 蝡 說文動也集韻或作蠕 㬉 集韻城下田 耎 說文稍前大也正韻同愞 甍 說文柔韋也集韻或作[illegible]䪭 腝 廣韻腳疾 媆 說文好貌 ⿰木耎 集韻木名梬棗也似柹而小 䓴 說文木耳也集韻或作檽

按以上十九音。共分三等。其居第二等者。爲合口呼。居第三等第四等者。爲撮口呼。

音韻闡微 卷九 十六銑 十

四 四十二 王 玉

# 十七篠 蕭上聲○舊二十九篠三十小

按廣韻集韻皆分篠與小爲二韻而律同用篠爲蕭上聲小爲宵上聲宋劉淵併爲十七篠

見三 矯 廣韻居夭切集韻舉夭切今用紀表切合聲紀夭切小韻○說文揉箭箝廣韻詐也又姓 撟 說文舉手也集韻擅也正曲也通作矯 敿 正韻繫也書敿乃干亦作敽 蹻 廣韻蹻也韻會彊直貌又武貌又舉足高貌 蟜 說文蟲名集韻夭蟜龍貌一曰野人身虎文亦國名又姓 譑 廣韻多言集韻糾也 ⿰角喬 廣韻角長集韻角高貌 鱎 廣韻白魚別名 嬌 廣韻女字 憍 集韻小人得志也 糾 集韻窈糾舒貌詩舒窈糾兮 鄗 廣韻國名

見四 皎 廣韻古了切集韻吉了切今用吉曉切合聲紀杳切篠韻○說文月之白也集韻或作晈 皦 說文玉石之白也廣韻明也 繳 廣韻纏也集韻本作繳 曒 集韻明也一曰





清別貌或作暞 校 集韻校杅小柃 僥 集韻僥倖求利不止貌 絞 集韻繚也 恔 說文憭也廣韻佼憭慧也 璬 說文玉佩 徼 集韻邀也

溪三 ⿰角喬 集韻祛矯切今用起表切合聲起夭切小韻○集韻角貌

溪四 磽 廣韻苦皎切集韻輕皎切今用起曉切合聲起杳切篠韻○廣韻山田也亦作墽

羣三 驕 廣韻集韻巨夭切今用技擾切小韻○廣韻𨇊驕長貌

羣四 獢 集韻巨小切今用極眇切合聲技驕切小韻○集韻獢犺健也見博雅

疑三 獟 集韻魚小切今用擬擾切小韻○集韻獸名一曰趙魏謂牛馬騰躍曰獟

疑四 磽 集韻倪了切今用擬了切篠韻○集韻山田曰磽

端四 鳥 廣韻都了切集韻丁了切今用底曉切合聲底杳切篠韻○說文長尾禽總名也 蔦 集韻草名說文寄生也詩蔦與女蘿 ⿰衤鳥 廣韻短衣 ⿰舟鳥 集韻⿰舟鳥舟船長貌 窵 集韻窵窅深貌

透四 朓 廣韻集韻土了切今用體曉切合聲體杳切篠韻○說文晦而月見西方謂之朓 窱 廣韻窈窱深遠貌 𨈆 韻會身長貌 眺 集韻遠視或作覜 趒 韻會躍也越也

定四 窕 廣韻集韻徒了切今用弟了切篠韻○說文深肆極也集韻閑也 掉 集韻搖動也 挑 廣韻弄也輕也 佻 韻會佻佻獨行貌一曰偷也 嬥 說文直好貌集韻嬈也一曰巴歌 誂 說文相呼誘也集韻戲也或作嘵

泥四 褭 廣韻奴鳥切集韻乃了切今用泥了切篠韻○說文以組帶馬也集韻騕褭馬名或作裊 嫋 廣韻





長弱貌 ⿰亻褭 集韻美也或作嬝 嬈 說文苛也廣韻擾戲弄也 嬲 韻會戲相擾也 ⿰馬弔 集韻趵⿰馬弔長而不勁 鳥 正韻禽總名 蔦 正韻寄生草

澄三 肁 廣韻治小切集韻直紹切今用直擾切小韻○集韻謀也始也 趙 說文趨趙也集韻國名亦姓 兆 正韻十億曰兆又壇域塋界皆曰兆龜坼曰兆說文作兆 旐 廣韻旗旐爾雅長壽曰旐釋名龜蛇爲旐旐兆也 駣 韻會駣騬馬屬一曰馬三歲曰駣 ⿰羊兆 說文羊未卒歲集韻東羊百斤爲⿰羊兆 鮡 說文魚名廣韻似鮎而大 絩 說文綺絲之數也 ⿰扌周 韻會刺也或作趙通作趙 狣 廣韻犬有力也見爾雅 肁 說文始開也廣韻開也又姓 肇 說文擊也集韻通作肇 晁 集韻晁陽縣名在東陽 垗 說文畔也廣韻葬地集韻或作晀通作兆 洮 集韻水名在淮南

幫三表廣韻陂嬌切集韻彼小切今從集韻合聲彼夭切小韻○說文上衣也廣韻明也亦陵表又姓二諘集韻讃也又人名見宋史宗室表

幫四標廣韻方小切集韻俾小切今用畢小切合聲彼夭切小韻○集韻袖端或作杪標

標集韻木末也蔈說文苕之黃華集韻木也嘌韻會山顛剽集韻末也

滂三麃廣韻集韻滂表切今用披表切合聲䴭夭切小韻○廣韻鳥毛變色或作䴩藨集韻草名子似覆盆

滂四縹廣韻敷沼切集韻匹沼切今用劈小切合聲諙夭切小韻○說文帛青白色也瞟說文瞭也韻會目小貌又一目病或作瞟膘說文牛脅後髀前合革肉也醥韻會酒清謂之醥篻集韻竹名實中者

標說文木杪末也僄說文疾也顠廣韻髮白集韻髮亂貌或作鬃犥集韻牛白黃謂之犥䴩廣韻鳥變色也



並三藨廣韻平表切集韻被表切今用陛擾切小韻○說文鹿藿也廣韻草名可爲席韻會可爲屨或作苞藨

殍廣韻餓死或作莩䴩集韻毛羽朱色不澤也或作䴩

並四摽廣韻苻少切集韻婢小切今用殍擾切小韻○說文擊也廣韻落也又拊心也慓正韻急也蔈集韻落也或作芆莩通作摽鰾集韻魚膠也

明四眇廣韻亡沼切集韻弭沼切今用米擾切合聲米鷕切小韻○說文一目小也韻會末也盡也渺韻會渺漾水貌

淼韻會大水藐韻會遠也弱也又輕視貌秒說文禾芒也集韻或作穮篎說文小管謂之篎見爾雅

杪說文木標末也訬集韻高也擾也緲韻會微也本作紗⿰鳥少集韻鳥名說文焦⿰鳥少也一曰桃雀即巧婦或作鷦

精四勦廣韻集韻子小切今從之小韻○廣韻絕也說文作勦集韻作剿或作劋勦說文勞也漅集韻湖名

湫廣韻集韻子了切今用即曉切篠韻○說文隘下也集韻地名在楚一曰水名在安定

清四悄廣韻親小切集韻七小切今從集韻小韻○廣韻悄悄憂貌愀廣韻容色變也鈔廣韻好也見揚雄方言集韻微也繰說文帛如紺色或曰深繒

心四小廣韻私兆切集韻思兆切今用洗表切合聲洗杳切小韻○說文物之微也篠廣韻先鳥切集韻先了切今用洗曉切合聲洗杳切篠韻○廣韻細竹也說文作筱謏韻會小也又誘也說文作謏

照三沼廣韻之少切集韻止少切今用止表切合聲止夭切小韻○說文池水昭韻會明也炤集韻光也



穿三麨廣韻尺沼切集韻齒紹切今用齒表切合聲齒夭切小韻○廣韻糗也或作䴰

審三少廣韻書沼切集韻始紹切今用始表切合聲始夭切小韻○說文不多也

禪三紹廣韻集韻市沼切今用市擾切小韻○說文繼也集韻紹緊糾也亦姓佋韻會介行也通作紹

袑說文綺上也集韻綺襠也一曰衣襟

曉四曉廣韻馨皛切集韻馨鳥切合聲喜杳切篠韻○說文明也膮集韻豕肉羹

匣四皛廣韻集韻胡了切今用奚了切篠韻○說文顯也⿰氵皛韻會渺⿰氵皛水遠也一曰⿰氵皛淼水深白貌

芍集韻草名說文凫茈也見爾雅

影三夭廣韻集韻於兆切今用倚表切小韻○說文屈也集韻歎雙爲夭殀韻會少歿也短折也通作

天麌集韻獸名爾雅麌共子麌　芺集韻草名爾雅鉤芺　影四杳廣韻烏皎切集韻伊鳥切今用倚曉切篠韻○說文冥也廣韻深也寬也　窈說文深遠也　窅說文深目也　眑韻會幽靜也一曰視也　葽集韻草名爾雅葽繞蕀蒬今遠志也　宎集韻冥聲莊子宎者咬者　窔韻會室東南隅也說文作宧集韻或作窔窔宎通作宎　僄集韻僄傲美貌或作嫖㜈嬈　騕集韻騕褭古之良馬或作馱要　䁏集韻䁏眇遠視見木華海賦

喻四鷕廣韻以沼切集韻以紹切今用矣擾切小韻○廣韻雉鳴也說文作鷕　䁘集韻美目一曰眇䁘視貌　溔廣韻浩溔大水貌　[illegible]集韻膂骨或作髎

來三繚廣韻力小切集韻朗鳥切今用里擾切小韻○說文纏也集韻或作繆

來四了廣韻盧鳥切集韻朗鳥切今用里曉切篠韻○集韻慧也訖也決也　瞭集韻目明也　僚說文好貌集韻戲也或作嫽　燎說文放火也集韻或作尞燎　蓼說文辛菜薔虞也　衬廣韻袎也集韻小袎謂之校衬見揚雄方言　憭說文慧也集韻快也　舠廣韻小船也集韻鳥舠船長貌　撩廣韻抉也集韻按也取也　鄝韻會國名見穀梁傳集韻或作鄝通作蓼　璙廣韻好貌集韻玉名　蹽廣韻蹽蹻長貌

日三擾廣韻而沼切集韻爾紹切今用日眇切合聲耳鷕切小韻○韻會煩也一曰順也說文作㺐　繞廣韻纏繞又姓　遶韻會圍也通作繞　嬈韻會亂也苛擾也　撓韻會曲也或作採　懮說文牛柔譊也

按以上二十六音齊齒呼

音韻闡微　卷九　十七篠　圭

卅九

文　元

# 十八巧

肴上聲○舊三十一巧

按廣韻集韻皆三十一巧。宋劉淵改為十八巧。

見二絞廣韻古巧切集韻吉巧切今用紀巧切○說文縊也集韻縛也亦姓又國名　狡說文少狗也集韻猾也疾也　筊廣韻竹索也　攪說文亂也集韻或作捁　姣集韻好也亦姓　佼廣韻女字韻會好也本作姣亦作妖　鉸集韻交刃刀也　膠韻會膠膠和也又動撓貌　校集韻疾也周禮擊兵細則校一曰柴也　㽱說文腹中急也集韻或作疚　咬集韻聲也　摎集韻摎蓼搜索也

溪二巧廣韻集韻苦絞切今用起絞切○說文技也

疑二齩廣韻集韻五巧切今用擬卯切○說文齧骨也集韻或作[齒+堯]嚙咬

音韻闡微　卷九　十八巧　夫

文　元

知二獠廣韻張絞切集韻竹狡切今用知絞切○韻會戎夷別名或作獠獠

孃二撓廣韻奴巧切集韻女巧切今用你齩切○說文擾也集韻抹也或作摎　獿廣韻擾亂集韻猥也　橈韻會曲木也

幫二飽廣韻集韻博巧切今用補巧切○說文猒也廣韻食多也

並二鮑廣韻薄巧切集韻部巧切今用簿齩切○說文饐魚也廣韻鮑魚又姓　骲廣韻骨鏃　鞄廣韻柔革名韻會柔革工

明二卯廣韻集韻莫飽切今用姥齩切○說文冒也廣韻辰名　昴廣韻星名說文白虎宿星　茆集韻草名鳧葵也　泖廣韻水名在吳華亭縣　媌廣韻好貌集韻或作[illegible]

照二 爪 廣韻集韻側絞切今從之○說文丮也覆手曰爪正韻手足甲也 叉 說文手足甲也集韻或作蚤搔通作爪 瑵 說文車蓋玉瑵集韻或作玌 笊 集韻笊籬竹器 抓 集韻搔也

穿二 煼 廣韻初爪切集韻楚絞切今用楚爪切○廣韻熬也說文作鬻或作𤎅炒 謅 集韻弄言一曰聲也或作訬

牀二 㑿 廣韻集韻士絞切今用作敲切○廣韻㑿㑿長貌

審二 稍 集韻山巧切今用史巧切○集韻漸也 搜 集韻攪搜亂也 橚 說文長木貌集韻或作梢

曉二 嗃 集韻孝狡切今用喜巧切○集韻大呼或作哮

匣二 澩 廣韻集韻下巧切今用奚皎切○廣韻動水聲見郭璞江賦集韻或作㶖 佼 說文交也 摎 集韻亂也見王褒洞簫賦





影二 拗 廣韻集韻於絞切今用倚絞切○集韻拉也 狕 廣韻獸名 鴢 集韻鳥名爾雅鴢頭鵁 怮 集韻懿上也廣韻靴䩕怮亦作靿 窅 集韻深目也或作昆盱曉盼

按以上十五音列於第二等。韻譜例屬開口呼。今多讀作齊齒呼。

# 十九晧

豪上聲○舊三十二晧

按廣韻集韻皆三十二晧。宋劉淵改爲十九晧。

見一 杲 廣韻集韻古老切今用歌襖切○說文明也 暠 廣韻明白也 縞 說文鮮色也集韻細繒 稾 說文稈也集韻或作藁菒蒿 皓 集韻皓皓潔白也 槀 集韻槀本藥草 夰 說文放也 槁 說文木也 櫜 集韻弢也 笴 集韻弓材韻會箭幹或作槁通作槀

溪一 考 廣韻集韻苦浩切今用可襖切○說文老也集韻成也亦姓或作攷 栲 廣韻木名山栲也說文作杻 槀 說文木枯也集韻或作槁 薧 集韻乾也 拷 集韻掠也 燺 廣韻火乾集韻燺也或作熇

疑一 䫣 廣韻集韻五老切今用我老切○廣韻瓜蔓苗頭





端一 倒 廣韻都好切集韻覩老切今用朶襖切○集韻仆也 擣 韻會手推也一曰築也說文作擣或作搗搗捯 禱 說文告事求神也韻會或作禂 島 說文海中往往有山可依止曰島集韻或作隝嶹隯 禂 說文禱牲馬祭也集韻或作騗䮽 檮 集韻斷木

透一 討 廣韻他浩切集韻土晧切今用妥襖切○說文治也集韻求也殺也 套 集韻長大也 槄 集韻木名山楸也

定一 道 廣韻徒晧切集韻杜晧切今用惰老切○說文所行道也廣韻理也路也直也 稻 說文稌也廣韻秔稻又姓 䆃 韻會擇也一曰治粟又䆃禾官名 駣 韻會馬三歲名 纛 韻會翳也舞者所執本作纛或作翿

泥一腦廣韻奴晧切集韻乃老切今用饢老切○韻會頭髓也說文作𡿺集韻或作脳𦢊封惱韻會有所恨痛也說文作㛴集韻或作惱㛴嫐懷磟廣韻碼磟寶石集韻或作瑙碯瑙獿廣韻雌狢集韻雌豹也或作猫獶獿

幫一寶廣韻博抱切集韻補抱切合聲補襖切○韻會珍也或作珤通作葆葆說文草盛貌集韻大也捧上苗也鼓上飾也鴇說文鳥也韻會似鴈而大無後趾或作鴇鴾雉保韻會養也廣韻任也安也守也亦姓說文作保堡集韻隄也墥也或作垛緥說文小兒衣也集韻或作褓狍韻會矢羽也集韻羽五色騂集韻馬名烏驄也或作駂韻會通作鴇

滂一皫集韻滂保切合聲普襖切○集韻毛羽不澤也或作䴚通作犥犥集韻牛白蒼色

音韻闡微 卷九 十九晧 十九

並一抱廣韻薄浩切集韻簿晧切今用簿老切○韻會褢也持也引取也說文作㚿

明一蓩廣韻集韻武道切今用姥老切○集韻草名說文卷耳也一日葆也一日毒草通作䒽媢廣韻夫妒婦也𦯔廣韻細草叢生集韻作𦯔

精一早廣韻集韻子晧切合聲子襖切○說文晨也集韻通作蚤蚤說文齧人跳蟲集韻或作蚤𧍪蛘璪廣韻玉名說文玉飾如水藻之文澡廣韻澡洗集韻璪或作澡璅說文石之似玉者繅集韻文采也通作繰藻繰集韻繰謂之繰一日細色棗集韻木名說文羊棗也亦姓藻韻會水草也說文作藻集韻亦作薻鱢廣韻魚名似鯽雖見山海經轈集韻車飾有華藻也

清一草廣韻采老切集韻采早切合聲此襖切○廣韻百卉也說文作艸集韻亦作屮懆說文愁不安也

慅集韻愁也爾雅慅慅勞也愺廣韻愺恅心亂

從一皁廣韻昨早切集韻在早切今用字老切○集韻黑色一日馬闌一日賤人造集韻作也

心一嫂廣韻集韻蘇老切今用思襖切○韻會兄妻也說文作㛮掃韻會棄也說文作埽燥集韻乾也俗作懆非蓃說文草也爾雅蔜蔜藧集韻或作薆

曉一好廣韻呼晧切集韻許晧切今用黑襖切○說文美也

匣一晧廣韻胡老切集韻下老切今用何老切○說文日出貌昊廣韻昊天說文作昦暤廣韻明也旰也𣈙也亦太皡又姓顥廣韻大也說文白貌集韻或作皓皜㬶暠皜浩說文澆也廣韻浩汗大水貌又姓集韻或作澔灝說文豆汁也集韻灝灝夷曠也鎬說文溫器也韻會地名武王所都滈說文夕雨也集韻水名在鄗韻會水貌鄗集韻邑名在常山或作隔鰝集韻魚名爾雅鰝大鰕薃集韻草名爾雅薃侯莎夰集韻放也見元包經

音韻闡微 卷九 廿九晧 二十

影一襖廣韻集韻烏晧切今用阿考切○集韻袍也燠集韻甚熱也懊集韻恨也或作伕媼說文女老偁也夭集韻少長日夭芺說文草也味苦江南食以下氣麇集韻獸名廣韻麇子蝹廣韻蟲名如猿常地下食人腦跃廣韻跃跳長也

來一老廣韻盧晧切集韻魯晧切今用魯腦切○說文考也集韻七十日老亦姓橑說文椽也廣韻欄也一日蓋骨潦說文雨水大貌獠集韻西南夷謂之獠或作獠僚獠恅廣韻愺恅心亂轑說文蓋弓也集韻輻也䕩說文乾梅之屬集韻或作藔栳廣韻栲栳柳器也集韻或作䇽澇集韻水名

在扶風

**簝** 韻會受肉籠 **翏** 韻會樛蓼搜索也

按以上十九音開口呼。





# 二十哿

歌上聲○舊三十三哿三十四果

按廣韻集韻皆分哿與果爲二韻而律同用。哿爲歌上聲。果爲戈上聲。宋劉淵併爲二十哿。

見一 **哿** 廣韻古我切集韻賈我切今用各我切○說文可也詩哿矣富人 **舸** 廣韻楚以大船曰舸見揚雄方言 **笴** 韻會箭幹 **笴** 集韻笴葢或作笴 **菏** 集韻澤名或作蕳荷

溪一 **可** 廣韻枯我切集韻口我切今用渴我切○說文肯也 **軻** 說文接軸車也集韻轗軻失志 **坷** 集韻坎坷不平一日亭名在盧陵 **岢** 集韻岢嵐山名 **閜** 集韻門傾也

疑一 **我** 廣韻五可切集韻語可切今用莪可切○說文身自謂也廣韻己稱又姓 **硪** 廣韻砐硪山高貌集韻或作峨 **騀** 說文馬搖頭也



端一 **嚲** 廣韻丁可切集韻典可切今用多可切○廣韻垂下貌集韻厚也廣也 **哆** 說文張口也廣韻語聲 **癉** 廣韻勞也又怒也

透一 **袉** 廣韻吐可切集韻他可切今從集韻○廣韻長舒貌

定一 **柁** 廣韻徒可切集韻待可切今用鐸我切○廣韻正舟木也或作舵俗作柂 **拕** 集韻引也或作拖扡佗 **袉** 說文裾也 **爹** 說文爹奢父也廣韻北方人呼父 **沱** 集韻水貌或作沲[illegible]沲 **陊** 廣韻下坂貌又落也集韻本作阤或作陀

泥一 **娜** 廣韻奴可切集韻乃可切今用儺我切○廣韻婀娜美貌 **那** 集韻何也 **儺** 集韻行有節也 **𣃘** 韻會旖𣃘旗旎貌或作旎 **袲** 韻會袲袲衣服長好貌 **橠** 韻會橠橠木茂盛或作難通作儺

精一 左 廣韻臧可切集韻子我切今用子可切○廣韻左右也亦姓說文作ナ 傞 韻會傞傞行不正貌正韻傞傞足偏廢

清一 瑳 廣韻千可切集韻此我切今用此左切○韻會玉色鮮白又美貌集韻或作玼 䰈 說文髮好也

從一 齹 集韻才可切今用賊我切○集韻齒不齊也或作[illegible]

心一 縒 廣韻蘇可切集韻想可切今用思左切○集韻繒鮮潔謂之縒 褨 廣韻衣長貌 娑 廣韻駊娑殿名見班固西都賦

曉一 㰤 廣韻虛我切集韻許我切今用黑可切○廣韻大笑或作[illegible]

匣一 荷 廣韻胡可切集韻下可切今用核我切○廣韻負荷也或作何 苛 韻會急也又小草

影一 娿 廣韻烏可切集韻倚可切今用厄可切○集韻娿娜弱態又姓或作婀 旑 集韻旑旎旌旗貌 檹 集韻檹椸木盛貌 𧙃 集韻𧙃衺衣貌 閜 說文門傾也集韻或作閅 猗 集韻柔貌或作阿 椏 廣韻㰁椏樹斜

來一 砢 廣韻來可切集韻朗可切今用羅我切○集韻衆石貌或作磥 㰁 廣韻㰁椏樹斜 儸 集韻懡儸憜也 攞 廣韻裂也集韻揀也 邏 韻會遮也巡也

按以上哿韻十五音開口呼。

見一 果 廣韻集韻古火切今從之○說文木實也集韻或作菓 裹 說文纏也 蜾 韻會蜾蠃細腰蜂說文作蝸集韻或作蝸 剮 韻會制也廣韻作划 惈 集韻惈敢勇也通作果 輠 集韻車膏器曰輠或作錁



猓 集韻猓然獸名似猴通作果 餜 廣韻餅餜食集韻作餜 倮 韻會盌倮陜隘也通作果

溪一 顆 廣韻集韻苦果切今用苦火切○說文小頭也 堁 廣韻堀堁塵起也 果 集韻飽貌莊子腹猶果然

疑一 妮 廣韻集韻五果切今用五夥切○說文婐妮也集韻弱也好也

端一 朵 廣韻丁果切集韻都果切今用覩火切○說文樹木垂朵朵也集韻或作朶朵 揣 集韻搖也一說度高曰揣或作[illegible] 鬌 集韻剃餘髮或作[illegible] 埵 說文堅土也 崜 集韻山貌或作[illegible] 垜 說文堂塾也 [illegible] 說文禾垂貌 捶 集韻敁捶物輕重也或作敤

透一 妥 廣韻他果切集韻吐火切今從集韻○集韻安也或作綏 橢 集韻木圓而長曰橢一曰車中器通作隋 媠 集韻好也或作嫷 隋 韻會埋祭餘也一曰火裂肉 鰖 集韻魚子已生者 [illegible] 廣韻山長貌集韻或作嶞隓

定一 墮 廣韻徒果切集韻杜果切今用杜夥切○韻會落也說文作陊或作憜隓嫷通作隋 惰 韻會不敬也說文作憜 桗 集韻堂塾一曰射垛或作㮇 鬌 集韻剃餘髮一曰髮美 隓 說文山之隓隓者廣韻山高 隋 說文裂肉也 媠 說文南楚之外謂好曰媠 橢 說文車笭中橢橢器也 篅 集韻箭竹名實中廣韻作䇿 鍺 廣韻車轄又鋅鍺說文作鐼 鰖 說文魚子已生者

泥一 扼 廣韻奴果切集韻努果切今用弩夥切○集韻趙魏之閒謂搦為捰扼 妮 集韻婐妮好貌或作婧

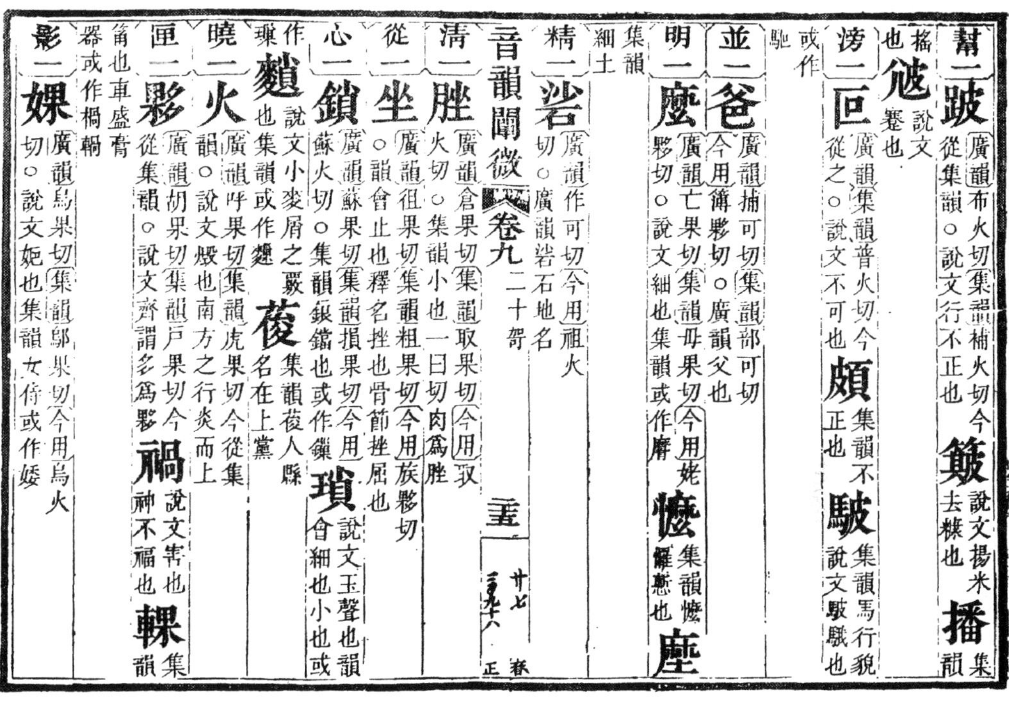

幫一 跛 廣韻布火切集韻補火切今從集韻○說文行不正也 簸 說文揚米去糠也 播 集韻搖也 彼 說文蹇也

滂一 叵 廣韻集韻普火切今從之○說文不可也 頗 集韻不正也 駊 集韻馬行貌說文駊騀也或作駞

並一 爸 廣韻捕可切集韻部可切今用簿夥切○廣韻父也

明一 麽 廣韻亡果切集韻母果切今用姥夥切○說文細也集韻或作麿 懡 集韻懡㦬慙也 塺 集韻細土

精一 硰 廣韻作可切今用祖火切○廣韻硰石地名

音韻闡微 卷九 二十哿 卅五

清一 脞 廣韻倉果切集韻取果切今用取火切○集韻小也一曰切肉爲脞

從一 坐 廣韻徂果切集韻粗果切今用族夥切○韻會止也釋名挫也骨節挫屈也

心一 鎖 廣韻蘇果切集韻損果切今用蘇火切○集韻鋃鐺也或作鏁 瑣 說文玉聲也韻會細也小也或作璅 𪍿 說文小麥屑之覈也集韻或作[illegible] 蓌 集韻蓌人縣名在上黨

曉一 火 廣韻呼果切集韻虎果切今從集韻○說文燬也南方之行炎而上 禍 說文害也神不福也 輠 集韻角也車盛膏器或作楇輠

匣一 夥 廣韻胡果切集韻戶果切今從集韻○說文齊謂多爲夥

影一 婐 廣韻烏果切集韻鄔果切今用烏火切○說文妬也集韻女侍或作婑

來一 裸 廣韻郎果切集韻魯果切今用魯夥切○集韻袒也說文作臝或作躶倮儽 卵 集韻凡物無乳者卵生 蠃 集韻蟲名說文蜾蠃也 蓏 說文在木曰果在地曰蓏集韻有核果無核蓏一說有殼果無殼蓏或作儽蠃 蠡 集韻瘰蠡皮肥也一曰疥病或作𧕕瘰

按以上果韻十九音合口呼。

音韻闡微 卷九 二十哿 卅六

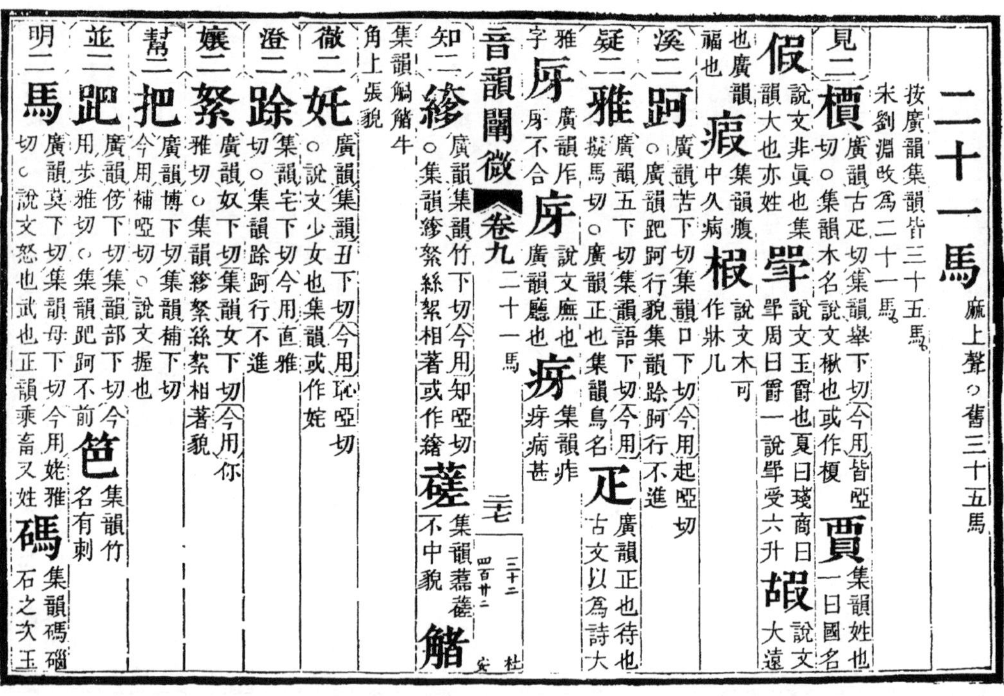

二十一馬 麻上聲○舊三十五馬

按廣韻集韻皆三十五馬。宋劉淵改為二十一馬。

見二 檟 廣韻古疋切集韻舉下切今用皆啞切○集韻木名說文楸也或作榎 賈 集韻姓也一曰國名 假 說文非眞也集韻大也亦姓 斝 說文玉爵也夏曰琖商曰斝周曰爵一說斝受六升 嘏 說文大遠也廣韻福也 瘕 集韻腹中久病 椵 說文木可作牀几

溪二 跒 廣韻苦下切集韻口下切今用起啞切○廣韻跁跒行貌集韻䟻跒行不進

疑二 雅 廣韻五下切集韻語下切今用擬馬切○廣韻正也集韻鳥名 疋 廣韻正也待也古文以為詩大雅字 厊 廣韻厏厊不合 庌 說文廡也廣韻廳也 疨 集韻痄疨病甚

音韻闡微卷九 二十一馬 三七 三十二 四百廿二 杜 安

知二 縿 廣韻集韻竹下切今用知啞切○集韻縿絮絲絮相著或作緒 蒫 集韻藞蒫不中貌 觰 集韻觰觰牛角上張貌

徹二 奼 廣韻集韻丑下切今用恥啞切○說文少女也集韻或作姹

澄二 䟻 集韻宅下切今用直雅切○集韻䟻跒行不進

孃二 絮 廣韻奴下切集韻女下切今用你雅切○集韻縿絮絲絮相著貌

幫二 把 廣韻博下切集韻補下切今用補啞切○說文握也

並二 跁 廣韻傍下切集韻部下切今用步雅切○集韻跁跒不前 笆 集韻竹名有刺

明二 馬 廣韻莫下切集韻母下切今用姥雅切○說文怒也武也正韻乘畜又姓 碼 集韻碼磁石之次玉或作瑪 䣕 廣韻鄌䣕縣名在犍為

照二 鮓 廣韻集韻側下切今用菑啞切○廣韻藏魚也說文作鮺或作䱹鮺 厏 廣韻厏厊不合 痄 集韻痄疨創不合也一曰病甚 苴 韻會土苴和糞草也一曰糟魄一曰不眞物或作苲

穿二 笅 集韻初雅切今用差啞切○集韻竹名

牀二 槎 廣韻士下切集韻仕下切今用乍雅切○說文衺斫也集韻或作柞剳

審二 灑 廣韻砂下切集韻所下切今用史啞切○韻會落也汛也或作洒

曉二 閜 廣韻集韻許下切今用喜啞切○說文大開也 𡁄 集韻笑也見博雅或作𡁄

匣二 下 廣韻胡雅切集韻亥雅切今用諧雅切○廣韻賤也去也後也底也降也說文作丅 夏 廣韻大也又諸夏亦州名 厦 韻會大屋通作夏

音韻闡微卷九 二十一馬 三八 二十九 四百廿九 杜 安

影二 啞 廣韻烏下切集韻倚下切今用倚檟切○廣韻不言也集韻瘖也或作瘂瘂 婭 集韻婭姹作姿

來二 藞 廣韻盧下切集韻呂下切今用羅雅切○集韻藞蒫不中貌一曰藞苴泥不熟 砢 集韻磊砢石貌

按以上十八音列於第二等韻譜例屬開口呼。今多讀作齊齒呼。

見二 寡 廣韻集韻古瓦切今從之○說文少也 冎 說文剔人肉置其骨也集韻或作另剮 枴 集韻老人杖也或作柺

溪二 髁 廣韻集韻苦瓦切今從之○集韻髀骨也或作骻 跨 廣韻腰跨集韻踞跨行不進貌 銙 廣韻帶飾集韻帶具或作鞍鋘 帢 廣韻衿袍也集韻小衫曰帢或作裿 夸 韻會夸夸自大也

疑二 瓦 廣韻集韻五寡切今從之○說文土器已燒之總名 邸 集韻地名在衛

徹二 槼 廣韻集韻丑寡切今用楮寡切○集韻穀名可食一曰莪葵廣韻作槼

穿二 䃀 廣韻叉瓦切集韻楚瓦切今從集韻○集韻石藥雌黃也一曰小石貌

審二 葰 廣韻沙瓦切集韻數瓦切今用所瓦切○集韻葰人縣名在上黨 謏 廣韻強事言語 傻 廣韻傻俏不仁集韻輕慧貌

匣二 踝 廣韻胡瓦切集韻戶瓦切今從集韻○說文足踝也廣韻足骨也 輠 廣韻轂頭轉貌集韻車膏器 觟 說文牝牂羊生角者也廣韻楚冠名 倮 韻會肉袒也或作裸 蘳 說文黃華也

影二 搲 集韻烏瓦切今用烏寡切○集韻吳俗謂手爬物曰搲 [足瓜] 集韻[足瓜]跨行不正

按以上八音合口呼

音韻闡微 卷九 二十一馬 廿九

端四 哆 集韻丁寫切今用底野切○集韻侈口張貌

明四 乜 廣韻彌也切集韻母野切合聲米野切○廣韻蕃姓

精四 姐 廣韻茲野切集韻子野切今從集韻○說文蜀謂母曰姐集韻或作她媎古作毑

清四 且 廣韻七也切集韻淺野切今從廣韻○說文薦也廣韻語辭韻會畧辭 跙 集韻蹴跙足利

從四 担 集韻慈野切今用集野切○集韻取也 姐 集韻彌姐羌族名

心四 寫 廣韻悉姐切集韻洗野切今從集韻○說文置物也韻會摹畫曰寫 瀉 韻會去水也一曰盤形通作寫 [木舄] 廣韻案之別名

邪四 灺 廣韻徐野切集韻似也切今用習野切○說文燭㶳也

照三 者 廣韻章也切集韻止野切今從集韻○說文別事詞也廣韻語助 赭 說文赤土也 堵 廣韻縣名又姓 褚 集韻衣赤也揚雄方言卒謂之褚

穿三 奲 廣韻昌者切集韻齒者切今從集韻○廣韻寬大也 撦 集韻裂也 哆 集韻大貌或作侈拸 [鬼鬼] 韻會醜[鬼鬼]惡也本作醜 奓 韻會張也推開也 趄 韻會距也

審三 捨 廣韻書冶切集韻始野切今從集韻○說文釋也集韻或作舍 騇 廣韻牝馬

禪三 社 廣韻集韻常者切今用市野切○說文地主也集韻周禮二十五家為社亦姓

喻四 野 廣韻羊者切集韻以者切今用矣者切○說文郊外也集韻或作埜壄埜 也 廣韻語助辭之終也

音韻闡微 卷九 二十一馬 三十

冶 廣韻銷也又妖冶亦姓 蠱 集韻腹病一曰媚也 虵 廣韻羌複姓有虵蛭氏

日三 惹 廣韻人者切集韻爾者切今用日野切○廣韻亂也集韻詭也譴也絓也或作惹 若 集韻草乾也一曰若若綏垂貌一曰今人謂弱為若亦姓 喏 集韻應聲或作[illegible]

按以上十三音齊齒呼

# 二十二養 陽上聲○舊三十六養三十七蕩

按廣韻集韻皆分養與蕩為二韻而律同用養為陽上聲蕩為唐上聲宋劉淵併為二十二養

見一 䴚 廣韻各朗切集韻舉朗切今用各黨切○韻會鹽澤也或作酼 吭 集韻趙魏謂陌為吭博雅竟也 犺 集韻犺狠獸名

溪一 慷 廣韻苦朗切集韻口朗切今用可黨切○廣韻慷慨竭誠也或作忼 骯 集韻骯髒體胖

疑一 䭹 廣韻五朗切集韻語朗切今用我朗切○韻會馬驚謂之䭹或作駒駺

端一 黨 廣韻多朗切集韻底朗切今用朶榜切○說文不鮮也廣韻輩也美也累也 讜 集韻善言也或作譡 灙 集韻漭灙水貌 郶 說文地名周禮五百家也集韻或作鄭通作黨 欓 集韻木名越椒也或作䕡



党 韻會党項虜名又姓 儻 集韻助也一曰倜儻卓異貌 攩 說文朋羣也集韻通作黨

透一 曭 廣韻他朗切集韻坦朗切今用安黨切○集韻日無光也 矘 說文目無精直視也 帑 集韻金幣所藏也 儻 韻會倜儻卓異貌又冀也或然之辭也或作黨 曭 韻會月不明 偒 廣韻長貌集韻直也 惝 集韻惝然惝也 踼 集韻申足伏臥 爣 集韻爣烺火貌 灙 集韻灙漭水貌 倘 集韻止貌一曰自失貌

定一 蕩 廣韻徒朗切集韻待朗切今用脣朗切○說文水出河內蕩陰東入黃澤集韻大也放也亦姓 盪 說文滌器也 潒 說文水潒瀁也集韻或作瀁 愓 韻會放也說文作愓或作惕愓 碭 說文文石也 崵 廣韻山名漢高帝隱處集韻或作嵣通作碭 璗 說文金之美者與玉同色集韻或作瑒 簜 說文大竹也 簜 說文大竹筩也集韻盛酒竹器 嵣 廣韻嵣崵山貌

泥一 曩 廣韻奴朗切集韻乃朗切今用雛朗切○說文曏也廣韻久也 灢 廣韻泱灢水不淨 瀼 集韻水流貌或作灢 𣰶 集韻𣯷𣰶毛深亂貌

幫一 榜 廣韻北朗切集韻補朗切今用補黨切○集韻木片也或作牓 蒡 廣韻牛蒡菜集韻作蒡

滂一 髈 廣韻匹朗切集韻普朗切今用普黨切○集韻髈肉也

明一 莽 廣韻模朗切集韻母朗切今從集韻○說文南昌謂犬善逐兔草中為莽廣韻草莽又姓 漭 集韻漭沆水大貌或作[illegible] 𡽫 韻會嵣𡽫山貌或作岾 𣋭 韻會曭𣋭不明也 蟒 韻會大蛇 𨭁 韻會鈷𨭁溫器 𥯭 集韻竹名其節稠



精一 駔 廣韻集韻子朗切今用子黨切○說文牡馬也集韻馬蹲駔也一曰市會 驡 廣韻䮈驡馬容集韻䮈驡良馬 髒 集韻骯髒體胖

清一 蒼 廣韻麤朗切集韻采朗切今用此黨切○集韻莽蒼寒狀一曰近郊之色

從一 奘 廣韻徂朗切集韻在朗切今用字朗切○說文大也从大集韻或作駔 奘 說文妄彊犬也从犬

心一 顙 廣韻蘇朗切集韻寫朗切今用思黨切○說文額也 磉 廣韻柱下石也

曉一 汻 廣韻呼朗切集韻許朗切今用黑黨切○廣韻姓也今涇州有之

匣一 沆 廣韻胡朗切集韻下朗切今用荷朗切○說文莽沆大水也集韻大澤貌一曰沆瀣露氣 蚢 集韻海貝也 吭 韻會咽也或作頏 翃 韻會頡頏飛貌通作頏 骯 集韻骯髒體胖

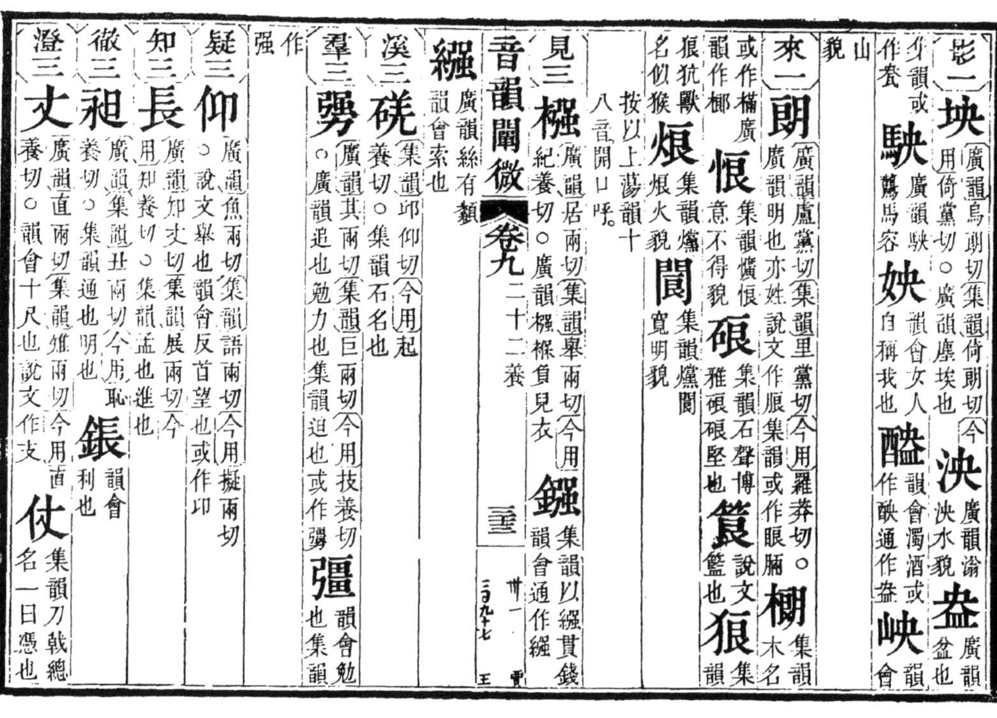

影一 坱 廣韻烏朗切集韻倚朗切今用倚黨切○廣韻塵埃也 泱 廣韻滃泱水貌 盎 廣韻盆也集韻或作瓮 駚 廣韻駚𩣡馬容 姎 韻會女人自稱我也 醠 韻會濁酒或作醃通作盎 岟 韻會山貌

來一 朗 廣韻盧黨切集韻里黨切今用羅莽切○廣韻明也亦姓說文作朖集韻或作眼䑃 㮾 集韻木名或作㮾廣韻作榔 悢 集韻悢悢意不得貌 硠 集韻石聲博雅硠硠堅也 筤 說文籃也 狼 集韻狼犺獸名似猴 烺 集韻爣烺火貌 閬 集韻爣閬寬明貌

按以上蕩韻十八音開口呼。

見三 襁 廣韻居兩切集韻舉兩切今用紀養切○廣韻襁褓負兒衣 鏹 集韻以繈貫錢韻會通作繈





繈 廣韻繈有纇韻會索也

溪三 [illegible] 集韻邱仰切今用起養切○集韻石名也

群三 勥 廣韻其兩切集韻巨兩切今用技養切○廣韻迫也勉力也集韻迫也或作彊 彊 韻會勉也集韻作强

疑三 仰 廣韻魚兩切集韻語兩切今用擬兩切○說文舉也韻會反首望也或作卬

知三 長 廣韻知丈切集韻展兩切今用知養切○集韻孟也進也

徹三 昶 廣韻集韻丑兩切今用耻養切○集韻通也明也 鋹 韻會利也

澄三 丈 廣韻直兩切集韻雉兩切今用直養切○韻會十尺也說文作支 仗 集韻刀戟總名一曰憑也

杖 說文持也韻會殳類

非三 昉 廣韻分罔切集韻甫兩切今用甫罔切○韻會明也始也 倣 韻會效也或作放 瓬 說文周家搏埴之工也 鴋 集韻鳥名說文澤虞也或作鶭

敷三 仿 廣韻妃兩切集韻撫兩切今用撫罔切○說文相似也韻會或作髣髴俗作彷 紡 說文網絲也廣韻績紡 眆 集韻微見也或作眪

微三 罔 廣韻文兩切集韻文紡切今用武紡切○韻會無也 網 韻會庖犧氏所結繩以漁也說文作网通作罔 魍 韻會魍魎山川之精物說文作蛧或作蝄 輞 集韻車輞或作棢 惘 韻會惘㦤失志貌亦皇遽貌通作罔 誷 韻會誣也本作[illegible]通作罔





精四 獎 廣韻即兩切集韻子兩切今用即養切○集韻勸也助也或作將 蔣 集韻草名說文菰蔣也一曰國名亦姓 槳 廣韻檝屬韻會所以隱櫂謂之槳一說前推曰槳後曳曰櫂本作槳或作[illegible]艕 䉃 說文剖竹未去節謂之䉃集韻[illegible]也席也

清四 搶 廣韻七兩切集韻此兩切今用此養切○集韻突也或作抰

心四 想 廣韻息兩切集韻寫兩切今用洗養切○說文冀思也 鯗 廣韻乾魚腊也韻會南人以魚䱑而食之曰鯗或作鱶 欀 集韻木名皮中有米可爲餌

邪四 像 廣韻徐兩切集韻似兩切今用習養切○說文象也廣韻似也集韻通作象 象 正韻大獸長鼻牙三年一乳又形象也肖似也 橡 說文飾也集韻木笄冠者首服 潒 韻會漭潒水急貌 橡 廣韻櫟實

韻會栅實說文作樣 蟓 韻會蟲名食木葉作繭者

照三 掌 廣韻諸兩切集韻止兩切今用止養切○說文手中也 仉 集韻仉督梁四公之名或作佤一說从几者誤

穿二 磢 廣韻初兩切集韻楚兩切今用楚養切○正韻瓦石洗物集韻作𤭛 𤭛 說文磋垢瓦石 搶 廣韻首搶地集韻突也 刺 廣韻皮傷也集韻或作搶 愴 廣韻愴怳失意貌

穿三 敞 廣韻昌兩切集韻齒兩切今用齒養切○說文平治高土可以遠望也集韻開也露也 廠 集韻屋無壁也 氅 廣韻鷩鳥毛也或作鷩 鶬 集韻鳥名見山海經 惝 韻會惝怳驚貌又惝惘失意貌或作惝通作敞

音韻闡微 卷九 二十二養 卅五

審二 爽 廣韻疏兩切集韻所兩切今用所養切○說文明也集韻差也或作𡙁 騻 韻會驌騻良馬或作鷞通作爽 鷞 集韻鷞鳩鳥名鷹也通作爽 縔 集韻屐底綖博雅緉縔絞也 塽 廣韻塽塏高也集韻通作爽 𤭛 廣韻牛瓦

審三 賞 廣韻書兩切集韻始兩切今用始養切○說文賜有功也集韻玩也 鑲 集韻周人謂饋曰鑲或作餉饟

禪三 上 廣韻時掌切集韻是掌切今用市養切○韻會高也一曰升也說文作丄

曉三 響 廣韻集韻許兩切今用喜養切○說文聲也 嚮 集韻兩階閒謂之嚮 享 韻會獻也說文作亯或作亨通作饗鄉 饗 說文鄉人飲酒也 蠁 說文知聲蟲也集韻醯雞名或作蚼 曏 說文不久也韻會明也又前時也 𨶚 集韻門響也

影三 鞅 廣韻於兩切集韻倚兩切今用倚響切○說文頸靼也廣韻牛羈也 怏 廣韻怏悵也集韻不服懟也 詇 說文早知也集韻問也 柍 韻會屋中央一曰架屋貌又木名梅也 駚 廣韻駚騖馬貌集韻駚傘獸跳踏自撲也 岟 廣韻山足集韻山名 佒 韻會偃佒不能俯貌一曰守分歸一謂之佒

喻四 養 廣韻餘兩切集韻以兩切今用矣兩切○說文供養也集韻育也亦姓 痒 集韻㾀欲搔也或作癢 懩 韻會心所欲也通作癢 瀁 韻會滉瀁水貌或作漾瀁 蛘 廣韻蟻名集韻或作蟻蛘

來三 兩 廣韻良奬切集韻里養切今從集韻○說文二十四銖爲一兩韻會再也偶也或作㒳 緉 說文屨兩枚也韻會緉縔絞也通作兩 魎 正韻魍魎山川精物說文作蛧蜽集韻或作良閬通作兩 掚 韻會飾也

音韻闡微 卷九 二十二養 卅六

見周禮環人注通作兩 裲 集韻衣名博雅裲襠謂之袙腹 倆 集韻伎倆巧也

日三 壤 廣韻如兩切集韻汝兩切今用汝養切○說文柔土也 穰 韻會豐也 攘 正韻擾也浩攘繁冗也 𦢅 正韻盛肥曰𦢅亦作孃 躟 廣韻躟躟行疾貌集韻或作儴 蠰 集韻蠰谿蟲名土蠭也 𥗽 集韻雌黄之惡者 蘘 廣韻蘘荷菜爲菹集韻草名博雅蘘荷蓀也 瀼 集韻水淤也或作瀼 禳 集韻祭名

按以上養韻二十五音。共分三等。居第二等者。按譜宜作開口呼。今多讀作合口呼。其居第三等第四等者爲齊齒呼。惟輕脣數音。宜屬合口呼。

見二 廣 廣韻集韻古晃切今用古慌切○說文殿之大屋集韻闊也

溪二 **曠** 廣韻邱晃切集韻苦晃切今用苦廣切○廣韻大也寬也怨也 **爌** 廣韻爌朗寬明也又火光集韻或作熿爣 **壙** 韻會壙也穴也一曰壙埌原野迥貌

曉二 **慌** 廣韻呼晃切集韻虎晃切今用虎廣切○集韻昏也或作㤺怳恍芒荒 **謊** 廣韻夢言也博雅忽也 **朚** 廣韻朦朧月不明貌 **晄** 廣韻日旱熱也集韻作䀮

匣二 **晃** 廣韻胡廣切集韻戶廣切今從集韻○韻會明也說文作晄或作爌煌熿爣 **皝** 廣韻人名前燕慕容皝也 **幌** 廣韻帷幔也 **榥** 韻會書牀 **滉** 韻會滉瀁水深廣貌或作潢洸瀇 **櫎** 說文所以几器集韻所以帷屏風之屬一曰兵欄或作橫

影二 **㳹** 廣韻烏晃切集韻鄔晃切今用烏廣切○廣韻大水集韻水名在譙郡 **瀇** 廣韻水深廣貌

音韻闡微 卷九 二十二養 卅七

見三 **獷** 廣韻居往切集韻俱往切今用舉枉切○集韻犬獷獷不可附一曰縣名在漁陽 **迋** 集韻欺也

按以上蕩韻五音合口呼。

或作逛

**俇** 集韻遠行也或作徨

溪三 **恇** 集韻邱往切今用去枉切○集韻懼也

羣三 **俇** 廣韻集韻求往切今用巨往切○集韻惶遽也

曉三 **怳** 廣韻許昉切集韻詡往切今用許枉切○說文狂之貌韻會敞怳也又怳惚不明貌或作芒慌

影三 **枉** 廣韻紆往切集韻嫗往切今用紆怳切○廣韻邪曲也亦姓說文作桂 **泩** 集韻泩陶縣名在鴈門或作汪泩

喻三 **往** 廣韻于兩切集韻羽兩切今用羽怳切○韻會之也說文作徃或作迬泩 **暀** 廣韻德也是也韻會光美也又祭祀之豐也或作皇集韻作暀

按以上養韻六音列於三等例屬撮口呼。今皆讀作合口呼。

音韻闡微 卷九 二十二養 卅八

# 音韻闡微卷十

## 二十三梗 庚上聲○舊三十八梗三十九耿四十靜

按廣韻集韻皆分梗耿靜爲三韻而律同用。梗爲庚上聲。耿爲耕上聲。靜爲清上聲。宋劉淵併爲二十三梗。

見二 **梗** 廣韻集韻古杏切今用歌冷切梗韻○廣韻直也又桔梗藥名集韻略也荒也正韻塞也 **哽** 說文語爲古所介也韻會咽塞也通作鯁 **鯁** 說文魚骨也廣韻刺在喉 **骾** 說文食骨留咽中也集韻或作腰正韻通作鯁 **綆** 說文汲井綆也集韻或作統 **挭** 集韻攪也本作揯 **埂** 說文秦謂阬爲埂集韻堤封謂之埂 **郠** 說文琅邪莒邑見左傳 **耿** 廣韻集韻古幸切今從之借用歌冷切耿韻○說文耳箸頰也韻會光也介也又國名又姓



溪二 **伉** 集韻苦杏切今用可梗切梗韻○集韻健力也 **摼** 集韻擊鐘也

端一 **打** 廣韻德冷切集韻都令切今從廣韻梗韻○集韻擊也○按此字五音集韻併於知母依廣韻集韻切腳宜屬端母

知二 **盯** 廣韻集韻張梗切今用知梗切梗韻○集韻䁅盯直視

澄二 **瑒** 廣韻徒杏切集韻丈梗切今用直冷切梗韻○廣韻祀宗廟圭名長一尺二寸

孃二 **檸** 廣韻集韻拏梗切今用你冷切梗韻○集韻木名皮可爲藥

幫二 **絣** 集韻必幸切今用補耿切耿韻○集韻急頭也一日布名一日無文綺 **浜** 廣韻布梗切集韻百猛切今用補梗切梗韻○廣韻浦名

滂二 **皏** 廣韻集韻普幸切今用普耿切耿韻○集韻白也見博雅

並二 **⿰亻竝** 廣韻集韻蒲幸切今用簿耿切耿韻○廣韻俱也羅列也或作併集韻亦作竝 **⿰魚竝** 集韻魚名或作鮩 **⿰虫竝** 集韻木蟲名似蛤 **⿰魚丙** 集韻白猛切今用簿猛切梗韻○集韻蟲名 **蠯** 說文蜌也脩爲蠯圜爲蟜集韻或作蠯蜯蚌庳 **蛃** 集韻白魚也見博雅

明二 **猛** 廣韻莫幸切集韻母梗切今用姥冷切梗韻○說文健犬廣韻勇猛又嚴也害也惡也亦姓 **艋** 廣韻舴艋小船 **蜢** 集韻虴蜢蝗類或作蟒 **鯭** 集韻胡鯭蝦蟆通作蜢 **黽** 廣韻武幸切集韻母耿切今從集韻耿韻○集韻蟲名說文鼃黽也 **鼆** 集韻蟲名博雅冥也一日句鼆魯邑也 **鱦** 集韻魚名 **鄳** 說文江夏縣 **䁅** 集韻䁅盯直視



照二 **⿰月爭** 集韻側杏切今用甾梗切梗韻○集韻足跟筋也

穿二 **⿰氵靚** 集韻差梗切今從之梗韻○集韻楚人謂冷曰⿰氵靚

審二 **省** 廣韻集韻所景切今用史梗切梗韻○韻會禁署也省察也又簡也少也又姓 **眚** 說文目病生翳也廣韻過也災也 **渻** 廣韻水名亦邱名見爾雅集韻少減亦姓或作[illegible] **箵** 集韻竹名 **⿸疒省** 集韻瘦謂之⿸疒省或作瘠

匣二 **杏** 廣韻何梗切集韻下梗切今用荷冷切梗韻○說文果也 **荇** 集韻草名韻會萎餘也說文作莕或作荇 **幸** 廣韻胡耿切集韻下耿切今用荷耿切耿韻○韻會吉而免凶也又寵也御也愛也 **倖** 集韻儌倖也一日親也或作婞通作幸 **悻** 集韻悻悻很怒也 **䛭** 集韻言很也

影二 犃 集韻於杏切今用阿梗切梗韻○集韻吳人謂犢曰犃

來二 冷 廣韻集韻魯打切今用羅猛切梗韻○說文寒也韻會淸甚也又姓

按以上十六音開口呼

見三 警 廣韻居影切集韻舉影切合聲紀影切梗韻○說文戒也廣韻寤也 儆 說文戒也集韻或作儆 境 韻會界也本作竟 景 說文光也廣韻大也像也又姓 璥 說文玉也 檠 集韻所以正弓正韻亦作檠 蟼 廣韻蛙屬見爾雅 憼 說文敬也

見四 頸 廣韻居郢切集韻經郢切今用紀郢切靜韻○廣韻項也

羣四 痙 廣韻巨郢切集韻巨井切今用技郢切靜韻○說文彊急也



徹三 逞 廣韻集韻丑郢切今用恥郢切靜韻○說文通也楚謂疾行為逞集韻快也或作呈 騁 說文直馳也 裎 說文袒也廣韻襌衣 悜 廣韻愼悜意不盡也集韻憂也

澄三 程 廣韻集韻丈井切今用直郢切靜韻○廣韻雨後徑也 浧 集韻通流也本作湟

幫三 丙 廣韻兵永切集韻補永切合聲彼影切梗韻○廣韻辰名又光也明也又姓 炳 說文明也集韻或作昞昺 怲 說文憂也 蛃 集韻蟲名蟫也 邴 說文宋下邑廣韻邑名在泰山又姓 鮩 說文蚌也 秉 說文禾束也廣韻執持又十六斗曰籔十籔曰秉又姓 寎 集韻穴也爾雅三月為寎或作㾪 抦 集韻持也或作柄棅通作秉 眪 集韻目明也又人名柳眪見唐書宰相表 陃 集韻人名宋有鮑陃

幫四 餅 廣韻集韻必郢切今用彼郢切靜韻○說文麪餈也集韻或作䴵 併 集韻合和也或作并 屛 說文屛蔽也 鉼 集韻金鈑一曰餔也 庰 說文蔽也集韻或作𢈈庰一曰廁也 䈂 集韻䈂篁車蔽笭 偋 集韻偋偋密貌

明三 皿 廣韻武永切集韻眉永切今用米影切梗韻○說文飯食之用器也 𥁕 說文北方謂地空因以為土穴為𥁕戶 盟 集韻信也坎用牲加書或作盟

明四 眳 廣韻亡井切合聲米郢切靜韻○集韻眳睛不悅 慏 廣韻慏悜意不盡也集韻憂也

精四 井 廣韻集韻子郢切今從之靜韻○正韻田九百畝曰井又井泉又姓說文作丼 郱 集韻郱陘趙魏地山險名

清四 請 廣韻七靜切集韻此靜切今用七郢切靜韻○說文謁也 睛 集韻眳睛不悅貌



從四 靜 廣韻集韻疾郢切今從之靜韻○說文審也集韻謀也 竫 說文亭安也 靖 說文立竫也集韻細貌又姓 婧 集韻竦立貌一曰有才也 穽 廣韻坑也或作阱 狰 集韻獸名似狐也一說章莪山有獸如赤豹一角音若擊石名曰狰 靚 集韻召也一曰女容徐靚

心四 省 廣韻集韻息井切今用洗郢切靜韻○集韻察也審也 渻 說文少減也集韻水出邱前謂之渻邱一曰水名亦姓 惺 廣韻惺悟集韻作惜 箵 集韻笭箵也 篁 集韻䈂篁車蔽笭

照三 整 廣韻集韻之郢切今用止郢切靜韻○說文齊也廣韻正也

影三 影 廣韻於丙切集韻於境切今用倚警切梗韻○韻會物之陰影也本作景葛洪始加彡作影 璟 集韻玉光也或作境

影四 癭 廣韻集韻於郢切今用乙井切靜韻○說文頸瘤也集韻或作賏頸 廮 說文

安止也鉅鹿有廮陶縣　嫈 集韻嫈嫇山貌

喻四 郢 廣韻以整切集韻以井切今用矣領切靜韻○說文故楚都在南郡江陵北十里　梬 說文棗也似柹　涅 廣韻泥也

來四 領 廣韻良郢切集韻里郢切今從集韻靜韻○說文項也　嶺 集韻阪也或作阾　袊 韻會祖飾謂之直袊謂婦人初嫁上服一曰繞袊謂之帬江東通言下裳曰袊見揚雄方言　柃 廣韻木名可染

日三 䮗 集韻如潁切今用日郢切靜韻○集韻馬行疾貌

按以上十五音。齊齒呼。

見二 礦 廣韻集韻古猛切今從之借用古孔切梗韻○廣韻金璞也韻會銅鐵樸石也說文作磺集韻或作鑛𨥥研卝



獷 說文犬獷獷不可附也漁陽有獷平縣　䵃 韻會麥也或作麵通作獷　穬 說文芒粟也集韻稻未舂　懭 韻會悍也

溪二 界 廣韻集韻苦礦切今從之借用苦董切梗韻○廣韻界然舉目也集韻好貌

曉二 澋 集韻呼猛切今用虎礦切借用虎孔切梗韻○集韻水貌又水名見水經注

按以上三音。合口呼。

見三 憬 廣韻集韻俱永切今用舉永切梗韻○說文覺寤也集韻遠行貌　璟 廣韻玉光　囧 廣韻光也　臩 集韻水名一曰日光古作㬇　炅 集韻光也或作耿

溪四 頃 廣韻去潁切集韻犬潁切今從廣韻協用去永切靜韻○集韻田百畝也　檾 集韻草名說文枲屬或作蘔苘　傾 集韻俄傾少選也通作頃

心四 潁 集韻騂潁切今用胥頃切靜韻○集韻足几也

曉三 克 廣韻許永切集韻況永切今從廣韻梗韻○集韻草名

匣三 卝 廣韻呼營切集韻胡猛切今用穴永切梗韻○集韻金玉未成器也　澋 廣韻泂澋水回旋也

影三 䁝 廣韻集韻烏猛切今用紆憬切借用紆隴切梗韻○說文惑也　泂 廣韻泂澋水回旋也　瀅 集韻水淨貌　奣 集韻明也

喻三 永 廣韻集韻于憬切今從之借用羽隴切梗韻○說文長也

喻四 潁 廣韻餘頃切集韻庾頃切今從廣韻靜韻○廣韻水名在汝南亦州名　穎 說文禾末也廣韻穗也又姓　穎 集韻木名一曰錐柄一曰刀環一曰警枕



按以上七音。撮口呼。

# 二十四迥 青上聲○舊四十一迥

按廣韻集韻皆四十一迥

宋劉淵改爲二十四迥

見四 **剄** 廣韻古挺切集韻古頂切今用紀頂切協用紀影切○集韻斷首也

溪四 **謦** 廣韻去挺切集韻棄挺切今用起頂切協用起影切○說文欬也 **綮** 集韻結處也 **漀** 說文側出泉也

疑四 **䁋** 廣韻五頸切集韻研領切今用擬挺切○廣韻直視貌

端四 **頂** 廣韻集韻都挺切今用底醒切協用底影切○說文顚也 **鼎** 說文三足兩耳和五味之寶器也 **奵** 集韻嫇奵自持一曰面平 **耵** 集韻耵聹耳垢 **薡** 集韻薡蕫草名似蒲而細 **酊** 集韻酩酊醉甚



或作仃 **濎** 集韻濎瀅水貌或作瀩 **葶** 廣韻葶藶毒草 **打** 廣韻擊也

透四 **珽** 廣韻他鼎切集韻他頂切今用體頂切協用體影切○廣韻玉名說文大圭長二尺抒上終葵首集韻或作珵 **脡** 集韻脯朐也 **侹** 說文長貌集韻著地一曰代也勇也 **頲** 說文狹頭頲也廣韻直也 **町** 說文田踐處曰町集韻或作圢[illegible] **挺** 集韻直也 **𡈼** 說文善也 **濎** 集韻濎濙水貌

定四 **挺** 廣韻徒鼎切集韻待鼎切今用弟茗切協用弟郢切○說文拔也韻會直也又持也寬也一曰縣名在遼東 **艇** 廣韻小船 **鋌** 說文銅鐵樸也 **梃** 說文一枚也集韻木名 **娗** 說文女出病也廣韻長好貌 **霆** 廣韻疾雷 **莛** 廣韻草莖 **訂** 說文平議也 **脡** 集韻脯胊也 **涏** 集韻洪涏小水一曰波直貌 **蜓** 集韻蟲名爾雅蜓蚞螇螰一名蟪蛄 **町** 集韻鉤町縣名 **汀** 集韻汀瀅泥淖也

泥四 **𩕄** 廣韻集韻乃挺切今用你挺切協用你郢切○集韻頂𩕄也或作顊 **聹** 集韻耵聹耳垢 **濘** 廣韻泥也集韻水貌濎謂之濎濘一曰淖也 **薴** 集韻葶薴毒草

幫四 **鞞** 廣韻集韻補鼎切今用彼頂切協用彼影切○說文刀室也

滂四 **頩** 廣韻匹迥切集韻普迥切今用披頂切協用披影切○廣韻斂容集韻美貌或作艵

並四 **竝** 廣韻蒲迥切集韻部迥切今用陛挺切協用陛郢切○說文併也廣韻比也或作並 **併** 廣韻並立也 **鮩** 廣韻白魚名

明四 **茗** 廣韻莫迥切集韻母迥切今用米挺切協用米郢切○集韻茶晩取者或作榠 **嫇** 廣韻嫇奵自持也集韻面平貌 **瞑** 集韻瞑眸目不明 **酩** 集韻酩酊醉甚或作佲偩通作茗 **眳** 集韻目小也一曰眳



睛不悅也 **溟** 集韻溟涬水貌 **慏** 集韻意不盡也 **冥** 韻會暗也詩維塵冥冥

精四 **婧** 集韻績領切今用即頂切協用即影切○集韻女有才也

從四 **洴** 廣韻集韻徂醒切今用集挺切協用集郢切○廣韻洴濘小水貌

心四 **醒** 廣韻蘇挺切集韻銑挺切今用洗頂切協用洗影切○集韻醉寤也 **惺** 集韻悟也 **箵** 集韻笭箵車笭也 **篂** 集韻篺篂車蔽篁

曉四 **[illegible]** 集韻呼頂切今用喜頂切協用喜影切○集韻鴨[illegible]水鳥

匣四 **悻** 廣韻胡頂切集韻下頂切今用奚挺切協用奚郢切○韻會很也說文作婞集韻或作倖 **脛** 集韻胻也 **涬** 韻會溟涬自然氣也又大水又混茫貌 **[illegible]** 集韻瞑目貌 **[illegible]** 集韻涬冷寒也

影四 巊 廣韻烟涬切集韻烟頂切今用倚頂切○集韻巊[illegible]山高貌 濙 廣韻濙涬大水貌

來四 笭 廣韻力鼎切集韻朗鼎切今用里挺刀協用里郢切○廣韻箵笭籠也 罟 廣韻罟罜小網

按以上十八音。齊齒呼。

見四 熲 廣韻古迥切集韻畎迥切今用畢迥切協用畢永切○說文火光也 炯 說文光也 炅 說文見也廣韻光也 狊 廣韻目驚貌集韻大目也 泂 集韻寒謂之泂或作泂 扃 集韻扃扃明察也

溪四 褧 廣韻口迥切集韻犬迥切今用去迥切協用去永切○說文檾也集韻或作顈 絅 集韻褌也或作絅通作褧 苘 集韻枲屬或作莔蕒 冋 集韻空也

曉四 詗 廣韻集韻火迥切今用許熲切協用許永切○廣韻明悟了知也集韻知處告言也



匣四 迥 廣韻戶頂切集韻戶茗切今用穴熲切協用穴永切○說文遠也 泂 說文滄也集韻或作洞 炯 廣韻光也明也 [illegible] 集韻草名或作熒蔄

影四 濙 廣韻集韻烏迥切今用紆熲切借用紆朧切○集韻洴濙小水貌或作瀅濚瀅 熒 集韻聽熒疑惑也或作瑩

按以上五音。撮口呼。

拯 蒸上聲○舊四十二拯四十三等

按廣韻集韻於迥獨用。拯與等分為二韻而律同用。拯為蒸上聲。等為登上聲。宋劉淵併為二十五拯。而韻會猶仍其舊。後乃併拯等於迥。又非劉淵之韻矣。故今將拯等二韻字分列之。

見一 緪 集韻孤等切今用歌等切○集韻急也一曰大索 㾘 集韻㾘㾘癡也

溪一 肯 廣韻集韻苦等切今用可等切○廣韻可也一曰骨無肉說文作肎

端一 等 廣韻多肯切集韻得肯切今從集韻借用得梗切○廣韻齊也類也比也輩也

透一 [illegible] 集韻他等切今從之○集韻倰[illegible]長貌

定一 䠓 集韻徒等切今用惰肯切借用惰冷切○集韻䠓䠓行貌



泥一 能 廣韻集韻奴等切今用儺等切○集韻夷人語多也 螚 集韻蜂類或作[illegible]

滂一 倗 廣韻集韻普等切今從之○廣韻不肯也 䣙 集韻國名見穆天子傳一曰縣名在扶風鄉名在鄠或作剻

並一 [illegible] 集韻步等切今用蒲等切○集韻山名

明一 瞢 集韻忙肯切今用姥等切○集韻目不明 懵 集韻惽也 [illegible] 集韻㾘癡也

精一 噌 集韻子等切今從之○集韻水田

來一 倰 集韻朗等切今用羅等切○集韻倰[illegible]長貌

按以上等韻十二音。開口呼。

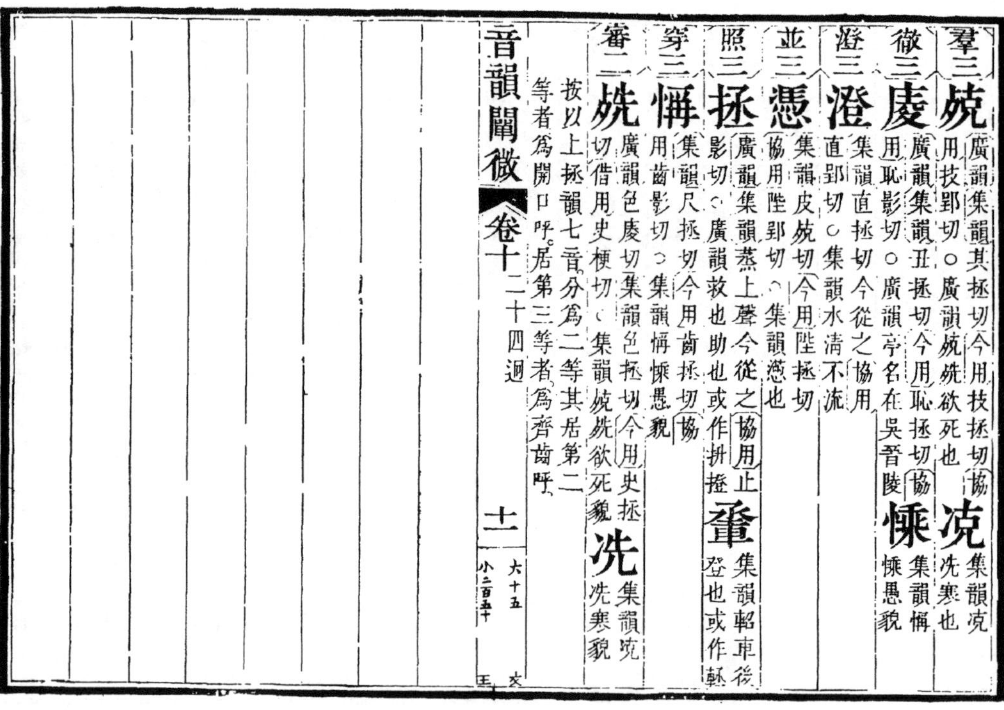

羣三 殑 廣韻集韻其拯切今用技拯切協用技郢切○廣韻殑殑欲死也 况 集韻况况寒也

徹三 庱 廣韻集韻丑拯切今用恥拯切協用恥影切○廣韻亭名在吳晉陵 憴 集韻㥏憴愚貌

澄三 澄 集韻直拯切今從之協用直郢切○集韻水清不流

並三 憑 集韻皮殑切今用陛拯切協用陛郢切○集韻懣也

照三 拯 廣韻集韻蒸上聲今從之協用止影切○廣韻救也助也或作抍撜 䡧 集韻輕車後登也或作軿

穿三 㥏 集韻尺拯切今用齒拯切協用齒影切○集韻㥏憴愚貌

審二 㱡 廣韻色庱切集韻色拯切今用史拯切借用史梗切○集韻殑殑欲死貌 冼 集韻冼冼寒貌

按以上拯韻七音。分為二等。其居第二等者為開口呼。居第三等者。為齊齒呼。



二十五有 九上聲○舊四十四有四十五厚四十六黝

按廣韻集韻。皆分有厚黝為三韻而律同用。有為尤上聲。厚為侯上聲。黝為幽上聲。宋劉淵併為二十六有。後又改為二十五有。

見一 苟 廣韻古厚切集韻舉后切今用歌毆切厚韻○說文草也集韻且也又姓 耇 說文老人面凍黎若垢集韻或作耉 茩 集韻薢茩草名 詬 廣韻恥也集韻厚也或作詢 玽 說文石之次玉者 垢 說文濁也集韻塵也或作坸 笱 說文曲竹捕魚笱也集韻或作罶 狗 正韻犬也 枸 廣韻枸杞集韻本作椈 岣 廣韻岣嶁山巔集韻岣嶁衡山名 鮈 集韻鯷鮈魚名 豿 廣韻熊虎之子集韻通作狗

溪一 口 廣韻苦后切集韻去厚切合聲可毆切厚韻○說文所以言食也又姓 扣 說文牽馬也韻會擊也或作敂通作叩



叩 韻會扣也說文作訽又叩頭稽顙也通作扣 釦 說文金飾器口 竘 廣韻健也集韻巧也博雅治也

疑一 藕 廣韻五口切集韻語口切今用我苟切厚韻○韻會芙蕖根說文作蕅或作藕又儷也適然也通作耦 偶 韻會竝也對也 耦 說文耒廣五寸為伐二伐為耦韻會二人為一耦又姓 髃 說文肩前也集韻或作䯛 甌 廣韻器名博雅缶也

端一 斗 廣韻集韻當口切今用朶毆切厚韻○說文十升也廣韻俗作㪷 枓 廣韻柱上方木集韻枓栱一曰勺也 陡 韻會峻立也本作阧通作斗 抖 集韻抖擻舉索物也 蚪 集韻科蚪蟲名通作斗

透一 黈 廣韻天口切集韻他口切今用安毆切厚韻○廣韻冕前纊也集韻黃色通作黈 妵 說文女字

也廣韻人名左傳有華妵 鈄集韻姓也姓苑宋處州刺史鈄滔

定一 䅋廣韻集韻徒口切今用惰藕切厚韻○廣韻圓草㭒也集韻草名 鋀正韻酒器說文作鋀集韻或作豎 揄正韻引也 𧜼集韻短衣博雅袖也 瓿說文受錢器也古以瓦今以竹

泥一 穀廣韻集韻乃后切今用雔藕切厚韻○正韻乳子亦作㝅楚人謂乳爲㝅

幫一 㨐廣韻方垢切集韻彼口切合聲補毆切厚韻○說文衣上支也集韻或作拊 掊廣韻擊也

滂一 剖廣韻集韻普后切合聲普毆切厚韻○說文判也 蔀集韻暗也小也一曰星名 掊集韻擊也 䯽集韻髮短貌

並一 部廣韻蒲口切集韻薄口切今用泊藕切厚韻○廣韻署也集韻統也界也又姓 培廣韻培塿小阜集韻或作培垺附



瓿說文甂也廣韻瓿甊小罌 蔀集韻草名廣韻蔀菜魚薺也 䏬集韻豕肉醬

錇廣韻小缶廣雅瓶也

明一 母廣韻莫厚切集韻莫後切今用模藕切厚韻○說文牧也集韻象乳子也 拇說文將指也集韻或作胟 畝正韻司馬法六尺爲步步百爲畝秦孝公制二百四十步爲畝說文作畮集韻或作畞 某說文酸果也韻會某者未定之位宅也又凡不知名者皆言某 厶集韻且字也通作某 䳇集韻鸚䳇能言鳥也或作鵡

牡說文畜父也集韻或作牳 㹛廣韻㹛獸名 姆集韻女師也 莽廣韻草莽集韻南昌謂犬善逐兔草中爲莽

精一 走廣韻子苟切集韻子口切合聲子毆切厚韻○廣韻趨也說文作𧺆

清一 趣廣韻倉苟切集韻此苟切合聲此毆切厚韻○集韻促也周禮有趣馬官或作趣 取正韻獲也取予之對 鯫集韻小也正韻白魚 棷廣韻藂也廣雅柴也 掫集韻擊也 娵集韻美女

從一 鯫廣韻仕垢切集韻才垢切今用字藕切厚韻○廣韻魚名集韻小也亦姓

心一 叟廣韻集韻蘇后切今用思毆切厚韻○韻會老也說文作叜集韻或作傁傻 瞍韻會無目也說文作䁉 擻集韻抖擻舉索物也 藪說文大澤也集韻或作棷蓃 籔說文炊箅也廣韻漉米器也韻會十六斗又簍也集韻或作𥲗篍 嗾韻會使犬聲或作嗽䟀 駷集韻搖馬銜走或作駿 廋集韻隈也或作廋 廋集韻隱也 謏集韻誘辭

曉一 吼廣韻呼后切集韻許后切今用呵毆切厚韻○韻會厚怒聲正韻虓聲一曰牛鳴說文作㖦集韻或作呴



㸸廣韻㸸牛子吽也或作㺅

匣一 厚廣韻胡口切集韻很口切今用荷藕切厚韻○韻會山陵之厚也又重也廣也醲也又姓說文作𡋯古作垕 後說文遲也亦姓韻會通作后 后說文繼體君也韻會天子妃曰后又姓 郈說文東平無鹽鄉韻會魯邑又姓 茩集韻草名說文蔛茩也 詬韻會謑詬恥也或作訽

影一 毆廣韻烏后切集韻於口切今用阿苟切厚韻○廣韻擊也或作敺 樞廣韻次衣也集韻編枲頭衣 歐廣韻吐也或作嘔 塸廣韻聚沙 凵集韻山名在陽羨

來一 塿廣韻郎斗切集韻郎口切今用羅藕切厚韻○集韻培塿小阜或作𡐢 ⿰麥婁韻會麰⿰麥婁環餅也 嶁集韻山巔也 甊韻會甂甊罌也 漊韻會通水溝也 簍集韻竹器正韻籠也 謱廣韻

謰謱小兒語集韻謰謱拏也見揚雄方言或作㜕 膢集韻甗膢縣名在蒼梧郡

按以上十九音開口呼。

見三 九廣韻舉有切集韻己有切今用紀有切有韻○說文陽之變也廣韻數也 灸說文灼也 久廣韻長久也 玖廣韻玉名說文石之次玉黑者 韭說文菜名一種而久者故謂之韭集韻或作韮

見四 糾廣韻居黝切集韻吉酉切今用紀酉切黝韻○說文繩三合也廣韻督也恭也急也戾也或作糺 赳說文輕動有才力也廣韻武貌 枓集韻木也見爾雅

溪三 糗廣韻集韻去久切今用起有切有韻○說文熬米麥也集韻或作臬又姓

羣三 臼廣韻其九切集韻巨九切今用技有切有韻○說文舂也古者掘地爲臼其後穿木石廣韻杵臼又姓



舅正韻母之兄弟妻之父皆曰舅婦謂夫之父亦曰舅說文作𦥎 咎說文災也正韻愆也惡也過也 臬說文舂糗也 麔正韻牡麇見爾雅 鮥集韻魚名說文當互也見爾雅 䓘集韻草名 莥集韻草名見爾雅 苜集韻草名

羣四 蟉廣韻渠黝切集韻渠糾切今用極酉切黝韻○廣韻蚴蟉龍貌集韻本作虯

疑三 𪘏集韻牛久切今用擬柳切有韻○集韻齒差也

知三 肘廣韻集韻陟柳切今用知有切有韻○說文臂節也集韻或作朏腈 疛說文小腹痛廣韻或作㽱 扭集韻手轉也一曰按也 𧈫集韻海蟲名似人肘形

徹三 丑廣韻敕久切集韻敕九切今用恥有切有韻○廣韻辰名說文紐也 杻韻會械也說文作杽或作

釨鈕 莥說文鹿藿之實名也

澄三 紂廣韻除柳切集韻丈九切今用直有切有韻○說文馬緧也集韻商辛別號

孃三 狃廣韻女久切集韻女九切合聲你有切有韻○說文犬性驕也廣韻相狎也 紐說文系也集韻結而可解 忸集韻愧也 鈕廣韻印鼻又姓集韻或作𤣱 扭廣韻手轉貌集韻案也 沑集韻溼也 莥爾雅蓾鹿藿其實莥集韻或作蔉莥 杻集韻木名爾雅杻檍似棣細葉材中車輞 泗集韻水名在汝南 妞集韻姓也高麗有之

非三 缶廣韻方九切集韻俯九切今用甫有切有韻○說文瓦器所以盛酒漿秦人鼓之以節謌集韻或作缻 否說文不也集韻口不許也又國名通作不 不廣韻弗也說文鳥飛上翔不下來也 鴀集韻鳥名鴀鳩



也 芣集韻草名芘芣菝也或作缻

敷三 紑廣韻芳否切集韻匹九切今用撫有切有韻○集韻鮮衣也 秠集韻黑黍一稃二米

奉三 婦廣韻房久切集韻扶缶切今用附有切有韻○說文服也从女持帚灑掃也 負說文恃也集韻受貸不償一曰荷也通作偩 偩韻會依也禮記禮樂偩天地之情 阜韻會大陸山無石也又通也盛也說文作𨸏集韻或作𠂤 萯集韻草名說文王萯也 蛗集韻蟲名爾雅蛗螽蠜或作𧕋通作阜 蝜集韻蟓蝜蟲名或作蝂

精四 酒廣韻集韻子酉切今用即酉切有韻○說文就也廣韻酒醴亦姓

從四 湫廣韻集韻在久切今用集酉切有韻○廣韻湫水瀆也集韻隘下也 愀廣韻變色也

心四 滫 廣韻集韻息有切今從之有韻韻會久泔也又溺也或作溞溲。 餿 集韻酒白謂之餿

照二 掫 廣韻集韻側九切今用菑有切協用菑毆切有韻○集韻夜戒守有所擊也或作趣

照三 帚 廣韻之九切集韻止酉切今用止有切有韻○正韻帚箒也集韻或作箒 鯞 廣韻鯫鯞魚名集韻小魚也見爾雅 [犭周] 廣韻猛獸

穿二 [革取] 廣韻初九切集韻楚九切今用差有切協用差毆切有韻○集韻束也或作[革芻]

穿三 醜 廣韻昌九切集韻齒九切今用齒有切有韻○說文可惡也集韻或作魗

牀二 [禾聚] 廣韻集韻士九切今用乍有切協用乍藕切有韻○集韻聚也

審二 溲 廣韻疏有切集韻所九切今用史有切協用史毆切有韻○說文浸渎也集韻或作溲 獀 集韻春獵名國語獀于農隙 醙 集韻白酒也正韻亦作酸 廋 集韻隈也或作廋 颼 集韻颼颼風貌

審三 首 廣韻書九切集韻始九切今用始有切有韻○廣韻頭也始也說文作百或作𩠐 手 說文拳也 守 說文守官也廣韻主守亦姓 狩 韻會冬獵也

禪三 受 廣韻殖酉切集韻是酉切今用市酉切有韻○說文相付也集韻承也 授 說文予也 綬 說文韍維也韻會佩印之組也 壽 說文久也廣韻州名又姓

曉三 朽 廣韻許久切集韻許九切今用喜有切有韻○廣韻腐也說文作歾

影三 [風幼] 廣韻於柳切集韻於九切今用倚九切有韻○集韻緒風謂之[風幼]颼 懮 廣韻懮受舒遲貌詩舒懮

受 今 影四 廣韻集韻於糾切今用乙九切黝韻○說文微青黑色 怮 集韻怮怮憂也 眑 廣韻



幽靜之貌 泑 說文澤在昆崙山下山海經有泑山蓐收居之 岰 韻會山曲貌一 𩶅 說文魚名 蚴 集韻蟲名博雅蚴蛻土蜂一日蚴蟉蘢貌或作螑 [幼欠] 說文歐鼻也

喻三 有 廣韻云久切集韻云九切今用矣柳切有韻○廣韻有無又果也取也質也又也又姓 右 集韻左右手也 友 說文同志爲友 佑 集韻佐佑助也 鴧 廣韻鳥名似雉 栯 廣韻木名服之不妒見山海經

喻四 酉 廣韻與久切集韻以九切今用矣九切有韻○說文就也廣韻飽也老也首也又辰名又姓古作丣 牖 說文穿壁以木爲交窗也 羑 說文進善也廣韻羑里文王所囚處又有羑水並在湯陰又姓 誘 廣韻導也引也教也進也說文作䛻或作誦 卣 集韻中尊也 槱 集韻積木燎之也或作楢梄蕕 庮 說文久屋朽木 輶 集韻輕車也 琇 韻會玉名或作璓 莠 說文禾粟下生草

來三 柳 廣韻力久切集韻力九切合聲里有切有韻○廣韻木名小楊也又姓說文作桺 罶 說文曲梁寡婦之笱魚所留也集韻或作罜窶 茆 集韻草名說文鳧葵也廣韻蒓菜也 懰 廣韻好也 綹 說文緯十縷爲綹集韻絲十爲綸綸倍爲綹 瀏 廣韻流清貌 [風卯] 集韻緒風謂之[風卯]颼或作飀 [鼠卯] 廣韻似鼠而大集韻竹鼠 蟉 集韻蚴蟉蘢貌 嬼 廣韻妖美又嫠婦也 熮 集韻火貌一日灼爛 蓼 集韻糾蓼相引貌 蔞 集韻喪車飾也或作僂輒輶通作柳

日三 蹂 廣韻人九切集韻忍九切今用日有切有韻○廣韻踐也 厹 說文獸足蹂地也 揉 正韻矯揉曲直之也說文作煣集韻或作楺 輮 說文車輞也 沑 說文水利也又溫也 葇 集韻葇名似蘇或作葇 粈 集韻雜飯也或作粈

按以上二十七音。共分三等。其居第二等者。爲開口呼。居第三等第四等者。爲齊齒呼。



# 二十六寑

侵上聲○舊四十七寑

按廣韻集韻皆四十七寑。宋劉淵改爲二十七寑。後又改爲二十六寑。

見三 錦 廣韻集韻居飲切(合聲)紀飲切○正韻織文

溪三 坅 廣韻集韻丘甚切(合聲)起飲切○廣韻坎也 顉 集韻頤曲上曰顉或作頷

羣三 噤 廣韻集韻渠飲切(今用)技飲切○集韻寒閉口也 凚 廣韻寒極也集韻寒貌 唫 說文口急也 ⿰禁欠 集韻人名漢有劉⿰禁欠

疑三 僸 廣韻集韻牛錦切(今用)擬廩切○廣韻頭仰貌集韻或作嬐 吟 集韻噤吟頷頤貌 廞 集韻興也



知三 戡 廣韻張甚切集韻陟甚切(今用)知飲切○廣韻小斫也集韻刺也或作揕 炈 說文下擊上也集韻禁也 抌 說文深擊也集韻楚謂搏曰抌或作㪛 黮 集韻深黑博雅黮黮私也 黕 集韻污也 眈 集韻出頭覘貌

徹三 踸 廣韻集韻丑甚切(合聲)恥飲切○說文踸踔行無常貌集韻或作跈 鍖 集韻鍖鈓聲不進貌 嵁 集韻山高貌 湛 集韻湛潭水貌

澄三 朕 廣韻集韻直稔切(今用)直飲切○集韻我也

孃三 拰 廣韻集韻尼凜切(今用)你飲切○集韻搦也一曰拰搦調弓貌 鈓 集韻鍖鈓聲不進貌或作銋

幫三 禀 廣韻集韻筆錦切(合聲)彼飲切○說文賜穀也韻會與也供也給也受也又受命曰禀俗作稟今俗以白

事爲稾古無此義

滂三 品 廣韻丕飲切集韻丕錦切今從廣韻○說文眾庶也廣韻官品又類也式也法也又姓

精四 醋 廣韻集韻子朕切今用卽飲切○說文歃酒也廣韻小甜也 濅 廣韻漸也漬也集韻地名孫叔敖邑

㾝 集韻痛疾 濅 集韻浸也漸也或作濅

清四 寑 廣韻集韻七稔切今用七飲切○韻會臥也室也說文作寑或作寝 鋟 韻會爪刻也 寖 韻會體陋也或作侵通作寑 梫 廣韻木名桂也說文作梫

從四 蕈 廣韻集韻慈荏切今用集飲切○說文桑萸也廣韻菌生木上

心四 罧 廣韻斯甚切集韻斯荏切今用思飲切○集韻積柴水中以取魚或作槮 伈 韻會伈伈恐貌



照二 顲 集韻側踸切今用菑飲切○集韻頭俯貌

照三 枕 廣韻集韻章荏切合聲止飲切○說文臥所薦首者

穿二 墋 廣韻初朕切集韻楚錦切今用差飲切○集韻土也一曰不清澄或作堪

穿三 瀋 廣韻集韻昌枕切合聲齒飲切○說文汁也集韻或作沈 瞫 集韻人名左傳晉有狠瞫

牀二 𩕄 廣韻集韻士瘁切今用乍飲切○廣韻𩕄顲醜貌集韻本作類 魿 集韻小魚薰也或作鯵

牀三 葚 廣韻集韻食荏切今用食飲切○說文桑實也集韻或作黮椹

審二 瘁 廣韻疏錦切集韻所錦切今用史飲切○廣韻寒病或作瘮 槮 廣韻木實名也集韻積柴水中以取魚

審三 審 廣韻式任切集韻式荏切合聲始飲切○廣韻詳審也亦姓說文作宷 諗 說文深諫也廣韻告也謀也 瞫 說文深視也集韻下視也一曰竊見亦姓或作覘 淰 集韻魚駭貌一曰濁也 沈 集韻國名亦姓或作邥 嬸 集韻俗謂叔母曰嬸 眹 集韻視也 犹 正韻牛名 瀶 集韻瀶淰水流漂疾見郭璞江賦

禪三 甚 廣韻常枕切集韻食荏切今用市飲切○正韻劇過也尤也 訦 廣韻信也 抌 集韻推也見揚雄方言

曉三 廞 廣韻許錦切集韻羲錦切合聲喜飲切○集韻興也或作厥

影三 飲 廣韻集韻於錦切今用倚錦切○正韻歠也飲食也凡可飲者亦謂之飲說文作㱃 喑 集韻喑噫聚氣貌見莊子知北遊篇李軌說



喩四 潭 廣韻集韻以荏切今用矣廩切○廣韻潭濼水動搖貌集韻本作潭濼

來三 廩 廣韻力稔切集韻力錦切今用里飲切○廣韻倉有屋曰廩說文作㐭集韻或作稟通作廩 懍 韻會懼貌 凜 說文寒也集韻或作癛 菻 說文蒿屬又拂菻國名見唐書高仙芝傳集韻或作藘 檁 集韻屋上橫木

日三 荏 廣韻如甚切集韻忍甚切今用日飲切○集韻草名正韻或謂之蘇或謂之荏又柔弱也又荏苒猶侵尋也 飪 說文大熟也集韻或作餁 稔 說文穀熟也 恁 正韻思也念也 衽 正韻衣襟又臥褥亦作袵 棯 集韻木名爾雅還味棯棗或作荵 腍 集韻飪也正韻熟也 姙 說文孕也

按以上二十八音共分三等其居第二等者為開口呼居第三等第四等者為齊齒呼





# 二十七感

覃上聲○舊四十八感四十九敢

按廣韻集韻皆分感與敢為二韻而律同用感為覃上聲敢為談上聲宋劉淵併為二十八感後又改為二十七感

見一 **感** 廣韻集韻古禫切今用歌坎切感韻○說文動人心也 **⿰石感** 韻會以石蓋也一曰石篋封禪所用 **灨** 韻會水名出豫章南康章貢二水合流即其處立縣因以為名或作贑贛 **鱤** 集韻魚名魠也一曰黃頰或作鰔

**敢** 廣韻集韻古覽切今用歌膽切敢韻○韻會進取也說文作敢 **橄** 集韻橄欖果名 **澉** 集韻澉饑味淡 **⿰石敢** 集韻⿰石敢密模未膩大食國酋長名

溪一 **坎** 廣韻集韻苦感切今用可感切感韻○說文陷也集韻或作⿰山臽埳 **欿** 集韻欿然不自滿足意一曰欲得也 **輡** 集韻輡轗車行不平也一曰不得志或作轗 **⿰土感** 集韻⿰土感坷不平



疑一 **顉** 廣韻集韻五感切今用我坎切感韻○說文低頭也集韻或作頷頷 **⿰女酓** 說文含怒也集韻難知也韓詩外傳碩大且⿰女酓 **嵁** 集韻嵁嵒山形或作碪

端一 **膽** 廣韻都敢切集韻覩敢切今用朶敢切敢韻○說文連肝之府 **⿸詹鳥** 集韻鳥名羽青黃色或作⿰詹隹 **黵** 說文大污也梁律有黵面之刑 **薝** 集韻薝棘草名見山海經

**黕** 廣韻集韻都感切今用朶感切感韻○說文滓垢也廣韻黮也 **眈** 廣韻虎視 **紞** 說文冕冠塞耳者 **抌** 廣韻刺也擊也集韻或作抌

透一 **菼** 廣韻集韻吐敢切今用妥喊切敢韻○正韻荻之初生說文作⿱艹剡 **毯** 廣韻毛席 **⿰糸剡** 廣韻義衣說文帛騅色也韻會或作緂黲通作菼 **倓** 正韻安也安然不疑也又恬也靜也

**⿰木覃** 廣韻集韻他感切今從之感韻○說文衣博大 **嗿** 說文聲也正韻眾貌詩有嗿其饁 **醓** 正韻血醢肉醬說文作監集韻或作濫醓

黮說文桑葚之黑也 肬說文肉汁滓也

定一 噉廣韻徒敢切集韻杜覽切今用惰覽切敢韻○廣韻噉食又姓說文作啖集韻或作啗餤嚪 澹廣韻集韻

集韻水皃 淡說文薄味也 憺說文安也集韻或作倓 賧韻會蠻夷贖罪貨 禫廣韻集韻

徒感切今用惰感切感韻○廣韻除服祭名 髧集韻髮垂皃詩髧彼兩髦或作优 贉廣韻買物先入直也

譚廣韻大也又姓 ⿰米覃說文糜和也廣韻糝⿰米覃滓也 醰廣韻長味 嘾說文含深也 窞

說文坎中小坎也集韻旁入也 黮集韻黑也 萏廣韻菡萏荷花未舒說文作蔏集韻或作萏欿 䨵集韻

曲內也揚雄太元經雷推欲䨵 霮集韻霮䨴繁雲左思吳都賦宵露霮䨴或作霮黮 ⿰口甚集韻⿰口甚⿰口甚豐厚皃見

前漢郊祀歌 鐔集韻劍口也

泥一 腩廣韻奴感切集韻乃感切今用儺坎切感韻○廣韻羹肉集韻臛也 湳廣韻水名在西河又姓

喃集韻噆喃嘗也

明一 ⿰女岩廣韻謨敢切集韻母敢切今用姥覽切敢韻○廣韻鄉名在河東猗氏縣

精一 昝廣韻集韻子感切今從之感韻○集韻姓也出蜀郡 寁廣韻速也說文居之速也 揝集韻

手動也或作揝

清一 慘廣韻集韻七感切今用此坎切感韻○說文毒也正韻慍也 憯說文痛也集韻憯也或作磣

噆廣韻銜也 黲說文淺青黑也集韻敗也 懆說文愁不申也集韻通作慘 朁說文曾也

從一 槧廣韻才敢切集韻在敢切今用字覽切敢韻○集韻斷木為槧韻會削版牘也 ⿰朁刂集韻縮肭皃揚

雄太元經晉⿰朁刂蹈 鏨集韻鑴謂之鏨見博雅或作鏩 歜廣韻集韻徂感切今用字感切感韻○集韻昌蒲葅

也或作歜

心一 糂廣韻集韻桑感切今用思感切感韻○說文以米和羹也集韻粒也或作糣糝⿰食參 槮集韻聚柴

木水中魚寒入其裏因以簿圍捕之

曉一 喊廣韻呼覽切集韻虎覽切今用呵敢切敢韻○集韻聲也或作嚂 黴正韻谷開也見郭璞江賦

闞集韻聲大皃 ⿱監土集韻堅土也見周禮草人註或作壏墬 顑廣韻呼唵切集韻虎感切今用呵坎

切感韻○說文飯不飽面黃也廣韻作顑

匣一 頷廣韻胡感切集韻戶感切今用荷坎切感韻○說文面黃也 顄集韻頤也 頜說文顄也



集韻或作⿰口函⿰月含 撼韻會搖也說文作揻 憾韻會恨也 菡說文菡蔄也正韻草木華未發今作菡亦作菡

莟集韻開華也 蜭集韻蟲名說文毛蠹也見爾雅

影一 晻廣韻烏感切集韻鄔感切今用阿感切感韻○說文不明也集韻或作隌暗 黭說文果實黭黯

黑也 黤集韻深黑色或作黯 腤集韻腤腩調飪也 揞廣韻手覆博雅藏也 唵韻會進物也

闇集韻隱晦皃 馣韻會馣馣香也 揜集韻覆取也或作掩

來一 覽廣韻盧敢切集韻魯敢切今用羅敢切敢韻○說文觀也廣韻視也又姓 擥說文撮持也集韻或

作攬擥 欖集韻橄欖果名 壈廣韻集韻盧感切今用羅感切感韻○集韻坎壈不平一曰失志也或作㙳通

作轗 轗韻會輡轗車不進 漤集韻汁也 懍集韻坎懍困極或作懍

按以上十六音。開口呼。



# 二十八琰 鹽上聲○舊五十琰五十一忝五十二儼

按廣韻集韻皆分琰忝儼爲三韻而律同用。琰爲鹽上聲。忝爲添上聲。儼爲嚴上聲。宋劉淵併爲二十九琰。後又改爲二十八琰

見三 **檢** 廣韻集韻居奄切合聲紀掩切琰韻○說文書署也廣韻書檢印窠封題也又檢校又姓 **撿** 集韻東也或作僉 **臉** 集韻頰也 **瞼** 集韻眼瞼也韻會目上下瞼也

見四 **嬐** 廣韻兼玷切集韻兼忝切今用紀點切協用紀掩切忝韻○廣韻竦身貌

溪三 **嵰** 廣韻集韻邱檢切合聲起掩切琰韻○集韻山高貌 **顩** 集韻顩顲面不平也或作顩預 **鼸** 集韻鼠屬說文黔也 **欿** 集韻笑也 **笶** 集韻小竹 **歁** 集韻意不掩也



溪四 **嗛** 廣韻集韻苦簟切今用起忝切協用起掩切忝韻○廣韻猿藏食處集韻鳥獸頰貯食 **歉** 集韻食不飽也一曰不足貌或作鰜通作嗛 **慊** 集韻恨也一曰不滿也一曰愜也 **膁** 廣韻腰左右虛肉處

羣三 **儉** 廣韻集韻巨險切今用技掩切琰韻○說文約也 **芡** 說文雞頭也

疑三 **儼** 廣韻魚掩切集韻魚檢切今用擬險切借用擬儉切儼韻○說文昂頭集韻好貌一曰恭也或作嚴巖 **隒** 說文崖也爾雅重甗隒 **噞** 說文噞喁魚口上見也 **广** 廣韻因巖爲屋 **曮** 集韻日躔謂之曮見淮南子要略 **嬐** 集韻斂疾也 **奸** 集韻婦人齊整貌通作嬐 **嬒** 集韻合怒也 **嶮** 集韻高峻貌 **顩** 說文鹻貌 **礹** 集韻礹礹山石貌 **顲** 集韻顩顲面不平 **[魚僉]** 集韻魚名

端四 **點** 廣韻多忝切集韻多忝切今用底忝切協用底掩切忝韻○說文小黑也 **玷** 韻會玉病又缺也

葴 集韻人名夫子弟子曾葴見史記通作點

透四 忝 廣韻他玷切集韻他點切今用體點切協用體掩切忝韻○說文辱也集韻古作㤐 餂 韻會鉤取也 銛 廣韻取也又銛屬

定四 簟 廣韻徒玷切集韻徒點切今用弟忝切協用弟掩切忝韻○廣韻竹席 扂 韻會戶牡也所以閉戶韓愈進學解椳闑扂楔 驔 說文驪馬黃脊也 橝 韻會屋梠名

泥四 淰 廣韻集韻乃玷切今用泥忝切協用泥掩切忝韻○說文濁也 ⿰女覃 說文下志貪頑也 姌 韻會纖細也

徹三 諂 廣韻集韻丑琰切合聲耻掩切琰韻○韻會諛也一曰面從曰諛佞言曰諂說文作讇



幫三 貶 廣韻方斂切集韻悲檢切合聲彼掩切琰韻○說文損也韻會謫也抑也或作㝸 窆 集韻葬下棺也

明四 ⿱丆叉 廣韻明忝切集韻美忝切今用米忝切協用米掩切忝韻○集韻腦蓋也或作㜆

精四 ⿱次食 廣韻集韻子冉切今用即掩切琰韻○廣韻食薄味也集韻嘗食也或作囊 臉 集韻羹也

清四 憸 廣韻集韻七漸切今用七掩切琰韻○集韻詖也一曰俺憸多意也或作㦰 醶 廣韻醋味博雅酢也 憯 廣韻青忝切集韻此忝切今用七忝切協用七掩切忝韻○集韻痛也

從四 漸 廣韻慈染切集韻疾染切今從集韻協用集掩切琰韻○說文水名廣韻漸次也進也稍也 槧 說文牘樸也 螹 集韻蟲名說文螹離也一曰魚名 鏩 集韻鏩鏩銳進貌揚雄太元經銳鏩鏩 鏨 廣韻小鏨名 山高貌或作嶃 磛 集韻磛礹石貌 嚵 廣韻小食 蔪 說文草相蔪苞集韻或作蘄 ⿰口斬 集韻嶃巖

心四 ⿰糹僉 集韻纖琰切今用洗掩切琰韻○集韻槌紐也 彡 集韻羌姓漢有西羌彡姐見後漢西羌傳 銛 集韻臿屬

邪四 燄 集韻習琰切今用習掩切琰韻○集韻火行微也 棪 集韻木名膠可和香為蘇合 剡 集韻利也

照三 颭 廣韻占琰切集韻職琰切合聲止掩切琰韻○廣韻風吹落水集韻風動物也

審三 陝 廣韻集韻失冉切今用史掩切琰韻○廣韻縣名在弘農亦州名郎虢國之上陽也 閃 說文闚頭門中也 ⿰氵閃 廣韻水動貌集韻流貌或作㵎 睒 說文暫視也集韻或作䀹睒韻會作覢 㨛 集韻疾動貌見潘岳射雉賦



淰 集韻淰躍踊逸也韻會驚貌 夾 說文盜竊懷物也

禪三 剡 廣韻集韻時染切今用市染切琰韻○廣韻縣名屬會稽

曉三 險 廣韻集韻虛檢切合聲喜掩切琰韻○說文阻難也集韻或作嶮 獫 說文長喙犬集韻黑犬黃頭 玁 集韻周謂北夷曰玁狁通作獫 羷 爾雅羊角三觠羷 譣 韻會詖也或作憸

匣四 鼸 廣韻胡忝切集韻下忝切今用奚忝切協用奚掩切忝韻○廣韻鼠名 嗛 集韻鳥頰貯食 㺌 集韻犬吠也

影三 掩 廣韻衣儉切集韻衣檢切今用倚檢切琰韻○說文斂也小上曰掩集韻撫也止也 揜 說文自關以東謂取曰揜集韻覆也 奄 說文覆也大有餘也集韻久也同也亦姓 弇 說文蓋也 閹 集韻閹閹宮中

守門者通作奄 崦集韻崦嵫山名日所入或作嵫 罨廣韻鳥網集韻罜也所以囿魚 ⿰木奄說文椻謂之⿰木奄
⿰奄阝說文周公所誅⿰奄阝國在魯孟子作奄 晻廣韻晻晻日無光 渰說文雲雨貌集韻或作⿱雨奄 黭
集韻果實黑壞 黤集韻黑青也 淹集韻水涯也一曰繅絲出緒也 埯集韻土覆謂之埯 影四
黶廣韻集韻於琰切今用乙檢切琰韻○說文中黑也廣韻面有黑子集韻或作黬黶 魘廣韻睡中魘也集韻
驚夢 檿說文山桑也集韻或作檿通作酓 酓說文酒味苦也 擪廣韻持也 厭集韻閉藏也一
曰厭次地名
喻四 琰廣韻集韻以冉切今用矣斂切琰韻○說文璧上起美色集韻圭之銳上者 剡說文銳利也廣
韻削也亦姓集韻或作掞 燄說文火行微燄燄也 灩韻會瀲灩水滿貌或作灎淊淡 扊集韻關謂之扊



扅 棪廣韻木名實似柰可食 錟韻會利刃也 ⿰犭炎集韻⿰犭炎氏國名見山海經 ⿰火炎集韻火華
也 ⿰耒炎集韻利耜也或作覃
來三 斂廣韻良冉切集韻力冉切今用里冉切琰韻○說文收也 瀲集韻瀲灩水溢貌或作瀲 蘞廣
韻會藥名白蘞也說文作薟 獫集韻犬長喙者 羷廣韻羊角三觠羷也 撿說文拱也 鎌廣韻
廉也又小食也 ⿰糸僉廣韻懸蠶薄也集韻索也 ⿰冫兼集韻冰其薄者⿰冫兼廣雅漬也 來四 溓廣韻力忝
切集韻盧忝切今用里忝切協用里掩切忝韻○集韻恬靖貌一曰小水 稴集韻稻不黏也
日三 冉廣韻集韻而琰切今用日掩切琰韻○廣韻冉冉行貌又姓說文作冄 染說文以繒染爲色廣
韻染色又姓 苒集韻草盛貌一曰荏苒柔木 姌廣韻長好貌說文作⿰女冄 柟集韻木名梅也

音韻闡微 卷十 二十八琰 圭一 王

按以上二十五音。齊齒

# 二十九豏

咸上聲○舊五十三豏五十四檻五十五范

按廣韻集韻皆分豏檻范爲三韻而律同用。豏爲咸上聲。檻爲銜上聲。范爲凡上聲。宋劉淵併爲三十豏。後又改爲二十九豏。

見二 減 廣韻集韻古斬切今用皆喊切豏韻○廣韻損也又姓集韻水名出番條山 鹻 韻會鹹也本作鹼或作䶢

溪二 歉 廣韻苦減切集韻口減切今用楷減切豏韻○集韻不飽也 槏 說文戶也集韻牖邊柱謂之槏或作尿㨼 㦗 集韻意不安也或作傶

疑二 顑 集韻五減切今用擬減切豏韻○集韻面長貌



知二 䶣 集韻竹減切今用知減切豏韻○集韻鹹也

徹二 僴 廣韻集韻丑減切今用恥減切豏韻○集韻凝也 趻 集韻趻踔行不進貌或作踸

澄二 湛 廣韻徒減切集韻丈減切今用直喊切豏韻○說文沒也集韻湛水豫州浸又姓 黮 集韻黮黮果實黑貌 偡 廣韻偡然齊整集韻齊進謂之偡 瘎 集韻病也見揚雄方言

孃二 𦊓 廣韻集韻女減切今用你喊切豏韻○廣韻捕魚網也或作罱 淰 廣韻水無波也 図 集韻縮取物也

照二 斬 廣韻側減切集韻阻減切今用簪喊切豏韻○說文截也

穿二 𦠆 廣韻初減切集韻楚減切今用差喊切豏韻○集韻膁𦠆以豬腸屑椒芥釀鹽爲之 醶 說文酢也

醶 廣韻初檻切集韻楚檻切今用差檻切借用差喊切檻韻○集韻酢也見博雅

牀二 瀺 廣韻集韻士減切今用乍喊切豏韻○集韻瀺灂水聲見司馬相如上林賦 巉 集韻高峻貌本作嶃亦作嶄 儳 集韻不齊也 嚵 集韻小飲 劖 集韻斷也 嵁 集韻仕檻切今用乍檻切借用乍喊切檻韻○集韻高貌

審二 摻 廣韻集韻所斬切今用史喊切豏韻○集韻執也博雅取也 㺑 說文犬容頭進也廣韻㺑猛犬吠集韻賊也 摲 集韻芟也 蔪 集韻芟草木也 鬖 集韻亂髮也 𢷝 廣韻集韻山檻切今用史檻切借用史喊切檻韻○集韻取也

曉二 喊 廣韻呼豏切集韻火斬切今用呵斬切豏韻○廣韻聲也 欿 集韻笑也 㺝 廣韻荒檻切集韻虎檻切今用呵減切檻韻○說文小犬吠南陽新亭有㺝鄉



闞 集韻虎聲 䫲 集韻開貌

匣二 檻 廣韻胡黤切集韻戶黤切今用荷臉切檻韻○說文櫳也廣韻闌也 艦 廣韻禦敵船四方施板以禦矢 轞 集韻車聲通作檻 䡲 集韻車載四通作檻 濫 廣韻泉正出也見爾雅集韻或作濫通作檻 䍂 集韻陶器 壏 集韻堅土也或作㙳 𤢄 集韻大猊謂之𤢄 豏 廣韻集韻下斬切今用荷減切豏韻○廣韻豆半生也 㺌 說文犬吠不止也集韻兩犬爭也 減 集韻耗也

影二 黯 廣韻集韻乙減切今從之豏韻○說文深黑也 黤 集韻黤黮果實黑壞 黬 集韻直聚氣也莊子庚桑楚篇有生黬也 黶 韻會黑痕又人名晉有欒黶集韻或作黡 闇 集韻暗也 黤 廣韻於檻切集韻倚檻切今從集韻借用倚喊切檻韻○說文青黑也 䵘 說文䵘者忘而息也廣韻黃䵘人名

來二 **臉** 廣韻力減切集韻兩減切今用羅減切豏韻○廣韻臉臁羹屬也 **醶** 廣韻醶醶醋味

按以上十五音列於第二等按諧宜作開口呼今多讀作齊齒呼。

溪三 **凵** 廣韻邱犯切集韻口犯切今用起范切協用起掩切范韻○說文張口也

羣三 **拑** 集韻扱范切今用技范切協用技掩切范韻○集韻脅持也

疑三 **冂** 集韻五范切今用擬范切借用擬險切范韻○集韻凵冂張口

徹三 **僴** 廣韻集韻丑犯切今用恥范切協用恥掩切范韻○集韻癡也

非三 **腇** 廣韻府犯切集韻補范切今用甫范切借用甫喊切范韻○廣韻今河東謂疰腫爲腇

敷三 **釩** 廣韻集韻峯范切今用撫范切借用撫減切范韻○集韻器也

奉三 **范** 廣韻防錽切集韻父錽切今用附錽切借用附覽切范韻○說文草也廣韻姓也 **犯** 說文侵也廣韻干也僭也勝也 **範** 廣韻法也常也式也前也 **軓** 說文車軾前也集韻或作軋 **笵** 說文法也竹簡書也集韻通作範范 **蠤** 集韻蟲名博雅蠭也通作范

微三 **錽** 廣韻集韻亡范切今用武范切借用武覽切范韻○集韻馬首飾或作鋄 **夎** 說文闕蓋也

匣三 **槏** 集韻胡犯切今用奚范切借用奚冉切范韻○集韻孟也

按以上九音齊齒呼惟輕脣數音今皆讀作合口呼。

# 一送 東去聲

見二 貢 廣韻集韻古送切合聲固甕切○說文獻功也廣韻薦也又姓 贛 說文賜也韻會端木賜故字子贛通作貢 澒 集韻水名出豫章或作灨通作贛 羾 韻會飛至也見揚雄甘泉賦或作𦐇 𨸝 集韻從𨸝山名在雲南 虹 集韻螮蝀也一曰縣名在沛郡或作𧈪 匵 說文小柸也或作櫝 篢 說文柸茖也集韻盛箸籠

溪一 控 廣韻集韻苦貢切合聲庫甕切○說文引也韻會告也制也 鞚 韻會馬勒也 空 集韻窮也缺也 倥 廣韻倥偬困貌 悾 廣韻誠心 崆 集韻崆峒山深貌

端一 凍 廣韻集韻多貢切合聲妬甕切○韻會冰凍也 棟 說文極也爾雅棟謂之桴 湅 韻會暴雨見爾雅又水名 湩 說文乳汁也 蝀 說文螮蝀也 辣 廣韻獸名似羊一角一目



透一 痛 廣韻集韻他貢切合聲兔甕切○說文病也廣韻傷也又姓

定一 洞 廣韻集韻徒弄切今用渡甕切○說文疾流也集韻通也 慟 說文大哭也廣韻哀過也 恫 廣韻愡恫不得志 峒 廣韻𡽫峒深集韻山參差不齊也一曰山穴通作洞 衕 說文通街也 迵 說文迵迭也廣韻過也 眮 說文吳楚謂瞋目顧視曰眮 詷 集韻諰詷言急一曰同也 胴 廣韻大腸見抱朴子 筒 說文通簫也 絧 廣韻相通之貌集韻鴻絧深遠一曰相連次貌 駧 說文馳駧去也廣韻馬急走也 侗 集韻誠慤貌莊子庚桑楚篇侗然而來

泥一 齈 廣韻集韻奴凍切今用怒甕切○集韻鼻病多涕 癑 說文痛也集韻瘡潰 鬞 集韻鬇鬞髮亂

並一 槰 集韻菩貢切今用步甕切○集韻草木盛貌

明一 幪 廣韻莫弄切集韻蒙弄切今用暮甕切○集韻蓋衣也或作懞 艨 廣韻艨艟戰船 霿 說文天氣下地不應曰霿 溕 集韻微雨也韻會作濛 夢 說文不明也集韻草中曰夢通作瞢○按夢瞢等字五音集韻屬微母今依正韻入明母 瞢 集韻目不明也 鄸 廣韻邑名在曹 㝱 說文寐而有覺也集韻或作𧃖通作夢



精一 糉 廣韻集韻作弄切合聲作甕切○集韻角黍也或作粽 傯 集韻倥傯苦也一曰困貌或作揔 緵 廣韻小魚罟也爾雅緵罟謂之九罭集韻百囊罟或作𦊝總 㚇 集韻鳥斂足也或作猣 鯼 廣韻石首魚

清一 謥 廣韻集韻千弄切合聲措甕切○廣韻謥詷言急 愡 集韻愡恫不得志一曰心急一曰無知貌 樬 集韻擔也

從一 𢿌 廣韻徂送切集韻粗送切今用祚甕切○廣韻𢿌敤不迎自來

心一 送 廣韻集韻蘇弄切合聲素甕切○說文遣也韻會贈行曰送 鬆 集韻鬃鬆髮亂貌 淞 廣韻凍凇冰也集韻冰堅

牀二 剬 廣韻集韻仕仲切今用助甕切○廣韻銛屬

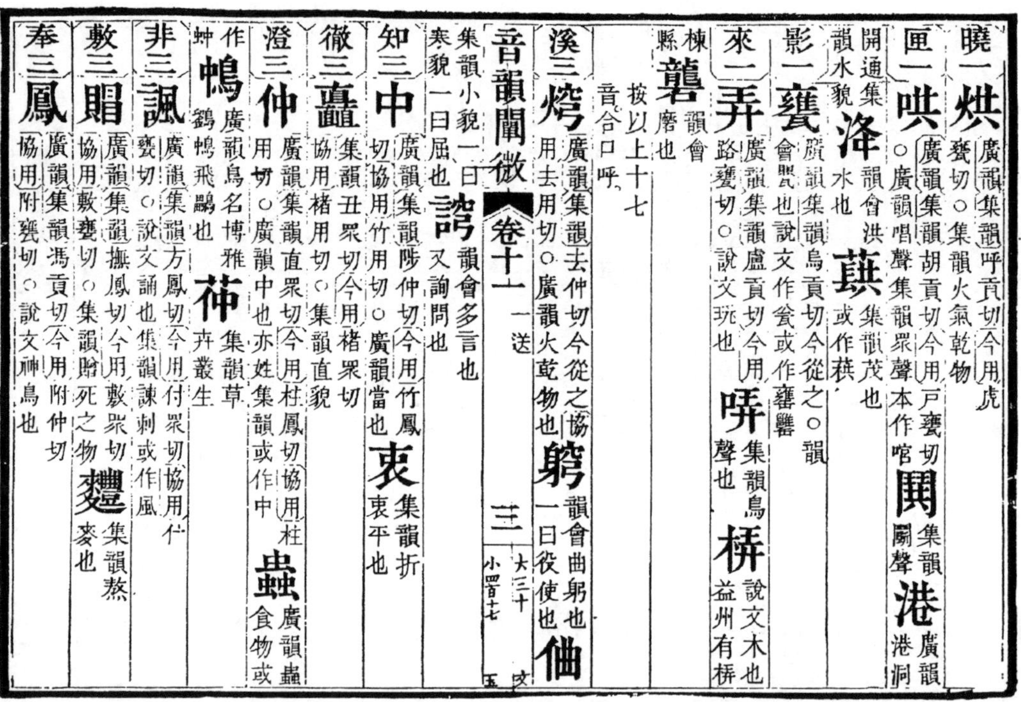

曉一 烘 廣韻集韻呼貢切今用虎甕切○集韻火氣乾物

匣一 哄 廣韻集韻胡貢切今用戶甕切○廣韻唱聲集韻衆聲本作唝 閧 集韻鬭聲 港 廣韻港洞開通集韻水貌 洚 韻會洪水也 蕻 集韻茂也或作葓

影一 甕 廣韻集韻烏貢切今從之○韻會罌也說文作瓮或作罋罌

來一 弄 廣韻集韻盧貢切今用路甕切○說文玩也 哢 集韻鳥聲也 梇 說文木也益州有梇棟縣 礱 韻會磨也

按以上十七音合口呼

溪三 焪 廣韻集韻去仲切今從之協用去用切○廣韻火乾物也 躬 韻會曲躬也一日役使也 㑋 集韻小貌一日寒貌一日屈也 諤 韻會多言也又詢問也





知三 中 廣韻集韻陟仲切今用竹鳳切協用竹用切○廣韻當也 衷 集韻折衷平也

徹三 矗 集韻丑衆切今用楮衆切協用楮用切○集韻直貌

澄三 仲 廣韻集韻直衆切今用杜鳳切協用杜用切○廣韻中也亦姓集韻或作中 蟲 廣韻蟲食物或作蚛

鴨 廣韻鳥名博雅鶴鴨飛鸓也 芇 集韻草卉叢生

非三 諷 廣韻集韻方鳳切今用付衆切協用付甕切○說文誦也集韻諫刺或作風

敷三 賵 廣韻集韻撫鳳切今用敷衆切協用敷甕切○集韻贈死之物 麷 集韻熬麥也

奉三 鳳 廣韻集韻馮貢切今用附仲切協用附甕切○說文神鳥也

清四 趙 集韻千仲切今用取衆切協用取用切○集韻行貌

照三 衆 廣韻集韻之仲切今用注鳳切協用注用切○廣韻多也又姓

穿三 銃 廣韻集韻充仲切今用處衆切協用處用切○集韻斧穿也

曉三 趬 廣韻集韻香仲切今用許衆切協用許用切○說文行也集韻或作踪

按以上十一音撮口呼惟輕脣數音宜屬合口呼

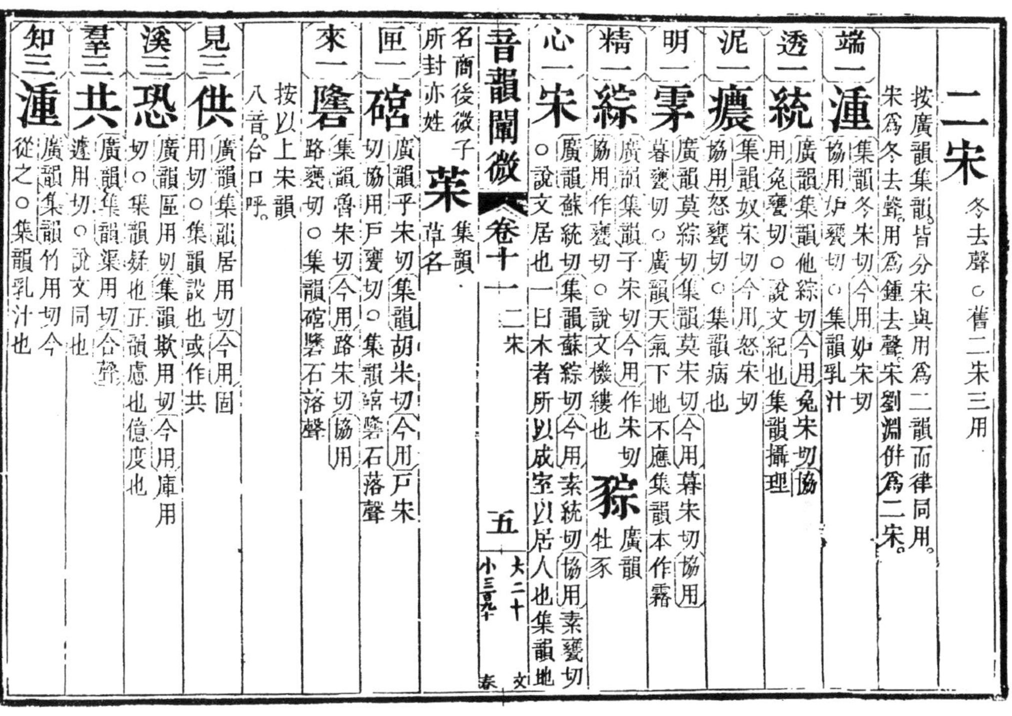

# 二宋 冬去聲○舊二宋三用

按廣韻集韻皆分宋與用爲二韻而律同用。宋爲冬去聲。用爲鍾去聲。宋劉淵併爲二宋。

端一 **湩** 集韻冬宋切今用炉宋切協用炉甕切○集韻乳汁

透一 **統** 廣韻集韻他綜切今用兔宋切協用兔甕切○說文紀也集韻攝理

泥一 **癑** 集韻奴宋切今用怒宋切協用怒甕切○集韻病也

明一 **雺** 廣韻莫綜切集韻莫宋切今用幕宋切協用幕甕切○廣韻天氣下地不應集韻本作霿

精一 **綜** 廣韻集韻子宋切今用作宋切協用作甕切○說文機縷也 **猔** 廣韻牡豕

心一 **宋** 廣韻蘇統切集韻蘇綜切今用素統切協用素甕切○說文居也一曰木者所以成室以居人也集韻地名商後微子所封亦姓 **菜** 集韻草名



匣一 **硡** 廣韻乎宋切集韻胡宋切今用戶宋切協用戶甕切○集韻硡礲石落聲

來一 **礲** 集韻魯宋切今用路宋切協用路甕切○集韻硡礲石落聲

按以上宋韻八音。合口呼。

見三 **供** 廣韻集韻居用切今用固用切○集韻設也或作共

溪三 **恐** 廣韻區用切集韻欺用切今用庫用切○集韻疑也正韻慮也億度也

羣三 **共** 廣韻集韻渠用切合聲遽用切○說文同也

知三 **湩** 廣韻集韻竹用切今從之○集韻乳汁也

徹三 **憃** 廣韻集韻丑用切今用褚用切○集韻愚也

澄三 **重** 廣韻柱用切集韻儲用切今用柱用切○說文厚也集韻再也 **緟** 集韻緰縷也或作種

非三 **葑** 廣韻方用切集韻芳用切今用付用切協用付甕切○集韻菰根也江東有葑田 **封** 集韻爵土也

奉三 **俸** 廣韻扶用切集韻房用切今用附用切協用附甕切○集韻秩祿也或作奉 **縫** 集韻衣會也周官有縫人 **捀** 集韻奉也一曰分而數也

精四 **縱** 廣韻子用切集韻足用切今從集韻○說文緩也集韻舍也或作從 **瘲** 集韻瘛瘲風病

從四 **從** 廣韻疾用切集韻才用切今用聚用切○說文隨行也



邪四 **頌** 廣韻集韻似用切今用敘用切○說文皃也集韻告成功之詩或作額 **誦** 說文諷也 **訟** 說文爭也

照三 **種** 廣韻之用切集韻朱用切今用注用切○廣韻種埴也韻會布之也說文作穜 **踵** 集韻躘踵不能行皃或作偅

穿三 **揰** 集韻昌用切今用處用切○集韻推擊也 **艟** 集韻艨艟戰船

影三 **雍** 廣韻集韻於用切今用紆俸切○集韻地名又姓古作邕 **灉** 廣韻河水決出還入爲灉見爾雅集韻或作澭滙 **壅** 集韻塞也一曰加土封也或作壁廣韻作壅 **鞭** 集韻鞾靭或作鞄 **㯳** 集韻韈靭或作韈

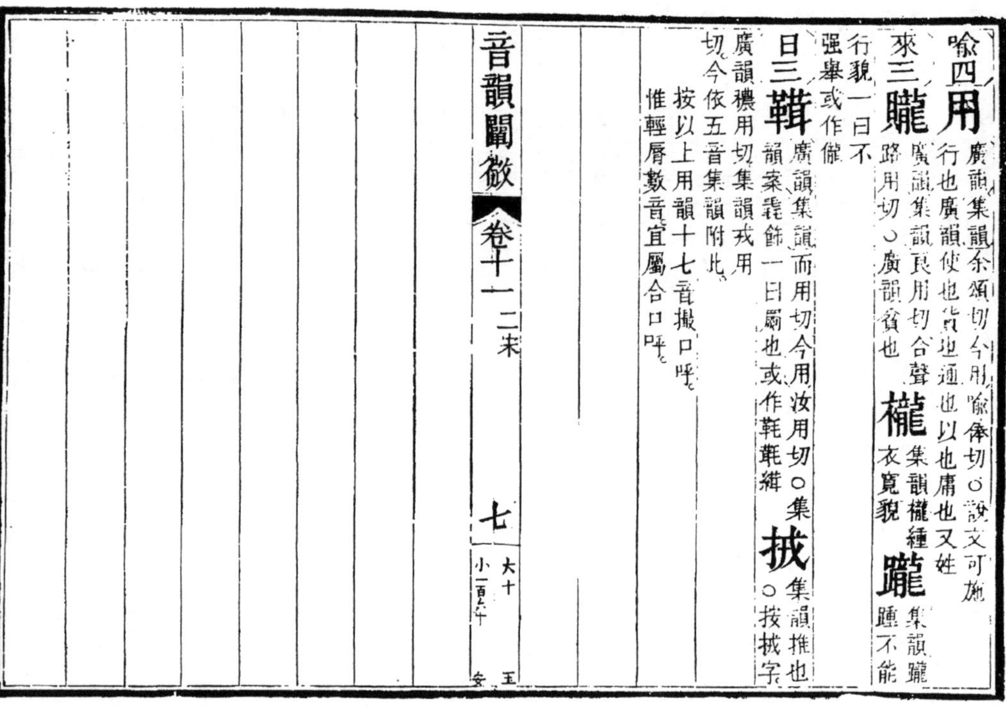

喻四用 廣韻集韻余頌切今用喻俸切○說文可施行也廣韻使也貨也通也以也庸也又姓

來三朧 廣韻集韻良用切合聲 襱 集韻襱褈衣寬皃 矓 集韻矓踵不能行皃一曰不强舉或作儱

日三鞯 廣韻集韻而用切今用汝用切○集韻案毳飾一曰罽也或作毦毧縙 搣 集韻推也○按搣字廣韻穠用切集韻戎用切今依五音集韻附此

按以上用韻十七音撮口呼

惟輕脣數音宜屬合口呼





三絳 江去聲○舊四絳

按廣韻集韻皆四絳宋劉淵改為三絳

見二絳 廣韻集韻古巷切今用記巷切○說文大赤也集韻地名 降 說文下也 洚 集韻水不遵道也 栙 集韻草名爾雅困极栙 虹 集韻螮蝀也一曰縣名

知二戇 廣韻集韻陟降切今用竹絳切○說文愚也集韻或作贛惷

徹二𥊿 廣韻丑絳切集韻丑降切今用褚絳切○集韻直視也或作覴覴䁧 惷 集韻愚皃 瞳 集韻未有知皃

澄二幢 廣韻直絳切集韻丈降切今用杜巷切○廣韻衝城戰車集韻陷陣車 幢 集韻后妃之幨曰幢





艟 廣韻短船名 撞 集韻撞擊也 憧 廣韻戇憧兇頑皃集韻意不定也或作𢡱

孃二鬞 集韻尼降切今用女巷切○集韻鬡鬞髮亂皃

滂二胮 廣韻匹絳切集韻匹降切今用譬絳切○廣韻胮肨臭皃

明二恾 集韻尨巷切今用暮巷切○集韻恾戇愚也

穿二䉶 廣韻楚絳切集韻楚降切今用楚巷切○集韻不耕而種謂之䉶或作𡑞

牀二漴 廣韻士絳切集韻仕巷切今用助巷切○廣韻水所衝也集韻通作淙 淙 集韻水聲或作㴇

審二淙 廣韻色絳切集韻朔降切今用史絳切○廣韻水出皃 䉶 廣韻捍船木也

曉二𢥞 集韻赫巷切今用虎絳切○集韻𢥞憧志氣㵝突

匣二 **巷** 廣韻胡絳切集韻胡降切今用戶絳切○韻會邑中道也廣韻衖巷又姓說文作𨞬集韻或作衖閧

按以上十二音韻譜列於第二等例屬開口呼或為合口呼今於絳巷等字多讀作齊齒呼切韻指南於牙脣喉音註開口餘註合口





# 四寘

支去聲○舊五寘六至七志

按廣韻集韻原分寘至志為三韻而律同用寘為支去聲至為脂去聲志為之去聲宋劉淵併為四寘

見三 **記** 廣韻集韻居吏切今用紀異切志韻○說文疏也廣韻志也 **其** 韻會語己辭或作忌己惎近通作記 **寄** 廣韻集韻居義切今用紀義切寘韻○說文託也 **徛** 廣韻石杠聚石以為步渡 **冀** 廣韻集韻凡利切今用紀肄切至韻○說文北方州也集韻欲也又姓或作兾 **覬** 廣韻覬覦希望集韻或作幾钦 **驥** 說文千里馬也孫陽所相者天水有驥縣集韻通作驥 **[illegible]** 集韻冀及也 **懻** 集韻彊直貌 **[illegible]** 集韻言無次也又人名見宋史宗室表 **穊** 說文稠也集韻或作秫穖 **蔇** 集韻草多貌 見四 **馶** 廣韻集韻居企切今用吉義切寘韻○集韻馬彊也 **翨** 集韻鳥翮說文鳥之彊羽猛者集韻或作翅翍





溪三 **器** 廣韻集韻去冀切今用起肄切至韻○說文皿也廣韻器皿又姓集韻或作噐 **欬** 集韻謦欬言笑也一日俗謂嗽為欬 **掎** 廣韻集韻卿義切今用起義切寘韻○集韻偏引也 **亟** 廣韻集韻去吏切今用起異切志韻○說文敏疾也 **唭** 廣韻唭嶷無聞見也集韻給也 **倛** 集韻倛儗不前 溪四 **棄** 廣韻詰利切集韻磬致切今用乞肄切至韻○集韻捐也或作弃 **企** 廣韻集韻去智切今用乞義切寘韻○說文舉踵也集韻或作[illegible]跧 **跂** 廣韻垂足坐又舉足望也 **蚑** 集韻蟲行貌 **[illegible]** 集韻緣木行博雅[illegible][illegible]行也 羣三 **忌** 廣韻集韻渠記切今用極異切志韻○說文憎惡也廣韻忌諱又畏也敬也止也又姓 **惎** 說文毒也廣韻教也一日謀也集韻或作惎 **諅** 說文忌也廣韻志也集韻或作諆 **誋** 說文誡也廣韻告也信也 **鵋** 廣韻鵋鵙鵂鶹鳥今之角鴟 **綦** 集韻履飾或作綨 **畁** 說文舉也 **芰** 廣韻集韻奇寄切今

用極義切寘韻○說文蔆也韻會兩角爲蔆四角爲芰總謂之水栗 騎 集韻乘馬也又姓 輢 集韻車傍兵所揗處
魃 說文鬼服也一日小兒鬼 暨 廣韻具冀切集韻巨至切今用極肆切至韻○說文頗見也集韻與也
洎 說文灌釜也集韻及也 臮 說文眾詞與也 垍 說文堅土也 塈 廣韻息也又仰塗也說文作墍
鱀 廣韻魚名鼻在頷上

三寘 廣韻集韻宜寄切今用疑詈切寘韻○說文己之威儀也廣韻宜也又姓集韻通作羛誼 羛 說文郡有羛陽縣
議 說文語也集韻謀也 誼 說文人所宜也 [illegible] 集韻周穆王駿馬名韻會白[illegible]馬名見列子
劓 廣韻集韻魚器切今用疑利切至韻○韻會刖鼻也說文作劓 儗 廣韻集韻魚記切今用疑忌切志韻
集韻俱佁不前也 㘈 廣韻哄㘈無聞見也集韻給也一日笑貌 [illegible] 廣韻恐也博雅懼也




四 地 廣韻徒四切集韻徒二切今用迪肆切至韻○說文元氣初分也輕清陽爲天重濁陰爲地萬物所列也
不韻或仝
三 智 廣韻集韻知義切今從之寘韻○廣韻知也又姓說文作㬜集韻或作知 置 廣韻陟吏切集韻竹吏切今用知異切志韻○說文赦也集韻立也
致 廣韻集韻陟利切今用知肆切至韻○說文詣送也韻會至也極也使之也
質 廣韻交質集韻物相贅也或作劕 躓 說文跲也 懫 廣韻止也集韻忿也 疐 說文礙不行也廣韻頓也跲也或作㨷蹥集韻亦作嚏
驇 說文馬重貌廣韻馬腳屈也集韻或作驇 輊 韻會也廣韻車前重也說文集韻或作輖蟄轋摯
懥 廣韻怒也恨也 [illegible] 說文刺也一日刺之財至也集韻搏
駤 集韻馬高大博雅騬駤止也 厎 集韻致也

徹三 屎 廣韻丑利切集韻丑二切今用恥肆切至韻○廣韻屎嚜多詐集韻葽柄也或作枲楖柅 眙 廣韻集韻丑吏切今用恥異切志韻○說文直視也
佁 廣韻佁儗不前 魅 說文厲鬼也集韻或作魃 誎 集韻不知也
懥 集韻怒貌
澄三 [illegible] 廣韻集韻直利切今用直肆切至韻○說文[illegible]韻或作𥠻稚稺穉 治 集韻理也古作乿
緻 說文密也 [illegible] 集韻[illegible]云[illegible]名陰氣閉陽緻密也 遲 廣韻待也 謘 集韻語諄也 [illegible] 廣韻會物
值 廣韻集韻直吏切今用直異切志韻○說文措也廣韻持也捨也當也集韻或作直 植 廣韻種也
集韻搥也
娘三 膩 廣韻集韻女利切今用你肆切至韻○說文上肥也集韻或作膩




幫三 賁 廣韻集韻彼義切今從之寘韻○說文飾也廣韻卦名亦姓 詖 說文辯論也廣韻論詖又慧也
佞也 陂 廣韻傾也 跛 集韻偏任也 貱 說文迻予也廣韻益也 藣 廣韻草名集韻旄也謂箕
箕飾 祕 廣韻集韻兵媚切今用彼肆切至韻○說文神也廣韻密也視也勞也又姓或作秘 毖 說文愼也廣韻
告也一日遠也 閟 說文閉門也韻會深也幽也 [illegible] 韻會弓繼也又弓檠也通作柲 泌 說文俠流也廣
韻泉貌 [illegible] 說文直視也集韻自愧恨曰[illegible] 邲 說文宰之也廣韻好貌 鄪 集韻邑名在魯或作鄪費
胇 粊 說文惡米也集韻或作棐粃 轡 說文馬轡也韻會御馬索或作𩦎 柲 說文欑也廣韻戟柄
或作鉍 潰 集韻人名史記鄭悼公潰 幫四 臂 廣韻集韻卑義切今用筆義切寘韻○說文手上也廣韻
肱也 嬖 集韻賤而得幸曰嬖 [illegible] 集韻水中洲也 蔽 集韻瘠也 畀 廣韻集韻必至切今用筆肆切

至韻○廣韻與也集韻或作拼比說文密也廣韻近也併也庇說文蔭也集韻或作芘痹集韻濕病
也或作疪彈集韻射也萆集韻草名爾雅萆鼠莞可爲席蹕集韻止行也本作趩或作𧼴𥙊
廣韻以豚祠司命也集韻或作肶
滂三帔廣韻集韻披義切今從之寘韻○廣韻衣帔集韻或作被襬濞廣韻集韻匹備切今用披肆切
至韻○說文水暴至聲淠集韻水出汝南弋陽垂山東入淮嚊廣韻喘聲滂四譬廣韻匹賜
切集韻匹智切今用劈義切寘韻○說文諭也集韻或作辟屁廣韻集韻匹寐切今用劈肆切至韻○集韻下出氣
也或作屁宗竄櫝箅說文蔽也所以蔽甑底
並三備廣韻集韻平祕切今用並肆切至韻○說文愼也廣韻具也防也皆也副也成也又姓糒說文



乾也謂乾糇[illegible]廣韻木名出蜀其穗可食鞴正韻車絥也說文作絥集韻或作茯韍葡說文具也
集韻或作糒通作備㒍韻會壯大也一曰迫也又怒也說文作奰[illegible]說文滿也贔集韻贔屭鼇也一曰
雌鼇爲贔廣韻壯士作力貌[illegible]集韻水貌[illegible]廣韻鳥如梟犕廣韻牛具齒集韻牛八歲謂之犕
[illegible]集韻火乾也被廣韻集韻平義切今用並義切寘韻○說文寢衣長一身有半集韻加也髲說文
髮也廣韻頭髲也鞁說文車駕具廣韻裝束鞁馬韻會通作備骳集韻骫骳脛曲並四避廣韻
集韻毘義切今用弼義切寘韻○說文回也集韻或作辟鼻廣韻集韻毘至切今用弼肆切至韻○說文引氣自畀也
庳集韻有庳國名象所封或作畀通作鼻㮰集韻𢄼也一曰無桐之栲爲㮰痺說文足氣不至也
坒說文地相次坒也𡊄集韻配合也揚雄太元經陰陽坒參紕集韻飾也見爾雅枇廣韻

細櫛集韻次也或作笓
明三縻集韻縻寄切今用米義切寘韻○集韻羇縻也靡集韻偃也曳也散也媚廣韻集韻明祕
切今用米肆切至韻○說文說也廣韻嫵媚郿廣韻縣名在岐州𥶻集韻竹名長節深根筍冬生博雅箭
篃䉛也見山海經篃集韻竹名一尺數節葉大如扇蝞集韻蟲名如蝦寄蠃殼中食之益顏魅韻會
老精物也說文作鬽明四寐廣韻彌二切集韻密二切今用密肆切至韻○說文臥也嚜集韻嚜杘欺也
媢廣韻夫妒婦韻會嫉妒也
精四恣廣韻集韻資四切今從之至韻○說文縱也積廣韻集韻子智切今用子縊切寘韻○集韻聚
也[illegible]說文[illegible]積也



清四次廣韻集韻七四切今從之至韻○說文不前不精也廣韻次第也又姓佽說文便利也集韻遞
也助也通作次絘說文績所緝也集韻絘布稅布也見周禮[illegible]集韻鳥名人面如梟[illegible]廣韻蟲似蜘蛛
[illegible]說文用梳比也集韻婦人首股通作次[illegible]廣韻以漆塗器集韻或作髤絲漆刺廣韻集韻七賜
切今從之寘韻○廣韻針刺集韻直傷也朿說文木芒也莿廣韻草木針也集韻或作茦誎說文
數誎也集韻書也通作刺[illegible]廣韻謀也又人名見宋史宗室表庛韻會耒面也周禮考工記車人爲耒庛長
尺有一寸鄭注耒下前曲接耜者或作[illegible]庛蛓說文毛蟲也集韻或作蚝螆蛔蝀蟌
從四自廣韻集韻疾二切今用賊次切至韻○集韻從也己也說文鼻也嫉廣韻妒也漬廣韻
集韻疾智切今用集義切寘韻○說文漚也廣韻浸潤眥說文目匡也集韻或作眦[illegible]說文積也集韻摵頰

旁也或作柴 骴說文鳥獸殘骨曰骴集韻或作𪗒髊殨殐胔 ⿰此欠說文歐也 字廣韻集韻疾置切今用賊寺切志韻○說文乳也集韻文也 孶集韻乳化曰孶 牸集韻牝牛 ⿰言字集韻謟也又人名見宋史宗室表

心四 四廣韻集韻息利切今用思次切至韻○說文陰數也 肆廣韻陳也恣也極也放也又姓說文作𩱦 駟廣韻一乘四馬 泗說文受泲水東入淮集韻州名 柶說文禮有柶柶匕也廣韻角匕 肂廣韻埋棺坎下 貄集韻獸名爾雅貄修毫或作𧳳 蕼集韻草名說文赤蕼也廣韻菫也 賜廣韻集韻斯義切今用思刺切寘韻○說文予也廣韻惠也又姓 澌說文水索也廣韻盡也 ⿰氵賜集韻泄水門一說停水曰⿰氵賜南史有石⿰氵賜 杫廣韻肉机揚雄方言俎机西南蜀漢之郊曰杫 笥廣韻集韻相吏切今用思字切志韻○說文飯及衣之器也 思廣韻念也集韻慮也 伺集韻奄闕也一曰候也或作覗 僿集韻無悃誠貌一曰細碎 司集韻主也



邪四 寺廣韻集韻祥吏切今用習字切志韻○說文廷也有法度者也廣韻司也集韻或作閧 嗣廣韻繼也又姓 飼集韻糧也說文作飤或作食飴

照二 胾廣韻集韻側吏切今用仄異切志韻○說文大臠也 椔集韻木立死也 剚韻會插刀也或 ⿱此長廣韻作鍤傳事 菑集韻植物地中謂之菑或作傳事 扻集韻治髮也莊子庚桑楚篇髍髮而扻 集韻爭義切今用菑義切寘韻○廣韻衣不展也 ⿱此皮廣韻⿱此皮皺皮不展也 笫集韻牀格謂之笫

照三 至廣韻集韻脂利切今用止肆切至韻○廣韻到也 摯說文握持也集韻國名亦姓 贄廣韻執贄也周禮以禽作六贄以等諸臣 鷙廣韻擊鳥說文擊殺鳥也 ⿱執魚廣韻魚名見山海經 礩廣韻柱下石 寘廣韻集韻支義切今從之寘韻○集韻止也置也廢也 忮說文很也集韻懻忮強害也或作伎 觶說文鄉飲酒角也集韻或作觗觝 ⿰多支廣韻多也 ⿰言支集韻不知也又人名見宋史宗室表 志廣韻集韻職吏切今用止異切志韻○說文意也 誌說文記誌也集韻或作識 織集韻織文也或作⿰糸志紩 痣集韻黑子也或作⿰月志

穿二 廁廣韻集韻初吏切今用測異切志韻○說文淸也集韻閒也正韻或作廁

穿三 熾廣韻集韻昌志切今用齒異切志韻○說文盛也 幟集韻旗也或作織熾幟志 哆集韻聲也 埴集韻黏土也或作戴戠 饎說文酒食也廣韻熟食也或作𩝐糦集韻或作𩛃饎 ⿰多卩廣韻集韻充豉切今用齒義切寘韻○說文有大度也集韻慶也或作誃 痓廣韻充自切集韻充至切今用齒肆切至韻○集韻風病博雅惡也



牀二 事廣韻鉏吏切集韻仕吏切今用仕異切志韻○說文職也

牀三 示廣韻集韻神至切今用舌肆切至韻○說文天垂象見吉凶所以示人也 謚說文行之迹也韻會誄行之號以易名也或作諡 沶集韻沶鄉縣名

審二 駛廣韻集韻疏吏切今用師異切志韻○集韻馬行疾也廣韻作駛 使集韻將命者 ⿰豸史集韻江東呼貉爲貏貗或作𧲞 ⿰虫史說文列也 ⿰氵史集韻水名在河南或作浂 屣廣韻集韻所寄切今用師義切寘韻○集韻履不躡跟也一曰徐行不履也或作躧 灑說文汛也廣韻灑埽集韻或作洒 曬說文暴也

韃廣韻靴屬集韻鞮屬或作韃　襹集韻襹襹毛羽衣貌　醨集韻以筐盝酒

審三　試廣韻集韻式吏切今用式異切志韻○說文用也韻會嘗也探也較也　弑集韻殺也自外日戕內日弑　始韻會方始為之也　識韻會記也　翅廣韻集韻施智切今用式義切寘韻○說文翼也集韻過多也或作⿰犭氐　翨集韻鳥之彊羽猛者　啻說文語時不啻也韻會諟也餘也通作翅　施集韻惠也與也　鍦廣韻短矛集韻江淮南楚之閒謂矛為鍦

禪三　侍廣韻集韻時吏切今用石異切志韻○說文承也　蒔說文更別種韻會植立也廣韻或作秲　寺集韻寺人奄官或作閹　嗜廣韻常利切集韻時利切今用石肆切至韻○說文嗜欲喜之也韻會或作耆　視說文瞻也廣韻或作眎眡　豉廣韻集韻是義切今用石義切寘韻○廣韻鹽豉韻會配鹽幽尗也說文作敊集韻或作隄



曉三　戲廣韻集韻香義切今用喜義切寘韻○說文三軍之偏也一日兵也韻會弄也謔也歌也又姓　巇廣韻聲也　嬉廣韻集韻許記切今用喜異切志韻○集韻美姿也　憙說文說也廣韻好也　齂廣韻集韻虛器切今用喜肆切至韻○廣韻鼻息也　呬說文東夷謂息日呬集韻亦作嘽　叩廣韻呻也　屓集韻臥息也　屭韻會贔壯大貌又作力貌本作屃　豷集韻人名寒浞之子或作殪　咥集韻笑也或作唏

曉四　怬集韻許異切今用肸異切志韻○集韻忻也

影三　意廣韻集韻於記切今用衣記切志韻○廣韻志也又姓　鷾集韻鷾鴯鳥名或作⿰意隹　薏韻會薏苡草名一日蓮的中本作蓄　檍集韻木名可為弓幹者　噫集韻痛聲或作譩　懿廣韻集韻乙兾切今從之至韻○說文專久而美也廣韻大也又姓　饐說文飯傷溼也廣韻食傷熟也　鷧集韻鳥名說文鷧也廣韻作鷧　撎集韻俯手拜也或作揖　曀集韻陰而風日曀　倚廣韻集韻於義切今用衣戲切寘韻○集韻因也加也　輢韻會車旁日輢

影四　縊廣韻集韻於賜切今用乙寄切寘韻○說文經也廣韻自經死也

喻四　異廣韻集韻羊吏切今用逸吏切志韻○說文分也廣韻奇也　异廣韻歎也退也舉也　已廣韻過事語詞又去也弃也成也　食集韻人名漢有酈食其審食其　廙廣韻恭也敬也　潩集韻水名在河南密縣大騩山南　䔬集韻草名說文茅也一日連翹　詒集韻遺也亦作貽　肄廣韻集韻羊至切今用逸利切至韻○廣韻習也嫩條也　勩廣韻勞也　殔廣韻假葬於道日殔說文作肂　易廣韻集韻以豉切今用逸詈切寘韻○韻會不難也又治也說文作傷



貤說文重次第物也　袘韻會裳下緣也又衣袖也或作椸裼　施集韻及也進也　⿸尸施廣韻⿸尸施暴面衣見廣雅　敡說文侮也集韻通作易

來三　吏廣韻力置切集韻良志切今用里異切志韻○說文治人者也　裏集韻衣內也　利廣韻集韻力至切今用里肆切至韻○說文銛也廣韻吉也亦州名亦姓　痢廣韻病也集韻下病　莅韻會臨也說文作埭或作涖通作涖　涖廣韻涖涖水聲集韻泣也　浰集韻疾流也　詈廣韻集韻力智切今用里義切寘韻○說文罵也　離廣韻去也　荔集韻草名似蒲而小根可作㕞一日荔支果名　珕廣韻刀飾也集韻蜃屬士佩刀珕琫　⿰麗見集韻視也或作督睞

日三　二廣韻集韻而至切今用耳肆切至韻○說文地之數也古作弍　貳說文副益也集韻疑也或作貣

樲 集韻木名說文酸棗也 餌 廣韻集韻仍吏切今用耳異切志韻○韻會粉餅也說文作䰘 佴 廣韻次也爾雅貳也 珥 說文瑱也廣韻耳飾 眲 廣韻耳目不相信也集韻凡人相輕侮以為無知謂之眲 咡 集韻口旁曰咡 誀 廣韻誘也又人名見宋史宗室表 衈 集韻殺牲血祭名 聏 集韻神聽告饗謂之聏 刵 說文斷耳也 毦 廣韻氅毦羽毛飾也集韻績羽為衣一曰兜鍪上飾 洱 集韻水名在西域 髶 集韻去髮飾

按以上三十二音共分三等其居第二等者為開口呼居第三等第四等者為齊齒呼今於第四等齒頭數音多讀作開口呼

見三 媿 廣韻俱位切集韻基位切今用固位切至韻○說文慚也集韻或作愧 餽 說文吳人謂祭曰餽



騩 說文馬淺黑色 螝 集韻蠶蛹 蔿 廣韻詭偽切集韻居偽切今用固偽切寘韻○說文賁也廣韻賭也 垝 集韻坫也可以庋物一曰毀垣也 庋 集韻疲極也或作勊 攱 集韻掔犯物也或作庋庋 硊 集韻石硊江名在宛陵西 見四 瞡 廣韻集韻規恚切今用谷偽切寘韻○廣韻視也集韻眇視貌 季 廣韻集韻居悸切今用谷位切至韻○說文少稱也廣韻昆季也又姓○按季字廣韻集韻等書俱入合口呼音如貴惟正韻入開口呼音同寄

溪三 喟 廣韻邱愧切集韻邱媿切今用庫位切至韻○說文太息也或作嘳 䰎 說文屈髮也 樻 廣韻紐也韻會經也正韻衣系 䯣 說文𨚗脛間骨也廣韻膝加地也 歸 集韻獨貌 蹪 集韻蹇也見博雅 溪四 觖 廣韻窺瑞切集韻窺睡切今用酷偽切寘韻○廣韻望也

羣三 匱 廣韻集韻求位切今用巨位切至韻○說文匣也廣韻竭也乏也又姓 鐀 正韻匣也集韻作鑎本作櫃 簣 韻會土籠也或作籄聵通作匱 樻 集韻木名說文椐腫節可作杖 蕢 說文草器也集韻或作匱 饋 說文餉也集韻或作歸餽 鞼 說文韋繡也集韻或作韇韇 䩻 集韻馬韁也通作鞼 闠 集韻市門 羣四 悸 廣韻集韻其季切今用局位切至韻○說文心動也 痵 說文氣不定也 猤 廣韻壯勇貌

疑三 僞 廣韻集韻危睡切今用五睡切寘韻○說文詐也

知三 轛 廣韻集韻追萃切今用竹位切至韻○說文車橫幹也廣韻車橫軨集韻或作𣟇 諈 廣韻集韻竹恚切今用竹偽切寘韻○廣韻諈諉累也見爾雅 錘 集韻權也一曰側意



澄三 墜 廣韻集韻直類切今用逐位切至韻○廣韻落也集韻或作隊隊礈隧 懟 說文怨也集韻或作譵 縋 廣韻集韻馳偽切今用逐偽切寘韻○說文以繩有所懸也 槌 集韻懸蠶曲杙說文關東謂之槌關西謂之持 錘 廣韻稱錘或作鎚 硾 集韻鎮也一曰擣量物重也或作倕 甀 廣韻小口罌 膇 集韻足腫也或作尰 腄 廣韻縣名在東萊

嬢三 諉 廣韻集韻女恚切今用女偽切寘韻○說文絫也 錗 說文側意也

精四 醉 廣韻集韻將遂切今用作位切至韻○正韻為酒所酣曰醉集韻潰也 檇 韻會檇李地名或作雋通作醉

清四 翠 廣韻集韻七醉切今用措位切至韻○說文青羽雀也 臎 廣韻鳥尾上肉集韻肥也 濢

廣韻下溼集韻物之小霑溼 綷 集韻綷縩紈素聲

從四 萃 廣韻集韻秦醉切合聲萃位切至韻○說文草貌集韻聚也 顇 說文顦顇也 悴 說文憂也 瘁 廣韻病也 踤 集韻集也揚雄太元經鷙踤于林

心四 邃 廣韻集韻雖遂切今用素位切至韻○說文深遠也集韻或作隧 粹 說文不雜也 睟 廣韻視貌又潤澤貌 誶 說文讓也廣韻言也 祟 說文神禍也 蔧 集韻草名 譢 集韻告也問也又人名見宋史宗室表 䜠 說文相毀也又人名見宋史宗室表 賥 廣韻貨也 澻 廣韻集韻思累切今用素僞切寘韻○廣韻滑也

邪四 遂 廣韻集韻徐醉切今用敘位切至韻○廣韻達也進也成也安也止也往也從志也州名又姓 燧



集韻取火也或作燧 鐩 說文陽燧也集韻取火之鑑也或作鑒 隧 集韻墓道也或作隊隧 㷡 說文塞上亭守㷡火者集韻通作燧 襚 說文衣死人也集韻或作䙑 旞 廣韻羽繫旌上集韻或作旞 璲 集韻佩玉也 繸 集韻綬也所以連繫瑞玉者見爾雅或作䍁 檖 說文羅也韻會陽檖一曰赤羅子似梨小酢可食廣韻作樣 穟 說文禾穗之貌集韻或作䅎 穗 韻會禾成秀說文作采或作𦼴通作穟 䆳 集韻田間小溝也或作㴚通作遂 彗 集韻埽竹也或作篲

照三 惴 廣韻之睡切集韻之瑞切今用朱僞切寘韻○說文憂懼也

穿三 吹 廣韻集韻尺僞切今用處僞切寘韻○集韻噓也 出 廣韻集韻尺類切今用處位切至韻○集韻自內而外也

審二 帥 廣韻集韻所類切今用所位切至韻○廣韻將帥也集韻佩巾也 率 廣韻鳥網也

審三 疢 廣韻釋類切集韻式類切今用恕位切至韻○廣韻病貌集韻腫病見黃帝靈樞經 餟 集韻式瑞切今用恕僞切寘韻集韻小祭也或作稅

禪三 睡 廣韻是僞切集韻樹僞切今從集韻寘韻○說文坐寐 瑞 說文以玉爲信也廣韻祥瑞也符也應也又姓 娷 集韻女字亦姓

曉三 毁 廣韻集韻況僞切今用虎僞切寘韻○廣韻男八歲女七歲而毁齒集韻亂也 豷 廣韻許位切集韻許利切今用虎位切至韻○說文豕息也集韻或作㺔 燹 廣韻火也

曉四 侐 廣韻集韻火季切今用忽位切至韻○廣韻靜也集韻或作佪 睢 廣韻香季切集韻香萃切今用忽位切至韻○廣韻恣睢暴戾集韻自得貌



韻會肆怒貌 婎 廣韻醜也 䁤 集韻恚視也 孈 廣韻集韻呼恚切今用忽僞切寘韻○廣韻過也集韻愚戇多態一日好貌 麾 集韻以旌旗示之曰麾

影三 餧 廣韻集韻於僞切今用烏睡切寘韻○廣韻餧飯也韻會食牛也說文作萎 㱉 集韻益州人取鹿殺而埋地中令臭乃出食之名鹿㱉見禮記註 䍪 說文羊相羵也 骫 韻會骫骳屈曲貌 委 韻會委積牢米薪芻之總名 罻 集韻於位切今用烏謂切至韻○說文捕鳥网也

影四 恚 廣韻集韻於避切今用郁睡切寘韻○說文恨也 烓 集韻行竈

喻三 位 廣韻于愧切集韻于累切今用喻類切至韻○說文列中庭之左右謂之位廣韻正也列也 爲 廣韻集韻于僞切今用喻睡切寘韻○廣韻助也

喻四 遺 廣韻集韻以醉切今用欲類切至韻○廣韻贈也

壝集韻堳埒也　蜼集韻獸名如母猴卬鼻而長尾　䗟集韻蜸䗟神蛇二身同首六足而四羽見則不雨　雟集韻蟲名蛑也　嶲集韻嶲清漢侯國名一曰藥草名　瓗廣韻以睡切集韻弋睡切今用欲睡切寘韻。○廣韻玉名　諉集韻累也　纗廣韻弦中絕也集韻維網中繩

來三　類廣韻集韻力遂切合聲路位切至韻。○說文種類相似唯犬爲甚集韻善也亦姓　涙集韻目液也　蘱集韻草名見爾雅　禷說文以事類祭天神　累廣韻良僞切集韻力僞切今用路僞切寘韻。○集韻事相緣及也或作𥿯

日三　枘廣韻而瑞切集韻而睡切今用汝僞切寘韻。○廣韻內也集韻人心薄言而語謂之秘枘　諉集韻誣諉煩重貌

按以上二十二音共分三等。其居第二等者。爲合口呼。居第三等第四等者。按譜宜作撮口呼。今皆讀作合口呼。



# 五未　微去聲○舊八未

按廣韻集韻皆八未。宋劉淵改爲五未。

見三　既廣韻居豙切集韻居氣切今用紀毅切。○說文小食也集韻已也盡也　漑集韻灌也　暨集韻諸暨縣名在越亦姓　蔇說文草多貌　穊集韻稠也　旡廣韻飲食逆氣不得息也

溪三　氣廣韻去既切集韻丘既切今用起毅切。○廣韻息也韻會雲氣也說文作气集韻或作炁

羣三　⿰酉幾廣韻集韻其既切今用極毅切。○集韻休酒也謂既沐飲酒禮有進⿰酉幾通作機　禨集韻福祥也　幾廣韻未已集韻近也　曁集韻及也　刉集韻刲也　璣韻會珠不圓者　鱀集韻魚名鼻在頟見爾雅

疑三　毅廣韻集韻魚既切今用疑既切。○說文妄怒也集韻有決也　藙韻會煎茱萸說文作藾廣韻作藾　豙廣韻豕怒毛豎也說文作豙

曉三　欷廣韻集韻許既切今用喜毅切。○韻會泣餘聲也亦作唏　餼韻會饋客之芻米說文作氣或作槩既　愾說文太息也　塈集韻仰塗也　熂韻會芟草燒之曰熂　霼廣韻霼霼雲狀　黖集韻不明貌韻會物生貌見左思吳都賦　𧢊集韻居𧢊獸名　摡韻會拭也博雅取也　蔇集韻至也一曰地名在魯　咥說文大笑也　忥說文癡貌集韻靜也息也一曰忥忥喜也　㤅廣韻息也集韻亦作炁㤅通作塈

影三　衣廣韻集韻於既切今用倚既切。○集韻服之也　霼集韻霼霼雲貌

按以上六音。齊齒呼。

見三 **貴** 廣韻居胃切集韻歸謂切合聲固畏切。廣韻尊也高也亦姓說文作貴 **瞶** 廣韻極視集韻目無精也

溪三 **毀** 廣韻集韻丘畏切合聲庫畏切。集韻米一斛舂為八斗廣韻作毇

疑三 **魏** 廣韻魚貴切集韻虞貴切今用誤貴切。集韻地名一曰象魏闕名 **犩** 集韻獸名如牛而大肉數千斤或作[illegible]

非三 **沸** 廣韻方味切集韻方未切合聲付畏切。集韻涫也或作鬻 **誹** 集韻謗也 **芾** 集韻小貌亦姓或作茀 **疿** 廣韻熱生小瘡 **髴** 集韻髣髴髮亂 **炥** 集韻火貌一曰熱氣 **祓** 集韻蠻夷衣也



一曰蔽厀或作紼[illegible]襏 **濆** 集韻泉涌出也

敷三 **費** 廣韻集韻芳未切今用敷畏切。說文散財用也 **靅** 廣韻靉靅雲布狀集韻或作[illegible] **昲** 廣韻日光又乾物也 **[illegible]** 集韻擊仆也

奉三 **屝** 廣韻扶沸切集韻父沸切合聲附胃切。說文履也 **[illegible]** 說文跀也廣韻刖足亦作剕 **厞** 說文隱也廣韻陋也集韻或作[illegible]陫 **痱** 廣韻熱瘡集韻病也或作腓痱 **[illegible]** 集韻目不明也或作[illegible] **翡** 說文赤羽雀也集韻雄曰翡雌曰翠 **狒** 正韻狒狒獸名如人被髮迅走食人說文作[illegible]集韻或作[illegible] **[illegible]** 說文臭蟲負蠜也集韻或作[illegible]通作蜚 **[illegible]** 說文稻紫莖不黏 **菲** 集韻菜名 **黂** 韻會枲實也說文作萉或作蕡黂 **俷** 集韻背也史記燕王策曰無俷德 **蜚** 集韻獸名如牛白首蛇尾或作[illegible] **費** 集韻

姓也 **[illegible]** 集韻怫[illegible]心不安 **蟦** 廣韻蠐螬蟲也見爾雅一

微三 **未** 廣韻集韻無沸切今用物貴切。廣韻辰名韻會六月之辰也 **味** 說文滋味也 **菋** 說文荎藸也見爾雅 **沬** 廣韻水名 **鮇** 集韻魚名見山海經廣韻作鮇 **[illegible]** 廣韻饘也亦作[illegible]

曉三 **諱** 廣韻許貴切集韻詡貴切今用虎畏切。說文誋也 **卉** 集韻草之總名 **泋** 集韻[illegible]泋水貌

影三 **畏** 廣韻於胃切集韻紆胃切今用烏貴切。說文惡也韻會忌也怯也或作威 **尉** 廣韻候也又持火所以申繒也又姓說文作㷉俗作熨 **慰** 說文安也集韻恚怒也 **罻** 說文捕鳥網也 **犚** 集韻牛名爾雅牛黑耳犚或作犩 **蔚** 說文牡蒿也集韻草木盛貌 **霨** 集韻雲起貌 **褽** 說文衽也集韻薦也 **螱** 集韻飛螘見爾雅或作[illegible] **[illegible]** 集韻茺[illegible]草名益母也通作蔚 **瑋** 集韻瑰瑋珍琦也



喻三 **胃** 廣韻集韻于貴切今從之。韻會穀府也又西方宿名說文作胃或作[illegible] **謂** 說文報也韻會與之言 **[illegible]** 廣韻怫[illegible]不安也博雅忼慨也 **媦** 說文楚人謂女弟曰媦 **緭** 說文繒也 **緯** 說文織橫絲也廣韻經緯又姓 **煟** 廣韻火光 **渭** 廣韻水名亦州名 **[illegible]** 集韻魚名如蛇文見山海經 **彙** 正韻類也茂也又蟲名又與蝟同 **蝟** 正韻蟲似豪豬而小集韻或作[illegible]猬

按以上十音。韻譜俱屬撮口呼。今皆讀作合口呼。

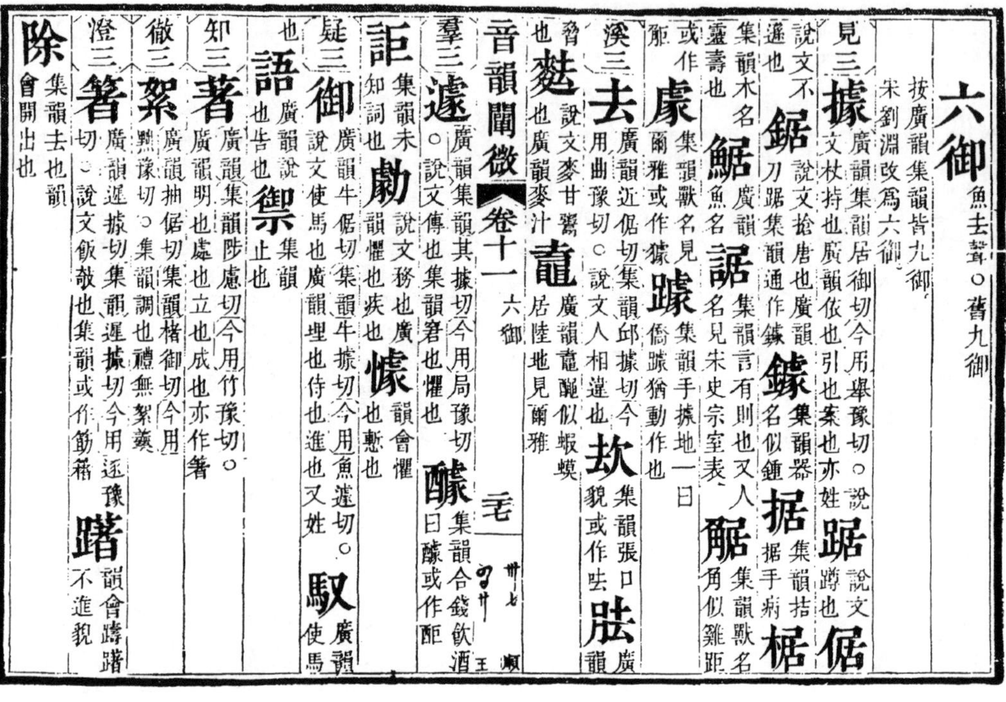

六御 魚去聲○舊九御

按廣韻集韻皆九御，宋劉淵改爲六御。

見三 據 廣韻集韻居御切今用舉豫切○說文杖持也廣韻依也引也案也亦姓 踞 說文蹲也 倨 說文不遜也 鋸 說文搶唐也廣韻刀踞集韻通作鐻 鐻 集韻器名似鍾 据 集韻拮据手病 椐 集韻木名靈壽也 [illegible] 廣韻魚名 [illegible] 集韻言有則也又人名見宋史宗室表 [illegible] 集韻獸名角似雞距或作[illegible] 豦 集韻獸名見爾雅或作獴 躆 集韻手據地一曰倨躆猶動作也

溪三 去 廣韻近倨切集韻邱據切今用曲豫切○說文人相違也 抾 集韻張口貌或作呿 胠 廣韻脅也 麮 說文麥甘鬻也廣韻麥汁 [illegible] 廣韻[illegible]似蝦蟆居陸地見爾雅



羣三 遽 廣韻集韻其據切今用局豫切○說文傳也集韻窘也懼也 醵 集韻合錢飲酒曰醵或作酟 詎 集韻未知詞也 勮 說文務也廣韻懼也疾也 懅 韻會懼也慙也

疑三 御 廣韻牛倨切集韻牛據切今用魚遽切○說文使馬也廣韻理也侍也進也又姓 馭 廣韻使馬也 語 廣韻說也告也 禦 集韻止也

知三 著 廣韻集韻陟慮切今用竹豫切○廣韻明也處也立也成也亦作箸

徹三 絮 廣韻抽倨切集韻楮御切今用黜豫切○集韻調也禮無絮羹

澄三 箸 廣韻遲據切集韻遲據切今用逐豫切○說文飯攲也集韻或作筯櫡 躇 韻會躊躇不進貌 除 集韻去也韻會開出也

孃三 女 廣韻集韻尼據切今用你豫切○集韻以女妻人也 絮 廣韻姓也漢有絮舜

精四 怚 廣韻將預切集韻將豫切今用足豫切○說文驕也 沮 廣韻沮洳漸濕集韻水名出漢中房陵東入江 苴 集韻草也

清四 覷 廣韻集韻七慮切今用取豫切○廣韻伺視也或作䁦 狙 說文玃屬集韻狙犬也暫齧人者一曰犬不齧人也 耝 集韻耕而土起謂之耝廣韻作則 胆 集韻蠅乳肉中也或作蛆 蜡 集韻周官蜡氏掌除骴

心四 絮 廣韻集韻息據切今用胥豫切○說文敝綿也集韻冒絮頭上巾也

照二 詛 廣韻集韻莊助切今用阻豫切協用阻誤切○說文詶也韻會呪詛或作樝[illegible] 跙 集韻行不正也一曰馬蹄痛病



照三 翥 廣韻集韻章恕切今用朱豫切○說文飛舉也集韻或作[illegible]

穿二 楚 廣韻瘡據切集韻創據切今用初豫切協用初誤切○廣韻楚利又木名

穿三 處 廣韻集韻昌據切今用穿豫切○集韻所也

牀二 助 廣韻集韻牀據切今用乍豫切協用乍誤切○廣韻佐也益也 耡 說文商人七十而耡助耤稅也 麆 爾雅麕子麆集韻或作[illegible]韻會通作助

審二 疏 廣韻所去切集韻所據切今用朔豫切協用朔誤切○韻會條陳也又記也或作[illegible]

審三 恕 廣韻集韻商署切今用暑豫切○說文仁也韻會如心爲恕 庶 說文屋下衆也廣韻冀也侈也

幸也又庶幾也亦姓

禪三 署 廣韻集韻常恕切今用蜀豫切○說文有所网屬廣韻書也解署部署也 曙 廣韻曉也 諸 集韻諸蒩署預也或作藷薯

曉三 噓 廣韻集韻許御切今用許豫切○集韻吹也

影三 飫 廣韻依倨切集韻依據切今用郁據切○韻會燕食也飽也厭也說文作䬸或作饇𩛿 醧 說文私燕飲也 棜 集韻承樽器如案無足禮有棜禁 瘀 說文積血也 淤 說文澱滓濁泥集韻或作扵通作閼 閼 集韻閼與容暇貌見漢書揚雄傳 菸 廣韻臭草集韻蔫菸敗也

喻四 豫 廣韻羊洳切集韻羊茹切今用余遽切○說文象之大者廣韻備先也集韻逸也敘也亦姓 預 集韻先也安也或作忬通作豫 譽 說文稱也 與 集韻及也 輿 集韻舁車也或作轝 礜 說文毒石也廣韻礜石藥名蠶食之肥鼠食之死 澦 集韻灩澦水名或作澦 蒩 集韻藷蒩草名或作蕷 穥 韻會禾穄謂之穥一曰穥與黍稷美也 麢 集韻獸名說文似鹿而大 鸒 集韻鳥名說文卑居也或作舉鸒 悆 說文忘也韻會喜也通作豫 歟 廣韻歎也 悇 廣韻憂懼博雅悇憛懷憂也

來三 慮 廣韻良倨切集韻良據切今用呂豫切○說文謀思也廣韻思也又姓 鑢 說文錯銅鐵也集韻或作鋁鑪 爈 韻會燒也南史山澤熿爈 濾 韻會漉去滓也 勴 韻會助也又贊也勉也 櫖 集韻諸櫖木名一曰山櫐 [言慮] 韻會詐也又人名見宋史宗室表 [山慮] 集韻山名在河內 蠦 集韻諸蠦蟲名通作慮



日三 洳 廣韻人恕切集韻如居切今用汝豫切○韻會漸濕也說文作𣸟 茹 韻會菜也茅根也又食也受也度也 如 韻會似也左傳不如從長陸德明讀

按以上二十四音。共分三等。其居第二等者。爲合口呼。居第三等第四等者。爲撮口呼。

# 七遇

虞去聲○舊十遇十一暮

按廣韻集韻皆分遇與暮爲二韻而律同用。遇爲虞去聲暮爲模去聲宋劉淵併爲七遇。

見三 屨 廣韻九遇切集韻俱遇切今用舉裕切○說文履也集韻鞮屨 句 集韻詞絕也 鞻 集韻四夷舞者所屝也 絇 集韻纑繩 怐 集韻恐也 痀 集韻病僂或作佝 蒟 集韻果名出蜀或作枸 泃 集韻水名在北地 䀠 說文左右視也集韻或作夾 𥄎 說文舉目驚𥄎然也 瞿 說文鷹隼之視也集韻心驚貌 駒 集韻駒麗國名 雊 集韻雊瞀縣名在上谷

溪三 驅 廣韻集韻區遇切今用區裕切○集韻馬馳也

羣三 懼 廣韻其遇切集韻衢遇切今用局裕切○說文恐也 具 說文共置也韻會備也辨也俱也又姓



颶 集韻越人謂具四方之風曰颶 𩛩 韻會寒𩛩餅屬通作具 𣊽 集韻姓也漢有𣊽邱

疑三 遇 廣韻牛具切集韻元具切今用魚懼切○說文逢也 寓 說文寄也 禺 集韻獸名說文母猴屬頭似鬼 虞 集韻度也

知三 駐 廣韻中句切集韻株遇切今用竹裕切○說文馬立也 鉒 集韻祭器一曰送死具 軴 集韻車止也 亍 廣韻步止也 柱 集韻牚也剌也 咮 廣韻鳥聲 𨑩 說文不行也

徹三 𨳌 廣韻集韻丑注切今用黜裕切○廣韻直開也或作㕏

澄三 住 廣韻持遇切集韻廚遇切今用逐裕切○集韻止也亦姓 牏 廣韻築垣短版 尌 集韻立也或作侸

非三 付 廣韻集韻方遇切今用夫務切○說文與也 賦 說文斂也集韻布也 傅 廣韻相也亦姓 䙏 說文華葉布 𩬆 說文結也廣韻露髻 蕌 集韻草名說文蕌也 猼 集韻獸名似羊四耳無尾目附於背或作猼 拊 集韻以手著物也或作𢭏通作傅 搏 廣韻擊也

敷三 赴 廣韻集韻芳遇切今用敷務切○說文趨也 訃 集韻告也通作赴 仆 說文頓也集韻偃也 簠 集韻祭器

奉三 附 廣韻集韻符遇切今用扶務切○集韻近也託也亦姓 祔 說文後死者合食於先祖 跗 說文集韻足上也 賻 集韻助也所以贈終布帛曰賻 駙 說文副馬也集韻近也一曰疾也或作騑 鮒 說文魚名 蚹 集韻蛇腹下齟齬也或作蛗 柎 韻會楄柎藉尸木正韻華下萼又榆柎木名又醫人名 坿 說文益也集韻白坿石藥



䩉 說文頰也 詂 集韻言有所依也又人名見宋史宗室表 軵 集韻車廂外立木承重較之材

微三 務 廣韻集韻亡遇切今用無附切○說文趣也集韻事也亦姓 婺 說文不繇也集韻星名州名 霧 韻會地氣發天不應也說文作霿或作雺 騖 說文亂馳也 鶩 正韻舒鳧鴨也韻會鶩雛也本作𪀔 瞀 集韻目不明一曰俯視 敄 說文彊也

精四 緅 廣韻子句切集韻逡遇切今用租裕切○廣韻青赤色 足 集韻益也

清四 娶 廣韻七句切集韻遵遇切今用促裕切○說文取婦也韻會通作取 趣 說文疾也韻會向也又督促也迫也或作趨 覷 說文拘覷未致密也

聚說文會也邑落云聚

從四 聖 廣韻才句切集韻從遇切今用族裕切。說文土積也集韻或作埾 冣 說文積也 聚 說文會也邑落云聚

心四 勘 廣韻思句切集韻宣遇切今用胥裕切。廣韻少也集韻木作䞼

邪四 續 集韻辭屢切今用徐裕切。集韻連也

照二 媰 集韻仄遇切今用阻裕切協用阻誤切。集韻婦人妊身也

照三 注 廣韻之戍切集韻朱戍切今用朱裕切。說文灌也 註 韻會挐也一日解也識也疏也通作注 炷 韻會燈也燼所著者 ⿰革主 韻會戎服蔽厀也一日皮袴通作注 馵 說文馬後左足白也 澍 集韻時雨澍生萬物或作霔 鑄 說文銷金也集韻國名亦姓 罜 集韻小魚罟



穿二 菆 廣韻芻注切集韻芻數切今用初裕切協用初誤切。廣韻鳥窠集韻本作棸

穿三 ⿰豆攴 集韻昌句切今用穿裕切。集韻勇也見博雅

審二 捒 廣韻色句切集韻雙遇切今用朔裕切協用朔誤切。集韻裝也 數 廣韻算數集韻枚也

審三 戍 廣韻傷遇切集韻春遇切今用暑裕切。說文守邊也 輸 廣韻送也集韻委也 隃 韻會西隃鴈門地名 腧 集韻五臟腧穴或作俞

禪三 樹 廣韻常句切集韻殊遇切今用殊裕切。說文生植之總名廣韻立也又姓 澍 說文時雨澍生萬物 裋 說文豎使布長襦集韻或作襡 尌 廣韻立也

曉三 煦 廣韻香句切集韻吁句切今用許裕切。說文烝也集韻亦貌一日溫潤 昫 說文日出溫也北地有昫衍縣集韻或作朐 酗 廣韻醉怒說文作酌 姁 集韻嫗也 呴 廣韻吐沫韻會氣以溫之也或作欨休咻通作煦

影三 嫗 廣韻衣遇切集韻威遇切今用郁據切。說文母也廣韻老嫗也 饇 韻會飽也 嘔 韻會和悅貌 蓲 廣韻草名茎也 燠 韻會燠咻痛念聲或作噢

喻三 芋 廣韻集韻王遇切今用余遽切。集韻草名說文作芌 吁 廣韻疑怪詞韻會歎也 羽 韻會鳥翅又羽音 雨 集韻自上而下日雨 雩 集韻求雨祭又吳人謂虹日雩韻會作雫

喻四 裕 廣韻羊戍切集韻俞戍切今用羽遽切。說文衣物饒也集韻寬也 諭 說文告也集韻曉也亦姓或作喻 籲 說文呼也集韻和也 覦 集韻欲也 欲 韻會貪也或作慾 俞 集韻呴俞色仁也 諛 集韻諂也



愉 集韻樂也 渝 集韻水名在遼西一日色染也 ⿸尸俞 廣韻面衣

來三 屢 廣韻良遇切集韻龍遇切今用呂裕切。集韻數也或作婁 僂 韻會痀僂身曲病

日三 孺 廣韻而遇切集韻儒遇切今用汝裕切。說文乳子也廣韻稚也韻會孺子幼小之稱又姓 乳 韻會育也 擩 集韻手進物也 濡 集韻沾濕也

按以上遇韻二十八音。共分三等。其居第二等者。為合口呼。居第三等與第四等者為撮口呼。惟輕脣數音。宜屬合口呼。

見一 顧 廣韻古暮切集韻古慕切今用古誤切。說文還視也廣韻眷也又姓 雇 韻會傭也通作顧 詁 韻會訓也通古今之言也 故 說文使為之也廣韻舊也事也常也又姓 固 說文四塞也集韻再辭

日堅也 錮說文鑄塞也 酤韻會一宿酒又賣也 沽韻會啗也集韻與酤同 痼韻會久病
也一日小兒口生瘡說文作痁通作固錮 凅韻會寒凝閉也 棝說文棝斗可射鼠 稒集韻稒陽縣名
在五原郡或作掴 鯝韻會魚腸杭越閒謂魚胃為鯝
溪一 庫〔廣韻〕〔集韻〕苦故切〔今用〕苦誤切○說文兵車藏也廣韻貯物舍也又姓 袴韻會脛衣也說文作
絝集韻或作袴 胯說文股也集韻奎也或作跨跨 苦廣韻困也
疑一 誤〔廣韻〕〔集韻〕五故切〔今用〕五路切○說文謬也 悞集韻欺也疑也 悟說文覺也 娛
廣韻樂也 寤說文寐覺而有言曰寤 晤說文明也韻會對也或作旿 捂集韻斜相抵觸也或作捑 
韻會通作梧 逜正韻干也爾雅寤也謂相干寤 遻韻會遇也或作遻迕俉通作牾 忤韻會逆也說文



作牾或作牾午蘁通作迕 梧韻會魁梧大貌 ⿰忄⿱罒帀集韻倉卒也後漢寒朗傳錯⿰忄⿱罒帀不能對
端一 妒〔廣韻〕當故切〔集韻〕都故切〔今用〕篤誤切○說文婦妒夫也韻會以色曰妒以行曰忌或作妬 斁
韻會敗也說文作殬或作死睪 蠹說文木中蟲 秅韻會禾束也十稯曰秅四百秉也又縣名在濟陰成武或
作秺 奼韻會美女也
透一 兔〔廣韻〕湯故切〔集韻〕土故切〔今用〕禿誤切○正韻獸名通作菟 菟集韻菟絲藥草 吐廣韻
歐也 鵵集韻鳥名爾雅鵅鵵軌或作雛
定一 渡〔廣韻〕〔集韻〕徒故切〔今用〕獨誤切○說文濟也 度說文法制也廣韻法度又姓 鍍廣韻
金飾物也

泥一 怒〔廣韻〕乃故切〔集韻〕奴故切〔今用〕弩誤切○說文恚也 笯說文鳥籠也
幫一 布〔廣韻〕〔集韻〕博故切〔今用〕補誤切○說文枲織也集韻散也 抪韻會擊也持也 佈廣韻偏也
⿰氵布集韻地名周世宗遣將破賊於東⿰氵布洲 圃集韻種菜曰圃 餔集韻與食也
滂一 怖〔廣韻〕〔集韻〕普故切〔今用〕普誤切○廣韻惶懼也說文作悑 鋪廣韻設也集韻鋪首著門銜環者
誧廣韻謀也 ⿰言布集韻諫也又人名見宋史宗室表
並一 步〔廣韻〕薄故切〔集韻〕蒲故切〔今用〕泊誤切○說文行也正韻一舉足曰步又姓 捕說文取也集韻
或作搏 哺說文哺咀也韻會食在口也又口飼也通作餔 餔集韻䭅餔餌也或作䊇糒 酺集韻為人
物災害之神一日會聚飲食也或作膊 鞴廣韻鞴靫盛箭室 ⿰舟步集韻舟也揚雄方言艇短而深謂之⿰舟步或



作艕 ⿰馬步集韻習馬也通作步 荹說文亂草
明一 暮〔廣韻〕〔集韻〕莫故切〔今用〕姥誤切○廣韻日晚也冥也又姓說文作莫 募說文廣求也 慕
說文習也集韻思也 慔說文勉也見爾雅 墓說文丘也集韻葬也
精一 作〔廣韻〕臧祚切〔集韻〕宗祚切〔今用〕祖誤切○集韻造也俗作做非
清一 措〔廣韻〕〔集韻〕倉故切〔今用〕麤誤切○說文置也廣韻舉也投也集韻或作厝通作錯 錯廣韻金塗
又姓集韻本作錯 醋正韻苦酒又酸也說文作酢
從一 祚〔廣韻〕昨誤切〔集韻〕存故切〔今用〕族誤切○說文福也 阼說文主階也 胙說文祭福肉也
葄集韻草名水苦也韻會藉也唐書李揆傳葄枕圖史或作蒩 飵韻會相謁食也

心一 素 廣韻桑故切集韻蘇故切今用速誤切○韻會白緻繒也又空也又姓 訴 說文告也集韻或作謭愬 泝 說文逆流而上曰泝洄泝向也水欲下違之而上也集韻或作遡溯 塑 集韻埏土象物也或作塐通作素 嗉 集韻烏吮容食處爾雅其粻嗉 膆 廣韻同嗉集韻肥也 愫 韻會誠也眞情也通作素 傃 廣韻向也 𧩺 集韻諎也又人名見宋史宗室表

曉一 謼 廣韻集韻荒故切今用虎誤切○韻會號呼也或作嘑呼 戽 集韻戽斗抒水器

匣一 護 廣韻胡誤切集韻胡故切今從廣韻○說文救視也 濩 集韻布濩散也 頀 韻會大頀湯樂名通作濩護 瓠 說文匏也 穫 集韻焦穫地名在周 互 韻會差也又交互也 枑 說文行馬也周禮設梐枑再重 冱 集韻固寒也 擭 廣韻布擭猶分解也 韄 廣韻佩刀飾也韻會作韄 嫭 集韻妒也一日好貌或作嫮姱 婟 說文嫪也集韻戀也 鱯 集韻魚名似鮎或作魱 雘 廣韻靑屬集韻黝屬見山海經 臒 集韻丹也見博雅 涸 集韻水竭



影一 惡 廣韻烏路切集韻烏故切今從集韻○韻會恥也憎也 汙 說文薉也集韻小池爲汙韻會染也或作洿溛 塢 集韻野聚也 堊 集韻白飾也或作埡

來一 路 廣韻洛故切集韻魯故切今用魯誤切○說文道也集韻道容三軌 輅 說文車軨前橫木也集韻王之五輅通作路 賂 說文遺也 璐 說文玉也 露 說文潤澤也集韻彰也 潞 說文冀州浸也幽州有潞縣 簬 集韻竹名說文箘簬也或作簵䈶 鷺 集韻鳥名說文白鷺也或作鵅 蕗 集韻虆蕗草名或作蕗



按以上暮韻十九音合口呼。

## 八霽 齊去聲○舊十二霽十三祭

按廣韻集韻皆分霽與祭爲二韻而律同用霽爲齊去聲祭韻譜獨列無平上入而其音實與霽相近但等第有不同者今以霽祭二韻合列之而等第各仍其舊

見三 罽 廣韻集韻居例切今用紀藝切祭韻○說文魚网也 ⿰糸罽 說文西胡毳布也集韻通作罽 瀱 說文井一有水一無水謂之瀱汋見爾雅 蘮 廣韻蘮蕠似芹見爾雅 蘮 說文草之小者 猘 集韻狂犬也或作狾瘈瘛

見四 計 廣韻古詣切集韻吉詣切今從集韻霽韻○說文會也廣韻算也又姓 繼 說文續也 髻 韻會束髮也或作結本作紒 薊 廣韻草名見爾雅又縣名州名又姓 ⿰契阝 集韻國名說文封黃



帝之後於⿰契阝通作薊 係 集韻束也 繫 說文繫褫也一曰惡絮集韻維也 轚 韻會車轄相擊也又權相擊撈見周禮 蘻 集韻草名說文狗毒也 檕 說文繘耑木也爾雅朹檕梅 檵 集韻木名說文狗杞也一曰監木

溪三 憩 廣韻集韻去例切今用起藝切祭韻○廣韻息也說文作愒集韻或作偈[illegible] 揭 說文高舉廣韻褰衣渡水由膝以下曰揭 甈 韻會破也爾雅康瓠謂之甈集韻或作⿱埶瓦

溪四 契 廣韻苦計切集韻詰計切今用起詣切霽韻○說文大約也 栔 說文刻也韻會或作鍥𠜾集韻通作契 ⿱㓞月 集韻腨腸也 挈 韻會鑽龜也通作契 瘈 集韻瘈瘲瘛疾 罊 說文器中盡也

羣三 偈 廣韻其憩切集韻其例切今用極藝切祭韻○集韻武貌

疑三 劓 廣韻集韻牛例切今用擬例切祭韻○韻會去鼻刑廣韻作劓 寱 說文瞑言也 甈 說文康瓠破罌

疑四 詣 廣韻五計切集韻研計切今用擬麗切霽韻○說文候至也 羿 韻會箭乘風而疾也亦古諸侯一曰射師說文作羿或作𢏚 睨 說文衺視也集韻或作倪 堄 集韻埤堄城上垣 盻 廣韻恨視 掜 集韻擬也寄也 帠 韻會法也莊子應帝王篇汝又何帠以治天下 栺 韻會枍栺木名漢有枍栺宮以木而名 鮨 集韻魚名見山海經 藝 廣韻魚祭切集韻倪祭切今用擬枍切祭韻○韻會種也一曰技能也說文作埶或作蓺 囈 集韻寐聲見列子 槸 韻會椱橋謂之箭槸見揚雄方言或作栨 槸 說文木相磨也集韻或作槸槷



端四 帝 廣韻都計切集韻丁計切今用底詣切霽韻○說文諦也王天下之號也 諦 說文審也 揥 集韻捐也戲也 柢 集韻根也或作楴 蔕 說文瓜當也廣韻草木綴實 螮 說文螮蝀虹也廣韻或作蝃 嚏 說文悟解氣也 摕 說文撮取也 疐 集韻去本也爾雅棗李曰疐之 氐 集韻東方宿名 ⿰鼻氐 集韻鼻疾見揚雄太元經或作[illegible] ⿱艹疐 廣韻姓也漢書王莽傳中常侍⿱艹疐惲

透四 替 廣韻集韻他計切今用體詣切霽韻○廣韻廢也代也滅也韻會廢一偏下也又委靡也說文作普或作替 涕 集韻泣也 鬀 說文鬄髮也大人曰髡小兒曰鬀韻會或作鬄剃集韻亦作剔 揥 集韻所以摘髮 楴 說文䌫也集韻或作楊楴 达 廣韻足滑見王褒洞簫賦 屜 廣韻履中薦也亦作屟屜 睼 說文迎視也 薙 說文除草也 洟 說文鼻液也

定四 第 廣韻特計切集韻大計切今用迪詣切霽韻○韻會次第也又但也說文作弟 弟 韻會順也通作

悌 悌集韻易也 娣集韻女弟一曰母之女弟 締說文結不解也 睇說文目小視也南楚謂眄

曰睇集韻或作睼 遰說文去也 遞說文更易也 逮集韻及也古作逯 禘說文禘祭也廣

韻大祭五年一禘 鈦說文鐵鉗也廣韻以鎖加足 棣集韻木名說文白棣也一曰棣棣威儀 杕

說文樹貌韻會木獨生又盛貌 髢廣韻髮也說文作鬄 題韻會視貌一曰顯也集韻本作題或作䚷 諦

集韻讀諦審諦也又人名見唐書宗室表 慸說文高也一曰極也一曰困劣也 踶說文奮也韻會蹋也集韻

或作蹛 墆廣韻貯也又墆翳隱蔽貌 嵽集韻岹嵽山形 軑說文車轄也集韻地名 鷉集韻

鷉鳩鳥名子規也或作鵜 鯷廣韻鮎魚別名集韻作鮷 焍集韻灼龜木也見史記 馱集韻鳥名見山

海經 瑅集韻玉名



泥四 泥廣韻奴計切集韻乃計切今用溺詣切霽韻○集韻滯也 迡廣韻近也

知三 ⿸疒帶廣韻集韻竹例切今用知藝切祭韻○集韻痸病一曰牛頭瘍 蛭集韻水蛭蟲名

徹三 跇廣韻集韻丑例切今用恥藝切祭韻○說文述也集韻踰也或作迣趞 傺集韻侘傺失意貌博

雅逗也

澄三 滯廣韻集韻直例切今用直藝切祭韻○說文凝也集韻積也 彘廣韻豕也又姓 璏說文

劍鼻玉也 蹛集韻蹛林匈奴祭天處

幫四 閉廣韻博計切集韻必計切今用箄詣切霽韻○說文闔門也 嬖說文便嬖愛也 箄韻會

甑蔽也所以蔽甑底 蔽廣韻集韻必袂切今用箄藝切祭韻○說文蔽蔽小草也韻會奄也或作蔽 鷩說文

牂牁縣 鷩集韻雉名或作䳤 彆集韻弓戾也或作弼 瞥集韻瞥也 弊集韻斷也

滂四 媲廣韻匹詣切集韻匹計切今用劈詣切霽韻○說文妃也 渒廣韻水名在汝南集韻舟行貌或作

淠 睥韻會睥睨傍視也或作俾睤辟 濞廣韻水名集韻水聲通作淠 壀集韻壀垷城上垣或作埤

潎廣韻匹蔽切集韻匹曳切今用劈藝切祭韻○說文於水中擊絮也集韻清也一曰魚游貌或作澈

並四 獘廣韻集韻毗祭切今用彌藝切祭韻○說文頓仆也廣韻困也 斃獘韻死也 弊集韻惡也

敝說文帗也廣韻敗衣也又姓 幣說文帛也集韻財也或作𢅻贇 ⿱罒辟韻會鳥罔 獙集韻獙獙

獸名見山海經 薜廣韻集韻蒲計切今用弼詣切霽韻○集韻草名說文牡贊也或作蘗

明四 袂廣韻彌獘切集韻彌蔽切今用米藝切祭韻○說文袖也 謎廣韻莫計切集韻彌計切今用米詣



切霽韻○說文隱語也

精四 霽廣韻集韻子計切今用卽詣切霽韻○說文雨止也 濟集韻渡也 擠說文排也 隮說文

廣韻升也或作躋 祭廣韻集韻子例切今用卽藝切祭韻○說文祭祀也 際說文壁會也 穄說文

穈也 漈集韻水涯

清四 砌廣韻集韻七計切今用七詣切霽韻○廣韻階砌也 切廣韻衆也 妻集韻以女嫁人曰妻

⿰目祭說文察也廣韻視也

從四 劑廣韻在詣切集韻才詣切今用集詣切霽韻○說文齊也廣韻分劑 嚌說文嘗也 懠集韻

愁也疾也爾雅怒也 癠廣韻病也集韻短也 穧說文穫刈也集韻撮也 齌說文炊餔疾也 薺

集韻草名齊集韻和也或作齌眥說文目匡也集韻或作眦
心四細廣韻蘇計切集韻思計切今用息詣切霽韻○韻會微也說文作緦壻說文夫也廣韻女夫也或
作婿
照二瘵集韻側例切今用側藝切祭韻○集韻病也
照三制廣韻集韻征例切今用職藝切祭韻○說文裁也集韻止也製說文裁也韻會裁衣也通作制
鯯廣韻魚名可爲醬淛廣韻水名集韻江名或作浙晣集韻明也或作晢唰狾說文狂犬
也集韻或作猘瘈
穿三掣廣韻集韻尺制切今用尺藝切祭韻○廣韻掣曳見爾雅集韻或作摩摯痸廣韻痸病說文作瘛



集韻或作瘈瘛說文小兒瘛瘲病也懘韻會沾懘音敗一和也或作滯懘觢說文一角仰也集韻
或作挈通作掣
審二傺廣韻集韻所例切今用史藝切祭韻○集韻帛餘
審三世廣韻舒制切集韻始制切今用式藝切祭韻○說文三十年爲一世廣韻代也又姓勢集韻威力
也貰廣韻賒也貸也
禪三誓廣韻集韻時制切今用石藝切祭韻○說文約束也韻會約信曰誓噬說文啗也啖也筮廣韻
韻會易卦用蓍也廣韻龜曰卜蓍曰筮說文作簭或作箞逝說文往也遾集韻遠也爾雅逮也澨廣韻
水名見禹貢韻會水厓忕韻會習也後漢馮異傳忸忕小利

曉三歖集韻許罽切今用喜藝切祭韻○集韻氣聲曉四𡙡廣韻呼計切集韻顯計切今用喜詣
切霽韻○集韻大肥也
匣四系廣韻集韻胡計切今用檄詣切霽韻○說文繫也廣韻緒也又姓集韻或作繫結係說文絜束
也韻會聯絡也盻說文恨視也妎集韻妒也爾雅苛妎也禊廣韻祓除不祥也又禊飲稧
廣韻稧事換稧集韻吳人謂稧稻曰稧榽集韻木名爾雅魄榽橀細葉似檀蒵集韻履系一曰草名
影三餲廣韻於罽切集韻於例切今用倚例切祭韻○說文飤餲也集韻或作饐瘞說文幽薶也集韻或
作瘗
影四翳廣韻於計切集韻壹計切今從集韻霽韻○說文華蓋也集韻蔽也繄集韻歎聲一曰語助
一曰緊裕小兒次衣一曰赤黑繒𥢶集韻豕息謂之𥢶嫕廣韻婉嫕柔順貌集韻或作嫛瘱說文



靜也集韻或作嫕殪說文死也𤸷集韻匿也廣雅審也曀說文陰而風也𡔆說文天陰塵也
集韻或作堅瞖集韻目疾蘙集韻草名一曰草茂貌縊廣韻自縊集韻經也撎說文舉手
下手也枍集韻枍栺木名医說文盛弓弩矢器也
喻四曳廣韻餘制切集韻以制切今用移袂切祭韻○廣韻牽也引也袣廣韻長袂又衣長貌集韻袖也
或作栧絏裔說文衣裾也集韻邊也末也呭說文多言也集韻或作呹詍詍泄廣韻水名在九江韻
會多人貌又孟子泄泄猶沓沓也又去也出也發洩廣韻同上集韻舒散也枻集韻楫謂之枻一曰柂也
或作栧𣽬廣韻𣽬水貌抴說文捈也集韻或作拽跇集韻踰也勩說文勞也集韻或作
勩肄[illegible]集韻蒸蔥或作渫貄爾雅貍子貄集韻或作[illegible]
勩

來三 例廣韻集韻力制切今用里藝切祭韻○說文比也 厲說文旱石也集韻嚴也惡也危也大帶垂也亦姓 礪廣韻砥石 勵廣韻勸勉 糲集韻米之不精者 砅說文履石渡水也集韻或作濿通作厲 癘廣韻疫癘或作痢 禲集韻鬼災曰禲通作厲 蠣廣韻牡蠣蚌屬說文作蠇集韻或作蠆 栵集韻黍穰謂之栵或作䅀 櫔廣韻木名見山海經 栵集韻木名見爾雅

來四 麗廣韻集韻郎計切今用里詣切霽韻○說文旅行也集韻華也著也 離廣韻著也集韻去也 隸韻會附著也一曰賤稱說文作隷 儷集韻偶也 戾說文曲也集韻至也 悷集韻懔悷悲貌 盭說文弼戾也廣韻綠色又綬名集韻或作綟 綟說文帛戾草染色 颲集韻急風或作䬆 珕說文蜃屬也集韻或作㻺 颲集韻颲颲風聲 沴說文水不利也集韻或作沵 覼說文求也集韻索視貌或作眘 欐集韻小舟一曰棟名 棙集韻琵琶其撥曰棙 莀說文草也可以染留黃廣韻紫草 荔說文草也似蒲而小根可作㕞集韻荔支果名 唳廣韻鶴鳴曰唳 蜧廣韻大蝦蟆也韻會神蛇本作蛉 攦集韻折也莊子胠篋篇攦工倕之指 蠡集韻瓠勺見楚辭九歎 栛集韻果名似柤杞 淚集韻疾流貌韻會涕淚也 涖廣韻泣也集韻涖泄水聲 劙廣韻割破或作𠠥 孋集韻美也

按以上三十音共分三等其居第二等者為開口呼居第三等第四等者為齊齒呼

見三 劌廣韻居衛切集韻姑衛切今用因衛切祭韻○說文利傷也 蹶廣韻行急遽貌集韻僵也一曰跳也或作蹶趣蹷 鱖說文魚名集韻或作鱥 劂集韻剞劂刀也或作劌 撅集韻揭也 橛集韻夏俎名通作嶡

見四 桂廣韻古惠切集韻涓惠切今從廣韻協用固衛切霽韻○廣韻木名又姓 筀




廣韻竹名見山海經 鴂集韻鶌鴂鳥名或作䳄 烓集韻明也通作昋炅 趹集韻踶也 鈌集韻刺也 刲集韻刺也 炔集韻煙出貌又姓 昋集韻姓也 炅集韻姓也炅氏譜桂貞為秦博士始皇阬儒收姓昋其孫溢避地朱虛改為炅第四子居齊改為炔今江東名桂姓

溪四 ⿰衤癸集韻睽桂切今用庫慧切協用庫衛切霽韻○集韻衣裾分也

疑三 刵集韻牛芮切今用誤贅切祭韻○集韻截耳也

知三 綴廣韻陟衛切集韻株衛切今用竹衛切祭韻○說文合著也 餟說文祭酹也集韻或作醊腏 畷集韻井田間道 錣廣韻針也說文作笍 轛集韻車式下立木 啜廣韻嘗也集韻泣貌一曰茹也




徹三 惙集韻丑芮切今用黜衛切祭韻○集韻短氣貌

澄三 ⿰金芮集韻除芮切今用逐衛切祭韻○集韻曲刀

精四 蕝廣韻子芮切集韻租芮切今用足銳切祭韻○集韻束茅表位也 橇集韻禹之四載泥行所乘通作蕝

清四 脃廣韻集韻此芮切今用促銳切祭韻○說文小耎易斷也集韻或作膬脺通作毳 毳說文獸細毛也 竁集韻穿地也 ⿱毳示說文數祭也

心四 歲廣韻相銳切集韻須銳切今從集韻祭韻○說文木星越歷二十八宿宣徧陰易十二月一次 繐說文細疏布也廣韻作緈集韻亦作繸

邪四 篲 廣韻祥歲切集韻旋芮切今用敘銳切祭韻○廣韻埽帚說文作彗集韻或作篲簪 槥 說文棺櫝也廣韻小棺集韻或作櫘 鏏 廣韻小鼎見淮南子 蔧 集韻草名爾雅葥王蔧

照三 贅 廣韻之芮切集韻朱芮切今用注衛切祭韻○說文以物質錢韻會屬也會也又贅疣也又男附女家謂之贅壻

穿三 毳 廣韻楚稅切集韻充芮切今用杵衛切祭韻○廣韻細毛也又姓 竁 說文穿地也一曰小鼠 橇 集韻泥行所乘通作毳

審三 稅 廣韻舒芮切集韻輸芮切今用暑衛切祭韻○說文租也集韻舍也亦姓通作說 說 集韻誘也 帨 廣韻佩巾也 挩 集韻拭也 蛻 說文蛇蟬所解皮也 涗 說文財溫水也廣韻清也 ⿰飠兌 說文小餟也 裞 說文贈終者衣被曰裞



禪三 啜 廣韻嘗芮切集韻稱芮切合聲樹衛切祭韻○集韻嘗也

曉四 嘒 廣韻集韻呼惠切今用虎桂切協用虎衛切霽韻○說文小聲也 暳 集韻小星謂之暳或作嚖 噦 集韻聲徐有節也 喙 集韻口也

匣四 慧 廣韻集韻胡桂切今用戶桂切協用戶衛切霽韻○說文儇也廣韻解也 惠 說文仁也廣韻順也又姓 憓 集韻愛也順也通作惠譓 蕙 集韻香草 蟪 集韻蟪蛄蟬屬 譓 廣韻多謀智也集韻辨察也本作譿 翽 集韻羽也或作䎚翽翽 繐 集韻疏布

喻三 衛 廣韻集韻于歲切今用喻贅切祭韻○說文宿衛也集韻國名亦姓 轊 韻會車軸也說文作𨊻集

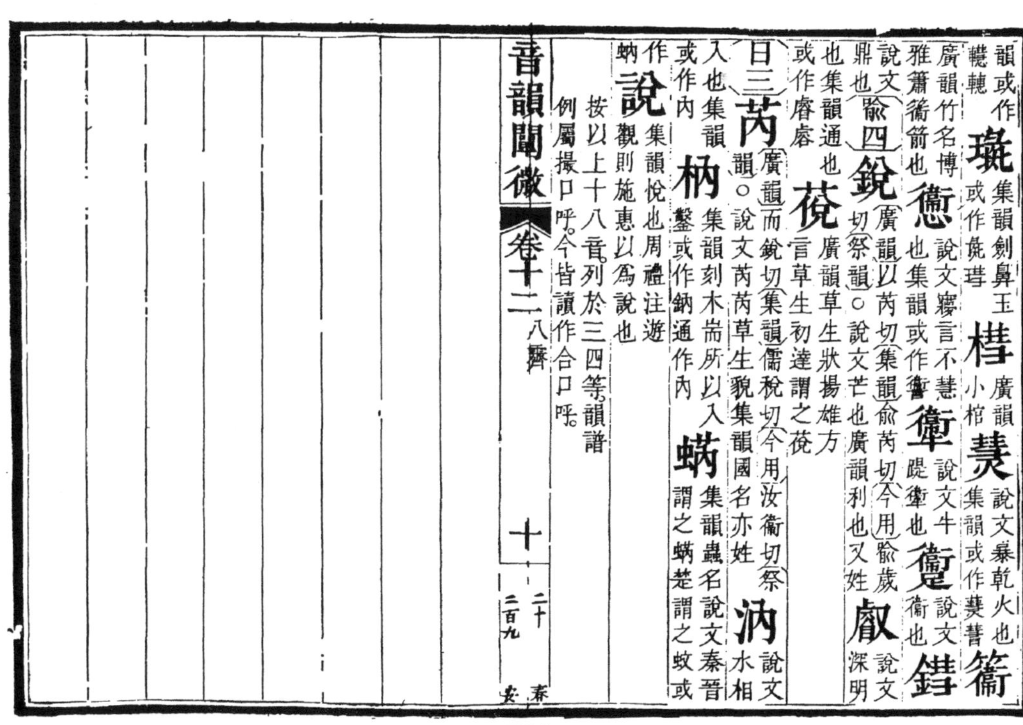

韻或作轊轊 璏 集韻劍鼻玉或作琻琫 槥 廣韻小棺 熭 說文暴乾火也集韻或作熭彗 ⿱竹衛 廣韻竹名博雅簫簫箭也 ⿱衛心 說文䜕言不慧也集韻或作讆 ⿱衛牛 說文牛踶衛也 ⿱衛足 說文衛也 鏏 說文鼎也

喻四 銳 廣韻以芮切集韻俞芮切今用喻歲切祭韻○說文芒也廣韻利也又姓 叡 說文深明也集韻通也或作睿睿 莌 廣韻草生狀揚雄方言草生初達謂之莌

日三 芮 廣韻而銳切集韻儒稅切今用汝衛切祭韻○說文芮芮草生皃集韻國名亦姓 汭 說文水相入也集韻或作內 枘 集韻刻木耑所以入鑿或作鈉通作內 蜹 集韻蟲名說文秦晉謂之蜹楚謂之蚊或作蚋 說 集韻悅也周禮注遊觀則施惠以為說也

按以上十八音。列於三四等。韻譜例屬撮口呼。今皆讀作合口呼。

## 九泰 舊十四泰

按廣韻集韻皆十四泰宋劉淵改爲九泰○又泰韻譜獨列無平上入聲而其音實與代隊相近

見一 蓋 廣韻古太切集韻居太切今用箇艾切○說文苦也集韻疑辭 匄 廣韻乞也或作丐 ⿰王蓋 集韻人名晉有建平夷王向⿰王蓋

溪一 磕 廣韻苦蓋切集韻邱蓋切今用可艾切○說文石聲集韻或作礚 愒 廣韻貪也急也 嘅 集韻歎也

疑一 艾 廣韻五蓋切集韻牛蓋切今用餓蓋切○廣韻草名一名冰臺又老也長也養也亦姓 鴱 集韻鳥名爾雅桃蟲鷦其雌鴱或作雉 乂 集韻刈乂懲也或作忩通作艾 ⿰豕乂 集韻豕三毛聚是者一曰豕老謂之⿰豕乂通作艾



端一 帶 廣韻集韻當蓋切今用朶艾切○說文紳也 ⿸疒帶 廣韻⿸疒帶下病也 蹛 說文踶也集韻蹛林匈奴繞林而祭也 摕 集韻撮取也 蔕 集韻草木根也 ⿰木帶 廣韻梶也 ⿱山帶 廣韻帶方山名集韻郡名屬幽州通作帶廗 廗 集韻屋邪

透一 泰 廣韻集韻他蓋切今用託艾切○廣韻大也通也說文作夳集韻或作大通作太 太 廣韻甚也大也通也 汰 廣韻太過也韻會沙汰也或作汏 忕 集韻奢也或作㣿通作汏

定一 大 廣韻集韻徒蓋切今用鐸艾切○正韻小大之對 軑 廣韻車轄博雅輪也 汏 廣韻濤汏說文淅㶑也集韻或作汰 釱 韻會鉗也鐵鉗械足者 馱 集韻鳥名見山海經

泥一 柰 廣韻奴帶切集韻乃帶切今用諾艾切○說文果也韻會那也能也如也遇也亦假借此爲柰何也俗作㮈奈

幫一 貝 廣韻集韻博蓋切今用布霈切○說文海介蟲也集韻州名 狽 集韻獸名狼屬也生子或欠一足二足者相附而行離則顛故猝遽謂之狼狽 沛 廣韻郡名又姓說文作邮 垻 集韻坡也 伂 集韻顛伂仆也通作沛 䲒 說文魚名出樂浪潘國 芾 廣韻小貌見爾雅 梖 集韻梖多木名出交阯及西域葉可書 茷 集韻草根爾雅茗白華茷

滂一 霈 廣韻集韻普蓋切今用破貝切○集韻多澤也 沛 說文水出遼東番汙塞外西南入海廣韻流貌 浿 集韻水出樂浪 肺 韻會茂貌詩其葉肺肺



並一 旆 廣韻集韻蒲蓋切今用步霈切○說文繼旐之旗沛然而垂 茷 集韻草多貌一曰茷茷有法度也 拔 集韻木生柯葉貌詩柞棫拔矣或作柨 軷 集韻出祭道神也

明一 眛 廣韻集韻莫貝切今用暮旆切○集韻目不明也 沬 集韻水名在蜀西一曰微晦 昧 集韻冥也一曰斗杓後星一曰縣名在益州

清一 蔡 廣韻倉大切集韻七蓋切今用次艾切○說文草也集韻國名亦姓 縩 集韻綷縩紈素聲韻會或作縩

曉一 餀 廣韻呼艾切集韻虛艾切今用黑艾切○說文食臭也

匣一 害 廣韻胡蓋切集韻下蓋切今用荷艾切○說文傷也 妎 廣韻疾妎妒也

影一 藹廣韻集韻於蓋切今用阿蓋切○說文臣盡力之美廣韻晻藹樹繁茂又姓 靄集韻雲貌或作靄 馤集韻䬈馤香氣也 壒集韻塵也通作堨 瞌韻會日色又人名前漢王子侯表高郭節侯瞌 堨集韻青土謂之堨一曰壁間隙 濭集韻晻濭鬱陰也

來一 賴廣韻集韻落蓋切今用羅艾切○說文贏也集韻恃也亦姓 賚說文賜也 籟說文三孔龠也 瀨說文水流沙上也 癩韻會惡疾也說文作癘 藾集韻草名爾雅苹藾蕭或作蘔 ⿰米賴廣韻粗米說文作糲 蠣集韻蚌屬

按以上十六音。開口呼。

見一 儈廣韻集韻古外切今用固外切○韻會會合市人牙儈也 會廣韻合也亦州名又姓 膾說文細切肉也集韻或作鱠 獪集韻狡獪兒戲也 鄶廣韻國名在滎陽韻會通作檜會 澮廣韻溝曰澮又水名在平陽 檜集韻木名說文柏葉松身 旝說文建大木置石其上發以機以追敵也韻會旌旗也 禬說文會福祭也 ⿰骨會說文骨擿之可會髮者集韻或作鬠通作會 襘說文帶所結也 ⿰扌會廣韻收也 劊說文斷也 廥說文芻藁之藏也 璯集韻玉飾冠縫 噲集韻地名史記魏敗趙于噲通作澮

溪一 ⿰禾會廣韻集韻苦會切今用庫會切○說文穅也集韻或作檜

疑一 外廣韻集韻五會切今用誤會切○說文遠也廣韻表也

端一 祋廣韻丁外切集韻都外切今用妬會切○說文殳也廣韻祋祤縣名在馮翊



透一 蛻廣韻他外切集韻吐外切今用兔會切○集韻蟬蛇易皮 駾說文馬行疾來貌 娧集韻娧娧舒遲貌一曰喜也或作脫 稅韻會日月已過聞喪而服曰稅禮記檀弓小功不稅 兌韻會成蹊也詩行道兌矣

定一 兌廣韻杜外切集韻徒外切今用渡會切○說文說也廣韻突也又卦名又姓韻會通也穴也直也今文作兊 ⿰山兌廣韻山名集韻⿰山兌嶒山貌 娧說文好也 ⿰革兌集韻補也見博雅 銳集韻矛屬或作鈗 駾集韻馬行疾來貌一曰突也 奪集韻地名禮記檀弓齊莊公襲莒于奪

精一 最廣韻集韻祖外切今用作會切○說文犯而取也集韻極也凡也 蕞韻會地名在秦一曰在新豐又束茅表位也 稡集韻禾秀不實也



清一 襊廣韻麤最切集韻取外切今用措會切○集韻緇布冠也一曰衣縫 寂說文塞也

從一 蕞廣韻才外切集韻徂外切今用祚會切○廣韻小貌

心一 ⿰石最廣韻集韻先外切今用素會切○廣韻小石

曉一 翽廣韻呼會切集韻呼外切今用虎最切○說文飛聲也 噦廣韻鳥聲韻會車鑾聲說文作鉞或作鐬 ⿰言歲說文聲也 濊說文水多貌

匣一 會廣韻集韻黃外切今用戶最切○廣韻合也又姓 繪說文會五采繡也集韻或作繢 禬集韻除殃之祭曰禬 璯集韻玉飾冠縫 檜集韻木名一曰柩飾 嶒集韻⿰山兌嶒山貌

影一 薈廣韻集韻烏外切今用烏會切○說文草多貌 懀集韻懀懶嫌惡也一曰悶也 濊集韻

汪濊深廣 穢 集韻惡也也或作滄通作濊

喩一 𢝊 集韻于外切今用帷會切○集韻夢言意不慧也

來一 酹 廣韻郎外切集韻魯外切今用路會切○說文餟祭也

按以上十五音。合口呼。



# 十卦

佳去聲○舊十五卦十六怪十七夬

按廣韻集韻。皆分卦怪夬爲三韻而律同用。卦爲佳去聲。怪爲皆去聲。夬與怪相近。宋劉淵併爲十卦。

見二 戒 廣韻古拜切集韻居拜切今用皆械切協用皆監切怪韻○說文警也廣韻愼也具也備也 誡 說文敕也廣韻言警也集韻或作諴 介 說文畫也廣韻大也助也甲也閱也耿介也又姓 价 說文善也廣韻佀价也集韻或作傄 界 廣韻境也垂也說文作畍集韻或作堺隭 玠 說文大圭也集韻或作琾 疥 說文搔也廣韻瘡疥集韻或作瘵盼 屆 說文行不便也廣韻至也舍也 芥 說文菜也 悈 說文飾也集韻急也慬也 魪 廣韻比目魚也 [illegible] 說文簪結也集韻覆髻也 [illegible] 廣韻幘也 犗 說文騬牛也 解 廣韻古隘切集韻居隘切今用皆隘切卦韻○集韻除也一日閒上也 懈 說文怠也集韻或作懈 繲 廣韻



浣衣集韻故衣也 廨 集韻公舍 薢 廣韻薢茩藥名集韻草名芙芜也 嶰 集韻山名

溪二 烗 廣韻苦戒切集韻口戒切今用器戒切協用器隘切怪韻○集韻烗烗熾也或作爑炌 [illegible] 廣韻苦賣切集韻口賣切今用器隘切卦韻○說文難也集韻或作𢿛𢾺

羣二 齘 集韻渠介切今用極械切協用極隘切怪韻○集韻睚中切齒聲

疑二 睚 廣韻五懈切集韻牛解切今用義賣切卦韻○集韻目際也一日怒視或作[illegible] 譺 廣韻五介切集韻牛戒切今用義戒切怪韻○說文騃也集韻欺怫也 忦 說文憂也集韻慬也

知二 媞 集韻得懈切今用智隘切卦韻○集韻姕媞欺謾也見揚雄方言

徹二 蠆 廣韻丑犗切集韻丑邁切今用恥寨切協用恥隘切夬韻○說文毒蟲也集韻或作蠤蠆 囆 集韻

人名公羊傳鄭公孫囆 慸 集韻慸芥刺鯁也或作蔕袃 㦅 集韻㦅怖心不安也或作慸通作蔕

澄二 ⿰臭祭 廣韻集韻除邁切今用直邁切協用直隘切夬韻○集韻⿰臭祭⿰臭吉臭也

孃二 褹 廣韻集韻女介切今用膩戒切協用膩隘切怪韻○集韻複襦也江湘之閒謂之筩褹或作⿱埶衣

幫二 ⿱山辟 廣韻方賣切集韻卜卦切今用布隘切卦韻○集韻山谷阸也一曰蜀中謂山谷閒田曰⿱山辟

明二 賣 廣韻集韻莫懈切今用暮隘切卦韻○韻會出物貨也

照二 債 廣韻集韻側賣切今用滓隘切卦韻○集韻逋財也或作責 瘵 廣韻集韻側界切今用滓械切協用滓隘切怪韻○說文病也 祭 廣韻周大夫邑名又姓說文作⿰祭阝

穿二 瘥 廣韻集韻楚懈切今用測隘切卦韻○說文瘉也集韻或作差 衩 廣韻衣衩博雅䘯袺衩謂之褸衩

啐 廣韻集韻倉夬切今用抄邁切協用抄隘切夬韻○廣韻啗也

牀二 寨 廣韻犲夬切集韻士邁切今用乍邁切協用乍隘切夬韻○廣韻羊栖宿處集韻籬落也本作柴或作砦

眦 廣韻士懈切集韻仕懈切今用乍隘切卦韻○集韻眦睚恨視或作睵疵眥

審二 曬 廣韻集韻所賣切今用史隘切卦韻○廣韻暴也 灑 集韻汛也或作洒汛灑

曉二 謑 廣韻火懈切集韻許懈切今用喜隘切卦韻○廣韻怒言集韻恥也 譮 廣韻集韻許介切今用喜戒切協用喜隘切怪韻○廣韻怒聲 欸 說文訾也集韻或作唉 齂 說文臥息也集韻或作屆唏 噧 說文高氣多言也 ⿰言萬 集韻[illegible]⿰言萬爭怒或作譤 ⿰臭吉 廣韻火犗切集韻許邁切今用喜邁切協用喜隘切夬韻○集韻⿰臭祭⿰臭吉臭也



匣二 械 廣韻胡介切集韻下介切今用系戒切協用系隘切怪韻○說文桎梏也一曰器之總名一曰持也一曰有盛為械無盛為器 瀣 集韻沆瀣海氣 韰 廣韻葷菜也葉似韭集韻或作薤䪥 齘 說文齒相切也集韻怒 [illegible] 廣韻俠也集韻速也或作[illegible] ⿰言介 集韻言善也又人名見宋史宗室表 邂 廣韻胡懈切集韻下解切今用系隘切卦韻○說文邂逅不期而遇也 解 集韻散也一曰解廌獸名一曰地名

影二 隘 廣韻集韻烏懈切今用倚賣切卦韻○廣韻狹也陋也集韻或作阸阨 噫 廣韻烏界切集韻乙界切今用倚戒切協用倚隘切怪韻○說文飽食息也集韻或作欸 搤 集韻扼也 嗌 集韻噎也秦晉謂咽痛曰嗌見揚雄方言 喝 韻會噎聲集韻或作噫 嗄 集韻氣逆也或作噎 餲 韻會飯敗也 欸 集韻怒聲

按以上十七音列於第二等例屬開口呼今多讀作齊齒呼

見二 怪 廣韻集韻古壞切今用固拜切怪韻○說文異也集韻或作傀俗作恠 壞 集韻毀也或作𡐨敷 夬 廣韻古賣切集韻古邁切今用固快切夬韻○說文分決也 獪 集韻狡也博雅擾也 箉 集韻竹名或作狤猾 澮 集韻水注溝曰澮見爾雅 噲 集韻人名燕王噲 卦 廣韻集韻古賣切今用固賣切協用固話切卦韻○說文筮也廣韻挂也 挂 說文畫也集韻懸也通作掛 掛 韻會別也又揲蓍挂於小指閒曰掛 詿 廣韻誤也 絓 集韻罥也或作罣

溪二 快 廣韻集韻苦夬切今用庫邁切夬韻○說文喜也廣韻稱心也可也又亦姓 駃 廣韻駃馬日行千里 蒯 廣韻集韻苦怪切今用庫怪切協用庫隘切怪韻○廣韻茅類又姓說文作[illegible] 噲 說文咽也集韻嚊也 蕢 集韻草名赤莧也 簣 廣韻土也 喟 說文太息也集韻或作嘳歎 塊 集韻土也或作墤由通作蕢

箴 集韻竹箾也

疑二 聵 廣韻集韻五怪切今用誤壞切怪韻○說文聾也

徹二 顡 廣韻他怪切集韻迍怪切今用黜壞切怪韻○集韻擊頭聲一曰聉顡無志

澄二 聉 集韻墌怪切今用逐壞切怪韻○集韻聉顡無志

幫二 拜 廣韻博怪切集韻布怪切今從集韻怪韻○韻會首至地也說文作𢷎 敗 廣韻補邁切集韻北邁切今用布怏切夬韻○集韻毀之也陸德明曰毀佗曰敗

滂二 派 廣韻匹卦切集韻普卦切今用破賣切卦韻○說文別水也 湃 廣韻普拜切集韻怖拜切今用破怪切怪韻○集韻滂湃水聲 湏 說文水出樂浪鏤方東入海一曰出湏水縣



並二 敗 廣韻薄邁切集韻簿邁切今從集韻夬韻○說文毀也廣韻自破曰敗 唄 集韻西域謂誦曰唄

粺 廣韻傍卦切集韻旁卦切今用步賣切卦韻○說文毇也廣韻精米 憊 廣韻蒲拜切集韻步拜切今用步壞切怪韻○韻會羸困也說文作㣁或作𤸳 稗 說文禾別也廣韻稗草似穀 韛 集韻吹火韋囊也 湨 集韻水涌 糒 集韻乾餱

明二 邁 廣韻莫話切集韻莫敗切今用暮敗切夬韻○說文遠行也 勱 說文勉力也 佅 集韻東夷樂名 韎 廣韻莫拜切集韻暮拜切今用暮壞切怪韻○集韻赤韋也一曰北狄之樂 譪 說文誡也又人名見宋史宗室表 霾 集韻風而雨土

審二 鎩 廣韻所拜切集韻所介切今用所壞切怪韻○說文鈹有鐔也集韻或作鍛 殺 集韻疾也削也或作䊛煞

曉二 諣 廣韻集韻呼卦切今用虎派切卦韻○說文疾言也 溆 廣韻火怪切集韻呼怪切今用虎怪切怪韻○集韻澅溆水相激聲

匣二 壞 廣韻集韻胡怪切今用戶怪切怪韻○說文敗也 蘾 集韻草名爾雅蘾烏蔆 畫 廣韻集韻胡卦切今用戶卦切卦韻○集韻界也俗作畫 澅 廣韻水名在齊 繣 集韻徽也韻會結也 絓 廣韻絲結 詿 廣韻礙也集韻誤也 罫 韻會礙也又碁局線間方目集韻本作絓或作挂 話 廣韻下快切集韻戶快切今用戶邁切借用戶卦切夬韻○韻會合會善言也說文作語或作譮 𨘋 集韻過也



影二 黯 廣韻集韻烏快切今從之夬韻○廣韻淺黑色

按以上十四音合口呼

# 十一隊

灰去聲○舊十八隊十九代二十廢

按廣韻集韻。分隊代廢爲三韻而律同用。別本廣韻亦有以廢爲獨用者。隊爲灰去聲。代爲咍去聲。廢韻譜獨列。無平上入聲。而音與祭韻相近。宋劉淵併爲十一隊。

見一 槩 廣韻古代切集韻居代切合聲箇愛切○廣韻平斗斛木集韻或作杚槪 漑 廣韻灌也又水名

摡 說文滌也 扢 廣韻磨也 腎 集韻腰痛

溪一 慨 廣韻苦蓋切集韻口溉切今用可愛切○說文忼慨壯士不得志也 愾 集韻太息也一日怒也滿也

嘅 說文嘆也 欬 說文逆氣也廣韻欬瘶 鎧 廣韻甲也 闓 廣韻開也 輆 集韻輆沐國名在越東



羣一 隑 集韻巨代切今用忌礙切○集韻陭也見博雅

疑一 礙 廣韻五溉切集韻牛代切今用餓耐切○說文止也集韻或作硋㝵 閡 說文外閉也 儗 集韻儓儗癡貌 侅 集韻飲食至咽爲侅

端一 戴 廣韻都代切集韻丁代切今用朶愛切○說文分物得增益曰戴集韻首戴一曰國名亦姓 襶 集韻䙫襶不曉事

透一 態 廣韻集韻他代切今用妥愛切○說文意也正韻縱也又情態 貸 說文施也 儓 集韻儗癡也一日不前或作佁 蚮 集韻蟲名食葉者揚雄方言蟒宋魏之間謂之蚮

定一 代 廣韻徒耐切集韻待戴切今用渡礙切○說文更也集韻州名 岱 說文太山也 袋 集韻囊屬或作帒 黛 韻會畫眉墨也說文作黱 逮 廣韻及也 埭 集韻壅水也或作碌埭 曃 集韻曖曃暗也或作睐靆 靆 廣韻靉靆雲狀 瑇 集韻瑇瑁也或作蝳毒玳 酨 說文酢漿也

泥一 耐 廣韻奴代切集韻乃代切今用諾礙切○廣韻忍也 鼐 說文鼎之絕大者 螚 廣韻小蝱蟲也 䙫 集韻䙫襶不曉事 能 集韻忍也亦姓通作耐 佴 集韻次也亦姓 耏 說文罪不至髡也集韻亦作耏通作耐

滂一 怖 集韻匹代切今用破愛切○集韻怒也

並一 偝 集韻蒲代切今用步礙切○集韻偝立不正鄉前也

明一 穤 廣韻集韻莫代切今用暮礙切○集韻黑也博雅敗也



精一 再 廣韻集韻作代切今用子愛切○說文一舉而二也 載 說文乘也集韻年也唐虞曰載一曰則也事也 縡 廣韻事也

清一 菜 廣韻集韻倉代切合聲次愛切○說文草之可食者 采 韻會臣食邑廣韻作埰 棌 廣韻木名集韻栯也唐虞棌椽 脥 集韻大腹也山海經丹熏山有耳鼠以其尾飛食之不脥 寀 集韻官也 縩 集韻綷縩鮮衣

從一 載 廣韻集韻昨代切今用字礙切○集韻舟車運物也 在 說文存也 裁 集韻製也 栽 說文築牆長版 酨 廣韻醋醬

心一 賽 廣韻集韻先代切合聲四愛切○廣韻報也 塞 說文隔也 簺 說文行棊相塞謂之簺集

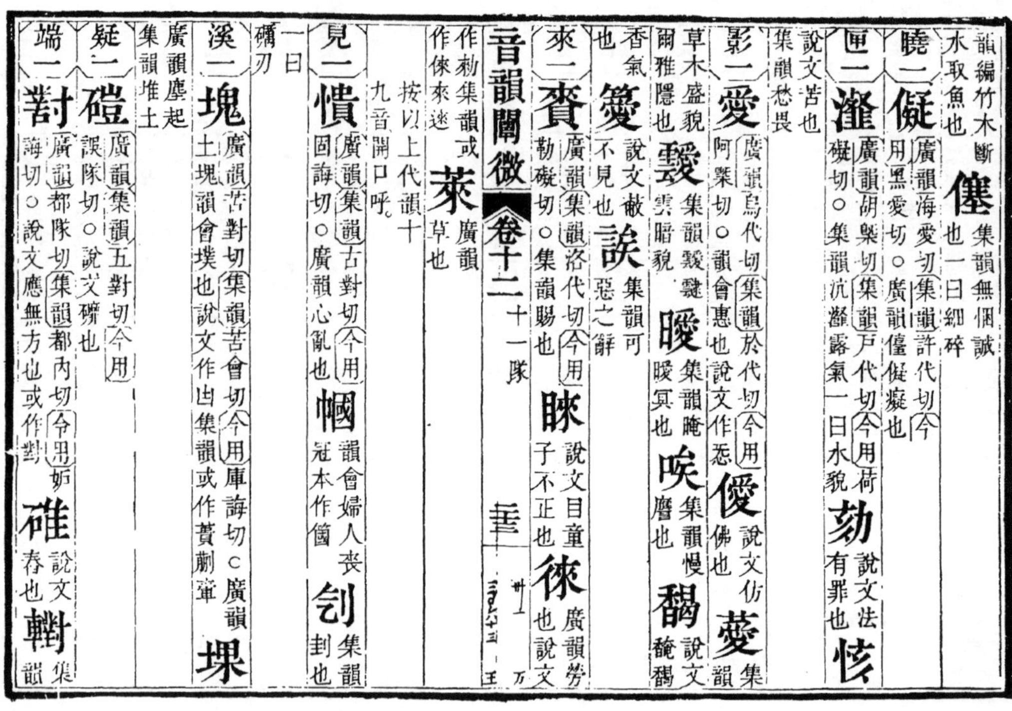

韻編竹木斷水取魚也 僊 集韻無佪誠也一曰細碎

曉一 儗 廣韻海愛切集韻許代切今用黑愛切○廣韻儓儗癡也

匣一 瀣 廣韻胡槩切集韻戶代切今用荷礙切○集韻沆瀣露氣一曰水貌 劾 說文法有罪也 㤥 集韻

說文苦也集韻愁畏

影一 愛 廣韻烏代切集韻於代切今用阿槩切○韻會惠也說文作㤅 僾 說文仿佛也 薆 集韻

草木盛貌爾雅隱也 靉 集韻靉靆雲暗貌 曖 集韻晻曖冥也 唉 集韻慢譍也 䵘 說文馣䵘

香氣也 䉀 說文蔽不見也 誒 集韻可惡之辭

來一 賚 廣韻集韻洛代切今用勒礙切○集韻賜也 睞 說文目童子不正也 徠 廣韻勞也說文

作勑集韻或作倈來逨 萊 廣韻草也

按以上代韻十九音開口呼。



見一 憒 廣韻集韻古對切今用固誨切○廣韻心亂也 幗 韻會婦人喪冠本作簂 刉 集韻封也

一曰礪刃

溪一 塊 廣韻苦對切集韻苦會切今用庫誨切○廣韻土塊韻會墣也說文作凷集韻或作蕢蒯䈪 堁

廣韻塵起集韻堆土

疑一 磑 廣韻集韻五對切今用譔隊切○說文䃺也

端一 對 廣韻都隊切集韻都內切今用妒誨切○說文應無方也或作對 碓 說文舂也 轛 集韻

車箱或作轛 濧 集韻漬也濡也 敦 集韻器名周禮珠槃玉敦一曰似瓿無緣盟以歃血者

透一 退 廣韻他內切集韻吐內切今用兔誨切○廣韻卻也說文作𢓚

定一 隊 廣韻徒對切今用渡內切○說文從高隊也廣韻羣隊 䨴 廣韻靄䨴雲狀 薱 集韻

草木盛貌 𥌒 集韻茂貌 𡽗 集韻山貌或作對 懟 說文怨也集韻或作譈憝憞 鐓 廣韻矛下

銅也說文作錞集韻或作鐜

泥一 內 廣韻集韻奴對切今用怒隊切○說文入也韻會中也裏也

幫一 背 廣韻集韻補妹切今用布誨切○說文脊也韻會負也 輩 說文若軍發車百兩爲一輩也廣韻

等輩又比也類也或作輩 北 集韻違也 𠣶 韻會人名晉有𠣶督又石勒初名𠣶



滂一 配 廣韻集韻滂佩切今用破誨切○廣韻匹也合也 妃 廣韻偶也 䏽 廣韻向曙色也集韻

月未盛之明也

並一 佩 廣韻集韻蒲昧切今用步妹切○說文大帶佩也 珮 集韻佩玉也通作佩 孛 廣韻星也

集韻彗星也或作茀 琲 集韻珠百枚曰琲一說珠十貫爲一琲或作𤨔 誖 集韻亂也或作悖哱怫 㫲

集韻暗也 焙 韻會熇也本作焙 邶 說文故商邑自河內朝歌以北是也集韻或作鄁 拔 韻會拂取

也又枝葉生也 萯 韻會草名一曰山名 背 集韻違也或作偝背

明一 妹 廣韻集韻莫佩切今用暮佩切○說文女弟也 昧 說文爽旦明也一曰暗也 眛 集韻目不

明也 韎 說文茅蒐染韋也一入曰韎 沬 集韻微晦也一曰水名在蜀 痗 廣韻病也 脢 集韻

背肉也或作脥 瑁集韻瑇瑁龜屬或作帽蝐冒 眑說文目冥遠視也一曰久也一曰旦明也 沕韻會潛藏也 媒集韻媒媒晦貌 侏韻會東夷之樂曰侏

精一 睟廣韻子對切集韻祖對切今用作誨切○集韻子生一歲也一曰睟時者周時也 綷韻會五采雜色說文作䌨集韻或作綷通作琗 琗集韻玉光

清一 倅廣韻七內切集韻取內切今用措誨切○集韻副也 淬說文滅火器也 焠說文堅刀刃也

啐說文驚也韻會咄啐嘐也

從一 啐集韻摧內切今用疵內切○集韻驚也

心一 碎廣韻蘇內切集韻蘇對切今用素誨切○說文䃺也廣韻細破也 誶廣韻告也韻會誚也詬也



曉一 誨廣韻荒內切集韻呼內切今用虎對切○說文曉教也 悔說文悔恨也 晦說文月盡也

靧韻會洒面也說文作沬集韻或作頮古作湏 ⿰每卜說文易卦之上體也集韻通作悔

匣一 潰廣韻集韻胡對切今用戶內切○說文漏也集韻散也 ⿰言貴說文中止也廣韻覺悟 繢說文織餘也集韻畫也或作繪 闠集韻市外門也 匯集韻水回合也 ⿱艹豈韻會菜名 螝廣韻蟲蛹

回集韻曲也或作迴 憒說文亂也 嬇廣韻女字集韻女嬇陸終氏妻

影一 隈廣韻烏繢切集韻烏潰切今用烏誨切○集韻水曲曰隈

來一 纇廣韻集韻盧對切今用路內切○說文絲節也韻會疵也戾也 耒說文手耕曲木也 酹韻會醊祭以酒沃地 擂集韻擊鼓 礧集韻推石自高而下也或作礨礌雷櫑 蘱集韻草名見爾雅一曰地名

按以上隊韻廿九音合口呼

溪三 麮集韻去穢切今從之○集韻麴也齊人名麴麮曰媒

羣三 ⿴行⿱牛韋廣韻渠穢切集韻遽穢切今用遽穢切○集韻牛觸謂之⿴行⿱牛韋

疑三 刈廣韻魚肺切集韻魚刈切今用誤肺切○廣韻刈穫說文作乂集韻或作艾 ⿱乂心說文懲也韻會或作艾

非三 廢廣韻方肺切集韻放吠切今用付穢切○說文屋頓也集韻置也 癈說文固病也韻會通作廢

祓廣韻福也除惡祭也 橃集韻橃椵柚屬見爾雅 䉬集韻籧篨也或作䕠蕟 茀集韻小也



韻會福也 茇集韻竹葦絙也

敷三 肺廣韻方廢切集韻芳廢切今用赴穢切○說文金藏也集韻或作胇 柿說文削木札樸也陳楚謂櫝爲柿

奉三 吠廣韻符廢切集韻房廢切今用附穢切○說文犬鳴也集韻或作狒㹃 鼣廣韻鼠名如犬吠也見爾雅 茷集韻草葉多貌

曉三 喙廣韻許穢切集韻許濊切今用虎穢切○說文口也 顪廣韻頰也集韻頤下毛或作噦 餯廣韻飯臭爾雅餀謂之餯 ⿰女彖韻會困劇也或作⿸疒彖⿱彖心通作喙

影三 穢廣韻於廢切集韻烏廢切今用烏喙切○廣韻惡也韻會汚也 薉說文蕪也 濊集韻濁也

韻會汪濊深廣貌或作瀸

**獩** 集韻獩貊東夷國名通作薉穢濊

（來三）**䊀** 集韻立廢切（今用）路穢切○集韻周禮朱總鄭康成曰故書總或爲䊀

按以上廢韻九音韻譜列於三等例屬撮口呼今皆訂作合口呼。





# 十二震

眞上聲○舊二十一震二十二稕

按廣韻集韻皆分震與稕爲二韻而律同用震爲眞去聲稕爲諄去聲宋劉淵併爲十二震。

（見三）**抻** 集韻居覲切（合聲）記印切（稕韻）○集韻以巾覆物謂之抻

（溪三）**菣** 廣韻集韻去刃切（今用）起印切（震韻）○集韻草名說文香蒿也或作藍

（溪四）**螼** 廣韻羌印切集韻羌刃切（合聲）器印切（震韻）○廣韻螼蚓蚯蚓也

（羣三）**覲** 廣韻渠遴切集韻渠吝切（今用）忌印切（震韻）○說文諸侯秋朝曰覲勞王事

**僅** 說文材能也廣韻餘也纔也劣也少也

**瑾** 廣韻美玉名

**墐** 說文塗也

**饉** 說文蔬不熟爲饉

**殣** 廣韻埋也

**瘽** 廣韻病也

**堇** 集韻藥草烏頭也



（疑三）**憖** 廣韻魚覲切集韻魚僅切（今用）義覲切（震韻）○說文問也謹敬也一曰說也甘也廣韻且也傷也閑也

**垽** 廣韻滓也集韻澱也

（知三）**鎮** 廣韻集韻陟刃切（合聲）智印切（震韻）○廣韻壓也又姓

**塡** 廣韻定也亦星名

**瑱** 集韻玉充耳也

（徹三）**疢** 廣韻集韻丑刃切（今用）恥印切（震韻）○集韻熱病或作疹疹

**趁** 說文趨也廣韻趁逐或作趂

（澄三）**陣** 廣韻集韻直刃切（今用）稚印切（震韻）○韻會列也說文作陳或作陳

**診** 說文視也

（幫四）**儐** 廣韻集韻必刃切（合聲）臂印切（震韻）○說文導也廣韻相也

**擯** 廣韻擯斥集韻弃也

**鬢** 說文頰髮也

**嬪** 廣韻嬪嬐

**覞** 集韻不見謂之覞或作嬪

滂四 𣏟 廣韻集韻匹刃切合聲嚬印切震韻○說文分枲莖皮也

明四 㦍 集韻忙覲切今用密印切稕韻○集韻強也

精四 晉 廣韻集韻即刃切今用即印切震韻○廣韻進也又州名亦姓說文作晉 進 說文登也廣韻前也善也亦姓 縉 說文帛赤色也 搢 集韻插也 瑨 廣韻美石次王或作璡 嚍 集韻憤也揚雄方言通諸八之嚍嚍

清四 親 廣韻七遴切集韻七刃切合聲砌印切震韻○集韻婚姻相謂爲親或作儭

心四 信 廣韻息晉切集韻思晉切合聲細印切震韻○說文誠也廣韻驗也又姓 訊 說文問也 迅 說文疾也 阠 廣韻八陵名爾雅東陵阠 汛 說文灑也 囟 說文頭會腦蓋也



邪四 盡 廣韻集韻徐刃切今用習印切震韻○說文會禮也集韻或作贐進 璶 說文石似玉者 燼 廣韻燭餘說文作𤇯 藎 說文草也廣韻進也 濜 集韻水名在襄陽

照三 震 廣韻章刃切集韻之刃切合聲至印切震韻○說文劈歷振物者 振 說文舉救也一日奮也 賑 廣韻贍也集韻富也或作肜 娠 集韻妊也或作㑗通作震 挋 說文給也集韻約也拭也 侲 韻會童子也漢制侲於禁中用侲子謂逐厲童子也 袗 集韻元服也一日衣前禪或作裖 踬 集韻動也或作蜄跂 鷐 集韻鷩摹飛也 甄 集韻掉也鍾病聲

穿二 櫬 廣韻集韻初覲切今用差印切震韻○說文棺也 襯 集韻近身衣 齔 集韻毀齒也男八歲女七歲而齔或作齓 儭 廣韻裏也集韻藉也

牀二 酳 集韻士刃切今用仕印切稕韻○集韻漱酒也

審二 阠 集韻所陳切今用史印切稕韻○集韻陵名

審三 胂 廣韻集韻試刃切合聲試印切震韻○集韻張目也或作瞋

禪三 慎 廣韻集韻時刃切今用侍印切震韻○說文謹也廣韻誠也亦姓古作昚 蜃 集韻大蛤或作蜄 蜄 集韻蛟屬通作蜃

曉三 釁 廣韻許覲切集韻許慎切今用喜印切震韻○廣韻罪也瑕釁也韻會牲血塗器祭也或作衅 璺 集韻玉破不離

影三 隱 集韻於刃切今用倚覲切稕韻○集韻據也

影四 印 廣韻於刃切集韻伊刃切今用乙晉切震韻○說文執政所持信也



䲟 集韻䲟鱗魚名如篆一曰首象印

喻四 酳 廣韻羊晉切集韻羊進切今用異刃切震韻○集韻漱酒也 胤 說文子孫相承續也集韻國名亦姓 靷 集韻駕牛具在胷曰靷 鈏 說文錫也 引 集韻牽車紼也一日曲引 朄 說文擊小鼓引樂聲也廣韻作𨍭 濥 說文水脈行地中濥濥也

來三 吝 廣韻集韻良刃切今用吏印切震韻○說文恨惜也 悋 集韻鄙也 遴 廣韻行難也又姓 瞵 集韻視不明 蹸 說文轢也韻會車踐也或作轔躪躙閵集韻亦作轥 粼 集韻竹類爾雅粼堅中或作𥳴𥳴籬 磷 廣韻薄石 甐 廣韻器也 粦 廣韻鬼火也兵死及牛馬血爲之或作燐 驎 集韻隱驎馬色駮 麐 集韻牡鹿 藺 廣韻草名莞屬亦縣名又姓 獜 集韻獸名見山海經 橉 集韻門閾

也楚人曰櫟一曰木名

日三 刃 廣韻集韻而振切今用日印切震韻。說文刃堅也 訒 說文頓也 仞 說文伸臂一尋八尺也 軔 說文礙車也 牣 說文牣滿也 韌 韻會堅柔木本作肕亦作韧忍通作刃 認 集韻識也

見四 昀 廣韻集韻九峻切今用據韻切稕韻。廣韻唁也集韻吐也

按以上二十五音。齊齒呼。

溪四 壼 集韻囷閏切今用去韻切稕韻。集韻宮中巷

知三 飩 集韻屯閏切今用竹韻切稕韻。集韻味厚也



精四 俊 廣韻子峻切集韻祖峻切今用作韻切稕韻。說文才千人也集韻或作儁 畯 說文農夫也集韻典田官一曰農神 餕 集韻食餘曰餕博雅熟食謂之餕饔 駿 說文馬之良材者 ⿰夋兔 集韻狻兔名 ⿰鼠夋 廣韻石鼠出蜀毛可作筆 焌 集韻然火也 晙 廣韻早也集韻明也 葰 集韻薑屬 睃 集韻視也 峻 集韻大也 浚 集韻浚稽山名

心四 濬 廣韻私閏切集韻須閏切今用粟韻切稕韻。韻會深通川也說文作容或作濬 峻 韻會高也說文作陖或作墜嶠埈通作駿 陖 高也 浚 說文抒也集韻水名一曰深也敬也 晙 集韻早也 迿 集韻先也公羊傳朋友相衛而不相迿 鵕 集韻鳥名說文鵕鸃鷩也或作雞 梭 說文木也集韻木茂 迅 廣韻疾也 筍 韻會齊魯以北謂竹輿爲筍

邪四 徇 廣韻辭閏切集韻徐閏切今用敘韻切稕韻。廣韻自衒名行韻會行示也巡也又順也歸也說文作彴通作徇 殉 集韻以人從死也 侚 說文疾也

照三 稕 廣韻之閏切集韻朱閏切今用注韻切稕韻。廣韻束稈也 純 集韻緣也 諄 廣韻告之丁寧 訰 廣韻訰訰亂也見爾雅

審三 舜 廣韻舒閏切集韻輸閏切今用恕韻切稕韻。廣韻虞舜仁聖盛明曰舜說文作𦱶草也 蕣 集韻木堇朝華暮落者或作橓蕣 瞬 廣韻目自動也說文作瞚集韻或作眣眴瞤 鬊 說文鬊髮也

禪三 順 廣韻食閏切集韻殊閏切合聲樹韻切稕韻。說文理也廣韻從也 揗 集韻摩也

喻三 韻 集韻筠吻切今用喻順切稕韻。集韻音和也或作韵



來三 淪 集韻倫浚切合聲慮韻切稕韻。集韻沒也

日三 閏 廣韻如順切集韻儒順切合聲孺韻切稕韻。說文餘分之月 潤 說文水曰潤下 肕 集韻朐肕蟲名巴郡有朐肕縣地下多此蟲因以爲名 ⿰山閏 集韻地名後魏常景發兵守白⿰山閏

按以上十二音。撮口呼。

十三問 文去聲○舊二十三問

按廣韻分二十三問二十四焮爲二韻而律獨用。集韻分問與焮爲二韻而律同用。今依平聲例將二韻字分列之。

見三 攈 廣韻居運切集韻俱運切今用攈運切○說文拾也集韻或作据攟

溪三 趣 集韻邱運切今用去運切○集韻走也

羣三 郡 廣韻渠運切集韻具運切合聲遽運切○說文周制天子地方千里分爲百縣縣有四郡

非三 糞 廣韻集韻方問切今用付問切○廣韻穢也正韻治也培也又掃除也 拚 正韻掃席前日拚說文作坌 奮 說文翬也集韻振也亦姓 瀵 集韻水名見爾雅 僨 說文僵也 攢 集韻擊仆也晉書張協七命攢馮豕 坌 集韻跳躑也山海經依軲山有獸虎爪有甲名曰獜善駚坌



敷三 湓 廣韻匹問切集韻芳問切今用赴問切○集韻水聲 忿 集韻怒也

奉三 分 廣韻扶問切集韻符問切今用附問切○廣韻分劑集韻別也 坋 廣韻塵也集韻大防 秎 集韻穧也一曰秎穧禾有限也

微三 問 廣韻亡運切集韻文運切今用務奮切○說文訊也 紊 說文亂也 聞 廣韻名達集韻聲所至也古作聋 抆 集韻拭也 汶 廣韻水名 絻 集韻喪冠也或作免悗 鼤 集韻鼠屬見爾雅 璺 集韻玉破 文 集韻飾也

曉三 訓 廣韻許運切集韻吁運切今從廣韻○說文說敎也廣韻誡也又姓 馴 集韻順也

影三 醞 廣韻於問切集韻紆問切今用郁訓切○說文釀也 慍 說文怒也 縕 廣韻亂麻集韻紼也

薀 集韻積也或作蘊 熅 集韻以火伸物

喻三 運 廣韻集韻王問切今用喻郡切○廣韻遠也動也轉輸也又姓 餫 說文野饋曰餫 鄆 廣韻邑名又州名亦姓 暈 廣韻日月傍氣集韻作煇 韻 說文和也集韻或作均韵 緷 說文緯也 韗 說文攻皮治鼓工也或作鞾 員 廣韻姓也 鄖 集韻國名 ⿰員見 說文外博衆多視也又姓南北朝有⿰員見平集韻或作觀

按以上十音撮口呼惟輕脣數音宜屬合口呼。

焮 殷去聲

見三 靳 廣韻集韻居焮切今用記焮切協用記印切○說文當膺也韻會靳固也一曰吝也又姓 斤 爾雅斤斤察也 㨷 說文拭也集韻或作拒

溪三 掀 集韻邱近切今用器靳切協用器印切○集韻舉出也一曰引也

羣三 近 廣韻集韻巨靳切今用忌焮切協用忌印切○說文附也韻會親也近近之也

疑三 垽 廣韻吾靳切集韻語靳切今用義近切○集韻澱也江東呼為垽

曉三 焮 廣韻集韻香靳切今用喜靳切○集韻炙也一曰爇也或作炘

影三 𠐻 廣韻集韻於靳切今用倚靳切○韻會依人也或作傿㥯 隱 集韻築也隈也 檃 韻會括也通作隱集韻作檼 濦 韻會水名又縣名集韻或作㶏

按以上六韻齊齒呼。



十四願 元去聲○舊二十五願二十六慁二十七恨

按廣韻集韻皆分願慁恨為三韻而律同用願為元去聲慁為寬去聲恨為痕去聲宋劉淵併為十四願

見三 建 廣韻居万切集韻居萬切合聲記堰切○說文立朝律也廣韻立也樹也至也又木名又姓

溪三 騫 集韻祛建切合聲器堰切○集韻馬腹上也

羣三 健 廣韻集韻渠建切今用忌堰切○說文伉也韻會強也有力也不倦也 楗 說文門限也集韻剛木 腱 韻會筋本也說文作笏 鍵 集韻鉉也一曰籥牡

疑三 甗 廣韻語堰切集韻牛堰切今用義健切○廣韻甑也 鬳 說文鬲屬集韻或作甗 唁 集韻弔生曰唁 巘 集韻山形如甗

曉三 獻 廣韻集韻許建切今用喜堰切○說文宗廟犬名羹獻犬肥者以獻之韻會進也賢也又姓 憲 廣韻法也又姓 𧻄 說文走意也 瓛 集韻桓圭也圭之方者 軒 韻會切肉如薤葉也禮記內則注細切為膾大切為軒

影三 堰 廣韻集韻於建切今用倚建切○集韻障水也或作隁隔 郾 說文潁川縣 鄢 廣韻地名在楚 漹 廣韻水名在襄陽宜城入漢江也 嫣 廣韻長貌 傿 說文引為賈也 匽 集韻路廁也 褗 廣韻衣領也

來三 僆 集韻力健切今用吏堰切○集韻雞未成者 蜒 集韻赤蜒蛇名

按以上願韻七音齊齒呼。

見三 𣂑 廣韻居願切集韻俱願切合聲據怨切○說文抒滿也廣韻皖物也 絭 說文攘臂繩廣韻弦也
韏 說文革中辨謂之韏
溪三 勸 廣韻去願切集韻區願切今用去怨切○說文勉也集韻或作勸 券 說文契也 綣 集韻
繾綣厚志 虇 廣韻萌筍又蘆芽
羣三 圈 廣韻臼万切集韻具願切今從集韻○說文養畜閑也廣韻邑名
疑三 願 廣韻魚怨切集韻虞怨切今用遇勸切○說文大頭也廣韻欲也念也思也 源 說文徐語也
愿 說文謹也
非三 販 廣韻集韻方願切今用付萬切○說文買賤賣貴者 畈 韻會田畈平疇也



敷三 娩 廣韻芳万切集韻孚萬切今用赴萬切○廣韻兔子也娩疾也 嬔 韻會生子齊均也又免也見爾
雅說文作嬔 汳 集韻水名在陳留入泗
奉三 飯 廣韻符萬切集韻扶萬切今用附萬切○說文食也集韻或作餅飰
微三 萬 廣韻集韻無販切今用務飯切○說文蟲也集韻舞也亦姓 万 集韻數也通作萬 曼
說文引也廣韻長也 蔓 說文葛屬廣韻瓜蔓又姓 鬗 集韻髮長也 脕 集韻澤也一曰愉色必有脕容
䨲 集韻䨲杰梁四公之名 獌 說文狼屬集韻或作貓通作蟃 蟃 集韻蟲名螟蛉也 鰻 廣韻
魚名
穿三 𥳑 廣韻叉万切集韻芻萬切今用楚怨切○說文小舂也

曉三 楥 廣韻虛願切集韻呼願切今用許怨切○說文履法也集韻或作楦
影三 怨 廣韻於願切集韻紆願切今用郁勸切○說文恚也 畹 集韻田畝三十為畹或作畹 苑
集韻所以養禽獸也 涴 集韻水名見山海經
喻三 遠 廣韻集韻于願切今用喻勸切○集韻離也韻會遠之也
按以上願韻十二音撮口呼惟輕脣數音宜屬合口呼
見一 睔 廣韻集韻古困切今用固困切○韻會大目也又人名左傳有鄭伯睔 暉 說文大目出也又人
名南唐大將軍皇甫暉
溪一 困 廣韻集韻苦悶切今用庫悶切○說文故廬也集韻極也



疑一 顐 廣韻五困切集韻吾困切今用誤悶切○廣韻禿也 諢 廣韻弄言 饐 說文饐饐也集韻謂
相謁食麥
端一 頓 廣韻集韻都困切今用妒困切○說文下首也 敦 韻會豎也爾雅邱一成為敦邱又太歲在子曰
困敦 伅 集韻愚貌或作沌
定一 鈍 廣韻集韻徒困切今用渡悶切○廣韻不利也頑也 遯 說文逃也 遁 說文遷也
泥一 嫩 廣韻集韻奴困切今用怒悶切○集韻少弱也一曰好貌或作媆
幫一 奔 廣韻甫悶切集韻補悶切今用布困切○集韻急赴也
滂一 噴 廣韻集韻普悶切今用破困切○集韻叱也一曰鼓鼻或作歕 歕 集韻吹氣也 湓

廣韻水聲

並一 坌 廣韻集韻蒲悶切今用步悶切○集韻塵也一曰並也或作坋 体 集韻劣也

明一 悶 廣韻集韻莫困切今用暮困切○說文懣也集韻或作惛們 懣 說文煩也

精一 焌 廣韻子寸切集韻祖寸切今用作困切○說文然火也集韻或作焞焌 捘 說文推也韻會擠也搯也

清一 寸 廣韻倉困切集韻村困切今用措困切○說文十分也

從一 鐏 廣韻集韻徂悶切今用祚悶切○說文柲下銅也 栫 廣韻木名集韻以柴木壅曰栫 鱒 廣韻魚名又魚入泥



心一 巽 廣韻集韻蘇困切今用素困切○說文具也韻會卦名入也柔也卑也 遜 說文遁也集韻或作孫 潠 韻會噴水也或作噀噀

曉一 惛 廣韻呼悶切集韻呼困切今用虎困切○廣韻迷忘也集韻不憭也

匣一 慁 廣韻集韻胡困切今用戶困切○說文憂也一曰擾也集韻辱也或作慁 溷 說文亂也一曰水濁皃 圂 說文廁也廣韻豕所居也

影一 搵 廣韻集韻烏困切今從之○說文沒也 䭡 說文秦人謂相謁而食麥曰䭡䭓集韻飽也

來一 論 廣韻集韻盧困切今用路悶切○廣韻議也 碖 廣韻大小皃集韻石皃

按以上慁韻十八音合口呼。

見一 艮 廣韻集韻古恨切今用箇恨切○說文很也廣韻卦名也止也 茛 集韻草名鉤吻也 鞎 集韻車革前也

溪一 硍 集韻苦恨切今用可恨切○集韻吳俗謂石有痕曰硍

疑一 䭓 廣韻集韻五恨切今用餓恨切○說文䭡䭓也廣韻飽也

匣一 恨 廣韻集韻胡艮切今用戶艮切○廣韻怨也

影一 䭡 廣韻烏恨切集韻於恨切今用阿艮切○廣韻䭡䭓飽也

按以上恨韻五音開口呼。

# 十五翰 寒去聲○舊二十八翰二十九換

按廣韻集韻皆分翰與換爲二韻而律同用。翰爲寒去聲。換爲桓去聲。宋劉淵併爲十五翰。

見一 榦 廣韻古案切集韻居案切合聲箇按切○說文築牆耑木也集韻井欄承轆轤者 幹 集韻能事也一曰草木莖一曰助也亦姓 旰 說文晚也 盰 說文目多白也一曰張目也 骭 說文骹也廣韻脅也

洐 集韻洐洐水迅流貌 矸 廣韻石淨集韻砥石 皯 集韻面黑氣或作酐

溪一 看 廣韻苦旰切集韻墟旰切今用可按切○集韻晞也 侃 集韻剛直也或作偘 衎 說文行喜也廣韻樂也 靬 說文靬乾革也武威有麗靬縣

疑一 岸 廣韻五旰切集韻魚旰切今用餓翰切○說文水厓而高者 喭 集韻弔失國曰喭 䮗 說文馬頭有發赤色者集韻䮗䮗馬行貌一曰馬流星貫脣謂之䮗 豻 說文胡地野狗 矸 集韻山石貌



端一 旦 廣韻集韻得案切今從之○說文明也 鴠 廣韻鴠鳥名說文渴鴠也 狚 集韻獦狚獸名巨狠也 疸 說文黃病也 癉 說文勞病也集韻或作憚 笪 廣韻笞也集韻笪也一曰符篖似籧篨直文而粗江東呼爲笪 ⿸疒亶 集韻癱病

透一 炭 廣韻他旦切集韻他案切今用妥按切○韻會燒木未灰也又姓 歎 說文吟也正韻大息也或作嘆 灘 爾雅太歲在申曰涒灘

定一 憚 廣韻集韻徒案切今用渡岸切○廣韻難也又忌惡也 彈 說文行丸也 但 廣韻辭也韻會任從也又徙也 僤 說文疾也 澶 集韻漫也 壇 集韻壇曼寬廣貌 蟺 集韻蟲名土蠭也

⿱旦心 集韻⿱旦心狐邑名在洛南百五十里秦遷周赧王於此或作單

泥一 難 廣韻奴案切集韻乃旦切今用諾按切○廣韻患也集韻阻也 攤 集韻按也 灘 集韻水奔流貌

精一 贊 廣韻集韻則旰切合聲恣按切○說文見也廣韻佐也出也助也或作賛 讚 集韻佛也明也通作贊 酇 說文百家爲酇酇聚也南陽有酇縣蕭何子孫續封者 饡 說文以羹澆飯一曰以膏煎稻爲酏也 趲 廣韻散走集韻逼使也

清一 粲 廣韻集韻蒼案切合聲次按切○說文稻重一䄷爲粟二十斗爲米十斗曰毇爲米六斗大半斗曰粲廣韻鮮好貌又優也察也明也又姓亦作㛑 璨 說文玉光璀璨 燦 廣韻明淨貌



從一 㜺 廣韻祖贊切集韻才贊切今用字岸切○廣韻不謹也一曰美好貌 瓚 集韻三玉二石也禮天子用全純玉也上公用駹四玉一石侯用瓚伯用埒玉石半相埒也一曰祼器 囋 集韻讒也

心一 散 廣韻蘇旰切集韻先旰切合聲四按切○韻會雜肉也集韻分也說文作㪔

曉一 漢 廣韻呼旰切集韻虛旰切今用黑按切○廣韻水名又姓 暵 說文乾也集韻或作熯 罕 集韻抱罕地名

匣一 翰 廣韻集韻侯旰切今用荷岸切○說文天雞赤羽也廣韻鳥羽也高飛也亦詞翰又姓 旱 說文不雨也 悍 說文勇也 汗 說文人液也 瀚 集韻北海名一曰浘瀚水貌或作澣 扞 集韻枝也集韻衛也或作捍仟 閈 說文閭也汝南呼與里門曰閈 釬 說文臂鎧也韻會固金錢藥一曰矛鐏又急也或作

鼾 鵪集韻鳥名說文鵪鶚也 鶾說文雉肥鶾音者也爾雅鶾天雞 鶾說文馬毛長也 騂說文馬突也廣韻馬高六尺集韻亦姓或作馯 豻集韻胡地犬名或作貋犴 䶫說文臥息也 鳱集韻鳱鴠鳥名或作鴇 垾廣韻小堤 皔集韻白也見博雅或作皯 㵄集韻㵄㵄水迅流貌

影一 按廣韻烏肝切集韻於旰切今用阿漢切○說文下也廣韻抑也止也 案說文几屬集韻木名或作桉 洝說文渜水也

來一 爛廣韻集韻郎旰切今用勒岸切○韻會熟也說文作爤 糷集韻餅糜相著也爾雅摶者謂之糷 讕集韻詆讕誣言相被也 瀾集韻波也 灡集韻潘也

按以上翰韻十五音開口呼



見一 貫廣韻集韻古玩切今用固玩切○說文錢貝之貫也集韻國名亦姓 冠集韻男子二十加冠曰冠 觀說文諦視也爾雅觀謂之闕 祼說文灌祭也 館說文館舍也集韻或作舘 灌說文水出廬江雩婁北入淮集韻灌溉也亦姓 盥說文澡手也 鑵集韻汲器或作罐 鸛集韻小爵也說文作雚 矔說文目多精也益州謂瞋目曰矔集韻閉一目 鱹集韻人名宋有鱹鱹通作矔 懽說文喜款也爾雅懽懽憂無告也集韻或作讙 瓘說文玉也 爟說文取火於日官名舉火曰爟廣韻烽火 涫集韻沸也一曰縣名在酒泉

溪一 鋎廣韻口喚切集韻奴玩切今用庫玩切○廣韻燒鐵炙也集韻灼鐵以識簡次

疑一 玩廣韻集韻五換切今用誤換切○說文弄也 翫說文習猒也集韻或作抏 忨說文貪也

輐集韻輐斷刑截所用者

端一 鍛廣韻丁貫切集韻都玩切今用妒玩切○說文小冶也韻會冶金曰鍛俗作煅集韻或作段 斷韻會決也又斷斷專壹貌 碫廣韻礪石 腶集韻腶脩捶脯施薑桂也

透一 彖廣韻通貫切集韻吐玩切今用兔玩切○說文豕走也集韻易斷卦辭 褖韻會黑衣王后服或作緣稅 嚾集韻召呼也見荀子 鴅集韻鳥名見爾雅 貒集韻獸名野豕也或作貛

定一 段廣韻集韻徒玩切今用度玩切○說文推物也廣韻分段也又姓 斷說文截也 椴集韻木名似白楊 毈說文卵不孚也集韻或作般

泥一 偄廣韻集韻奴亂切今用怒玩切○說文弱也集韻或作愞需懦儒耎 堧集韻水濱地一曰城下田



韻會作壖 渜集韻沐浴餘潘或作濡 稬說文沛國謂稻曰稬集韻或作糯

幫一 半廣韻博慢切集韻博漫切今用布玩切○說文中分也 絆說文馬縶也韻會縶足曰絆絡首曰羈廣韻或作靽

滂一 判廣韻集韻普半切今用破玩切○說文分也 泮說文諸侯鄉射之宮西南為水東北為牆集韻或作頖通作泮 冸集韻氷釋通作泮 胖說文半體肉也一曰廣肉 牉集韻半也字林牉合其半以成夫婦也 沜集韻水流也一曰厓也 伴集韻自縱弛之意詩傳伴奐廣大有文章也

並一 畔廣韻集韻薄半切今用步玩切○說文田界也 叛說文半也正韻背叛跋扈也通作畔 伴集韻伴仵相拒一曰偶也

明一縵廣韻集韻莫半切今用暮玩切○說文繒無文也慢說文幕也集韻或作幕謾廣韻欺也漫集韻水敗物也一日大水貌一日偏也墁集韻塗具通作鏝槾槾集韻木名一日木脂博雅貪也鄤集韻地名輓說文衣車蓋也集韻戰車以遮矢也獌集韻狼屬或作𧳜貓曼集韻曼衍無極貌蔓集韻枝長也鏝集韻鏝胡戟也

精一鑽廣韻子算切集韻祖算切今用作玩切○說文穿也集韻或作欑穳廣韻鋋也集韻小矟

清一竄廣韻七亂切集韻取亂切今用措玩切○說文匿也攛集韻擲也鑹集韻小矟也或作穳爨廣韻炊爨又姓

從一攢廣韻在玩切集韻徂畔切今用祚玩切○廣韻聚也集韻穿也



心一筭廣韻集韻蘇貫切今用素玩切○說文長六寸計歷數者集韻或作算笇廣韻竹器蒜說文葷菜集韻山名

曉一喚廣韻火貫切集韻呼玩切今用虎玩切○廣韻呼也奐說文取魚也集韻大也亦姓煥集韻明也通作奐渙說文流散也漶集韻漫漶難測貌

匣一換廣韻集韻胡玩切今用戶玩切○說文易也逭說文逃也垸說文以桼和灰而髤也一日補垸也

影一腕廣韻集韻烏貫切今從之○廣韻手腕說文作掔集韻或作捥掔𦙶惋集韻驚歎也睕集韻睕眈轉目琓集韻圭名

來一亂廣韻郎段切集韻盧玩切今用路玩切○說文治也一日紊也亂集韻小蒜根日亂子

按以上換韻十九音合口呼。

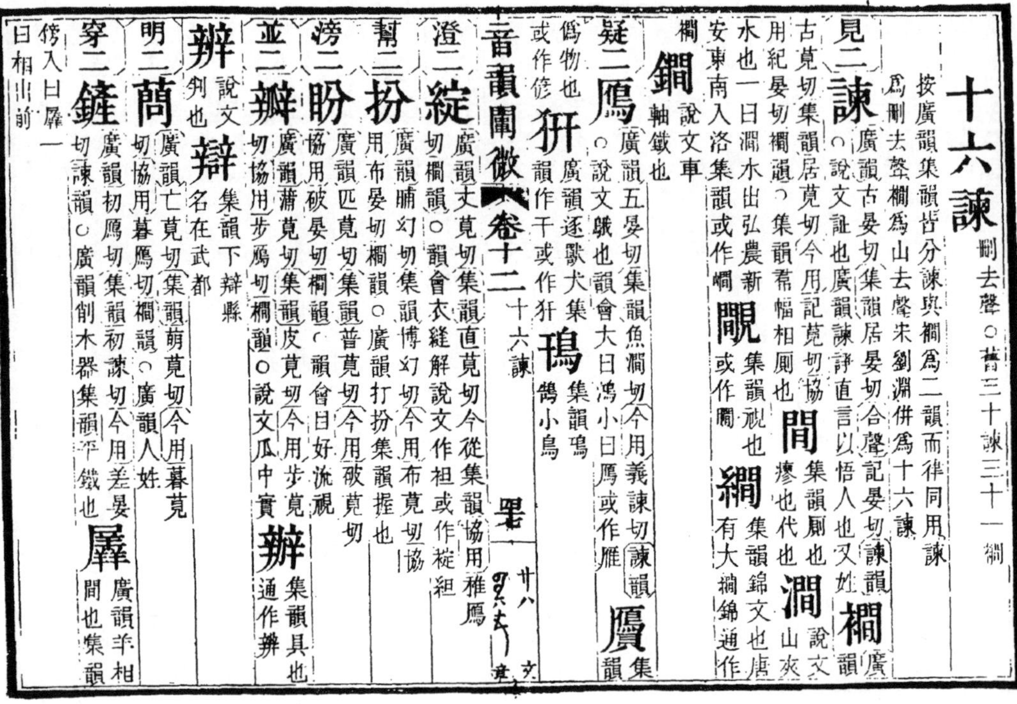

# 十六諫

刪去聲○舊三十諫三十一襉

按廣韻集韻皆分諫與襉爲二韻而律同用諫爲刪去聲襉爲山去聲宋劉淵併爲十六諫

見二**諫**廣韻古晏切集韻居晏切合聲記晏切諫韻○說文証也廣韻諫諍直言以悟人也又姓 **襇**廣韻古莧切集韻居莧切今用記莧切協用紀晏切襉韻○集韻帬幅相厠也 **間**集韻厠也瘳也代也 **澗**說文山夾水也一日澗水出弘農新安東南入洛集韻或作㵎 **鐗**說文車軸鐵也 **覸**集韻視也或作𥈼 **繝**集韻錦文也唐有大襉錦通作襉

疑二**鴈**廣韻五晏切集韻魚澗切今用義諫切諫韻○說文䳘也韻會大曰鴻小曰鴈或作雁 **贗**集韻僞物也或作偐 **豣**廣韻逐獸犬集韻作干或作犴 **鳱**集韻鳱鴠小鳥

音韻闡微 卷十二 十六諫 四十七

澄二**綻**廣韻丈莧切集韻直莧切今從集韻協用稚鴈切襉韻○韻會衣縫解說文作袒或作綻袒

幫二**扮**廣韻晡幻切集韻博幻切今用布莧切協用布晏切襉韻○廣韻打扮集韻握也

滂二**盼**廣韻匹莧切集韻普莧切今用破莧切協用破晏切襉韻○韻會目好流視

並二**瓣**廣韻蒲莧切集韻皮莧切今用步莧切協用步鴈切襉韻○說文瓜中實 **辦**集韻具也通作辨 **辨**說文判也 **辯**集韻下辯縣名在武都

明二**蔄**廣韻亡莧切集韻萌莧切今用暮莧切協用暮鴈切襉韻○廣韻人姓

穿二**鏟**廣韻初鴈切集韻初諫切今用差晏切諫韻○廣韻削木器集韻平鐵也 **羼**廣韻羊相間也集韻傍入曰羼一曰相出前

牀二**輚**廣韻士諫切集韻仕諫切今用乍鴈切諫韻○廣韻臥車又寢車或作轏 **棧**廣韻木棧道集韻棚也 **虦**廣韻虎淺毛也 **蝬**廣韻蝬蟲名

審二**訕**廣韻集韻所晏切今用史晏切諫韻○說文謗也集韻或作姍 **汕**說文魚游水貌 **疝**廣韻病也 **潸**韻會涕流貌說文作潸 **狦**說文惡健犬也 **柵**集韻編竹木爲落也

匣二**莧**廣韻集韻侯襉切今用檄晏切協用檄鴈切襉韻○說文莧菜也 **藚**集韻草餘莖也 **骭**廣韻集韻下晏切今用檄鴈切諫韻○集韻骹也或作骭

影二**晏**廣韻烏澗切集韻於諫切今用倚諫切諫韻○說文天清也集韻晚也亦姓 **暥**集韻以目相詭謂之暥 **騴**廣韻馬尾白也見爾雅 **鴳**集韻鳥名說文雇也或作[illegible] **鶠**廣韻同鴳集韻鴛鴦屬或作鴳

音韻闡微 卷十二 十六諫 四十八

**曣**集韻日出清濟曰曣

按以上十二音列於第二等例屬開口呼今多讀作齊齒呼。

見二**慣**廣韻集韻古患切今用固患切諫韻○廣韻習也說文作摜集韻或作遦貫串 **丱**集韻束髮貌 **鰥**廣韻集韻古幻切今用固幻切襉韻○集韻視貌或作䁖

疑二**薍**廣韻集韻五患切今用誤患切諫韻○說文剡也八月薍爲葦 **串**爾雅習也

滂二**攀**廣韻集韻普患切今用破患切諫韻○集韻衣系曰攀 **扳**集韻引也

明二**慢**廣韻謨晏切集韻莫晏切今用暮晏切諫韻○說文惰也集韻慢不畏也或作漫優 **謾**集韻欺也 **嫚**說文侮易也 **縵**集韻緩也

穿二 篡 廣韻集韻初患切今用楚患切諫韻○集韻逆而奪取曰篡

審二 孿 廣韻生患切集韻數患切今用史患切諫韻○廣韻雙生子說文作孿

匣二 患 廣韻集韻胡慣切今用戶慣切諫韻○說文憂也 宦 說文仕也集韻閹人 擐 說文貫也廣韻擐甲 豢 說文以穀圈養豕也 轘 說文車裂人也 繯 廣韻綰文集韻絡也 槵 集韻木名無患也皮子可澣或作梡 㹕 集韻獸名如羊無口 幻 廣韻胡辨切集韻胡辨切借用戶慣切櫚韻○說文相詐惑也

影二 綰 廣韻集韻烏患切今用烏慣切諫韻○集韻繫也

按以上八音合口呼。

音韻闡微 卷十三

十七霰 先去聲○舊三十二霰三十三線

按廣韻集韻皆分霰與線爲二韻而律同用霰爲先去聲線爲仙去聲宋劉淵併爲十七霰。

見四 見 廣韻古電切集韻經電切合聲記宴切霰韻○廣韻視也又姓 堅 說文剛也 遣 集韻祖奠也

溪四 譴 廣韻去戰切集韻詰戰切今用器彥切線韻○說文謫問也廣韻責也怒也讓也亦姓 俔 廣韻苦甸切集韻輕甸切合聲器宴切霰韻○說文譬諭也一曰聞見廣韻磬也 牽 廣韻挽也 涀 集韻水名出高陵 汧 集韻水潛出爲池爾雅汧出不流 菣 集韻草名蒿也或作藍 蜆 集韻蟲名縊女也



疑三 彥 廣韻魚變切集韻魚戰切今用義戰切線韻○說文美士有文人所言也 唁 說文弔生也集韻或作婩彥 諺 說文傳言也廣韻俗言 甗 廣韻甑也 讞 集韻議罪也 嶖 集韻山名 這 廣韻迎也集韻行也

疑四 硯 廣韻吾甸切集韻倪甸切今用義現切霰韻○說文石滑也廣韻研墨使和濡也 研 廣韻磨研集韻同上 趼 說文獸足企也 犿 集韻獸名說文獟犬也一曰逐虎犬 豣 集韻麕也爾雅絕有力豣 齞 集韻開口見齒謂之齞

端四 殿 廣韻都甸切集韻丁練切今用底宴切霰韻○集韻軍前曰啟後曰殿

透四 瑱 廣韻集韻他甸切合聲替宴切霰韻○說文以玉充耳也 滇 廣韻滇㴩大水

定四 電 廣韻集韻堂練切今用第硯切霰韻○說文陰陽激燿 殿 說文擊聲也廣韻宮殿 奠 說文置祭也集韻定也或作奠 甸 說文天子五百里地 佃 說文中也韻會乘車一轅當中也又治田或作田畋 鈿 韻會以寶飾器或作鏌 淀 集韻淺泉 澱 說文滓垽也 填 廣韻塞填或作寘 闐 集韻于闐國名在西域通作寘 靛 集韻以藍染也

泥四 晛 廣韻奴甸切集韻乃見切今用溺硯切霰韻○集韻日光也 㜣 說文人姓也集韻女姿

知三 驙 廣韻集韻陟扇切合聲智堰切線韻○集韻馬臥也或作驏 襢 韻會丹縠衣說文作襄或作展

澄三 邅 廣韻持碾切集韻直碾切今用稚彥切線韻○廣韻逐也集韻轉也 纏 集韻繞也

孃三 輾 廣韻集韻女箭切今用膩彥切線韻○集韻轉輪治轂也 碾 韻會所以轢物器也集韻本作硍或作棍



幫四 徧 廣韻方見切集韻卑見切合聲臂宴切霰韻○說文匝也集韻或作遍

滂四 片 廣韻普麵切集韻匹見切合聲譬宴切霰韻○說文判木也 騗 廣韻匹戰切集韻匹羨切今用譬彥切線韻○集韻躍而乘馬也或作騙

並三 卞 廣韻集韻皮變切今用避彥切線韻○集韻縣名在魯亦姓一曰躁疾也法也 汴 廣韻水名在陳留亦州名說文作汳 弁 廣韻周冠名說文作覍 抃 韻會拊手也說文作拚 忭 廣韻喜貌說文作昪 閞 說文門欂櫨也見爾雅 玣 集韻玉飾也或作玤

並四 便 廣韻婢面切集韻毗面切今用避面切協用避硯切線韻○集韻安也 楩 集韻木名

明四 面 廣韻彌箭切集韻彌箭切今用密彥切線韻○說文顏前也 偭 說文鄉也集韻偝也 麪

廣韻莫甸切集韻眠見切今用密硯切霰韻○說文麥末也集韻或作麪 瞑 集韻瞑眩劇也 眄 說文目偏合也一曰衺視也 湎 廣韻湎瀰水大貌 湣 集韻泫湣混合也或作惛泯

精四 箭 廣韻集韻子賤切今用卽彥切線韻○廣韻箭竹高一丈節間三尺可爲矢韻會矢也 濺 集韻水激也或作淺湔 煎 集韻熬也或作𤈊 萷 集韻草名說文山莓也見爾雅 鬋 集韻垂鬢謂之鬋 榗 廣韻木名 薦 廣韻集韻作甸切今用卽宴切霰韻○說文獸之所食草韻會草之深厚者又藉也一日進也集韻鼠蓬也

清四 蒨 廣韻集韻倉甸切合聲砌宴切霰韻○集韻草盛貌或作芊 茜 集韻草名說文茅蒐也或作蒨通作蒨芊 綪 說文赤繒也以茜染故謂之綪 倩 說文美字東齊壻謂之倩集韻無廉隅亦姓 輤 集韻喪車飾或作精 晴 集韻白色又人名見宋史宗室傳 箐 集韻張竹弓弩曰箐



從四 賤 廣韻集韻才線切今用集彥切線韻○說文賈少也廣韻輕賤又姓 諓 廣韻巧讒貌 餞 說文送去也廣韻酒食送人 荐 廣韻在甸切集韻才甸切今用集硯切霰韻○說文薦蓆也集韻再也 洊 廣韻水荒曰洊亦再也說文作瀳 𤧚 集韻重也或作薦 栫 廣韻圍也博雅籬也 栫 廣韻小帶爾雅衿謂之栫

心四 線 廣韻集韻私箭切合聲細堰切線韻○廣韻縷也說文作綫集韻或作綖絤綫 霰 廣韻蘇佃切集韻先見切合聲細宴切霰韻○說文稷雪也廣韻雨雪雜或作霓霹 𢿱 廣韻散也 先 廣韻先後猶娣姒又姓集韻相導前後曰先後

邪四 羨 廣韻集韻似面切今用習彥切線韻○說文貪欲也集韻餘也

照三 戰 廣韻集韻之膳切合聲至堰切線韻○說文鬭也集韻懼慄也亦姓 顫 說文頭不正也廣韻四支寒動

穿三 硟 廣韻昌戰切集韻尺戰切合聲熾堰切線韻○說文以石扞繒也 繟 集韻緩也

審三 扇 廣韻集韻式戰切合聲試堰切線韻○說文扉也集韻竹曰扇木曰闔一曰動也助也 煽 廣韻火盛貌說文作傓

禪三 繕 廣韻集韻時戰切今用侍彥切線韻○說文補也 禪 說文祭天也集韻讓也或作檀 膳 說文具食也集韻或作饍 擅 說文專也 鄯 說文鄯善西胡國也 墠 集韻除地也或作壇 樿 集韻木名白理 單 集韻單父邑名亦姓 嬗 說文緩也廣韻傳也



曉四 顯 廣韻呼甸切集韻馨甸切今用喜宴切霰韻○集韻駕牛具廣韻在背曰顯或作韅集韻作韅

匣四 現 廣韻胡甸切集韻形甸切今用系硯切霰韻○集韻玉光 見 廣韻露也俗作現 晛 說文見也 莧 集韻菜名商陸也 涀 集韻水名出馮翊 蜆 集韻蟲名縊女也

影三 堰 廣韻集韻於扇切今用倚扇切線韻○集韻障水也

影四 宴 廣韻於甸切集韻伊甸切今用乙晛切霰韻○說文安也集韻通作燕 燕 說文元鳥也集韻或作鷰鷰 嚥 廣韻呑也或作咽 讌 集韻合語也 驠 廣韻馬名說文馬白州也見爾雅 酀 廣韻邑名 臙 集韻臙臙溫也 醼 集韻合飲也通作讌燕 嬿 說文女字也

喻四 衍 廣韻于線切集韻延面切今用異賤切線韻○集韻水溢也一日大也多也 延 廣韻蔓延不斷集韻及也

美 廣韻延也進也集韻餘也 莚 廣韻蔓莚不斷 涎 廣韻涵涎水貌 烻 集韻光熾也

挻 集韻猨挻獸名似貍而長或作蜒 綖 集韻冕上覆通作延 埏 集韻地際也一日墓隧

來三 摙 廣韻集韻連彥切今用吏堰切線韻○廣韻按摙之貌 僆 集韻僆偄行相及也一日雞未成日僆

來四 練 廣韻集韻郎甸切今用吏硯切霰韻○說文湅繒也廣韻白練又姓集韻通作湅 鍊 說文治金也

煉 說文鑠治金也 揀 廣韻揀擇 楝 廣韻木名鵷鶵食其實集韻或作欄 溂 廣韻水疾流貌

萰 廣韻草名爾雅萰莬荄 湅 說文𤃬也廣韻熟絲也

日三 軔 集韻如戰切今用日彥切線韻○集韻礙車木 日四 䌒 集韻人見切今用日硯切霰韻○集韻絲勞也



大四十一 小四百九十 玉 元

按以上二十九音。齊齒呼。

見三 眷 廣韻居倦切集韻古倦切今用據院切線韻○說文顧也廣韻眷屬集韻或作睠 卷 集韻曲也

弮 廣韻曲也集韻連弩也通作絭 絭 集韻攘臂繩 韏 爾雅革中辨謂之韏 帣 說文囊也今鹽官三斛爲一帣

捲 集韻西捲縣名或作捲 婘 集韻親也史記呂須婘屬 見四 絹 廣韻吉掾切集韻規掾切今用菊院切線韻○說文繒如麥稍廣韻縑也集韻或作縳

狷 廣韻褊急集韻有所不爲也韻會或作獧

鄄 說文衛地今濟陰鄄城 悁 集韻躁急也 睊 廣韻古縣切集韻扃縣切今用據絢切協用據院切霰韻○集韻側視貌

罥 韻會網也一日絓也說文作䍢或作羂絹 獧 說文疾跳也一日急也 懁 說文急也

溪三 絭 廣韻區倦切集韻苦倦切今用去院切線韻○集韻攘臂繩 溪四 駽 集韻犬縣切今用去絢切霰韻○集韻馬色韻會青驪日駽

羣三 倦 廣韻渠卷切集韻逵眷切合聲遽院切線韻○說文罷也韻會勞也厭也解也或作惓卷

知三 囀 廣韻知戀切集韻株戀切今用竹院切線韻○集韻聲轉也 傳 韻會驛遞也 轉 說文運也

徹三 猭 廣韻丑戀切集韻寵戀切今用黜院切線韻○廣韻獸走草 鶨 廣韻鳥名說文欺老也

澄三 傳 廣韻直戀切集韻柱戀切今用逐院切線韻○廣韻訓也釋名傳也所以傳示人 瑑 說文圭璧上起兆瑑也



大二十四 小三百九十六 玉 元

幫三 變 廣韻彼眷切集韻彼卷切今用臂院切線韻○說文更也廣韻化也通也易也又姓

清四 縓 廣韻七絹切集韻須絹切今用取院切線韻○說文帛赤黃色一染謂之縓再染謂之䞓三染謂之纁廣韻絳色

心四 選 廣韻息絹切集韻須絹切今用胥院切線韻○集韻擇也 巽 集韻具也或作巽選 繏 廣韻索也集韻或作繏

譔 集韻善言 渲 廣韻小水

邪四 淀 廣韻辭戀切集韻隨戀切今用敘院切線韻○集韻回也或作漩 旋 集韻繞也 鏇 說文圜鑪也集韻裁木器

照三 剸 廣韻之囀切集韻之轉切今用注院切線韻○集韻除也

穿三 釧 廣韻尺絹切集韻樞絹切今用處院切線韻○集韻鐶也 穿 集韻貫也 諯 說文數也一曰相讓也 竄 集韻穿地 僢 集韻對臥以足相向也

牀二 饌 廣韻士戀切集韻雛戀切今用助院切線韻○韻會具食也說文作籑或作䉵通作䐣 譔 集韻專教也 僎 韻會具也又見也或作僝 𣟴 韻會衣椽也 撰 集韻持也集也 䐣 集韻切肉和血為羞也

審二 篹 廣韻所眷切集韻數眷切今用數院切線韻○說文治車軸也

禪三 㨖 廣韻時釧切集韻船釧切合聲樹院切線韻○集韻望繩取正



曉四 絢 廣韻許縣切集韻翾縣切借用許院切霰韻○集韻文貌一曰成也 讂 說文流言也 矎 集韻矎矎目不正

匣四 眩 廣韻黃練切集韻熒絹切今用穴絹切協用穴院切霰韻○說文目無常主也 衒 韻會自矜又鬻自媒也說文作衙或作眩 炫 集韻明也 袨 集韻好衣也或作袧 玹 廣韻玉名 縣 廣韻郡縣也又姓古作寰 贙 集韻獸名似犬 駽 集韻馬青驪曰駽 泫 集韻泫湝混合也 眴 集韻目搖也或作旬

影四 餇 廣韻烏縣切集韻縈絹切今用郁絹切霰韻○集韻飫也或作𩜬 噮 廣韻甘不厭也 睊 說文視貌

喻三 院 廣韻王眷切集韻于眷切今用喻倦切線韻○韻會垣也本作寏 瑗 廣韻玉名說文大孔璧 援 集韻助也亦姓 媛 說文美女也 褑 廣韻佩帶爾雅佩衿謂之褑 轅 集韻地名在齊左傳取犂及轅

喻四 掾 廣韻以絹切集韻俞絹切今用欲倦切線韻○說文緣也集韻官名 緣 說文衣純也廣韻衣緣 抁 集韻動也

來三 戀 廣韻力卷切集韻龍眷切合聲慮院切線韻○廣韻慕也 孌 廣韻順也 䜌 集韻言不絕亦姓 攣 集韻手足曲病 鱄 集韻人名左傳有衛侯弟鱄

日三 㬉 廣韻人絹切集韻儒轉切合聲儒院切線韻○集韻城下田或作堧壖

按以上二十一音。共分三等。其居第二等者。為合口呼。居第三等第四等者。為撮口呼。

十八嘯 蕭去聲○舊三十四嘯三十五笑

按廣韻集韻。皆分嘯與笑爲二韻而律同用。嘯爲蕭去聲。笑爲宵去聲。宋劉淵併爲十八嘯。

見三 撟 集韻嬌廟切合聲記要切笑韻○集韻撟抄略取也 驕 集韻驕鶩馬行貌

見四 叫 廣韻古弔切集韻吉弔切今從集韻協用記要切嘯韻○說文嘷也集韻或作嘄通作嘂 訆 說文大呼也 噭 說文吼也一日呼也 警 說文痛呼也廣韻訐也 敫 廣韻歌也 獥 廣韻狠于集韻牝狼 徼 廣韻循也小道也集韻境也 嬓 集韻人名史記齊有太史嬓或作敫 鷔 集韻鳥名似鳥 窔 集韻窔窱深遠也 嘂 說文高聲也一日大呼也

溪三 趬 廣韻集韻邱召切合聲器要切笑韻○集韻行輕貌一日舉足高 譑 集韻弄言 䑵 廣韻䑵䑵不安

溪四 竅 廣韻苦弔切集韻詰弔切今用乞叫切協用器要切嘯韻○說文空也廣韻穴也 撽 說文旁擊也廣韻或作墽 躈 集韻馬八髎也史記馬蹄躈千

羣三 轎 廣韻集韻渠廟切今用技耀切笑韻○廣韻軥車也集韻小車韻會藍輿也 嶠 集韻山銳而高也一日石絕水一日山徑 鐈 集韻鼎名 橋 集韻一日桔槔也 𧥃 集韻獸長角

羣四 翹 廣韻巨要切集韻祁要切合聲忌耀切笑韻○集韻鳥尾舉也

疑三 䖈 廣韻集韻牛召切今用義照切笑韻○集韻䑵䑵不安也 驁 集韻驕鶩馬行貌 鏊 集韻燒器

疑四 顤 廣韻五弔切集韻倪弔切今用義料切嘯韻○說文高長頭 嘄 集韻叫也 澆 集韻人名寒浞子 獟 集韻獸名說文狾犬也



端四 弔 廣韻集韻多嘯切今用底叫切協用底要切嘯韻○說文問終也 釣 說文鉤魚也集韻或作魡 訋 集韻䛁也博雅拏也 窵 說文窵窅深也 蔦 集韻草名寄生也

透四 糶 廣韻集韻他弔切今用替叫切協用替要切嘯韻○說文出穀也 眺 說文目不正也廣韻視也 覜 說文諸侯三年大相聘曰覜覜視也 窱 集韻窈窱深遠也 趒 韻會越也或作趠超跳 朓 集韻月側 咷 集韻楚謂兒泣不止曰噭咷 絩 廣韻綺絲數也 窕 集韻輕也 頫 集韻俯首而聽謂頫

定四 調 廣韻集韻徒弔切今用第料切協用第耀切嘯韻○廣韻選也韻調也集韻賦也試也 掉 說文搖也 嬥 集韻直好貌 銚 廣韻燒器 蓧 韻會芸田器說文作莜 藋 說文堇草也廣韻蓼藋也



窱 說文杳窱也 糴 集韻姓也晉有糴茷

泥四 尿 廣韻集韻奴弔切今用溺料切協用溺耀切嘯韻○廣韻小便也說文作尿或作溺

徹三 朓 廣韻集韻丑照切今用耻要切笑韻○集韻祭也从肉 朓 集韻晦而月見西方

澄三 召 廣韻直照切集韻直笑切合聲稚耀切笑韻○廣韻呼也

幫三 裱 廣韻方廟切集韻彼廟切今用彼要切笑韻○廣韻領巾也

幫四 標 集韻卑妙切合聲臂要切笑韻○集韻木杪也

滂四 剽 廣韻集韻匹妙切合聲譬要切笑韻○說文砭刺也一日剽劫人也 漂 集韻浮也 摽 集韻擊也 僄 說文輕也集韻或作嫖 慓 集韻疾也 勡 說文劫也 蔈 集韻草黃華 瞟 集韻

行聽也一日聽幾聞 彯集韻畫飾也 篻集韻竹名出九眞 顠集韻髮白貌 瘭集韻瘭疽
病殤膿瀆也 瞟集韻矖也 嘌集韻車行疾無節
並四 驃廣韻集韻毗召切合聲避耀切笑韻○說文黃馬發白色一曰白髦尾也 票集韻勁疾貌漢官有
票姚校尉
明三 廟廣韻集韻眉召切今用米耀切笑韻○說文尊先祖貌也 明四 妙廣韻彌笑切集韻弥笑切
合聲寐耀切笑韻○集韻精微也 篎廣韻小管也
精四 醮廣韻集韻子肖切合聲恣要切笑韻○說文冠娶禮祭 釂說文飲酒盡也 潐說文盡也
癄集韻病也縮也 皭廣韻白色 燋集韻灼龜炬也 醮集韻面不澤也 爝說文苣火祓也



瞧集韻瞋目也一曰目冥 僬集韻行貌 潐集韻車轅漆也
清四 陗廣韻集韻七肖切合聲砌要切笑韻○說文陵也廣韻山峻亦作峭 悄集韻急也 哨集韻
口不正也 俏集韻好貌 潲集韻浚波也或作㴥 篍集韻吹竹也
從四 噍廣韻集韻才笑切合聲劑耀切笑韻○說文齧也集韻或作嚼 誚廣韻責也說文作譙 哨
說文不容也 趭集韻走也
心四 嘯廣韻蘇弔切集韻先弔切今用細叫切協用細要切嘯韻○說文吹聲也集韻通作歗 歗說文
吟也 膲集韻膲也或作膲 笑廣韻私妙切集韻仙妙切合聲細要切笑韻○說文喜也韻會喜有解顏啟齒
也又嗤也咽也或作咲 肖說文骨肉相似也廣韻小也法也像也 鞘集韻刀室或作鞘

照三 照廣韻之少切集韻之笑切合聲至要切笑韻○說文明也集韻或作炤昭唐武后作曌 詔說文
告也
穿三 覞集韻昌召切合聲熾要切笑韻○集韻普視貌
審二 捎集韻梢嶠切今用史要切笑韻○集韻撟捎略取上物也
審三 少廣韻集韻失照切合聲試要切笑韻○集韻幼也亦姓 燒廣韻放火集韻爇也
禪三 邵廣韻寔照切集韻時照切合聲侍耀切笑韻○廣韻邑名又姓或作召 劭說文勉也 卲
說文高也
曉三 䰫集韻虛廟切今用喜要切笑韻○集韻健也剽䰫強死輕爲害之鬼淮南子說 曉四 嬈廣韻



火弔切集韻馨叫切今用喜叫切協用喜要切嘯韻○廣韻嬈嬈不仁
匣四 顤集韻戶弔切今用系料切協用系耀切嘯韻○集韻長項貌
影四 要廣韻於笑切集韻一笑切今從集韻笑韻○廣韻約也 葽廣韻草盛貌集韻草名 約
集韻契也 窔廣韻烏叫切集韻一叫切今從集韻嘯韻○說文窅窔深也集韻室中東南隅謂之窔或作宎突窔窈
嘄集韻叫也 宎集韻竅聲 窅集韻窅深也
喻四 耀廣韻弋照切集韻弋笑切今用異妙切笑韻○廣韻光耀集韻作曜 燿說文照也 鷂說文
鷙鳥也 矅集韻白色 覞說文並視也 瀹集韻水清也 搖集韻動也 趯集韻走也
筄廣韻屋上簿也見爾雅 姚集韻剽姚勁疾貌故漢以名兵官或作佻通作鷂

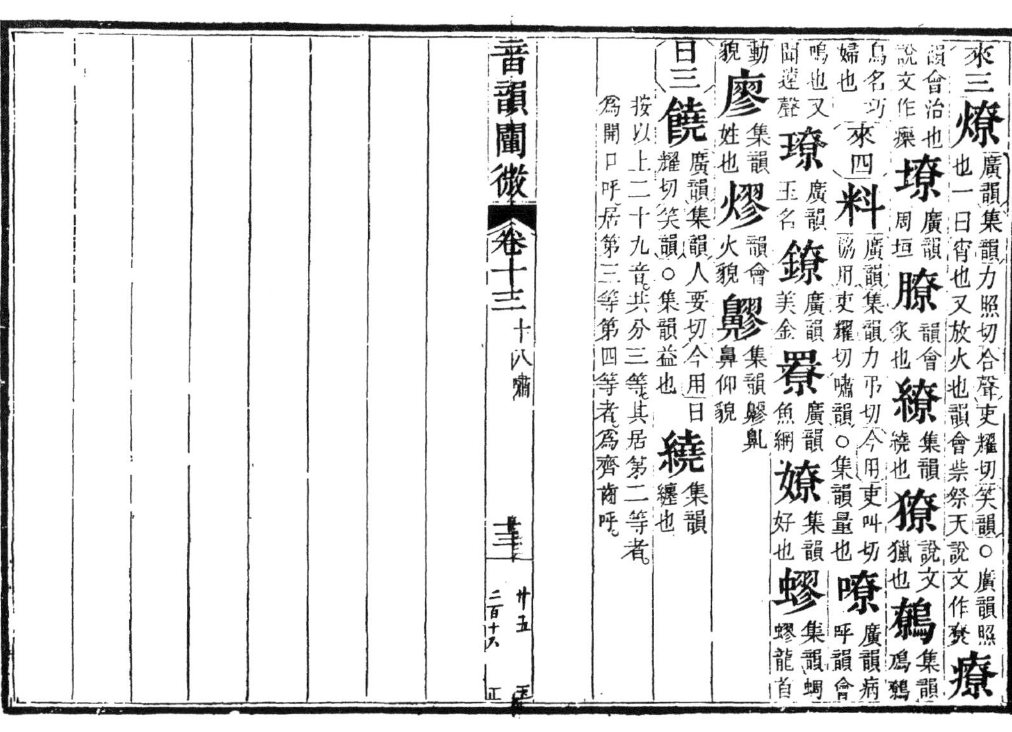

來三 燎廣韻集韻力照切合聲吏耀切笑韻○廣韻照也一日宵也又放火也韻會祡祭天說文作尞 療韻會治也說文作𤻲 撩廣韻周垣 膫韻會炙也 繚集韻繞也 獠說文獵也 鷯集韻鷦鷯鳥名巧婦也

來四 料廣韻集韻力弔切今用吏叫切協用吏耀切嘯韻○集韻量也 嘹廣韻病呼韻會嘹鳴也又聞遼聲 璙廣韻玉名 鐐廣韻美金 䍡廣韻魚網 嫽集韻好也 蟉集韻蟉蟉龍首動貌 廖集韻姓也 熮韻會火貌 𪖫集韻𪖫鼽鼻仰貌

日三 饒廣韻集韻人要切今用日耀切笑韻○集韻益也 繞集韻纏也

按以上二十九音。共分三等。其居第二等者。爲開口呼。居第三等第四等者。爲齊齒呼。



# 十九效

肴去聲○舊三十六效

按廣韻集韻皆三十六效宋劉淵改爲十九效

見二 教廣韻古效切集韻居效切今用戒孝切○說文上所施下所效也 校廣韻檢校又考校說文木囚也 較集韻直也一曰不等 覺集韻寤也 窖說文地藏也集韻或作窌 珓集韻杯珓巫以占吉凶器 酵集韻酒滓 挍集韻報也 鵁集韻獸名說文解廌屬 詨集韻呼也 鉸集韻交刀一曰以金飾器 膠集韻黏也

溪二 敲廣韻苦教切集韻口教切今用器孝切○集韻擊也揚雄方言楚人揮棄物謂之敲 礉集韻石不平或作磽 墽集韻土不平或作墝 撽集韻擊也 骹韻會脛也 巧韻會技巧



疑二 樂廣韻五教切集韻魚教切今用義效切○集韻欲也 磽集韻礉磽石不平貌 墝集韻墽墝土不平貌

知二 罩廣韻都教切集韻陟教切今用智孝切○說文捕魚器也集韻或作箌 鵫集韻鳥名白雉也 箌爾雅大也 啅集韻啅鳥聲

徹二 趠廣韻丑教切韻會敕教切今用耻孝切○廣韻行貌集韻超也 踔說文踶也

澄二 櫂廣韻韻會直教切今用稚效切○集韻行舟也韻會檝也釋名在旁撥水又短曰檝長曰櫂或作棹𦪾

孃二 鬧廣韻奴教切韻會女教切今用膩效切○集韻擾也 橈說文曲木 撓韻會擾也屈也或作鐃通作橈 淖說文泥也集韻和也 婥說文女病也

幫三 豹 廣韻北教切集韻巴校切今用布孝切○集韻獸名說文似虎圜文 鼩 廣韻鼠屬能飛食虎豹

爆 廣韻火裂 犦 集韻牛名出合浦 儤 廣韻儤直史官集韻越也漢制新到官府併上者謂之儤今俗謂程外課作者為儤工正韻作儤 趵 集韻跳躍也

滂二 炮 廣韻匹貌切集韻披教切今用破孝切○集韻灼也齊民要術有胡炮肉 礮 集韻機石也或作砲

奅 說文大也 窌 說文窖也集韻南窌地名通作奅 拋 集韻擲也 皰 廣韻面生氣也

並二 鉋 廣韻防教切集韻皮教切今用步教切○集韻治木器一曰搔馬具 颮 集韻風貌 䤖 集韻酒之色 皰 說文面生氣也

明二 貌 廣韻莫教切集韻眉教切今用暮效切○正韻容貌說文作皃或作䫉

音韻闡微 卷十三 十九效 十五

照二 笊 廣韻側教切集韻阻教切今用滓孝切○集韻笊籬漉器一曰鳥居穴曰笊樹曰巢 抓 廣韻爪刺也集韻搔也

穿二 鈔 廣韻初教切集韻楚教切今用差孝切○韻會略取也又寫錄之目或作抄 耖 集韻覆耕曰耖

訬 韻會輕也

牀二 巢 廣韻士稍切集韻仕落切今用乍效切○廣韻棧閣也

審二 稍 廣韻集韻所教切今用史孝切○說文出物有漸也 䣁 說文國甸大夫稍稍所食邑周禮作削集韻通作稍 捎 集韻支也 睄 集韻小視又人名見朱史宗室表 䏴 集韻凡物之殺銳曰䏴韻會作哨

㮁 集韻刻木殺上也或作梢廣韻作𣚐

曉二 孝 廣韻呼教切集韻許教切今用喜教切○說文善事父母者 哮 集韻呼也 嗃 集韻大嗥也或作謞詨 𪀂 集韻獸名解鷹屬或作鷒

匣二 效 廣韻胡教切集韻後教切今用系貌切○說文象也集韻功也或作傚効 斆 集韻教也或作學

恔 集韻快也 校 集韻教學之宮一曰械也一曰木為欄格軍部及養馬用之故軍尉馬官皆以校為名

影二 靿 廣韻集韻於教切今用倚教切○集韻曲也俗謂靴鞾曰靿 柪 廣韻柪柪 拗 韻會心戾也又拗捩固相違也

按以上十八音。列於第二等。韻譜例屬開口呼。今多讀作齊齒呼。

音韻闡微 卷十三 十九效 十六

# 二十號 豪去聲○舊三十七号

按廣韻集韻皆三十七号宋劉淵改爲二十號。

見一 誥 廣韻古到切集韻居号切合聲箇奥切○說文告也 告 廣韻報也 郜 廣韻國名在濟陰又姓 縞 集韻白繅也 膏 廣韻膏車集韻潤也

溪一 犒 廣韻苦到切集韻口到切今用可奥切○韻會餉也本作槁 靠 說文相違也

疑一 傲 廣韻五到切集韻魚到切今用餓號切○說文倨也集韻或作慠敖 奡 說文嫚也韻會寒浞子名多力者也 澆 集韻人名寒浞子 驁 集韻驁夏樂章名韻會俊馬以壬申日死乘馬者忌之說文作驗或作鰲 嶅 集韻動搖貌 鏊 集韻澆器



端一 到 廣韻都導切集韻刀号切今用朶奥切○說文至也 倒 集韻顛倒也 禱 集韻求福曰禱 菿 說文草木倒

透一 套 集韻叨号切今用妥奥切○集韻地曲後唐與梁人戰于胡盧套 韜 集韻臂衣

定一 導 廣韻徒到切集韻大到切今用情傲切○說文導引也集韻或作道 盜 說文私利物也 悼 說文懼也集韻傷也 蹈 集韻行貌 翿 廣韻舞者所執 燾 說文溥覆照也 纛 集韻左纛也以旄牛尾爲之在左騑馬首 幬 集韻覆也 䆃 說文禾也廣韻嘉禾一莖六穗集韻以䆃爲米曰䆃漢有䆃官故司馬相如曰䆃六穗之禾直以䆃爲禾者誤

泥一 臑 廣韻那到切集韻乃到切今用諾傲切○說文羊豕臂也廣韻作臑

幫一 報 廣韻博耗切集韻博号切合聲布奥切○說文當罪人也集韻荅也告也

滂一 犥 廣韻匹到切今用破奥切○集韻牛名 橐 集韻囊張大貌或作橐

竝一 暴 廣韻集韻薄報切今用泊傲切○廣韻侵暴猝也急也又晞也說文作㬥 菢 集韻鳥伏卵或作勽 虣 集韻强侵也 瀑 韻會疾雨也集韻水名

明一 帽 廣韻集韻莫報切今用暮傲切○韻會小兒及蠻夷頭衣也說文作冃 瑁 說文諸侯執圭朝天子天子執玉以冒之似犂冠 冒 說文蒙而前也 媢 說文夫妬婦也一曰相視也 耄 廣韻老耄曲盤八十九十曰耄說文作薹 眊 說文目少精也 旄 廣韻狗足旄尾 芼 說文草覆蔓廣韻拔取菜也又以蘋蘩爲羹 [糸毛] 集韻繒帛有毛刺者 鶜 集韻鶩鶜鳥名見山海經 相 說文門樞之橫梁 艒 集韻舟名



精一 竈 廣韻集韻則到切合聲恣奥切○韻會炊竈也說文作竈 躁 韻會疾也說文作趮 造 集韻灼龜燒荆處史記卜先以造

清一 操 廣韻集韻七到切合聲次奥切○集韻持念也 造 說文就也廣韻至也 慥 集韻慥慥言行相顧貌 糙 集韻米未舂 鄵 集韻地名在鄭左傳鄭伯卒于鄵

從一 漕 廣韻集韻在到切今用字傲切○說文水轉穀也 鑿 集韻穿空也

心一 噪 廣韻蘇到切集韻先到切合聲四奥切○韻會鳥羣鳴也說文作喿 燥 說文乾也 譟 說文擾也 埽 韻會拚除也或作掃

曉一 秏 廣韻呼到切集韻虛到切今用黑奧切○說文稻屬廣韻減也又姓俗作耗 好 廣韻愛好亦璧孔也又姓

匣一 號 廣韻胡到切集韻後到切今用荷傲切○集韻教令也一曰名稱 号 說文痛聲也 譹 集韻譸讀相欺也又人名見宋史宗室表

影一 奧 廣韻烏到切集韻於到切今用阿誥切○說文宛也室之西南隅或作奥 澳 集韻深也一曰水名 燠 說文熱在中也 隩 說文水隈崖也 懊 集韻須也爾雅忼也 ⿰土奧 集韻四方土可居 ⿰言奧 廣韻語也又人名見宋史宗室表 跃 廣韻長也

來一 勞 廣韻集韻郎到切今用勒傲切○集韻慰也 嫪 說文婟也廣韻悋物又姓 澇 廣韻淹也集韻水名出扶風鄠縣北入渭 潦 集韻積水 簩 集韻竹名

按以上十九音開口呼。



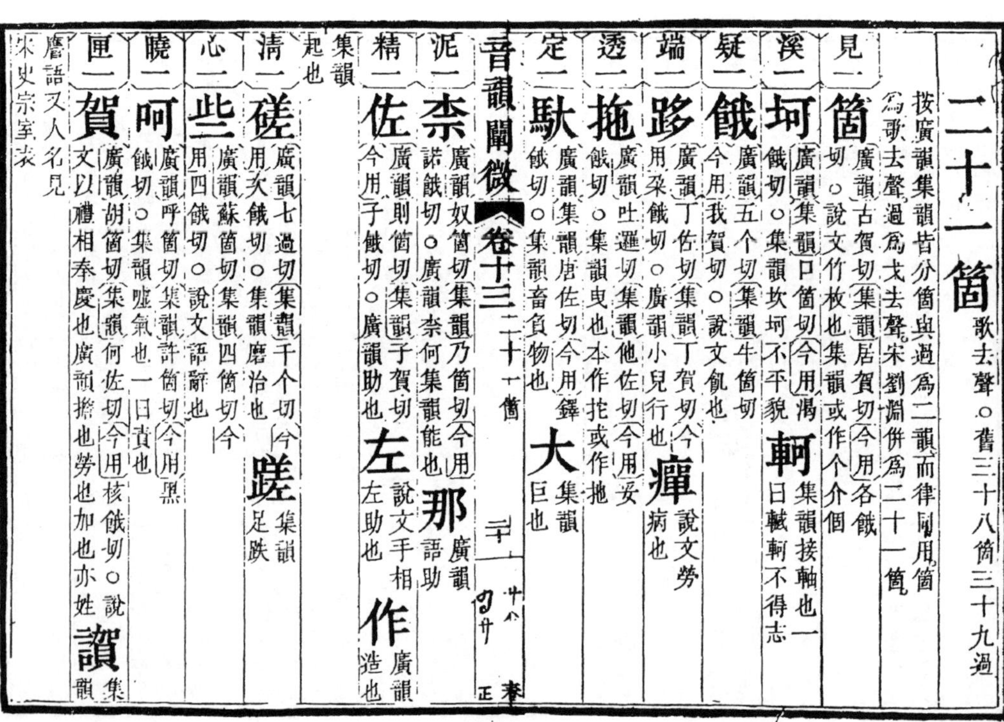

## 二十一箇

歌去聲○舊三十八箇三十九過

按廣韻集韻皆分箇與過爲二韻而律詩同用箇爲歌去聲過爲戈去聲宋劉淵併爲二十一箇

見一 箇 廣韻古賀切集韻居賀切今用各餓切○說文竹枚也集韻或作个介個

溪一 坷 廣韻集韻口箇切今用渴餓切○集韻坎坷不平貌 軻 集韻接軸也一曰轗軻不得志

疑一 餓 廣韻五个切集韻牛箇切今用我賀切○說文飢也

端一 跢 廣韻丁佐切集韻丁賀切今用朶餓切○廣韻小兒行也 癉 說文勞病也

透一 拖 廣韻吐邏切集韻他佐切今用妥餓切○集韻曳也本作拕或作拖

定一 馱 廣韻集韻唐佐切今用鐸餓切○集韻畜負物也 大 集韻巨也



泥一 柰 廣韻奴箇切集韻乃箇切今用諾餓切○廣韻柰何集韻能也 那 廣韻語助

精一 佐 廣韻則箇切集韻子賀切今用子餓切○廣韻助也 左 說文手相左助也 作 廣韻造也集韻起也

清一 磋 廣韻七過切集韻千个切今用次餓切○集韻磨治也 蹉 集韻足跌

心一 些 廣韻蘇箇切集韻四箇切今用四餓切○說文語辭也

曉一 呵 廣韻呼箇切集韻許箇切今用黑餓切○集韻噓氣也一曰責也

匣一 賀 廣韻胡箇切集韻何佐切今用核餓切○說文以禮相奉慶也廣韻擔也勞也加也亦姓 ⿰言賀 集韻譍語又人名見宋史宗室表

影一 侉 廣韻集韻安賀切今從之○廣韻痛呼也
來一 邏 廣韻集韻郎佐切今用勒餓切○說文巡也廣韻游兵也
按以上箇韻十四音開口呼。
見一 過 廣韻集韻古臥切今用固臥切○廣韻誤也越也責也度也 腂 集韻腫赤也
溪一 課 廣韻集韻苦臥切今用庫臥切○說文試也 髁 說文髀骨也 堁 集韻堀堁塵起貌一日阜也
科 廣韻滋生也
疑一 臥 廣韻集韻吾貨切今用誤貨切○說文休也廣韻寢也
端一 桗 廣韻集韻都唾切今用妒臥切○集韻木本也 剁 廣韻剁斫剉也集韻作鍒

音韻闡微 卷十三 二十一箇

透一 唾 廣韻湯臥切集韻吐臥切今用兎臥切○說文口液也集韻或作涶又水名 嫷 廣韻好貌集韻或作媠
毻 廣韻鳥易毛也
定一 惰 廣韻集韻徒臥切今用渡臥切○廣韻懈也集韻本作憜或作媠嫷
泥一 愞 廣韻乃臥切集韻奴臥切今用怒臥切○廣韻弱也或作懦 稬 集韻稻名或作糯 㬉 集韻城下田一日江淤或作堧壖
幫一 播 廣韻集韻補過切今用布臥切○說文種也集韻布也又姓 譒 說文敷也又人名唐有周譒
簸 集韻揚也
滂一 破 廣韻集韻普過切今用普臥切○說文石碎也

並一 縛 廣韻集韻符臥切今用步臥切○集韻束也
明一 磨 廣韻摸臥切集韻莫臥切今用暮臥切○廣韻磑也說文作䃺 塺 廣韻塵也 摩 廣韻按摩集韻摩也
精一 挫 廣韻則臥切集韻祖臥切今從集韻○說文摧也 夎 集韻詐也介士之拜韻會拜失容也廣韻作 侳 說文安也
清一 剉 廣韻麤臥切集韻寸臥切今用措臥切○說文折傷也 莝 說文斬芻也 銼 集韻銼鑹溫器
從一 座 廣韻集韻徂臥切今用祚臥切○集韻坐具 坐 韻會止也廣韻被罪說文作坐

音韻闡微 卷十三 二十一箇

心一 膹 廣韻先臥切集韻蘇臥切今用素臥切○廣韻骨膏也
曉一 貨 廣韻集韻呼臥切今用虎臥切○說文財也
匣一 和 廣韻集韻胡臥切今用戶臥切○集韻應也調也
影一 涴 廣韻集韻烏臥切今用烏貨切○廣韻泥著物也或作汚
來一 臝 廣韻魯過切集韻盧臥切今用路臥切○說文瘰也
按以上過韻十九音合口呼。

# 二十二禡 麻去聲○舊四十禡

按廣韻集韻皆四十禡宋劉淵改為二十二禡

見二 駕 廣韻古訝切集韻居迓切合聲記亞切○說文馬在軛中廣韻行也乘也 架 韻會杙也所以舉物本作椵或作枷 價 韻會售直也或作賈 假 韻會以物貸人也又借也一日休告也 嫁 說文女適人也 稼 說文禾之秀實為稼莖節為禾一日在野日稼 幏 說文南郡蠻夷賨布 斝 廣韻鬱酒之尊畫禾稼者 瘕 廣韻腹病

溪二 髂 廣韻枯駕切集韻丘駕切合聲器亞切○韻會膂骨也

疑二 迓 廣韻吾駕切集韻魚駕切今用義駕切○韻會相迎也或作御 訝 說文相迎也廣韻嗟訝集韻疑也 齖 廣韻齰訝不相得也集韻齒不相值 庌 集韻廡也 閜 集韻開裂也 枒 集韻木名一日迦枒木相拒 砑 集韻碾也或作扞

知二 咤 廣韻陟駕切集韻陟嫁切合聲智亞切○韻會噴也叱怒也說文作吒 奼 集韻少女 哆 集韻張口貌 奓 廣韻張也開也 觰 集韻角上廣 𥦗 集韻窋𥦗物在穴中貌

徹二 詫 廣韻集韻丑亞切今用恥亞切○韻會誇也誑也或作咤奼通作侘 奼 說文少女也 侘 集韻侘傺失志貌

澄二 蛇 廣韻集韻除駕切今用稚亞切○廣韻水母也一名蟦形如羊胃無目以蝦為目

孃二 絮 廣韻乃亞切集韻乃嫁切今用膩亞切○廣韻絲結亂也 䏧 廣韻肥也



幫二 霸 廣韻集韻必駕切合聲布亞切○廣韻霸把也把持諸侯之權又姓集韻月始生 灞 廣韻水名 欛 廣韻刀柄名集韻作杷 靶 說文轡革也 垻 集韻平川謂之垻 弝 韻會弓弣中手執處也或作把 壩 集韻堰也 爸 集韻吳人呼父日爸

滂二 怕 廣韻集韻普駕切今用破亞切○集韻懼也 帊 韻會帳也又帛三幅日帊帊衣幞也或作帕柏

並二 杷 廣韻白駕切集韻步化切今用步亞切○集韻田器也 䆉 廣韻䆉稏稻名集韻作穲

明二 禡 廣韻集韻莫駕切今用暮亞切○說文師行所止恐有慢其神下而祀之日禡 罵 說文詈也集韻通作傌 傌 廣韻齊大夫名 䣕 說文郁䣕犍為縣 榪 廣韻牀頭橫木 鬕 集韻鬕林額也一日帶結飾



照二 詐 廣韻集韻側駕切今用滓亞切○說文欺也 醡 韻會壓酒具也集韻或作笮苲榨 溠 說文水在漢南荊州浸也

穿二 杈 集韻楚嫁切今用差亞切○集韻木枝衢也一日收草具 汊 集韻水歧流也

牀二 乍 廣韻鋤駕切集韻助駕切今用助亞切○說文止也韻會暫也 鮓 集韻海魚名或作蚱 䄍 集韻索也合聚萬物索饗百神也通作蜡 蜡 說文蠅蜡也 砟 集韻碑石也 齰 集韻齧也

審二 嗄 廣韻集韻所嫁切今用史亞切○集韻聲變也 沙 集韻聲嘶也 厦 集韻旁屋也

曉二 嚇 廣韻呼訝切集韻虛訝切今用喜亞切○集韻以口距人謂之嚇 罅 說文裂也 唬 說文唬聲也廣韻虎聲

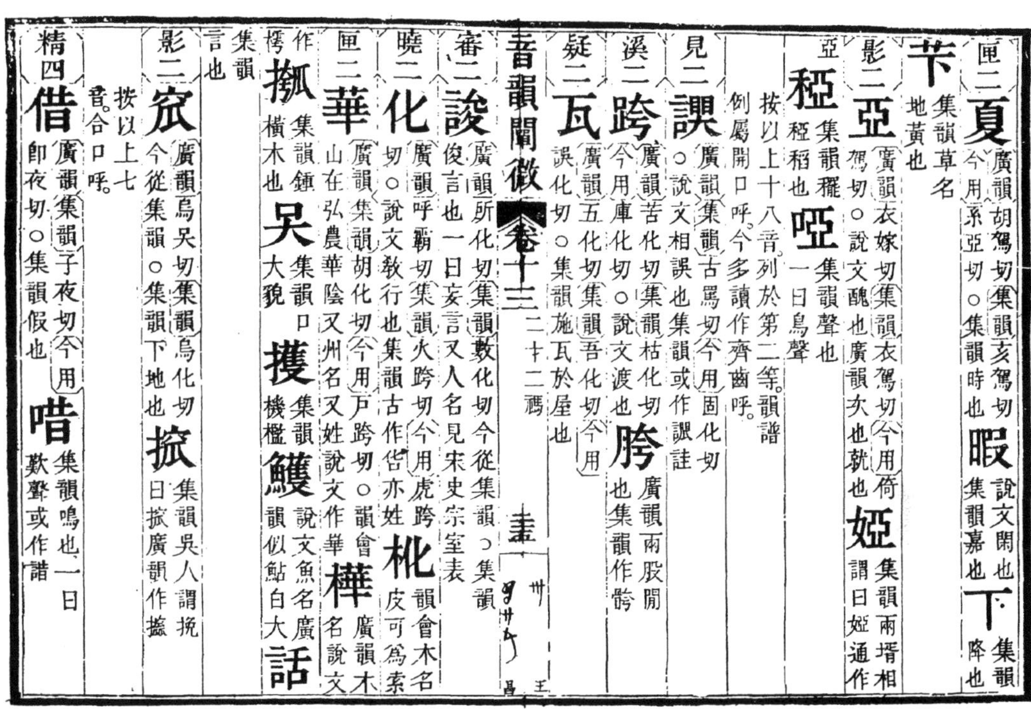

匣二 夏 廣韻胡駕切集韻亥駕切今用系亞切○集韻時也 暇 說文閑也集韻嘉也 下 集韻降也

苄 集韻草名地黃也

影二 亞 廣韻衣嫁切集韻衣駕切今用倚駕切○說文醜也廣韻次也就也 婭 集韻兩壻相謂曰婭通作亞

稏 集韻穲稏稻也 啞 集韻聲也一曰鳥聲

按以上十八音。列於第二等。韻譜例屬開口呼。今多讀作齊齒呼。

見二 課 廣韻集韻古罵切今用固化切○說文相誤也集韻或作謑註

溪二 跨 廣韻苦化切集韻枯化切今用庫化切○說文渡也 胯 廣韻兩股閒也集韻作骻

疑二 瓦 廣韻五化切集韻吾化切今用誤化切○集韻施瓦於屋也



審二 誜 廣韻所化切集韻數化切今從集韻○集韻俊言也一曰妄言又人名見宋史宗室表

曉二 化 廣韻呼霸切集韻火跨切今用虎跨切○說文教行也集韻古作㐌亦姓 杹 韻會木名皮可為索

匣二 華 廣韻集韻胡化切今用戶跨切○韻會山在弘農華陰又州名又姓說文作崋 樺 廣韻木名說文作槬

摦 集韻鏵橫木也 吳 集韻口大貌 擭 集韻機檻 鱯 說文魚名廣韻似鮎白大 話 集韻言也

影二 窊 廣韻烏吳切集韻烏化切今從集韻○集韻下地也 搲 集韻吳人謂挽曰搲廣韻作攨

按以上七音。合口呼。

精四 借 廣韻集韻子夜切今用卽夜切○集韻假也 唶 集韻嗚也一曰歎聲或作諎

清四 笡 廣韻遷謝切集韻七夜切今用砌夜切○廣韻斜逆也 跙 集韻衺足也

從四 藉 廣韻集韻慈夜切今用集夜切○說文祭藉也一曰草不編狼藉 躤 廣韻踐也 褯 集韻小兒衣

心四 瀉 廣韻司夜切集韻四夜切今用細夜切○集韻鹵也泄也 卸 說文舍車解馬也

邪四 謝 廣韻辝夜切集韻詞夜切今用習夜切○說文辭去也集韻告也 榭 說文臺有屋也集韻凡屋無室曰榭通作謝 㴬 集韻水名出瞻渚山

照三 柘 廣韻集韻之夜切今用至夜切○說文桑也廣韻木名亦姓 炙 集韻燔肉 蔗 集韻草名說文藷蔗也廣韻甘蔗 鷓 集韻鷓鴣鳥名 蟅 說文蟲屬集韻蝗類一曰鼠婦或作䗪



穿三 赿 廣韻集韻充夜切今用齒夜切○廣韻怒也一曰牽也集韻距也

牀三 射 廣韻集韻神夜切今用食夜切○韻會弓弩發於身而中於遠也又姓說文作䠶 貰 說文貸也廣韻賖也

麝 集韻獸名說文如小麋臍有香一說冬食栢夏食諸蟲

審三 舍 廣韻始夜切集韻式夜切今用試夜切○說文市居曰舍廣韻屋也又姓 赦 說文置也 騇 廣韻牝馬見爾雅 厙 廣韻姓也

喻四 夜 廣韻羊謝切集韻寅謝切今用異謝切○說文舍也廣韻暮也又姓 射 集韻僕射官名 鵺 集韻鳥名似雉見山海經或作䳺

日三 渃 集韻人夜切今用日夜切○集韻域名在彭州

按以上十一音。齊齒呼。



# 二十三漾

陽去聲○舊四十一漾四十二宕

按廣韻集韻皆分漾與宕為二韻而律同用。漾為陽去聲。宕為唐去聲。宋劉淵併為二十三漾

見一 鋼 廣韻古浪切集韻居浪切〔今用〕箇抗切○集韻堅也 掆 廣韻捎掆舁也

溪一 抗 廣韻苦浪切集韻口浪切〔今用〕可浪切○說文扞也 亢 集韻高極也一曰星名 伉 說文人名集韻匹也健也又姓 閌 說文閌閬高門 炕 說文乾也 頏 集韻咽也通作亢 忼 集韻慨也 砊 廣韻砊硠石聲 犺 說文健犬也廣韻獀犺不順 蚢 集韻海貝名

疑一 枊 廣韻五浪切集韻魚浪切〔今用〕餓浪切○說文馬柱一曰堅也

端一 擋 廣韻集韻丁浪切〔今用〕德浪切○集韻擋也韻會通作當 當 集韻主也底也中也 讜 集韻



言中理也或作譡 檔 集韻橫木 瓽 說文大盆也廣韻井甃又姓

透一 儻 廣韻集韻他浪切〔今用〕託浪切○集韻倜儻大志一曰希望也 湯 廣韻熱湯也集韻熱木灼也一曰蕩也 盪 集韻滌器一曰行也亦姓 蕩 集韻蘯蕩渠名

定一 宕 廣韻徒浪切集韻大浪切〔今用〕惰浪切○說文過也廣韻洞室亦州名 踼 集韻跌踼行失正也 碭 說文丈石也集韻山名 逿 廣韻過也集韻失據倒也 愓 集韻放逸 盪 集韻動也 蕩 集韻蔄蕩藥草

泥一 灢 廣韻奴浪切集韻乃浪切〔今用〕諾浪切○集韻決灢濁也

幫一 謗 廣韻集韻補曠切〔今用〕布浪切○說文毀也 榜 集韻進船也韻會船師曰榜人或作搒

並一 傍 廣韻集韻蒲浪切今用步浪切○集韻近也 徬 說文附行也

明一 漭 廣韻集韻莫浪切今用莽浪切○集韻漭浪水大貌

精一 葬 廣韻集韻則浪切今用子浪切○說文藏也 髒 集韻抗髒伺立貌

從一 藏 廣韻徂浪切集韻才浪切今用字浪切○集韻物所畜曰藏 臟 集韻腑也

心一 喪 廣韻蘇浪切集韻四浪切今從集韻○集韻亡也

匣一 吭 廣韻集韻下浪切今用核浪切○集韻咽也或作頏肮亢 桁 集韻衣椸 行 集韻次也一曰行行剛强貌

影一 盎 廣韻烏浪切集韻於浪切今用厄浪切○說文盆也韻會盛貌又姓 醠 說文濁酒也集韻或作𨠔





通作 坱 集韻塵也 柍 集韻中央 姎 說文女人自稱我也

來一 浪 廣韻來宕切集韻郎宕切今用勒宕切○說文滄浪水也南入江廣韻波浪謔浪游浪又姓 閬 說文門高也巴郡有閬中縣 埌 廣韻冢也集韻壙埌原野迥貌 䍚 集韻莽䍚廣大貌 蒗 集韻蒗蕩渠名在譙郡 狼 韻會博狼地名在陽武通作浪

按以上宕韻十六音。開口呼。

見三 彊 廣韻集韻居亮切今用記漾切○廣韻屍勁硬也

溪三 唴 廣韻集韻邱亮切今用器漾切○說文秦晉謂兒泣不止曰唴 [illegible] 集韻人名陳桓公子[illegible]

羣三 弶 廣韻集韻其亮切合聲忌漾切○韻會施罟於道一曰以弓罥鳥獸 𡸣 集韻山名 倞 集韻强也或作傹

疑三 仰 廣韻集韻魚向切今用義向切○集韻恃也

知三 帳 廣韻集韻知亮切今用智漾切○說文張也集韻幬謂之帳 脹 集韻腹大也 漲 集韻水大貌 張 集韻陳設也一曰自侈大也

徹三 暢 廣韻集韻丑亮切今用恥漾切○集韻長也通也通作鬯 悵 說文望恨也 鬯 廣韻匕鬯又香草 韔 說文弓衣也 暘 說文不生也 瑒 說文圭尺二寸有瓚以祠宗廟者 䙖 廣韻逮也日長也通也遠也

澄三 仗 廣韻集韻直亮切合聲稚漾切○集韻兵器 杖 集韻所以扶行也 長 廣韻多也集韻度長短曰長





孃三 釀 廣韻集韻女亮切合聲膩漾切○說文醞也作酒曰釀 [illegible] 說文萊也集韻藏菹

非三 放 廣韻集韻甫妄切今用付妄切○說文逐也 舫 說文船師也韻會方舟也又祔也或作枋

敷三 訪 廣韻集韻敷亮切今用赴妄切○說文汎謀曰訪 妨 集韻害也博雅娉也 邡 廣韻邑名

奉三 防 廣韻符況切集韻符訪切今用附妄切○集韻隄也或作坊

微三 妄 廣韻巫放切集韻無放切今用務放切○說文亂也廣韻誣也 忘 集韻棄忘也 望 說文出亡在外望其還也 朢 說文月滿與日相望如朝君韻會通作望

精四 醬 廣韻子亮切集韻卽亮切今用卽漾切○廣韻醢也 將 說文帥也

清四 蹡 廣韻集韻七亮切今用砌漾切○集韻走也或作蹌䠀

從四 匠 廣韻集韻疾亮切今用集漾切○說文木工也

心四 相 廣韻息亮切集韻思將切今用細漾切○集韻視也助也

照二 壯 廣韻集韻側亮切今用阻刱切○說文大也

照三 障 廣韻集韻之亮切今用至漾切○說文隔也 嶂 集韻山之高險者 瘴 廣韻熱病集韻癘也

穿二 刱 廣韻初亮切集韻楚亮切今用楚壯切○說文造法刱業也集韻通作創 創 集韻懲也傷也或作刅 愴 說文傷也 滄 說文寒也廣韻作滄 倉 集韻喪也



穿三 唱 廣韻集韻尺亮切今用齒漾切○廣韻發歌又導也亦作誯倡 淌 集韻大波

牀二 狀 廣韻鋤亮切集韻助亮切今用助刱切○說文犬形也集韻類也

審二 霜 集韻色壯切今用數壯切○集韻霣霜殺物也或作灀

審三 餉 廣韻集韻式亮切今用試漾切○韻會饋也或作饟餉 向 集韻國名一曰沛縣一日周邑亦姓 蠰 廣韻食桑蟲似天牛

禪三 尚 廣韻集韻時亮切合聲侍漾切○說文曾也集韻庶幾也貴也主也久也 上 集韻君也 償 廣韻備也還也

曉三 向 廣韻集韻許亮切今用喜漾切○說文北出牖也集韻趣也救也 鄉 集韻不久也一日嚮也

鄉 集韻面也或作嚮 珦 說文玉也 闀 說文門響也廣韻門頭也集韻牖屬 蠁 廣韻蛹中蟲也集韻蟲名

影三 怏 廣韻集韻於亮切今用倚向切○說文不服對也廣韻情不足也 坱 說文塵埃也 鞅 集韻馬駕具

喻四 漾 廣韻餘亮切集韻弋亮切今用異亮切○廣韻水名集韻水貌 瀁 廣韻水瀁蕩貌 樣 集韻法也 恙 說文憂也一日蟲入腹食人心 羕 說文水長也 養 集韻供也 颺 集韻風所飛颺也 煬 說文炙燥也 㺊 集韻獸名如狻猊食熊羆或作㺊

來三 諒 廣韻集韻力讓切合聲吏漾切○說文信也廣韻相也佐也又姓 亮 集韻同上廣韻朗也導也亦姓



悢 廣韻悢悢悲也 量 集韻斗斛日量 掠 廣韻笞也奪也取也治也集韻搒也 兩 廣韻車數集韻乘也匹也 緉 說文履兩枚也一日絞也 䣼 說文雜味也集韻清漿曰䣼 涼 廣韻薄也集韻佐也一日冷也 倞 集韻遠也韻會索也

日三 讓 廣韻集韻人樣切今用日漾切○說文相責讓也集韻退也 饟 說文周人謂餉曰饟

按以上漾韻二十九音。共分三等。居第二等者。按譜宜作開口呼。今多讀作合口呼。其居第三等第四等者。為齊齒呼。惟輕脣數音。宜屬合口呼。

見一 桄 廣韻集韻古曠切今用固曠切○說文充也廣韻織機桄 光 廣韻上色集韻飾色也 廣 集韻度廣曰廣一曰兵車名

溪一 **曠** 廣韻集韻苦謗切今用庫謗切○說文明也廣韻遠也大也久也又姓或作爌 **壙** 說文塹穴也一曰大也 **纊** 說文絮也廣韻細緜也或作絖 **懬** 說文闊也一曰廣也 **矌** 集韻目無眹也

曉一 **荒** 廣韻集韻呼浪切今用虎曠切○廣韻草多貌集韻田不治也

匣一 **潢** 廣韻乎曠切集韻胡曠切今用戶曠切○集韻染帋也見釋名

影一 **汪** 廣韻烏浪切集韻烏曠切今從集韻○廣韻水臭也集韻水貌

按以上宕韻五音合口呼。

見三 **誑** 廣韻居況切集韻古況切今用固旺切○韻會欺也說文作譃或作迋誆

羣三 **狂** 廣韻渠放切集韻具放切今合聲遽旺切○廣韻輙為也 **迋** 集韻欺也



曉三 **貺** 廣韻許訪切集韻許放切今用許旺切○廣韻賜也與也 **況** 說文寒水也集韻益也矧也譬也亦姓或作况 **軦** 集韻黃軦蟲名 **眖** 集韻視也又人名見宋史宗室表

喻三 **旺** 廣韻集韻于放切今用喻貺切○廣韻美光說文作暀 **王** 集韻與也 **迋** 韻會往也說文作迋

按以上漾韻四音列於三等。例屬撮口呼今皆讀作合口呼。

音韻闡微卷十四

# 二十四敬 十五勁

庚去聲○舊四十三映四十四諍四

按廣韻集韻皆分映諍勁爲三韻而律同用。映爲庚去聲。諍爲耕去聲。勁爲清去聲。宋劉淵併爲二十四敬。

見二 更 廣韻古孟切集韻居孟切今用箇孟切映韻○廣韻易也改也說文作㪅

疑二 硬 廣韻五爭切集韻魚孟切今用餓孟切映韻○韻會堅也强也或作鞕

知二 倀 廣韻集韻豬孟切今用智孟切映韻○集韻倀停疎率

徹二 牚 廣韻他孟切集韻[illegible]孟切今從集韻映韻○集韻支柱也

澄二 鋥 廣韻集韻除更切今用稚孟切映韻○廣韻磨鋥出劒光或作[illegible]



什五 四百〇九 朱元

幫二 迸 廣韻集韻北諍切今用布諍切諍韻○說文散走也集韻或作䟎 榜 廣韻集韻北孟切今用布孟切映韻○集韻進舟也或作搒

滂二 砰 集韻叵迸切今用破諍切諍韻○集韻石落聲

並二 膨 廣韻集韻蒲孟切今用步孟切映韻○集韻脹也

明二 孟 廣韻集韻莫更切今用暮更切借用暮諍切映韻○說文長也廣韻勉也始也又姓

照二 諍 廣韻集韻側迸切今用滓迸切借用滓孟切諍韻○說文止也廣韻諫諍也亦作爭

穿二 瀙 廣韻楚敬切集韻楚慶切今用差孟切映韻○廣韻冷也

審二 生 廣韻所敬切集韻所慶切今用史孟切映韻○集韻產也

曉二 [illegible] 廣韻許更切集韻亨孟切今用黑孟切映韻○集韻嗔語博雅言也

匣二 行 廣韻胡孟切集韻下孟切今用核孟切映韻○集韻言迹也

影二 瀴 廣韻集韻於孟切今用厄孟切映韻○廣韻瀴瀙冷也

按以上十五音開口呼。

見三 敬 廣韻集韻居慶切合聲記映切映韻○說文肅也廣韻恭也愼也又姓 鏡 說文景也 獍 集韻獸名 璥 集韻玉名 竟 說文樂曲盡爲竟廣韻窮也終也又姓

見四 勁 廣韻居正切集韻堅正切今用記正切協勁韻○說文彊也 葝 集韻草名鼠尾也

溪三 慶 廣韻丘敬切集韻丘正切合聲器映切映韻○說文行賀人也

溪四 輕 廣韻墟正切集韻牽正切今用器性切協用器映切勁韻○集韻疾也 鏧 集韻金聲 [illegible] 集韻一足行



十七 四百廿二 朱元

羣三 競 廣韻渠敬切集韻渠映切今用忌映切映韻○韻會彊語也一日逐也或作誩傹 儆 集韻戒也

檠 集韻有足所以几物 誩 說文競言也又人名見宋史宗室表

疑三 迎 廣韻魚敬切集韻魚慶切今用義敬切映韻○廣韻迓也

徹三 偵 廣韻丑鄭切集韻丑正切今用恥政切協用恥映切勁韻○集韻問也 詗 集韻知處告言之

遉 廣韻邏候也

澄三 鄭 廣韻集韻直正切今用稚聖切協用稚映切勁韻○說文京兆縣周厲王子友所封廣韻州名集韻重也亦姓

孃三 鑂 廣韻女正切今用膩聖切協用膩映切勁韻○集韻蟲名

幫三 柄 廣韻集韻陂病切今用臂映切映韻○說文柯也廣韻本也權也或作棅 怲 集韻憂也 邴 集韻邑名在宋又姓

幫四 併 廣韻畀政切集韻卑正切今用臂性切協用臂映切勁韻○說文並也廣韻兼也皆也 拼 集韻同上廣韻專也 屏 集韻除也

滂三 寎 集韻鋪病切合聲譬映切映韻○爾雅三月為寎

滂四 聘 廣韻集韻匹正切今用譬性切協用譬映切勁韻○說文訪也廣韻聘問也 娉 說文問也集韻謂昏禮問名 䀻 集韻視也 俜 廣韻俜傳集韻使也

並三 病 廣韻集韻皮命切今用避映切映韻○說文疾加也 評 廣韻平言集韻訂也 枰 廣韻獨坐版牀一曰投博局 寎 說文臥驚病也集韻三月名

並四 偋 廣韻防正切集韻毗正切今用避性切協用避映切勁韻○廣韻隱僻也廁也

明三 命 廣韻集韻眉病切今用寐映切映韻○說文使也廣韻教也道也信也計也召也 盟 集韻誓約也一曰河津名

明四 詺 廣韻集韻彌正切今用寐淨切協用寐映切勁韻○廣韻詺目韻會目睹物也正韻辨別物名

精四 精 廣韻子姓切集韻子正切今用即性切協用即映切勁韻○廣韻強也

清四 倩 廣韻七政切集韻七正切今用七性切協用七映切勁韻○廣韻假倩也 婧 說文竦立也一曰有才也 凊 說文寒也廣韻溫凊 胜 集韻胜遇鳥名見山海經



從四 淨 廣韻疾政切集韻疾正切今用集性切協用集映切勁韻○廣韻無垢也集韻魯北城門池一曰水也 穽 說文陷也所以取獸者 靚 說文召也廣韻裝飾也 請 廣韻廷請亦朝請集韻謁也

心四 性 廣韻集韻息正切今用細淨切協用細映切勁韻○說文人之陽氣性善者也 姓 廣韻人所生也又姓 狌 集韻鼠屬

照三 政 廣韻集韻之盛切今用至聖切協用至映切勁韻○說文正也廣韻政化亦姓 正 說文是也廣韻當也定也平也又姓 証 說文諫也 筬 集韻竹名又人名見三朝政要

審三 聖 廣韻集韻式正切今用試政切協用試映切勁韻○說文通也

禪三 盛 廣韻承正切集韻時正切今用侍政切協用侍映切勁韻○集韻多也又姓 晟 廣韻明也熾也



器也集韻或作䁍

影三 映 廣韻於敬切集韻於慶切今用倚敬切映韻○廣韻明也陽也集韻隱也韻會明相照也或作暎

來三 令 廣韻力政切集韻力正切今用吏鄭切協用吏映切勁韻○說文發號也集韻善也一曰官署之長也 詅 廣韻自衒賣也又人名見宋史宗室表

按以上二十音齊齒呼。

曉二 轟 廣韻集韻呼迸切今用虎迸切借用虎褒切諍韻○集韻衆車聲或作輷

匣二 橫 廣韻集韻戶孟切今從之借用戶褒切映韻○集韻不順理 蝗 集韻螽也

影二 𥦗 廣韻集韻烏橫切今用烏孟切映韻○廣韻小水貌集韻作宖

按以上三音合口呼。

曉四、夐（廣韻休正切、集韻虛政切、今用許聘切、借用許用切、勁韻）○說文營求也。廣韻遠也 詗 說文知處告言之。廣韻自言長 [目复] 廣韻直視貌

喻三、詠（廣韻、集韻爲命切、今用喻命切、映韻）○說文歌也。或作咏 泳 說文潛行水中也 禜 說文設綿蕝爲營以禳風雨雪霜水旱厲疫於日月星辰山川也。一日禜衛使災不生 醟 說文酗也。廣韻酗酒

按以上二音撮口呼。



# 二十五徑

青去聲○舊四十六徑

按廣韻集韻皆四十六徑。宋劉淵改爲二十五徑。

見四、徑（廣韻、集韻古定切、今用記磬切、協用記映切）○說文步道也。集韻直也。亦作逕 經 廣韻經緯。集韻織也 俓 廣韻直也。集韻堅也 陘 集韻海[illegible][illegible]隘道。一日山絕爲陘 牼 集韻牛膝下骨

溪四、罄（廣韻苦定切、集韻詰定切、今用器徑切、協用器映切）○說文器中空也 磬 說文樂名也。廣韻磬石樂器 躄 集韻一足行也。通作躄 鐾 說文金聲也 綮 集韻肯綮肉結處也 謦 集韻謦欬言笑也

端四、訂（廣韻、集韻丁定切、今用底徑切、協用底映切）○集韻平議也 飣 集韻置食也 矴 集韻錘舟石也。或作碇磸 釘 集韻黃金也。正韻以釘釘物 靪 集韻補履也 錠 說文鐙也。集韻豆屬有柎曰鐙無柎曰錠 顁 集韻題也。通作定 定 集韻營室星也。一日定謂之耨

透四、聽（廣韻、集韻他定切、今用替磬切、協用替映切）○說文聆也 侹 廣韻侹侹直也。代也。儆也 庭 集韻逕庭激過也。一日不近人情。或作廷 涏 集韻波流直貌

定四、定（廣韻、集韻徒徑切、今用第甯切、協用第映切）○說文安也。廣韻州名 廷 集韻正也。直也。朝位也

泥四、甯（廣韻、集韻乃定切、今用溺定切、協用溺映切）○說文所願也。集韻邑名。亦姓 佞 說文巧調高才也。集韻或作詃 濘 說文滎濘也。廣韻泥濘。集韻清也

並四、屏（集韻步定切、今用避定切、協韻避映切）○集韻偃廁 偋 說文僻窶也

明四 瞑 廣韻集韻莫定切今用寐定切協用寐映切○廣韻夕也 䁥 集韻䁥䳆赤黑色 瞑 集韻閉目

清四 䳆 廣韻集韻千定切今用砌定切協用砌映切○集韻䁥䳆青黑色

心四 腥 廣韻蘇佞切集韻新佞切今用細徑切協用細映切○說文星見食豕令肉中生小息肉也 醒 集韻醉解也

匣四 脛 廣韻胡定切集韻形定切今用系甯切協用系映切○說文胻也廣韻腳脛或作踁

來四 零 廣韻集韻郎定切今用吏甯切協用吏映切○集韻落也 令 廣韻令支縣名在遼西

按以上十二音齊齒呼。



見四 扃 集韻扃定切今用據瑩切協用據用切○集韻明察也

溪四 絅 集韻口定切今用去瑩切協用去用切○集韻襌衣也

匣四 濙 集韻胡鎣切今用穴瑩切借用穴用切○集韻瀅濙小水貌

影四 瑩 廣韻烏定切集韻縈定切今用郁甯切借用郁泉切○說文玉色一曰石之次玉者 鎣 說文器也集韻磨也 瀅 集韻汀瀅小水或作濴 嫈 集韻遶嫈漢侯國名

按以上四音撮口呼。

證 蒸去聲○舊四十七證四十八嶝

按廣韻集韻於徑獨用。證與嶝分爲二韻而律同用。證爲蒸去聲。嶝爲登去聲。宋劉淵併爲二十五徑今將證嶝二韻字分列之。

見一 亘 廣韻居鄧切集韻居鄧切今用箇鄧切○廣韻通也遍也竟也說文作恒 搄 廣韻急引 緪 集韻索也 堩 集韻道也 鮔 集韻魚名或作鮔

溪一 堩 集韻口鄧切今用渴鄧切○集韻道也

端一 嶝 廣韻都鄧切集韻丁鄧切今用德贈切○廣韻小坂 隥 說文仰也廣韻梯隥 磴 廣韻巖磴 鐙 集韻馬鞁具一曰豆也 凳 集韻牀屬或作橙 墱 集韻飛陛謂之墱



透一 磴 集韻台隥切今用他鄧切○集韻小水相益也廣韻作澄

定一 鄧 廣韻徒亘切集韻唐亘切今用惰贈切○廣韻國名又姓 蹬 說文蹭蹬也 㜲 集韻婈㜲困病貌 僜 集韻倰僜不親事 膯 廣韻囊屬 澄 集韻清濁分也

幫一 堋 廣韻方隥切集韻逋鄧切今用布鄧切○說文喪葬下土也韻會𨗉江水灌溉曰堋又射埻也或作塴窟

傰 集韻阿黨也

並一 倗 廣韻父鄧切集韻步鄧切今從集韻○廣韻輔也

明一 懵 廣韻武亘切集韻母亘切今用暮鄧切○廣韻悶也 懜 說文不明也 瞢 集韻目不明也 鱛 廣韻魚名集韻作鯎

精一 增 廣韻集韻子鄧切今用從之○廣韻剩也

清一 蹭 廣韻千鄧切集韻七鄧切今用次鄧切○說文蹭蹬失道也

從一 贈 廣韻昨亘切集韻作亘切今用字鄧切○說文玩好相送也 繒 集韻白也 黵 集韻旰黵面黑氣或作黵 驓 集韻馬四骹皆白者見爾雅

來一 踜 廣韻魯鄧切集韻郎鄧切今用勒鄧切○廣韻踜蹬行貌集韻踜蹬馬病 棱 集韻棱嫪困病貌 倰 集韻倰僜不親事

按以上嶝韻十二音開口呼

羣三 殑 廣韻其餕切集韻其孕切今用忌應切○集韻欲死貌

疑三 凝 廣韻牛餕切集韻牛孕切今用義證切○集韻止水也

徹三 覴 廣韻集韻丑證切今用敕證切○廣韻直視

澄三 瞪 廣韻丈證切集韻澄應切今用稚應切○廣韻直視貌本作眙 澄 集韻清貌

幫三 冰 集韻逋孕切合聲臂應切○集韻冷迫也

並三 凭 廣韻皮證切集韻皮孕切今用避應切○集韻依几也或作凴 砅 集韻蒲應切今用避應切○集韻水激石聲

精四 甑 廣韻集韻子孕切合聲齎應切○說文甗也 䁬 說文䁬屬 橧 廣韻汁橧

清四 𢒦 集韻七孕切合聲砌應切○集韻毛張貌





照三 證 廣韻集韻諸應切合聲至應切○說文告也廣韻驗也 烝 集韻氣之上達也或作蒸 脀 集韻凝也一曰睪脀腫也

穿三 稱 廣韻集韻昌孕切合聲熾應切○集韻權衡也一曰宜也謂也俗作秤 偁 集韻舉也

牀三 乘 廣韻實證切集韻石證切今用食應切○集韻車也一曰物雙曰乘或作椉兖 賸 集韻益也餘也一曰以財贈送俗作剩 嵊 集韻山名在剡縣

審三 勝 廣韻集韻詩證切合聲試應切○集韻克也亦州名 縢 說文機持經者

禪三 丞 廣韻集韻常證切今用侍應切○廣韻縣名在沂州

曉三 興 廣韻集韻許應切今用喜應切○韻會象也又比典

影三 應 廣韻集韻於證切今用倚證切○集韻答也 譍 說文以言對也

喻四 孕 廣韻集韻以證切今用異證切○說文裹子也集韻或作𦙶𡜔 媵 廣韻送女從嫁 賸 說文物相增加也一曰送也訓也 䵒 廣韻面黑子

來三 餕 廣韻里甑切集韻里孕切今用吏應切○說文馬食穀多氣流四下也 淩 韻會冰也

日三 扔 廣韻而證切集韻如證切今用日應切○集韻就也推也數也博雅引也 艿 廣韻草不翦集韻草芟故生新曰艿亦作艻 認 廣韻認物集韻誌也

按以上證韻十八音齊齒呼

## 二十六宥 尤去聲○舊四十九宥五十候五十一幼

按廣韻集韻。皆分宥候幼爲三韻而律同用。宥爲尤去聲。候爲侯去聲。幼爲幽去聲。宋劉淵併爲二十六宥。

見一 遘 廣韻古候切集韻居候切今用箇候切〔候韻〕○說文遇也 冓 廣韻數也集韻交積材也 構 說文蓋也集韻木名或作搆非 篝 集韻竹器 覯 說文遇見也 媾 說文重婚也 購 說文以財有所求也 韝 集韻射所以韜臂者 𦽼 集韻草名蒿類 姤 集韻易卦名遇也陰陽相遇也 㝅 說文乳也一曰㝅瞀也 彀 說文張弩也 句 廣韻句當集韻拘也又姓俗作勾 雊 廣韻雊鳴 軥 說文軶下曲者 詬 集韻詈也 逅 集韻邂逅不期而遇一曰解說也 鷇 集韻鳥子生哺者 瞉 集韻瞉霿鄙吝也或作愗怐佝傋 夠 集韻聚也 搆 集韻擩也



溪一 寇 廣韻苦候切集韻邱堠切今用渴候切〔候韻〕○說文暴也廣韻鈔也又姓 扣 集韻擊也 叩 集韻以手至首 滱 廣韻水名在代郡 簆 廣韻織具 鷇 說文鳥子生哺者 詬 廣韻巧言集韻詈也 敂 說文擊也

疑一 偶 廣韻五遘切集韻牛遘切今用餓候切〔候韻〕○集韻不期會也

端一 鬭 廣韻都豆切集韻丁候切今用德候切〔候韻〕○說文遇也廣韻鬭競又姓 鬥 說文兩士相對兵杖在後象鬥之形 [illegible] 集韻星名 䛠 廣韻䛠譳不能言也集韻作[illegible]或作婝姮

透一 透 廣韻集韻他候切今用託候切〔候韻〕○說文跳也過也

定一 豆 廣韻田候切集韻大透切今用惰候切〔候韻〕○說文古食肉器也集韻或作梪豋 餖 廣韻飣餖

脰 說文項也 逗 說文止也 竇 說文空也廣韻穴也又姓 讀 集韻誦書也 郖 集韻地名在弘農縣 浢 集韻水名在河東 酘 廣韻酘酒集韻重醞也 窬 集韻鑿垣爲戸 荳 集韻荳蔻藥草 𨡕 說文𨢺醶也 瀆 集韻句瀆宋地名

泥一 耨 廣韻奴豆切集韻乃豆切今用諾候切〔候韻〕○韻會薅器也說文作槈或作鎒 擩 廣韻搆擩不解事 檽 集韻構檽木名皮可染 譳 集韻䛠譳不能言也 獳 集韻怒犬貌 嗕 集韻羌別種漢有呼速絫嗕

滂一 仆 廣韻集韻匹候切今用普候切〔候韻〕○集韻偃也或作踣趦

並一 䏬 廣韻集韻蒲候切今用步候切〔候韻〕○廣韻豕肉醬也 䍌 說文小缶也



明一 茂 廣韻集韻莫候切今用暮候切〔候韻〕○說文草豐盛 戊 廣韻辰名說文中宮也 蓩 說文細草叢生也 楙 說文木盛也爾雅楙木瓜 袤 說文衣帶以上一曰南北曰袤東西曰廣 懋 說文勉也 霿 集韻瞉霿鄙吝也或作愗 瞀 說文低目謹視也集韻目不明也 姆 集韻女師也 鄮 廣韻縣名在會稽亦姓 貿 說文易財也廣韻市賣也又姓 雺 集韻地氣發天不應曰雺 𨢺 說文𨢺醶榆醬也 冃 集韻覆也

精一 奏 廣韻集韻則候切今用子候切〔候韻〕○廣韻進也 走 集韻疾趨也 族 集韻樂變也通作奏

清一 輳 廣韻倉奏切集韻千候切今用次候切〔候韻〕○集韻輻共轂也 湊 廣韻水會也聚也集韻或作奏

腠集韻膚理也、楱集韻小橘也出武陵蔟廣韻太蔟律也集韻蠶蓐鍱楱鐵齒杷名

從一 剹廣韻才奏切集韻才候切今用字候切候韻○廣韻細切博雅斷也驟集韻疾馳楱廣韻

心一 嗽廣韻蘇奏切集韻先奏切今用四候切候韻○集韻欬也或作欶瘷集韻寒病漱集韻蕩口也嗾說文使犬聲謏集韻私罾廣韻作謏

曉一 蔻廣韻呼漏切集韻許候切今用黑寇切候韻○韻會荳蔻草實生交阯吼廣韻聲也集韻厚怒也詬說文謑詬恥也廣韻怒也或作訽詬豞廣韻豕聲怐集韻怐愁愚也或作佝眗集韻怒目視貌



匣一 候廣韻胡遘切集韻下遘切今用荷漏切候韻○說文伺望也堠集韻記里堡鄇說文晉之溫也郈集韻鄉名在東平或作郈睺集韻半盲也逅說文邂逅也集韻解悅也後集韻相導前後曰先後鍭集韻金鏃翦羽謂之鍭見爾雅或作猴后廣韻君也皇后也厚廣韻厚薄鱟集韻魚名似蟹有子可為醬鴝集韻鳥名

影一 漚廣韻烏候切集韻於候切今用阿遘切候韻○說文久漬也

來一 陋廣韻盧候切集韻郎豆切今用勒候切候韻○說文阨陝也漏說文以銅受水刻節晝夜百刻集韻泄也屚說文屋穿水下也鏤說文剛鐵可以刻鏤集韻釜也蔞集韻蔞蘆藥草瘻說文頸腫也集韻久創僂廣韻僂佝短醜貌甊集韻瓠甊王瓜也見博雅嶁集韻岣嶁謂之衡山

按以上十八音開口呼。

見三 救廣韻居祐切集韻居又切今用記宥切宥韻○廣韻護也止也又姓說文作誎集韻或作捄究說文窮也疚集韻久病也灸廣韻灼也廄說文馬舍也集韻俗作廐

見四 赳集韻古幼切合聲記幼切幼韻○集韻赳螑龍申頸行貌

溪三 齀廣韻集韻邱救切今用器宥切宥韻○廣韻齀鼿仰鼻糗集韻粮也

溪四 𨂂廣韻邱謬切集韻輕幼切合聲器幼切幼韻○集韻𨀁𨂂行不正也螑集韻赳螑龍申頸行貌

羣三 舊廣韻集韻巨救切合聲忌宥切宥韻○集韻鳥名說文鵂舊舊留也一曰故也又姓柩說文棺也廣韻或作匶鯦集韻魚名見爾雅

羣四 𨀁廣韻巨幼切集韻祁幼切今用忌幼切幼韻○集韻𨀁𨂂行不正



疑三 鼿廣韻集韻牛救切今用義救切宥韻○廣韻齀鼿仰鼻

知三 晝廣韻集韻陟救切今用智宥切宥韻○說文日之出入與夜為界廣韻日中又姓咮廣韻鳥口說文作噣

徹三 畜廣韻集韻丑救切今用耻宥切宥韻○集韻犍也謂六畜或作嘼

澄三 胄廣韻集韻直祐切合聲稚宥切宥韻○說文胤也从肉廣韻胄子國子也又姓冑說文兜鍪也从月伷廣韻系也宙說文舟輿所極覆也籀說文讀書也集韻史籀造篆以故有籀文繇集韻占辭䛻說文詶也懤集韻愁毒也酎集韻三重醇酒也怞說文朗也疛廣韻心腹

疾也博雅病也

孃三 糅 廣韻集韻女救切合聲㕁宥切宥韻○集韻雜也或作粈 狃 廣韻習也就也又狐狸也

明四 謬 廣韻靡幼切集韻眉救切今用密宥切幼韻○說文狂者之妄言也 繆 廣韻紑繆又姓

非三 富 廣韻集韻方副切今用付宥切宥韻○說文備也集韻厚也又姓 輻 集韻輪轉也 鍑 說文釜大口者 葍 集韻葍也

敷三 副 廣韻集韻敷救切今用赴宥切宥韻○集韻貳也 覆 說文覂也集韻蓋也 仆 廣韻前倒集韻頓也或作踣

奉三 復 廣韻集韻扶富切今用附宥切宥韻○廣韻又也返也徃來也安也白也告也 覆 集韻蓋也通作伏 伏 集韻菢卵也





精四 僦 廣韻集韻即就切今用即宥切宥韻○說文賃也

清四 趥 廣韻七溜切集韻千繡切今用砌宥切宥韻○廣韻進也博雅趥趥犇也

從四 就 廣韻集韻疾僦切合聲劑宥切宥韻○說文就高也廣韻成也迎也即也又姓 鷲 廣韻鳥名黑色多子說文作鷲

心四 秀 廣韻集韻息救切今用細宥切宥韻○廣韻出也榮也集韻實也 繡 說文五采備也 宿 集韻列星也舍也 琇 廣韻王名 鏥 集韻鐵上衣也或作銹鏽

邪四 岫 廣韻似祐切集韻似救切今用習宥切宥韻○說文山穴也 袖 廣韻衣袂也或作褎說文作褎

牰 廣韻牛黑背見爾雅

照二 縐 廣韻集韻側救切今用淬宥切宥韻○說文絺之細也 ⿰木芻 集韻衣不伸也 甃 說文井壁也 皺 廣韻面皺集韻皵也 㑇 集韻娠也

照三 呪 廣韻集韻職救切今用至宥切宥韻○廣韻呪詛集韻本作祝或作詋詶 椆 廣韻木椆舩篙木也集韻木名

穿二 簉 廣韻集韻初救切今用差宥切宥韻○集韻倅也齊也 蓸 說文草貌集韻草雜也

穿三 臭 廣韻集韻尺救切今用尺宥切宥韻○廣韻凡氣之總名 殠 說文腐氣也

牀二 驟 廣韻鋤祐切集韻鉏救切今用助宥切宥韻○說文馬步疾也 僽 集韻僝僽詈言





審二 瘦 廣韻所祐切集韻所救切今用史宥切宥韻○韻會臞也說文作瘦或作膄 漱 說文盪口也集韻或作漱

審三 狩 廣韻集韻舒救切今用試宥切宥韻○說文犬田也廣韻冬獵 守 集韻諸侯為天子守土故稱守漢置郡太守 獸 說文守備者集韻四足而毛曰獸 首 集韻嚮也禮記常東首一曰有罪自陳 收 集韻穫也

禪三 授 廣韻集韻承呪切合聲侍宥切宥韻○廣韻付也又姓 綬 廣韻綠衣貌集韻敽維 壽 廣韻壽考集韻久也 售 說文賣去手也

曉三 齅 廣韻集韻許救切今用喜宥切宥韻○說文以鼻就臭也集韻或作嗅 嘼 說文犍也集韻或作

畜猶臭集韻涿氣也嗅集韻腐氣也【曉四】螑集韻火幼切今用朽幼切幼韻○集韻赳螑龍
申頭行貌
【影四】幼廣韻集韻伊謬切今用乙救切幼韻○說文少也鴢集韻鴢頭鴢鳥名似鳧蚴集韻
燕趙謂蠶小者曰蚴蜕見揚雄方言
【喻三】宥廣韻于救切集韻尤救切今用異舊切宥韻○說文寬也又說文手也廣韻更也右說文
助也一曰手口相助也佑廣韻佐也助也祐說文助也廣韻神助侑廣韻勸食韻會耦也說文作姷
囿說文苑有垣也一曰禽獸曰囿醋廣韻報也集韻醻酒也通作侑有集韻復也通作又【喻四】
柚廣韻集韻余救切今用逸救切宥韻○說文條也似橙而酢廣韻似橘而大集韻或作櫾狖廣韻獸名似猨



或作貁猶集韻獸名似鹿善登木一曰隴西謂犬子曰猶蜼廣韻似獮猴鼻露向上尾長四五尺有岐雨則
自縣於樹以尾塞鼻鼬說文如鼠赤黃而大食鼠者輶集韻輕車也褎廣韻服飾盛貌集韻或作
裦油集韻浩油地名槱說文積火燎之也
【來三】溜廣韻集韻力救切合聲吏宥切宥韻○說文水在鬱林郡韻會水垂下也霤說文屋水流也廣韻
中霤神名廇說文中庭也集韻屋大梁餾說文飯氣烝也塯集韻瓦器堯舜飯土塯通作溜留
廣韻宿留停待也瘤廣韻赤瘤腫病也竆集韻石竆地名在濟北翏說文高飛也飂
集韻長風聲也通作翏廖說文人姓集韻國名鷚集韻鳥名說文天龠也好高飛作聲僇說文癡行
僇僇也一曰且也

【日三】輮廣韻人又切集韻如又切今用日宥切宥韻○廣韻車輞蹂韻會踐也韖集韻柔革也
揉集韻順也肉集韻錢璧之體
按以上三十音共分三等其居第二等者。為開口呼居第三等第四等者。為齊齒呼。

# 二十七沁

侵去聲○舊五十二沁

按廣韻集韻皆五十二沁○朱劉淵改爲二十七沁。

見三 **禁** 廣韻居蔭切集韻居廕切合聲記蔭切○說文吉凶之忌也集韻制也又天子所居曰禁又姓 **僸** 廣韻北夷樂名韻會仰也

羣三 **⿰舌今** 廣韻集韻巨禁切今用忌蔭切○廣韻牛舌下病說文作⿰牜今或作⿰齒今 **噤** 說文口閉也集韻或作齽 **凚** 集韻寒貌 **紟** 集韻被也一曰佩紟 **妗** 集韻俗謂舅母曰妗

疑三 **吟** 廣韻集韻宜禁切今用義禁切○集韻長詠也

知三 **揕** 廣韻集韻知鴆切合聲智蔭切○集韻擊也一曰刺也



徹三 **闖** 廣韻集韻丑禁切今用恥蔭切○說文馬出門貌

澄三 **鴆** 廣韻集韻直禁切今用稚蔭切○說文毒鳥也一名運日 **沈** 集韻沒也

孃三 **賃** 廣韻乃禁切集韻女禁切今用膩蔭切○說文傭也

精四 **浸** 廣韻集韻子鴆切今用卽蔭切○廣韻漬也漸也 **祲** 說文精氣感祥廣韻祆氣也 **鋟** 集韻刻傷也

清四 **沁** 廣韻集韻七鴆切合聲砌蔭切○廣韻水名在上黨亦州名 **伈** 集韻恐也

邪四 **鐔** 廣韻尋浸切今用習蔭切○集韻刀本 **蕈** 集韻桑萸

照二 **譖** 廣韻莊蔭切集韻側禁切今用滓蔭切○說文愬也

照三 **枕** 廣韻之任切集韻職任切合聲至蔭切○集韻臥首據物也

穿二 **讖** 廣韻集韻楚譖切今用差譖切○說文驗也

穿三 **瀋** 集韻鴟禁切今用尺蔭切○集韻置水於器

牀二 **橬** 集韻岑譖切今用乍蔭切○集韻禾欲秀

審二 **滲** 廣韻集韻所蔭切今用史譖切○說文下漉也 **罧** 集韻積柴水中以取魚或作槮罧 **⿰冫參** 集韻寒貌

審三 **深** 廣韻集韻式禁切合聲試蔭切○集韻度深曰深

禪三 **甚** 廣韻集韻時鴆切今用侍蔭切○集韻過也 **葚** 說文桑實也



曉三 **愖** 集韻火禁切今用喜蔭切○集韻愖愖心不正

影三 **蔭** 廣韻集韻於禁切今用倚禁切○說文草陰也 **廕** 集韻庇也通作蔭 **窨** 說文地室也 **喑** 廣韻聲也揚雄方言啼極無聲齊宋之閒謂之喑 **陰** 集韻瘞藏也

喻三 **類** 廣韻于禁切今用異禁切○廣韻類⿰齒今切齒怒貌

來三 **臨** 廣韻良鴆切集韻力鴆切今用吏蔭切○廣韻哭臨韻會以尊適卑曰臨又偏向也 **淋** 集韻以水沃也

日三 **妊** 廣韻汝鴆切集韻如鴆切今用日蔭切○說文孕也集韻或作姙 **任** 集韻克也 **衽** 集韻衣衿也或作袵袠 **紝** 廣韻織紝說文作紝亦作絍 **鵀** 集韻戴鵀鳥名 **飪** 集韻熟也 **恁** 集韻

思也 賃 集韻以財雇物 王 集韻依也

按以上二十三音共分三等。其居第二等者。為開口呼。居第三等第四等者。為齊齒呼。



# 二十八勘 單去聲○舊五十三勘五十四闞

按廣韻集韻皆分勘與闞為二韻。而律同用。勘為單去聲。闞為談去聲。宋劉淵併為二十八勘。

見一 紺 廣韻集韻古暗切合聲箇暗切勘韻○說文帛深青揚赤色 灨 集韻水名一曰邑名在豫章通作淦 淦 說文水入船中也一曰泥也或作汵 贛 集韻贛榆縣名在東海 詌 集韻口閉 ⿰齒臽 廣韻集韻古暫切今用箇濫切協用箇暗切闞韻○集韻⿰齒臽鑑無味

溪一 勘 廣韻集韻苦紺切今用渴暗切勘韻○集韻校也 磡 廣韻巖崖之下 轗 集韻轗軻車行不平一曰不得志 [illegible] 集韻擊鼓也 闞 廣韻集韻苦濫切今用渴濫切協用渴暗切闞韻○說文望也集韻邑名在魯又姓 瞰 集韻視也或作矙



疑一 儑 廣韻集韻五紺切今用餓憾切勘韻○集韻傝儑不自安也

端一 擔 廣韻集韻都濫切今用多濫切協用多暗切闞韻○集韻負也或作檐 甔 集韻罌也或作儋

透一 撢 廣韻集韻他紺切今用他暗切勘韻○說文探也集韻或作探 僋 集韻僋俕憂惑也一曰惶遽也一曰禍福未定意博雅思也 傝 集韻傝儑不自安一曰無恥也 ⿰氵闒 廣韻⿰氵闒沺水浮貌 睒 廣韻集韻吐濫切今用託濫切協用託暗切闞韻○集韻候視也 舑 集韻舑舑吐舌貌廣韻作舕 ⿰虫炎 集韻⿰虫炎獸吐舌貌

定一 淡 廣韻集韻徒濫切今用惰濫切協用惰暗切闞韻○集韻薄味也 澹 說文水搖也集韻澹淋東胡名 啗 說文食也集韻或作餤嚪噉 憺 集韻動也一曰安也或作惔倓 霮 集韻雲貌霮䨴謂之霮䨴或

作䃴電光

醰 廣韻集韻徒紺切今用惰暗切勘韻○說文酒味苦也 賧 廣韻買物預付錢也 磹 集韻䃴磹

泥一 㛅 廣韻集韻奴紺切今用諾暗切勘韻○廣韻取也集韻女字一曰入也

精一 篸 廣韻集韻作紺切今用子暗切勘韻 廣韻以針篸物集韻綴也或作鐕播

清一 謲 廣韻集韻七紺切合聲次暗切勘韻○廣韻怒也集韻相怒使也一曰伺也 叅 集韻鼓曲也

䃴 集韻䃴磹電光

從一 暫 廣韻藏濫切集韻昨濫切今用字濫切協用字暗切闞韻○說文不久也廣韻或作蹔 蹔 說文小蹔也



心一 三 廣韻集韻蘇暫切今用四濫切協用四暗切闞韻○集韻參之也

曉一 顑 廣韻集韻呼紺切今用黑暗切勘韻○集韻不飽而面黃也廣韻作顑 蠶 集韻蟲名食桑葉食瓜者

匣一 憾 廣韻集韻胡紺切今用荷暗切勘韻○廣韻恨也 琀 說文送死口中玉也集韻或作含通作晗 唅 集韻哺也博雅唅也 莟 集韻禾欲秀貌 憨 廣韻集韻下瞰切今用核濫切協用核暗切闞韻○集韻愚也 譀 說文誕也集韻調也

影一 暗 廣韻集韻烏紺切今用阿紺切勘韻○說文日無光也集韻或作晻通作闇 闇 說文閉門也廣韻寘也 諳 集韻背誦或作諳也

來一 濫 廣韻集韻盧瞰切今用勒淡切協用勒暗切闞韻○說文氾也一曰濡上及下也一曰清也 纜 集韻維舟組 嚂 廣韻貪貌集韻貪也 爁 廣韻火貌集韻火行也 𤢅 廣韻貪也

按以上十五音開口呼

# 二十九豔

豔去聲○舊五十五豔五十六㮇五十七釅

按廣韻集韻皆分豔㮇釅爲三韻而徉同用。豔爲鹽去聲。㮇爲添去聲。釅爲嚴去聲。宋劉淵倂爲二十九豔。○又按㮇集韻作桥。釅集韻作驗。又劒欠俺等字。集韻屬驗。豔二韻。廣韻屬梵韻。是廣韻集韻有不能畫一者。此類頗多。然非大異同所在。不能悉証也。

見三 **劒** 廣韻集韻居欠切今用記驗切驗韻○說文人所帶兵也或作劍。

見四 **兼** 廣韻古念切集韻吉念切今用記念切協用記豔切㮇韻○集韻倂也 **鮨** 廣韻魚名

溪三 **欠** 廣韻集韻去劒切今用器驗切驗韻○說文張口氣悟也集韻不足也 **砛** 集韻陶器小瓶有耳者 **㪁** 集韻厓開也

溪四 **傔** 廣韻苦念切集韻詰念切今用器念切協用器驗切㮇韻○集韻侍從也





**歉** 說文歉食不滿也

疑三 **驗** 廣韻集韻魚窆切今用義劒切驗韻○說文馬名也廣韻證也徵也效也 **釅** 廣韻酒醋味厚韻會酢漿也說文作醶 **噞** 集韻噞喁魚口出水貌

端四 **店** 廣韻集韻都念切今用底念切協用底豔切㮇韻○集韻停物舍也 **坫** 說文屏也集韻反爵亢圭處 **墊** 說文下也 **痁** 廣韻病也集韻痎病 **沾** 集韻水出上黨壺口關一日縣名在樂平 **玷** 集韻玉病

透四 **㮇** 廣韻集韻他念切今用替念切協用替豔切㮇韻○廣韻火杖韻會炊竈木說文作桥或作栖 **舚** 廣韻舌出貌說文作西集韻或作䑙䑚 **忝** 廣韻辱也 **蚺** 廣韻蚺蜙歐吐舌貌

定四 **磹** 廣韻集韻徒念切今用第念切協用第豔切㮇韻○集韻䃸磹電光 **簟** 說文竹席也 **驔** 集韻驔馬黃脊 **扂** 集韻所以止動也

泥四 **念** 廣韻集韻奴店切今用溺店切協用溺豔切㮇韻○廣韻思也又姓 **䋞** 集韻引舟繩也 **𥲅** 集韻竹索 **棯** 集韻木名棗屬

徹三 **覘** 廣韻丑豔切集韻敕豔切今從集韻豔韻○說文窺也集韻或作䀡

幫三 **窆** 廣韻方驗切集韻陂驗切今用背驗切驗韻○說文葬下棺也 **砭** 說文以石刺病也

精四 **僭** 廣韻集韻子念切今從之協用子豔切㮇韻○說文假也 **嚵** 廣韻集韻子豔切今從之豔韻○集韻嚵啑不廉也





清四 **壍** 廣韻集韻七豔切今用砌豔切豔韻○說文阬也一曰大也韻會或作塹壍嶃 **槧** 韻會牘樸也謂始削牘樸也

從四 **潛** 廣韻集韻慈豔切合聲剤豔切豔韻○集韻藏也一曰伏流 **䁮** 集韻閉目思也一曰憂也

心四 **䃸** 廣韻集韻先念切今用細念切協用細豔切㮇韻○集韻䃸磹電光

照三 **占** 廣韻集韻章豔切今用至豔切豔韻○集韻固有也

穿三 **韂** 廣韻集韻昌豔切今用尺豔切豔韻○集韻馬障泥也廣韻或作䪜 **襜** 集韻披衣也或作幨裧

審三 **閃** 廣韻集韻舒贍切今用試豔切豔韻○集韻闚頭也 **掞** 集韻舒也一曰疾動或作㨛 **苫** 集韻茨屋也 **炶** 說文火行也 **睒** 集韻視遠貌

禪三 瞻 廣韻集韻時豔切合聲侍豔切豔韻○廣韻瞯也集韻給也

曉三 脇 廣韻許欠切集韻虛欠切今用喜驗切驗韻○集韻迫也

影三 憸 廣韻於驗切集韻於贍切借用倚劍切豔韻○集韻使也 俺 廣韻大也 裺 集韻緣也一曰衣寬貌揚雄方言裺謂之襦 淹 廣韻沒也又纖絲一淹也

影四 厭 廣韻集韻於豔切借用乙劍切豔韻○集韻足也或作猒厭 饜 集韻沃也通作厭猒

喻四 豔 廣韻集韻以贍切借用逸劍切豔韻○說文好而長也廣韻美色也或作艷 爓 廣韻光也或作焰韻會作燄 灩 廣韻瀲灩水波動貌 焱 廣韻火華也集韻焱焱火盛貌 鹽 集韻以鹽漬物一曰歛豔之也

音韻闡微 卷十四 二十九豔 毛 卄六 三百六十 玉 正

來三 殮 廣韻集韻力驗切今用吏驗切驗韻○集韻衣死也 斂 集韻聚也 瀲 韻會泛瀲水滿貌一曰水波 獫 廣韻長喙犬名 薟 集韻草名似栝樓 爁 廣韻爁焱火延 瞼 集韻市先入直謂之驗

來四 稴 廣韻力店切集韻歷店切今從集韻協用吏豔切㮇韻○集韻稴纖木不實貌一曰稻不黏者

日三 染 廣韻集韻而豔切今用日豔切豔韻○集韻漬色也 髯 集韻須也

按以上二十二音齊齒呼

# 三十陷

咸去聲○舊二十八陷五十九鑑六十梵

按廣韻集韻皆分陷鑑梵為三韻而律同用陷為咸去聲鑑為銜去聲梵為凡去聲宋劉淵併為三十陷

見二 鑑 廣韻格懺切集韻居懺切今用記鈐切借用記陷切鑑韻○說文大盆也一曰鑑諸可以取明水於月廣韻鏡也誠也照也或作鑒通作監 監 廣韻領也亦姓集韻臨也 顩 廣韻集韻公陷切今用記陷切陷韻○集韻顩顑面長

溪二 歉 廣韻集韻口陷切今用器陷切陷韻○集韻食不滿博雅貧也

疑二 顑 廣韻玉陷切集韻五陷切今用義陷切陷韻○集韻顩顑面長

知二 站 廣韻集韻陟陷切今用智陷切陷韻○集韻久立也

音韻闡微 卷十四 三十陷 夫 卄二 四百卄八 玉 正

澄二 賺 廣韻佇陷切集韻直陷切今用稚陷切陷韻○廣韻重買貯廣雅賣也集韻市物失實或作賺

孃二 諵 廣韻集韻尼賺切今用膩陷切陷韻○集韻諵諛私詈

照二 蘸 廣韻集韻莊陷切今用滓陷切陷韻○說文以物沒水也

穿二 儳 廣韻楚鑒切集韻叉鑑切今用差鑑切鑑韻○廣韻自陳悔也集韻或作讖 摲 廣韻投也集韻芟也或作摲

從二 鑱 廣韻士懺切集韻仕懺切今用乍鑑切鑑韻○廣韻鑱土具集韻銳也 儳 集韻輕賤貌一曰儳互不齊也一曰暫也 讒 廣韻譖也

審二 釤 廣韻所鑑切集韻所鑒切今用史鑑切鑑韻○集韻大鎌也

曉二 譀 廣韻許鑑切集韻許鑒切今用喜鑑切鑑韻○廣韻譀譀集韻誕也 闞 廣韻大聲集韻歔怒聲

匣二 陷 廣韻戶韽切集韻乎韽切借用系鑑切陷韻○說文高下也一曰陊也集韻或作埳 鮥 說文魚名 錎 集韻逵鐶也 𤮐 廣韻集韻胡懺切今用諧鑑切鑑韻○廣韻大瓮似盆集韻或作鑑

影二 韽 廣韻集韻於陷切今用倚陷切陷韻○集韻下聲也

按以上十三音列於第二等。按譜宜作開口呼。今多讀作齊齒呼。

見三 劒 廣韻居欠切今用記欠切協用記驗切梵韻○說文人所帶兵也

溪三 欠 廣韻去劒切今用器劒切協用器驗切梵韻○說文張口氣悟也廣韻欠伸今借爲欠少字

敷三 汎 廣韻集韻孚梵切今用赴劒切梵韻○說文浮貌 泛 說文浮也 氾 說文濫也 梵 廣韻集韻扶泛切今用附劒切梵韻○廣韻梵聲集韻西域種號 帆 廣韻船使風集韻舟幔也通作颿 颿 集韻馬疾馳博雅颿颿走也

微三 菱 廣韻亡劒切集韻亡梵切今用務汎切梵韻○集韻草木蕪蔓也

影三 俺 廣韻於劒切今用倚劒切梵韻○廣韻大也 淹 廣韻沒也又䋎絲一淹也 裺 廣韻衣寬

按以上六音。齊齒呼。惟輕脣數音。今皆讀作合口呼。○又按劒欠俺三音。廣韻屬梵韻。集韻屬驗豔二韻。今兩存之



二十三 玉 四百六 小

# 音韻闡微 卷十五

## 一屋 東入聲

見一 穀 廣韻集韻古祿切今用姑屋切○說文續也百穀之總名集韻善也祿也一曰水名或作穀 榖 集韻木名說文楮也 轂 說文輻所湊也 瑴 廣韻玉名集韻雙玉 谷 說文泉出通川為谷集韻窮也又姓 ⿰犭谷 集韻獸名山海經北囂之山有獸狀如虎白身馬尾彘鬣名獨⿰犭谷 瀔 集韻水名在河內

溪一 哭 廣韻集韻空谷切今用枯屋切○說文哀聲也 㲄 廣韻卵也集韻卵已孚或作鷇 𣪊 說文未燒瓦器

端一 豰 廣韻丁木切集韻都木切今用都屋切○集韻豰豰動物 啄 廣韻啄木鳥集韻咮也 ⿵門豖



集韻水名見山海經

透一 秃 廣韻集韻他谷切今用脫屋切○集韻無髮也亦姓 ⿰言禿 集韻詆⿰言禿狡猾也一曰相欺詆 鵚 廣韻鵚鶖鳥也集韻或作雉通作秃

定一 獨 廣韻集韻徒谷切今用杜斛切○說文犬相得而鬭也羊為羣犬為獨集韻老而無子曰獨 牘 說文書版也集韻樂器所以節行 讀 說文誦書也 讟 說文痛怨也 黷 說文握持垢也 犢 說文牛子也 殰 說文胎敗也集韻古作[illegible]或作[illegible] 匵 說文匱也集韻通作櫝 櫝 集韻木名一曰小棺 瀆 說文溝也集韻江河淮濟為四瀆或作竇 嬻 說文媟也 覿 集韻見也 髑 說文髑髏頂也集韻或作[illegible] 欘 集韻鉊也或作櫝 韇 說文弓矢韇也廣韻箭箙 韣 集韻弓衣或作韇 罜 集韻罜麗小罟或作罝 瓄 集韻玉器一曰圭名 騳 集韻驢騳野馬一曰馬行皃 鸀 集韻鸀鳿鳥名 噣 集韻畢星別名 碡 廣韻磟碡田器 纛 集韻羽幢

幫一 卜 廣韻集韻博木切今用補屋切○說文灼剝龜也廣韻龜曰卜蓍曰筮又姓 濮 說文水出東郡濮陽南入鉅野集韻州名亦姓 轐 說文車伏兔也 樸 廣韻樕樸叢木又樸樕小木也 纀 說文裳削幅謂之纀集韻或作襆幞 ⿰女菐 集韻女字昌意娶蜀山氏女曰昌⿰女菐 鏷 集韻鏷姑矢名 鳪 集韻雉名黃色鳴自呼或作惟 獛 集韻獛鉛南極之東出山海經 醭 集韻酒上白 蹼 廣韻足指間相著見爾雅 撲 集韻撲桃西域地名 樸 說文棗也

滂一 扑 廣韻集韻普木切今用普屋切○韻會小擊也說文作攴或作撲 墣 廣韻塊也集韻或作圤



醭 集韻酒上白 僕 集韻羣飛貌莊子蚕宦僕緣 撲 集韻盡也見揚雄方言

並一 僕 廣韻蒲木切集韻步木切今從集韻○廣韻侍從人也 暴 廣韻日乾也說文作曓 瀑 廣韻瀑布水流下也

明一 木 廣韻集韻莫卜切今用莫祿切○廣韻樹木又姓 霂 說文霢霂也集韻小雨 沐 說文濯髮也集韻水名在青州又姓 楘 說文車歷錄束交也 鶩 集韻鳥名說文鴾鳧也 蚞 集韻蟲名爾雅蜓蚞螺螔也 鞪 說文車軸束也 罞 集韻思貌一曰好也 蓩 廣韻毒草 目 說文人眼象形重童子也○按目睦等字五音集韻屬微母今依正韻入明母 睦 說文目順也一曰敬和也 穆 說文禾也集韻敬也美也 苜 集韻苜蓿草名 牧 說文養牛人也廣韻養也又姓 繆 集韻謚也古有魯繆公秦繆公亦姓

精一 鏃 廣韻集韻作木切今用租屋切○說文利也集韻矢末 嗾 集韻呼犬聲

清一 蔟 廣韻集韻千木切今用麤屋切○說文行蠶蓐也 簇 廣韻小竹 瘯 集韻瘯瘰皮膚病廣韻會疥癬 䃚 集韻磔䃚石地不平貌

從一 族 廣韻集韻昨木切今用祚木切○說文矢鋒也集韻聚也

心一 速 廣韻桑谷切集韻蘇谷切今用蘇屋切○說文疾也集韻召也古作警籀作遬 涑 廣韻水名在河東 餗 廣韻鼎實 蔌 廣韻菜茹之總名也 梀 集韻赤梀木名可爲車輞 樕 集韻木名爾雅樸樕其通作樕 樕 說文樸樕小木 觫 集韻觳觫懼死貌 誎 說文餔旋促也集韻飾也又人名見宋史宗室表 欶 集韻吮也 藗 集韻草名說文牡茅也通作蔌 樕 集韻山名山海經東山之首曰樕螽 鏉 集韻篩也

照二 縬 廣韻集韻側六切今用阻屋切○集韻聚文也 磩 集韻磋謂之磩

穿二 矗 廣韻集韻初六切今用初屋切○集韻草木盛也一曰直貌 踧 集韻齊謹也 閦 集韻衆在門中

牀二 簇 集韻仕六切今用助祿切○集韻聚齊貌 齱 集韻齒叢生

審二 縮 廣韻集韻所六切今用疏屋切○說文亂也一曰蹴也廣韻斂也退也短也 蹜 集韻足迫也通作縮 莤 說文禮祭束茅加于裸圭而灌鬯酒是爲莤集韻通作縮 摍 說文蹴引也集韻抽也 摵 廣韻到也 擌 廣韻擊聲 謖 廣韻起也 𦒎 廣韻鳥飛 數 集韻數數迫促意





曉一 熇 廣韻集韻呼木切今用呼屋切○說文火熱也 㱿 廣韻歐聲 豰 廣韻獸名似豹而小食獮猴集韻豕名一曰狐子

匣一 斛 廣韻集韻胡谷切今用胡祿切○說文十斗也集韻或作斛通作觳 縠 說文細縛也廣韻羅縠 觳 說文盛觵卮一曰射具韻會盡也又觳觫恐懼貌 槲 集韻槲樕木名 螜 集韻蟲名螻蛄也一曰蠐螬謂之螜蝗螢 殼 集韻濁酒 瀫 集韻水聲

影一 屋 廣韻集韻烏谷切今從之○說文居也集韻具也 剭 集韻誅也 喔 集韻雞聲 腛 集韻厚也 握 集韻小貌

來一 祿 廣韻集韻盧谷切今用盧斛切○說文福也集韻居官所給稟亦姓 鹿 廣韻獸名又姓 漉 說文浚也集韻滲也或作淥 簏 說文竹高篋也集韻或作簶通作盝 䍡 說文罜䍡也 麓 說文守山林吏也一曰林屬於山爲麓 碌 廣韻多石貌 樚 韻會樚櫨井上汲水木廣韻作轒通作轆 轆 博雅車軌道謂之轣轆集韻維車 盝 廣韻去水也瀝也竭也或作盪通作漉 濼 說文齊魯閒水也 琭 集韻玉貌老子琭琭如玉 簶 廣韻弧簶箭室也 睩 說文目睞謹也 娽 集韻顓頊之妻一曰隨從也 摝 集韻振也 醁 集韻酒名 角 集韻獸不童也漢四皓有角里先生 龣 集韻東方音也 觻 說文角也張掖有觻得縣 𦪇 集韻舸𦪇舟也 谷 集韻谷蠡匈奴王 逯 說文行謹逯逯也 騼 博雅騼騼馬集韻野馬 螰 集韻蟲名爾雅蜓蚞螇螰一名蟪蛄 蔍 集韻草名鹿蹄也一曰麃蔥 錄 集韻錄錄不自異

按以上二十一音合口呼

見三 菊 廣韻集韻居六切今用居郁切○集韻草名說文大菊蘧麥 鞠 說文蹋鞠也韻會告也養也躬也窮也又姓 鞫 韻會窮理罪人也說文作𥷚 掬 韻會撮也 匊 說文在手曰匊 臼 說文叉手也 踘 集韻踏也 椈 集韻木名柏椈也 鵴 韻會秸鵴鳴鳩說文作䳸

溪三 麴 廣韻驅匊切集韻丘六切今用區郁切○韻會酒母也又姓說文作𥻨集韻或作鞠麹麴

羣三 鞠 廣韻集韻渠竹切今用巨育切○集韻蹋鞠也或作趜

疑三 砡 廣韻魚菊切集韻逆菊切今從廣韻○集韻堀砡齊也

知三 竹 廣韻集韻張六切今用豬郁切○說文冬生草也韻會孤竹國名亦姓 竺 集韻天竺西域國名亦姓 筑 說文以竹曲五弦之樂也 築 說文擣也 茿 集韻草名說文萹茿也

徹三 蓄 廣韻丑六切集韻勑六切今用楮郁切○說文積也集韻或作稸通作畜 滀 集韻滯也 傗 集韻色債起貌一曰傗佩不舒也 鄐 集韻地名在晉亦姓 搐 集韻牽制也 蓫 廣韻羊蹄菜字林草名似冬藍蒸食之酢 畜 說文田畜也 矗 集韻長直貌

澄三 逐 廣韻直六切集韻仲六切今用柱育切○說文追也 柚 廣韻杼柚機具集韻通作軸 軸 說文持輪也 舳 說文艫也漢律名船方長爲舳艫一曰舟尾 妯 廣韻妯娌揚雄方言今關西兄弟婦相呼爲妯娌 蓫 集韻蓫薚草名馬尾也 鱁 集韻魚名見爾雅 蚰 集韻蟲名揚雄方言北鄙謂馬蚿大者曰馬蚰或作蝢





孃三 朒 廣韻集韻女六切今用女育切○說文朔而月見東方謂之縮朒 恧 說文慙也韻會或作忸 衄 說文鼻出血也集韻或作䶊 沑 廣韻蹜沑水文聚集韻泥也 䖟 集韻蟲名蚰蜒也北燕謂之䖟蚭見揚雄方言

非三 福 廣韻集韻方六切今用夫屋切○說文祐也 腹 說文厚也集韻身中 複 說文重衣也一曰褚衣 復 集韻重也 鍑 集韻釜大口者 幅 說文布帛廣也 輻 說文輪轑也 蝠 集韻蟲名說文蝙蝠服翼也 楅 集韻楅衡牛角耑橫木 鶝 集韻鳥名爾雅鸛鷒鶝鶔如鵲短尾射之銜矢射人 踾 集韻踾蹙聚也 偪 集韻偪陽國名在宋 蕌 說文蕌也 ⿱竹復 廣韻實竹 覆 集韻倒也審也 ⿱竹畐 集韻織具一曰竹名





敷三 覆 廣韻芳福切集韻芳六切今用敷屋切○集韻反也 蝮 說文虫也爾雅謂之蝮集韻虺博三寸首大如擘 輹 說文車軸縛也 副 集韻剖也或作疈

奉三 伏 廣韻集韻房六切今用扶斛切○說文伺也廣韻匿藏也又姓 服 說文用也廣韻服事亦衣服又行也習也整也亦姓 復 說文往來也集韻州名 䟔 集韻屈手足伏地一曰行貌 茯 集韻茯苓藥草 轐 集韻車下縛也或作䡒 箙 說文弩矢箙也廣韻盛弓弩器 栿 集韻梁也 匐 集韻伏地貌 澓 集韻伏流也或作洑一曰澓姓也 蕧 集韻草名說文盜庚也 菔 集韻蘆菔草名一曰刀劍衣 馥 集韻香氣也 鵩 集韻妖鳥也 鰒 集韻海魚名 蝮 集韻蛇名廣三寸色如綬鼻有針一名反鼻大者百斤一曰蝮蜟蛻也 ⿱伏䖵 集韻⿱伏䖵蠵神蛇也二身同首六足四羽見則不雨 虙 說文虎貌集韻

古有盧犧氏亦姓

瑯 說文車笭閒皮篋古者使奉玉以盛之集韻或作韗 垘 集韻土壅曰垘史記川塞谿垘

精四 蹙 廣韻集韻子六切今用祖郁切○集韻迫也正韻縮也急也踧也亦作蹴蹵 顣 集韻顣頞顣鼻也

踧 說文行平易也廣韻踧踖行而謹敬 噈 廣韻歍噈口相就也說文作䶑 縬 廣韻縮也又縬文也

摵 廣韻到也 槭 說文木可作大車輮 潚 說文深清也 慼 博雅慼也

清四 蹴 廣韻七宿切集韻七六切今用趨郁切○說文躡也

從四 摵 集韻就六切今用聚育切○廣雅至也

心四 肅 廣韻息逐切集韻息六切今用胥郁切○說文持事振敬也一曰進疾也 宿 說文止也廣韻素也大也舍也又姓 夙 廣韻早也又姓 蓿 集韻苜蓿草名 潚 廣韻清深也亦姓 橚 集韻木名一曰木茂貌



⿰扌肅 廣韻擊也 䃤 廣韻砥石 鷫 說文鷫鷞也五方神鳥也東方發明南方焦明西方鷫鷞北方幽昌中央鳳凰 驌 集韻驌驦良馬通作肅 鱐 集韻魚名鮀母也一曰魚脂 玊 廣韻朽玉又琢玉工又姓

照三 祝 廣韻集韻之六切今用朱郁切○說文祭主贊詞者韻會大也織也又姓 粥 廣韻糜也集韻作鬻

柷 集韻木空也擊以作樂一曰木名

穿三 俶 廣韻集韻昌六切今用處郁切○說文善也集韻始也 諔 集韻詭也 琡 廣韻璋大八寸曰琡見爾雅

柷 說文樂木空也所以止音爲節

牀三 塾 廣韻殊六切集韻神六切今用食育切○集韻門側之堂謂之塾 孰 廣韻誰也 熟 廣韻

成也 淑 說文清湛也

審三 叔 廣韻集韻式竹切今用書郁切○說文拾也廣韻季父亦姓集韻字也 菽 韻會豆也說文作尗

倏 說文走也 儵 說文青黑繒發白色集韻黑也 鮇 集韻魚名王鮪也小者曰鮇或作鮛 虪 說文黑虎也

⿰氵儵 集韻波也 翛 廣韻飛疾之貌 儵 集韻人名晉有庾儵字元默

曉三 畜 廣韻許竹切集韻許六切今用虛郁切○集韻養也 慉 說文起也集韻驕也 鄐 廣韻晉邪侯邑又姓

槒 集韻槒也 蓄 廣韻蓄冬菜也 稸 集韻積也 勖 集韻勉也 訹 集韻謏訹聞香貌又人名見宋史宗室表

影三 郁 廣韻於六切集韻乙六切今用紆菊切○集韻地名說文右扶風郁夷也亦姓 彧 韻會有文章也說文作戫通作郁



澳 說文隈厓也其內曰澳其外曰隈 墺 說文四方土可居也集韻或作隩 燠 集韻熱也

薁 集韻草名說文嬰薁也 䐿 廣韻鳥胃 栯 廣韻栯李 鴧 集韻山海經縣雍之山有鳥曰白鴧

喻三 囿 廣韻集韻于六切今用余肉切○集韻苑也一曰禽獸曰囿

喻四 育 廣韻集韻余六切今用喻肉切○說文養子使作善也廣韻養也長也 毓 廣韻稚也本亦同上 煜 說文燿也廣韻火光或作焴

昱 說文明日也 鬻 廣韻賣也亦作粥亦姓 淯 說文水出弘農盧氏山東南入沔一曰出酈山西

⿱艹靖 集韻草名榮也 萑 說文草也 儥 說文賣也

來三 六 廣韻集韻力竹切今用閭育切○廣韻數也說文易之數陰變於六正於八 陸 廣韻高平曰陸

亦陸離參差也又姓 蓼 集韻草長大皃一曰衆薪也或作蔘 稑 說文疾熟也廣韻先穜後熟曰種後種先熟曰稑或作穋 勠 說文幷力也 戮 廣韻刑戮或作剹集韻古作僇 踛 集韻翹足也 鯥 廣韻魚名似牛蛇尾出山海經 坴 說文土塊坴坴也一曰坴梁 𩣡 集韻騄𩣡良馬

〔日三〕肉 廣韻如六切集韻而六切今用如育切○說文胾肉正韻邉也

按以上二十四音。撮口呼。惟輕脣數音。宜屬合口呼。



# 二沃 冬入聲○舊二沃三燭

按廣韻集韻。皆分沃與燭爲二韻而律同用。沃爲冬入聲。燭爲鍾入聲。宋劉淵併爲二沃。

〔見一〕梏 廣韻古沃切集韻姑沃切今從集韻○說文手械也 牿 說文牛馬牢也 郜 集韻國名在濟陰周文王子所封 鵠 集韻小鳥射之難中古者畫於射質以中之爲雋一曰鵠澤縣名在西河郡或作𨿅 告 正韻語也示也

〔溪一〕酷 廣韻苦沃切集韻枯沃切今從集韻○說文酒厚味也集韻甚也 硞 廣韻硞碌石狀 嚳 說文急告之甚也 俈 集韻帝高辛之號通作嚳 捁 集韻打也

〔疑一〕嚁 廣韻五沃切集韻吾沃切今用吾鵠切○集韻牛白色或作犤



〔端一〕篤 廣韻冬毒切集韻都毒切今用都沃切○說文馬行頓遲廣韻厚也 竺 說文厚也 督 說文察也一曰目痛 裻 說文新衣聲一曰背縫

〔定一〕毒 廣韻集韻徒沃切今用杜沃切○說文厚也廣韻痛也害也苦也憎也 蝳 廣韻蝳蜍似蜘蛛 纛 集韻羽葆幢

〔泥一〕褥 廣韻內沃切集韻奴沃切今從集韻○廣韻小兒衣也 傉 集韻人名虜有禿髮傉檀 嗕 集韻嗕居左地匈奴別種名

〔幫一〕襮 廣韻博沃切集韻逋沃切今用補沃切○廣韻黼領見爾雅 犦 廣韻犎牛出合浦郡 鸔 集韻烏鸔水鳥也或作[illegible]

滂一 蓴 集韻匹沃切今用普沃切○集韻蓴且草名蘘荷也或作蒪

並一 僕 廣韻蒲沃切集韻蒲沃切今用步沃切○說文給事者也 鏷 廣韻鏷鏵矢名 轐 廣韻車轐兔也

樸 說文䑑領也

明一 瑁 廣韻莫沃切集韻謨沐切今用暮沃切○集韻瑇瑁也 媢 集韻妬也

精一 傶 廣韻將毒切集韻租毒切今用租沃切○集韻邑名又姓

從一 宗 集韻才竺切今用祚沃切○集韻無聲也

心一 洬 廣韻先篤切集韻蘇篤切今用蘇沃切○廣韻雨聲 裻 集韻新衣聲

曉一 熇 廣韻火酷切集韻呼酷切今用呼沃切○說文火熱也 臛 集韻肉羹 歊 廣韻氣出貌

匣一 鵠 廣韻集韻胡沃切今從之○集韻鳥名說文鴻鵠也或作䧼 皬 說文鳥之白也 翯 集韻鳥白肥澤貌 觷 集韻治角也 鶮 集韻邑名在韓

影一 沃 廣韻集韻烏酷切今從之○廣韻灌也又姓說文作渓 鋈 說文白金也

來一 濼 廣韻盧毒切集韻盧督切今用盧沃切○廣韻水名在齊南

按以上沃韻十七音合口呼

見三 輂 廣韻居玉切集韻拘玉切今用居旭切協用居郁切○說文車駕馬也 臼 說文叉手也廣韻斂手 挶 說文戟持也 拲 集韻兩手同械 檋 集韻山行所乘以鐵如錐施之屐下或作梮蹻 梮 廣韻舉食器也說文作[illegible]





溪三 曲 廣韻丘玉切集韻區玉切今用區旭切協用區郁切○廣韻委曲又姓 苖 廣韻蠶薄

羣三 局 廣韻渠玉切集韻衢六切今用巨欲切○說文促也集韻博所以行棊 跼 集韻踡跼不伸也

疑三 玉 廣韻魚欲切集韻虞欲切今用魚局切○韻會石之美有五德說文作王 獄 正韻犴獄所以繫囚

鳿 集韻鸀鳿鳥名或作琟通作玉

知三 瘃 廣韻陟玉切集韻珠玉切今用豬旭切協用豬郁切○說文中寒腫覈也 斸 說文斫也集韻或作钃 欘 說文斫也一曰斤柄性自曲 灟 集韻目汁

徹三 梀 廣韻集韻丑玉切今用褚旭切協用褚郁切○說文短椽也集韻木名 亍 說文步止也

澄三 躅 廣韻直錄切集韻廚玉切今用柱欲切○說文蹢躅也集韻或作[illegible] [illegible] 集韻草名見博雅

蠋 集韻蠁蠋蟲名

孃三 傉 集韻女足切今用女欲切○集韻愁恱也

非三 轐 廣韻封曲切集韻逋玉切今用夫旭切協用夫沃切○集韻牛首絡廣韻作轐

奉三 幞 廣韻房玉切集韻逢玉切今用扶欲切○集韻帕也一曰裳削幅或作襆纀纀

精四 足 廣韻即玉切集韻縱玉切今用租旭切協用租郁切○廣韻趾足也又滿也止也 哫 集韻哫訾以言求媚也

清四 促 廣韻七玉切集韻趨玉切今用趨旭切協用趨郁切○說文迫也 趗 集韻趚趗小步

心四 粟 廣韻相玉切集韻須玉切今用胥旭切協用胥郁切○廣韻禾子也又姓 玊 廣韻西番國名亦姓

邪四續廣韻似足切集韻松玉切今用敘欲切○說文連也俗說文習也廣韻風俗藚集韻草名
說文木舄也
照三燭廣韻之欲切集韻朱欲切今用朱旭切協用朱郁切○廣韻燈燭也又姓屬說文連也集韻足也
俗作属矚集韻視之甚也韣廣韻弓衣蠋集韻蝺蠋蟲名似蠶噣廣韻託也斶集韻
長襦一曰短衣
穿二娖集韻叉足切今用初旭切協用初沃切○集韻嫧也
穿三觸廣韻尺玉切集韻樞玉切今用書旭切協用書郁切○說文觝也集韻古作𧣾亦作𧤶歜廣韻
怒氣亦人名齊宣王時有高士顏歜或作斶臅廣韻狼臅膏也擉集韻刺也鄐集韻人名史記齊有



郰鄐通作歜鸀集韻鳥名見山海經
牀二䮷集韻仕足切今用助欲切○集韻驍䮷野馬
牀三贖廣韻神蜀切今用殊欲切○說文貿也[illegible]廣韻姓也梁四公之名
審二數集韻所錄切今用疏旭切協用疏沃切○集韻涭水疾也
審三束廣韻書玉切集韻輸玉切今用書旭切協用書郁切○廣韻縛也又姓
禪三蜀廣韻市玉切集韻殊玉切今用殊欲切○說文葵中蠶也集韻地名蠾正韻桑蟲又姓本作蜀集
韻或作蠋屬集韻附也類也俗作属韣集韻弓衣或作韣鐲廣韻溫器襡說文短衣也集
韻或作襡櫝鸀集韻鳥名山烏也似烏而小穴乳出西方钃集韻鉏也欘集韻木名大葉似柳而赤

擉集韻刺取鼈蜃
曉三旭廣韻許玉切集韻吁玉切今用虛曲切協用虛郁切○說文日旦出皃集韻旭旭驕蹇皃頊說文
頭頊頊謹皃集韻顓頊帝高陽之號勖說文勉也朐集韻朐衍戎名在北地
喻四欲廣韻余蜀切集韻俞玉切今用余局切○說文貪欲也慾集韻情所好也浴說文洒身
也鋊說文可以鉤鼎耳及鑪炭一曰銅屑𤞞說文獨𤞞獸也集韻豕毛長尾鵒集韻鳥名說文鴝鵒
也集韻或作鵅雊谷廣韻山谷爾雅水注谿曰谷集韻或作峪
來三錄廣韻力玉切集韻龍玉切今用閭欲切○說文金色也集韻釆也記也綠說文帛青黃色也
碌集韻石青色淥集韻水清一曰水名在湘東又姓醁集韻醽醁酒名騄集韻騄耳馬名



逯廣韻謹也又姓博雅逯逯眾也籙集韻篚也一曰籍也趢說文權趢也廣韻趢趗兒行菉
集韻草名說文王芻也睩集韻謹視皃
日三辱廣韻而蜀切集韻儒欲切今從集韻○說文恥也廣韻汙也惡也又姓蓐說文陳草復生也集
韻蔟也褥集韻藉也縟說文繁采色也溽說文溼暑也嗕集韻囑嗕嚀也一曰羌別種
鄏廣韻郟鄏地名在河南
按以上燭韻二十六音。共分三等。其居第二等者。爲合口呼。居第三等第四等者。爲撮口呼。惟輕脣數音宜屬合口呼。

# 三覺 江入聲○舊四覺

按廣韻集韻皆四覺。宋劉淵改爲三覺。

見二 **覺** 廣韻古岳切集韻訖岳切今用吉嶽切○說文寤也 **角** 說文獸角也廣韻芒也競也觸也又姓 **觷** 集韻東方之音一曰樂器通作角 **桷** 說文榱也椽方曰角 **榷** 說文水上橫木所以渡者 **搉** 廣韻揚搉大舉博雅揚搉都凡也 **較** 廣韻車箱又直也略也韻會車騎上曲銅也說文作較 **傕** 集韻人名漢有李傕 **玨** 廣韻二玉相合爲一玨或作瑴 **捔** 廣韻掎捔集韻通作角 **梏** 廣韻直也 **顜** 集韻明也和也史記顜若畫一或作覯通作較 **瞉** 集韻盡也史記不瞉於此

溪二 **確** 廣韻苦角切集韻克角切今用乞覺切○集韻堅也或作碻 **慤** 說文謹也 **㱿** 說文從上



擊下也廣韻皮甲一曰素也 **殼** 集韻卵孚也一曰物之孚甲 **㲉** 集韻鳥子欲出者 **毃** 說文擊頭也 **搉** 說文敲擊也 **礐** 韻會山多大石也見爾雅 **埆** 韻會地不平又磽埆瘠薄也 **硞** 說文石聲集韻磬也 **榷** 集韻木名枳也有實如柚或作殼

疑二 **嶽** 廣韻五角切集韻逆角切今用逆學切○正韻五嶽衆山之宗又姓 **岳** 廣韻嶽古作岳正韻州名又姓 **樂** 說文五聲八音總名廣韻音樂又姓 **鸑** 說文鸑鷟鳳屬神鳥也

知二 **斵** 廣韻集韻竹角切今從之○說文斫也 **琢** 說文治玉也 **卓** 廣韻高也又姓 **倬** 廣韻大也 **啄** 說文鳥食也集韻或作噣 **涿** 說文流下滴也廣韻郡名 **焯** 集韻小熱 **椓** 韻會去陰之刑也說文作斀 **㧻** 廣韻擊也推也說文作斀 **踔** 韻會特止也 **啅** 集韻衆口貌 **諑** 廣韻訴也博雅責也謫也 **菿** 集韻草大貌 **⿰言卓** 集韻人名晉有韓⿰言卓 **⿵門卓** 集韻水名見山海經

徹二 **逴** 廣韻集韻敕角切今用黜渥切○說文遠也集韻蹇也或作趠 **踔** 廣韻跛也博雅踸踔無常也 **啅** 廣韻明也 **戳** 廣韻授也刺也戳技痛也

澄二 **濁** 廣韻集韻直角切今用直岳切○說文水出齊郡厲嬀山東入鉅定廣韻不清也又姓 **濯** 廣韻澣濯又姓 **擢** 說文引也集韻拔也 **鐲** 說文鉦也軍法司馬執鐲 **鸐** 廣韻山雉長尾 **鵫** 廣韻白鵫鳥 **鸀** 廣韻小鳥似烏赤喙出西方 **涿** 集韻地名一曰澤名 **櫂** 集韻梢櫂木直上貌 **嬥** 廣韻直好貌

孃二 **搦** 廣韻女角切集韻昵角切今用尼岳切○廣韻持也



幫二 **剝** 廣韻集韻北角切今用補渥切○說文裂也 **駮** 說文獸如馬鋸牙食虎豹 **駁** 廣韻馬色不純 **⿰月暴** 廣韻皮破 **爆** 廣韻火烈 **嚗** 集韻怒聲 **鸔** 集韻水鳥爾雅雒烏鸔似鴨而短頸 **趵** 廣韻足擊

滂二 **璞** 廣韻集韻匹角切今用普渥切○集韻玉素也 **樸** 說文木素也 **墣** 說文塊也或作圤 **朴** 說文木皮也 **颮** 集韻颮颮衆多貌

並二 **雹** 廣韻蒲角切集韻弼角切今用步岳切○說文雨冰也 **骲** 集韻骨鏃 **撲** 說文挨也集韻或作撲 **暴** 說文大呼自勉也 **懪** 廣韻煩悶也見爾雅 **⿰馬孛** 集韻獸名馬形牛尾一角 **犦** 集韻牛名即犎也領上肉犦胅起狀如橐駝 **豰** 說文小豚也 **鰒** 說文海魚 **瓟** 韻會小瓜也說文作瓝或

作䬍暴韻會墳起也礿爾雅奔星爲礿約集韻或作彴㩧廣韻擊聲𦢊集韻肉胅起一曰皮

破砲集韻砲砆石文鞄說文柔革工也穙集韻穙槼唐衞仗名

明二 邈廣韻莫角切集韻墨角切今用模岳切○集韻邈邈悶也一曰遠也通作藐貌韻會容也本作

皃眊集韻目少精也一曰眊眊思也瞀集韻低目謹視也一曰目不明藐廣韻紫草韻會輕視貌說

文作貇懇廣韻美也說文作貇

照二 捉廣韻集韻側角切今用阻渥切○說文搤也正韻搦也捕也斮集韻斬也穛廣韻早熟

穀韻會生穫曰穛熟穫曰稰說文作穛穱集韻稻下種麥

穿二 娖廣韻集韻測角切今用楚渥切○廣韻𪗂也正韻小謹貌說文作娕齪集韻齷齪迫也或作踀齱



促擉集韻刺取鼈蜃也或作簎捒搠鏃集韻鋤也或作鋜䃗集韻䃗礫盤石鑡集韻人名

王莽時有廉斯鑡

牀二 浞廣韻士角切集韻仕角切今用助岳切○說文濡也灂韻會潺灂水小聲也一曰環灂漆沂鄂也

說文作瀏汋集韻瀱汋井一有水一無水鋜廣韻鎖足鷟集韻鳥名說文鸑鷟也籗集韻

籗謂之罩齺集韻齒相近貌博雅齺也

審二 朔廣韻所角切集韻色角切今用疏渥切○說文月一日始蘇也集韻北方也亦姓數廣韻頻數

爾雅疾也矟集韻長矛或作槊鎙欶說文吮也集韻或作嗽欶嗍箾說文以竿擊人也韻會舞竿又

舞曲名𦋐集韻𦋐罰罜罕形櫟集韻櫟虜縣名在臨淮

曉二 謞廣韻許角切集韻黑角切今用忽渥切○集韻謞謞祟讒慝也滈廣韻水貌嗃集韻悅樂

也韻會嚴酷貌歊集韻歊暴木器乾而撓減也㱿說文歐貌㲉集韻急也豞集韻豕聲

匣二 學廣韻胡覺切集韻轄覺切今用奚岳切○韻會覺悟也又教傳業曰學又學校庠序總名又姓說文作斅

觷說文治角也鷽說文雗鷽山鵲知來事鳥也集韻鷽鳩小鳩澩說文夏有水冬無水曰澩集韻

水自渭出爲礐說文石聲嶨說文山多大石也集韻或作埆嶨确說文磬也觳

泉或作淳

集韻射具所以盛雉翯說文鳥白肥澤貌

影二 渥廣韻於角切集韻乙角切今用烏角切○說文霑也握說文搤持也喔說文雞聲也集

韻喔咿强笑也偓說文佺也韻會偓佺古仙人名剭集韻刑也或作䵒楃說文木帳也齷



廣韻齷齪齒相近腛集韻脂豐也箹說文小籟也葯集韻白芷其葉謂之葯

來二 犖廣韻呂角切集韻力角切今用祿岳切○說文駁牛也集韻地名在宋

按以上十九音韻譜列於第二等。例屬開口呼。或爲合口呼。今於覺學等字多讀作齊齒呼。切韻指南於牙脣喉音註開口。餘註合口。

四質 眞入聲○舊五質六術七櫛

按廣韻集韻。皆分質術櫛爲三韻而律同用質爲眞入聲。術爲諄入聲。櫛爲臻入聲。宋劉淵併爲四質。

見三 暨 廣韻居乙切集韻戟乙切今用基乙切質韻○集韻已也亦姓

見四 吉 廣韻居質切集韻激質切今用基一切質韻○說文善也廣韻吉利又姓 拮 集韻拮据手病 蛣 集韻蛣蟩井中蟲名 狤 集韻狂也一曰狤猵獸名出西域敷熏陸香身無毛 結 集韻繫也 髻 集韻[illegible]莊子[illegible]冶髻

溪四 詰 廣韻去吉切集韻喫吉切今用欺一切質韻○說文問也 蛣 集韻蟲名說文蛣蚰蝎也 劼 集韻用力也

羣三 姞 廣韻巨乙切集韻極乙切今用忌逸切質韻○廣韻姓一曰字說文黃帝之後百鯈姓后稷妃家也集韻謹也 鮚 集韻蚌也會稽有鮚䱐 芞 集韻香草

羣四 佶 集韻其吉切今用極逸切質韻○集韻壯健貌

疑三 耴 廣韻魚乙切集韻逆乙切今用疑暱切質韻○廣韻贅耴魚鳥狀也 屹 集韻山危貌 疙 博雅癡也 圪 說文牆高貌

知三 窒 廣韻集韻陟栗切今用知乙切質韻○說文塞也 挃 說文穫禾聲也集韻或作秷 銍 廣韻刈也韻會穫禾短鎌也說文作[illegible] 螲 集韻蟲名揚雄方言蝗螲謂之蠰蛣 蛭 集韻蟲名 郅 集韻郁郅地名 庢 說文礙止也一曰盩庢雍縣名 抶 集韻擊也 侄 廣韻癡貌一曰侄佬不前也

徹三 抶 廣韻丑栗切集韻勑栗切今用恥乙切質韻○說文笞擊也 咥 集韻笑也 眣 說文目不正也集韻或作眰 跮 集韻跮踱立前卻也

澄三 秩 廣韻直一切集韻直質切今用直逸切質韻○說文積也集韻常也次也 帙 廣韻書帙亦謂之書衣又姓或作袠 柣 集韻砌也爾雅柣謂之閾 姪 集韻兄弟之子或作妷 荎 集韻荎著草名 翐 集韻翐翐飛舒遲貌 紩 說文縫也集韻索也或作鉄 戜 集韻國名山海經戜國在三苗之東

孃三 暱 廣韻集韻尼質切今用尼逸切質韻○廣韻近也或作昵 尼 集韻近也爾雅止也 䵒 說文黏也集韻或作[illegible] 衵 集韻婦人近身衣 匿 集韻隱也 [illegible] 集韻木名神異經南方大荒之中有樹名[illegible]其高百丈

幫三 筆 廣韻鄙密切集韻逼密切今用卑乙切質韻○集韻所以書也或作笔 柲 集韻戈柄或作鉍



咇 集韻咇嗙多言也

幫四 必 廣韻卑吉切集韻壁吉切今用卑一切質韻○說文分極也廣韻審也然也 畢 廣韻竟也又姓 罼 廣韻兔罟 饆 集韻饆饠餅屬或作𩟗 熚 說文熚火貌 滭 韻會泉沸也 珌 說文佩刀下飾天子以玉集韻或作璢 彃 說文䠶也集韻弦也 箄 說文藩落也集韻通作蓽 韠 說文韍也廣韻胡服蔽膝俗作韡 蹕 韻會止行人也說文作趩或作[illegible] 覕 集韻見也 鵯 集韻鵯鶋鳥名青色白面一曰水澤神 縪 集韻約束博雅縫也一曰冠縫箸武也 鉍 集韻矛[illegible]謂之鉍 觱 韻會羌人所吹角屠觱以驚馬也 㓖 說文風寒也 [illegible] 說文木也 邲 集韻地名 泌 集韻水貌 蓽 集韻豆也荊也一曰蓽苨草名羊蹄也 [illegible] 集韻敬也又人名見宋史宗室表

滂四 匹 廣韻譬吉切集韻僻吉切今用譬一切質韻○說文四丈也集韻偶也俗作疋 鴄 集韻鳥名爾雅

鷽斯鵯鶋

並三 弼 廣韻房密切集韻薄宓切今用陛逸切質韻○廣韻輔也備也說文作弻韻會或作拂 駜 集韻馬肥貌 佛 韻會佛佐勇壯又佛肸魯人名

並四 苾 廣韻毗必切集韻薄必切今用避逸切質韻○說文馨香也集韻或作秘 邲 集韻地名在鄭 怭 集韻怭怭慢也 佖 說文威儀也 泌 集韻泉水貌 飶 說文食之香也 咇 集韻言不明 鮅 說文魚名 駜 說文馬飽也 坒 集韻地相連次 比 集韻次也 𠨘 說文輔信也 吡 集韻吡鳥聲 ⿰扌必 集韻刺也擊也 柲 集韻戈柄也一曰偶也或作鉍

明三 蜜 廣韻彌畢切集韻覓畢切今用迷逸切質韻○廣韻蜂所作食亦蟲名 謐 說文靜語也一曰無聲也集韻慎也 ⿰酉𥁕 說文飲酒俱盡也 宓 集韻默也安也 蠠 爾雅蠠沒勉也 蔤 說文芙蕖本集韻或作蔤

明四 密 廣韻美畢切集韻莫筆切今用寐逸切質韻○說文山如堂者集韻靜也近也秘也亦州名又姓 蔤 集韻竹名空小而有稞 沕 集韻潛藏也一曰塵濁謂之沕 蔤 集韻荷本也 滵 集韻水流疾貌

精四 堲 廣韻資悉切集韻子悉切今用節一切質韻○集韻疾也一曰燒土也一曰燭燼或作卽 喞 集韻啾喞眾聲 ⿰口節 集韻咇⿰口節言多也

清四 七 廣韻親吉切集韻戚悉切今用砌一切質韻○廣韻數也說文陽之正也 桼 說文木可以髹物集韻或作㯃 漆 廣韻水名在岐又姓俗作柒 ⿰桼阝 說文齊地也



從四 疾 廣韻秦悉切集韻昨悉切今用截逸切質韻○說文病也廣韻急也 嫉 廣韻嫉妬害賢曰嫉害色曰妬說文作㑵 蒺 集韻蒺藜草 槉 廣韻屋枅爾雅開謂之槉

心四 悉 廣韻集韻息七切今用西一切質韻○說文詳盡也 膝 韻會脛頭節也說文作厀 蟋 集韻蟋蟀蟲

照二 櫛 廣韻阻瑟切集韻側瑟切今用菑瑟切櫛韻○說文梳比之總名也集韻或作楖扻 瀄 集韻瀄汩水流貌 ⿰口節 集韻咇⿰口節聲出貌或作喞 ⿰禾節 集韻秭⿰禾節禾重生貌或作秵

照三 質 廣韻之日切集韻職日切今用之乙切質韻○說文以物相贅廣韻朴也主也信也平也謹也正也又姓 鑕 廣韻斧也集韻鐵椹 劕 集韻劕劑券也長曰劑短曰劕通作質 礩 說文柱下石 櫍 說文柎也廣韻椹行刑用斧櫍 晊 集韻明也爾雅大也 桎 說文足械也 郅 說文北地郁郅縣集韻至也亦姓 騭 說文牡馬也集韻陞也定也 蛭 集韻蟲名說文蟣也一曰水蛭 瓆 集韻人名後漢有劉瓆 躓 集韻跲也

穿二 剢 廣韻初栗切集韻測乙切今用差乙切櫛韻○廣韻割聲也 ⿰言桼 集韻謏⿰言桼私言 ⿰㓞見 集韻見也 沏 集韻流貌

穿三 叱 廣韻昌栗切集韻尺栗切今用蚩乙切質韻○說文訶也

牀二 ⿰齒出 廣韻崱瑟切集韻食櫛切今用乍瑟切櫛韻○說文齚齒也

牀三 實 廣韻神質切集韻食質切今用舌逸切質韻○說文富也廣韻滿也誠也

審二　瑟　廣韻所櫛切集韻色櫛切(今用)師櫛切(櫛韻)○說文庖犧所作弦樂一曰衆多貌一曰矜莊貌一曰泉流貌　璱　說文玉英華相帶如瑟弦　飋　集韻飋颸風貌　蝨　說文齧人蟲正韻亦作虱

審三　失　廣韻集韻式質切今用設乙切質韻○說文縱也廣韻錯也　室　說文實也廣韻房也　[革室]　集韻刀削謂之[革室]通作室

曉三　肸　廣韻羲乙切集韻黑乙切(今用)喜乙切質韻○說文蠁布也

曉四　欯　廣韻許吉切集韻闕吉切(今用)喜乙切質韻○廣韻笑也博雅喜也　咥　集韻笑貌

影三　乙　廣韻於筆切集韻億姞切(今用)衣肸切質韻○廣韻辰名亦姓　鳦　集韻元鳥也通作乙　亄　廣韻貪也見博雅

影四　一　廣韻於悉切集韻益悉切(今用)衣悉切質韻○廣韻數之始也物之極也同也少也切也　壹　說文専一也　噎　集韻食塞咽也或作饐

喻三　[風日]　廣韻于筆切集韻越筆切(今用)移栗切質韻○說文大風也　汨　韻會治水也又奔汨疾貌說文作昂　抭　廣韻捏抭擊貌博雅投也

喻四　逸　廣韻夷質切集韻弋質切(今用)移疾切質韻○說文失也廣韻過也縱也奔也　佚　說文佚民也一曰佚忽也　佾　說文舞行列也　泆　說文水所蕩泆也　軼　說文車相出也一曰侵軼　溢　說文器滿也一曰米二十四分升之一也　鴩　集韻水鳥名　眣　集韻詮詞一曰喜也　齸　集韻麋鹿受食處　詄　集韻忘也　呹　集韻疾也一曰羊鳴貌

來三　栗　廣韻集韻力質切(今用)吏逸切質韻○廣韻堅也又果木也又姓說文作㮚　慄　廣韻戰慄懼也　篥　集韻觱篥胡人吹葭管也　凓　說文寒也　溧　說文水出丹陽溧陽縣　鷅　廣韻鶹鷅流離鳥爾雅鳥少美長醜為鶹鷅　[鹿栗]　集韻牝麕也　瑮　廣韻玉之英華羅列貌　[艹栗]　廣韻草名　㗚　廣韻嘍嘌言不了也　颲　說文風雨暴疾也集韻或作[風栗]

日三　日　廣韻人質切集韻入質切(今用)仁逸切質韻○說文實也太陽之精不虧　衵　說文日日所常衣廣韻女人近身衣　馹　說文驛傳也　臸　說文到也　䵒　集韻黏也

按以上二十九音。共分三等。其居第二等者。為開口呼。居第三等第四等者。為齊齒呼。

見四　橘　廣韻居聿切集韻訣律切今從廣韻術韻○說文果出江南　繘　廣韻汲綆

羣三　屈　集韻其述切(今用)巨律切質韻○集韻狂屈倔張似人而非也或作僪

羣四　繘　集韻其律切(今用)遽律切質韻○集韻綆也



知三　[忄出]　廣韻集韻竹律切(今用)竹聿切術韻○集韻憂心貌　絀　集韻縫謂之絀　窋　集韻將出穴貌廣韻一曰空也一曰不窋后稷子名　茁　集韻草初生貌　[走叕]　廣韻走貌集韻趨也　泏　說文水貌廣韻水出貌

徹三　黜　廣韻丑律切集韻勑律切(今用)楮聿切術韻○說文貶下也集韻或作詘出通作絀　怵　說文恐也　罬　集韻雉罟　絀　說文縫也　[足术]　廣韻獸迹山海經流沙之東有獸左右有首名曰[足术]踢集韻或作[犭术]　泏　集韻水流貌　[疒术]　集韻狂也

澄三　术　廣韻集韻直律切今從之術韻○廣韻藥名韻會山薊也說文作朮

孃三　貀　集韻女律切今從之質韻○集韻獸名無前足　呐　集韻語不明

精四 **卒** 廣韻子聿切集韻卽聿切今用租聿切術韻○集韻終也

清四 **焌** 廣韻倉聿切集韻促律切今用措聿切術韻○集韻燒也一日火滅

從四 **崒** 廣韻慈卹切集韻昨律切今用胙律切術韻○廣韻山高爾雅崒者厜㕒 **踤** 集韻蹋也 **誶** 廣韻讓也 **捽** 廣韻把捽博雅持也

心四 **卹** 廣韻辛聿切集韻雪律切今用胥聿切術韻○說文憂也一日鮮少也 **戌** 說文滅也廣韻辰名 **恤** 說文憂也收也 **珬** 集韻珂謂之珬 **訹** 說文誘也集韻或作怵鉥

照二 **[illegible]** 廣韻集韻側律切今用阻率切質韻○集韻吳人呼短

照三 **䫴** 集韻之出切今用朱律切術韻○集韻頭貌

穿二 **䶦** 廣韻仕叱切集韻測瑟切今用楚率切質韻○集韻齧聲

穿三 **出** 廣韻赤律切集韻尺律切今用處聿切術韻○說文進也廣韻見也遠也

牀三 **術** 廣韻食聿切集韻食律切今用舌律切術韻○說文邑中道也集韻技也 **述** 說文循也廣韻著述又姓 **秫** 廣韻穀名說文稷之黏者或作朮 **潏** 爾雅水中可居者曰洲人所爲爲潏 **驈** 說文驪馬白胯也 **沭** 說文水出青州浸集韻披也 **鉥** 說文綦鍼也

審二 **率** 廣韻所律切集韻朔律切今用疏聿切質韻○說文捕鳥畢也集韻領也從也白也 **帥** 說文佩巾也或作帨 **蟀** 集韻蟋蟀蟲名或作[illegible]

曉四 **獝** 廣韻況必切集韻休必切今用虛聿切質韻○廣韻狂也集韻驚走貌本作矞或作𤞞狘 **瞲** 集韻目深貌 **怴** 廣韻狂也

匣四 **穴** 廣韻戶橘切今用懸律切質韻○集韻孔也

喻四 **聿** 廣韻餘律切集韻允律切今用紆橘切術韻○說文所以書也集韻述也遂也 **遹** 說文回避也集韻述也 **矞** 說文以錐有所穿也集韻滿有所出 **潏** 集韻水流貌 **繘** 說文綆也 **噊** 說文危也集韻鳴也 **鴥** 說文鸇飛貌集韻或作鴪 **鷸** 說文知天將雨鳥也 **獝** 集韻獸走貌 **霱** 集韻卿雲謂之霱通作矞 **鐍** 集韻錐也 **[illegible]** 集韻蟲名說文[illegible]蟥也 **鱊** 集韻魚名爾雅鱊鮬鱖鯞 **驈** 集韻驪馬白跨也或作騔 **僪** 集韻日傍氣也通作矞 **欥** 說文詮詞也 **[illegible]** 集韻草名蘻也

來三 **律** 廣韻呂卹切集韻劣戌切今用閭朮切術韻○說文均布也集韻法也述也腸管謂之律 **嵂** 集韻崒嵂山高貌 **率** 集韻約數也 **繂** 韻會索也本作綷 **膟** 韻會血祭肉也一日腸間脂說文作[illegible]

按以上三十音。共分三等。其居第二等者。爲合口呼。居第三等第四等者。爲撮口呼。

五物 文入聲○舊八物

按廣韻分八物九迄爲二韻而律獨用集韻分八勿九迄爲二韻而律同用今依平聲例將二韻字分列之

見三 厥 廣韻集韻九勿切今用居鬱切○集韻兵厥夷屬 屈 說文無尾也集韻地名亦姓 劂 說文剞劂也 崫 集韻山貌 鶌 集韻鳥名說文鶌鳩也

溪三 屈 廣韻區勿切集韻曲勿切今用區鬱切○集韻曲也詰也亦姓 詘 說文詰詘也一曰屈襞集韻亢詘喜失節貌或作詘 蚍 集韻蟲名說文蛣蚍也或作蝠 鶌 集韻山海經馬成之山有鳥狀如烏白首青身黃足名曰鶌鶋

羣三 掘 廣韻衢物切集韻渠勿切今用巨鬱切○廣韻掘地說文搰也集韻或作堀 倔 集韻倔強梗戾也或作詘鞹 崛 說文山短高也集韻或作崫 裗 廣韻衣短揚雄方言自關而西謂襤褸曰裗倔 屈 韻合竭也博雅短也 詘 集韻亢詘喜失節貌



疑三 崛 廣韻魚勿切集韻魚屈切今從集韻○集韻崛然獨立貌或作崫

非三 弗 廣韻分勿切集韻分物切今用夫物切○說文撟也 不 集韻無也通作弗 紱 集韻綬也 黻 說文黑與青相次文 韍 韻會韠也說文作市或作韍通作芾袚 綍 集韻引車索 紼 說文亂系也 翇 說文樂舞執全羽以祀社稷也集韻或作帗祓 刜 說文擊也 第 集韻笥也一曰笄謂之第 鄅 集韻姓也漢有鄅豫 茀 說文道多草不可行 芾 集韻草木盛也 沷 集韻箕也 沸 說文畢沸檻泉 颰 集韻小風謂之颰一曰疾風或作颭 茇 韻會作葦絚也通作紼 蚾 集韻甲蟲也大如虎豆䋣色

敷三 拂 廣韻集韻敷勿切今從之○說文過擊也廣韻去也拭也除也 髴 說文髴若似也集韻或作彿 祓 說文除惡祭也 艴 集韻色怒也一曰蕭工設色 怫 說文鬱連拂也 佛 說文見不審也 茀 說文山脅道也

奉三 佛 廣韻符弗切集韻符勿切今從集韻○集韻大也一曰戾也或作拂 咈 說文違也集韻通作拂 佛 說文鬱也 坲 集韻坲塵起也 茀 集韻鬱山貌一曰山曲或作怫

微三 物 廣韻文弗切集韻文拂切今用無佛切○說文萬物也集韻事也 勿 說文州里所建旗也廣韻無也莫也 沕 集韻沕穆深微貌 芴 集韻草名說文菲也 昒 集韻未明也 岉 集韻崛岉高貌



曉三 欻 廣韻集韻許勿切今用許鬱切○說文有所吹起 颮 集韻疾風也 歘 集韻氣也一曰呵欻不明也

影三 鬱 廣韻紆物切集韻紆勿切今用紆屈切○說文木叢生者集韻幽也亦姓或作欝 菀 集韻茂也通作鬱蔚 蔚 集韻草名亦州名 尉 集韻從上案下也又姓 罻 集韻網也 熨 集韻持火展繒也一曰火斗 黦 廣韻黃黑色也 灪 集韻灪滃大水貌

喻三 颮 廣韻集韻王勿切今用余屈切○說文大風也

按以上十一音撮口呼惟輕脣數音宜屬合口呼

迄 䏧入聲

見三 訖 廣韻集韻居乙切今用基乙切○說文止也 吃 說文言蹇難也 扢 集韻擊也 曁 集韻及也亦姓

溪三 乞 廣韻去訖切集韻欺訖切今用欺乙切○廣韻求也本作气 契 集韻契丹北夷號 芞 集韻草名說文芞輿也 吃 集韻吃吃笑貌

羣三 趌 廣韻集韻其迄切今用忌乙切○廣韻行也

疑三 仡 廣韻魚迄切集韻魚乙切今用義乞切○說文勇壯也 疙 集韻癡貌 屹 集韻屹崪山貌 忔 集韻心不欲也 圪 說文墻高貌



曉三 迄 廣韻集韻許訖切今用喜乙切○集韻至也或作忾訖 肸 說文蠁布也 汔 說文水涸也集韻泣下一曰幾也 釳 說文乘輿馬頭上防釳插以翟尾鐵翮象角所以防網羅釳去之 仡 集韻壯勇也 忔 博雅喜也 茴 集韻吳王孫休子字

影三 乙 集韻於乞切今用衣乞切○集韻東方之日也

按以上六音齊齒呼。

## 六月

元入聲○舊十月十一沒

按廣韻集韻皆分月與沒爲二韻而律同用。月爲元入聲。沒爲魂痕入聲。宋劉淵併爲六月。

見三　**訐** 廣韻居竭切集韻居謁切合聲吉謁切○說文面相斥罪相告訐也　**揭** 說文高舉也　**羯** 說文羊羖犗也

溪三　**朅** 集韻丘謁切合聲乞謁切○集韻却也一曰武壯貌　**藒** 集韻草名說文芞輿也

羣三　**竭** 廣韻集韻其謁切今用極謁切○集韻盡也　**碣** 廣韻碣石海中山名今爲碑碣字集韻或作嵑　**楬** 說文楬櫫也廣韻表楬閥閱自序名　**揭** 廣韻擔揭物也本亦作揭　**偈** 集韻偈偈用力貌或作傑



疑三　**钀** 廣韻集韻語訐切今用逆竭切○集韻馬勒旁鐵見爾雅

曉三　**歇** 廣韻集韻許竭切合聲肸謁切○說文息也廣韻氣洩也　**蠍** 廣韻螫人蟲　**猲** 說文短喙犬也

匣三　**紇** 集韻恨竭切今用檄謁切○說文絲下也

影三　**謁** 廣韻集韻於歇切今用乙歇切○說文白也廣韻請也告也又姓　**暍** 說文傷暑也　**閼** 集韻止也塞也一說太歲在卯曰單閼

按以上月韻七音齊齒呼。

見三　**厥** 廣韻集韻居月切合聲菊噦切○說文發石也廣韻其也亦短也又姓　**劂** 集韻剞劂曲刀也



**撅** 說文从手有所把也廣韻撅撥物也集韻擊也投也　**蹶** 說文僵也集韻跳也或作蹶蹷　**蕨** 集韻菜名說文鼈也　**蟨** 說文鼠也一曰西方有獸前足短與蛩蛩巨虛比其名謂之蟨　**蟩** 集韻蛣蟩小蟲　**鱖** 集韻魚名　**鷢** 集韻鳥名說文白鷢王雎也　**𠪚** 集韻俎名足有橫　**瘚** 說文逆氣也

溪三　**闕** 廣韻去月切集韻丘月切合聲曲噦切○說文門觀也廣韻失也不供也又姓集韻乏也空也　**䋭** 韻會䋭狄衣后夫人之服或作屈通作闕

羣三　**掘** 廣韻集韻其月切合聲局越切○集韻穿也或作闕撅摩　**橜** 說文弋也一曰門梱也集韻或作橛

疑三　**月** 廣韻集韻魚厥切今用王掘切○說文闕也太陰之精　**刖** 說文絕也廣韻斷足刑也　**跀** 說文斷足也或作𧿹　**抈** 說文折也　**軏** 廣韻車轅端曲木也說文作軏



非三　**髮** 廣韻集韻方伐切今用福韈切○說文根也廣韻頭毛也又姓　**發** 說文䠶發也廣韻發起又舒也明也舉也闕也揚也

敷三　**怫** 廣韻拂伐切集韻弗伐切今用拂韈切○集韻恨怒也

奉三　**伐** 廣韻集韻房越切今用伏韈切○說文擊也廣韻征也斬木也又自矜曰伐集韻敗也或作𤕟　**罰** 說文辠之小者　**閥** 集韻閥閱功狀　**筏** 韻會海中大船說文作橃或作栰𦪇　**垡** 集韻耕起土也或作墢坺通作伐　**茷** 說文草葉多廣韻茷茂貌　**昁** 廣韻舂米　**瞂** 說文盾也集韻或作戚吺通作伐　**藅** 集韻草名見爾雅

微三　**韤** 廣韻望發切集韻勿發切今用物伐切○說文足衣也集韻或作韈襪韤韎袜帓　**幭** 博雅

幭帊帳也

曉三 颰 廣韻集韻許月切合聲旭𡁜切○集韻颰颰風也一曰小風謂之颰 狘 集韻獸走貌 獩 集韻獩獩飛貌

影三 噦 廣韻集韻於月切今用郁厥切○說文氣啎也廣韻逆氣集韻或作㖅

喻三 越 廣韻集韻王伐切今用欲掘切○廣韻墜也干也於也遠也走也踰也曰也揚也度也亦吳越又姓說文作戉 鉞 韻會大斧也說文作戉 曰 說文詞也 粵 說文于也審慎之詞者 樾 韻會樹陰也

[虫越] 韻會彭[虫越]水蟲本作蚏或作蛸 蛂 廣韻[虫越]蛂蚌出魏書 絾 說文采彰也一曰車馬飾廣韻紵布集韻細布

按以上月韻十一音撮口呼。惟輕脣數音宜屬合口呼。

見一 骨 廣韻古忽切集韻吉忽切今用姑忽切○廣韻肉之覈也又姓 汩 廣韻汩沒集韻治也一曰水聲 愲 集韻心亂也 滑 集韻亂也 淈 說文濁也一曰滒泥一曰水出貌集韻治也 縎 說文結也

䓛 廣韻刷也或作䓛 蓇 集韻草名不實 榾 集韻枸榾木名 鶻 集韻鳥名說文鶻鵃也廣韻鶻鳩 [魚骨] 集韻魚名見山海經 [豸骨] 集韻[豸骨]貀獸名

溪一 窟 廣韻集韻苦骨切今用枯忽切○廣韻窟穴說文作堀 [山骨] 集韻月[山骨]月所生也 崫 韻會山短高也 矻 集韻石也 顝 說文大頭也集韻醜也一曰相抵觸 頢 說文禿也集韻頹起貌 朏 集韻髖也一曰肤出 泏 廣韻泏池字林水定也 堀 說文突也集韻堀堁塵起 搰 集韻搰搰用力貌

[氵窟] 集韻水深也

疑一 兀 廣韻集韻五忽切今用吳滑切○說文高而上平也廣韻高貌又姓 扤 說文動也集韻通作杌 杌 集韻樹無枝也一曰檮杌頑凶無疇匹之貌 矹 集韻硉矹山崖 屼 廣韻崛屼禿山貌又五屼山名在楗爲 卼 集韻危也 阢 說文石山戴土也

端一 咄 廣韻集韻當沒切今用都忽切○說文相謂也廣韻呵也 柮 廣韻榾柮木頭 [山骨] 集韻鳥名鳴豫知吉凶或作䶀 貀 集韻猾貀獸名 朏 集韻臀也一曰胭朏曲腳也一曰肤出也

透一 突 廣韻集韻他骨切今用土忽切○集韻出貌揚雄方言江湘謂卒相見曰突 葖 集韻草名見爾雅 梲 集韻木杖也 怢 韻會忽忘也 腯 說文牛羊曰肥豕曰腯



定一 揬 廣韻陀骨切集韻陁沒切今用杜兀切○集韻搪揬觸也 突 說文犬從穴中出也廣韻觸也欺也滑也 凸 集韻出貌 鈯 廣韻鈍也又小刃也 鼵 集韻鳥鼠同穴其鳥爲鵌其鼠爲鼵

泥一 訥 廣韻內骨切集韻奴骨切今用奴沒切○說文言難也集韻或作吶詘

滂一 哱 廣韻集韻普沒切今用普忽切○廣韻吹氣聲 昢 廣韻明旦日出貌

並一 勃 廣韻蒲沒切集韻薄沒切今用步沒切○說文排也廣韻卒也又姓 [孛攵] 集韻同上廣韻[孛攵]卒旋放之貌 孛 集韻色惡也一曰彗星謂之孛或作茀 浡 集韻浡然興作貌 悖 廣韻逆也 誖 說文亂也或作哮憝 渤 集韻渤澥海名或作潡 [火孛] 集韻煙起貌或作𤈦 艴 說文色艴如也廣韻艴然不悅

馞 廣韻大香集韻通作茀 餑 廣韻麵餑 [馬孛] 廣韻駮馬獸名似馬牛尾一角見山海經 桲 集韻

杖也一日榅桲果名　埻廣韻塵起集韻或作坳　脖集韻脖胅臍也　鵓集韻鵓鵓鳥名　秿廣韻

秿稡禾所秀不成聚向上皃

明一　沒廣韻集韻莫勃切今用暮訥切。說文沈也　殁韻會終也說文作歾通作沒　圽集韻

埋也史記以至圽身　玫說文玉屬

精一　卒廣韻集韻臧沒切今用租忽切。說文隸人給事者　稡集韻秿稡禾秀不成聚向上皃　倅廣韻

集韻兵百人曰倅通作卒

清一　猝廣韻倉沒切集韻蒼沒切今用麤忽切。說文犬從草暴出逐人也集韻或作踤　卒廣韻急也

遽也集韻忽也



從一　捽廣韻集韻昨沒切今用祚兀切。說文持頭髮也　崒集韻山危峻皃　椊廣韻椊杌以柄

內孔　踤說文觸也一曰駭也一曰倉踤

心一　窣廣韻集韻蘇骨切今用蘇忽切。說文從穴中卒出

曉一　忽廣韻集韻呼骨切今從之。說文忘也集韻輕也　惚集韻怳惚失意　笏集韻公及士所

搢也釋名笏忽也有事記其上以備忽忘　芴集韻芒芴无象也　㴵說文青黑色　曶說文出氣詞也

一曰佩也　昒說文尚冥也　淴集韻水皃或作淈

匣一　滑廣韻戶骨切集韻胡骨切今用胡兀切。集韻亂也　鶻集韻鳥名　搰說文掘也　扢

集韻摩也　抇廣韻猝物轉動博雅裂也穿也　縎集韻繪類　核韻會果中實本作槲或作覈　汨

集韻涌波也

影一　頞廣韻集韻烏沒切今用烏忽切。說文內頭水中也　嗢說文咽也集韻大笑　淴廣韻水出

聲集韻淴泱水流疾皃　殟說文胎敗也　榲集韻榲桲果名或作榅　熅集韻烟皃一曰熱皃

來一　硉廣韻集韻勒沒切今用盧兀切。集韻硉矹山崖也或作碑嵂　𢱢集韻捽也捋也

按以上沒韻十八音合口呼。

見一　扢集韻古紇切今用歌紇切。集韻摩也

疑一　䝟集韻五紇切今用我紇切。集韻齒相齧也

匣一　齕廣韻下沒切集韻下扢切今用何沒切。說文齧也　紇集韻絲下也　麧說文堅麥也集



韻俗謂麤屑爲麧或作秅粇

按以上沒韻三音開口呼。

# 七曷 寒入聲○舊十二曷十三末

按廣韻集韻皆分曷與末爲二韻而律同用。曷爲寒入聲末爲桓入聲宋劉淵併爲七曷。

見一 **葛** 廣韻古達切集韻居曷切今用歌遏切○說文絺綌草也正韻葛藟又國名又姓 **割** 說文剝也 **⿰氵葛** 集韻滲⿰氵葛水廣也一曰水名 **轕** 集韻轇轕車馬喧雜貌一曰室坔曠深一曰鋒戟形或作輵 **匃** 集韻求也 **獦** 集韻獦狚巨狼或作獵

溪一 **渴** 廣韻苦曷切集韻邱葛切今用可遏切○說文盡也廣韻飢渴古作㵣 **嶱** 集韻山貌或作嵑 **磆** 集韻石貌或作磍 **磕** 廣韻石聲集韻石名

疑一 **嶭** 廣韻五割切集韻牙葛切今用義曷切○說文巀嶭山也集韻或作⿰山辥 **枿** 韻會伐木餘也謂斫髡而復生說文作欁或作櫱 **⿰車獻** 說文載高貌 **齾** 集韻齒缺也



端一 **怛** 廣韻集韻當割切今用多遏切○廣韻悲慘也集韻或作[illegible]憚 **妲** 廣韻妲已紂妃 **笪** 說文笞也集韻覆舟簟亦姓 **狚** 廣韻獦狚獸名似狼而赤出山海經 **呾** 集韻相呼也 **炟** 集韻火起也 **⿰黑旦** 說文白而有黑也五原有莫⿰黑旦縣

透一 **闥** 廣韻集韻他達切今用他薩切○正韻門也 **撻** 正韻打擊也 **達** 正韻挑達往來相見貌又行不相遇也一曰挑達輕儇跳躍之貌 **汏** 集韻過也 **羍** 說文小羊也 **獺** 集韻獸名說文如小狗也水居食魚或作㺚 **澾** 廣韻泥滑

定一 **達** 廣韻唐割切集韻陁葛切今用惰曷切○說文行不相遇也廣韻通達亦姓集韻迭也 **薘** 集韻草名馬曷也 **噠** 集韻嚈噠西夷國名

泥一 **捺** 廣韻奴曷切集韻乃曷切今用儺曷切○正韻手按也

精一 **拶** 廣韻姊末切集韻子末切今用子遏切○集韻逼也 **囋** 集韻聲多也 **⿰忄贊** 集韻慒⿰忄贊心慢忽 **⿱髟贊** 集韻髮⿱髟贊多毛

清一 **攃** 廣韻集韻七曷切今用次薩切○集韻摩也或作磜 **縩** 集韻綃屬

從一 **巀** 廣韻才割切集韻才達切今用字曷切○說文巀嶭山在馮翊池陽 **囋** 廣韻嘈囋鼓聲集韻或作囐呼啐啐

心一 **薩** 廣韻桑割切集韻桑葛切今用思闥切○正韻唐六典有薩寶府掌胡神祠釋典云菩薩華言普濟又姓



**撥** 集韻側手擊也一曰抹撥掃滅也 **𣀔** 說文悉𣀔散之也集韻放也或作蔡撒攃通作殺 **躠** 正韻蹩躠行不正集韻作蹳 **殺** 集韻散貌 **粣** 集韻糝也齊民要術時時粣之

曉一 **喝** 廣韻集韻許葛切今用呵遏切○韻會訶也本作欱 **暍** 集韻熱也 **猲** 韻會短喙犬本作歇或作獥獦 **齃** 集韻臥息 **愒** 集韻相恐怯也或作曷通作猲

匣一 **曷** 廣韻胡葛切集韻何葛切今用何遏切○說文何也集韻或作害 **褐** 說文編枲韤也一曰粗衣集韻或作[illegible] **毼** 廣韻毛布 **鞨** 集韻靺鞨北狄別種博雅履也 **鶡** 集韻鳥名說文似雉出上黨或作鶡 **嵑** 集韻嶱嵑山貌 **⿰葛鳥** 集韻⿰葛鳥鳥名 **蝎** 集韻蟲名說文蝤蠐也 **螛** 集韻蝎螛龍搖目吐舌貌 **轄** 集韻輵轄轉搖貌

影一 遏 廣韻烏葛切集韻阿葛切今從集韻○說文微止也 閼 說文遮擁也 堨 集韻同上正韻壅堨以土障水也 頞 說文鼻莖也集韻或作齃 餲 集韻食敗也 洝 集韻窣洝滋潤也 濶 集韻水名 靄 集韻雲霧貌

來一 剌 廣韻盧達切集韻郎達切今用羅達切○說文戾也 辢 集韻辛味 糲 廣韻麤糲集韻脫粟也本作糲或作糲 攋 集韻撥攋手披也或作揦

按以上曷韻十五音開口呼

見一 括 廣韻集韻古活切今用姑裓切○說文絜也集韻檢也 聒 說文讙語也 佸 說文會也集韻佸佸力貌 适 廣韻疾也 活 廣韻水流聲 栝 說文㮰也一曰矢栝築弦處 筈 集韻箭末曰筈筈會也謂與弦相會通作括 苦 說文苦婁果蓏也 萿 集韻草名爾雅萿麋舌 葀 廣韻菝葀瑞草 鴰 集韻鳥名說文麋鴰也 髺 說文潔髮也集韻或作鬠 銽 說文斷也 姡 說文面醜也

溪一 闊 廣韻苦栝切集韻苦活切今用枯豁切○說文疏也集韻遠也 蛞 集韻蟲名科斗也一曰蛞蝓無殼蝸 筈 集韻箭末曰筈或作括

疑一 枂 廣韻集韻五活切今用吳活切○廣韻去樹皮又柮枂柱頭木

端一 掇 廣韻丁括切集韻都括切今用都豁切○說文拾取也 剟 集韻削也 鵽 集韻鵽鳩鳥名大如鴿無後趾或作鵽 敪 集韻敁敪度知輕重也一曰敪𢿝食不速也 咄 集韻叱也韻會呵也 毲 集韻蠻夷織毛罽也 裰 集韻補也



透一 脫 廣韻集韻他括切今用土裓切○集韻消肉臞也 侻 韻會狡也一曰輕也博雅可也 莌 集韻草名生江南 棁 說文木杖也 挩 說文解挩也韻會或作稅說通作脫

定一 奪 廣韻集韻徒活切今用杜活切○韻會手持隹失之也又攘取也說文作奪 敓 說文彊取也 脫 說文消肉臞也集韻壞斷亦姓 鮵 集韻魚名青州呼鱧爲鮵見爾雅 莌 集韻活莌草名生江南高丈許大葉莖中有瓤正白或作⿱艹脫 捝 集韻捶也解也

幫一 撥 廣韻集韻北末切今用補裓切○說文治也廣韻理也絕也除也 蹳 說文蹎跋也 襏 集韻襏襫雨衣也 鉢 韻會食器也本作盋 鱍 廣韻魚掉尾也說文作鮁集韻或作發 帗 說文一幅巾也 祓 說文蠻夷衣一曰蔽厀也 茇 說文草根也春草根枯引之而發土爲撥故爲之茇一曰草之白華爲茇 墢 集韻發土也國語王耕一墢或作坺

滂一 鏺 廣韻集韻普活切今用普裓切○說文兩刃木柄可以刈草集韻或作鏺劉 潑 集韻奔水也或作溌 鱍 集韻魚游貌或作鱍鮁 癹 說文以足蹋夷草集韻或作蹳撥 醱 集韻酘謂之醱或作醱 抪 說文撻也集韻擊也

並一 跋 廣韻集韻蒲撥切今用步活切○集韻物本也一曰跋躠行貌韻會草行曰跋水行曰涉 拔 韻會冋也又抽也擢也攻而舉之又疾也 犮 說文走犬貌 魃 說文旱鬼也 軷 廣韻將行祭名 鈸 集韻鈴屬 茇 集韻草木根 妭 說文婦美也 胈 集韻膚毳皮 颰 廣韻風貌集韻疾風也 馛 廣韻香氣 坺 說文治也一曰臿土謂之坺一曰塵貌 菝 集韻菝葀瑞草也

明一末廣韻莫撥切集韻莫葛切今用暮活切○說文木上曰末集韻無也弱也 妹廣韻妹嬉紂妃集韻有施氏女 袜集韻所以束衣也或作絑 韎廣韻韎韐大帶集韻韋赤色 靺廣韻靺鞨蕃人出北土 沫廣韻水沫一曰水名在蜀 抹廣韻抹搬摩也 秣韻會馬食穀也說文作䬴 佅集韻肥貌一曰四夷樂名 帓集韻帶也 眜說文目不明也 昒集韻目冥遠視一曰久也一曰不正視 𥬀廣韻捕鰌竹器 瀎說文拭滅貌集韻塗也 昩集韻日中不明也

精一繓廣韻子括切集韻宗括切今用租䅣切○集韻結也一曰縫餘 撮集韻挽也一曰兩指撮也

清一撮廣韻倉括切集韻麤括切今用麤䅣切○說文四圭也一曰兩指撮也 樶集韻緇布冠謂之樶

從一蕞廣韻攢活切今用祚活切○集韻小貌 柮集韻柮枂柱端木





心一剶集韻先活切今用蘇䅣切○集韻削也

曉一䅣廣韻集韻呼括切今從之○說文通谷也 濊廣韻水聲說文作薉 泧說文濊泧也集韻泧泧流也 眓集韻眼眛視高貌博雅眓眓視也

匣一活廣韻戶括切集韻戶栝切今用胡末切○集韻水流貌一曰生也 越集韻草也韻會瑟下孔也 䣹集韻末沛酒

影一斡廣韻集韻烏括切今從之○說文蠡柄也廣韻轉也 𥅞說文捾目也 捾說文搯捾也一曰援也廣韻捾取也

來一捋廣韻郎括切集韻盧活切今從集韻○說文取易也廣韻手捋也摩也 蛶集韻蟲名蛸何也

酹集韻祭酒也 脟集韻脅肉

按以上末韻十八音合口呼

# 八黠 刪入聲○舊十四黠十五鎋

按廣韻集韻皆分黠與鎋爲二韻而律同用。黠爲刪入聲，鎋爲山入聲，宋劉淵併爲八黠。

見二 戛 廣韻古黠切集韻訖黠切合聲吉揠切黠韻○說文戟也集韻轢之也 扴 說文亂也 玠 集韻垢也 砎 集韻礣砎小石一曰磨也 頡 韻會羹頡漢侯名又減尅也揜除也 秸 韻會禾稾去其皮祭天以爲席說文作稭或作秫藞通作戛 鴶 集韻鴶鵴鳥名鳲鳩也 恝 集韻無愁貌 袺 說文執衽謂之袺 硈 說文石堅也一曰突也 嘎 廣韻嘎嘎鳥聲 揳 集韻擊持也 楔 集韻門兩旁木一曰木名荆桃也 鷍 集韻鷍鸛鳥名 猰 集韻犬也 介 集韻特也 䯶 廣韻古鎋切集韻居轄切今用吉瞎切協用吉揠切鎋韻○集韻鵊鶚鳥名似梟 搳 集韻刮也折也 轕 集韻轇轕雜也 鶷 集韻鶷鷍鳥名似伯勞而小

溪二 劼 廣韻恪八切集韻邱八切合聲乞揠切黠韻○集韻用力也固也慎也 刮 集韻剝也 𧧑 廣韻勁也 髻 廣韻禿鬝也 䯧 廣韻枯鎋切韻會邱瞎切今用乞瞎切協用乞揠切鎋韻○集韻敔也以止樂或作篙楷通作楬 楬 韻會桓不飾者 擖 說文刮也集韻撻也

疑二 齾 廣韻五鎋切集韻牛轄切今用逆轄切鎋韻○說文缺齒也

知二 哳 廣韻陟鎋切集韻陟轄切今用陟瞎切協用陟揠切鎋韻○集韻嘲哳鳥聲

徹二 獺 廣韻他鎋切集韻逖鎋切今用他瞎切協用他揠切鎋韻○集韻捕魚獸○按獺字廣韻集韻切脚俱屬透母。五音集韻入徹母今依五音集韻入徹母。而出切仍取透母字。 呾 集韻睒軋切今用敕揠切黠韻○集韻呾噠語不正

澄二 噠 集韻宅軋切今用直揠切黠韻○集韻呾噠語不正

孃二 痆 廣韻集韻女黠切今用匿揠切黠韻○集韻瘡也

幫二 捌 廣韻百鎋切集韻百轄切今用卜瞎切協用卜揠切鎋韻○廣韻木名

明二 帓 廣韻莫鎋切集韻莫轄切今從集韻○集韻帶也 袹 韻會邪巾袹頭始喪之服或作帞貊䘕 韎 集韻赤韋

照二 札 廣韻集韻側八切今用菑揠切黠韻○說文牒也 扎 集韻拔也 蚻 集韻蟲名爾雅蚻蜻蜻如蟬而小



穿二 察 廣韻初八切集韻初戛切今用差揠切黠韻○說文覆也廣韻監察也知也至也審也亦姓 詧 廣韻同上說文言微親詧也 䁹 集韻視也見博雅 蔡 集韻草名有毒殺魚 𣘻 集韻木名梓屬廣韻作櫒 𪙎 集韻齒利一曰磣也 擦 集韻推也 刹 廣韻初鎋切集韻初轄切今用差瞎切協韻差揠切鎋韻○韻會柱也又僧寺

牀二 鍘 廣韻查鎋切集韻槎轄切今用作轄切鎋韻○集韻斷草刀也本作劕

審二 殺 廣韻所八切集韻山戛切今用師瞎切協用師揠切黠韻○說文戮也集韻或作煞 鎩 集韻長矛謂之鎩一曰羽傷也或作鏾 樧 集韻草名說文似茱萸出淮南或作蔱 摋 集韻擊也 𢄼 說文帬也一曰帔也一曰婦人脅衣

曉二 瞎 廣韻許鎋切集韻許轄切今用喜剎切協用喜揠切鎋韻○集韻目盲也

匣二 黠 廣韻胡八切集韻下八切今用系揠切黠韻○說文堅固也集韻慧也 轄 廣韻胡瞎切集韻下瞎切今用系鍘切鎋韻○說文車聲也一日鍵也集韻或作鎋輨 舝 說文車軸端鍵也 鶷 集韻鶷鶡鳥名似伯勞 螛 集韻蟲名仙姑也 磍 集韻碣磍勁怒貌

影二 揠 廣韻烏黠切集韻乙黠切今用乙戛切黠韻○說文拔也 軋 說文報也廣韻車輾 猰 集韻猰貐獸名類貙虎爪食人或作猰 鳦 正韻燕也說文作乙 乢 集韻山曲 鷾 廣韻乙鎋切集韻乙轄切今用乙瞎切鎋韻○集韻鷾鸛鳥名 閜 說文門聲也 圔 廣韻駱駝鳴也 輵 集韻車聲 碣 集韻碣磍勁怒貌



按以上十六音列於第二等例屬開口呼今多讀作齊齒呼。

見二 刮 廣韻古頒切集韻古刹切今用谷刷切鎋韻○說文掊把也集韻摩切或作捖 鴰 集韻鳥名廣韻鶬鴰鳥毛逆九尾 劀 廣韻集韻古滑切今用谷滑切黠韻○說文刮去惡創肉也

溪二 ⿰骨力 廣韻口滑切集韻苦滑切今用酷滑切黠韻○廣韻力作也

疑二 刖 廣韻集韻五刮切今用兀刮切鎋韻○集韻斷足也或作跀 䯛 廣韻五骨切集韻五滑切今用兀滑切黠韻○廣韻屈也集韻槷䯛不安也

知二 窡 廣韻丁滑切集韻張滑切今用竹滑切黠韻○說文穴中見也 娺 說文疾悍也 窋 說文物在穴中貌集韻后稷子名 鵽 廣韻丁刮切集韻張刮切今用竹刷切鎋韻○集韻鳥名說文鵽鳩 錣 集韻策端有鐵

徹二 頢 廣韻集韻丑刮切今用黠刷切鎋韻○集韻頢頢小頭一日面短貌

孃二 妠 廣韻集韻女刮切今用女刷切鎋韻○韻會妠婠小兒肥貌本作婠 貀 廣韻集韻女滑切今從之黠韻○集韻獸名說文獸無前足或作豽 肭 集韻膃肭肥貌 柮 說文斷也

幫二 八 廣韻博拔切集韻布拔切今用卜滑切黠韻○說文別也廣韻數也 扒 集韻破也擊也或作捌 朳 集韻弁上具或作捌

滂二 汃 廣韻集韻普八切今從之黠韻○集韻水貌

並二 拔 廣韻集韻蒲八切今用步滑切黠韻○說文擢也 菝 集韻菝葜草名



明二 傛 廣韻集韻莫八切今用木滑切黠韻○集韻傛傄無憚一日健也 ⿰目必 廣韻惡視博雅視也集韻或作眑 礣 集韻礣砎小石

照二 茁 廣韻鄒滑切集韻側滑切今用阻八切黠韻○說文草初生出地貌

穿二 纂 廣韻初刮切集韻𥀱刮切今用初刷切鎋韻○說文黃黑而白也一日短黑

審二 刷 廣韻數刮切集韻數滑切今從廣韻鎋韻○集韻刮也博雅箆謂之刷

曉二 傄 廣韻集韻呼八切今用忽八切黠韻○集韻傛傄健也 䀏 集韻視也一日怒視貌

匣二 滑 廣韻集韻戶八切今用核拔切黠韻○說文利也集韻州名亦姓 猾 廣韻狡猾集韻亂也或作獪 鶻 集韻鶻鳩鳥名 ⿰魚骨 廣韻魚名鳥翼出入有光見山海經 螖 廣韻蟚螖似蟹而小 磆 集韻

碿石藥名 頢 廣韻下刮切集韻乎刮切借用核抜切鍇韻○集韻小頭貌 咶 廣韻息也 姡 廣韻面醜

揚雄方言獪也 佸 集韻會也生也勤力於田也

影二 婠 廣韻集韻烏八切今用屋八切黠韻○集韻體德好也 嗗 集韻飲聲謂之嗗 嗢 集韻笑也咽也 膃 集韻膃肭肥也 捾 集韻抉也 穵 集韻探穴也

按以上十六音○合口呼○



# 九屑 先入聲○舊十六屑十七薛

按廣韻集韻皆分屑與薛為二韻而律同用○屑為先入聲○薛為仙入聲宋劉淵併為九屑○

見三 揭 集韻蹇列切今用吉哲切協用古謁切薛韻○集韻舉也 訐 集韻告發也 見四 結 廣韻古屑切集韻吉屑切合聲吉噎切屑韻○說文締也集韻或作紒 拮 說文手口共有所作也 桔 爾雅執袿謂之桔 桔 說文桔梗藥名一曰直木 絜 說文麻一端也 潔 廣韻清也 鍥 廣韻鎌別名也 鷞 集韻鳥名說文鷞鷿鳧屬 蛣 集韻蛣蟩井中小蟲 鮚 集韻蚌也漢書鄞縣有鮚埼亭 髻 集韻竈神名著赤衣 孑 廣韻居列切集韻吉列切今用吉薛切協用吉噎切薛韻○說文無右臂也集韻單也健也

溪三 朅 廣韻邱謁切集韻邱傑切今用乞揭切協用乞謁切薛韻○說文去也集韻武壯貌 揭 集韻舉也或作抯拮 愒 集韻息也或作憩 藒 集韻藒車香草或作藒 蝶 集韻土蝶蟲名似蝗而小 偈 集韻疾也見博雅

溪四 挈 廣韻苦結切集韻詰結切今用乞噎切屑韻○說文縣持也廣韻提挈 契 集韻契闊勤苦也 栔 集韻缺也見博雅 猰 集韻獸名廣韻猰㺄不仁 稧 集韻禾稈也 㓣 集韻刻也通作鍥鍥 鍥 說文鎌也集韻或作鍥 蛪 廣韻蛪蠅蟲又蛪蚼似蟬而小 蛣 集韻蛣蛣蟲名長寸餘腹中有蟹子如榆莢合體為蛣一曰蚌之小者

羣三 傑 廣韻渠列切集韻巨列切今用極孽切薛韻○說文傲也集韻俊傑 桀 說文磔也集韻夏之末帝號 榤 爾雅雞棲於弋為榤 滐 集韻水激回旋也 竭 說文負舉也集韻盡也 碣 說文特立之石東海有碣石山 偈 集韻武貌 楬 廣韻有所表識 渴 廣韻水盡也 揭 廣韻高舉 杰

集韻竊杰梁四公名

疑三 孽 廣韻集韻魚列切今用逆偨切辥韻○說文庶子也 蠥 說文衣服謌謠草木之怪謂之祅禽獸蟲蝗之怪謂之蠥集韻或作孽蠥櫱 糱 說文牙米也 闑 說文門梱也集韻或作臬槷 讞 韻會議罪

也說文作巘或作嶭 巕 廣韻高貌 钀 廣韻馬勒傍鐵 堨 集韻壁閒隙也 鷄 集韻鳥名說文鷄鷨

櫱 集韻朮餘也又姓或作櫱櫱 疑四 齧 廣韻五結切集韻倪結切今用逆截切屑韻○廣韻噬也

亦姓 臬 說文射準的也集韻或作槷 臲 廣韻臲卼不安 隉 說文危也 嵲 集韻嵽嵲山高或作

嶭峴岂嵲 蜺 集韻屈虹也 𡾊 集韻屼𡾊山貌 麩 集韻櫱也

端四 咥 廣韻集韻丁結切合聲的噎切屑韻○集韻蛇咥虜姓 窒 集韻塞也 螲 集韻螲蟷蟲名

似鼃黿在穴中有蓋

透四 鐵 廣韻集韻他結切合聲惕噎切屑韻○正韻黑金又姓古作銕 驖 說文馬赤黑色 戜 集韻

替也 餮 正韻貪食說文作飻 蛈 集韻蟲名螲蟷也

定四 垤 廣韻集韻徒結切今用迪齧切屑韻○說文螘封也 咥 集韻齧堅也 姪 說文兄之女也

正韻兄弟之子曰姪 耋 正韻八十曰耋說文作耊亦作𦒷 絰 說文喪首戴也 凸 集韻高也 跌

說文踼也一曰越也韻會失躡也 迭 說文更迭也 瓞 說文瓞也正韻小瓜 昳 廣韻日昃 胅

說文骨差也集韻腫也一曰連脽肉 詄 說文忘也 蛭 集韻水蛭蟲名 墆 廣韻貯也止也 柣 集韻

桔柣鄭門名 軼 廣韻車相過韻會車相出也又侵突也 鴃 集韻鳥名說文鋪豉也或作鴂雉 趃

説文蛇惡毒長也 芺 集韻草名說文𦬆芺也 荎 集韻木名刺榆也○ 嵽 廣韻嵽嵲山高 摕

韻會捎取也 眣 集韻目出貌一曰目不正一曰以目使人也或作眰 泆 集韻泆蕩滌也

泥四 涅 廣韻奴結切集韻乃結切今用溺齧切屑韻○說文黑土在水中也廣韻水名出東郡集韻化也一曰縣

名在上黨 捏 集韻搦也 𥓓 集韻羽𥓓礬石也 篞 爾雅管中者謂之篞集韻或作篂 㘿 集韻

訶也博雅怒也或作諿 苶 集韻疲貌一曰止貌 捻 集韻按也或作敜

知三 哲 廣韻集韻陟列切今用陟揭切協用陟噎切薛韻○廣韻智也或作悊喆 晢 集韻明也 蜇

廣韻螫也或作蛆

徹三 徹 廣韻丑列切集韻敕列切今用敕揭切協用敕噎切薛韻○說文通也集韻或作㢯 撤 集韻抽也



聅 說文軍法以矢貫耳也 䂥 廣韻擿也說文上摘山巖空青珊瑚墮之集韻石中矢

澄三 轍 廣韻集韻直列切今用直孽切薛韻○說文迹也集韻或作𨊻軼 澈 集韻水澄也 㯙

集韻揚撤棗木名

幫三 莂 廣韻方別切集韻筆別切今用筆揭切協用筆謁切薛韻○廣韻種穊移蒔也 别 廣韻分別集韻

異也 幫四 鼈 廣韻幷列切集韻必列切今用筆孑切協用筆噎切薛韻○說文甲介蟲集韻或作鼈鱉 鷩 集韻

說文赤雉也 虌 廣韻蕨菜見爾雅集韻作蘻 憋 集韻惡也一曰性急 瞥 集韻目翳 蹩 集韻

縣名在䍧牁 鷩 集韻鷩鷩別名山海經墓山有鳥名鷩鷩 閉 廣韻方結切集韻必結切今用筆噎切屑韻○

集韻闔也 彆 集韻弓戾謂之彆或作彎 襒 集韻袟也 蟞 集韻蟲名博雅蛈蝶蟞蛈

滂四撆廣韻普蔑切集韻匹蔑切合聲彆噎切屑韻○說文別也集韻擊也拂也或作撇瞥說文過目
也集韻目翳一曰財見也或作覕嫳說文易使怒也蹩集韻反足踼也或作蹩蟞集韻蟞蝑蟲名
蟣也潎廣韻芳滅切集韻匹滅切今用彆孑切協用彆噎切薛韻○集韻潎冽流輕疾貌
並三別廣韻集韻皮列切今用弼孽切薛韻○說文分解也廣韻異也離也又姓訓集韻言析理也又人
名見宋史宗室表並四蹩廣韻集韻蒲結切今用弼翻切屑韻○說文踶也一曰跛也苾集韻菜名
抋集韻捩也馝廣韻香也咇集韻語也飶集韻食氣之香柲集韻戈戟柄蛂
集韻蛂蟥甲蟲名襒集韻衣也或作襒敝集韻便滅切今用弼滅切薛韻○集韻敗也斃集韻
踣也或作獘



明四滅廣韻亡列切集韻莫列切今用密孽切薛韻○說文盡也搣說文批也廣韻手拔又摩也批也捽
也烕集韻火滅也蔑廣韻集韻莫結切今用密翻切屑韻○說文勞目無精也廣韻無也瀎集韻
塗飾也一曰瀎泧水貌衊說文汚血也篾集韻析竹也一曰挑枝竹名或作䈼蠛說文蠛蠓細蟲
也鱴集韻鱴魝魚名鮆也懱說文輕易也集韻末也䁾韻會目眵也又目赤說文作䁾覕
說文蔽不相見也幭說文蓋幭也一曰襌被集韻車覆也或作幭眜集韻地名春秋傳公及邾儀父盟于
眜通作蔑
精四節廣韻集韻子結切合聲卽嚧切屑韻○說文竹約也集韻制也操也信也癤集韻癰也岊
說文陬隅高山之節廣韻高山貌楶廣韻屋梁上木說文作楶蝍集韻蝍蛆蟲名蜈蚣也𦺓集韻

草約也蠽廣韻姊列切集韻子列切今用卽孑切協用卽噎切薛韻○集韻蟲名說文小蟬蜩也或作蠘
清四切廣韻集韻千結切合聲七噎切屑韻○說文刌也集韻迫也要也竊韻會盜自中出曰竊又淺
也私也沏集韻水聲一曰水流疾貌詧集韻正言也又人名見宋史宗室表
從四截廣韻集韻昨結切今用集翻切屑韻○說文斷也集韻或作截巀韻會巀嶭山貌集韻山高峻貌
本作節或作岊
心四屑廣韻集韻先結切合聲息噎切屑韻○廣韻動作切切又清也敬也顧也勞也說文作屑僁說文
聲也集韻僁僁呻吟也𢓜集韻撇𢓜衣服婆娑貌一曰𢓜𢓜搖也薛廣韻集韻私列切今用息孑切協用
息噎切薛韻○韻會草也又國名又姓說文作辥紲說文系也或作緤集韻亦作絏褻說文私服暬



說文日狎習相慢也媟說文嬻也契韻會高辛氏之子堯之司徒殷之先也說文作偰或作卨渫說文
除去也韻會治井也又姓泄韻會漏泄也歇也或作洩渫通作渫齛說文羊粻也韻會徐曰粻粻食也爾雅注
江東呼齝為齛徐以為貯食於頰漸泄咽之或作齥躠集韻躠躃旋行貌或作蹩楔說文櫼也集韻楔山桃
詍集韻言多也或作詍鞢集韻馬被具揳集韻攕揳拭滅也韻會攕也又塞也辥說文辠也
㾜集韻痢病或作痸
照三浙廣韻旨熱切集韻之列切今用職揭切協用職噎切薛韻○說文江水東至會稽山陰為浙江韻會淅米
也或作淛制晣說文昭晣明也集韻或作晢折集韻斷也
穿三掣廣韻昌列切集韻尺列切今用尺揭切協用尺噎切薛韻○集韻挽也

牀二 閺 廣韻集韻士劣切今用乍孽切協用乍揠切薛韻○集韻城門版也

牀三 舌 廣韻集韻食列切今用食孽切薛韻○說文在口所以言也別味也廣韻口中舌也又姓 揲 說文閱持也集韻或作抴揲箨 折 韻會斷也 𩹉 集韻䱊𩹉海魚名 苦 集韻草名 蛥 集韻蛥蚗蟲名蟪蛄也或作蛞

審二 榝 廣韻集韻山列切今用色浙切協用色揠切薛韻○集韻木名茱萸也

審三 設 廣韻識列切集韻式列切今用式揭切協用式噎切薛韻○說文施陳也 蔎 說文香草也

禪三 折 廣韻常列切今用石孽切薛韻○廣韻斷而猶連也

曉三 娎 廣韻集韻許列切今用肸揭切協用肸謁切薛韻○說文娎妹也廣韻喜貌

曉四 擷 廣韻虎結切集韻顯結切合聲肸噎切屑韻○集韻衽扱也

匣四 纈 廣韻胡結切集韻奚結切今用檄醫切屑韻○集韻繫也謂繫繒染爲文也 襭 說文以衣衽扱物謂之襭或作擷 頡 說文直項也廣韻飛而上曰頡飛而下曰頏又姓 齕 廣韻齧也 [illegible] 集韻邀也 ⿰扌絜 廣韻縛也 奊 說文頭衺骫奊態也 絜 集韻絜束知其大小也爾雅河名即九河之一也 ⿰犭頡 集韻山海經盧山有獸狀如犬有鱗名曰⿰犭頡 ⿸广絜 集韻帶也莊子正⿸广絜係屨 頁 說文頭也 趹 集韻姓也後唐有趹跌琉

影三 焆 廣韻集韻於列切今用乙揭切薛韻○廣韻煙氣

影四 噎 廣韻烏結切集韻一結切今從集韻屑韻○說文飯窒也集韻或作餲饐 咽 集韻聲塞也 ⿰米壹 集韻米餌 蠮 集韻蠮螉蟲名土蜂也

⿰犭因 廣韻獸名似牛白首四角出山海經

喻四 抴 廣韻集韻羊列切今用逸列切薛韻○廣韻拕也韻會捈也亦引也或作拽 曳 集韻酉戎有河名曳哷

來三 列 廣韻良薛切集韻力櫱切今從集韻薛韻○廣韻行次也位序也又陳也布也分解也亦姓說文作𠛱集韻或作𠜗 烈 韻會火猛也一曰業也光也 洌 廣韻水清也潔也 冽 廣韻寒也 裂 廣韻擘裂破也 颲 廣韻風雨暴至 鴷 集韻鳥名爾雅鴷斵木 鮤 集韻魚名爾雅鮤鱴刀 蛚 韻會蟲名說文蜻蛚也廣韻蜻蛚蟋蟀 茢 正韻芀也可以爲帚掃除不祥又謂之苕 栵 集韻木名韻會屋枅上標又小栗

來四 捩 廣韻練結切集韻力結切今用力醫切屑韻○集韻拗也或作攦 ⿰戾刂 集韻割也 奊 集韻奊奊頭衺態一曰多節目也或作[illegible] 戾 集韻曲也至也一曰諡也無其功有其意謂之罪有其功無其意謂之戾



日三 熱 廣韻如列切集韻而列切今用日孽切薛韻○說文溫也

按以上三十二音。共分三等。其在第二等者。爲開口呼。在第三等第四等者。爲齊齒呼。

見三 蹶 廣韻集韻紀劣切合聲菊噦切薛韻○集韻僵也跳也

見四 決 廣韻集韻古穴切今用菊血切屑韻○說文行流也廬江有決水出於大別山集韻斷也 玦 說文玉佩也集韻或作璚 譎 說文權詐也集韻或作矞 訣 集韻絕也 趹 說文馬行貌集韻步疾也 鴂 集韻鳥名說文鷤鴂也 蚗 集韻蛥蚗蟲名蟪蛄也一曰龍屬 芵 集韻芵光草名芵明也 觼 說文環之有舌者集韻或作觹鐍通作觖 鈌 廣韻刺也 觖 集韻怨望也 潏 說文涌出也一曰水中坻人所爲爲潏一曰水名在京兆杜陵集韻或作泬

抉 韻會剔也或作判通作觖 眏 說文涓目也廣韻目患 駃 說文駃騠馬父贏子也廣韻駃騠良馬生七日超母也 鴃 集韻鳥名伯勞也或作鴃

〔溪四〕缺 〔廣韻〕〔集韻〕傾雪切〔合聲〕曲噦切〔薛韻〕○說文器破也集韻少也或作𦈢 闋 說文事已閉門也

蒛 集韻草名爾雅茥蒛葐

〔羣三〕欮 〔集韻〕巨劣切〔今用〕局劣切〔薛韻〕○集韻豕發土也

〔知三〕輟 〔廣韻〕陟劣切〔集韻〕株劣切〔合聲〕竹噦切〔薛韻〕○說文車小缺復合者集韻止也 綴 廣韻連補也說文作叕。 罬 集韻罔名說文捕鳥覆車也 掇 集韻拾取也 惙 說文憂也一曰意不定也集韻疲也

畷 說文兩陌間道也廣六尺 剟 說文刊也 醊 集韻酹謂之醊或作䄌 餟 集韻休祭也通作䄌



啜 廣韻言多不止韻會泣貌 錣 集韻策端有鐵韻會杖末鋒

〔徹三〕𤿹 〔廣韻〕丑悅切〔集韻〕椿劣切〔合聲〕黜噦切〔薛韻〕○集韻皮剝也

〔孃三〕吶 〔廣韻〕〔集韻〕女劣切今從之〔薛韻〕○集韻聲不出謂之啃吶或作肭

〔精四〕蕝 〔廣韻〕子悅切〔集韻〕租悅切〔合聲〕卒噦切〔薛韻〕○說文朝會束茅表位曰蕝集韻或作蕞 橇 集韻禹治水所乘形如木箕擿行泥上或作毳通作蕝

〔清四〕膬 〔廣韻〕七絕切〔集韻〕促絕切〔合聲〕族噦切〔薛韻〕○說文耎易破也

〔從四〕絕 〔廣韻〕〔集韻〕情雪切〔合聲〕族悅切〔薛韻〕○說文斷絲也古作𢇍

〔心四〕雪 廣韻〔集韻〕相絕切〔合聲〕粟噦切〔薛韻〕○廣韻凝雨也又拭也除也說文作䨮

〔邪四〕䔢 〔廣韻〕寺絕切〔集韻〕似絕切〔今用〕徐悅切〔薛韻〕○集韻撮取皮也 𩵦 集韻魩鰤魚名似蝤蛑生海中或作蚚

〔照二〕茁 〔廣韻〕〔集韻〕側劣切〔今用〕捉噦切〔薛韻〕○集韻草初生貌

〔照三〕拙 〔廣韻〕職悅切〔集韻〕朱劣切〔合聲〕燭噦切〔薛韻〕○說文不巧也 梲 集韻梁上楹謂之梲通作棳 棳 說文木也益州有棳縣 準 集韻鼻也 䪼 集韻面骨博雅顴頄䪼也 蝃 集韻蟲名蜘蛛也或作蚍蠿

〔穿三〕歠 〔廣韻〕昌悅切〔集韻〕姝悅切〔合聲〕出悅切〔薛韻〕○說文歠也 啜 說文嘗也一曰喙也集韻泣也

〔審二〕刷 〔廣韻〕〔集韻〕所劣切〔今用〕朔噦切〔協用〕朔娟切〔薛韻〕○說文刮也廣韻作㕞



〔審三〕說 〔廣韻〕失爇切〔集韻〕輸爇切〔合聲〕束噦切〔薛韻〕○說文說釋也集韻談說

〔曉三〕𡕒 〔廣韻〕許劣切〔集韻〕翾劣切〔合聲〕旭噦切〔薛韻〕○說文舉目使人也 烕 說文滅也 威 集韻盡也 怴 集韻愚貌博雅怒也 吷 集韻小聲一曰飲謂之吷

〔曉四〕血 〔廣韻〕〔集韻〕呼決切〔今用〕旭決切〔協用〕旭噦切〔屑韻〕○說文祭所薦牲血也釋名血濊也出於肉流而濊濊也 泬 說文水從孔穴出也 瞲 集韻驚視也或作䀗眏 𥨍 說文空貌

〔匣四〕穴 〔廣韻〕〔集韻〕胡決切〔今用〕懸決切〔協用〕懸悅切〔屑韻〕○說文土室也

〔影三〕噦 〔廣韻〕〔集韻〕乙劣切〔今用〕郁噦切〔薛韻〕○集韻逆氣也

〔影四〕抉 〔廣韻〕於決切〔集韻〕一決切〔今用〕郁決切〔屑韻〕○說文挑也 鈌 說文刺也 蚗 集韻蟲名說文蛁蟟也一曰蟪蛄秦謂之蛥蚗 妜 廣韻

於悅切集韻娟悅切今用郁缺切薛韻○說文䀹目閉貌集韻怒也憂也

喻四 **悅** 廣韻弋雪切集韻欲雪切今用欲劣切薛韻○集韻喜也樂也服也或作說兌 **閱** 說文具數於門中也集韻絜也

來三 **劣** 廣韻力輟切集韻龍輟切合聲律悅切薛韻○說文弱也 **埒** 說文卑垣也集韻邱名 **鋝** 說文十銖二十五分之十三也韻會鋝六兩 **蛶** 集韻蟲名說文商何也 **脟** 說文脅肉也一曰腸閒脂也一曰膫也 **捋** 集韻采也

日三 **爇** 廣韻集韻如劣切合聲辱悅切薛韻○說文燒也集韻或作焫 **吶** 集韻言緩也或作㕯 **蜹** 集韻蟲名蚊也或作蚋



按以上二十二音。共分三等。其在第二等者。為合口呼。在第三等第四等者。為撮口呼。

# 十藥 陽入聲○舊十八藥十九鐸

按廣韻集韻皆分藥與鐸爲二韻而律同用。藥爲陽入聲鐸爲唐入聲宋劉淵併爲十藥。

見一 **各** 廣韻古落切集韻剛鶴切今用歌郝切○說文異辭也 **閣** 說文所以止扉也集韻觀也一曰庋藏之所亦姓 **格** 集韻樹枝也一曰繩束牆版 **胳** 說文腋下也 **茖** 集韻草也 **袼** 集韻袖也一曰衣腋縫 **骼** 集韻牲後脛骨通作胳 **路** 集韻人名漢有張路 **鮥** 集韻魚名如鱣喙長三尺利齒虎鹿度河擊之斷卵如鴨

溪一 **恪** 廣韻苦各切集韻克各切今用可郝切○廣韻敬也又姓說文作愙或作㤩



疑一 **咢** 廣韻五各切集韻逆各切今用莪鶴切○廣韻徒擊鼓謂之咢韻會譁訟也說文作咢 **噩** 集韻太歲在酉曰作噩韻會嚴肅貌或作諤通作咢鄂 **齶** 集韻齒斷或作咢腭 **崿** 集韻崖也或作嶽 **諤** 集韻諤諤直言或作謣 **愕** 韻會相遇驚也說文作遻集韻或作㦍遻 **鄂** 廣韻國名在武昌又姓說文作鄂 **堮** 集韻圻也或作堊堮 **蕚** 集韻華跗或作蘁通作鄂 **鍔** 韻會刀劍刃鋒說文作㓵通作咢 **鶚** 集韻鵰屬或作鶚 **鰐** 韻會魚名似蜥蜴長一丈水潛吞人卽浮出日南說文作蝉集韻或作蚅鱷

端一 **沰** 集韻當各切今用多郝切○集韻滴也

透一 **託** 廣韻他各切集韻闥各切今用他郝切○說文寄也 **橐** 說文囊也 **柝** 正韻判也又夜行所擊者說文作㯔亦作欜 **拓** 集韻手推物或作摭托 **魄** 集韻落魄無節 **蘀** 說文草木凡皮葉落陊地爲蘀 **籜** 集韻竹皮 **袥** 說文衣衸廣韻開衣領也 **魠** 廣韻魚名說文哆口魚也 **馲** 集韻馲駝畜名或作駝驝通作橐 **飥** 集韻餺飥餅屬 **跅** 集韻跅落無檢局或作蹠 **沰** 廣韻赭也又磓也 **矺** 集韻矺鼠木名一曰王棘

定一 **鐸** 廣韻徒落切集韻達各切今用惰咢切○說文大鈴也 **度** 集韻謀也 **剫** 說文判也爾雅木謂之剫 **踱** 廣韻跣足蹋地集韻乍前乍卻 **澤** 集韻冰結也楚辭冬冰之洛澤 **澤** 集韻格澤星名一曰妖氣一曰澤索張掖縣名

泥一 **諾** 廣韻奴各切集韻匿各切今用儺咢切○正韻應聲又以言許人曰諾

幫一 **博** 廣韻補各切集韻伯各切今用補郝切○說文大通也集韻州名亦姓 **搏** 說文索持也一曰至也集韻拊也



**簙** 說文局戲也 **髆** 說文肩甲也集韻或作胉拍 **鎛** 說文鎛鱗也鐘上橫木上金華也一曰田器 **欂** 集韻欂櫨謂之欂一曰表也 **膊** 集韻界埒也揚雄太元福則有膊 **䙏** 集韻衫短袂謂之䙏

滂一 **粕** 廣韻集韻匹各切今用普郝切○集韻滓糟曰粕通作魄 **膊** 說文薄脯膊之屋上韻會磔也集韻或作膞 **魄** 集韻落魄不得志貌一曰肉顫 **鑮** 說文大鐘淳于之屬所以應鐘磬也

並一 **泊** 廣韻傍各切集韻白各切今用步咢切○集韻止也一曰水白貌 **薄** 說文林薄也廣韻厚薄又姓 **箔** 集韻簾也 **礴** 集韻旁礴混同也 **亳** 說文京兆杜陵亭一說湯都也 **簿** 集韻蠶具或作欂 **欂** 集韻櫨也通作薄 **鑮** 集韻鈴也一曰大鐘 **魄** 集韻聲也一曰落魄志行衰惡貌

明一 莫 廣韻慕各切集韻末各切今用模号切○集韻無也定也亦姓 幕 說文帷在上曰幕覆食案亦曰幕廣韻帷幕又姓 漠 說文北方流沙也集韻淸也 鄚 說文涿郡縣 瘼 說文病也 膜 說文肉閒胲膜也 摸 集韻摸搽捫搽也 寞 集韻寂寞無聲也 鏌 廣韻鏌鋣劒名 嗼 說文啾嗼也爾雅定也 鬕 集韻髻飾 慔 集韻勉也 縸 集韻絡縸張羅貌 瞙 集韻目不明或作眊

精一 作 廣韻則落切集韻卽各切今用則郝切○說文起也廣韻爲也行也役也始也生也又姓 迮 集韻倉猝也一曰起也 鑿 集韻鮮明貌 糳 說文糲米一斛舂爲九斗曰糳集韻或作穀通作鑿

淸一 錯 廣韻集韻倉各切今用雌郝切○說文金涂也集韻雜也乖也鑢也亦姓 厝 廣韻礪石 剒 爾雅犀謂之剒 縒 廣韻縒綜亂也 鯌 集韻魚名鼻前有骨如斧斤一說生子在腹朝出食暮還入 昔 集韻犓也周禮老牛之角紾而昔

從一 昨 廣韻在各切集韻疾各切今用字号切○說文累日也 柞 說文木也 酢 韻會客酌主人也說文作醋 怍 說文慙也集韻或作怎 鑿 說文穿木也集韻或作鑿 砟 集韻石也 筰 廣韻竹索西南夷尋之以渡水說文作筰 莋 說文越嶲縣名集韻或作苲 䋏 廣韻緪也集韻作緒 岝 集韻岝崿山高貌 阼 集韻東階賓主之所酬酢也 胙 集韻祭餘肉 𤙖 集韻牛名重千斤出華陰山 斮 集韻地名亦姓

心一 索 廣韻蘇各切集韻昔各切今用思郝切○廣韻盡也散也又繩索亦姓 㨞 集韻摸也 溹 集韻水貌一曰水名在滎陽 索 集韻寂寞也 榡 集韻木梢



曉一 郝 廣韻呵各切集韻黑各切今從廣韻○正韻地名在扶風又姓 鄗 廣韻縣名漢光武改爲高邑 臛 說文肉羹也 壑 韻會溝也說文作叡 謞 集韻謞謞崇讒慝也 嗃 說文嗃嗃嚴酷貌集韻聲也一曰悅樂 熇 集韻熾也 矐 集韻失明也或作睢 蘁 韻會壑也說文作壑集韻或作壑壑 藃 集韻木乾藃也一曰草肥貌 鰝 集韻大鰕

匣一 鶴 廣韻下各切集韻曷各切今用何号切○集韻鳥名廣韻似鵠長喙 貉 韻會似狐善睡說文作貈 涸 說文渴也 洛 集韻洛澤冰貌 曤 集韻白也或作皠 格 集韻格澤星名一曰妖氣 挌 集韻振挌牽引也

影一 惡 廣韻烏各切集韻遏鄂切今用阿各切○說文過也 堊 說文白涂也 蝁 集韻蟲屬說文蚨也

來一 落 廣韻盧各切集韻歷各切今用勒号切○說文凡草曰零木曰落集韻落居也一曰宮室始成祭之爲落亦姓 洛 廣韻水名通作雒 酪 說文乳漿也 絡 說文絮也一曰麻未漚也 珞 集韻瓔珞頸飾 硌 集韻磊硌石貌 樂 集韻娛也 烙 集韻燒也 駱 廣韻白馬黑鬣曰駱又姓 鮥 集韻魚名說文叔鮥也 雒 集韻鳥名說文鵋鵙也 濼 集韻水名在濟南 詻 集韻訟言也本作咯 笿 集韻說文桮笿也集韻不也 䩽 說文生革可以爲縷束也 袼 博雅褔袼衣也 躒 集韻動也 𤺺 集韻治病也 馲 集韻馲馳畜名通作駱 鵅 集韻鳥名說文烏鸔也 鸈 集韻鳥名一曰鷹赤首曰鸈 洛 集韻冰謂之洛澤

按以上鐸韻十九音。開口呼。

見三 腳 廣韻居勺切集韻訖約切合聲吉約切○說文脛也集韻或作脚 屩 說文屐也 蹻 說文舉足行高也

溪三 卻 廣韻去約切集韻乞約切今從集韻○說文節欲也集韻退也或作却

羣三 噱 廣韻其虐切集韻極虐切合聲極藥切○說文大笑也 醵 說文會歓酒也 臄 集韻切肉也取脾腎寘腸炙之曰臄 [illegible] 說文徼[illegible]受屈也 谻 說文相踦谻也 ⿰虫卻 集韻蟲名說文渠⿰虫卻一曰天社

疑三 虐 廣韻魚約切集韻逆約切今用逆略切○廣韻酷虐韻會殘也 瘧 廣韻病也說文熱寒休作

知三 芍 廣韻張略切集韻陟略切合聲陟約切○集韻芍藥香草 櫡 說文斫謂之櫡集韻或作斱鐯⿰石著



箸 集韻被服也一曰置也或作著

徹三 逴 廣韻丑略切集韻勑略切合聲勑約切○集韻行貌博雅驚也 踔 集韻踔行貌 躇 集韻超遽也 辵 說文乍行乍止也 婼 說文不順也廣韻叔孫婼魯大夫 ⿱兔大 韻會小兔也 㲋 說文獸也似兔青色而大

澄三 著 廣韻集韻直略切合聲直藥切○集韻附也

孃三 逽 廣韻集韻女略切今用女藥切○集韻先也

非三 ⿰車尃 集韻方縛切今用福約切○集韻車上囊

敷三 ⿱雨溥 廣韻孚縛切集韻拂縛切今用拂約切○說文束也

奉三 縛 廣韻符钁切集韻伏約切今用伏藥切○說文束也

精四 爵 廣韻即略切集韻即約切今從集韻○廣韻封也又禮器集韻爵位也 雀 說文依人小鳥也集韻通作爵 穱 集韻穛也 燋 廣韻火未然也 爝 集韻火炬 ⿰鼠勺 集韻鼠名出胡地 ⿰目爵 集韻目瞑

清四 鵲 廣韻七雀切集韻七約切今從集韻○集韻鳥名又姓說文作舄或作䧿 碏 集韻石雜色一曰敬也 踖 集韻行貌一曰踖陵地也 皵 廣韻皮皴 ⿰犭足 集韻宋良犬名或作猎獡 䱜 廣韻魚名出東海 厝 集韻縣名

從四 皭 廣韻在爵切集韻疾雀切合聲集藥切○集韻白色一曰淨貌 嚼 集韻噬也或作⿰口雀噍 爝 廣韻炬火 ⿰目爵 集韻人名宋有謝⿰目爵



心四 削 廣韻集韻息約切今從之○說文鞞也一曰析也

照二 斮 廣韻集韻側略切今用仄約切協用捉郝切○廣韻斬也說文作斱集韻或作戠

照三 酌 廣韻之若切集韻職略切合聲職約切○說文盛酒行觴也集韻取也 灼 說文炙也 焯 說文明也集韻熱也通作灼 勺 說文挹取也集韻樂名 芍 集韻草名一曰陂名 彴 集韻橫木渡水曰彴 妁 集韻媒也 炤 集韻明也通作灼 斫 說文擊也 繳 廣韻繒繳韻會生絲縷也說文作⿱敫糸 禚 集韻地名在齊 犳 集韻獸名出隄山狀如豹而無文 ⿰黑勺 集韻婦人以點飾

穿三 綽 廣韻昌約切集韻尺約切今從廣韻○廣韻寬也說文作繛 婥 集韻婥約好也

審三 鑠廣韻書藥切集韻式灼切合聲式約切○說文銷金也 爍說文灼爍光也

禪三 杓廣韻市若切集韻實若切合聲石藥切○集韻挹酌器通作勺 勺集韻勺藥調五味也 芍集韻芍藥香草 汋說文激水聲也一曰井一有水一無水謂之瀱汋集韻陂名在宋 妁廣韻媒妁說文酌也斟酌二姓也

曉三 謔廣韻虛約切集韻迄卻切合聲脟約切○韻會戲也

影三 約廣韻於略切集韻乙卻切今從集韻○說文纏束也集韻儉也亦姓 葯廣韻白芷葉 箹集韻箹小者謂之箹

喻四 藥廣韻以灼切集韻弋灼切今用逸略切○說文治病草韻會療也又芍藥香草 躍說文迅也集韻或作躒



礿說文夏祭也集韻或作禴禴爚 瀹說文漬也集韻水貌或作灂 爚說文火飛也一曰爇也 龠說文樂之竹管三孔以和眾聲也集韻量名合龠為合 籥說文書僮竹笘也廣韻樂器 鑰韻會關下牡也說文作闟 鸙集韻天鸙鳥名形如鷚色似鶉 蝓集韻蠟蝓蟲名螢也 瘵博雅病也集韻病消曰爍 趯說文踊也 鬻說文內肉及菜湯中薄出之集韻通作瀹汋 濼集韻水名一曰水動貌或作濼 敫說文光景流也 葯說文白葯縞也 蘥集韻草名說文爵麥也 蘬集韻風吹水謂之蘬 龥集韻呼也

來三 略廣韻離灼切集韻力灼切合聲力藥切○說文經略土地也集韻智也行也要也取也亦姓 掠說文奪取也集韻或作剠 䂮集韻磨刃 䂮廣韻利也見爾雅 蟟廣韻渠蟟蜉蝣蟲朝生暮死亦作蟟

謈集韻約謈歎美也又人名見宋史宗室表

日三 弱廣韻而灼切集韻日灼切合聲日藥切○正韻劣也懦也又水名 若說文擇菜也一曰杜若香草集韻順也如也汝也一曰語辭 嫋集韻弱也 蒻集韻草名說文蒲子可以為平席一曰茱名 鄀集韻國名介於商密秦楚其後遷於南陽郇鄀縣春秋傳秦晉伐鄀是也 蠚集韻螫痛也 箬說文楚謂竹皮曰箬集韻或作篛 渃集韻濩渃水大貌

按以上藥韻二十五音共分三等居第二等者按譜宜作開口呼今多讀作合口呼其居第三等第四等者為齊齒呼惟輕脣數音宜屬合口呼



見一 郭廣韻古博切集韻光鑊切今用谷霍切○正韻城郭內曰城外曰郭又國名又姓 椁集韻葬有木椁也或作槨椁 崞韻會山在鴈門 矌集韻目張貌 埻廣韻埻端國名

溪一 廓廣韻苦郭切集韻闊鑊切今用酷霍切○集韻開也虛也或作郭 鞹說文去毛皮也集韻或作鞟 霩說文雨止雲罷貌 漷說文水在魯 𧮯集韻廖𧮯谷深 擴集韻張大也 彍說文弩滿也集韻或作彉 篧廣韻捕魚籠

疑一 𤪌廣韻集韻五郭切今用兀穫切○集韻玉璞

精一 嘄廣韻集韻祖郭切今用祖霍切○集韻嘄嘄鳴聲

曉一 霍廣韻虛郭切集韻忽郭切今從集韻○集韻山名在荊州一曰國名一曰大山遶小山曰霍一曰揮霍猝遽也亦姓 藿廣韻豆葉又香草說文作蘿 靃說文飛聲也雨而雙飛者其聲靃然 攉集韻手反覆也

矏集韻駭視也或作矐 彉集韻張弩也或作彍 𤸱集韻病亂也 臛集韻肉羹 濩集韻濩濩水貌

匣一 穫廣韻胡郭切集韻黃郭切今從廣韻○說文刈穀也 鑊說文鐫也 濩說文雨流霤下貌集韻濩渃大水一曰蠖濩宮室深邃一曰汚也一曰湯樂名 擭集韻捕獸機檻 ⿰食蒦集韻食無味或作嚄 檴集韻檴落木名可為杯器

影一 臒廣韻烏郭切集韻屋郭切今從集韻○說文善丹也 蠖說文尺蠖屈伸蟲也 嬳集韻作姿態也 護集韻度也韻會亦作韄

來一 礐廣韻集韻盧穫切今用祿穫切○集韻礐研石聲

按以上鑊韻八音合口呼。



見三 玃廣韻居縛切集韻厥縛切今用菊縛切○集韻獸名說文母猴也或作蠼 矍說文隹欲逸走也集韻遽也 攫說文扟也廣韻搏也 钁鉏也 彏說文大集韻急弦謂之彏 貜集韻猿類似犬食猴

溪三 躩廣韻丘縛切集韻屈縛切今從集韻○說文足躩如也韻會盤辟貌 ⿰彳矍集韻行貌

羣三 戄廣韻具籰切集韻局縛切今從集韻○集韻諦視也

曉三 矆廣韻許縛切集韻怳縛切今用旭縛切○說文大視也集韻或作䁵 彏說文弓急張也 ⿰言矍集韻妄言又人名見宋史宗室表

影三 嬳廣韻憂縛切集韻鬱縛切今用郁縛切○廣韻作姿態也或作嬳

喻三 籰廣韻集韻王縛切今用欲縛切○廣韻收絲者也說文作篗或作籰 玃集韻獸名說文夒玃也

按以上藥韻六音撮口呼。

十一陌 庚入聲○舊二十陌二十一麥二十二昔
按廣韻集韻皆分陌麥昔爲三韻而律同用陌爲庚入聲麥爲耕入聲昔爲清入聲宋劉淵併爲十一陌
見二 格 廣韻古伯切集韻各頟切今用歌赫切陌韻○說文木長貌集韻式也正也 骼 說文禽獸之骨曰骼 挌 說文擊也 觡 說文骨角之名也一說鹿角無枝曰角有枝曰觡 鵅 集韻鵋鵅鳥名鵋鶀也
鉻 集韻鉤也一曰鬍也 茖 說文草也集韻山葱 佫 集韻至也或作佫假佫路通作格 胳 集韻牲後脛骨 鮥 集韻魚名或作䱻 [阝各] 集韻人名漢有張[阝各] 蛒 集韻蟲名揚雄方言蛄諸謂之杜蛒一曰蛭蛒地蠶一曰蛸蟧 隔 廣韻古核切集韻各核切今用歌尼切麥韻○說文障也集韻通作鬲 鬲 集韻縣名在平原一曰鼎屬亦姓 革 說文獸皮治去其毛革更之 膈 廣韻胸膈集韻肓也 諽 說文飾也集韻

音韻闡微 卷十七 十一陌 十二

文章

謹也史也或作譁 搹 集韻把也 䛷 集韻慧也見博雅又人名見宋史宗室表 嗝 廣韻雉鳴 槅 說文大車枙 [扌革] 集韻改治也 滆 集韻湖名在陽羨
溪二 客 廣韻苦格切集韻乞格切今用可赫切陌韻○說文寄也廣韻賓客 喀 廣韻吐聲集韻嘔也本作峈 揢 廣韻手把著也 礊 廣韻楷革切集韻克革切今用可尼切麥韻○說文堅也
疑二 額 廣韻五陌切集韻鄂格切今用莪陌切陌韻○集韻顙也說文作頟 詻 說文論訟也 峉 集韻山高大貌或作嶺 磀 集韻磀礰西方獸名或作砯 虉 廣韻五革切集韻逆革切今用莪核切麥韻○集韻小草也有雜色似綬一曰鳥名 鷊 集韻鳥名爾雅鷊鴱鶝似鳧高足毛冠或作䳘 鵖 集韻鳥名
知二 摘 廣韻集韻陟革切今用知尼切麥韻○集韻取也或作擿 謫 說文罰也集韻或作讁適 硩 集韻取山厓上珊瑚謂之硩 磔 廣韻集韻陟格切今用知赫切陌韻○說文辜也廣韻張也開也 矺 集韻磓也 舴 集韻舴艋小舟 蠂 集韻土蠂蟲名似蝗而小或作虴蚱 馲 集韻馲駱獸名驢父牛母 粍 集韻粍屑米爲飲一曰黏也
徹二 坼 廣韻丑格切集韻恥格切今用恥赫切陌韻○韻會裂也說文作㙔或作拆 𧺆 集韻跓步也一曰距也或作𧼞
澄二 宅 廣韻場伯切集韻直格切今用直頟切陌韻○說文所託也廣韻居也 澤 說文光潤也廣韻恩也亦陂澤又州名亦姓 擇 說文柬選也 翟 集韻雉名一曰陽翟縣名亦姓 檡 集韻桍也 檡 集韻木名棘也 礋 集韻神異經西方有獸長短如人羊頭猴尾名礋䂎健行 鸅 集韻鳥名鵜鶘也或作雗通作

音韻闡微 卷十七 十一陌 十三

文章

澤 蠌 集韻水蟲爾雅蜻蠌小者蟧蠌類也
孃二 搦 廣韻女白切集韻昵格切今用尼頟切陌韻○說文按也 眲 集韻輕視也一曰耳目不相信
幫二 伯 廣韻集韻博陌切今用補赫切陌韻○說文長也集韻爵名亦姓 百 說文十十也廣韻數名又姓 迫 說文近也 柏 集韻木名說文鞠也或作栢 胉 集韻脅也 瓸 韻會甑瓸甓也 檗 廣韻集韻博尼切今用補尼切麥韻○說文黃木也集韻或作蘗 擘 說文撝也集韻大指或作擗 薜 集韻草名山蘄也一名當歸 糪 說文炊米者謂之糪
滂二 拍 廣韻普伯切集韻匹陌切今用普赫切陌韻○韻會拊也打也說文作拍 珀 集韻琥珀出罽賓國通作魄 魄 說文陰神也 霸 集韻月始生韻會月體黑者謂之霸通作魄 怕 說文無爲也集韻或

作泊 胉集韻脇也 粕集韻糟也 䞟集韻逼也 洦說文淺水也 揊廣韻普麥切集韻匹麥切今用普厄切麥韻○廣韻射中聲也

並二白廣韻傍陌切集韻薄陌切今用步額切陌韻○說文西方色也集韻告也亦姓 帛說文繒也廣韻幣帛又姓 舶廣韻海中大船 鮊說文海魚名廣雅鱎也 苩集韻姓也百濟有苩氏 欂集韻枅也 㹊集韻獸名似狼或作狛 繴廣韻蒲革切集韻薄革切今用步核切麥韻○說文繴謂之罿罿謂之罬罬謂之罦捕鳥覆車也集韻或作䍥 繴集韻織絲為帶謂之繴

明二陌廣韻集韻莫白切今用暮額切陌韻○集韻阡陌田閒道南北曰阡東西曰陌 貊韻會北方國集韻靜也定也一曰縮綸也說文作貉 獏集韻獸名說文似熊而黃黑色出蜀中 驀說文上馬也 莫集韻德正應和曰莫 佰說文相什佰也 栢廣雅㮰櫨謂之栢腹 䮬集韻獸名說文駈駈一說似騾而小或作狛 嗼集韻安也見博雅 麥○廣韻集韻莫獲切今用暮核切麥韻○說文芒穀秋種厚薶故謂之麥韻會瞿麥蘥名又姓 霢韻會霢霂小雨也說文作霢 鷩集韻鳥鷩視 脈韻會血理之分衺行體中者說文作䘑或作脈 眽說文目財視也集韻或作脈 覛集韻相視也或作脈

照二責廣韻集韻側革切今用菑厄切麥韻○廣韻求也正韻誚也誅責也責望也責任也 嘖集韻嘖嘖鳴也 幘說文髮有巾曰幘 簀說文牀棧也 謮集韻怒也讓也通作嘖 諎說文大聲也或作唶 債集韻負財也 蟦集韻小貝 鰿集韻小魚 皟集韻淨也 窄廣韻側伯切集韻側格切今用菑赫切陌韻○集韻狹也 迮說文迮迮起也集韻迫也 岝集韻岝峉山貌 笮說文迫也集韻



矢箙皮曰箙竹曰笮一曰迮也亦姓或作筰迮 咋集韻大聲 柞集韻除草曰芟除木曰柞 苲集韻草也 齰說文齧也或作齚 舴集韻舴艋舟名 唶集韻聲也

穿二策廣韻楚革切集韻測革切今用差厄切麥韻○說文馬箠也集韻謀也一曰蓍也一曰小箕曰策或作筴 冊說文符命也集韻或作冊古作𠕋通作策筴 柵說文編樹木也 茦說文莿也 粣集韻粽也 踖廣韻測戟切集韻測窄切今用差赫切陌韻○集韻破豆也 簎廣韻刺也集韻𣏌刺取魚鼈也 矠說文矛屬

牀二賾廣韻集韻士革切今用乍核切麥韻○集韻幽深難見也或作嘖通作嘖 嘖說文大呼也或作謮 齰說文齒相值也一曰齧也 咋廣韻鋤陌切集韻實窄切今用乍額切陌韻○廣韻呹咋多聲 簎說文刺也 齰集韻齧也或作齚通作咋

審二索廣韻山戟切集韻色窄切今用師赫切陌韻○集韻求也博雅取也通作捸 索說文入家搜也 捸集韻擇也 㮦廣韻山責切集韻色責切今用師厄切麥韻○集韻木名中車輞或作捸 摵廣韻殞落貌 愬集韻驚懼謂之愬或作虩覤

曉二赫廣韻呼格切集韻郝格切今用呵格切陌韻○說文火赤貌集韻明也 嚇集韻怒也或作赤通作赫 赩集韻赤色 憪集韻憪赤紙 䞁集韻見也 㦃廣韻呼麥切集韻忽麥切今用呵厄切麥韻○廣韻不慧又㦃㦃辯快博雅數㦃乖刺也 嫿說文靜好也 繣廣韻徽繣乖違集韻徽也 掝廣韻裂也集韻或作攇

匣二　核 廣韻集韻下革切今用何麥切麥韻○集韻果中核或作槅　覈 說文實也考事得實曰覈韻會慘刻也或作覈通作核　翮 說文羽莖也集韻羽本謂之翮　蒚 集韻西方名蒲中莖爲蒚見爾雅　垎 廣韻胡格切集韻轄格切今用何額切陌韻○說文土乾也一曰堅也

影二　戹 廣韻於革切集韻乙革切今用阿隔切麥韻○說文隘也集韻或作厄　阸 說文塞也集韻或作阸　搤 說文捉也　搹 說文把也或作扼集韻亦作扼　軶 說文轅前也韻會或作軛枙　嗌 集韻咽喉也　豟 爾雅豕絕有力者　蚅 集韻蟲名爾雅蚅烏蠋似蠶　啞 廣韻烏格切集韻乙格切今用阿格切陌韻○說文笑也

來二　礰 廣韻集韻力摘切今用羅核切麥韻○集韻礰碡田器　礐 廣韻礐硞水石聲也



按以上十九音開口呼。

見三　戟 廣韻几劇切集韻訖逆切今用基隙切協用基益切陌韻○說文有枝兵也　撠 集韻拘持也　蕺 集韻大戟巴戟皆藥草　躆 集韻手據地也一曰動作也

溪三　隙 廣韻綺戟切集韻乞逆切今用欺戟切協用欺益切陌韻○說文壁際孔也集韻閒也　郤 集韻地名晉大夫叔虎邑亦姓或作郄　綌 說文葛也　覤 集韻覤覤驚懼貌

溪四　愨 集韻苦席切今用欺益切昔韻○集韻怖也

羣三　劇 廣韻奇逆切集韻竭戟切今用忌逆切陌韻○集韻增也一曰艱也一曰縣名在北海　屐 說文屩也

疑三　逆 廣韻宜戟切集韻仡戟切今用疑劇切陌韻○說文迎也關東曰逆關西曰迎集韻卻也亂也　縌 說文綬維也

透四　剔 集韻土益切今用梯益切昔韻○集韻治也

泥四　鑈 集韻奴刺切今用泥繹切昔韻○集韻絡絲具

知三　黐 廣韻集韻竹益切今用知益切昔韻○集韻黏也

徹三　彳 廣韻集韻丑亦切今用恥益切昔韻○說文小步也

澄三　擲 廣韻集韻直炙切今用直繹切昔韻○廣韻投也搔也振也說文作擿　躑 廣韻躑躅行不進也說文作蹢



幫三　碧 廣韻彼役切集韻兵彳切今用卑益切昔韻○說文石之青美者

幫四　辟 廣韻集韻必益切今從之昔韻○集韻君也一曰除也亦姓　璧 說文瑞玉圜也　襞 說文韏衣也韻會摺疊衣也　躃 韻會人不能行也說文作壁或作躄通作辟　薜 集韻藥草當歸也

滂三　砭 集韻鋪彳切今用披碧切昔韻○集韻器下平也

滂四　僻 廣韻芳辟切集韻匹辟切今用披益切昔韻○集韻邪也或作辟　癖 集韻腹病　霹 集韻霹靂迅雷　闢 爾雅湀闢流川謂通流也

並三　欂 廣韻弼戟切集韻弼碧切今用陛逆切陌韻○說文壁柱也集韻或作薄欂

並四　擗 廣韻房益切集韻毗亦切今用避繹切昔韻○集韻撫也　辟 說文法也廣韻便辟　闢 說文開也　僻 集韻便僻舉止輕傷也

精四 積廣韻集韻資昔切今用唧益切昔韻○說文聚也 迹說文步處也韻會或作遺跡蹟 脊韻會背呂也 蹐說文小步也 踖說文長脛行也廣韻踧踖敬貌 借說文假也 鯽韻會魚也說文作鰿 蟦集韻貝也 膌說文瘦也 鰿集韻魚名鯽也 鶺集韻鳥名爾雅鶺鴒雝渠雀屬也飛則鳴行則搖或作鶺鴒

清四 磧廣韻集韻七迹切今用七益切昔韻○說文水渚有石者 刺廣韻穿也 皵集韻皴也韻會皮細起 踖集韻有容也 赤集韻除撥也周禮赤友氏或作捇

從四 籍廣韻集韻秦昔切今用蒴繹切昔韻○說文簿書也 藉集韻草不編狼藉也亦姓 耤說文帝耤千畝也集韻通作藉 瘠韻會瘦也本作膌 塉集韻薄土 厝集韻縣名在清河 猎集韻獸名似熊



心四 昔廣韻集韻思積切今用西益切昔韻○廣韻往也始也又姓 惜說文痛也集韻貪也 腊廣韻乾肉說文作昝 舄廣韻履也 磶廣韻柱下石 潟集韻鹵地 鬄說文髮也 晳集韻白也 猎集韻山海經先民之山有黑蟲狀如熊名曰猎猎或作舄

邪四 席廣韻祥易切集韻祥亦切今用習繹切昔韻○廣韻薦席又藉也亦姓 蓆說文廣多也廣韻大也 夕廣韻暮也又姓 穸說文窀穸也 汐集韻水名出陽城山韻會海潮早曰潮夕曰汐

照三 隻廣韻集韻之石切今用之益切昔韻○說文鳥一枚也 蹠說文楚人謂跳躍曰蹠 摭韻會拾也說文作拓 跖說文足下也 炙說文炮肉也 墌韻會基址也又地名 蟅集韻蟲名螇蝗也

穿三 尺廣韻集韻昌石切今用蚩益切昔韻○說文十寸也 赤說文南方色也 斥集韻指名一曰大也疏也 睪集韻視貌 跅集韻斥也一曰跳也 蚸集韻螇蚸蟲名似蜙蝑細長飛翅作聲者

牀三 射廣韻集韻食亦切今用舌繹切昔韻○韻會以弓弩矢射物也又指物而取曰射又姓本作䠶 麝集韻獸名爾雅麝父腳似麕有香

審三 釋廣韻集韻施隻切今用詩益切昔韻○說文解也廣韻服也又姓 釋說文漬米也 適說文之也廣韻樂也善也悟也又姓 奭廣韻盛也又驚視貌又召公名說文作奭 襫廣韻襏襫雨衣 螫說文蟲行毒也 嫡集韻婦人謂嫁曰嫡 睗說文目疾視也 睪集韻視貌 液集韻漬也或作醳



檡集韻木名

禪三 石廣韻集韻常隻切今用時繹切昔韻○說文山石也集韻州名亦姓 碩說文頭大也 祏說文宗廟主也一曰大夫以石為主 䄷說文百二十斤也 鼫說文五技鼠也能飛不能過屋能緣不能窮木能游不能渡谷能穴不能掩身能走不能先人廣韻鼫鼠螻蛄集韻形大如鼠頭似兔尾有毛青黃色好在田中食粟豆

曉三 虩廣韻許郤切集韻迄逆切今用喜戟切陌韻○集韻恐懼也一曰蟲名蠅虎也

影四 益廣韻集韻伊昔切今從之昔韻○說文饒也 嗌說文咽也廣韻喉也 齸說文鹿麋粻廣韻吞芻而反出嚼之也 膉集韻脰肉也一曰豕伏槽一曰肥也 謚說文笑貌

喻四 繹廣韻羊益切集韻夷益切今用移籍切昔韻○說文抽絲也集韻陳也理也 驛說文置騎也

嶧說文葛嶧山在東海下邳 醳集韻苦酒一曰醇酒也或作澤 懌說文悅也 斁說文解也集韻終也歇也 譯說文傳譯四夷之言者 檡集韻檡袍襦 亦說文人之臂亦也集韻又也 奕說文大也廣韻輕麗貌又行也盛也 弈說文圍棊也集韻盛也容也 帟廣韻小幕曰帟 㳍廣韻潎㳍水貌集韻水名 掖說文以手持人臂投地也一曰臂下也集韻門旁小門也亦姓通作液 腋集韻胳也在肘後通作掖 液說文盡也廣韻津液又姓集韻或作洂 易廣韻變易又始也亦水名州名又姓 蜴廣韻蜥蜴說文作易 埸集韻畔也 射集韻無射九月律名 睪說文司視也廣韻引給貌 襗集韻祭之明日又祭名殷曰彤周曰檡通作繹 墿廣韻道也 圛說文回行也 燡集韻光也或作爗曎 熤集韻人名後魏有張熤

來三 剥集韻令益切今用離釋切昔韻○集韻劆也

按以上二十六音齊齒呼。

見二 虢廣韻古伯切集韻郭擭切今用谷擭切陌韻○說文虎所攫畫明文也廣韻國名亦姓 ⿰氵虢說文水裂去也 瞁集韻閉目貌神異經八荒有毛人見人眼目開口 馘廣韻集韻古獲切今用谷畫切麥韻○韻會軍戰斷耳也說文作聝 幗集韻婦人喪冠也或作簂 蟈集韻螻蟈蟲名蛙也 摑廣韻打也集韻批也 膕廣韻曲腳中也

溪二 劇廣韻邱擭切集韻廓擭切今用酷擭切陌韻○集韻解也裂也或作劉 劐集韻口擭切今用酷獲切麥韻○集韻裂也見博雅



照二 ⿰扌畫廣韻集韻簪摑切今用阻畫切麥韻○集韻裂聲

審二 摵廣韻砂獲切集韻率摑切今用疏畫切麥韻○集韻拂也 槭集韻木枝空貌

曉二 砉廣韻虎伯切集韻霍虢切今用呼虢切陌韻○集韻皮骨相離聲 騞集韻解牛聲 湱集韻㶁湱大波相激聲 剨集韻破聲 諜集韻諜然速也或作譢 捇說文裂也 潚集韻水名在魯

匣二 獲廣韻胡麥切集韻胡陌切今從集韻陌韻○說文獵所獲也集韻獸名亦姓 嚄集韻大呼也一曰嚄唶多言 鱯集韻魚名大鮎也 穫集韻收禾也 畫廣韻集韻胡麥切今從之麥韻○廣韻計策也分也韻會界也說文作畫 嫿集韻好貌 澅集韻水名在齊漢有澅清侯國 ⿰口畫集韻⿰口畫嘖叫呼也 劃集韻裂也或作劐 ⿰忄畫集韻乖剌也 繣集韻徽也一曰結礙也 ⿰扌畫集韻擗也 砉集韻砉然皮骨相離聲

影二 擭廣韻一虢切集韻屋虢切今從集韻陌韻○說文搫擭也一曰布擭也一曰握也 矱韻會度也說文作蒦 韄集韻韄靭刀靶中韋或作韄 濩集韻濩澤縣名在河東 嚄集韻驚怛聲 矆集韻視遽貌通作蒦

按以上七音合口呼。

見四 鶪集韻工役切今用居役切借用居郁切昔韻○集韻鳥名伯勞也

溪四 䠐集韻弃役切今用區役切借用區郁切昔韻○集韻踧䠐屈伸貌

清四 旻 廣韻集韻七役切今用趨役切借用趨郁切昔韻○集韻舉目使人一曰小動也

曉四 瞁 廣韻許役切集韻呼役切今用虛役切借用虛郁切昔韻○集韻驚視貌 狘 集韻火華也

匣四 役 廣韻集韻營隻切今用余石切今用余局切昔韻○說文戍邊也 疫 說文民皆疾也 坄 說文陶竈窗也廣韻喪家塊竈或作垼炈

按以上五音。撮口呼。



# 十二錫

有入聲○舊二十三錫

按廣韻集韻皆二十三錫。宋劉淵改為十二錫。

見四 激 廣韻古歷切集韻吉歷切今用吉錫切協用吉益切○說文水礙衺疾波也集韻半遮也亦姓 擊 說文攴也廣韻打也集韻或作撽 墼 說文車轄相擊也 毄 說文相擊中也 鶪 廣韻鳥名似鳥見爾雅 獥 廣韻狼子

溪四 喫 廣韻苦擊切集韻詰歷切今用乞激切協用乞益切○說文食也 毄 廣韻攻也集韻勤苦用力曰敫

疑四 鷁 廣韻五歷切集韻倪歷切今用宜檄切○廣韻水鳥也說文作鶂或作鷊鶃 艗 廣韻艗舟舟頭為鷁首集韻或作榏艆 覓 集韻雌虹 虉 廣韻綬草說文作鷊



端四 的 廣韻都歷切集韻丁歷切今用低激切協用低益切○韻會明也實也又端也說文作旳 弔 廣韻至也說文作𨑩 適 集韻親也 嫡 說文孎也廣韻正也君也 蹢 集韻蹄也或作蹢 馰 說文馬白額也一曰駿也集韻通作的 靮 集韻韁也 甋 集韻瓴甋謂之甓 滴 說文水注也 鏑 說文矢鋒也集韻通作鍉 樀 說文戶樀也廣韻屋梠集韻機上卷絲器 菂 集韻芙蕖中子或作芍通作的 玓 說文玓瓅明珠色 ⿰黑勺 集韻婦人面飾一曰黑子著面博雅龍須謂之⿰黑勺 ⿱罒勺 廣韻魚繫網也 擿 集韻挑也磓也 啇 集韻本也 鍉 集韻唾器

透四 惕 廣韻集韻他歷切今用梯激切協用梯益切○說文敬也或作悐 剔 集韻解也 逖 說文

遠也古作逷 趯 集韻趯趯跳也 踢 集韻趹踢獸名左右有首 摘 說文拓果樹實也一曰指近之也

倜 廣韻倜儻不羈集韻本作俶 䀏 說文失意視也 擿 集韻挑也或作碏掦 籊 集韻竹長殺貌

鬄 集韻髲也 鬄 說文鬀髮也

定四 荻 廣韻徒歷切集韻亭歷切今用第檄切協用第繹切○集韻草名萑也本作蓪 狄 廣韻北狄又姓

敵 說文仇也 踧 集韻踧踧平易也 迪 說文道也 覿 廣韻見也 滌 說文灑也 糴 說文廣韻市穀米又姓或作籴 笛 集韻樂器說文七孔筩也羌笛三孔或作篴 籊 集韻竹竿貌 翟 說文山雉尾長者廣韻翟雉又姓集韻或作鸐 嚁 集韻聲也 頔 集韻好也 [illegible] 廣韻雨也 苖 集韻草名說文蓨也



泥四 溺 廣韻奴歷切集韻乃歷切今用泥檄切○韻會没也說文作休 愵 說文憂也 惄 說文飢餓也一曰憂也 嫋 集韻弱也

幫四 壁 廣韻北激切集韻必歷切今用卑激切協用卑益切○說文垣也 繴 集韻鳥罔爾雅繴謂之罿

鼊 集韻鼊鼊龜屬 綼 廣韻紕綼緣也

滂四 劈 廣韻普擊切集韻匹歷切今用披激切協用披益切○說文破也 霹 集韻霹靂雷之急激者或作霹 澼 集韻漂也 僻 說文避也集韻從旁牽或作辟 癖 集韻積病 鎃 廣韻裁木為器 鸊 集韻烏名說文鸊鷉也

並四 甓 廣韻扶歷切集韻蒲歷切今用避檄切協用避繹切○說文瓴甓也 擘 集韻大指 萆 說文雨衣一曰蓑衣一曰萆藨草名似烏韭

明四 覓 廣韻集韻莫狄切今用迷檄切協用迷繹切○韻會衺視也求也說文作覛或作脈俗作覔 冪 韻會覆也說文作冖或作冪 鼏 說文以木橫貫鼎耳而舉之集韻覆鼎者 汨 說文長沙汨羅淵屈原所沈之水集韻或作溟 幭 集韻車覆式也或作篾 覭 集韻微見也 幎 說文幔也 幦 說文鬃布也集韻或作榠 蓂 集韻草名爾雅菥蓂大薺 塓 廣韻塗也 [illegible] 集韻水淺貌通作溟 虪 說文白虎也

熐 集韻熐蠡乾酪 熐 集韻夷人聚落謂之熐 冥 集韻以繩繫取禽獸之名 糸 說文細絲也廣韻微也連也

精四 績 廣韻集韻則歷切今用節激切協用節益切○說文緝也集韻業也 勣 廣韻功也集韻通作績



積 集韻襞也 積 集韻聚也

清四 戚 廣韻集韻倉歷切今用切激切協用切益切○說文戉也集韻近也亦姓 鏚 廣韻干鏚斧鉞本亦作戚 慽 說文憂也集韻或作慼 磩 集韻硬磩石次玉 顣 集韻嚬也 鼜 韻會夜戒守鼓也說文作鼜

從四 寂 廣韻集韻前歷切今用截檄切協用截繹切○韻會無人聲也說文作宋或作諔家寂詠

心四 錫 廣韻先擊切集韻先的切今用屑激切協用屑益切○說文銀鉛之間也廣韻與也亦姓 裼 說文袒也 緆 說文細布也 晳 說文人色白也 析 說文破木也集韻折也亦姓或作析斯 淅 說文汰米也韻會淅瀝雨聲 菥 集韻菥蓂菜名木薺也 蜥 說文蟲之蜥易也集韻或作蝷蜇 晰 集韻

明也

曉四 闃 廣韻許激切集韻馨激切今用喜激切協用喜益切○說文頌訟也集韻或作謶 赥 廣韻笑聲

集韻作謚 矜 集韻矛也或作殺 幗 集韻幗幭赤紙

匣四 檄 廣韻胡狄切集韻刑狄切今用系歷切協用系繹切○說文二尺書廣韻符檄 薂 廣韻的薂蓮實

也見爾雅 獥 廣韻狼子 覡 說文能齊肅事神明也在男曰覡在女曰巫 鼳 集韻鼠名狀如鼠在樹木

上或作鷊 鷁 廣韻鳥似鳥蒼白色

來四 歷 廣韻郎擊切集韻郎狄切今用離檄切協韻離繹切○說文過也 曆 說文歷象也集韻通作歷

靂 集韻霹靂也 癧 集韻瘰癧病也 櫪 說文櫪撕椑指也廣韻馬櫪 瀝 說文浚也一曰水下



滴瀝 藶 集韻葶藶草名 䍥 集韻羃䍥煙貌 磿 說文石聲也集韻或作礰 躒 韻會動也說文作趮

酈 廣韻縣名在南陽亦姓 礫 說文小石也集韻石貌 瓅 說文玓瓅 皪 集韻的皪白貌或作

皪 轢 說文車所踐也集韻通作櫟 櫟 說文木也集韻縣名 嚦 集韻嚦嚦聲也 鬲 說文鼎屬

鎘 廣韻鎘鏑或作鑗 擽 廣韻捎也博雅擊也 攊 集韻羖攊山羊 濼 集韻貫衆草名 蒚

集韻草名說文夫離上也廣韻山蒜

按以上十八音齊齒呼。

見四 狊 廣韻古闃切集韻扃闃切今用居棫切借用居郁切○說文犬視貌爾雅鳥曰狊張兩翅也 鶪

集韻鳥名說文伯勞也或作䳭鵙 鼳 集韻獸名見爾雅一曰鼠名 犑 集韻牛屬 湨 集韻水名在河

內 郹 說文蔡邑也

溪四 闃 廣韻苦鶪切集韻苦狊切今用曲棫切借用曲郁切○集韻靜也

曉四 殈 廣韻集韻呼狊切今用虛棫切借用虛郁切○集韻鳥卵裂也 焱 集韻火華謂之焱 砉

集韻皮骨相離聲 瞁 集韻視也 狊 集韻犬視 洫 集韻水名在魚陽 監 集韻山名漢書監町

山出銀鉛在益州郡

喻四 棫 集韻于狊切借用余局切○集韻木名白桵也

按以上四音撮口呼。

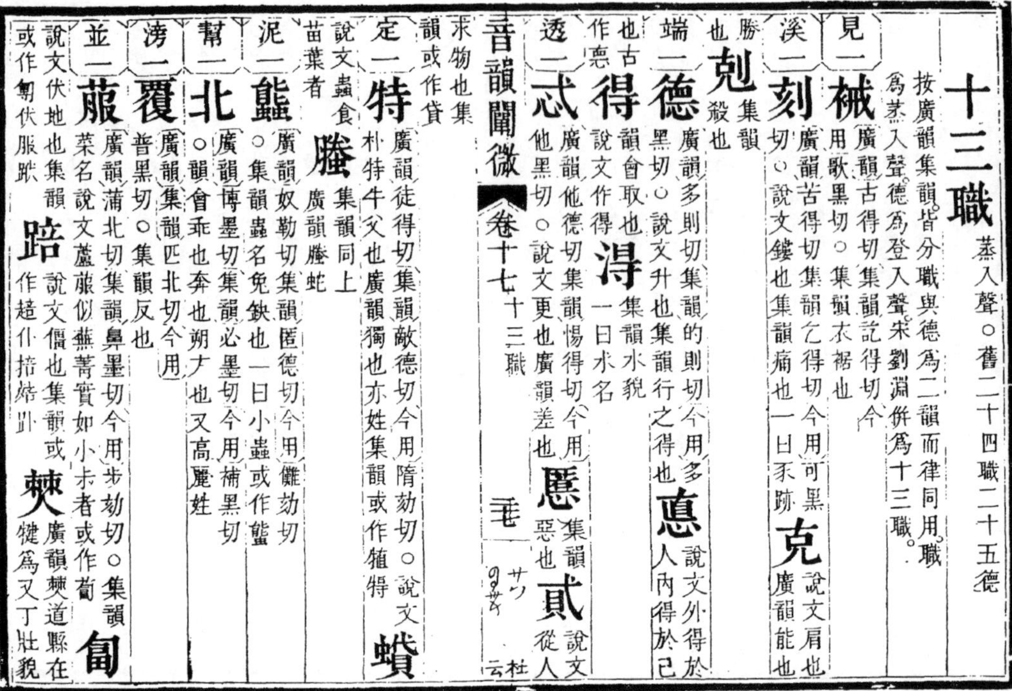

# 十三職 蒸入聲○舊二十四職二十五德

按廣韻集韻皆分職與德爲二韻而律同用。職爲蒸入聲。德爲登入聲。宋劉淵併爲十三職。

見一 裓 廣韻古得切集韻訖得切今用歌黑切○集韻衣裾也

溪一 刻 廣韻苦得切集韻乞得切今用可黑切○說文鏤也集韻痛也一曰豕跡 克 說文肩也廣韻能也勝也 剋 集韻殺也

端一 德 廣韻多則切集韻的則切今用多黑切○說文升也集韻行之得也 悳 說文外得於人內得於己也古作悳 得 韻會取也說文作得 淂 集韻水貌一曰水名

透一 忒 廣韻他德切集韻惕得切今用他黑切○說文更也廣韻差也 慝 集韻惡也 貣 說文從人求物也集韻或作貸



定一 特 廣韻徒得切集韻敵德切今用隋劾切○說文朴特牛父也廣韻獨也亦姓集韻或作犆得 蟘 說文蟲食苗葉者 螣 集韻同上廣韻螣蛇

泥一 螚 廣韻奴勒切集韻匿德切今用儺劾切○集韻蟲名兔缺也一曰小蟲或作螚

幫一 北 廣韻博墨切集韻必墨切今用補黑切○韻會乖也奔也朔方也又高麗姓

滂一 覆 廣韻集韻匹北切今用普黑切○集韻反也

並一 菔 廣韻蒲北切集韻鼻墨切今用步劾切○集韻菜名說文蘆菔似蕪菁實如小尗者或作蔔 匐 說文伏地也集韻或作匍伏服[illegible] 踣 說文僵也集韻或作趠仆掊踣[illegible] 僰 廣韻僰道縣在犍爲又丁壯貌亦醜也亦作服 垘 集韻土壅曰垘 菩 集韻草名

明一 墨 廣韻莫北切集韻密北切今用暮劾切○說文書墨也集韻度名五尺曰墨亦姓 默 說文犬暫逐人也廣韻靜也或作嘿 冒 集韻干也 纆 廣韻索也說文作纆 万 集韻万俟虜姓 蟔 集韻蟲名齊人呼蝠爲蟙蟔 蟔 集韻蟲名爾雅蟔蛅蟴蛓屬通作蟔 嚜 博雅嚜尿欺也 [illegible] 廣韻暫視 帽 集韻眂帽木蟲

精一 則 廣韻子德切集韻卽得切今用子黑切○說文等畫物也集韻法也

清一 墄 廣韻集韻七則切今用雌黑切○集韻階級也

從一 賊 廣韻昨則切集韻疾則切今用字劾切○廣韻盜也韻會敗也說文作戝 鱡 廣韻烏鱡魚說文作



鰂 蠈 韻會蝗食木節者通作賊

心一 塞 廣韻蘇則切集韻悉則切今用思黑切○韻會窒也滿也又姓 𡫳 廣韻實也

曉一 黑 廣韻呼北切集韻迄得切今用呵刻切○說文火所熏之色

匣一 劾 廣韻胡得切集韻紇則切今用何勒切○集韻法有罪也

影一 餩 廣韻愛黑切集韻乙得切今用阿黑切○集韻噎聲

來一 勒 廣韻盧則切集韻歷德切今用羅劾切○說文馬頭絡銜也集韻馬鑣有銜曰勒無銜曰羈一曰刊也 肋 說文脅骨也 扐 說文易筮再扐而後卦集韻指閒也通作芀 仂 韻會什一也禮記祭用數之仂通作阞 芀 集韻蘿芀菜名胡荽屬 朸 說文木之理也平原有朸縣 阞 說文地理也 泐

說文水石之理也 功 正韻珹功石次玉說文作𡋯

按以上德韻十八音開口呼

見三 亟 廣韻紀力切集韻訖力切今用基億切○說文敏疾也 殛 韻會誅也或作極 極 說文疾也 棘 說文小棗叢生者廣韻越戟名又箴也羸瘠也又姓 襋 說文衣領也 蕀 集韻草名見爾雅 ⿰革亟 說文急也 ⿰言亟 集韻訥言也 諽 集韻飾也謹也更也或作愅

溪三 ⿰革亟 廣韻邱力切集韻乞力切今用怯億切○集韻韋堅也或作𩌏

羣三 極 廣韻渠力切集韻竭億切今用傑弋切○說文棟也集韻中也至也

疑三 嶷 廣韻魚力切集韻鄂力切今用疑力切○正韻山貌亦作⿰山疑又小兒有知識貌說文作⿰山疑 薿 集韻茂也 ⿱髟角 集韻⿱髟角⿱髟角角貌



玉正

知三 陟 廣韻竹力切集韻竹力切今用知億切○說文登也集韻或作隲 稙 廣韻早種禾 臸 集韻到也 ⿰目耳 集韻耳目不相順也

徹三 敕 廣韻恥力切集韻蓄力切今用恥億切○說文誡也韻會天子制書曰敕或作勅勑 飭 說文致堅也集韻戒也或作飾 鷘 集韻鸂鷘水鳥毛有五色或作鵣 侙 說文惕也集韻或作恜 趩 說文行聲也集韻不行貌或作⿰足異 栻 廣韻局也又木名 淔 說文水也集韻出潁川一曰草名

澄三 直 廣韻除力切集韻逐力切今用轍弋切○廣韻正也又姓 犆 韻會緣也又犆牛也 ⿰月直 集韻肥也 植 集韻立也 値 集韻措置也

孃三 匿 廣韻女力切集韻昵力切今用尼弋切○說文亡也集韻微也一曰朔而月見東方曰側匿 ⿰忄匿 集韻愧也或作恧 ⿱匿䖵 集韻蟲名博雅⿱匿䖵蠪⿱匿䖵也或作匿⿱匿䖵

幫三 逼 廣韻彼側切集韻筆力切今用彼億切○廣韻迫也或作偪 楅 說文以木有所逼束也韻會楅衡以防牛觸人故以一木橫於角端也 幅 集韻行縢也 湢 集韻湢泌水驚湧貌 踾 集韻踾踧行迫也 輻 集韻車笭間皮篋

滂三 堛 廣韻芳逼切集韻拍逼切今用披億切○說文塊也 愊 說文誠志也 副 說文判也集韻或作疈

並三 愎 廣韻符逼切集韻弼力切今用避弋切○集韻戾也 腷 集韻腷臆意不泄貌 煏 韻會以火焙肉也說文作[illegible]或作[illegible]



玉正

明三 ⿱穴百 廣韻亡逼切集韻密逼切今用寐弋切○集韻暫視也

精四 卽 廣韻子力切集韻節力切今用節億切○韻會卽食也集韻就也亦姓說文作卽 喞 集韻啾喞多聲 稷 說文齋也五穀之長廣韻五穀之總名一曰黍屬亦姓 鯽 集韻魚名 ⿰卽鳥 集韻⿰卽鳥鴒鳥名雝渠也或作鶺 蝍 集韻蟲名爾雅蒺蔾蝍蛆似蝗食蛇腦或作蠈 畟 集韻畟畟耜利也或作稷 揤 說文捽也魏郡有揤裴侯國集韻拭也 ⿰木畟 說文細理木也 ⿰牛畟 集韻牛名犤也

從四 堲 廣韻秦力切集韻疾力切今用截弋切○集韻疾也 蒺 集韻蒺蔾草名

心四 息 廣韻相卽切集韻悉卽切今用西億切○說文喘也集韻止也生也 熄 說文畜火也一曰滅火

郋 說文姬姓之國在淮北今汝南新郋 蒠 集韻菲蒠菜名生下溼地似蕪菁可食 瘜 說文寄肉也集韻或作腮

照二 側 廣韻阻力切集韻札色切今從集韻○說文旁也 仄 說文側傾也 昃 韻會日在西方側也說文作厢或作昗 萴 集韻草名說文烏喙也一日附子一歲者 汄 集韻湢汄水流貌 稄 集韻稫稄禾密貌 崱 集韻山連貌

照三 職 廣韻之翼切集韻質力切今用之億切○說文記微也集韻主也業也或作軄 織 說文作布帛之總名 樴 說文弋也集韻通作職 膱 集韻脯脡也長尺有二寸 蘵 集韻草名爾雅蘵黃蒢葉似酸漿華小而白 蟙 集韻蟙蠌蟲名蝙蝠也



穿二 測 廣韻初力切集韻察色切今從集韻○說文深所至也廣韻度也 惻 說文痛也 𡏮 說文遏遮也 廁 集韻側也 畟 說文治稼畟畟進也集韻或作稷 溭 集韻溭減水貌

穿三 瀷 廣韻昌力切集韻叱力切今用蚩億切○集韻水出大騩山南入潁一曰水潦 潩 集韻水出河南密縣東入潁

牀二 崱 廣韻士力切集韻實側切今用乍弋切○集韻崱屴山大貌 萴 集韻藥草名博雅附子一歲曰萴子

牀三 食 廣韻乘力切集韻實職切今用舌弋切○韻會敎餧也又茹也又姓 蝕 韻會敗創也釋名日月虧曰蝕又凡物侵蠹皆曰蝕說文作蝕通作食

審二 色 廣韻所力切集韻殺測切今用師側切○說文顏色也 嗇 廣韻愛惜也又貪也慳也積也亦姓說文作嗇 穡 廣韻稼穡種曰稼斂曰穡 轖 說文車籍交錯也一曰重革之夷所以覆軨也 薔 集韻草名說文薔虞蓼 𣤹 集韻恐懼也

審三 識 廣韻賞職切集韻設職切今用詩弋切○說文常也集韻知也亦姓 式 說文法也廣韻敬也用也度也 飾 說文㕞也廣韻裝飾又姓 軾 說文車前也 拭 廣韻拭刷爾雅清也或作㤤 蘵 集韻苦蘵草名卽苦參 栻 集韻木局也有天地所以推陰陽占吉凶以楓子棗心為之通作式 蚮 集韻蚮螱蟲名仙鼠也



禪三 寔 廣韻常職切集韻丞職切今用時弋切○說文止也廣韻實也是也 殖 說文脂膏久殖也集韻種也一曰興生財利曰殖 湜 說文水清底見也 埴 說文黏土也集韻或作臷 植 說文戶植也集韻樹立也 稙 說文早種也

曉三 衋 廣韻許極切集韻迄力切今用喜億切○說文傷痛也 赩 說文大赤也 奭 集韻邪視貌或作奭 𣢡 集韻笑聲謂之𣢡 覤 集韻覤覤驚懼貌 𣤹 說文悲意

影三 億 廣韻於力切集韻乙力切今用衣亟切○廣韻十萬曰億又安也度也集韻或作意 憶 集韻思也 臆 韻會胷骨也說文作肊 繶 廣韻絛繩韻會屨縫中紃 抑 韻會按也又亦然之辭 醷 集韻醷醷隨爲漿也 澺 廣韻水名在上蔡 薏 廣韻薏苡亦蓮心 檍 集韻木名說文杶也 噫 集韻語辭通作億抑 蟙 集韻蟲名博雅蟙蟙也

喻四 弋 廣韻與職切集韻逸織切今用移力切○說文橜也廣韻弋射又姓 杙 廣韻果名如梨亦橜也集韻或作樴職 翼 廣韻羽翼集韻輔也盛也又國名亦姓 翊 說文飛貌集韻輔也一曰馮翊郡名 翌 廣韻明日爾雅明也 雉 說文繳射飛鳥也 廙 說文行屋也 㚤 說文婦官也 釴 廣韻鼎附耳在外也見爾雅 芅 集韻𦵧芅草名羊桃也通作弋 黓 集韻黑也爾雅太歲在壬曰元黓 潩 說文水出河南密縣大隗山南入潁 瀷 說文水出河南密縣東入潁 𧒒 集韻蜂房也一曰蟲行貌 䴬 集韻麥麴也 𧘂 集韻黑衣 熤 集韻人名後魏有張熤 𢋼 集韻人名魏有茍𢋼

來三 力 廣韻林直切集韻六直切今用離弋切○說文筋也韻會筋力氣所任也又姓 屴 集韻屴崱山連貌 朸 集韻縣名屬平原一曰屋隅亦姓



日三 日 集韻而力切今用如弋切○集韻太陽精也

按以上職韻二十九音齊齒呼

見一 國 廣韻古或切集韻骨或切今從集韻○說文邦也廣韻邦國又姓 膕 集韻曲膝中 蟈 集韻蟲名蝦蟇也

曉一 𢦒 廣韻呼或切集韻忽或切今用忽國切○集韻巾帛被風聲或作惐

匣一 或 廣韻胡國切集韻獲北切今從廣韻○廣韻不定也疑也 惑 說文亂也廣韻迷惑集韻通作或 蜮 集韻蟲名短狐也 䰻 集韻鬼䰻回風一說鬼因風伺人也或作魊 䳼 集韻鳥名揚雄方言戴勝燕之東北謂之䳼

按以上德韻三音合口呼

曉三 洫 廣韻況逼切集韻忽域切今用虛域切借用虛郁切○說文十里爲成成閒廣八尺謂之洫集韻或作淢 侐 說文靜也 䘸 集韻卵破也

喻三 域 廣韻雨逼切集韻越逼切今用余洫切借用余局切○韻會邦也居也區域也說文作或 棫 集韻木名說文白桵也 淢 說文疾流也 罭 集韻罔也 蜮 集韻蟲名說文短狐也似鼈三足以氣射害人一曰蝦蟇也 閾 說文門榍也韻會門限也 緎 廣韻縫也說文作黬 䳼 集韻鳥名博雅䳼鴟戴勝也 琙 集韻人名漢有公孫琙 魊 集韻鬼名

按以上職韻二音撮口呼

# 十四緝

侵入聲○舊二十六緝

按廣韻集韻皆二十六緝。宋劉淵改為十四緝。

見三 **急** 廣韻居立切集韻訖立切今用基揖切○韻會褊也疾也說文作㤂或作急 **汲** 說文引水於井也集韻縣名亦姓 **級** 說文絲次第也 **伋** 說文人名 **給** 說文相足也廣韻供給又姓 **芨** 說文菫草也廣韻烏頭別名

溪三 **泣** 廣韻去急切集韻乞及切今用欺揖切○說文無聲出涕曰泣 **湆** 說文幽溼也 **湇** 廣韻羹汁集韻作脏



羣三 **及** 廣韻其立切集韻極入切今用忌熠切○說文逮也 **笈** 集韻負書箱 **苙** 集韻白芷草名芁蒼也或作芨 **鴔** 集韻鴔鳩小黑鳥

疑三 **岌** 廣韻魚及切集韻逆及切今從集韻○集韻高過也 **圾** 集韻危也見莊子通作岌

知三 **縶** 廣韻集韻陟立切今用知揖切○集韻縶也 **馽** 說文絆馬也集韻通作縶

徹三 **湁** 廣韻丑入切集韻勑立切今用敕揖切○廣韻湁潗沸貌 **𡒄** 說文下入也

澄三 **蟄** 廣韻集韻直立切今用轍熠切○說文藏也 **俋** 廣韻俋俋然耕貌出莊子 **譶** 集韻譅譶言不止也 **漐** 集韻汗出貌

孃三 **孨** 廣韻尼立切集韻昵立切今用尼熠切○集韻聚貌或作孴 **㴔** 集韻潗㴔沸聲 **灄** 集韻灄灄雨露貌 **𨽌** 集韻陒𨽌陜貌 **薾** 集韻箝也

幫三 **鵖** 廣韻彼及切集韻北及切今用彼揖切○集韻鵖鴔鳥名戴勝也

並三 **鴔** 廣韻皮及切集韻匐急切今用避熠切○集韻鵖鴔鳥名廣韻作鴭

精四 **葺** 廣韻子入切集韻即入切今用節揖切○廣韻茨也博雅覆也 **潗** 集韻水瀵也一曰湁潗水微轉細涌貌 **湒** 說文雨下也一曰沸涌貌 **𦇐** 說文合也集韻蠻夷貨 **揖** 集韻聚也詩螽斯羽揖揖兮 **蕺** 集韻山名 **檝** 集韻舟櫂也或作楫 **𠹭** 說文噍也集韻歃也

清四 **緝** 廣韻集韻七入切今用切揖切○說文績也 **葺** 說文茨也 **咠** 說文聶語也 **諿** 集韻和也辯也 **㥔** 集韻心不正也 **潗** 集韻湁潗水沸貌或作湒 **緁** 集韻緶衣也或作縚



從四 **集** 廣韻秦入切集韻籍入切今用截熠切○集韻聚也成也亦姓說文作雧 **輯** 說文車和輯也集韻歛也 **慹** 說文悑也廣韻怖也 **檝** 集韻舟櫂也或作楫

心四 **靸** 廣韻先立切集韻息入切今用屑揖切○集韻嬰兒履謂之靸廣韻作𩊱 **霫** 集韻雲霫大雨一曰奚霫東北夷名 **鈒** 集韻小鋒 **𢕬** 集韻行貌 **卌** 集韻四十也

邪四 **習** 廣韻似入切集韻席入切今用邪集切○說文數飛也廣韻學也因也又姓 **襲** 說文左衽袍集韻因也 **隰** 說文坂下溼也廣韻原隰亦州名又姓 **謵** 說文言謵讋也 **霫** 集韻雲霫大雨一曰白霫北狄國 **鳛** 廣韻鴇鳛鳥名見山海經 **騽** 說文馬豪骭也集韻驔馬黃脊 **慴** 集韻懼也 **鰼** 集韻魚名說文鰌也 **褶** 集韻袷也襲也一曰袴褶騎服 **飁** 集韻颯飁大風 **槢** 說文木也集韻梁也 **䈜**

廣韻艕艕修船具也或作艄

照二 戢 廣韻阻立切集韻側立切今用札揖切○說文藏兵也 濈 說文和也集韻或作湒 ⿰角戢 集韻角多貌或作⿰角戢 蕺 集韻草名葉似蕎麥生濕地 ⿱戢木 集韻木盛貌 ⿰目戢 廣韻淚出貌 霵 廣韻雨下集韻作濈

照三 執 廣韻之入切集韻質入切今用浙揖切○說文捕罪人也集韻持也 汁 說文液也 謺 集韻謺講多言 瓡 集韻縣名在北海 慹 說文悑也

穿二 ⿸尸咠 廣韻初戢切集韻測入切今用測揖切○集韻⿸尸咠尽從後躡也一曰少也

穿三 斟 廣韻昌汁切集韻叱入切今用蚩揖切○集韻斟斟盛也 蟄 集韻和集也 濕 集韻濕濕牛呞動耳貌



牀二 㗭 集韻仕戢切今用乍熠切○集韻⿰口雪㗭衆聲疾貌 ⿱戢木 集韻木盛貌 ⿰馬戢 集韻馬衆也或作⿰馬集

審二 澀 廣韻色立切集韻色入切今用煞揖切○韻會不滑也說文作歰或作濇澁 譅 集韻譅譶言不止 翜 說文捷也 ⿰亻歰 集韻行不進也 鈒 廣韻戟也集韻鋋也或作闟鈒 濇 集韻蠻夷酋長名唐有濇達國王摩俱濇思

審三 溼 廣韻集韻失入切今用設揖切○廣韻水霑也或作濕

禪三 十 廣韻是執切集韻實入切今用時熠切○廣韻數名說文數之具也 什 說文相什保也廣韻篇什又什物也 拾 說文掇也集韻射韝一曰劍削 褶 集韻袴褶騎服 ⿰阝十 集韻⿰阝十防縣名在蜀或作邡汁

曉三 吸 廣韻許及切集韻迄及切今用希揖切○說文內息也 翕 說文起也集韻衆也盛也 歙 說文縮鼻也丹陽有歙縣 潝 說文水疾聲集韻或作濇 ⿰亻翕 集韻斂也或作翕通作歙 ⿱合心 集韻合也揚雄太元感而⿱合心之 闟 集韻安定意史記闟然更始 ⿰口雪 集韻⿰口雪㗭衆聲疾貌 ⿰言翕 集韻疾言也一曰⿰言翕評語聲 翖 集韻西域諸國官名有翖侯 扱 集韻斂持也禮記以箕自向而扱之 ⿱翕月 集韻⿱翕月肩竦體也或作⿰月合脇

影三 邑 廣韻於汲切集韻乙及切今用衣吸切○說文國也廣韻縣邑周禮四井爲邑 悒 說文不安也 浥 說文溼也 挹 說文抒也集韻或作揖 裛 集韻書囊一曰香襲衣也 ⿱艹邑 廣韻⿱艹邑菸茹熱集韻⿱艹邑傷壞也



唈 集韻嗚唈短氣 俋 集韻耕人行貌莊子俋俋乎耕而不顧

影四 揖 廣韻伊入切集韻一入切今用倚急切○說文攘也一曰手著胷曰揖

喻三 煜 廣韻爲立切集韻域及切今用移立切○集韻燿也 曄 集韻暐曄光也或作熠燁曅 喅 集韻喅喅衆聲或作㗩 ⿱雨立 集韻⿱雨立霰雨聲

喻四 熠 廣韻羊入切集韻弋入切今用異立切○說文盛光也 ⿱咠日 集韻聚貌一曰多也

來三 立 廣韻集韻力入切今用離熠切○說文住也集韻成也亦姓 粒 說文糂也廣韻米粒 笠 說文簦無柄也廣韻雨笠 苙 集韻畜欄也一曰藥草白芷也 鴗 集韻鳥名說文天狗也如翠而食魚 颯 集韻颯飁大風 岦 集韻岦岌山貌

日三 入 廣韻人執切集韻日執切今用日力切○廣韻得也內也納也 廿 說文二十幷也

按以上二十八音。共分三等。其居第二等者。為開口呼。居第三等第四等者。為齊齒呼。



# 十五合

單入聲○舊二十七合二十八盍

按廣韻集韻。皆分合與盍為二韻而律同用。合為單入聲。盍為談入聲。宋劉淵倂為十五合。

見一 閤 廣韻古沓切集韻葛合切今從集韻合韻○說文門旁戶也 欱 說文合會也 合 廣韻合集集韻兩龠為合 韐 廣韻韎韐大帶集韻韎韐士服制如韍或作袷帢 郃 集韻地名 鞈 集韻橐也一日捍防也 鴿 集韻鳥名說文鳩屬或作雒 蛤 廣韻蚌蛤說文作⿱合虫 鮯 廣韻魚名六足鳥尾出山海經 层 廣韻閉戶日层 匌 廣韻周帀也 頜 廣韻頜頜頭傍集韻耳下骨亦姓 鉿 廣韻二尺鋋集韻鋋也 ⿰盍阝 廣韻古盍切集韻谷盍切今用歌盍切盍韻○集韻地名或作⿰盍阝 蓋 集韻姓也 ⿰盍頁 集韻⿰盍頁車頜骨



溪一 磕 廣韻苦盍切集韻克盍切今從集韻盍韻○說文石聲 榼 說文酒器也 溘 說文奄忽也 瞌 集韻欲睡貌 廅 集韻山傍穴一日地名 ⿸厂盍 集韻渴合切今用可閤切合韻○集韻山左右有岸日⿸厂盍 頜 集韻姓也遂之彊族 ⿱鼓合 集韻鼓聲

疑一 儑 廣韻五合切集韻鄂合切今從集韻合韻○集韻偈儑無儀檢 嶫 集韻玉盍切今用我盍切盍韻○集韻礏礏山高貌

端一 答 廣韻都合切集韻德合切今用德搭切合韻○集韻當也古作畣通作荅 搭 集韻擊也 荅 集韻說文小尗也 匒 集韻匒匌重疊也 嗒 集韻舐也 榙 集韻榙㯓果名似李通作荅 蹹 集韻跳也跛也或作踏

透一 榻 廣韻吐盍切集韻託盍切今用他臘切盍韻○集韻牀也 塌 集韻地下也 毾 說文毾㲪也 蹋 集韻蹈也 遢 集韻遢遢行貌 ⿰舟翕 集韻大船曰⿰舟翕或作艑 鰨 廣韻魚名似鮎四足說文虛鰨也 ⿰犭眔 集韻飛也 鰈 說文比目魚也集韻或作魼 闒 集韻闒茸意下 [illegible] 塔 集韻物墮聲 鞜 集韻革履 ⿰黑沓 集韻黑也晉書羊曼州里稱爲⿰黑沓伯 嚃 集韻大歠也禮記毋嚃羹 踏 集韻著地也 漯 廣韻水名在平原或作濕 榙 集韻柱端 荅 集韻菜名生水中大葉或作蘂 沓 集韻擊鼓也 嗒 集韻解體貌 ⿰舌沓 說文歠也 鞳 說文鏜鞳鼓聲或作鞈鞻鞜闒 搨 集韻冒也一曰摹也或作搨揩 榙 集韻果名說文榙㮧似李 謎 說文語相反謎也集韻或作誻 蹹 說文跛也集韻跳也 狧 說文犬食也

定一 蹋 廣韻徒盍切集韻敵盍切今用情臘切盍韻○說文踐也集韻或作蹹蹋 闒 說文樓上戶也集韻闒閈里也 誻 集韻多言 ⿱竹翕 集韻客屝謂之⿱竹翕或作榻 闒 集韻上闒谷名在挺爲 沓 廣韻徒合切集韻達合切今用情拉切合韻○說文語多沓沓也遼東有沓縣集韻合也亦姓 誻 說文謎誻也集韻或作𧬈謎譅 踏 集韻踐也或作蹹蹋 遝 說文迨也 涾 說文涫溢也廣韻沸溢 ⿰黑沓 集韻黑也 ⿱沓言 說文鼓聲也集韻古作鞈或作鞜 譶 說文疾言也 ⿰馬沓 集韻駁⿰馬沓馬行疾也 龖 說文飛龍也 讋 集韻言不正也 榙 集韻柱斗謂之榙

泥一 納 廣韻奴答切集韻諾荅切今用難拉切合韻○說文絲溼納納也廣韻內也又姓集韻入也正韻受也古作內 衲 集韻補也 軜 說文驂馬內轡繫軾前者 ⿰竹納 集韻竹索 蒳 集韻香草異物志葉如栟櫚而小實類檳榔 妠 廣韻始妠聚物集韻聚也 魶 廣韻奴盍切集韻諾盍切今用諾臘切盍韻○集韻魚名鯢也似鮎四足聲如嬰兒或作鰨

精一 帀 廣韻子答切集韻作答切今從廣韻合韻○說文周也集韻或作迊 咂 集韻咳也或作咂嗞唼唼 噆 說文嗛也集韻噆聲

清一 ⿺走參 集韻錯合切今用此答切合韻○集韻⿺走參趯走貌

從一 雜 廣韻徂合切集韻昨合切今用字納切合韻○說文五彩相合集韻集也或作襍 磼 集韻磼磼山高貌或作嶫 雥 說文羣鳥也 [illegible] 廣韻才盍切集韻疾盍切今用字臘切盍韻○集韻惡也亦姓



心一 颯 廣韻蘇合切集韻悉合切今用思答切合韻○說文翔風也 靸 說文小兒履也集韻或作鞈鞁 趿 說文進足有所擷取也 鈒 說文鋋也 馺 說文馬行相及也集韻馳也 霅 正韻開貌博雅霅霅雨也集韻或作霎 卅 說文三十并也 偛 廣韻私盍切集韻悉盍切今用思榻切盍韻○廣韻偈偛不謹貌集韻或作埀

曉一 欱 廣韻集韻呼合切今用呵答切合韻○說文歠也集韻或作哈 ⿰盍欠 廣韻呼盍切集韻黑盍切今用呵榻切盍韻○廣韻大歠集韻大啜也

匣一 合 廣韻侯閤切集韻曷閤切今從集韻合韻○說文合口也廣韻合同亦器名州名又姓 匌 說文帀也 郃 說文左馮翊郃陽縣集韻合也 迨 說文遝也廣韻迨遝行相及也 盒 廣韻盒盤覆也 頜

集韻頷車也

盍〔廣韻〕胡臘切〔集韻〕轄臘切〔今用〕何臘切〔盍韻〕○集韻何不也亦姓爾雅合也韻會覆也說文作盇 闔說文門扇也 蓋集韻青齊人謂蒲席曰蒲蓋 郃說文地名 嗑說文多言也韻會噬嗑卦名序卦嗑者合也 盧集韻藏也揚雄太元盧其缺 屋集韻閉也亦姓通作闔

影一 姶〔廣韻〕烏合切〔集韻〕遏合切〔今用〕阿闔切〔合韻〕○說文女字也廣韻美好貌集韻無聲 唈廣韻嗚唈短氣 罨集韻網也 韐說文韐一日龍頭繞者 鰪〔廣韻〕安盍切〔集韻〕乙盍切〔今用〕阿盍切〔盍韻〕○集韻鰪鰨魚名 匌集韻飾采謂之匌

來二 臘〔廣韻〕盧盍切〔集韻〕力盍切〔今用〕羅蹋切〔盍韻〕○說文冬至後三戌臘祭百神集韻或作臈 蠟集韻蜜滓 鑞集韻錫也 邋集韻邋遢行貌 擸集韻折也 拉〔廣韻〕盧合切〔集韻〕落合切〔今用〕羅納切〔合韻〕○說文摧也集韻或作搚拹揄揩 菈集韻菜名蘆菔東魯謂之菈遾 ⿰犭立博雅⿰犭立猭飛也

按以上十五音。開口呼。



# 十六葉

鹽入聲○舊二十九葉三十帖三十一業

按廣韻集韻。皆分葉帖業爲三韻。廣韻於葉帖註同用。而業與乏同用。集韻以葉帖業同用。葉爲鹽入聲。帖爲添入聲。業爲嚴入聲。宋劉淵併爲十六葉。

見三 劫〔廣韻〕居怯切〔集韻〕訖業切〔今用〕吉業切〔業韻〕○說文人欲去以力脅止曰劫廣韻強取也 抾集韻持也或作拹 衱集韻裾也 袷集韻交領 跲說文躓也集韻代也 紬集韻縫也 蜐集韻石蜐蟲名足如龜或作蛣

見四 頰〔廣韻〕古協切〔集韻〕吉協切〔今用〕吉愜切〔帖韻〕○說文面旁也 筴集韻箸也一日小箕 鋏說文可以持冶器鑄鎔者一日若挾持集韻劒也 莢說文草實集韻草初生一日蓂莢瑞草亦姓 唊說文妄語也集韻或作誸 蛺集韻蟲名說文蛺蜨也 夾集韻傍也或作俠 挾集韻持也



溪三 怯〔廣韻〕去劫切〔集韻〕乞業切今從集韻○廣韻畏也說文作㹤 呿集韻臥息 胠說文腋下也集韻法也 抾集韻持也把也

溪四 愜〔廣韻〕苦協切〔集韻〕詰叶切〔今用〕乞燮切〔帖韻〕○廣韻心伏也又快也說文作悏集韻或作㥦㤲 篋廣韻箱篋韻會藏也說文作匧 脥集韻腹下也 㥦集韻叶也 慊集韻足也揚雄太元㥦而念之或作嗛

羣三 跲〔廣韻〕巨業切〔集韻〕極業切今從集韻〔業韻〕○說文躓也 极〔廣韻〕其輒切〔集韻〕極曄切〔合聲〕極葉切〔葉韻〕○說文驢上負也 笈集韻負書箱 极集韻交領謂之极

疑三 業〔廣韻〕魚怯切〔集韻〕逆怯切今從集韻〔業韻〕○說文大板也所以飾懸鐘鼓捷業如鋸齒以白畫之象其鉏

鍓相承也集韻大也緒也事也始也 鄴 説文魏郡縣廣韻縣名在相州又姓 䌈 集韻紩䌈補縫也 業
集韻岌嶫山貌或作嶫 隟 集韻厓險危貌

端四 喋 廣韻丁愜切集韻的協切今用的帖切帖韻○集韻血流貌 跕 集韻跕跕墮落也一曰徐行

聑 説文安也

透四 帖 廣韻他協切集韻託協切今用惕愜切帖韻○説文帛書署也 怗 集韻靜也或作惵 貼 説文以物為質也 跕 集韻行曳履 屧 集韻履中薦或作屟䕷 䴴 集韻餅屬 呫 集韻嘗也

詀 集韻妄言

定四 牒 廣韻徒協切集韻達協切今用迪協切協用迪葉切帖韻○説文札也 諜 説文軍中反間也



喋 集韻血流貌一曰多言 惵 廣韻思懼貌集韻安也本作惗 揲 集韻閱持也 疊 韻會厚也屈也懷也又震懼也又州名説文作疊

堞 廣韻城上垣説文作堞 褋 廣韻褌衣説文作褋 褶 集韻襲也一曰褶衣之在上者也短身廣袖一曰左衽之袍

渫 集韻渫渫波連貌 艓 集韻舟名 蝶 廣韻蛺蝶説文作蜨

鰈 集韻東方比目魚名 蹀 廣韻躞蹀博雅履也 牃 集韻牀簀也或作楪 慴 集韻懼也

氎 集韻毛布 鸈 集韻鳥名見山海經 槢 集韻梁也一曰柃中柃一曰檻下橫木

泥四 捻 廣韻奴協切集韻諾叶切今用溺協切協用溺葉切帖韻○集韻捏也通作敜 錜 集韻小釵一曰小頭釘

敜 説文塞也 苶 集韻疲貌一曰忘也 埝 集韻益也一曰陷也 䬯 集韻餅也或作䬻

攝 集韻持也一曰攝然安也 簽 集韻竹索 籋 集韻箝也或作筡

知三 輒 廣韻陟葉切集韻陟涉切今用陟攝切葉韻○説文車兩輢也集韻專也 耴 説文耳垂也廣韻耴耳國名

[虫耴] 説文領端也集韻或作[虫聶] [艹耴] 集韻草名小葉 鮿 集韻膞魚不鹽也

徹三 銸 廣韻丑輒切集韻敕涉切今用敕攝切葉韻○集韻綴衣鍼 [忄耴] 集韻插[忄耴]黠貌一曰心動貌

偞 集韻偞偞容也一曰華貌

澄三 [月枼] 廣韻直葉切集韻直涉切今從廣韻葉韻○説文薄切肉也集韻或作㓞 [月習] 集韻熠也一曰生熟半

殜 集韻殜殗病也 [土熱] 集韻墊也廣雅益也或作埑

孃三 聶 廣韻尼輒切集韻昵輒切合聲匿葉切葉韻○説文附耳私小語也廣韻姓也 喦 説文多言也

籋 説文箝也 鑷 韻會鑷子鑷取之器或作鑈銸 躡 説文蹈也 踂 集韻足不相過也楚謂之踂



[耳戈] 集韻敮戢相及也 緤 集韻補衣 [馬聶] 韻會馬步疾也説文作䮈通作籋 耴 集韻耳垂貌秦穆公子耳垂字之曰耴

[扌耴] 集韻拈也

幫三 鵖 集韻貶耴切今用筆攝切葉韻○集韻鳥名

滂三 姂 集韻匹耴切今用劈攝切葉韻○集韻女貌

精四 接 廣韻即葉切集韻即涉切今用即攝切葉韻○説文交也集韻捷也亦姓 楫 説文舟櫂也集韻或作檝

婕 説文女字也 倢 説文佽也集韻倢仔女字通作婕 [竹妾] 集韻竹翣 菨 集韻草名説文菨餘也叢生水中葉在莖端江東呼為苔

[日疌] 集韻睫瞸日欲沒 椄 説文續木也 睫 韻會目旁毛也説文作䀹

啑 集韻多言 [氵疌] 集韻淁汎木出貌 疌 集韻人名史記衛疌伯周諸侯 浹 廣韻子協

切集韻卽協切今用卽帖切帖韻○說文洽也徹也

清四 妾 廣韻集韻七接切今從之葉韻○說文有辠女子給事之得接於君者集韻妾不聘也 浹 說文水也廣韻水名 緁 說文緶衣也集韻或作褄緝 鯜 說文魚名出樂浪潘國 踥 廣韻踥踥往來貌

捷 集韻捷捷諂言或作倢唼

從四 捷 廣韻集韻疾葉切今從之葉韻○說文獵也軍獲得也集韻亟也 諿 集韻多言 倢 廣韻斜出也又利也便也 踕 集韻足疾 緁 集韻合也一曰遠夷物 寁 集韻作屋居之速也 箑 集韻扇也 緁 集韻緶衣也 嵥 集韻山貌或作崨 磼 集韻礏磼山連屬貌 接 集韻勝也一曰交也

婕 集韻美也 疌 說文疾也 椄 集韻椄榴梁也



心四 燮 廣韻蘇協切集韻悉協切今用息帖切帖韻○說文和也 躞 集韻躞蹀行貌 屧 廣韻屐也履中薦也說文作屟

照二 庴 集韻莊輒切今用菑攝切葉韻○集韻藏也一曰屋庳貌

照三 摺 廣韻之涉切集韻質涉切今用職攝切葉韻○說文敗也廣韻疊也 讋 說文失氣言一曰不止也

囁 集韻言無節一曰私罵 讘 說文多言也河東有狐讘縣集韻或作譫 謺 說文讋讋也 讋 集韻讋讋震電 懾 說文失氣也一曰服也 慴 說文懼也 慹 集韻不動貌 欇 廣韻襞也博雅詘也謂衣襞積 襵 廣韻梁之良衣 攝 集韻曲折也一曰龜名 欇 說文木葉搖白也集韻木名似白楊或作欇

穿二 插 集韻矽歃切今用差攝切葉韻○集韻刺也 臿 集韻舂穀去皮也

穿三 謵 廣韻叱涉切集韻尺涉切今用尺攝切葉韻○集韻小言 欇 集韻蔓木名虎豆也 儑 說文心服也集韻懼也 姑 說文小弱也一曰女輕薄善走也一曰多技藝也 呫 集韻呫囁附耳小語聲一曰多言或作咕 詀 集韻詀讘細語

牀二 礏 集韻士劫切今用作業切業韻○集韻磼礏破物聲

審二 萐 廣韻山輒切集韻色輒切今用師插切葉韻○集韻萐莆瑞草 霎 集韻霅霎疾雨 箑 集韻扇也 歃 集韻盟歃血也 翣 集韻柩羽飾

審三 攝 廣韻書涉切集韻失涉切今用式摺切葉韻○說文引持也集韻假也一曰龜名 欇 集韻木名似白楊一曰虎櫐博雅杖也或作櫐



灄 集韻水名在西陽 懾 集韻懾慴恐懼也 葉 集韻縣名亦姓 韘 說文射決也所以拘弦以象骨韋系著右巨指或作弽 歙 集韻歙氣也一曰縣名在丹陽

禪三 涉 廣韻時攝切集韻實攝切合聲石葉切葉韻○廣韻歷也徒行渡水也亦漳水別名又姓 拾 集韻躡足升也

曉三 脅 廣韻虛業切集韻迄業切今用喜劫切業韻○說文兩膀也集韻或作脇 嗋 集韻合也吸也莊子口張而不能嗋 愶 廣韻以威力相恐也博雅怯也 歙 說文翕氣也 拹 說文摺也一曰拉也集韻或作揹揄 偞 集韻虛涉切今用希攝切葉韻○集韻佷迫自卑也一曰美容 歙 集韻懼貌

曉四 㛍 廣韻呼牒切集韻呼帖切今用喜帖切帖韻○說文得志㛍㛍一曰㛍息也一曰少氣

匣四 協 廣韻胡頰切集韻檄頰切今用檄牒切協用檄葉切帖韻○說文衆之同和也集韻服也合也或作叶 勰 說文同思之和 挾 說文俾持也集韻輔也 俠 說文俜也集韻傍也亦姓或作夾 綊 說文紝綊也 裌 集韻衽也一曰複裌臧也 愶 說文同心之和 劦 說文同力也

影三 腌 廣韻於輒切集韻乙業切今用乙劫切業韻○說文漬肉也集韻或作肥 殗 廣韻殗殜不動貌博雅病也集韻或作爆殗 裛 說文書囊也 罨 說文罕也 浥 集韻潤也 ⿰魚奄 集韻魚名一曰河豚一曰漬魚也或作⿰魚邑 俺 說文大也 饁 集韻野饋也 淹 集韻漬也

影四 魘 廣韻於葉切集韻益涉切今用乙接切葉韻○集韻眠不祥也 厭 說文笮也集韻伏也合也或作猒壓 靨 集韻頰輔也或作[illegible] 擪 說文一指按也集韻或作擫 嚈 集韻嚈噠西夷名



匣三 饁 廣韻銙輒切集韻域輒切今用逸獵切葉韻○說文餉田也 爗 廣韻煒爗火盛 爗 說文盛 曄 廣韻光也或作曅 曅 說文草木白華也 爗 廣韻集韻余𨍏切今用逸怯切業韻○集韻殗殜病也或作爗

匣四 葉 廣韻與涉切集韻弋涉切今用逸捷切葉韻○說文草木之葉廣韻枝葉又姓 楪 集韻牖也一曰楪榆縣名在雲中 揲 集韻閱持也 偞 說文宋衞之間謂華偞偞集韻詘也容也 鍱 說文鍱也一齊謂之鍱 僷 集韻輕也一曰族不甚貌

來三 獵 廣韻良涉切集韻力涉切合聲力葉切葉韻○說文放獵逐禽也集韻通作獦 躐 集韻踐也或作蹋 鬣 廣韻須鬣 獦 集韻戎姓 犣 集韻牛名 儠 說文長壯儠儠也 擸 說文理持也集韻或作擖 ⿰氵巤 集韻水聲 ⿰巤阝 集韻聚名在上蔡一曰谷名 ⿰口巤 集韻齧聲

來四 ⿰劦瓦 廣韻盧協切集韻力協切今從集韻帖韻○說文䂄瓦聲集韻瓦薄也 ⿺風劦 集韻風也

日三 讘 廣韻而涉切集韻日涉切今用日葉切葉韻○集韻詀讘多言或作聶嵒

按以上三十二音共分三等其居第二等者爲開口呼居第三等第四等者爲齊齒呼

# 十七洽

咸入聲○舊三十二洽三十三狎三十四 之

按廣韻集韻皆分洽狎乏爲三韻。廣韻於洽狎註同用。而乏與業同用。集韻以洽狎乏同用。洽爲咸入聲。狎爲銜入聲。乏爲凡入聲。宋劉淵併爲十七洽。

見二 **夾** 廣韻古洽切集韻訖洽切今用吉恰切協用吉押切洽韻○說文持也集韻或作挾 **郟** 廣韻郟鄏地名又郟城縣在汝州又姓 **袷** 說文衣無絮也集韻或作裌 **筴** 集韻箸也 **韐** 廣韻韎韐韋蔽膝說文作袷集韻或作鞈 **鞈** 說文防汗也 **跲** 集韻躓也 **梜** 說文檢柙也集韻木名一日木理亂 **鵊** 集韻鳥名杜鵑也一日書篇名陰陽家有鵊治子篇 **侠** 集韻傍也 **浹** 集韻激也 **陜** 集韻地名周召所分 **蛺** 集韻蛺蜨蟲名 **甲** 廣韻集韻古狎切今用吉鴨切狎韻○廣韻鎧也狎也亦甲子爾雅太歲在甲日閼逢又姓 **胛** 集韻闔也與胷脅相會闔也 **押** 集韻輔也 **柙** 集韻木名 **⿰石甲** 集韻兩山之間爲⿰石甲或作岬 **鉀** 集韻鎧也通作甲



溪二 **恰** 廣韻苦洽切集韻乞洽切今用乞夾切協用乞押切洽韻○說文用一也 **帢** 集韻弁缺四隅謂之帢帢士服也一說魏武帝放古皮弁以帛爲之以色辨貴賤一日按頭使下故日帢或作帹幰帢 **袷** 集韻衣縫一日衿也 **掐** 集韻抓也

疑二 **⿰言業** 集韻五洽切今用疑洽切洽韻○集韻諵⿰言業語笑貌

知二 **劄** 廣韻集韻竹洽切今用陟夾切協用知押切洽韻○集韻刺著也

澄二 **霅** 廣韻丈甲切集韻直甲切今用直狎切狎韻○說文霅霅震電貌一日衆言也 **⿰木霅** 集韻押⿰木霅重接

貌 **喋** 集韻唼喋鳥食貌 **渫** 集韻除去也一日水貌 **渫** 集韻浹渫凍相箸 **鰈** 集韻魚名一日鯯鰈鱗次貌 **⿰氵霅** 集韻水名通作霅

孃二 **図** 廣韻女洽切集韻昵洽切今用匿洽切洽韻○說文下取物縮藏之 **⿸广図** 集韻⿸广図⿸广図隘也 **⿱竹図** 集韻竹雜舟謂之⿱竹図一日補雜也

照二 **眨** 廣韻集韻側洽切今用仄夾切協用仄押切洽韻○集韻目動也或作䀹 **⿰氵臿** 集韻泇⿰氵臿下溼一日滴水也 **⿸尸臿** 集韻楔也

穿二 **插** 廣韻楚洽切集韻測洽切今用測恰切協用測押切洽韻○說文刺肉也 **鍤** 說文郭衣鍼也韻會鍫也通作鍤臿插 **臿** 說文舂去麥皮也 **唖** 集韻唖嗚小人言 **扱** 說文收也 **笈** 集韻負書箱 **⿰金疌** 說文疾也古田器



牀二 **牐** 廣韻士洽切集韻實洽切今用乍洽切洽韻○集韻閉城門具一日以版有所蔽 **萐** 說文萐莆瑞草也堯時生於庖廚扇暑而涼 **煠** 廣韻湯煠博雅瀹也 **箑** 集韻行書也秦使徒隸助官書草箑以爲行事謂草行之間取其疾速不留意楷法也或作箑

審二 **翣** 廣韻所甲切集韻色甲切今用色押切狎韻○說文棺羽飾也廣韻翣形如扇以木爲匡集韻或作萋接翜攝翣萋 **霎** 集韻雨聲一日小雨 **箑** 說文扇也集韻或作篓 **蜨** 集韻蛺蜨蟲名 **啑** 集韻啑喋水鳥食貌或作唼 **萐** 集韻萐莆瑞草也王者不嗜味則生於廚 **褄** 集韻袨褄衣敝 **霅** 集韻散也漢書霅然陽開 **歃** 廣韻山洽切集韻色洽切今用師夾切協用師押切洽韻○說文歠也 **翜** 說文捷也飛之疾也

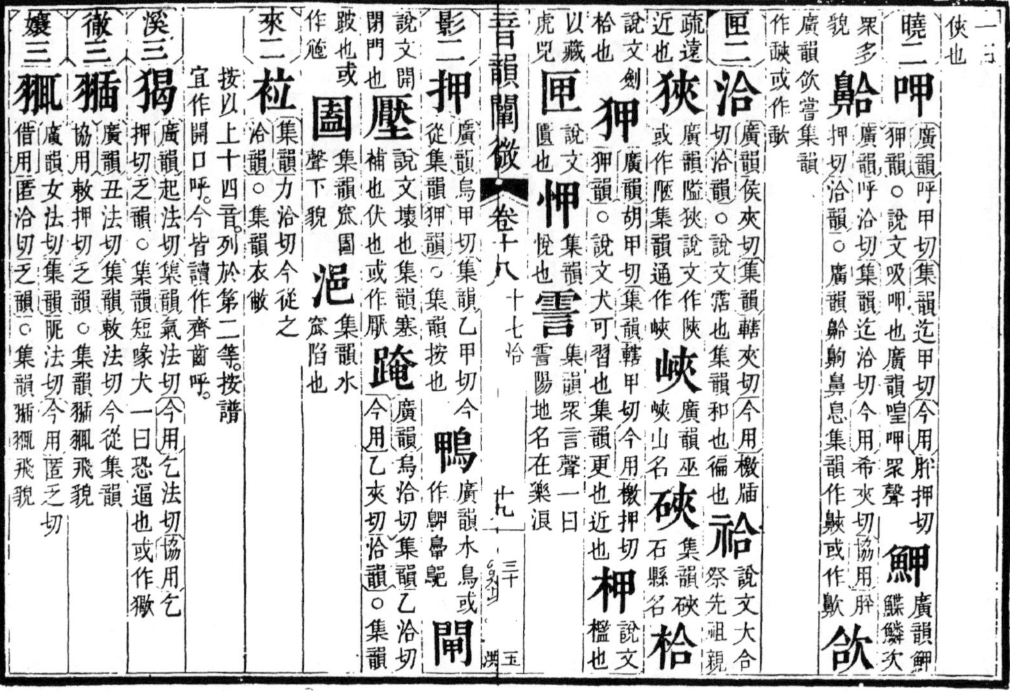

俠也

曉二 呷 廣韻呼甲切集韻迄甲切今用肸押切狎韻○說文吸呷也廣韻喤呷衆聲 鰂 廣韻鰂鰈鱗次衆多貌 ⿰鼻合 廣韻呼洽切集韻迄洽切今用希夾切協用肸押切洽韻○廣韻⿰鼻合⿰鼻句鼻息集韻作⿰鼻夾或作歃 欱 廣韻欱嘗集韻作⿰夾欠或作歃

匣二 洽 廣韻侯夾切集韻轄夾切今用檄牐切洽韻○說文霑也集韻和也徧也 祫 說文大合祭先祖親疏遠近也 狹 廣韻隘狹說文作陝或作陿集韻通作峽 峽 廣韻巫峽山名 硤 集韻硤石縣名 㭘 說文劍柙也 狎 廣韻胡甲切集韻轄甲切今用檄押切狎韻○說文犬可習也集韻更也近也 柙 說文檻也以藏虎兕 匣 說文匱也 ⿰忄甲 集韻悅也 霅 集韻衆言聲一曰霅陽地名在樂浪



影二 押 廣韻烏甲切集韻乙甲切今從集韻狎韻○集韻按也 鴨 廣韻水鳥或作鴨鳧鳦 閘 說文開閉門也 壓 說文壞也集韻塞補也伏也或作厭 ⿰足奄 廣韻烏洽切集韻乙洽切今用乙夾切洽韻○集韻跛也或作⿸疒奄 圔 集韻宊圔聲下貌 浥 集韻水宊陷也

來二 拉 集韻力洽切今從之洽韻○集韻衣敝

按以上十四音。列於第二等。按譜宜作開口呼。今皆讀作齊齒呼。

溪三 猲 廣韻起法切集韻氣法切今用乞法切協用乞押切乏韻○集韻短喙犬一曰恐逼也或作獦

徹三 ⿰犭臿 廣韻丑法切集韻敕法切今從集韻協用敕押切乏韻○集韻⿰犭臿⿰犭風飛貌

孃三 ⿰犭風 廣韻女法切集韻昵法切今用匿乏切借用匿洽切乏韻○集韻⿰犭臿⿰犭風飛貌

非三 法 廣韻方乏切集韻弗乏切今用夫乏切協用福押切乏韻○廣韻則也數也常也又姓韻會刑也又方法又則效也說文作灋

奉三 乏 廣韻房法切集韻扶法切今從集韻借用伏洽切乏韻○廣韻匱也 泛 廣韻水聲韻會泛涉聲微小貌集韻作汎 疺 集韻瘦也

按以上五音齊齒呼。惟輕脣數音。今皆讀作合口呼。

國家圖書館出版品預行編目資料

音韻闡微

(清)李光地等編纂. – 修訂版. – 臺北市：臺灣學生，1996印刷

面；公分

ISBN 978-957-15-0741-5(平裝)

1. 中國語言 – 聲韻

802.442 85002639

# 音韻闡微

編纂者 清・李光地等
出版者 臺灣學生書局有限公司
發行人 楊雲龍
發行所 臺灣學生書局有限公司
地址 臺北市和平東路一段75巷11號
劃撥帳號 00024668
電話 (02)23928185
傳真 (02)23928105
E-mail student.book@msa.hinet.net
網址 www.studentbook.com.tw
登記證字號 行政院新聞局局版北市業字第玖捌壹號
定價 新臺幣四五〇元

二〇一七年五月初版五刷

80214

ISBN 978-957-15-0741-5 (平裝)